GOLDMANN

Guy Gavriel Kay im Goldmann Verlag:

Silbermantel
Die Herren von Fionavar 1 · 23939

Das wandernde Feuer
Die Herren von Fionavar 2 · 23940

Ein Kind von Licht und Schatten
Die Herren von Fionavar 3 · 23941

FANTASY

GUY GAVRIEL KAY

DAS WANDERNDE FEUER

Die Herren von Fionavar Band 2

THE WANDERING FIRE

Aus dem Englischen übertragen
von Bernd Müller

GOLDMANN VERLAG

Umwelthinweis:
Alle bedruckten Materialien
dieses Taschenbuches
sind chlorfrei und umweltfreundlich.
Das Papier enthält bereits Recycling-Anteile.

Der Goldmann Verlag
ist ein Unternehmen der Verlagsgruppe Bertelsmann

Made in Germany · 3. Auflage · 7/92

Umschlaggestaltung: Design Team München
Umschlagillustration: Martin Springett
Innenillustration: Sue Reynolds
Satz: Fotosatz Glücker, Würzburg
Druck: Elsnerdruck, Berlin
Verlagsnummer: 23940
SN · Herstellung: Peter Papenbrok/SC
ISBN 3-442-23940-0

Fionavar
RÜKWÜSTE
BERG RANGAT
STARKHAD
UNGARCH
GWYNIR
SKELEDARAK-KETTE
ERIDU
VALGRIND
LINDEN-BUCHT
ANDARIEN
Strand von SENNETT
CELYN
CELINSEE
DANILOTH
DIE EBENE
EDRYN GAP
BANIRTAL
BANIRLÖK
KRISTALLSEE
AKKAIZE
TEG VEIRENE
FALINNHAIN
Klippen von RUDH
PENDARAN-WALD
ADEIN
CELIDON
CYNMERE
LARAK
LATHAM
KATH MEIGOL
ANOR LISEN
RIENNA
XHARN
BRENNIN
DAS HOHE KÖNIGREICH
LLEWEN
NORTH KEEP
LLYCHLYN
RHODEN
PARAS DERVAL
DUN MAURA
CARNEVON-KETTE
AEVEN
SAEREN-FÄLLE
GWEN YSTRAT
MORNIR WALD
TAERLINDEL
SAEREN
SERESH
SOUTH KEEP
N
CYNAN
LARAI RIGAL
RAITH
SANG MARLEN
SHALHASSANS WINTERPALAST
CATHAL
DAS GARTENLAND

Was bisher geschah:

Raukoth Maugrim, der Entwirker, wurde vor tausend Jahren in einen Berg eingeschlossen. Mit fünf Steinen wurde er gefesselt, die von fünf Völkern bewacht wurden.

Jetzt bedroht eine Dürre Brennin, das bisher fruchtbare Land im Süden Fionavars. Der Magier Silbermantel zieht aus, um fünf Menschen zu holen, die das Land retten sollen.

Die fünf findet er in unserer Welt: Kimberly Ford, Kevin Laine, Jennifer Lowell, Dave Martinyuk, Paul Schafer. Sie reisen mit ihm nach Fionavar. Doch bei dem Übertritt löst sich Dave aus der Gruppe und geht verloren.

Kimberly entwickelt in Fionavar prophetische Gaben und wird Seherin des ganzen Landes.

Jennifer reist mit den Lios Alfar, den Lichtelfen, nach Norden. Sie werden unterwegs von Schwarzen Elfen, Svart Alfar genannt, überfallen und Jennifer in den Berg des Entwirkers verschleppt, wo sie unaussprechliche Qualen erdulden muß.

Paul Schafer opfert sich für das Land Brennin: Er wird drei Tage lang an den Sommerbaum gefesselt und erlöst dadurch Brennin von der Trockenheit.

Währenddessen stirbt Ailell, der alte König Brennins, und sein Sohn Aileron betritt den Thron.

Dann speit der Berg, in dem der Entwirker gefangen ist, Feuer, und allen in Fionavar wird bewußt, welche Macht Raukoth Maugrim schon besitzt.

Dave Martinyuk ist ebenfalls in Fionavar gelandet, aber nicht in Brennin, sondern der Steppe des Nordens. Dort schließt er sich den Dalrei, einem Jägervolk, an. Die Zeichen der Gefahr verdichten sich, und so reisen sie nach Brennin, um den übrigen Völkern beizustehen. Doch als sich vier der fünf Steinwächtervölker versammelt haben – nur die Zwerge sind nicht dabei –, beginnt Kims magischer Ring zu glühen, und die vier Menschen werden zurückgeworfen auf unsere Welt.

TEIL I

Der Krieger

Kapitel 1

Der Winter nahte. Der in der vergangenen Nacht gefallene Schnee war nicht geschmolzen und schmückte die kahlen Bäume. Die Stadt Toronto erwachte an jenem Morgen und sah sich in einen weißen Mantel gehüllt, und es war erst November.

Vor den Doppelbögen des futuristischen Rathauses überquerte Dave Martyniuk den Nathan Philips Square mit äußerster Vorsicht und wünschte sich, er hätte seine Stiefel angezogen. Während er sich zum Eingang des Restaurants auf der gegenüberliegenden Seite des Platzes vorkämpfte, bemerkte er mit einiger Überraschung, daß die anderen drei bereits auf ihn warteten.

»Dave«, bemerkte Kevin Laine mit scharfem Blick. »Ein neuer Anzug! Wann ist das denn passiert?«

»Hi, alle miteinander«, begrüßte sie Dave. »Den hab' ich mir letzte Woche besorgt. Kann doch nicht das ganze Jahr mit ein und derselben Cordjacke rumlaufen, oder?«

»Welch tiefschürfende Wahrheit«, spottete Kevin grinsend. Er trug Jeans und eine Schaffelljacke. Und Stiefel. Nachdem er das obligatorische Referendariat in einer Anwaltspraxis abgeschlossen hatte, das für Dave gerade erst begann, hatte Kevin sich nun in den gleichermaßen lästigen, wenn auch weniger steifen sechsmonatigen Lehrgang gestürzt, der ihm die Zulassung als Anwalt einbringen sollte. »Wenn das ein dreiteiliger Anzug ist«, fügte er hinzu, »dann ist das Bild, das ich immer von dir hatte, unwiderruflich dahin.«

Wortlos knöpfte Dave sein Jackett auf und enthüllte darunter die leuchtend marineblaue Weste.

»Gott beschütze uns mit seinen himmlischen Heerscharen!« rief Kevin aus, bekreuzigte sich mit der falschen Hand und machte zugleich mit der anderen das Zeichen gegen den bösen Blick. Paul

Schafer lachte. »Eigentlich«, sagte Kevin, »sieht er gar nicht so übel aus. Aber warum«, erkundigte er sich, »hast du ihn nicht in der richtigen Größe gekauft?«

»O Kev, laß ihn doch!« bat Kim Ford. »Er sieht sehr passabel aus, Dave, und er paßt wie angegossen. Kevin kommt sich dagegen abgerissen vor und ist neidisch.«

»Bin ich nicht«, protestierte Kevin. »Ich habe lediglich meinen Kumpel aufgezogen. Wenn ich Dave nicht necken darf, wen dann?«

»Ist schon gut«, versetzte Dave. »Ich bin ein harter Bursche, ich kann's aushalten.« Aber er dachte in diesem Moment an nichts anderes als an das Gesicht Kevin Laines im vergangenen Frühjahr, in einem Zimmer des Park Plaza Hotels. An dieses Gesicht und an die tonlose, mühsam beherrschte Stimme, mit der er gesprochen hatte, während sein Blick auf der zugrunde gerichteten Frau am Boden ruhte: *»Das werde ich ihm heimzahlen, auch wenn er ein Gott ist und es meinen Tod bedeutet.«*

Einem, der solch einen Eid abgelegt hatte, überlegte Dave, sieht man manches nach, selbst dann, wenn seine Ausdrucksweise häufig verletzend ist. Man sah es ihm nach, weil Kevin an jenem Abend, und nicht zum einzigen Mal, der sprachlosen Wut hatte Ausdruck verleihen können, die sein eigenes Herz empfand.

»Na gut«, sagte Kim Ford leise, und Dave wußte, daß sie auf seine Gedanken reagierte, nicht auf seine zwanglosen Worte. Was ihn beunruhigt hätte, wäre sie nicht gewesen, wer sie nun einmal war, mit ihrem weißen Haar, dem grünen Reif am Handgelenk und dem roten Ring am Finger, der damals erstrahlt war, um sie nach Hause zurückzubringen. »Laßt uns reingehen«, schlug Kim vor. »Wir haben viel zu bereden.«

Paul Schafer, der Zweimal Geborene, hatte sich bereits abgewandt, um ihnen durch die Tür voranzugehen.

Wie viele Nuancen, dachte Kevin, hat die Hilflosigkeit? Er erinnerte sich seiner Gefühle im vergangenen Jahr, als er hatte mit ansehen müssen, wie Paul sich in den Monaten nach dem Tod Rachel Kincaids immer mehr in sich zurückzog. Eine schlimme Zeit war das gewesen. Aber Paul hatte es überstanden, war während der drei Nächte am Sommerbaum in Fionavar so weit entrückt, daß er in vielerlei Hinsicht nicht mehr zu begreifen war.

Doch er war geheilt, soviel hatte Kevin mitbekommen, und er bewahrte es sich als ein Geschenk Fionavars, eine Art Wiedergutmachung für das, was der Gott mit Namen Rakoth Maugrim, der Entwirker, Jennifer angetan hatte. Obwohl Wiedergutmachung nicht das richtige Wort war; die Sache war weder in dieser noch irgendeiner anderen Welt wiedergutzumachen, und es gab nur die Hoffnung auf Vergeltung, eine Flamme, trotz seines Eides so schwach, daß sie kaum noch brannte. Was waren sie schon allesamt gegen einen Gott? Sogar Kim mit ihrer seherischen Gabe, sogar Paul, sogar Dave, der sich bei den Dalrei auf der Ebene so völlig verändert und im Pendaranwald ein Horn gefunden hatte.

Und wer war er schon, Kevin Laine, daß er einen solchen Racheschwur tat? Im Augenblick kam ihm alles so jämmerlich vor, so lächerlich, vor allem hier im Speisesaal des Mackenzie King.

»Nun?« fragte Paul auf eine Weise, die ihre Umgebung augenblicklich nebensächlich erscheinen ließ. Er sah Kim dabei an.

»Hör auf«, forderte sie. »Hör auf zu drängeln. Sobald irgendwas passiert, sage ich es dir. Willst du das schriftlich?«

»Ist ja gut, Kim«, lenkte Kevin ein. »Versuch doch zu verstehen, wie uninformiert wir uns fühlen. Du bist unsere einzige Verbindung.«

»Also, im Moment habe ich nirgendwohin Verbindung, das ist alles. Es gibt einen Ort, den ich unbedingt finden muß, und ich habe keine Gewalt über meine Träume. Dieser Ort befindet sich auf unserer Welt, mehr weiß ich nicht, und ich kann nirgendwohin gehen oder das geringste tun, bis es soweit ist. Glaubst du etwa, ich hätte daran mehr Freude als ihr drei?«

»Kannst du uns denn nicht wieder hinüberbringen?« begehrte Dave unklugerweise zu erfahren.

»Ich bin verdammt noch mal kein öffentliches U-Bahnnetz!« brauste Kim auf. »Ich hab' uns da rausgeholt, weil der Baelrath auf welche Weise auch immer entfesselt wurde. Auf Kommando kann ich das nicht.«

»Damit säßen wir hier fest«, sagte Kevin.

»Es sei denn, Loren käme uns holen«, ergänzte Dave.

Paul schüttelte den Kopf. »Das wird er nicht tun.«

»Wieso nicht?« fragte Dave.

»Loren hält sich raus, glaube ich. Er hat die Dinge in Gang

gebracht, aber jetzt überläßt er das Handeln uns und ein paar anderen.«

Kim nickte. »Er hat einen Faden in den Webstuhl gespannt«, flüsterte sie, »aber er ist nicht bereit, das Gewirk zu weben.« Sie und Paul wechselten einen Blick.

»Aber wieso?« bohrte Dave hartnäckig, und Kevin konnte die Enttäuschung des hünenhaften Mannes hören. »Er braucht uns – wenigstens Kim und Paul. Warum kommt er uns nicht holen?«

»Wegen Jennifer«, erklärte Paul ruhig.

Einen Augenblick darauf fuhr Paul fort: »Er glaubt, wir hätten genug gelitten. Er will uns nicht noch mehr zumuten.«

Kevin räusperte sich. »Aber wie ich es verstanden habe, findet doch alles, was sich in Fionavar ereignet, hier und auf sämtlichen anderen Welten, wo immer sie auch sein mögen, seinen Niederschlag. Stimmt's nicht?«

»Doch«, pflichtete Kim ihm gelassen bei. »Das stimmt. Möglicherweise noch nicht sofort, aber wenn Rakoth in Fionavar die Herrschaft übernimmt, tut er das überall. Es gibt nur ein einziges Gewirk.«

»Und wenn schon«, resümierte Paul, »handeln müssen wir auf eigene Faust. Er wird es nicht von uns verlangen. Falls wir vier wieder dorthin zurückwollen, müssen wir uns unseren eigenen Weg suchen.«

»Wir vier?« fragte Kevin. Soviel Hilflosigkeit. Er blickte zu Kim hinüber.

Sie hatte Tränen in den Augen. »Ich weiß es nicht«, gab sie beinahe unhörbar zu. »Ich weiß es einfach nicht. Sie will euch drei nicht sehen. Sie verläßt nie das Haus. Sie unterhält sich mit mir über die Arbeit und übers Wetter und ... und über die Nachrichten, und sie, sie ...«

»Sie ist entschlossen, es durchzustehen«, unterbrach sie Paul Schafer.

Kimberly nickte.

Ein goldenes Geschöpf war sie gewesen, erinnerte sich Kevin, verstrickt in seinen Kummer.

»Also gut«, sagte Paul. »Nun bin ich an der Reihe.«

Der Pfeil des Gottes.

Sie hatte einen Spion in die Tür einbauen lassen, damit sie

nachsehen konnte, wer dort anklopfte. Sie war während des Tages meist zu Hause, abgesehen von nachmittäglichen Spaziergängen im nahegelegenen Park. Es kamen oft Leute an ihre Tür: Lieferanten, der Gasmann, der Postbote mit eingeschriebenen Briefen. Zu Anfang waren auch Blumen gekommen, wie albern. Sie hätte Kevin wirklich mehr zugetraut. Ob dieses Urteil gerecht war, darum kümmerte sie sich nicht. Sie hatte sich mit Kim darüber gestritten, als ihre Mitbewohnerin eines Abends heimkam und einen Rosenstrauß in der Mülltonne entdeckte.

»Hast du eigentlich eine Ahnung, wie ihm zumute ist? Kümmert dich das überhaupt nicht?« hatte Kimberly geschrien.

Die Antwort: nein, und nochmals nein.

Wie konnte sie noch einer menschlichen Regung fähig sein, beispielsweise der Sorge um einen anderen? Ohne Zahl waren sie, die unüberbrückbaren Abgründe zwischen sich und den vier anderen und jedermann sonst. Nach wie vor haftete allem der Gestank des Schwans an. Sie sah die Welt durch den Filter des lichtlosen Starkadh. Welche Stimme, welche Augen, grünlich verzerrt wahrgenommen, konnten die Macht Rakoths brechen, der sich durch ihren Geist wie durch ihren Körper gewühlt hatte, als sei sie, die dereinst geliebt und unversehrt gewesen, nichts als ein Haufen Schlacke?

Sie wußte, noch war sie bei klarem Verstand, doch sie wußte nicht, warum.

Nur eines trieb sie voran, in eine ungewisse Zukunft. Nichts Gutes war es, wie könnte es anders sein, doch es war Tatsache, ein Unsicherheitsfaktor, und es gehörte ihr. Sie duldete keinen Widerspruch.

So kam es, als Kim den drei anderen zum ersten Mal davon erzählt hatte und sie im Juli gekommen waren, um mit ihr darüber zu diskutieren, daß Jennifer aufgestanden und aus dem Zimmer gelaufen war, und seit jenem Tag hatte sie Kevin und Paul und Dave nicht mehr gesehen.

Sie war entschlossen, dieses Kind auszutragen, das Kind Rakoth Maugrims. Sie hatte sich vorgenommen, bei der Geburt zu sterben.

Sie hätte ihn nicht hereingelassen, aber sie sah, daß er allein war, und das kam so überraschend, daß es sie veranlaßte, die Tür aufzumachen.

Paul Schafer sagte: »Ich habe dir eine Geschichte zu erzählen. Bist du bereit, sie zu hören?«

Es war kalt auf der Veranda. Nach kurzem Zögern trat sie beiseite, und er kam herein. Sie schloß die Tür und begab sich in den Wohnraum. Er hängte seinen Mantel in den Flurschrank und folgte ihr. Sie hatte im Schaukelstuhl Platz genommen. Er setzte sich auf die Couch und betrachtete sie, die immer noch hochgewachsen und schön war, immer noch anmutig, wenn auch nicht mehr schlank, sieben Monate schwanger mit dem Kind. Doch sie trug den Kopf hoch erhoben, und ihre weit auseinanderliegenden grünen Augen waren unversöhnlich.

»Letztes Mal habe ich euch stehengelassen, und ich werde es wieder tun, Paul. Ich lasse mich nicht von meinem Vorhaben abbringen.«

»Ich habe gesagt, eine Geschichte«, wiederholte er leise.

»Dann erzähl sie schon.«

Daraufhin berichtete er ihr von dem grauen Hund auf den Mauern von Paras Derval und von der abgrundtiefen Qual in seinen Augen; er erzählte ihr von seiner zweiten Nacht am Sommerbaum, als Galadan der Andain, den sie auch kennengelernt hatte, seinetwegen gekommen war, und vom neuerlichen Erscheinen des Hundes und von dem Kampf, der dort im Mörnirwald stattgefunden hatte. Er erzählte ihr, wie er hilflos am Baum des Gottes festgebunden gewesen war, wie er den roten Mond hatte aufgehen sehen und wie der graue Hund den Wolf aus dem Wald vertrieb.

Er erzählte ihr von Dana. Und Mörnir. Den Mächten, die sich in jener Nacht gezeigt hatten, als Antwort auf die Finsternis im Norden. Seine Stimme war tiefer, als sie in Erinnerung hatte; etwas hallte in ihr nach.

Er legte ihr dar: »Wir stehen in dieser Sache nicht allein. Mag er uns auch am Ende in Stücke reißen, ohne Widerstand wird das nicht abgehen, und was immer du gesehen oder erlitten hast an jenem Ort, so muß dir doch klar werden, daß er das Webmuster nicht genau nach seinem Wunsch gestalten kann. Sonst wärest du jetzt nicht hier.«

Ihre Augen waren wie das Meer unter verhangenem Himmel. Seine Worte holten ihre eigenen ins Gedächtnis zurück, die sie in Starkadh gesprochen hatte: *Von mir bekommst du nichts als das, was du dir nimmst,* hatte sie gesagt. Aber das war vorher gewesen. Vor dem Zeitpunkt, da er sich aufgemacht hatte, ihr alles zu nehmen – bis Kim sie dort herausgeholt hatte.

Sie hob ein wenig den Kopf. »Ja«, fuhr Paul fort, die Augen unverwandt auf ihr Gesicht gerichtet. »Ist dir das klar? Er ist stärker als wir alle, stärker gar als der Gott, der mich zurückgesandt hat. Er ist stärker als du, Jennifer, oh, weitaus stärker, das bedarf keiner gesonderten Erwähnung, bis auf eines: Er kann dir nicht nehmen, was du bist.«

»Ich weiß«, entgegnete Jennifer Lowell. »Das ist der Grund, warum ich sein Kind austragen werde.«

Er lehnte sich zurück. »Dann wirst du seine Dienerin.«

»Ganz und gar nicht. Höre mir nun gut zu, Paul, denn auch du weißt nicht alles. Als er mich allein ließ ... danach, hat er mich einem Zwerg überlassen. Blöd war sein Name. Ich war als Belohnung gedacht, als Spielzeug, aber er sagte etwas zu diesem Zwerg: Er sagte, ich müsse getötet werden, *und dafür gebe es einen triftigen Grund.*« In ihrer Stimme lag kalte, eiskalte Entschlossenheit. »Ich werde dieses Kind austragen, weil ich am Leben bin, obwohl er meinen Tod gewünscht hat – das Kind ist ein Unsicherheitsfaktor, es entspricht nicht seinen Absichten.«

Lange Zeit blieb er stumm. Dann hielt er ihr entgegen: »Aber du doch auch, um deiner selbst willen.«

Ihr Lachen war ein unmenschlicher, verlorener Laut für ein derart schönes Geschöpf. »Und wie soll ich, um meiner selbst willen, darauf reagieren? Ich werde einen Sohn haben, Paul, und er wird meine Antwort sein.«

Er schüttelte den Kopf. »Daraus erwächst soviel Böses, und das nur, um eine Tatsache unter Beweis zu stellen, die längst bewiesen ist.«

»Das ist mir egal«, erklärte Jennifer.

Nach einer Weile verzog er das Gesicht. »Also gut, dann will ich dich nicht weiter unter Druck setzen. Ich bin deinetwegen gekommen, nicht wegen ihm. Kim hat ohnehin schon seinen

Namen geträumt.«

Ihre Augen funkelten. »Paul, so versteh mich doch. Ich würde tun, was ich zu tun vorhabe, egal, was Kim sagt. Egal, was sie zufällig geträumt haben mag. Ich werde ihn nennen, wie es mir paßt!«

Er lächelte, trotz allem. »Dann bleib dabei und tu es. Aber halte weiter zu uns. Wir brauchen dich.« Und erst diese Worte machten ihr klar, was sie gesagt, worauf sie sich eingelassen hatte. Er hatte sie dazu verleitet, entschied sie, hatte sie absichtlich dazu gebracht, etwas zu tun, das nicht in ihrer Absicht lag. Aber aus irgendeinem Grund konnte sie darüber nicht böse sein. Wäre dieser erste, dürftige Strohhalm, den er ihr zugeworfen hatte, nur ein wenig stabiler gewesen, dann hätte sie sogar lächeln können.

Paul stand auf. »In der Kunstgalerie findet eine Ausstellung japanischer Drucke statt. Hast du Lust, sie dir mit mir zusammen anzusehen?«

Lange Zeit schaukelte sie in ihrem Stuhl hin und her und blickte zu ihm auf, dem dunkelhaarigen, schmächtigen, beinahe zerbrechlich wirkenden Mann, wenn auch nicht mehr so zerbrechlich wie im vergangenen Frühjahr.

»Wie lautet der Name des Hundes?« fragte sie.

»Ich kenne seinen Namen nicht. Ich wünschte, ich wüßte ihn.«

Gleich darauf erhob sie sich, zog sich den Mantel an und wagte den ersten behutsamen Schritt auf die Brücke.

Finstere Saat eines finsteren Gottes, dachte Paul, während er sich Mühe gab, Interesse an den Drucken aus Kyoto und Osaka aus dem neunzehnten Jahrhundert vorzutäuschen. Kraniche, knorrige Bäume, elegante Damen mit langen Nadeln im Haar.

Die Dame an seiner Seite war nicht sonderlich gesprächig, aber immerhin befand sie sich hier in der Galerie, und das war kein geringes Zugeständnis. Er erinnerte sich an den jammervollen Anblick, den sie vor sechs Monaten geboten hatte, als Kim sie in einer verzweifelten Anstrengung mit der ungezügelten, lodernden Macht, die dem Baelrath innewohnte, aus Fionavar hierhergebracht hatte.

Darin bestand, wie er wußte, Kims besondere Gabe; im Besitz des Kriegssteins und in den Träumen, durch die sie des Nachts wandelte, weißhaarig, wie Ysanne es gewesen war, zwei Seelen in der Brust und das Wissen um zwei Welten. Das mußte, dachte er, schwer zu ertragen sein. *Der Preis der Macht*, wie Ailell, der Großkönig, ihm gesagt hatte, in jener Nacht, als sie zusammen Ta'hael spielten. Diese Nacht war das Vorspiel zu den drei Nächten gewesen, die ihm alles, aber auch alles abverlangt hatten. Das Tor zu dem, was er nun war, Herr des Sommerbaums, was immer das bedeuten mochte.

Was immer das bedeuten mochte. Inzwischen hatten sie das zwanzigste Jahrhundert erreicht: schon wieder Kraniche, lange schmale Gebirgslandschaften, niedrige Boote auf breiten Flüssen.

»Die Themen ändern sich kaum«, bemerkte Jennifer.

»Kaum.«

Er war zurückgesandt worden, er war Mörnirs Antwort, doch er besaß keinen Ring, durch den er hätte brennen können, keine Träume, in welchen er den Geheimnissen des Gewirks nachzuspüren vermochte, nicht einmal ein Horn, wie es Dave gefunden hatte, keine Himmelsweisheit wie Loren, keine Krone wie Aileron, nicht einmal – und es fröstelte ihn bei dem Gedanken – ein Kind in sich, wie diese Frau an seiner Seite.

Und doch. Im Geäst des Baumes hatten sich Raben auf seiner Schulter niedergelassen: Gedanke und Gedenken hießen sie. Auf der Lichtung war eine Gestalt erschienen, kaum zu erkennen, aber er hatte das Geweih auf ihrer Stirn erblickt, und er hatte gesehen, wie sie sich vor ihm verneigte. Weißer Nebel war durch ihn hindurch zum Himmel aufgestiegen, wo in der Neumondnacht ein roter Mond dahingezogen war. Es hatte geregnet. Und dann der Gott.

Und der Gott war nach wie vor da. Des Nachts konnte er gelegentlich seine stillschweigende Gegenwart spüren, unermeßlich, im Strömen und Rauschen seines Blutes, im gedämpften Donner seines menschlichen Herzens.

War er nur ein Symbol? Eine Manifestation dessen, was er Jennifer gegenüber geäußert hatte: des vorhandenen Widerstandes gegen die Machenschaften des Entwirkers. Es gab schlimmere Rollen zu spielen, dachte er, als die eines Sinnbildes für Widerstand. Damit fiel ihm im Rahmen zukünftiger Ereignisse eine Aufgabe zu, obwohl etwas in seinem Innern – und in seinem

Innern befand sich ein Gott – ihm klarlegte, daß damit nicht alles erfaßt war. »Kein Mann soll sein Herr des Sommerbaums, der nicht zweimal geboren wurde«, hatte Jaelle im Heiligtum zu ihm gesagt.

Er war mehr als ein Symbol. Das Warten, bis er erfuhr, was und wie, schien Bestandteil des ihm abverlangten Preises zu sein.

Nun waren sie beinahe am Ende angelangt. Sie blieben vor einer riesigen Flußlandschaft stehen: Boote, die mit Staken in Bewegung gesetzt wurden, andere, die an einem überfüllten Anlegeplatz ihre Fracht entluden, am gegenüberliegenden Ufer des Stroms waren Wälder zu sehen, dahinter schneebedeckte Berge. Doch das Bild hing ungünstig, er konnte im Glas die Spiegelbilder von Leuten sehen, die hinter ihnen standen, zwei Studenten, den verschlafenen Museumswächter. Und dann sah Paul am Eingang die verschwommene Spiegelung eines Wolfes.

Im gleichen Atemzug drehte er sich um und begegnete dem Blick von Galadan.

Der Wolfsfürst hatte seine wahre Gestalt angenommen, und als er Jennifers Keuchen hörte, wußte er, daß auch sie sich an die narbenbedeckte Eleganz dieses machtvollen Wesens mit dem silbrigen Streifen im dunklen Fell erinnerte.

Paul packte Jennifers Hand, machte kehrt und eilte zurück durch die Ausstellungsräume. Er blickte über die Schulter: Galadan folgte ihnen, ein höhnisches Lächeln auf dem Gesicht. Er hatte keine Eile.

Sie bogen um eine Ecke. Paul murmelte ein Stoßgebet, dann drückte er gegen die Querstange an einer Tür, die als NOTAUSGANG gekennzeichnet war. Hinter sich hörte er einen Wachmann rufen, aber keine Alarmglocke ertönte. Sie fanden sich in einem Treppenhaus wieder. Wortlos und mit hallenden Schritten stiegen sie die Stufen hinab. Von hinten hörte Paul wieder die Rufe des Wachmanns, als die Tür sich ein zweites Mal öffnete.

Zu ebener Erde stieß er eine zweite Tür auf und führte Jennifer hindurch. Sie strauchelte, und er mußte sie auffangen.

»Ich kann nicht mehr so schnell, Paul!«

Insgeheim fluchte er. Sie waren vom Ausgang so weit entfernt, wie sie nur sein konnten. Die Tür hatte sie in den größten aller Räume der Galerie geführt. Die Dauerausstellung der Plastiken von Henry Moore. Der Stolz des Kunstmuseums von Ontario, jener Saal, welcher der Provinz ihren Platz auf der Landkarte der Kunst sicherte.

Außerdem war dies, wie es schien, der Raum, in welchem sie sterben würden.

Er half Jennifer von der Tür weg. Sie kamen an mehreren riesenhaften Darstellungen vorbei, einer Mutter mit Kind, einem Akt, einer abstrakten Figur.

»Warte hier«, forderte er sie auf und setzte sie auf den breiten Sockel einer der Skulpturen. Niemand sonst hielt sich in diesem Raum auf – nicht vormittags an einem Wochentag im November.

Nun zeigt er sich, dachte er und drehte sich um. Der Wolfsfürst trat durch dieselbe Tür, die sie benutzt hatten. Zum zweiten Mal standen sie einander gegenüber an einem Ort, wo die Zeit in der Schwebe schien.

Er hörte Jennifer seinen Namen flüstern. Ohne die Augen von Galadan abzuwenden, hörte er sie mit erschütternd kaltblütiger Stimme sagen:

»Es ist zu früh, Paul. Was immer du bist, nun mußt du es herausfinden. Gelingt dir das nicht, werde ich dich im Sterben verfluchen.«

Und noch während sich ob dieser Worte alles um ihn drehte, sah er Galadan einen langen, schlanken Finger auf den roten Striemen an seiner Schläfe legen. »Dies«, bemerkte der Andain, »habe ich mir zu Füßen deines Baums zugezogen.«

»Du hast Glück«, entgegnete Paul, »daß du noch am Leben bist, um dir überhaupt etwas zuzuziehen.«

»Mag sein«, räumte der andere ein und lächelte wieder, »allerdings nicht mehr Glück, als du es bis jetzt hattest. Ihr beide.« In seiner Hand lag, obwohl Paul nicht gesehen hatte, wie es dorthin gelangt war, ein Messer. Er kam einige Schritte näher. Niemand, wußte Paul, würde jetzt noch den Raum betreten.

Und dann wußte er noch etwas, und etwas regte sich tief in seinem Innern wie eine Woge, und er trat seinerseits vor, weg von Jennifer, und er fragte: »Willst du dich mit dem Zweimal Geborenen Mörnirs messen?«

Und der Wolfsfürst erwiderte: »Aus keinem anderen Grund bin ich hier, auch wenn ich das Mädchen töten werde, sobald du nicht mehr am Leben bist. Denke daran, wen du vor dir hast: Die Kinder von Göttern sind vor mir niedergekniet, um meine Füße zu baden. Noch bist du ein Nichts, Pwyll, der Zweimal Geborene, und zweimal wirst du sterben, ehe ich zulasse, daß du deine Macht entfaltest.«

Paul schüttelte den Kopf. Durch sein Blut rauschte eine Flutwelle, und er hörte sich sagen, wie von weit her: »Dein Vater hat vor mir den Rücken gebeugt, Galadan, willst du es ihm nicht gleichtun, *Sohn des Cernan*?« Und er fühlte seine Kräfte wachsen, als er bemerkte, wie der andere zögerte.

Doch nur einen Augenblick lang. Dann lachte der Wolfsfürst, der seit über tausend Jahren über ungeheure Macht verfügte und Fürst gewesen war unter den Mächtigen, laut heraus, hob noch einmal die Hand und hüllte den Raum in vollkommene Finsternis.

»Von welchem Sohn hätte man je gehört, daß er in die Fußstapfen seines Vaters getreten sei?« spottete er. »Nun gibt es keinen Hund, der dich beschützt, *und ich kann in der Dunkelheit sehen!*«

Das Aufwogen der Kräfte in Paul verebbte.

An seine Stelle trat etwas anderes, eine Stille, eine Weite wie von einem Teich mitten im Wald, und er wußte instinktiv, dies war die wahre Pforte hin zu dem, was er war und sein würde. Umgeben von dieser Stille trat er aufs neue zu Jennifer und sagte zu ihr: »Fürchte dich nicht, aber halte dich an mir fest.« Während er spürte, wie sie seine Hand ergriff und sich neben ihn stellte, richtete er noch einmal das Wort an den Wolfsfürsten, und seine Stimme klang verändert.

»Sklave Maugrims«, erklärte er, »noch kann ich dich nicht besiegen, kann dich nicht wahrnehmen in der Finsternis. Wir werden einander wiedersehen, und auf das dritte Mal kommt es an, wie du weißt. Aber ich bin nicht bereit, deinetwegen an diesem Ort zu verharren.«

Und bei diesen Worten spürte er, wie er in die stille, tiefe Weite hinabglitt, in den Teich in seinem Innern, den die äußerste Not dort entdeckt hatte. Tiefer, immer tiefer versank er, hielt dabei Jennifer fest und nahm sie mit sich fort durch die nun schon vertraute Kälte, durch die Spalten der Zeit, durch den Raum zwischen den Welten des Webers, zurück nach Fionavar.

Kapitel 2

Vae hörte das Klopfen an der Tür. Seit man Shahar nach Norden geschickt hatte, vernahm sie des Nachts häufig Geräusche im Haus, und sie hatte sich dazu erzogen, sie zu überhören, meist jedenfalls.

Doch das laute Pochen unten an die Ladentür ließ sich nicht überhören, da es an winterliche Einsamkeit oder kriegerische Zeiten erinnerte. Es war wirklich und eindringlich, und sie wollte am liebsten nicht wissen, wer das sein mochte.

Doch ihr Sohn stand bereits auf dem Flur vor ihrem Zimmer; schon hatte er Hosen und das warme Wams übergestreift, das sie ihm genäht hatte, als die Schneefälle einsetzten. Er sah schläfrig aus und jung, aber in ihren Augen sah er immer jung aus.

»Soll ich nachschauen gehen?« fragte er tapfer.

»Warte«, gebot Vae. Sie stand selber auf und zog sich einen wollenen Umhang über das Nachtgewand. Es war kalt im Haus, und weit nach Mitternacht. Ihr Mann war nicht da, und sie war allein in dieser winterlichen Kälte mit einem vierzehnjährigen Kind und einem immer dringlicher werdenden Klopfen an ihrer Tür.

Vae entzündete eine Kerze und folgte Finn die Treppe hinunter.

»Warte«, wiederholte sie noch einmal drunten im Laden und entzündete zwei weitere Kerzen, obwohl das eine Verschwendung darstellte. Man machte nicht in einer Winternacht einfach die Tür auf, ohne genügend Licht, um sehen zu können, wer da kam. Als die Kerzen brannten bemerkte sie, daß Finn den eisernen Schürhaken von der Feuerstelle im Obergeschoß mitgebracht hatte. Sie nickte, und er öffnete die Tür.

Mitten im Schnee, der draußen zusammengeweht war, standen zwei Fremde, ein Mann und eine Frau, die jener, einen Arm um ihre Schultern gelegt, stützte. Finn ließ seine Waffe sinken; sie waren unbewaffnet. Im Nähertreten hielt Vae die Kerze hoch und sah zweierlei: daß die Frau doch keine Fremde und daß sie hochschwanger war.

»Wir kennen uns vom Ta'kiena her?« erinnerte sich Vae. »Vom dritten Mal.«

Die Frau nickte. Ihre Augen wandten sich Finn zu, dann richteten sie sich wieder auf seine Mutter. »Er ist noch da«, stellte sie fest. »Das freut mich.«

Finn sagte nichts; er war so jung, daß es ihr das Herz brechen wollte. Der Mann auf der Türschwelle bewegte sich unruhig. »Wir brauchen Hilfe«, erklärte er. »Wir haben auf der Flucht vor dem Wolfsfürsten unsere Welt verlassen. Ich bin Pwyll, dies ist Jennifer. Im letzten Frühjahr haben wir mit Loren den Übergang hierher vollzogen.«

Vae nickte und wünschte sich, Shahar wäre hier statt mit der Lanze seines Großvaters in der windigen Kälte der Nordfeste. Er war Handwerker, kein Soldat, was wußte ihr Mann schon vom Krieg?

»Kommt herein«, lud sie sie ein und trat einen Schritt zurück. Finn schloß hinter ihnen die Tür und verriegelte sie. »Ich bin Vae. Mein Mann ist nicht da. Welche Hilfe könnte ich euch schon bieten?«

»Der Übergang hat verfrühte Wehen bei mir ausgelöst«, eröffnete die Frau mit Namen Jennifer ihr, und Vae sah ihrem Gesicht an, daß sie die Wahrheit sprach.

»Mach Feuer«, wies sie Finn an. »Oben in meinem Zimmer.« Sie wandte sich an den anderen Mann. »Helft ihm. Bringt auf dem Feuer Wasser zum Kochen. Finn wird Euch zeigen, wo das saubere Leinenzeug liegt. Beeilt euch, ihr zwei.«

Sie entfernten sich, nahmen zwei Stufen auf einmal.

Allein im Kerzenschein des Ladens, zwischen der unversponnenen Wolle und den fertigen Waren blickten sie und die andere Frau einander prüfend an.

»Warum ich?« fragte Vae.

Die Augen der anderen waren umwölkt von Schmerzen. »Weil ich«, antwortete sie, »eine Mutter brauche, die weiß, ihr Kind zu lieben.«

In weiter Ferne vernahm Vae einen Laut, wie Musik. Noch vor wenigen Augenblicken hatte sie fest geschlafen; die Frau, die neben ihr in diesem Raum stand, war so schön, daß sie hätte ein Geschöpf aus der Traumwelt sein können, abgesehen von ihren Augen.

»Ich verstehe nicht recht«, gestand Vae.

»Ich werde ihn allein lassen müssen«, erklärte ihr die hochgewachsene Frau. »Könntet Ihr Euer Herz einem zweiten Sohn schenken, wenn Finn sich aufmacht, den Längsten Weg zu nehmen?«

Am hellichten Tag hätte sie nicht gezögert, jedermann zu ohrfeigen oder zu verfluchen, der so unverblümt aussprach, was ihr Innerstes durchdrang wie eine scharfe Klinge. Doch es war Nacht und beinahe wie im Traum, und die andere Frau weinte.

Sie war eine einfache Frau, eine, die zusammen mit ihrem Mann Wolle und Tuch bearbeitete. Sie hatte einen Sohn, der aus Gründen, die ihr unverständlich waren, beim Ta'kiena dreimal auf den Längsten Weg berufen worden war, und dann ein viertes Mal, ehe der Berg Feuer spuckte und vom Krieg kündete. Und nun geschah ihr dies, und sie hörte ferne Musik.

»Ja«, erklärte Vae sich schlicht bereit. »Ich könnte ein zweites Kind lieben. Es ist ein Sohn?«

Jennifer wischte sich die Tränen fort. »Ja, ein Sohn. Doch es gibt noch mehr zu sagen. Er wird ein Andain sein, und ich weiß nicht, welche Bedeutung das hat.«

Vae merkte, daß ihre Hände zitterten. Kind eines Gottes. Das hatte vielerlei Bedeutung; meist jedoch vergessen. Sie nahm einen tiefen Atemzug. »Gut«, bemerkte sie. Die Musik kam ihr lauter vor.

»Noch eines«, fing die goldene Frau nochmals zu sprechen an.

Vae schloß die Augen. »Sagt es mir ruhig.«

Noch lange hielt sie sie geschlossen, nachdem der Name gefallen war. Sie hörte, wie die tiefen Harmonien der Musik verstummten. Dann machte Vae, mutiger, als sie es sich je zugetraut hätte, die Augen auf und versprach: »Er wird viel Liebe brauchen. Ich will es versuchen.« Als sie die andere Frau daraufhin weinen sah, spürte sie, wie das Mitleid in Wellen über sie kam.

Nach einer Wehe faßte Jennifer sich, nur um gleich darauf deutlich sichtbar von schmerzhaften Krämpfen geschüttelt zu werden.

»Wir sollten besser nach oben gehen«, schlug Vae vor. »Dies wird keine leichte Geburt. Schafft Ihr es die Stufen hinauf?«

Jennifer nickte. Sie traten gemeinsam zur Treppe, und Vae schlang den Arm um die andere. Jennifer blieb stehen.

»Wenn Ihr einen zweiten Sohn hättet«, flüsterte sie, »welchen Namen hättet Ihr ihm gegeben?«

Und es war doch die Traumwelt. »Darien«, antwortete Vae. »Nach meinem Vater.«

Es war keine leichte Geburt, aber sie dauerte auch nicht lange. Er war natürlich klein, mehr als zwei Monate zu früh geboren, aber nicht so klein, wie sie erwartet hätte. Als es vorbei war, wurde er ihr einen Augenblick lang an die Brust gelegt. Und als sie zum ersten Mal auf ihren Sohn herabschaute, weinte sie vor Liebe und vor Kummer, den sie für alle Welten empfand, für alle Schlachtfelder, denn er war wunderschön.

Sie schloß die tränenblinden Augen. Dann sprach sie, einmal nur und feierlich, um dafür zu sorgen, daß es so ausgeführt wurde, um die Gewißheit zu haben, daß es so ausgeführt wurde: »Sein Name lautet Darien. Seine Mutter hat ihn so benannt.« Und mit diesen Worten sank sie in ihre Kissen zurück und reichte Vae ihren Sohn.

Vae, die ihn entgegennahm, war verblüfft, wie leicht es ihr doch fiel, ein zweites Mal zu lieben. Sie hatte Tränen in den Augen, während sie ihn in den Armen wiegte. Und machte ihren verschwommenen Blick und das flackernde Kerzenlicht verantwortlich für jenen kurzen Moment – länger dauerte es nicht –, als seine tiefblauen Augen plötzlich rot waren.

Es war noch dunkel, als er auf die Straße trat, und es schneite. Schneewehen hatten sich in den Straßen von Paras Derval aufgetürmt, an den Läden und Wohnhäusern. Er kam am wohlbekannten Wirtshausschild des Schwarzen Keilers vorbei. Die Schenke war unbeleuchtet, die Fensterläden geschlossen, und das Schild knarrte im Wind, der dem Morgengrauen vorausgeht. Niemand außer ihm war unterwegs in den weißverhüllten Straßen.

Er setzte seinen Weg fort, nach Osten bis an den Rand der Stadt und wandte sich dann – obwohl das Vorwärtskommen immer schwerer wurde – nach Norden, den Hang des Palasthügels empor. Im Schloß brannten Lichter, Leuchtfeuer der Wärme inmitten von Wind und wehendem Schnee.

Paul Schafer empfand tiefe Sehnsucht, sich diesen Feuern zu

nähern, sich dort mit Freunden niederzulassen – Loren, Matt, Diarmuid, Coll, selbst mit Aileron, dem grimmigen, bärtigen Großkönig – und zu erfahren, wie es ihnen ergangen war, während er sie Anteil nehmen ließ an der Bürde dessen, was er soeben mit angesehen hatte.

Er widerstand diesem Drang. Das Kind war Jennifers Faden in diesem Gewirk, und sie hatte zumindest eines verdient: daß er davon absah, ihm die Eigenschaft eines Unsicherheitsfaktors zu nehmen, indem er im ganzen Land verbreitete, daß an diesem Tage Rakoth Maugrim ein Sohn geboren worden war.

Darien hatte sie ihn benannt, und Paul dachte daran, daß Kim gesagt hatte: *Ich kenne seinen Namen.* Er schüttelte den Kopf. Dies war eine derart unberechenbare Variable, daß er davon wie betäubt war: Über welche Kräfte würde dieser jüngste Andain verfügen, und wem, oh, wem würde seine Ergebenheit zufallen? Hatte Jennifer an diesem Tag nicht nur einem Gefolgsmann, sondern gar einem Erben der Finsternis das Leben geschenkt?

Beide Frauen hatten geweint, die, welche ihn geboren hatte, und die, welche ihn großziehen sollte. Beide Frauen, aber nicht dieses Kind, nicht dieses schöne blauäugige Kind, das aus zwei Welten zugleich stammte.

Konnten die Andain überhaupt weinen? Paul lotete jenen stillen Ort aus, den Ursprung der Macht, die sie hierher geführt hatte, suchte dort nach einer Antwort, war jedoch nicht überrascht, als er sie nicht fand.

Indem er den letzten wirbelnden Schneehaufen überwand, erreichte er sein Ziel, atmete tief ein, um sich zu entspannen, und zog an der Kette außerhalb des Torbogens.

Tief im Innern des kuppelförmigen Heiligtums der Mutter hörte er eine Glocke anschlagen, dann herrschte wieder Stille. Lange stand er dort im Dunkeln, ehe die mächtigen Türflügel beiseite schwangen und Kerzenschimmer ein Stück weit in die verschneite Nacht hinausdrang. Er trat zur Seite und vor, um zu sehen und gesehen zu werden.

»Keinen Schritt weiter!« warnte eine Frauenstimme. »Ich habe ein Messer.«

Er ließ sich nicht aus der Ruhe bringen. »Dessen bin ich mir sicher«, entgegnete er. »Aber Ihr habt auch Augen, hoffe ich, und solltet erkennen, wer ich bin, denn ich bin nicht das erste Mal hier.«

Sie waren zu zweit, ein junges Mädchen mit der Fackel, und an seiner Seite eine ältere Frau. Dazu kamen andere herbei, brachten weitere Lichter.

Das Mädchen trat vor und hob die Fackel, um sein Gesicht im Flammenschein hell erleuchten zu lassen.

»Bei Dana vom Monde!« hauchte die ältere Frau.

»Ja«, sagte Paul. »Nun beeilt Euch bitte, holt Eure Priesterin. Ich habe wenig Zeit und muß mit ihr sprechen.« Er schickte sich an, den Vorraum zu betreten.

»Halt!« gebot wieder die ältere Frau. »Es ist ein blutiger Preis, den alle Männer zu zahlen haben, um hier eintreten zu dürfen.«

Und dafür brachte er keinerlei Verständnis auf.

Mit einem schnellen Schritt nach vorn packte er ihr Handgelenk und drehte es um. Ein Messer fiel klirrend auf den marmornen Fußboden. Indem er die graugewandete Frau immer noch vor sich herschob, befahl Paul barsch: »Holt sofort die Priesterin!« Keine der Frauen rührte sich; hinter ihm pfiff der Wind durch die offene Tür.

»Laßt sie los«, verlangte das junge Mädchen mit ruhiger Stimme. Er wandte sich ihm zu; es schien nicht älter zu sein als dreizehn Jahre. »Sie hat es nicht böse gemeint«, fuhr das Mädchen fort. »Sie weiß nicht, daß Ihr bereits bei Eurem letzten Hiersein Blut vergossen habt, Zweimal Geborener.«

Das hatte er vergessen: Jaelles Finger, die seine Wange zerkratzt hatten, als er hilflos dalag. Mit zusammengekniffenen Augen musterte er dieses unnatürlich selbstsichere Kind. Er ließ die andere Priesterin los; sie stürzte davon.

»Shiel«, sagte das Mädchen immer noch gänzlich ruhig, »wir sollten die Hohepriesterin herbeirufen.«

»Das erübrigt sich«, mischte sich eine kühlere Stimme ein, und zwischen den Fackeln schritt, ganz in Weiß gekleidet wie immer, Jaelle auf ihn zu und stellte sich ihm Auge in Auge gegenüber. Er sah, daß sie barfuß über den kalten Marmorboden gelaufen war und daß ihr langes, rotes Haar ihr in ungepflegten Locken im Rücken herabhing.

»Tut mir leid, daß ich Euch geweckt habe«, entschuldigte er sich.

»Sprich«, erwiderte sie. »Und sieh dich vor damit. Du hast eine meiner Priesterinnen beschimpft – das wird man dir nicht vergessen.«

Er konnte es sich nicht leisten, die Beherrschung zu verlieren. Was er vorhatte, war ohnehin schon schwierig genug.

»Auch das tut mir leid«, log er. »Und ich bin hier, um mit Euch zu sprechen. Wir sollten dabei allein sein, Jaelle.«

Noch einen Moment ruhte ihr Blick auf ihm, dann wandte sie sich ab. »Bringt ihn in meine Gemächer«, befahl sie.

»Priesterin! Das Blut, er muß –«

»Shiel, kannst du nicht einmal den Mund halten!« fuhr Jaelle sie an und legte damit eine für sie völlig untypische Unruhe an den Tag.

»Ich habe es ihr gesagt«, warf das Mädchen sanft ein. »Er hat schon beim letzten Hiersein geblutet.«

Daran wurde sie nicht gern erinnert. Sie nahm den langen Weg zu ihren Gemächern, damit er durch den Kuppelsaal gehen und die Axt sehen mußte.

An das Bett erinnerte er sich noch. Er war hier an einem regnerischen Morgen erwacht. Es war unberührt. Streng eingehaltene Schicklichkeit, dachte er hämisch; und ein paar Bedienstete, die wußten, was sie zu tun hatten.

»Also gut«, sagte sie.

»Zuerst die Neuigkeiten, bitte. Herrscht hier Krieg?« erkundigte er sich.

Sie begab sich zum Tisch hinüber, wandte sich ihm zu und stützte die Hände hinter sich auf die blanke Fläche. »Nein. Der Winter ist früh und in aller Härte über uns gekommen. Selbst den Svart Alfar fällt es schwer, im Schnee zu marschieren. Die Wölfe haben uns Sorgen gemacht, und es herrscht Mangel an Nahrungsmitteln, aber es ist noch nicht zu einer Schlacht gekommen.«

»Demnach habt ihr Kims Warnung gehört?« *Greift nicht an, er erwartet euch in Starkadh!* hatte Kim geschrien, als sie mit dem Übergang begonnen hatten.

Jaelle zögerte. »Ich habe sie gehört, ja.«

»Sonst niemand?«

»Ich hatte ihr zuliebe das Avarlith angezapft.«

»Daran erinnere ich mich. Es kam so unerwartet.« Sie machte eine ungeduldige Handbewegung. »Demnach hat man auf Euch gehört?«

»Möglicherweise.« Diesmal verriet sie sich nicht. Doch er konnte sich denken, was vorgefallen war, da er vom tiefen Mißtrauen sämtlicher an jenem Morgen im Großen Saal versammelter Männer gegenüber der Hohepriesterin wußte.

»Was nun?« fragte er jedoch nur.

»Wir warten das Frühjahr ab. Aileron berät sich mit jedermann, der mit ihm zu sprechen verlangt, doch alle warten auf den Frühling. Wo ist die Seherin?« Diese Frage schien ihr wichtig zu sein.

»Sie wartet auch. Auf einen bestimmten Traum.«

»Warum bist du hier?« fragte sie.

Da hörte er auf zu lächeln und sprach zu ihr, ohne jede Leichtfertigkeit: der Pfeil Mörnirs zu der Priesterin der Mutter. Alles sagte er. Er nannte ihr leise den Namen des Kindes und, leiser noch, seinen Vater.

Sie verharrte reglos, während er erzählte und danach; keinerlei Anzeichen von Wirkung, die er damit bei ihr erzielte. Er mußte ihre Selbstbeherrschung bewundern. Dann wiederholte sie ihre Frage, wenn auch in anderem Tonfall: »Warum bist du hier?«

Und er gab zur Antwort: »Weil Ihr Jennifer im vergangenen Frühling zur Gastfreundin ernannt habt.« Darauf war sie nicht vorbereitet gewesen – diesmal war es in ihrem Gesicht zu lesen. Für ihn eine Art Triumph, doch dieser Augenblick war bei weitem zu bedeutsam, um sich mit dem Zählen von Gewinnpunkten im Machtkampf aufzuhalten. Um der Sache die Spitze zu nehmen, fuhr er fort: »Loren würde wegen der damit verbundenen Unwägbarkeiten zu mißtrauisch sein, und ich dachte, Ihr wärt in der Lage, damit fertig zu werden. Wir brauchen Euch.«

»Ihr vertraut mir in dieser Angelegenheit?«

Nun war es an ihm, ungeduldig abzuwehren. »Oh, Jaelle, nun übertreibt nicht Eure eigene Böswilligkeit. Ihr seid mit den hiesigen Machtverhältnissen ganz und gar nicht zufrieden, das sieht doch jeder Narr. Aber nur ein sehr großer Narr würde das damit verwechseln, auf welcher Seite Ihr in diesem Krieg steht. Ihr dient der Göttin, die jenen Mond gesandt hat, Jaelle. Von allen Männern besteht bei mir die geringste Wahrscheinlichkeit, daß ich dies vergesse.«

In diesem Moment wirkte sie sehr jung. Unter ihrer weißen Robe verbarg sich ein Frauenkörper, ein Mensch, nicht bloß ein Sinnbild; er hatte den Fehler begangen, ihr das einmal zu sagen, in eben diesem Raum, während draußen der Regen fiel.

»Was ist es, das Ihr braucht?«

Sein Tonfall war entschieden. »Eine Hüterin des Kindes. Und natürlich völlige Geheimhaltung, noch ein Grund, warum ich zu Euch gekommen bin.«

»Ich werde die Mormae in Gwen Ystrat davon unterrichten müssen.«

»Das dachte ich mir.« Er stand auf, begann auf und ab zu gehen, während er sprach. »Das gleiche gilt, nehme ich an, für die Mormae?«

Sie nickte. »Es gilt auf jeder Ebene des Priesterinnentums, doch dies wird auf den inneren Kreis beschränkt bleiben.«

»Gut«, sagte er und blieb dicht vor ihr stehen. »Aber damit habt Ihr ein Problem.«

»Welches?«

»Dies!« Und er streckte die Hand aus und zog hinter ihr eine verborgene Tür auf, packte die Lauscherin dahinter am Kragen und zerrte sie in den Raum hinein, so daß sie auf den teppichbedeckten Boden fiel.

»Leila!« rief Jaelle aus.

Das Mädchen ordnete seine graue Robe und rappelte sich auf. Ihre Augen verrieten eine Spur von Besorgnis, aber nur eine kleine Spur, sah Paul, und sie hielt den Kopf hoch erhoben, als sie sich den beiden Erwachsenen zuwandte.

»Dafür hättest du den Tod verdient«, erklärte Jaelle mit erschrekkend eisiger Stimme.

Doch Leila erwiderte kühn: »Ist das ein Thema, das wir in Gegenwart eines Mannes ansprechen sollten?«

Jaelle zögerte, doch nur eine Sekunde lang. »Genau das werden wir tun«, entgegnete sie, und Paul wurde von der plötzlich eintretenden Veränderung ihres Tons überrascht. »Leila«, hielt ihr die Hohepriesterin gütig vor, »es steht dir nicht zu, mich zu belehren, ich bin nicht Shiel oder Marline. Du trägst erst seit zehn Tagen den grauen Ornat, und du hast dich deinem Rang entsprechend zu verhalten.«

Nach Pauls Geschmack war das zuviel Milde. »Zur Hölle damit! Was hatte sie da zu suchen? Was hat sie mit angehört?«

»Ich habe alles gehört«, gab Leila zu.

Jaelle war erstaunlich gelassen. »Das glaube ich dir«, sagte sie. »Nun erzähle mir, warum.«

»Wegen Finn«, antwortete Leila. »Weil ich ihm angesehen habe, daß er von Finn gekommen ist.«

»Ah«, bemerkte Jaelle bedächtig. Dann trat sie zu dem Kind und strich ihm nach kurzem Verharren mit einem ihrer langen Finger über die Wange, eine beunruhigend zärtliche Geste. »Natürlich.«

»Nun verstehe ich nichts mehr«, war alles, was Paul dazu äußern konnte.

Sie drehten sich beide nach ihm um. »Das müßte aber nicht sein«, erwiderte Jaelle, wieder vollkommen beherrscht. »Hat Jennifer dir nicht vom Ta'kiena erzählt?«

»Ja, aber . . .«

»Und warum sie das Kind in Vaes Haus zur Welt bringen wollte? Im Hause von Finns Mutter?«

Oh. Jetzt wurde ihm alles klar. Er sah die schlanke, brünette Leila an. »Sie war das?« fragte er.

Das Mädchen antwortete ihm persönlich. »Ich habe Finn auf den Längsten Weg berufen. Dreimal und dann noch einmal. Ich stehe mit ihm in geistiger Verbindung, bis er uns verläßt.«

Nun herrschte Schweigen. »Gut, Leila«, beendete Jaelle das Gespräch. »Laß uns jetzt allein. Du hast getan, was du tun mußtest. Zu keinem ein Wort darüber.«

»Ich glaube, das könnte ich gar nicht«, beteuerte Leila mit kleinlauter Stimme. »Um Finns willen. Manchmal ist in mir ein Ozean. Ich glaube, er würde mich ertränken, wenn ich es versuchte.« Sie wandte sich ab, verließ den Raum und machte leise die Tür hinter sich zu.

Paul betrachtete die Priesterin im Licht der hohen Kerzen und stellte fest, daß er in ihren Augen noch nie zuvor Mitleid entdeckt hatte.

»Du wirst sie ungestraft davonkommen lassen?« murrte er.

Jaelle nickte, den Blick immer noch auf die Tür gerichtet, durch die das Mädchen verschwunden war. »Jeden anderen hätte ich getötet, glaube mir.«

»Aber nicht sie?«

»Nicht sie.«

»Warum?«

Sie wandte sich ihm zu. »Lasse mir dieses eine Geheimnis«, bat sie leise. »Es gibt Rätsel, die besser nicht gelöst werden, Pwyll. Selbst für dich.« Zum ersten Mal hatte sie ihn beim Namen genannt. Ihre Blicke begegneten sich, und diesmal war es Paul, der ihn als erster abwandte. Mit ihrer Geringschätzung konnte er fertig werden, doch ihre Augen vermittelten die Ahnung von einer Macht, älter und tiefgreifender als jene, mit der er am Baum in Berührung gekommen war.

Er räusperte sich. »Wir sollten von hier fort sein, wenn der Morgen graut.«

»Ich weiß«, stimmte Jaelle zu. »Ich werde gleich jemanden aussenden, sie hierher zu holen.«

»Wenn ich das selbst tun könnte«, sagte er, »würde ich Euch nicht darum bitten. Ich weiß, daß es das Avarlith aufzehren wird.«

Sie schüttelte den Kopf; das Kerzenlicht ließ ihr Haar schimmern. »Du hast Großes vollbracht, sie ganz allein hierher zu bringen. Der Weber allein weiß, wie du es geschafft hast.«

»Also, mir ist es jedenfalls nicht klar«, gestand er ein.

Sie schwiegen. Es war sehr still im Innern des Heiligtums, in ihrem Gemach.

»Darien«, sagte sie.

Er holte Luft. »Ich weiß. Fürchtet Ihr Euch?«

»Ja«, gab sie offen zu. »Und du?«

»Sehr.«

Sie überbrückten den teppichbedeckten Zwischenraum zwischen ihnen mit einem Blick, ungeheuer groß war diese Entfernung.

»Wir sollten jetzt endlich handeln«, drängte er schließlich.

Sie hob die Hand und zog an einer Schnur in ihrer Nähe. Irgendwo ertönte eine Glocke. Als jemand daraufhin kam, erteilte sie unverzüglich, aber wohlüberlegt ihre Befehle, und es schien kaum Zeit verstrichen zu sein, da kamen die Priesterinnen auch schon mit Jennifer zurück.

Danach ging alles sehr schnell vonstatten. Sie begaben sich in den Kuppelsaal, und dem Mann wurden die Augen verbunden. Sie verwendete ihr eigenes Blut, was einige der anderen überraschte, dann sandte sie ihre Gedanken nach Gwen Ystrat, fand als erste Audiart, dann die anderen. Sie wurden unterrichtet, gaben ihr Einverständnis zu erkennen, dann machten sie sich gemeinsam auf die Reise in die Tiefe, berührten Dun Maura und fühlten sich allesamt von der Erdwurzel durchdrungen.

»Lebwohl«, hörte sie ihn sagen, während für sie die Veränderung eintrat, wie es immer der Fall gewesen war – wie es sie schon als dreizehnjähriges Kind gekennzeichnet hatte – und ein Leuchten wie Mondschein ihren Körper durchflutete. Sie lenkte es in die gewünschte Bahn, sprach ein Dankgebet und spann sodann das Avarlith aus, um sie in die Heimat zu schicken.

Als es vorbei war, war sie zu erschöpft, um etwas anderes zu tun, als zu schlafen.

Dort in dem Haus neben der Rasenfläche, wo das Ta'kiena gesungen worden war, saß Vae am Feuer und hielt ihr neues Kind in den Armen. Die graugekleideten Priesterinnen hatten Milch und Windeln mitgebracht und weitere Geschenke versprochen. Finn hatte bereits eine provisorische Wiege für Darien aufgestellt.

Sie hatte ihm erlaubt, für kurze Zeit seinen Bruder auf den Arm zu nehmen, und das Herz war ihr aufgegangen beim Anblick des freudigen Glanzes seiner Augen. Vielleicht würde ihn das sogar veranlassen hierzubleiben, dachte sie: Vielleicht war dieses Ehrfurcht einflößende Geschöpf ja so mächtig, daß es den Ruf bezwingen konnte, den Finn vernommen hatte. Vielleicht.

Und noch ein Gedanke kam ihr: Was der Vater auch sein mochte, und sie belegte seinen Namen mit einem Fluch, ein Kind lernte lieben durch die Liebe, die es erfuhr, und sie würden ihm alle Liebe geben, derer es bedurfte, sie und Finn und Shahar, sobald er zurückkehrte. Wie konnten sie anders, als ein Kind lieben, das so still und so schön war, mit Augen so blau – blau wie Ginserats Wachtsteine, dachte sie, und dann erinnerte sie sich, daß sie zerbrochen waren.

Kapitel 3

Paul, der am anderen Ende der Straße Ausschau gehalten hatte, pfiff zum Zeichen, daß die Luft rein war. Dave stützte sich auf einen der Pfähle, setzte über den Zaun und fluchte leise, als er knöcheltief im Frühjahrsmatsch versank.

»Okay«, sagte er. »Jetzt die Mädchen.«

Kevin half zunächst Jen, dann Kim, auf dem gespannten Drahtseil Fuß zu fassen, damit Dave sie hochheben und auf die andere Seite holen konnte. Sie hatten sich Sorgen gemacht, der Zaun könne elektrisch geladen sein, aber Kevin hatte ihn zuvor überprüft und herausgefunden, daß er es nicht war.

»Ein Auto!« warnte Paul sie mit erhobener Stimme.

Sie warfen sich auf den kalten, matschigen Erdboden, bis das Scheinwerferlicht an ihnen vorbei war. Dann stand Kevin auf und sprang ebenfalls über den Zaun. Dieser Teil ihres Unternehmens war einfach, aber weiter drinnen reagierte der Boden auf Druck, wie sie wußten, und im unterirdischen Wachraum würde ein Alarm ausgelöst werden, wenn sie bis dorthin vordrangen.

Paul kam herbeigelaufen und überwand geschickt den Zaun. Er und Kevin wechselten einen raschen Blick. Trotz der Ungeheuerlichkeit ihres Vorhabens fühlte Kevin grimmige Erheiterung in sich aufsteigen. Es war ein Vergnügen, wieder etwas unternehmen zu können, und ein Täuschungsmanöver, ein Coup von solchem Ausmaß ...

»Also gut«, sagte er, leise und befehlsgewohnt. »Jen, du gehst mit mir. Bereite dich darauf vor, hier die Sexbombe zu spielen. Dave und Paul – ihr wißt, was ihr zu tun habt?« Sie nickten. Er wandte sich an Kim. »Alles klar, Süße. Leg los. Und ...«

Er versummte mitten im Satz. Kim hatte ihre Handschuhe ausgezogen. Der Baelrath an ihrer Rechten schimmerte – er wirkte wie ein lebendiges Wesen. Kim hob ihn über ihre Köpfe an.

»Mögen die Mächte der Toten mir dies verzeihen«, betete sie und ließ sich vom Licht vorwärts treiben, vorbei am zerbröckelnden Endstein von Stonehenge.

Eines Nachts, der Frühling hatte kaum begonnen, hatte sie endlich den zweiten Schritt getan. Es hatte so lange gedauert, bis er kam, daß sie angefangen hatte, darüber zu verzweifeln, aber wie konnte man einen Traum zwingen, sich zu zeigen? Ysanne hatte sie das nie gelehrt. Auch das große Geschenk der Seherin hatte ihr dies eine versagt. Träumerin des Traums, das war sie jetzt, aber es war soviel Warten damit verbunden, und nie, niemals hatte man Kim als einen geduldigen Menschen bezeichnen können.

Wieder und immer wieder während des Sommers nach ihrer Rückkehr und den folgenden Winter hindurch – der noch längst nicht vorbei war, obwohl der April ins Land gekommen war –, immer war das gleiche Bild durch ihre Nächte gehuscht, aber nun erst wußte sie es zu deuten. Sie kannte diesen ersten Schritt auf dem Weg hin zu jenem Krieger seit einer ihrer Nächte in Paras Derval. Die aufgetürmten Steine und der Wind über dem Gras waren ihr so vertraut wie irgend möglich, und sie wußte, wo sie sich befanden.

Es war die Zeit, die sie verwirrt hatte, sonst wäre das Ganze trotz der verschwommenen Visionen jener ersten Träume, als sie ihre Kräfte soeben erst entdeckt hatte, einfach zu verstehen gewesen: Sie hatte den Ort nicht gesehen, wie er in der Gegenwart war, sondern so, wie er vor dreitausend Jahren ausgesehen hatte.

Stonehenge. Wo ein König begraben lag, zu seiner Zeit ein Hüne, aber klein, winzig klein gegen den, dessen geheimen Namen er hinter den Mauern des Todes unantastbar verborgen hielt.

Unantastbar für jedermann, bis letztendlich auf sie. Wie immer empfand sie angesichts des Wesens dieser Macht überwältigenden Kummer: Nicht einmal die Toten durften vor ihr Ruhe haben, so schien es, vor Kimberly Ford mit dem Baelrath am Finger.

Stonehenge, nun wußte sie es. Der Ausgangspunkt. Das geheime Buch Gortyn hatte sie unter der Hütte am See entdeckt, und darin mühelos, denn Ysanne war in ihr, jene Worte gefunden, die den verstorbenen Hüter veranlassen würden, sich von seinem Lager zu erheben.

Doch eines hatte sie noch gebraucht, denn der Tote war mächtig gewesen und würde nicht ohne weiteres bereit sein, das Geheimnis preiszugeben: Sie hatte von jenem anderen Ort erfahren müssen, dem nächsten, dem letzten. Dem Ort der Anrufung.

Und dann, in einer Nacht im April, erfuhr sie ihn.

Es hätte sie ein zweites Mal in die Irre geführt, dieses langersehnte Bild, wäre sie nicht auf den Streich vorbereitet gewesen, den die Zeit ihr zu spielen versuchte. In ihren Träumen wandelten die Seherinnen durch Verschlingungen, die sich unsichtbar durch den Fadenlauf des Webers am Webstuhl zogen, und sie mußten darauf vorbereitet sein, das Unerklärliche zu sehen.

Sie aber war darauf gefaßt, auf dieses Bild einer Insel, klein und grün, in einem stillen See, blank wie Glas im Licht einer tiefstehenden, soeben aufgegangenen Mondsichel. Eine Szene von so außerordentlicher Friedlichkeit, daß sie noch vor einem Jahr geweint hätte angesichts der Verheerung, die sie anrichten würde, wenn sie dorthin kam.

Nicht nur vor einem Jahr, nicht einmal so lange. Doch, oh, sie hatte sich verändert, und obwohl der Kummer tief in ihrem Innern festsaß – tief wie ein Felsen war er, und ebenso dauerhaft –, war doch die Not zu groß und die Verzögerung zu lang, als daß sie sich den Luxus erlaubt hätte, den Tränen bedeuteten.

Sie erhob sich aus ihrem Bett. Der Kriegsstein flackerte, strahlte gedämpftes, ahnungsvolles Licht aus. Schon bald würde er auflodern, wußte sie, Feuer würde sie an ihrer Hand tragen. Auf der Küchenuhr sah sie, daß es vier Uhr morgens war. Und obendrein sah sie Jennifer am Tisch sitzen, und den Kessel, in welchem gerade das Wasser zu kochen begann.

»Du hast geschrien«, wandte sich Jennifer an sie. »Ich habe mir gedacht, nun passiert etwas.« Kim setzte sich auf einen der anderen Stühle. Sie zog den Gürtel ihres Morgenmantels fester. Es war kühl in der Wohnung, und ihre Wanderungen hinterließen bei ihr jedesmal das Gefühl zu frieren.

»Du hattest recht«, gab sie müde zu.

»Du weißt, was du zu tun hast?«

Sie nickte.

»Ist alles in Ordnung?«

Sie zuckte die Achseln. Zu schwer zu erklären. Seit einiger Zeit hatte sie viel Verständnis für die Gründe, aus denen Ysanne sich in die Einsamkeit an ihren See zurückgezogen hatte. Es gab zwei Lichtquellen im Raum; eine über dem Herd und die andere an ihrer Hand.

»Wir sollten die anderen zusammentrommeln«, schlug sie vor.

»Das hab' ich schon getan. Sie werden bald hiersein.«

Kim warf ihr einen strengen Blick zu. »Was habe ich im Schlaf gesprochen?«

Jennifers Augen blickten wieder voller Güte; so war es seit Dariens Geburt. »Du hast gerufen, man solle dir vergeben«, antwortete sie. *Die Toten würde sie aus ihrer Ruhe reißen, und die Untoten in ihr Verderben.*

»Da hab' ich wohl herzlich wenig Chancen«, sagte Kimberly.

Es klingelte an der Tür. Einen Augenblick später waren sie alle um sie herum versammelt, besorgt, zerzaust, verschlafen. Sie blickte zu ihnen auf. Sie warteten, doch das Warten war vorüber, sie hatte eine Insel gesehen und einen See wie Glas.

»Wer kommt mit mir nach England?« fragte sie, mit spröder, gespielter Heiterkeit in der Stimme.

Alle wollten sie mitkommen, wie es schien. Selbst Dave, der seinen Kanzleijob tatsächlich kündigen mußte, um innerhalb von vierundzwanzig Stunden zur Verfügung zu stehen. Noch vor einem Jahr hatte er einen Stapel Arbeitspapiere zum Thema Beweisführung nach Fionavar mitgeschleppt, so sehr war ihm daran gelegen, als Jurist erfolgreich zu sein. Er hatte sich sehr verändert, sie alle hatten sich verändert. Nachdem sie gesehen hatten, wie der Rangat seine unheilvolle Hand erhob, wie hätten sie anders gekonnt, als alles übrige für unwesentlich zu halten?

Und doch, was konnte unwesentlicher sein als ein Traum? Und ein Traum war es doch, der die vier veranlaßt hatte, sich mit ihr zusammen in die Boeing 747 nach London zu stürzen und mit einem in Heathrow gemieteten, von Kevin Laine riskant und mit viel zu hoher Geschwindigkeit gesteuerten Renault nach Amesbury in der Nähe von Stonehenge zu rasen.

Kevin war gehobener Stimmung. Endlich erlöst aus dem Zustand des Abwartens – monatelanges Vortäuschen von Interesse an den Lehrgängen Steuerrecht, Grundbesitz und Zivilprozeßführung, die seiner Zulassung als Anwalt vorausgingen –, ließ er den Wagen über eine Kreuzung mit Kreisverkehr schießen, ohne auf Daves Aufschrei zu achten, und brachte ihn mit quietschenden Reifen vor einem uralten Hotel und Wirtshaus zum Stehen, das, wie konnte es anders sein, The New Inn hieß. Es mußte einfach so heißen; sie waren schließlich in England.

Er und Dave kümmerten sich um das Gepäck – keiner hatte mehr dabei als eine Reisetasche –, während Paul das Anmeldeformular ausfüllte. Auf dem Weg nach drinnen kamen sie am Eingang zur Bar vorbei. Ziemlich voll um die Mittagszeit, aber Kevin erhaschte einen Blick auf ein hübsches, sommersprossiges Mädchen, das hinter der Theke bediente.

»Weißt du«, teilte er Dave mit, während sie darauf warteten, daß Paul mit der Zimmerreservierung fertig wurde, »daß ich mich kaum noch erinnern kann, wann mich das letzte Mal eine umgelegt hat?«

Dave, dem es ebenso erging, und das mit größerer Berechtigung, grunzte nur. »Wie wär's, wenn du mal zur Abwechslung deine Gedanken aus der Hose nehmen würdest?«

Das war wohl eine schlüpfrige Bemerkung von ihm gewesen, dachte Kevin. Aber er war kein Mönch und konnte auch nicht so tun, als ob er einer wäre. Diarmuid würde das verstehen, überlegte er, obwohl er sich zugleich fragte, ob der liederliche Prinz in der Lage wäre, zu begreifen, was in Kevin beim Liebesakt vorging oder gar was es war, dem er so hartnäckig nachjagte. Höchst unwahrscheinlich, grübelte Kevin, schließlich wußte er es selber nicht so genau.

Paul hatte die Schüssel; zwei angrenzende Zimmer, eines mit drei Einzelbetten, das andere mit einem Doppelbett.

»Wie teilen wir die Schlafplätze auf?« versuchte Kevin zu scherzen, erhielt jedoch keine entsprechende Antwort.

Indem sie Kimberly, die darauf bestanden hatte, allein in ihrem Zimmer zurückließen, fuhren die vier ein Stück in westlicher Richtung und schlossen sich den Reisebussen und Kleinbildkameras an der Gedenkstätte an. Sobald sie dort ankamen, wurde Kevin, trotz des etwas schäbigen Anblicks bei Tageslicht, wieder nüchtern und besonnen. Sie hatten zu tun, mußten sich auf die Ereignisse der kommenden Nacht vorbereiten.

Im Flugzeug hatte Dave sich danach erkundigt. Es war schon sehr spät gewesen, der Film vorbei, die Beleuchtung gedämpft. Jennifer und Paul hatten geschlafen, als der hünenhafte Mann herübergekommen war, dorthin, wo Kevin und Kim saßen, wach, aber schweigend. Kim hatte die ganze Zeit nichts gesagt, war mit ihren Gedanken weit fort in einem beunruhigenden, aus Träumen geborenen Land.

»Was haben wir dort eigentlich vor?« hatte Dave sie schüchtern gefragt, als hätte er Angst, sie zu stören.

Und das weißhaarige Mädchen neben Kevin hatte sich dazu aufgerafft, zu antworten: »Ihr Vier werdet tun müssen, was es zu tun gibt, damit ich genügend Zeit für alles habe.«

»Wofür denn?« wollte Dave weiter erfahren, und Kevin hatte Kim den Kopf zugewandt und sie angesehen, während sie, bei weitem zu sachlich, ihre Antwort formulierte. »Einen König von den Toten auferstehen zu lassen und ihn zu zwingen, daß er den Namen preisgibt, auf den sein Sohn hören muß. Wenn das geschafft ist, bin ich auf mich allein gestellt.«

Da hatte Kevin an ihr vorbei aus dem Fenster geblickt und jenseits der Tragfläche die Sterne gesehen; sie flogen hoch droben über tiefes Wasser.

»Wie spät ist es?« fragte Dave nun schon zum fünften Mal und versuchte mit seiner Nervosität fertig zu werden.

»Nach elf«, gab ihm Paul Bescheid und fuhr fort, mit einem Löffel herumzuspielen. Sie befanden sich in der Bar des Hotels; er, Dave und Jen saßen am Tisch, und Kevin, es war nicht zu glauben, stand drüben an der Theke und schäkerte mit der Kellnerin. Aber eigentlich war es so unglaublich nun auch wieder nicht; er kannte Kevin Laine schließlich lange genug.

»Wann, verdammt noch mal, kommt sie runter?« In Daves Stimme schwang Gereiztheit mit, echte Gereiztheit, und Paul konnte spüren, wie in ihm selber die Anspannung wuchs. Mitten in der Nacht würde der Ort ganz anders aussehen, wußte er, ohne das Gedränge. Unter den Sternen würde Stonehenge weit in die Vergangenheit zurückfallen. Es war dort nach wie vor eine Macht spürbar, und er wußte, in dieser Nacht würde sie offenkundig werden.

»Wissen alle, was sie zu tun haben?« fragte er zum wiederholten Male. Dave war nicht der einzige.

»Ja, Paul«, versicherte Jennifer überraschend ruhig. Beim Abendessen hatten sie ihr Vorgehen besprochen, nach ihrer Rückkehr von der Gedenkstätte. Kim hatte ihr Zimmer nicht verlassen, schon seit ihrer Ankunft nicht.

Kevin kam mit einem vollen Bierglas wieder an den Tisch geschlendert.

»Du besäufst dich doch nicht etwa?« erkundigte Dave sich streng.

»Sei kein Idiot. Während ihr hier rumgesessen und langsam verschimmelt seid, habe ich die Namen von zwei Wachleuten dort draußen besorgt. Len ist der Große mit dem Bart, und der andere heißt Dougal, behauptet Kate.«

Die beiden Männer schwiegen.

»Gut gemacht«, lobte Jennifer.

»Okay«, sagte Kim, *»laßt uns gehen.«* In Fliegerjacke und Schal gehüllt stand sie am Tisch. Ihre Augen unter den weißen Locken blickten ein wenig wirr, und ihr Gesicht war totenblaß. Auf ihrer Stirn zeigte sich eine einzelne senkrechte Falte. Sie hob die Hände; sie steckten in Handschuhen.

»Vor fünf Minuten hat er zu glühen angefangen«, erklärte sie. »Es ist Zeit, denke ich.«

Und so war sie an jenen Ort gekommen, und es war in der Tat an der Zeit, hier und jetzt sich zu offenbaren, den Baelrath zu zeigen, wie er mit tiefrotem Leuchten seine Macht kundtat. Der Kriegsstein war er, gefunden, nicht von Menschenhand geschaffen, und vollkommen unberechenbar, doch es herrschte Krieg, und der Ring erwachte zum Leben, trug sie mit sich fort, vorbei an den hohen, von Dunkelheit umhüllten Steinen, dem umgestürzten, dem schiefstehenden, bis hin zum höchsten aller Quersteine. Dort hielt sie inne.

Hinter ihr ertönte Geschrei. Weit hinter ihr. Doch die Zeit war gekommen. Und Kim hob die Hand vor ihr Gesicht und rief mit kalter Stimme, die keine Ähnlichkeit mit der Stimme hatte, die sie benutzte, wenn ihr gestattet war, sie selbst zu sein, nur Kim, und sprach in das Schweigen, in die lauernde Stille hinein Worte von ungeheuerlicher Macht, um die Toten jenseits der Mauern der Ewigen Nacht herbeizurufen.

»Damae Pendragon! Sed Baelrath riden log verenth. Pendragon rabenna, nisei damae!«

Der Mond war noch nicht aufgegangen. Inmitten der uralten

Quadern leuchtete der Baelrath heller als jeder Stern. Er tauchte die gigantischen steinernen Zähne in gespenstisches Licht. An seiner Strahlkraft war nichts Zartes oder Mildes, nichts, das von Schönheit zeugte. Sie war gekommen, um Zwang auszuüben, vermittels jener Macht, die sie mitbrachte, und des Geheimnisses, von dem sie wußte. Sie war gekommen zum Zwecke der Anrufung.

Und dann, als ein Luftzug aufkam, wo zuvor keiner gewesen war, wußte sie auch, daß es ihr gelungen war.

Sie stemmte sich dem Wind entgegen, den Baelrath vor sich erhob, und sah genau in der Mitte des Monuments eine Gestalt auf dem Altarstein stehen. Groß war sie und düster, in Dunst gehüllt wie in ein Leichentuch, nur zur Hälfte Fleisch geworden im Zwielicht der Sterne und des Kriegssteins. Sie kämpfte gegen seine Anziehungskraft, gegen den Sog; er war so lange tot gewesen, und sie hatte ihn zur Auferstehung gezwungen.

Hier war kein Raum für Kummer, und hätte sie Schwäche gezeigt, hätte das die Anrufung unterbrechen können. Sie sprach zu ihm:

»Uther Pendragon, höre auf mich, denn ich befehle deinem Willen!«

»Erteile mir keine Befehle, ich bin ein König!« Seine Stimme war schrill, bis zum äußersten gedehnt am Faden der Jahrhunderte, doch nach wie vor gebieterisch.

Kein Raum für Gnade. Gar keiner. Sie wappnete ihr Herz dagegen. »Du bist tot«, schleuderte sie ihm kaltblütig entgegen, inmitten des kalten Windes. »Und dem Stein unterworfen, den ich trage.«

»Wie käme ich dazu?«

Der Luftzug wurde stärker. »Um Ygraines willen, die du hintergangen, um eines Sohnes willen, den du treulos gezeugt hast.« Die alte, alte Sage.

Uther richtete sich zu seiner vollen Größe auf, und er ragte hoch empor über sein Grabmal. »Hat er sich etwa nicht über alle Maßen herrlich erwiesen?«

Kimberly blieb unerbittlich: »Und dennoch«, und war nun von einer Qual erfüllt, gegen die kein Wappnen half. »Ich will ihn bei jenem Namen rufen, den du hütest.«

Der tote König streckte den Sternen, die ihnen zusahen, die

Hände entgegen. »Hat er denn nicht genug gelitten?« rief der Vater mit einer Stimme, die den Wind übertönte.

Und hierauf gab es keine passende Antwort, also sagte sie: »Ich habe keine Zeit, Uther, und er wird gebraucht. Beim Leuchten meines Steins nötige ich dich – *wie lautet der Name?*«

Sie konnte die Unbeugsamkeit in seinem Gesicht erkennen und stählte sich, damit er die Unentschlossenheit nicht an dem ihren ablese. Er leistete ihr Widerstand; sie konnte spüren, wie die Erde ihn fortzuzerren versuchte, in die Tiefe.

»Kennst du den Ort?« fragte Uther Pendragon.

»Ich kenne ihn.«

Und in seinen Augen sah sie, wie durch Nebel oder Rauch, das Wissen, daß sie ihn kannte und Uther mit Hilfe des Baelrath bezwingen würde. Ihre Seele wand sich vor Schmerz bei diesem Anblick. So stahlhart konnte sie nicht sein, wie es schien.

Er, verzweifelnd: »Er war noch jung, als es geschah. Und furchtsam, wegen der Prophezeiung. Kann man denn kein Mitleid mit ihm haben? Gibt es denn kein Erbarmen?«

Wer war sie schon, daß die stolzen Könige der Toten so flehentlich bitten mußten? »Den Namen!« forderte Kimberly in das Pfeifen des Windes hinein, und sie hob den Ring hoch über ihr Haupt, um ihn zu unterwerfen.

Und nachdem er bezwungen war, nannte er ihn ihr, und es hatte den Anschein, als würden überall die Sterne vom Himmel fallen, und sie hatte sie zu ihrem Sturz veranlaßt mit dem, was sie war.

Flammend rot war sie, ungezügelt war sie, die Nacht konnte sie nicht aufhalten. Sie würde emporsteigen, um wie rotes Mondlicht von oben herabzufallen, doch nicht hier. An einem anderen Ort, am letzten Ort, an der Ruhestätte.

Hoch über dem Meeresspiegel lag er. Hoch genug, um einst eine Insel in einem See wie Glas gewesen zu sein. Dann waren in ganz Somerset die Wasser zurückgewichen und hatten eine Ebene hinterlassen, wo dereinst der See gewesen war, und einen Hügel mit sieben Kuppen, der sich aus dieser Ebene erhob. Ist jedoch ein Ort früher einmal eine Insel gewesen, dann hält sich dort das Andenken an Wasser, an den Zauber des Wassers, ganz gleich, wie weit das Meer entfernt sein mag oder wie lange es her ist, daß es sich zurückgezogen hat.

Und dies traf zu auf Glastonbury Tor, das man zu seiner Blütezeit Avalon genannt und das drei Königinnen gesehen hatte, welche einen sterbenden König an seine Gestade ruderten.

Insoweit kamen die überlieferten Legenden der Wahrheit nahe, doch in jeder anderen Hinsicht waren sie ihr so fern, daß allein das schon Anlaß zur Trauer gab. Kim blickte sich auf der höchsten Kuppe stehend um, und da sah sie den neuen Mond im Osten über der weiten Ebene aufgehen. Der Baelrath begann immer schwächer zu leuchten, noch während sie in diesen Anblick versunken war. Und damit versiegte auch die ungestüme, in ihrem Innern umherwirbelnde Kraft, die sie hierhergeführt hatte.

Eines blieb ihr zu tun, solange das Leuchten noch vorhielt, und indem sie den Ring emporstreckte, wandte sie sich, ein Fanal in der Nacht, um in Richtung Stonehenge, das jetzt in weiter Ferne lag. Sie sandte ihre Gedanken aus, wie sie es schon einmal getan hatte, doch nun fiel es ihr leichter, sie war sehr stark in dieser Nacht, und sie fand die vier versammelt, Kevin und Paul, Jennifer und Dave, und ehe der Kriegsstein erlosch, sandte sie sie nach Fionavar mit dem letzten roten Funken, den Stonehenge in ihm entfacht hatte.

Dann wurde aus dem Licht, das sie trug, nichts als ein Ring an ihrem Finger, und es wurde dunkel auf dem windigen Gipfel des Tor.

Es gab genug Mondlicht, daß sie die Kapelle erkennen konnte, die dort an die siebenhundert Jahre zuvor errichtet worden war. Sie hatte zu zittern begonnen, und nicht nur vor Kälte. Der flammende Ring hatte sie aufgerichtet, hatte ihr eine Entschlossenheit verliehen, zu der sie sonst nicht fähig war. Nun war sie einfach Kim Ford, so schien es ihr zumindest, und sie fühlte sich eingeschüchtert von diesem Grabhügel aus alter Zeit, dem hier mitten in Somerset nach wie vor ein Geruch anhaftete wie von einer Meeresbrise.

Sie stand kurz davor, etwas Schreckliches zu tun, ein zweites Mal das Räderwerk eines Fluchs in Gang zu setzen, der so alt war, daß er den Wind selber jung erscheinen ließ.

Doch da war dieser Berg gewesen, im Nordland Fionavars, und einst war darin ein Gott gefangengehalten worden. Dann war das

Massiv mit so ungeheurer Wucht zerborsten, daß es nur eines bedeuten konnte, und in der Tat lag Rakoth der Entwirker nicht länger in Ketten. Die Macht war so groß, welche über sie hereinbrach, und wenn Fionavar verloren war, würden sämtliche Welten Maugrim anheimfallen, und das Gewirk auf dem Webstuhl der Welten würde so zerfetzt und unentwirrbar werden, daß der Schaden nicht mehr zu beheben war.

Sie dachte an Jennifer in Starkadh.

Sie dachte an Ysanne.

Nachdem der Ring an ihrer Hand zur Ruhe gekommen war, verfügte sie über keine andere Macht als den Namen, den sie kannte, schrecklich und gnadenlos, und sie besann sich auf die Notwendigkeit, an diesem hochgelegenen, düsteren Ort Stärke zu zeigen, und sprach mit ihrer eigenen Stimme das eine Wort aus, auf das der Krieger zu antworten gezwungen war:

»Kindsmörder!«

Und dann schloß sie die Augen, denn der Tor, ja die gesamte Ebene von Somerset schien sich wie im Todeskrampf zu schütteln. Ein Laut erhob sich, Wind, Leid, traurige Musik. Jung war er gewesen und furchtsam, hatte der tote Vater gesagt – und die Toten sagten die Wahrheit oder blieben stumm –, denn Merlins Prophezeiung hatte dem schimmernden Traum ein Grabgeläut hinzugefügt, und so kam es, daß er befahl, die Kinder zu ermorden. Oh, wie war es möglich, darüber nicht zu weinen? All diese Kinder, damit nicht seine blutschänderische, verderbte Brut, die ihm geweissagt worden war, am Leben blieb, um seinen leuchtenden Traum zu zerstören. Kaum mehr als ein Kind war er selber gewesen, doch seinem Namen war ein Faden des Gewirks anvertraut und damit eine Welt, und als die kleinen Kinder starben . . .

Als die Kinder starben, hatte der Weber ihn zu einem Verderben bestimmt, das lange fortdauern sollte. Die ununterbrochene Abfolge von Krieg und Sühne unter zahllosen Namen, auf zahllosen Welten wurde ihm auferlegt als Wiedergutmachung, um der Kinder und der Liebe willen.

Kim öffnete die Augen und sah die tiefstehende, dünne Mondsichel. Sie sah die Sterne des Frühlings hell über sich leuchten, und sie täuschte sich nicht, als sie glaubte, sie wären heller als zuvor.

Dann drehte sie sich um und sah in diesem himmlischen Licht, daß sie an jenem hochgelegenen, verzauberten Ort nicht allein war.

Er war nicht mehr jung. Wie hätte er jung bleiben können nach so vielen Kriegen? Sein Bart war dunkel, wenn auch von Silber durchzogen, und seine Augen hatten sich noch nicht auf die Zeit eingestellt. Sie glaubte, in ihnen Sterne zu sehen. Er stützte sich auf ein Schwert, die Hände um den Griff gelegt, als sei er das einzig Greifbare inmitten der endlosen Nacht, und dann sagte er mit einer Stimme, die so sanft und so müde war, daß sie bis in ihr Herz drang: »Hier, Edle Frau, bin ich Arthur gewesen, ist es nicht so?«

»Ja«, flüsterte sie.

»Anderswo habe ich andere Namen getragen.«

»Ich weiß.« Sie schluckte. »Doch dies ist dein wahrer Name, dein erster.«

»Nicht der andere?«

Oh, wer war sie denn schon? »Der nicht. Ich werde ihn nie verraten, ihn nie wieder aussprechen. Darauf gebe ich meinen Eid.«

Langsam richtete er sich auf. »Das werden andere tun, wie es wieder andere bereits getan haben.«

»Daran kann ich nichts ändern. Ich habe dich nur angerufen, weil wir in Not sind.«

Er nickte. »Es ist Krieg hier?«

»In Fionavar.«

Und daraufhin wuchs er zu seiner vollen Größe, nicht so groß, wie sein Vater gewesen war, doch umgeben von Würde wie von einem Mantel, und er hob den Kopf in den aufkommenden Wind, als höre er ein fernes Kriegshorn.

»Kommt es etwa nun zur letzten Schlacht?«

»Wenn wir sie verlieren, wird es die letzte sein.«

Bei diesen Worten glaubte sie zu sehen, wie er an Substanz zunahm, als hätte deren Billigung den Übergang von dort abgeschlossen, wo auch immer er zuvor gewesen sein mochte. In den Tiefen seiner Augen gab es keine Sterne mehr; sie waren braun und gütig und Teil dieser weiten, wohlbestellten Erde.

»Dann ist es gut«, sagte Arthur.

Und diese freundliche Bekräftigung war es, die Kimberly am

Ende doch aus der Fassung brachte. Sie fiel auf die Knie und senkte den Kopf, um zu weinen.

Gleich darauf fühlte sie sich mühelos emporgehoben und eingehüllt in eine Umarmung, so sanft und umfassend, daß sie sich auf jenem einsamen Hügel vorkam, als wäre sie nach langer Irrfahrt heimgekehrt. Sie legte den Kopf an seine breite Brust, spürte das kraftvolle Pochen seines Herzens und bezog daraus unendlich viel Trost, während sie zugleich um ihn trauerte.

Nach einer Weile trat er zurück. Sie wischte sich die Tränen fort und sah, ohne davon überrascht zu sein, daß der Baelrath wieder zu glühen begonnen hatte. Zum ersten Mal wurde ihr bewußt, wie erschöpft sie war von der ungeheuren Macht, die sich aus ihr Bahn brach. Sie schüttelte den Kopf; keine Zeit, keine Sekunde Zeit, schwach zu sein. Sie blickte ihn an und fragte: »Habe ich deine Vergebung?«

»Derer hast du nie bedurft«, erwiderte Arthur. »Nicht einmal halb so sehr, wie ich der euren.«

»Du warst noch jung.«

»Sie waren noch klein«, ergänzte er ruhig. Und dann, nach kurzem Schweigen: »Sind sie noch da, die zwei?«

Und der Schmerz in seiner Stimme offenbarte ihr zum allerersten Mal die wahre Natur des Fluches, mit dem er belegt worden war. Sie hätte es wissen müssen, es war die ganze Zeit deutlich zu erkennen gewesen. *Um der Kinder und der Liebe willen.*

»Ich weiß es nicht«, entgegnete sie mit erstickter Stimme.

»Sie sind immer da«, sagte er, »weil ich die Kleinen habe ermorden lassen.«

Darauf wußte sie keine Antwort, und sie traute ihrer Stimme ohnehin nicht. Statt dessen nahm sie ihn bei der Hand, hielt mit letzter Kraft noch einmal den Baelrath hoch und vollzog mit Arthur Pendragon, dem Schuldigen Krieger, den Übergang nach Fionavar und in den Krieg.

TEIL II

Owein

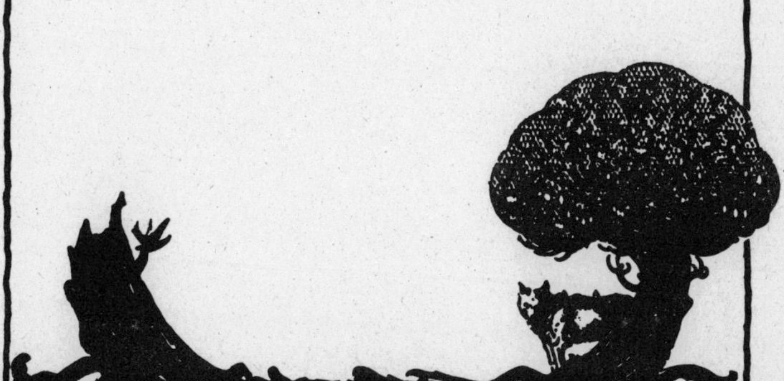

Kapitel 4

Ruana versuchte den Weihegesang anzustimmen, doch er klang dünn, denn außer Iraima konnte ihn niemand dabei unterstützen. Es bestand kaum Hoffnung, daß er weit genug tragen würde, um gehört zu werden, doch er wußte nicht, was er sonst hätte tun sollen. Daher lag er im Dunkeln, lauschte dem Sterben der anderen um ihn herum und sang ein ums andere Mal das Warnlied und das Rettungslied. Iraima half, wann immer sie konnte, doch sie war sehr schwach.

Am Morgen stellten sie fest, daß Kael verstorben war, und er wurde nach draußen geschafft und gefressen. Danach verbrannten sie seine Knochen zum Schutz vor der bitteren Kälte. Ruana hustete vom Rauch, der aus dem Scheiterhaufen herüberwehte. Er war vor dem Höhleneingang errichtet worden, damit ihnen das Atmen schwer wurde. Er hörte Iraima husten. Töten würden sie sie nicht, das wußte er, aus Furcht vor dem Fluch des Blutes, aber sie hatten nun schon lange nichts mehr zu essen erhalten und waren gezwungen worden, den Rauch ihrer Brüder und Schwestern einzuatmen. Ruana fragte sich ohne jede Gefühlsregung, wie es wohl sein mochte, wenn man Haß oder Wut empfand. Dann schloß er die Augen, wie es sich geziemte, und sang einmal die Tanora für Kael. Dann begann er aufs neue abwechselnd mit den beiden anderen Gesängen, dem Warnlied und dem Rettungslied, ein ums andere Mal. Hin und wieder stimmte Iraima mit ein und Ikatere auch, aber meist sang Ruana ganz allein.

Über das grüne Gras stiegen sie den Atronel hinauf, und die Fürsten aller drei Siegel versammelten sich vor Ra-Tenniel. Nur Brendel fehlte, er hielt sich im Süden auf, in Paras Derval, daher wurde das Falkensiegel von Heilyn vertreten. Galen und Lydan, die Zwillinge, sprachen für das Breinsiegel, und die liebreizende Leyse für den Schwan, und sie war ganz in Weiß gekleidet, wie es die vom Schwanensiegel immer waren, zum Andenken Lauriels. Enroth, Ältester, seit Laien Speerkind seinem Lied gefolgt war, hatte sich ebenfalls eingefunden, ohne Siegel und allen Siegeln zugehörig, wie es allein dem Ältesten und dem König zukam.

Ra-Tenniel brachte den Thron dazu, leuchtend blau zu schimmern, und die grimmige Galen lächelte, während ihr Bruder mit einem Stirnrunzeln darauf reagierte.

Leyse bot dem König eine Blume dar. »Vom Ufer des Celyn«, murmelte sie. »Dort befindet sich ein lieblicher Hain mit silbernen und roten Sylvain.«

»Ich verspüre den Wunsch, mit dir zu gehen und sie zu sehen«, erwiderte Ra-Tenniel.

Leyse lächelte ausweichend. »Sollen wir heute abend die Himmel öffnen, Strahlendster Herrscher?«

Er ging auf ihre Ablenkung ein. Diesmal lächelte Lydan.

»Das sollten wir tun«, stimmte Ra-Tenniel zu. »Na-Enroth?«

»Der Plan ist gewoben«, murmelte der Älteste. »Wir werden versuchen, ihn aus Starkadh hervorzulocken.«

»Und wenn uns das gelungen ist«, fragte Lydan.

»Dann ziehen wir in die Schlacht«, entgegnete Ra-Tenniel. »Wenn wir dagegen warten, oder wenn der Finstere wartet, wie er vorzuhaben scheint, dann sterben unsere Verbündeten vielleicht noch während dieses Winters, ehe Maugrim uns angreift.«

Nun meldete Heilyn sich das erste Mal zu Wort. »Dann hat er den Winter hervorgerufen? Das ist erwiesen?«

»Es ist erwiesen«, erwiderte Enroth. »Und noch eines ist erwiesen. Vor zwei Nächten hat der Baelrath geleuchtet. Nicht hier, aber geleuchtet hat er.«

Da kam Bewegung in die Versammlung. »Die Seherin?« wollte Leyse wissen. »In ihrer Welt?«

»Es sieht ganz danach aus«, bestätigte Enroth. »Ein neuer Faden spannt sich über den Webstuhl.«

»Oder ein sehr alter«, ergänzte Ra-Tenniel, und der Älteste neigte den Kopf.

»Worauf warten wir dann noch?« rief Galen. Ihre volle Gesangsstimme teilte sich den anderen mit, dort auf den Hängen des

Atronel. Ein Raunen wie Musik erhob sich unter den sechsen, die den Thron umringten.

»Das tun wir nicht, sobald wir uns einig sind«, antwortete Ra-Tenniel. »Ist es nicht bittere Ironie, daß wir alle, die wir nach dem Licht benannt sind, seit tausend Jahren gezwungen werden, unser Land in Schatten zu hüllen? Warum soll Daniloth das Schattenland heißen? Habt ihr nicht auch den Wunsch, die Sterne über dem Atronel leuchten zu sehen und ihnen euer eigenes Licht entgegenzuschicken?«

Die Musik der Zustimmung und der Sehnsucht stieg um sie herum auf, dort auf dem Gipfel des Berges. Sie begeisterte selbst den bedachtsamen Lydan, und er ließ zu, daß seine Augen ebenfalls die Farbe eines Kristalls annahmen, während Ra-Tenniel den Thron veranlaßte, mit voller Kraft zu leuchten, und er sprach die erforderlichen Worte, um den Bann aufzuheben, den Lathen Nebelwirker nach dem Bael Rangat dem Lande auferlegt hatte. Und die Lios Alfar sangen einstimmig das Loblied des Anblicks der ungetrübten Sterne über ihren Köpfen und des Wissens, daß zum ersten Mal seit tausend Jahren das Licht Daniloths im ganzen Nordland Fionavars die Nacht zum Tage machen würde.

Natürlich wurde dadurch ihr Standort preisgegeben, und eben dies war der heldenhafte Zweck ihres Tuns. Sie machten sich zu einem Köder, dem verlockendsten Köder, den es gab, um Rakoth Maugrim von Starkadh herabzulocken.

Die ganze Nacht über blieben sie wach. Keiner hatte den Wunsch zu schlafen, nicht, solange sie die Sterne und dann den zunehmenden Mond betrachten konnten. Und nicht, solange ihre Grenzen nach Norden hin offen waren, wo, wie sie wußten, der Entwirker inmitten des Ewigen Eises auf seinen Zinnen hocken und ihr herausforderndes, schillerndes Leuchten sehen würde. Sie sangen das Loblied des Lichtes, auf daß ihn auch ihre reinen Stimmen erreichten, und die reinste aller Stimmen gehörte Ra-Tenniel, dem Fürsten der Lios Alfar.

Am Morgen erneuerten sie die Verhüllung des Nebelwirkers. Die man geschickt hatte, an den Grenzen Wache zu halten, kehrten zum Atronel zurück mit der Nachricht, ein gewaltiger Sturm heule südwärts über die öde, kahle Ebene.

Licht ist schneller als Wind. In dem Gebiet südlich des Rienna erblickten die Dalrei den Schimmer über Daniloth, sobald er aufleuchtete. Der jüngste Sturm jedoch würde einige Zeit brauchen, bis er sie erreicht hatte.

Was nicht heißen soll, es wäre nicht schon kalt genug gewesen auf der Wacht vor den Toren, wo soeben Navon vom dritten Stamm seine Runde antrat. Ein Reiter der Dalrei zu sein war für einen, der erst vor kurzem sein Totemtier erblickt hatte, immer noch eine Sache von großem Reiz, aber sie hatte auch ihre weniger angenehmen Seiten für einen Vierzehnjährigen, der auf Ausschau nach Wölfen in die weiße Winternacht hinausstarren mußte, während ihm der Wind am Mantel aus Eltorleder zerrte, auf der Suche nach den dünnen Knochen, die darunter steckten.

Während sich die Nachricht vom Licht weit im Nordwesten mit Windeseile in den dicht aneinander gedrängten Lagern verbreitete, konzentrierte Navon sich auf seine Wache. Anläßlich seiner ersten Jagd als vollwertiger Reiter hatte er einen Fehler begangen – seine Absicht, sich beim Erlegen besonders hervorzutun, hatte sich als einer der Fehlschläge erwiesen, die Levon dan Ivor dazu verleitet hatten, sein Leben zu riskieren, indem er sich an Revors Jagdweise versuchte. Versuchte und damit Erfolg hatte. Und obwohl der Jagdführer des dritten Stammes ihm gegenüber nie ein Wort verloren hatte, gab Navon sich seither große Mühe, die Erinnerung an seinen Leichtsinn zu tilgen.

Um so mehr, da jeder Angehörige des dritten Stammes nach den Ereignissen in Celidon, als die Schneefälle einsetzten und die Wölfe begonnen hatten, die Eltor zu reißen, noch mehr Stolz und Verantwortungsgefühl hegte als zuvor. Navon erinnerte sich, wie ihm übel geworden war beim ersten Anblick hingeschlachteter Anmut, dort im Gebiet zwischen Adein und Celidon selbst, wie zum Hohn ganz nahe den Steinen, welche die Mitte der Ebene markierten. Denn während die Dalrei bei einem Jagdzug an die fünfzehn oder zwanzig dieser leichtfüßigen Tiere erlegen mochten, und zwar unter Einhaltung ihres strengen Jagdgesetzes, waren an jenem Tag die vereinten Reiterscharen des dritten und des achten Stammes über eine niedere Erhebung des Landes geritten und hatten dahinter zweihundert Eltor im Schnee liegen gesehen, deren Blut sich abscheulich rot auf die weißverschneite Ebene ergoß.

Es war der Schnee, der ihr Schicksal besiegelt hatte. Denn die Eltor, auf grasbewachsenem Boden so flink, daß die Menschen von einem Zug Eltor sprachen, nicht von einer Herde, besaßen Hufe, die für das Laufen durch tiefen Schnee ungeeignet waren. Sie versanken darin, und ihre fließende Anmut verwandelte sich in linkische, unbeholfene Bewegung – und sie wurden für die Wölfe zu leichter Beute.

Immer zogen die Eltor nach Süden, um den Schnee hinter sich zu lassen, immer folgten ihnen die Dalrei in das Land der milderen Witterung an den Ausläufern des Weidelandes von Brennin. Doch dieses Jahr war der Schnee zu früh gefallen, und mit allzu großer Heftigkeit, und hatte die Tiere im Norden überrascht. Und dann waren die Wölfe gekommen. Die Dalrei stießen Flüche aus, wandten ihre traurigen und zornigen Gesichter gen Norden. Doch ihre Flüche waren zu nichts nutze, noch hatten sie vermocht, das nächste Unglück aufzuhalten, als der Wind den tödlichen Schnee bis nach Brennin trieb. Was bedeutete, daß es nirgendwo auf der Ebene einen geschützten Aufenthaltsort für die Eltor gab.

So kam es, daß Dhira vom ersten Stamm zu einer Großen Versammlung nach Celidon gerufen hatte, an der alle neun Häuptlinge samt ihren Schamanen und Ratgebern teilnehmen sollten. Und der ehrwürdige Dhira war aufgestanden – jedermann kannte inzwischen die Geschichte – und hatte gefragt: *»Warum läßt Cernan, Beschützer der Tiere, dieses Gemetzel zu?«*

Und nur ein Mann in dieser Runde hatte sich erhoben, um ihm zu antworten.

»Weil«, hatte vor vom dritten Stamme gesagt, »er es nicht verhindern kann. Maugrim ist stärker als er, und ihn will ich jetzt beim Namen nennen und sagen Rakoth.«

Dabei war seine Stimme lauter geworden, um das Murren zu übertönen, das bei der Nennung des nie erwähnten Namens aufkam, und er sprach weiter: »Wir müssen ihn benennen und ihn als den erkennen, der er ist, denn er hat aufgehört, seine Gegenwart nur in unseren Alpträumen und Erinnerungen kundzutun. Er ist ein Teil der Wirklichkeit, er ist in diesem Augenblick hier, und wir müssen um unseres Volkes und unseres Landes willen gegen ihn zu Felde ziehen, wir und all unsere Verbündeten, sonst wird es keine kommenden Generationen mehr geben, die mit den

Eltor über die weite Ebene reiten. Wir werden Starkadhs Sklaven sein, Spielzeuge der Svart Alfar. Jeder Mann in dieser Versammlung muß bei den Steinen Celidons schwören, bei diesem Herzstück unserer Ebene, daß er diesen sonnenlosen Tag nicht zu erleben gedenkt. Wir haben keinen Revor hier unter uns, aber wir sind die Söhne Revors und die Erben seines Stolzes wie des Geschenks, das uns die Ebene zu eigen macht. Männer der Dalrei, werden wir uns dieses Geschenks und dieses Stolzes würdig erweisen?«

Und Navon fröstelte in der Dunkelheit, als ihm die Worte durch den Kopf gingen. Jedermann wußte von dem Jubel, der Ivors Ansprache gefolgt war, er war von Celidon aus weithin erklungen, als wolle er meilenweit durch das weißverschneite Land, durch Gwynir und Andarien nordwärts schallen, um selbst noch die Mauern Starkadhs zu erschüttern.

Und jedermann wußte, was dann erfolgt war, als der gütige weise Tulger vom achten Stamm seinerseits aufgestanden war und die schlichten Worte gesprochen hatte:

»Seit Revors Lebzeiten ist es nicht mehr vorgekommen, daß die neun Stämme einen gemeinsamen Fürsten, einen Vater hatten. Sollen wir uns nicht jetzt einen Aven erwählen?«

»Ja!« hatte die ganze Versammlung gerufen. (Jedermann wußte davon.)

»Wer soll das sein?«

Und auf diese Weise war Ivor dan Banor vom dritten Stamm der erste Aven der gesamten Ebene seit tausend Jahren geworden, und nun war es sein Name, der von der geheiligten Stätte ins Land hinaushallte.

Sie zeigten sich alle betroffen, dachte Navon, während er zum Schutz vor dem heulenden Wind seinen Mantel fester um sich zog. Sämtliche Angehörigen des dritten Stammes hatten Anteil an dem Ruhm wie an der Verantwortung, und Ivor hatte dafür gesorgt, daß sie bei der Verteilung der Aufgaben keine Sonderstellung einnahmen. Für Celidon bestand keine Gefahr, hatte er entschieden. Noch würden es die Wölfe nicht wagen, dort einzudringen und sich der unergründlichen uralten Macht aussetzen, welche den Kreis der aufrechten Steine oder das Haus schützte, das zwischen ihnen stand.

Zunächst mußten sie sich vorrangig um die Eltor kümmern. Die Tiere hatten sich nun endlich nach Süden durchgeschlagen ins Land am Lathamfluß, und dorthin würden die Stämme ihnen folgen, und die Jäger würden die versammelten Züge einkreisen – auch wenn diese Bezeichnung im Schnee zum Hohn wurde –, und die Lager würden ständig auf der Hut sein vor möglichen Angriffen.

Genau so war es auch geschehen. Zweimal hatten die Wölfe es gewagt, einen der beschützten Züge anzugreifen, und zweimal hatten die schnellen Auberei rechtzeitig die Nachricht ins nächstgelegene Lager gebracht, um die Räuber zu vertreiben.

In diesem Augenblick, dachte Navon, während er von Norden nach Süden die hölzerne Schutzwand abschritt, in eben diesem Augenblick war Levon, der Sohn des Aven, dort draußen in der bitteren Kälte auf nächtlicher Wacht am Rande des umfangreichen Zuges nahe dem Lager des dritten Stammes. Und bei ihm war der, welcher zu Navons persönlichem Helden geworden war – obwohl er errötet wäre und es abgestritten hätte, falls ihm von irgend jemandem solche Gedanken unterstellt worden wären. Dennoch, kein Stammesmann, nicht einmal Levon selber, hatte so viele Wölfe zur Strecke gebracht oder so viele Nächte auf der Wacht im Sattel verbracht wie Torc dan Sorcha. Früher hatte man ihn den »Ausgestoßenen« genannt, erinnerte sich Navon, und schüttelte in seiner Meinung nach sehr erwachsenem Unglauben den Kopf. Jetzt nicht mehr. Torcs unberechenbare Gefährlichkeit war inzwischen bei den Stämmen zum geflügelten Wort geworden.

Oh, sein Stamm hatte dieser Tage einige Helden aufzuweisen, und Navon war entschlossen, sie nicht im Stich zu lassen. Er spähte mit geschärftem Blick gen Süden, ein vierzehnjähriger Wächter, und damit nicht einmal der jüngste.

Doch ob er nun der jüngste war oder nicht, er war der erste, der den Auberei herangaloppieren sah und hörte, und es war Navon, der Alarm schlug, während der Auberei zum nächsten Lager weiterritt, ohne seinem Pferd Gelegenheit zum Ausruhen zu gönnen.

Es handelte sich offenbar um einen Überfall von größerem Ausmaß.

Von allergrößtem Ausmaß, wurde Torc klar, als er die düsteren, fließenden Gestalten der Wölfe sich auf den mächtigen Zug stürzen sah, den der dritte und der siebte Stamm gemeinsam bewachten. Vielmehr zu bewachen versuchten, verbesserte er sich in Gedanken, während er an Levons Seite eilte, um die Befehle des Anführers der Jagd entgegenzunehmen. Dies würde schlimm ausgehen; die Wölfe waren diesmal in voller Stärke aufgetreten. Inmitten des wachsenden Tumults erhob er sich im Sattel und ließ seinen Blick über den Zug schweifen: Die vier Leiteltor waren immer noch an einer bestimmten Stelle angebunden, eine häßliche Sache, aber notwendig, denn wenn dieser enorme vereinte Zug die Flucht ergreifen sollte, würde aus dem Chaos Hoffnungslosigkeit erwachsen. Solange aber die Leittiere stehenblieben, würde der Zug zusammenhalten, und die Eltor hatten Hörner und konnten sich wehren.

Was sie auch taten, wie er erkennen konnte, als die Spitze des angreifenden Wolfsrudels sie erreichte. Es war eine grauenvolle Szene, das Knurren der Wölfe, die schrillen Schreie der Eltor, die gespenstisch flackernden Fackeln, welche die Reiter durch die Dunkelheit trugen, und dann wieder Eltorblut auf dem Schnee.

Die Wut drohte Torc den Atem zu nehmen. Während er sich zwang, ruhig zu bleiben, erkannte er, daß am rechten Ausläufer des Zuges zu wenig Männer waren und daß die Wölfe bereits in weitem Bogen darauf zueilten.

Levon sah es ebenfalls. »Doraid!« rief er dem Jagdführer des siebten Stammes zu. »Nimm die Hälfte deiner Männer mit an die nahe Flanke!«

Doraid zögerte. »Nein«, widersprach er, »ich habe eine andere Idee. Wie wäre es, wenn wir –«

Als er so weit gekommen war, mußte er feststellen, daß jemand ihn vom Pferd riß und in den Schnee schleuderte. Torc hielt sich nicht damit auf, zu sehen, wohin er gefallen war. »Reiter des siebten Stammes«, überschrie er den Kampfeslärm, *»folgt mir!«*

Tabor dan Ivor, der seinem Bruder die Fackel hielt, sah die Jäger des siebten Stammes tatsächlich folgen. Mit stolzgeschwellter Brust, selbst hier inmitten des Gemetzels, freute er sich darüber, wie Torc dan Sorchas Ruhm sie zwang, ihm zu gehorchen. Kein Mann der Ebene empfand trotzigeren Haß gegenüber der Finsternis als der schwarzgekleidete Reiter des dritten Stammes, dessen einziges Zugeständnis an die winterlichen Winde ein Eltorwams über der nackten Brust war. So groß war seine Ausstrahlung, daß ihm sogar die Jäger eines anderen Stammes ohne langes Fragen zu folgen bereit waren.

Torc erreichte die betreffende Flanke vor den Wölfen, wenn auch nur knapp. Er und die Reiter des siebten Stammes trafen mit wirbelnden Schwertern auf das Wolfsrudel. Sie trennten es in zwei Hälften und machten rasch kehrt, um in die Gegenrichtung vorzustoßen.

»Cechtar«, befahl Levon, gelassen wie immer. »Führe zwanzig Mann auf der anderen Seite herum. Beschützt an der Flanke die Leitelfor.«

»Wird gemacht!« rief Cechtar, großspurig wie immer, und raste über den Pulverschnee davon, eine Schar Reiter dicht auf seinen Fersen.

Als er sich, so hoch er nur konnte, im Sattel aufrichtete, wäre Tabor beinahe gestürzt, doch er fing sich wieder und wandte sich an Levon: »Der Auberei hat es geschafft. Ich sehe Fackeln vom Lager her kommen!«

»Gut«, bemerkte Levon grimmig. »Wir werden jeden Mann brauchen.«

Tabor warf sein Pferd herum, um dem Blick seines Bruders zu folgen, wurde ihrer ebenfalls ansichtig und spürte, daß sein Herz sich zusammenballte wie eine Faust.

Aus südlicher Richtung näherten sich Urgachs.

Die abscheulichen Kreaturen saßen auf Reittieren, wie Tabor sie noch nie gesehen hatte – riesigen, sechsbeinigen Rössern, so mißgestaltet wie ihre Reiter, mit einem tückisch gekrümmten Horn, das aus ihren Köpfen hervortrat.

»Wir scheinen wohl einen Kampf vor uns zu haben«, meinte Levon wie zu sich selbst. Und dann sagte er, an Tabor gewandt, mit einem Lächeln: »Komm, mein Bruder, nun sind wir an der Reihe.«

Und die beiden Söhne Ivors, der eine hochgewachsen und blond, der andere noch jung, tiefgebräunt und drahtig, trieben ihre Pferde an, der näherkommenden Schlachtenreihe der Urgachs entgegen.

So sehr er es auch versuchte, Tabor konnte nicht Schritt halten, und bald hatte Levon ihn weit hinter sich gelassen. Doch er ritt nicht allein, denn da kam schon im spitzen Winkel, um seinen Weg zu kreuzen, flach auf seinem dahinstürmenden Pferd ein Reiter herbei, in schwarzen Reithosen und einem Eltorwams.

Gemeinsam rasten Levon und Torc direkt auf die weit auseinandergezogene Reihe der Urgachs zu. Es sind zu viele, dachte Tabor, und versuchte verbissen, die beiden einzuholen. Er war näher heran als alle anderen, daher sah er von allen am besten, was geschah. Zwanzig Schritte vor den herandonnernden Urgachs warfen Levon und Torc ohne ein Wort der Verständigung plötzlich ihre Pferde im rechten Winkel herum und schossen, während sie in entgegengesetzter Richtung die Front der riesenhaften, sechsbeinigen Rösser entlangsausten, mit atemberaubender Geschwindigkeit je drei Pfeile ab.

Sechs Urgachs stürzten zu Boden.

Tabor jedoch hatte keine Gelegenheit zum Jubel. Bei seinem ungestümen Vordringen auf Torcs und Levons Spuren mußte er plötzlich feststellen, daß er, mit nichts als einer brennenden Fackel in der Hand, geradewegs auf die Phalanx der Ungeheuer zugaloppierte.

Er hörte Levon seinen Namen brüllen, nicht sonderlich hilfreich. Indem er sich den Angstschrei seiner fünfzehn Jahre verkniff, trieb Tabor sein Pferd schräg auf eine Bresche in der vorwärtsstürmenden Reihe zu. Ein Urgach, stark behaart und riesenhaft, wechselte die Richtung, um ihn abzufangen.

»Cernan!« schrie Tabor und schleuderte die Fackel, während er selbst sich unter den Bauch seines Pferdes gleiten ließ. Er hörte das Singen eines Schwerts, wo eben noch sein Kopf gewesen war, und dann einen kehligen Schmerzensschrei, als die geworfene Fackel auf Haar und Fleisch traf. Dann hatte er die Reihe durchbrochen und entfernte sich aus dem Getümmel, indem er die flache Schönheit der weißverschneiten Ebene unter dem Halbmond und allen Sternen überquerte.

Doch nicht lange. Er zügelte sein Pferd, veranlaßte es zu einer Kehrtwendung und griff nach dem kleinen Schwert, das er am Sattel befestigt hatte. Doch das war unnötig – keiner der Urgachs war ihm gefolgt. Statt dessen stürzten sie sich mit bösartiger Heftigkeit auf die verschreckten Eltors, und nachdem sie auf die schreienden Tiere eingehauen und sie niedergemetzelt hatten wie Schlachtvieh, schwenkten sie in ihrer Gesamtheit herum und fielen mit brutaler Macht über den Trupp der Dalrei her, der die linke Flanke schützte. Verstärkung war im Anmarsch – Tabor konnte in der Ferne die Fackeln erkennen, die aus den Lagern auf sie zugeströmt kamen –, doch ihre Zahl würde nicht ausreichen, dachte er verzweifelt, nicht, wenn es gegen die Urgachs ging.

Levon und Torc eilten bereits wieder zum Angriff, sah er, aber die Urgachs waren tief in den dichten Haufen der Reiter eingedrungen, und ihre Schwerter richteten Verheerung an unter den Jägern, während die Wölfe ungehindert zwischen den Eltors ihr Zerstörungswerk fortsetzten.

Hufschlag erklang hinter ihm. Mit erhobenem Schwert riß er ungestüm sein Pferd herum. Und ein Freudenschrei entrang sich seiner Kehle.

»Komm, kleiner Bruder!« hörte er, und dann donnerte Dave Martyniuk an ihm vorbei, eine Brenninaxt in der ausgestreckten Hand, einen goldenen Prinzen an der Seite, und dahinter dreißig Mann.

So kamen die Krieger von Brennin den Dalrei zu Hilfe, angeführt von Prinz Diarmuid und dem, den sie Davor nannten, hünenhaft und grimmig, umgeben von einer Aura an Kampfgeist wie von einem Heiligenschein unter dem zunehmenden Mond.

Tabor sah sie nun ihrerseits, diese geübten Soldaten aus Diarmuids Schar, auf das nächstbeste Wolfsrudel treffen, und er wurde gewahr, wie ihre Schwerter mit silbrigem Schimmer niedersausten und wieder emporgerissen wurden, dunkel vom Blut. Dann begegneten sie, mit Torc und Levon und dem beherzten Cechtar an ihrer Seite, der dichten Front der Urgachs, und über die schrillen Schreie der sterbenden Eltors, über das Knurren der Wölfe hinweg hörte er, immer lauter vor dem Hintergrund des von Fackeln beleuchteten Massakers, die Stimme Davors rufen: »Revor!« Ein ums andere Mal, und er fühlte sich jung in seiner Erleichterung und dem Stolz, die in ihm aufbrandeten wie eine Woge.

Dann plötzlich war er nicht mehr jung, nicht mehr nur ein fünfzehnjähriger, eben erst dazu benannter Reiter der Dalrei.

Von seinem Beobachtungspunkt hinter der Schlachtenszene und über ihr an einem Hang sah Tabor aus östlicher Richtung eine dunkle Masse näher kommen, mit hoher Geschwindigkeit, und er erkannte, daß die Dalrei nicht die einzigen waren, die Verstärkung erhalten sollten. Und wenn er die Urgachs auf diese Entfernung noch erkennen konnte, dann mußten es viele sein, zu viele, und darum . . .

Darum wurde es Zeit.

Geliebte. Er bildete den Gedanken in seinem Kopf.

Ich bin da, hörte er. *Ich bin immer da. Möchtest du reiten?*

Es muß wohl sein, sandte Tabor seine Antwort aus. *Es ist Zeit für unser Erscheinen, du schönes Wesen.*

Wir sind schon früher zusammen geritten.

Er erinnerte sich, würde sich immer daran erinnern. *Aber nicht in die Schlacht. Wir werden töten müssen.*

Ein neuer Klang in der Gedankenstimme: *Zum Krieg bin ich geboren. Und zum Fliegen. Rufe mich herbei.*

Zum Krieg geboren. Das entsprach der Wahrheit, und es war ein Jammer, aber die Urgachs waren inzwischen noch näher heran, und darum.

Darum sprach Tabor in Gedanken ihren Namen aus. *Imraith-Nimphais,* rief er, überschäumend vor Liebe, und er stieg von seinem Pferd, denn auf sein Wort hin erschien sie über ihm am Himmel, herrlicher als alles auf der Welt, das Geschöpf seiner Träume.

Sie setzte am Boden auf. Ihr Horn schimmerte, silbern wie das Silber des Mondes, doch ihr Fell war tiefrot wie jener andere Mond, der ihr Leben eingehaucht hatte. Und wohin sie ihre Hufe auch setzte, hinterließ sie keine Abdrücke im Schnee, so leichtfüßig bewegte sie sich.

Es war lange her. Das Herz erfüllt wie von Licht, hob er die Hand, und sie senkte den Kopf und strich mit ihrem Horn zärtlich über seinen Körper, während er Gelegenheit erhielt, ihren Kopf zu streicheln.

Wir haben nur einander, hörte er und antwortete mit seiner Bestätigung und Billigung. Dann die Frage: *Sollen wir fliegen?* – und er konnte spüren, wie heftiges Verlangen zunächst sie und dann auch ihn durchrieselte, und er sagte laut:

Laß uns fliegen und töten, meine Liebste.

Und Tabor dan Ivor schwang sich auf den Rücken des fliegenden

Geschöpfes aus seiner nächtlichen Wache, jenes zweischneidigen Geschenks der Dana, auf daß es ihn trage, so jung sie beide noch waren, zum Himmel empor und fort von der Welt der Menschen. Und Imraith-Nimphais tat es. Sie ließ den Erdboden unter sich zurück, stieg auf in den eisigen, weiten Himmel, einen Reiter tragend, der allein unter allen Kreaturen ihren Namen kannte, und für die Männer unten schienen sie ein entfesselter Komet zwischen den Sternen und der Ebene zu sein.

Dann sagte Tabor in Gedanken: *Siehst du?*

Und sie antwortete ihm: *Ich sehe.*

Er lenkte sie dorthin, wo die Urgachs dem Schlachtfeld entgegenritten, und sie stürzten sich auf sie herab wie ein todbringendes Licht. Während sie herniedersausten, ging eine Veränderung in ihr vor, und mit Hilfe des schimmernden Horns tötete sie einmal, und ein zweites Mal und dann noch viele, viele Male, immer unter der Führung seiner Hand. Und die Urgachs ergriffen vor ihnen die Flucht, und sie machten sich an die Verfolgung, erschlugen sie, und die Wölfe brachen aus und flohen ebenfalls, in südlicher Richtung, und die Dalrei und die Männer Brennins jubelten, erstaunt und begeistert vom Anblick dieses schimmernden Wesens vom Himmel, das ihnen zu Hilfe eilte.

Sie hörte sie nicht, er auch nicht. Sie setzten ihre Verfolgung fort, töteten, bis ihr Horn klebrig war von geronnenem Blut und keines der abscheulichen Ungeheuer der Finsternis mehr übrig war, um es niedermachen zu können.

Und schließlich kamen sie, zitternd vor Erschöpfung und dem verspätet einsetzenden Schock, an einer Stelle herab, wo alles weiß war und das Blut in weiter Ferne, und Tabor reinigte ihr Horn mit Schnee. Hinterher standen sie dicht beisammen in der ungeheuren Stille der Nacht.

Wir haben nur einander, gab sie ihm zu verstehen.

Nur einander, wenn das Ende naht, erwiderte er. Dann flog sie davon, schimmernd, und als die Morgenröte hinter den Bergen hervorkam, machte er sich auf den langen Marsch zurück in die Lager der Menschen.

Kapitel 5

»Die erste Schlacht ist immer die schlimmste«, sagte Carde und beugte sich dabei zu ihm herüber, damit kein anderer es hörte.

Die Worte waren als Trost gedacht, und Kevin schaffte es, eine anerkennende Handbewegung zu machen, aber er war nicht geneigt, sich selber zu belügen, daher war ihm klar, daß das Entsetzen der Schlacht, so real es auch sein mochte, nicht sein größtes Problem war.

Auch nicht der Neid auf Dave Martyniuk, obwohl er ehrlich zugeben mußte, daß er ebenfalls zu seiner gegenwärtigen Gemütslage beitrug, direkt nachdem alles mit dem hinreißenden Erscheinen des geflügelten, schimmernden Wesens am Himmel geendet hatte. Dave hatte sich außerordentlich hervorgetan, beinahe furchteinflößend war er gewesen. Die von Matt Sören für ihn in der Waffenkammer Paras Dervals ausgesuchte riesige Axt schwingend, hatte er sich in die Schlacht gestürzt, dabei selbst Diarmuid hinter sich lassend, und hatte fürchterlich unter den Wölfen gehaust, während er zugleich aus vollem Hals brüllte. Der hünenhafte Mann hatte sich sogar auf einen Zweikampf mit einem der enormen, mit Reißzähnen bewehrten Ungeheuer eingelassen, die sie Urgach nannten. Und er hatte es erschlagen; nachdem er einen tückischen Schwerthieb hatte abfangen können, hatte er selber mit der Axt zu einem weit ausholenden Schlag angesetzt, welcher der Kreatur fast den Kopf vom Hals trennte und sie vom Rücken ihres gigantischen Reittiers purzeln ließ. Dann hatte Dave auch noch das sechsbeinige Tier erlegt.

Und Kevin? Flink und gewitzt, wie er nun einmal war, hatte Kevin Laine ihm dabei als Fackelträger gedient. Oh, sie hatten ihm wohl ein Schwert überlassen, um damit zu kämpfen, aber was wußte er schon vom Kampf gegen Wölfe, noch dazu im Reiten und mit einem Schwert? Auf dem Rücken des dahinstürmenden Pferdes sitzen zu bleiben war ihm inmitten des schrillen Infernos dieser Schlacht Herausforderung genug. Und als er weit genug gekommen war, zu merken, wie gänzlich nutzlos er hierbei war, hatte Kevin seinen Stolz hinuntergeschluckt, sein Schwert in die Scheide gesteckt und sich einer brennenden Fackel bemächtigt, um Dave zu genügend

Licht zu verhelfen, damit er dabei töten konnte. Auch dieser Aufgabe war er nicht recht gewachsen gewesen, und zweimal wäre er beinahe selber von Daves wirbelndem Arm gefällt worden.

Doch sie hatten sie gewonnen, diese erste Schlacht des Krieges, und etwas Wunderbares war am Himmel erschienen. Kevin klammerte sich fest an der Herrlichkeit des Anblicks jenes geflügelten Einhorns und versuchte, seine Stimmung soweit zu heben, daß er am Triumph des Augenblicks Anteil nehmen konnte.

Doch es gab offensichtlich noch jemanden, der nicht glücklich war, und obendrein schien eine Auseinandersetzung stattzufinden. Er und Carde trieben ihre Pferde näher an das Menschenknäuel heran, das einen stämmigen, braunhaarigen Reiter und Torc umringte, Daves Freund, an den er sich von ihren letzten in Paras Derval verbrachten Tagen her erinnerte.

»Und wenn du das noch einmal tust«, drohte der dunkelhaarige Mann soeben mit erhobener Stimme, »dann mache ich dich zum Krüppel und binde dich draußen auf der Ebene an einen Pfahl, mit Honig in den Augen, um die Aigen anzulocken!«

Torc, der unbeweglich auf dem Pferd saß, gab keine Antwort, und die großsprecherische Drohung des anderen Mannes klang in der Stille ausgesprochen einfältig. Dave grinste. Er saß zwischen Torc und Levon zu Pferde, dem anderen Reiter, den Kevin von ihrem letzten Aufenthalt her kannte.

Und es war Levon, der ruhig, aber mit ungeheurer Autorität das Wort ergriff. »Doraid, halt ein. Und höre mir zu: Du hast während der Schlacht einen eindeutigen Befehl erhalten, und du hast dir ausgerechnet den Augenblick ausgesucht, Fragen der Strategie zu erörtern. Hätte Torc nicht ausgeführt, was ich von dir verlangt habe, dann hätten die Wölfe die Flanke des Zuges umgangen. Möchtest du vielleicht hier deine Handlungsweise erklären, oder vor dem Aven und dem Häuptling deines Stammes?«

Doraid drehte sich erbost nach ihm um. »Seit wann hat der dritte Stamm dem siebten zu befehlen?«

»Das hat er nicht«, erwiderte Levon gleichmütig. »Aber ich habe das Kommando über diese Wachmannschaft, und du warst dabei, als mir dieses Kommando übertragen wurde.«

»Ach, ja!« höhnte Doraid. »Der kostbare Sohn des Aven. Man muß ihm gehorchen, und –«

»*Einen Augenblick!*« warf eine vertraut klingende Stimme in barschem Tonfall ein. »Habe ich richtig verstanden, was hier vorgefallen ist?« fuhr Diarmuid fort und drängte sich in den Kreis der Reiter. »Hat dieser Mann sich einem eindeutigen Befehl widersetzt? Und beklagt er sich jetzt auch noch darüber?« Der Ton war eisig.

»So ist es«, meldete Torc sich das erste Mal zu Wort. »Das hat er. Ihr versteht das völlig richtig, Edler Prinz.«

Kevin kam die ganze Sache plötzlich furchtbar bekannt vor: der Hof einer Schenke im Süden, ein Bauer, der ausruft: »Mörnir schütze Euch, junger Prinz!« Und dann noch etwas.

»Coll«, rief Diarmuid.

»Nein!« schrie Kevin auf und stürzte sich vom Pferd. Er versetzte seinem Freund, Diarmuids massigem Leutnant, einen Rippenstoß, der sie beide in hohem Bogen zu Boden schleuderte, wo sie mit einem doppelten Knirschen zwischen den stampfenden Pferden der Dalrei im Schnee landeten.

Er kam etwa eine halbe Sekunde zu spät. Da lag noch ein Mann im Schnee, ganz in ihrer Nähe: Doraid, und tief in seiner Brust steckte Colls Pfeil.

»Oh, verdammt«, entfuhr es Kevin sterbenselend. »Oh, verdammt noch einmal.«

Und es tröstete ihn nicht, daß er neben sich ein Kichern vernahm. »Gut gemacht«, bemerkte Coll leise, ganz und gar nicht aus der Fassung gebracht. »Du hast mir beinahe noch einmal die Nase gebrochen.«

»O Gott. Coll, das tut mir leid.«

»Macht nichts.« Wieder kicherte er. »Übrigens hatte ich beinahe mit dir gerechnet. Ich weiß noch, daß du für diese Art Rechtsprechung nichts übrig hast.«

Niemand achtete auf sie. Sein ungestümes Dazwischenspringen schien eine sinnlose Geste gewesen zu sein. Immer noch am Boden hockend sah er im Innern des Fackelkreises zwei Männer einander gegenübertreten.

»Es sind heute nacht genug Dalrei gefallen, als daß man einen weiteren hinzufügen müßte«, stellte Levon gefaßt fest.

Diarmuids Stimme war kühl. »Es werden in diesem Krieg noch genug Männer fallen, als daß wir noch mehr Risiken auf uns nehmen müßten, indem wir durchgehen lassen, was dieser Mann getan hat.«

»Dann war es zumindest unsere Angelegenheit, eine, über die der Aven zu entscheiden hat.«

»Falsch«, widersprach Diarmuid. Zum ersten Mal erhob er seine Stimme. »Gestattet, daß ich euch alle, und besser jetzt als später, an die Lage der Dinge gemahne. Als Revor die Ebene als Lebensraum für sich und seine Nachkommen erhielt, hat er vor Colan den Treueschwur geleistet. Das soll nicht in Vergessenheit geraten. Ivor dan Banor, der Aven der Dalrei, trägt diesen Titel auf die gleiche Weise wie damals Revor: unter der Herrschaft des Großkönigs von Brennin, und das ist Aileron dan Ailell, vor dem du, Levon, einen ganz persönlichen Eid abgelegt hast!«

Levon war hochrot geworden, doch seine Augen hielten stand. »Das vergesse ich nicht«, erwiderte er. »Und doch ist der Gerechtigkeit nicht mit nächtlichen Pfeilen auf einem Schlachtfeld gedient.«

»Falsch«, belehrte Diarmuid ihn zum zweiten Mal. »Im Krieg ist selten Zeit, ihr auf andere Weise zu dienen. Was«, fragte er ruhig, »sieht das Gesetz der Dalrei für das vor, was Doraid heute nacht getan hat?«

Es war Torc, der ihm antwortete. »Den Tod«, sagte er mit deutlicher Stimme. »Er hat recht, Levon.«

Kevin, der immer noch mit Coll am Boden saß, wurde klar, daß Diarmuid das natürlich gewußt hatte. Und gleich darauf sah er Levon nicken.

»Ich weiß, daß er recht hat«, gab er zu. »Doch ich bin meines Vaters Sohn, und ich kann nicht so einfach eine Hinrichtung befehlen. Vergebt Ihr mir, Edler Prinz?«

Statt einer Antwort stieg Diarmuid vom Pferd und trat zu Levon. Mit einer feierlichen Geste übernahm er die Rolle des Dienenden, um dem anderen vom Pferd zu helfen, und dann umarmten sich die zwei, beide jung, beide blond, während die Dalrei und die Mannen von Brennin lautstark ihren Beifall kundtaten.

»Ich komme mir wie ein Idiot vor!« bemerkte Kevin zu Coll.

»Das geht uns allen hin und wieder so«, tröstete ihn der große Mann mitfühlend. »Vor allem in Diarmuids Umgebung. Komm, wir wollen uns betrinken, Freund. Die Reiter keltern einen tödlichen Wein!«

So war es. Und obendrein in ungeheuren Mengen. Doch seine Stimmung wurde dadurch nicht wirklich besser, genausowenig wie durch Diarmuids nachsichtige Reaktion auf sein überstürztes Handeln vorhin.

»Ich wußte gar nicht, daß du so an Coll hängst!« hatte der Prinz gespöttelt und damit in dem riesigen Holzhaus, in welchem sich die meisten von ihnen versammelt hatten, viel Gelächter ausgelöst.

Kevin tat so, als müsse er auch lachen; eine Entgegnung fiel ihm nicht ein. Er war sich im Leben noch nicht überflüssig vorgekommen, doch nun hatte es mehr und mehr den Anschein, als wäre er genau das. Er wurde aufmerksam auf Dave – Davor nannten sie ihn hier –, eng umschlungen mit Levon, Torc und einer Reihe anderer Dalrei, darunter einem halbwüchsigen Jungen, der nur aus Armen und Beinen und widerspenstigem Haar bestand und, wie man ihm zu verstehen gegeben hatte, auf dem fliegenden Einhorn geritten war. Er sah Diarmuid aufstehen und sich den Weg durch kichernde Frauen bahnen, um sich dieser Gruppe anzuschließen. Er dachte daran, es ihm gleichzutun, in dem Bewußtsein, daß man ihn willkommen heißen würde, aber es erschien ihm irgendwie sinnlos. Er hatte nichts beizutragen.

»Noch Wein?« flüsterte eine sanfte Stimme ihm ins Ohr. Er wandte den Kopf und erblickte ein hübsches, braunhaariges Mädchen, das einen Steingutbecher in der Hand hielt. Coll zwinkerte vielsagend und rückte auf der Bank ein wenig von ihm ab, um Platz zu schaffen.

Na gut. »Okay«, erklärte sich Kevin einverstanden. Er lächelte. »Willst du mir Gesellschaft leisten?«

Geschickt schlüpfte sie neben ihn. »Ein Weilchen gern«, sagte sie. »Eigentlich soll ich die Gäste bedienen. Ich werde aufstehen müssen, wenn meine Mutter kommt. Ich heiße Liane dal Ivor.«

Er war nicht so recht in Stimmung, aber sie war gescheit und schlagfertig und hielt das Gespräch die meiste Zeit ganz alleine in Gang. Mit einiger Willensanstrengung, weil er wenigstens höflich sein wollte, ließ Kevin sich auf einen etwas halbherzigen Flirt ein.

Später erschien tatsächlich ihre Mutter und begutachtete die Szenerie mit den Augen einer Gastgeberin, und Liane hastete mit einem überraschend deftigen Fluch von hinnen, um weitere Becher Wein herumgehen zu lassen. Nach einer Weile löste sich die Geheimversammlung am anderen Ende des Raums auf, und Dave kam herüber.

»Wir brechen frühmorgens von hier auf«, verkündete er kurz und bündig. »Levon möchte Kim in Paras Derval aufsuchen.«

»Sie war doch noch nicht da«, protestierte Kevin.

»Gereint behauptet, sie wird da sein«, erwiderte der andere und marschierte ohne weitere Ausführungen in die Nacht hinaus, wobei er zum Schutz vor der Kälte seinen Mantel zuknöpfte.

Kevin warf Coll einen fragenden Blick zu. Sie zuckten die Achseln. Wenigstens war der Wein gut; er rettete den Abend davor, zu einem kompletten Mißerfolg zu werden.

Viel später trug noch etwas dazu bei. Er war noch nicht lange im Bett, hatte gerade das Gefühl, daß die schweren Decken warm wurden, als die Tür aufging und eine schlanke Gestalt mit einer Kerze in der Hand hereinschlüpfte.

»Wenn du mich jetzt um einen Becher Wein bittest«, drohte Liane, ihren Worten zum Trotz lächelnd, »dann zerschlage ich ihn dir auf dem Kopf. Ich hoffe, du hast es hier warm.« Sie stellte die Kerze auf dem niederen Tisch neben dem Bett ab und zog sich aus. Er sah sie kurz in deren Licht, dann war sie schon neben ihm unter der Decke.

»Ich liebe Kerzenlicht«, bemerkte sie. Das war das letzte, was einer von ihnen danach sprach, und zwar für lange Zeit. Und wieder wurde er, trotz alledem, von der Welle des Liebesakts fortgespült, so weit fort, daß sich die Farben des Lichts zu verändern schienen. Ehe die Flamme erlosch, sah er noch, wie sie sich über ihm, getragen von ihrer eigenen Welle, weit zurücklehnte, und er hätte gesprochen, als das geschah, wenn er nur gekonnt hätte.

Danach war es dunkel, und sie raunte ihm zu: »Fürchte dich nicht. Wir sind so tief versunken, weil wir Gwen Ystrat nahe sind. Demnach treffen die alten Geschichten doch zu.«

Er schüttelte den Kopf. Viele Meilen überwand er für diese einfache Geste, und noch mehr, um sprechen zu können. »Überall«, sagte er. »So tief.«

Sie versteifte sich. Er hatte nicht vorgehabt, sie zu verletzen. So schwer. Wie sollte er das alles erklären? Doch dann streichelte Liane seine Stirn und flüsterte mit veränderter Stimme: »Demnach trägst du Dun Maura in dir?« Und dann nannte sie ihn, wie er in seiner Benommenheit meinte, bei einem anderen Namen. Er wollte danach fragen. Es gab Dinge zu klären, doch die Welle zog sich vom Strand zurück und er mit ihr, weit hinaus, viel zu weit.

Als Erron ihn am Morgen mit einem Grinsen wachrüttelte, war sie, wie konnte es anders sein, nicht mehr da. Und er bekam sie auch nicht zu Gesicht, ehe sie aufbrachen, die dreißig Mann von Diarmuids Schar, er und Dave mit Levon und Torc an seiner Seite.

Für Dave hatte die Reise nach Nordosten zum Oberlauf des Latham ein Wiedersehen versprochen, und hatte am Ende sowohl dieses Wiedersehen gebracht, als auch Rache. Von dem Augenblick an, da er erfuhr, daß der Mann, den Diarmuid holen sollte, Gereint vom dritten Stamm war, hatte sein Herz vor freudiger Erwartung höher geschlagen. Keiner hätte ihn abhalten können, sich jener Abordnung von Männern des Prinzen anzuschließen. Loren brauchte Gereint aus einem Grund, der mit der Erforschung der Ursachen des Winters zu tun hatte, schlußfolgerte er. Ihn persönlich kümmerte das wenig; ihm kam es lediglich darauf an, daß er schon bald wieder unter den Dalrei weilen würde.

In östlicher Richtung waren die Straßen bis zum Leinansee geräumt, doch das Vorankommen wurde immer schwerer, als sie sich am darauffolgenden Tag gen Norden wandten. Diarmuid hatte gehofft, vor Sonnenuntergang die Lager der Dalrei zu erreichen, doch sie drangen inmitten der Schneewehen und des beißend kalten Windes, der ungehindert von der Ebene herüberblies, nur langsam vor. Sie hatten Dave und Kevin in Paras Derval mit herrlich warmen Mänteln ausgerüstet. Obendrein waren sie noch leicht – jedenfalls wußte man dort mit Wolle und Tuch umzugehen, soviel stand fest. Ohne die Mäntel wären sie erfroren. Selbst mit ihnen wurde es, als die Sonne unterging, recht unangenehm, und Dave hatte keine Ahnung, wie weit sie noch von den Lagern entfernt waren.

Dann wurden alle Gedanken an die Kälte zurückgedrängt, denn sie hatten Fackeln erblickt, die sich durch die Nacht bewegten, hatten die Schreie sterbender Tiere gehört und die Rufe kämpfender Männer.

Dave hatte nicht auf die anderen gewartet. Er hatte seinem stämmigen Hengst die Sporen gegeben und war einen Schneewall emporgestürmt, von wo aus sich vor seinen Augen ein Schlachtfeld ausbreitete und er einen etwa fünfzehnjährigen Jungen erblickte, an den er sich noch gut erinnerte, auf dem Rücken eines Pferdes zwischen ihm und dem Getümmel.

Diarmuid, der elegante Prinz, hatte zu ihm aufgeholt, und sie galoppierten an Tabor vorbei den Hang hinab, doch Dave war sich der Gegenwart der anderen kaum bewußt, während er sich auf das nächstbeste Wolfsrudel stürzte, dabei links und rechts um sich schlug, jedoch immer geradewegs auf den Urgach zuhielt, der ihm am nächsten war, getrieben von der Erinnerung an die Gefallenen am Llewenmere.

Er hatte kaum Gelegenheit, an etwas anderes zu denken, denn Kampflust breitete sich aus in ihm. Einmal war Kevin Laine neben ihm gewesen, um ihm mit einer Fackel zu leuchten, und hinterher erzählte man ihm, er habe ganz allein einen Urgach erlegt, samt seinem Reittier. Die sechsbeinigen, gehörnten Untiere wurden Slaug genannt, sagte man ihm. Doch das war hinterher.

Nachdem Tabor auf wundersame Weise über ihren Köpfen am Himmel erschienen war, auf einem geflügelten, todbringenden Geschöpf reitend, das ebenfalls über ein schimmerndes Horn verfügte, und reihenweise getötet hatte.

Nach jenem Augenblick, da die Wölfe die Flucht ergriffen und die Slaugs die Urgach eilig davongetragen hatten und er vom Pferd gestiegen war, um endlich wieder seinen Brüdern gegenüberzutreten. Da wurde vieles wieder gut, als er Torcs rauhe Faust an seinem Arm spürte und dann Levons Umarmung.

Dann war es zu einem Zwischenfall gekommen, der für einige Spannungen sorgte, als Diarmuid einen Dalrei wegen Befehlsverweigerung hatte hinrichten lassen und dann Levon in der darauffolgenden Konfrontation die Stirn geboten hatte, aber auch das war gut ausgegangen. Kevin Laine hatte aus Gründen, die Dave unverständlich waren, dazwischenzugehen versucht, aber niemand sonst schien von dem Vorfall so recht Notiz zu nehmen.

Dann waren sie zurück ins Lager geritten, zu Ivor, der inzwischen einen neuen Titel erworben hatte, jedoch immer noch der untersetzte Mann mit ergrautem Haar war, an den er sich erinnerte, mit den unverändert tiefliegenden Augen im wettergegerbten Gesicht, der nun, um Daves Stimmung noch mehr zu heben, die Worte sprach:

»Willkommen daheim, Davor. Ein leuchtender Faden inmitten der Finsternis spinnt deine Rückkehr.«

Danach hatte es Wein gegeben und gutes Essen, während sie an den Feuern saßen, und zahlreiche Gesichter, an die er sich erinnerte. Einschließlich dem von Liane.

»Wie oft muß ich eigentlich noch im Tanz darstellen, wie du einen Urgach erlegst?« hatte sie gefragt, keck und mit blitzenden Augen, und ihr Mund hatte sanft seine Wange berührt, wohin sie ihn geküßt hatte, ehe sie weitereilte.

Tabor war eine ganze Weile später zu ihnen gestoßen, und er hatte den Jungen in die Arme nehmen wollen, doch etwas in Tabors Gesicht hielt ihn davon ab. Dieses Etwas hielt sie alle davon ab, selbst seinen Vater. Zu diesem Zeitpunkt war es dazu gekommen, daß Ivor Dave herübergewinkt hatte, sich einer Versammlung um eins der kleineren Feuer in einem Winkel des Raums anzuschließen.

Sie waren dort bereits zu sechst, und Diarmuid, seinen eigenen Weinbecher in der Hand, war kurz darauf die leicht zerzauste Nummer Sieben. Dave war sich nicht sicher, was er von diesem Prinzen zu halten hatte, Aileron hatte ihn viel stärker beeindruckt, sein älterer Bruder, der Großkönig. Diarmuid war nach Daves Geschmack insgesamt viel zu verbindlich; andererseits war keine Spur von Verweichlichung zu erkennen gewesen, weder bei der Gangart, die er auf dem Herritt vorgegeben hatte, noch bei der Art, wie er in der Angelegenheit des von ihm hingerichteten Dalreis die Oberhand behalten hatte. Selbst Ivor, stellte Dave fest, hatte das Thema nicht mehr zur Sprache gebracht.

Und Diarmuid schien, trotz des vielen Weins, durchaus noch in der Lage, das Kommando zu führen, während er mit knappen Worten dem Wunsch des Großkönigs und seines Ersten Magiers Ausdruck verlieh, der Schamane Gereint möge mit ihnen zurück nach Paras Derval reiten. Wo er sich gemeinsam mit den Magiern auf die Suche nach den Ursachen der winterlichen Witterung machen sollte, die sie alle miteinander langsam aber sicher unter ihrer bösartigen Last zu erdrücken drohte.

»Denn sie *ist* bösartig«, hatte der Prinz leise hinzugefügt, dort vor dem blinden Gereint am Boden hockend. »Die Lios haben bestätigt, was wir alle nur vermutet hatten. Wir würden am liebsten gleich morgen aufbrechen, wenn es dem Schamanen recht ist, und euch allen.«

Ivor nickte in Anerkennung dieses höflichen Vorbehalts. Doch keiner ergriff das Wort; sie warteten auf Gereint.

Dave hatte immer noch nicht die Beklemmung überwunden, die er in Gegenwart dieses runzligen Greises empfand, dessen leere Augenhöhlen dennoch in der Lage zu sein schienen, in die Seelen der Menschen zu schauen, und die dunklen Pfade der Zeit entlang. Cernan, der Gott der wilden Tiere, hatte zu Gereint gesprochen, erinnerte sich Dave – und hatte Tabor zu seiner Fastenzeit berufen, zu seinem Totemtier, das sie am Himmel erblickt hatten. Und dieser Gedanke führte zu dem an Ceinwen und den Hirsch im Faelinhain. Und dies war sein eigener dunkler Weg.

Er wandte sich von ihm ab und hörte Gereint sagen: »Wir werden die Seherin ebenfalls dazu brauchen.«

»Sie ist noch nicht eingetroffen«, warf Diarmuid ein.

Aller Augen waren auf Dave gerichtet. »Sie wollte jemanden mitbringen«, sagte er. »Sie hat uns vorausgeschickt.«

»Wen wollte sie mitbringen?« fragte der Mann namens Tuger neben Ivor.

Und mit seltenem Takt hatte Dave lediglich gemurmelt: »Ich denke, euch das mitzuteilen ist ihre Sache, nicht die meine.« Ivor, sah er, nickte zustimmend. Gereint lächelte schwach.

»Richtig«, bestätigte der Schamane. »Obwohl ich es längst weiß und sie inzwischen eingetroffen sind. Sie waren in Paras Derval, noch bevor ihr dort weggeritten seid.« Und genau das war es, was ihn an Gereint so störte.

Diarmuid wirkte unbeeindruckt. »Bei Loren vermutlich«, bemerkte er leise und lächelte wie über einen gelungenen Scherz. Dave entging die Pointe. »Wollt Ihr demnach mitkommen?« fuhr der Prinz an den Schamanen gewandt fort.

»Nicht nach Paras Derval«, entgegnete Gereint seelenruhig. »Das ist zu weit für meine alten Knochen.«

»Nun, gewiß –« begann Diarmuid.

»Ich bin bereit«, sprach Gereint weiter, ohne auf ihn zu achten, »euch alle in Gwen Ystrat zu treffen. Morgen werde ich zu Audiart in Morvran aufbrechen. Ihr werdet alle dorthin kommen.«

Diesmal blickte selbst Diarmuid verwirrt drein. »Warum das?« fragte er.

»In welche Richtung sind die Wölfe geflohen?« lautete die Gegenfrage des Schamanen, und er wandte sich dabei verblüffenderweise dorthin, wo Torc saß.

»Nach Süden«, erklärte der dunkelhaarige Mann, und sie schwiegen. Vom größten Feuer scholl Gelächter zu ihnen herüber. Dave spähte unwillkürlich hinüber und entdeckte, während ihm plötzlich ein Schauer über den Rücken lief, daß Liane sich neben Kevin niedergelassen hatte und daß die beiden einander etwas ins Ohr flüsterten. Das Bild verschwamm vor seinen Augen. Zur Hölle mit diesem aufdringlichen Schürzenjäger! Welches Recht hatte er, seine zynischen Annäherungsversuche an Ivors Tochter auszuprobieren? Wieso mußten diese aalglatten, rücksichtslosen Kevin Laines immer und überall dabeisein und alles verderben? Innerlich schäumend vor Wut zwang Dave sich erneut zur Konzentration auf die Beratungen.

»Ihr werdet alle dort sein«, wiederholte Gereint soeben. »Und Gwen Ystrat ist der beste Ort für das, was wir werden tun müssen.«

Diarmuid starrte den Schamanen lange Zeit an. Dann entschied er: »Also gut, ich werde es meinem Bruder mitteilen. Gibt es noch etwas?«

»Noch eines.« Das kam von Levon. »Dave, hast du dein Horn dabei?«

Das Horn aus Pendaran. Mit seinem Klang, der wie das Licht selber ertönte. »Ja«, antwortete Dave. Er trug es an einem Riemen über der Schulter.

»Gut«, sagte Levon. »Wenn also die Seherin sich in Paras Derval aufhält, dann würde ich gern mit euch dorthin zurückreiten. Es gibt etwas, das ich versuchen möchte, ehe wir nach Gwen Ystrat gehen.«

Da wurde Ivor unruhig und wandte sich an seinen älteren Sohn.

»Das ist unbesonnen«, warnte er bedächtig. »Du weißt genau, daß es das ist.«

»Ich weiß es nicht«, erwiderte Levon. »Man hat uns das Horn zum Geschenk gemacht. Aus welchem Grund, wenn nicht aus diesem?« Und das hörte sich allein schon vernünftig genug an, um seinen Vater verstummen zu lassen. Allerdings sollte sich noch herausstellen, daß er damit ganz und gar unrecht hatte.

»Wovon sprechen wir hier eigentlich?« erkundigte sich der Prinz.

»Von Owein«, antwortete Levon mit angespannter Stimme. Sein Gesicht leuchtete. »Ich möchte die Schläfer wecken und die Wilde Jagd entfesseln!«

Das verfehlte seine Wirkung nicht, doch nur für einen Moment.

»Wie amüsant!« witzelte Diarmuid, aber Dave konnte in seinen Augen einen Glanz erkennen, der dem in Levons Augen entsprach.

Nur Gereint lachte, ein tiefer, beunruhigender Laut. »Wie amüsant«, wiederholte der Schamane und schmunzelte in sich hinein, während er sich hin und her wiegte.

Nicht lange danach stellten sie fest, daß Tabor das Bewußtsein verloren hatte.

Am Morgen war er wieder zu sich gekommen und blaß, aber fröhlich vor die Tür getreten, um sich von ihnen zu verabschieden. Dave wäre bei den Dalrei geblieben, wenn er gekonnt hätte, aber sie brauchten ihn wegen des Horns, wie es schien, und Levon und Torc würden mit ihnen ziehen, daher fand er sich damit ab. Und sie würden einander schon bald in Gwen Ystrat wiedersehen. Morvran hieß der Ort, den Gereint genannt hatte.

Es war Gereints Gelächter, an das er dachte, als sie wieder gen Süden aufbrachen, um auf die Straße nach Paras Derval zu stoßen, wo sie westlich des Leinansees ihren Anfang nahm. Im Sommer, sagte Levon, hätten sie die Abkürzung über das Weideland von Nordbrennin gewählt, allerdings nicht im Eis und Schnee dieser unnatürlichen Witterung.

Kevin ritt in ungewöhnlich nachdenklicher Stimmung zusammen mit einigen der Männer Diarmuids dahin, darunter dem, welchen er in der vergangenen Nacht so tölpelhaft angesprungen hatte. Dave war das nur recht; er wollte nichts zu tun haben mit diesem Mann. Sollte jemand es Eifersucht nennen wollen, dann sei's drum. Die Sache war ihm nicht wichtig genug, um seine Haltung zu erklären. Er war nicht gewillt, irgend jemandem anzuvertrauen, daß er selber dem Mädchen entsagt hatte – der Grünen Ceinwen gegenüber im Wald. Und er wollte auch keinesfalls erzählen, was die Göttin darauf geantwortet hatte.

Sie gehört Torc, hatte er gesagt.

Hat sie denn keine andere Wahl? hatte Ceinwen ihm geantwortet und gelacht, ehe sie verschwand.

Das ging keinen etwas an außer Dave.

Außerdem hatte er gegenwärtig genug damit zu tun, sich die Erlebnisse jener Männer anzuhören, die er seine Brüder nannte seit dem Ritual, das sie im Pendaranwald ausgeführt hatten. Schließlich waren sie bei seinen Erlebnissen bis zu jenem Moment auf den matschigen Feldern um Stonehenge angelangt, wo Kevin den Wachleuten in Französisch und gebrochenem Englisch beizubringen versuchte, was ihn und Jennifer bewogen hatte, sich zum Schmusen auf verbotenes Terrain zurückzuziehen. Eine außerordentlich eindrucksvolle schauspielerische Leistung war das gewesen, und sie hatte genau bis zu dem Augenblick vorgehalten, als die vier gespürt hatten, wie sie von plötzlich sich zusammenbrauenden Kräften ergriffen und in den kalten, düsteren Übergang zwischen den Welten geworfen wurden.

Kapitel 6

Es handelte sich, stellte Jennifer fest, um das gleiche Zimmer wie beim ersten Mal, wenn auch nicht um das gleiche wie bei ihrem zweiten Übergang, als sie und Paul mit solcher Wucht daraus hervorgekommen waren, daß sie beide in den verschneiten Straßen der Stadt in die Knie gezwungen wurden.

Dort hatten, während Paul, immer noch benommen, unter dem hin und her schwingenden Schild des Schwarzen Keilers mühsam aufgestanden war, bei ihr die ersten, verfrühten Wehen eingesetzt. Und mit ihnen kam, noch während sie erkannte, wohin er sie auf welche Weise auch immer gerettet hatte, die plötzliche Erinnerung an eine weinende Frau vor einer Ladentür bei der Rasenfläche, und von da ab war ihr alles sehr klar erschienen.

So waren sie in Vaes Haus gelangt, und Darien war geboren worden. Worauf sich in ihrem Innern vieles zu verändern schien. Seit sie aus Starkadh entkommen war, hatte sie sich in ein Geschöpf voller widersprüchlicher Standpunkte und unnatürlicher Reaktionen verwandelt. Die Welt, ihre eigene Welt, stellte sich ihr in unheilvollen Farben dar, und die Aussicht, eines Tages doch wieder zu normalen, menschlichen Umgangsformen zurückkehren zu können, kam ihr vor wie eine lächerliche, hoffnungslose Abstraktion. Maugrim hatte ihr Innerstes bloßgelegt: Wo konnte sie in dieser Hinsicht Heilung erwarten?

Dann war Paul gekommen und hatte zu ihr gesprochen, und der Ton, in dem er zu ihr sprach, hatte vor allen Dingen dazu beigetragen, ihr zumindest andeutungsweise einen Weg aus ihrem Elend zu weisen. Wie mächtig Rakoth auch sein mochte, er war nicht allmächtig, nicht allumfassend, er hatte Kim nicht daran hindern können, zu ihr vorzudringen.

Und er konnte nicht verhindern, daß ihr Kind geboren wurde.

Zumindest war sie davon überzeugt gewesen, bis sie, in jener Schrecksekunde, Galadan in ihrer eigenen Welt erblickt hatte. Und sie hatte ihn sagen hören, daß sie sterben müsse und damit auch das Kind.

Aus diesem Grund hatte sie Paul gedroht, sie werde ihn verfluchen, falls er versagte. Wie hatte sie nur so etwas tun können? Wie war sie dazu gekommen?

Wie es schien, war sie ein anderer Mensch gewesen, eine völlig andere Frau, vermutlich war es so. Denn seit das Kind geboren und benannt und in die Welten des Webers hinausgesandt worden war, um ihre persönliche Antwort auf das zu sein, was ihr angetan worden war, ihr einzelner, unberechenbarer Faden, eingefädelt in das Gewirk – seit damals war Jennifer immer wieder überrascht, wie erträglich doch alles war.

Keine Widersprüche mehr, keine verletzenden Äußerungen. Nichts schien sie zu berühren; sie war alledem so weit entrückt. Sie hatte festgestellt, daß sie wieder in der Lage war, mit anderen Menschen umzugehen, daß sie mit überraschender Sanftmut reagieren konnte. Kein stürmisches Aufbrausen mehr. Allerdings auch kein Sonnenschein. Sie bewegte sich wie im Zeitlupentempo, kam es ihr manchmal vor, durch eine graue Landschaft unter einer grauen Wolkendecke, und gelegentlich, doch nur gelegentlich, drang einmal die Erinnerung an Farbe, an pulsierendes Leben zu ihr durch wie das leise, gedämpfte Rauschen eines weit entfernten Meeres.

Doch das war ihr recht. Es bedeutete nicht, gesund zu sein; sie war klug genug, das einzusehen, aber es war unendlich viel angenehmer als der vorherige Zustand. Wenn sie schon nicht glücklich und gesund sein konnte, so doch zumindest ... duldsam.

Die Sanftmut war ein unerwartetes Geschenk, eine Art Entschädigung für die Liebe, die ihr in Starkadh zerstört worden, und für die Sehnsucht, die erstorben war.

Sich anfassen zu lassen, fiel ihr schwer – es war kein brennendes, schmerzliches Problem, aber immerhin schwer, und immer wenn es geschah, konnte sie spüren, wie sie sich innerlich wand, eine kleine, zerbrechliche Persönlichkeit, die früher Jennifer Lowell gewesen war, das goldene Mädchen. Selbst das Ablenkungsmanöver in Stonehenge, als sie und Kevin die Wachleute zu glauben verleitet hatten, sie seien ein französisches Liebespaar auf der Suche nach dem heidnischen Segen der Steine – selbst da hatte es ihr Unbehagen bereitet, seinen Mund auf dem ihren zu fühlen, ehe die Wachleute gekommen waren. Und es hatte sich als unmöglich erwiesen, zu verhindern, daß er es spürte, denn vor Kevin konnte man kaum etwas verbergen. Aber wie nur, wie machte man von diesem erträglichen, grauen Land aus, in welchem sie weilte, einem früheren Geliebten klar, noch dazu dem zärtlichsten von allen, daß Rakoth sich in Starkadh an ihr vergriffen hatte, obszön und entstellt, während schwarzes Blut aus dem Stumpf seiner abgetrennten Hand getropft war, um Brandwunden auf ihrem Fleisch zu hinterlassen? Wie konnte sie erklären, daß es von da aus kein Zurück mehr gab, auch keine Vorwärtsentwicklung, weg von jenem Ort?

Sie hatte zugelassen, daß er sie umschlungen hielt, hatte verlegene Bestürzung geheuchelt, als die Wachleute auf sie zukamen, und hatte wie geplant gelächelt und wortlos geschmollt, während Kevin zu seiner temperamentvollen, unzusammenhängenden Erklärung ausholte.

Dann hatte sie das Zusammensein und die Kälte gefühlt, als Kim von ihr Besitz ergriff, und gleich darauf befanden sie sich in diesem Zimmer, dem ersten, das sie in Paras Derval kennengelernt hatten, und wieder war es Nacht.

Der Wandbehang war noch der gleiche, und diesmal loderten die Fackeln hell, so daß sie sie gut erkennen konnten: die außerordentlich kunstvolle Darstellung von Iorweth dem Begründer im Götterwald vor dem Sommerbaum. Jennifer, Kevin und Dave betrachteten ihn, dann wandten sich alle drei Paul zu.

Der hatte sich nicht damit aufgehalten, den Wandbehang zu bewundern, sondern war rasch an die unbewachte Tür geeilt. Beim letztenmal war dort ein Wachtposten gewesen, erinnerte sich Jennifer, und Matt Sören hatte ein Messer nach ihm geworfen.

Diesmal trat Paul auf den Flur und stieß einen leisen Ruf aus. Darauf folgte lautstarkes Waffengerassel, und einen Augenblick später kam ein erschreckter Knabe in einer Rüstung, die ihm eine Nummer zu groß war, einen schußbereiten Bogen in der nicht ganz ruhigen Hand, den Flur entlang auf sie zu.

»Ich kenne dich«, sagte Paul und würdigte den Bogen keines Blickes. »Du bist Tarn. Du warst des Königs Page. Erinnerst du dich an mich?«

Der Bogen senkte sich. »Das tue ich, Herr. Vom Ta'Bael-Spiel her. Ihr seid . . . Ihr seid . . .« Auf dem Gesicht des Knaben zeigte sich Ehrfurcht.

»Ich bin Pwyll, ganz recht«, vollendete Schafer schlicht. »Bist du jetzt ein Wachmann, Tarn?«

»Ja, Herr. Ich bin zu alt, um noch Page zu sein.«

»Das sehe ich. Weilt der Großkönig heute nacht im Palast?«

»Ja, Herr. Soll ich –«

»Warum führst du uns nicht zu ihm«, unterbrach ihn Paul. Es war Kevin, der den entschiedenen Ton in Schafers Stimme wahrnahm und sich erinnerte, ihn schon einmal gehört zu haben. Zwischen Paul und Aileron hatte eine unerklärliche Spannung geherrscht, als sie das letztemal hiergewesen waren. Es sah ganz danach aus, als sei sie nach wie vor vorhanden.

Sie folgten dem Knaben durch ein Gewirr von Gängen und eine zugige Steintreppe hinab, ehe sie schließlich zu einer Flügeltür gelangten, die Paul noch in Erinnerung hatte.

Tarn klopfte, und ein hochgewachsener Wächter ließ sie, nachdem er ihnen einen erstaunten Blick zugeworfen hatte, eintreten.

Dieses Gemach hatte sich verändert, sah Paul. Die Wandbehänge waren abgenommen und an ihrer Stelle eine Reihe von Karten und Schaubildern aufgehängt worden. Ebenfalls verschwunden waren die tiefen Lehnsessel, an die er sich erinnerte; wo sie gestanden hatten, gab es jetzt eine Anzahl harter Holzstühle und eine lange Bank.

Das Schachbrett mit seinen reichgeschnitzten Figuren war nirgendwo zu sehen. Statt dessen befand sich ein riesiger Tisch in der Mitte des Raums, und auf ihm lag eine großformatige Karte von Fionavar. Über diese Karte beugte sich, mit dem Rücken zur Tür, ein Mann von mittlerer Größe, in schlichtes Braun gekleidet, mit einem Pelzwams über dem Hemd zum Schutz vor der Kälte.

»Wer ist da, Shain?« fragte der Mann, ohne in seiner Betrachtung der Karte innezuhalten.

»Wenn Ihr Euch umdreht, könnt Ihr es mit eigenen Augen sehen«, erwiderte Paul Schafer, noch ehe der Wachmann Meldung machen konnte.

Und in der Tat drehte Aileron sich sehr schnell um, beinahe noch ehe Pauls Stimme verklungen war. Die Augen über seinem Bart glühten mit einer Intensität, die drei von ihnen nur zu bekannt waren.

»Mörnir sei gepriesen!« rief der Großkönig aus und kam ein paar rasche Schritte auf sie zu. Dann blieb er stehen, und sein Gesichtsausdruck veränderte sich. Er sah schweigend vom einen zum anderen.

»Wo ist sie?« fragte dann Aileron dan Ailell. *»Wo ist meine Seherin?«*

»Sie kommt«, antwortete Kevin und trat vor. »Sie bringt jemanden mit.«

»Wen?« fuhr Aileron ihn an.

Kevin sah zu Paul hinüber. Der schüttelte den Kopf. »Sie wird es Euch selbst mitteilen, wenn sie damit Erfolg hat. Ich denke, es ist ihre Sache, es Euch zu sagen, Aileron.«

Der König starrte Paul finster an, als habe er im Sinn, die Sache weiter zu verfolgen, doch dann nahm sein Gesicht einen milderen Ausdruck an. »Nun gut«, lenkte er ein. »Solange sie nur kommt.

Ich ... ich brauche sie sehr dringend.« Dann, einen Augenblick darauf, schlich sich ein zerknirschter Ton in seine Stimme ein. »Ich benehme mich schlecht, nicht wahr? Ihr habt eine freudigere Begrüßung verdient, ihr alle. Und ist dies Jennifer?«

Er blieb vor ihr stehen. Sie dachte an seinen Bruder und ihre erste Begegnung mit ihm. Dieser Mann, nüchtern und selbstgenügsam, wie er war, verzichtete darauf, sie einen Pfirsich zu nennen oder sich zu einem Handkuß zu verneigen. Statt dessen brachte er nur unbeholfen hervor: »Ihr habt um unserer Sache willen gelitten, und das hat mir leid getan. Geht es Euch jetzt wieder gut?«

»Gut genug«, sagte sie. »Schließlich bin ich hier.«

Seine Augen versenkten sich fragend in die ihren. »Warum seid Ihr gekommen?« wollte Aileron wissen.

Eine gute Frage, und niemand hatte sie bisher gestellt, nicht einmal Kim. Es gab darauf auch eine Antwort, aber sie war nicht bereit, sie gerade jetzt diesem ungehobelten jungen König von Brennin zu geben. »Ich bin so weit gekommen«, antwortete sie und begegnete seinem Blick mit ihren eigenen, leuchtendgrünen Augen. »Und ich habe die Absicht, bis zum Ende durchzuhalten.«

Im Umgang mit Frauen versiertere Männer hatten schon aufgehört, sie anzustarren, sobald sie sich mit Jennifers Blick konfrontiert sahen. Aileron wandte sich ab. »Gut«, sagte er und begab sich wieder zu der Karte auf dem Tisch. »Ihr könnt uns helfen. Ihr werdet uns alles berichten müssen, was Ihr von Starkadh noch wißt.«

»Heh!« protestierte Dave Martyniuk. »Das ist nicht fair. Sie hat dort schlimmen Schaden erlitten. Sie versucht, darüber wegzukommen!«

»Wir brauchen dieses Wissen«, beharrte Aileron. Dem Blick von Männern konnte er jederzeit standhalten.

»Und wie Ihr darankommt, ist Euch egal?« fragte Kevin, und seine Stimme hatte einen gefährlichen Klang.

»So ist es«, erwiderte der König. »Solange es um diesen Krieg geht.«

Das nun eintretende Schweigen wurde von Jennifer durchbrochen. »Es ist schon gut«, meinte sie. »Ich werde erzählen, was mir noch einfällt. Aber nicht Euch«, sie zeigte auf den König,

»auch nicht einem von euch anderen, fürchte ich. Ich werde darüber mit Loren und Matt sprechen. Mit niemandem sonst.«

Der Magier war gealtert, seit sie ihn das letzte Mal gesehen hatten. Es gab mehr Weiß im Grau seines Bartes und seines Haupthaars, tiefere Falten in seinem Gesicht. Doch seine Augen waren wie immer: gebieterisch und gütig zugleich. Und Matt Sören hatte sich überhaupt nicht verändert, nicht einmal in bezug auf die abscheuliche Grimasse, die als das Lächeln des Zwerges durchgehen mußte.

Sie erkannten es jedoch allesamt als solches, und nachdem sie Ailerons spröde Art erlebt hatten, bedeutete die Begrüßung, die ihnen von dem Magier wie von seiner Quelle zuteil wurde, erst ihre wahre Rückkehr nach Fionavar. Und als Matt ihre Hand zwischen seine zwei schwieligen Hände nahm, da geschah es, daß Jennifer weinte.

»Wir haben es nie erfahren«, erklärte Loren Silbermantel mit belegter Stimme. »Wir haben nie erfahren, ob es ihr gelungen ist, dich dort herauszuholen. Und nur Jaelle hat ihre letzte Warnung gehört, was Starkadh angeht. Das hat vielen das Leben gerettet. Wir hätten die Feste angegriffen.«

»Und dann ist der Winter hereingebrochen«, fügte Aileron hinzu. »Und damit gab es keine Hoffnung mehr, einen Angriff oder sonst etwas zu wagen. Wir haben seither nichts mehr unternehmen können.«

»Wir können unseren Gästen sehr wohl Wein anbieten«, mischte sich der Zwerg bissig ein.

»Shain, hole einige Becher und schenke jedem ein, der möchte«, befahl Aileron, nicht im mindesten beschämt. »Wir brauchen Kim dringend«, fuhr er fort. »Wir müssen herausfinden, wie Maugrim den Winter beherrscht – das gehört nicht zu den Dingen, die früher in seiner Macht lagen. Die Lios haben das bestätigt.«

»Er macht ihn schlimmer?« lautete Pauls nüchterne Frage.

Schweigen breitete sich aus. Loren brach es. »Du hast das falsch verstanden«, belehrte er ihn gütig. »Er erzeugt ihn. Er hat die Jahreszeiten gänzlich durcheinandergebracht. Seit neun Monaten fällt hier Schnee, Pwyll. Noch sieben Nächte, dann haben wir Mittsommernacht.«

Sie blickten aus dem Fenster. Eis bedeckte das Glas. Es hatte wieder zu schneien begonnen, und ein bitterkalter Wind heulte ums Gemäuer. Selbst mit zwei lodernden Feuern im Raum und den überall angebrachten Fackeln war es sehr kalt.

»O Gott«, stöhnte Dave und fragte dann: »Was tut sich bei den Dalrei?«

»Sie haben sich in der Nähe des Latham versammelt«, unterrichtete ihn Loren. »Die Stämme und die Eltor.«

»In der einen Ecke?« rief Dave aus. »Aber die gesamte Ebene gehört ihnen doch!«

»Nicht mehr«, mußte Aileron zugeben, und in seiner Stimme lag hilflose Wut. »Nicht, solange der Winter vorhält.«

»Können wir ihm ein Ende machen?« wollte Kevin erfahren.

»Nicht, ehe wir wissen, wie er es anstellt«, entgegnete Loren.

»Und dafür braucht ihr Kim?« warf Paul ein. Er hatte sich von den anderen entfernt und war am Fenster stehengeblieben.

»Und noch jemanden. Ich möchte Gereint herholen, Ivors Schamanen. Um festzustellen, ob es uns mit vereinten Kräften gelingt, die Mauer aus Eis und Schnee zu durchbrechen und ihre Ursache zu finden. Gelingt uns das nicht«, fürchtete der Magier, »dann ist es gut möglich, daß wir diesen Krieg verlieren, noch ehe er begonnen hat. Und wir dürfen diesen Krieg nicht verlieren.«

Aileron schwieg. Seine Augen verrieten alles.

»Also gut«, sagte Jennifer bedachtsam. »Kim ist unterwegs, glaube ich. Hoffe ich. Inzwischen habe ich Loren und Matt wohl einiges zu erzählen.«

»Jetzt gleich?« fragte Kevin.

»Warum nicht?« Sie lächelte, doch es war kein sorgloses Lächeln. »Ich werde mir einfach etwas Wein nehmen, Shain. Wenn niemand etwas dagegen hat.«

Sie, der Magier und seine Quelle zogen sich in ein Nebenzimmer zurück. Die anderen sahen einander an.

»Wo ist Diarmuid?« erkundigte Kevin sich plötzlich.

»Rat einmal!« erwiderte Aileron.

Etwa eine halbe Stunde früher, kurz nach Matts und Lorens Aufbruch zum Palast, hatte Zervan aus Seresh in seinem Bett in der Unterkunft der Magier wachgelegen.

Eigentlich hatte er sich all seiner Pflichten entledigt, denn er hatte das Feuer im Vorraum soweit angerichtet, daß es die Nacht über halten mußte, und falls Brock vor den anderen beiden zurückkam, konnte er sicher sein, daß der es für sie neu entfachen würde.

Es war bestimmt kein hartes Leben, bei den Magiern zu dienen. Er war nun seit zwanzig Jahren bei ihnen, seit man ihm mitgeteilt hatte, daß er selber nicht aus dem Tuch gewebt sei, das einen Magier ausmacht. Überrascht hatte ihn das nicht; er hatte es längst gespürt. Aber sie hatten ihm alle drei gefallen – selbst Metran, obwohl das eine bittere Erinnerung war, denn er war ein gewitzter Mann gewesen, ehe er alt wurde, ehe er sich als Verräter erwies. Paras Derval hatte ihm auch gefallen, das städtische Leben, die Nähe des Palastes. Es war etwas Feines, so im Brennpunkt der Ereignisse zu stehen.

Als Teyrnon ihn gebeten hatte, war es Zervan ein Vergnügen gewesen, zu bleiben und den Magiern zu dienen.

In zwanzig Jahren war aus dem ursprünglichen Gefallen eine Art Zuneigung geworden. Die vier, die noch übrig waren, Loren und Teyrnon, Matt und Barak, waren die einzigen, denen Zervan sich zugehörig fühlte, und er umsorgte sie allesamt, wobei er ein pedantisches, geradezu zwanghaftes Auge fürs Detail an den Tag legte.

Es hatte ihn kurzfristig aus der Fassung gebracht, daß vor einem Jahr Brock aus Banir Tal gekommen war, um bei ihnen zu leben. Doch obschon dieser neu hinzugestoßene Zwerg bei seinem Volk einen hohen Rang zu genießen schien, benahm er sich zurückhaltend und bescheiden, und Zervan fand seine deutliche Ergebenheit Matt Sören gegenüber durchaus anerkennenswert. Zervan war schon immer der Meinung gewesen, daß Matt sich zuviel zumutete, und es war gut, Brock dazuhaben, der ihn unterstützte und seine Meinung teilte.

Außerdem war es Brock, der Zervan Einblick in die Ursachen von Matts gelegentlichen Anfällen tiefer Schwermut und jenes Schweigens gab, das selbst bei einem Mann von so einsilbiger Natur nicht unbemerkt bleiben konnte. Nun war Zervan alles klar: Matt Sören, der ehedem König unter dem Banir Lök gewesen war, wurde schweigsam und übellaunig, wann immer er gegen die unentwegte Lockung Calor Dimans ankämpfen mußte. Alle Zwergenkönige, hatte Brock ihm erläutert, mußten eine Vollmondnacht am Ufer des Kristallsees zwischen den Zwillingsbergen verbringen. Überlebten sie, was sie dort zu sehen bekamen, und waren noch bei Verstand, konnten sie Anspruch auf die Diamantenkrone erheben. Und niemals, hatte Brock gesagt, niemals würden sie die gezeitengleiche Lockung Calor Dimans los. Dieser Sog war es, begriff Zervan, der Lorens Quelle so oft des Nachts aus dem Schlaf riß, worauf er gemessenen Schritts in seinem Zimmer auf und ab zu gehen pflegte, schlaflos, bis der Morgen graute.

Heute nacht jedoch war es Zervan, der nicht schlafen konnte. Matt befand sich mit Loren im Palast. Brock hatte sich taktvoll empfohlen und war zum Schwarzen Keiler aufgebrochen. So etwas tat er des öfteren, um Magier und Quelle unter sich sein zu lassen. Zervan, der allein im Haus zurückgeblieben war, lag wach, weil er nun schon zum zweiten Mal vor seinem Fenster ein Geräusch gehört hatte.

Beim dritten Mal schwang Zervan sich aus dem Bett, kleidete sich an und machte sich auf, nach dem Rechten zu sehen. Als er durch den Vorraum kam, warf er noch ein paar Holzscheite in jedes der Feuer und nahm darin ein besonders dickes Stück an sich, das er dabeizuhaben gedachte. Er öffnete die Tür und trat hinaus auf die Straße.

Es war bitter kalt. Sein Atem gefror, und er spürte, wie selbst durch die Handschuhe hindurch seine Fingerspitzen bereits gefühllos wurden. Er ging ums Haus herum nach hinten, wo sich die Schlafräume befanden und wo er das Geräusch zu hören geglaubt hatte.

Eine Katze, dachte er, und stapfte knirschend durch den Schnee zwischen diesem und dem benachbarten Haus. Vermutlich habe ich eine Katze gehört. Es waren, stellte er fest, keine Fußspuren auf dem Schnee vor ihm zu entdecken. Einigermaßen beruhigt bog er um die Ecke hinterm Haus.

Es blieb ihm noch Zeit, zu sehen, worum es sich handelte, zu fühlen, wie sein Verstand mit dem Unmöglichen fertig zu werden versuchte, und zu wissen, warum es im Schnee keine Fußspuren gab.

Keine Zeit blieb ihm, zu rufen oder zu schreien oder auch nur irgendeine Warnung von sich zu geben.

Ein langer Finger streckte sich nach ihm aus. Er berührte ihn, und Zervan starb.

Nach dem Wind, der alle Glieder erstarren ließ, und den vereisten, unsicheren Straßen kam Kevin die Hitze, die im Schwarzen Keiler herrschte, wie ein Inferno vor. Die Schenke war randvoll von brüllenden, schwitzenden Menschen. Es gab mindestens vier lodernde Feuerstellen und unzählige Fackeln, die hoch oben an den Wänden befestigt waren.

Alles war beinahe genauso, wie er es im Gedächtnis hatte: der dichte, alles verhüllende Qualm, der Duft von Fleisch, das über den Herdfeuern schmorte, und der unablässige, ohrenbetäubende Lärm. Als die drei sich durch die Tür hineindrängten, merkte Kevin, daß der Keiler überfüllter wirkte, als er es in Wirklichkeit war, weil beinahe alle Gäste sich in einem weiten Kreis um eine freie Fläche in der Mitte des Schankraums zusammengequetscht hatten. Die Tische waren von ihren Böcken gerissen und umgestürzt worden, während man die Bänke beiseite geräumt hatte, um Platz zu schaffen.

Dave diente ihnen als mächtiger Rammbock, und Kevin und Paul drängten sich hinter seinem Rücken in die vorderen Reihen der Menge in der Nähe der Tür vor. Als sie inmitten zustoßender Ellbogen und überschwappenden Biers dort angelangt waren, erblickte Kevin in dem Kreis, den die Menge gebildet hatte, einen beleibten, rothaarigen Mann, und dieser Mann trug eine andere, kleinere Gestalt auf seinen Schultern.

Und diesen gegenüber, brüllend vor Trotz und Angriffslust, irgendwie über das allgemeine Getöse hinweg noch hörbar, stand Tegid aus Rhoden, jener gewaltige menschliche Berg, und auf seinen Schultern saß, lachend und elfengleich, kein anderer als Diarmuid, Prinz von Brennin.

Kevin begann nun selber zu lachen, und er bemerkte, daß überall in der Menge Wetten abgeschlossen wurden, während die zwei Paare einander vorsichtig umkreisten. Sogar mitten im Krieg, dachte er und betrachtete den Prinzen. Leute standen auf den Tischen, um besser sehen zu können; andere waren die Treppe hochgestiegen, um den Kampf von oben zu verfolgen. Kevin entdeckte Carde und Erron, die jeder mit einer Handvoll Wettscheinen auf der Theke standen. Neben ihnen erkannte er, nach sekundenlangem Zögern, Brock – den Zwerg, der ihnen damals die Nachricht vom Verrat in Eridu überbracht hatte. Er war älter als Matt, mit einem helleren Bart, und er lachte laut, was bei Matt Sören nur höchst selten vorkam. Sämtliche Augen waren auf die Kämpfenden gerichtet; keine Menschenseele hatte von den drei bisher Notiz genommen.

»Weichet, ihr Eindringlinge von der Nordfeste!« brüllte Tegid. Da wurde Kevin unvermittelt einiges klar.

»Das sind Ailerons Männer!« rief er Dave und Paul zu, während Tegid sich stolpernd und schlingernd in Trab setzte, auf die anderen beiden zu.

Sein ebenfalls riesenhaftes Gegenüber trat geschickt zur Seite, und Diarmuid, der nun vor Lachen quietschte, gelang es kaum, dem Zugriff des anderen Reiters zu entgehen, der versuchte, ihn zu Boden zu zerren. Tegids Lauf fand ein Ende, indem er auf der gegenüberliegenden Seite des Rings mit einem Tisch zusammenstieß, dabei die Zuschauer arg zurichtete und seinen Reiter beinahe aus dem Sattel gehoben hätte.

Langsam und mit röchelndem Atem drehte er sich um. Diarmuid senkte den Kopf und schrie seinem wenig standfesten Reittier einige Befehlsworte ins Ohr. Dieses Mal geschah ihr Vorrücken mit größerer Umsicht, da Tegid nun, um die Balance zu halten, mit weit gespreizten Beinen über strohbedeckten Boden watschelte.

»Du trunkener Walfisch!« verspottete ihn der gegnerische Reiter.

Tegid hielt in seinem bedächtigen Ansturm inne und beäugte ihn mit vor Zorn hochrotem Gesicht. Dann füllte er seine Lungenflügel prall mit Luft und brüllte mit ohrenbetäubender Lautstärke: »Bier!« Sogleich eilte ein Mädchen mit zwei schäumenden Krügen herbei, und Diarmuid und Tegid leerten jeder einen mit einem einzigen Zug.

»Zwölf!« schrien Carde und Erron von ihrem Platz auf der Theke her im Chor. Der Kampf dauerte offenbar schon einige Zeit. Diarmuid warf seinen Krug wieder dem Schankmädchen zu, während Tegid den seinen über die Schulter schleuderte; ein Gast hatte es mit dem Ducken zu eilig und brachte den Tisch zum Kippen, auf dem er und vier weitere Männer standen. Gestanden hatten.

Das war zuviel für Kevin Laine.

Einen Augenblick später wurde das Duo von der Nordfeste durch einen Angriff aus dem Hinterhalt auf unentschuldbare Weise zu Boden geworfen. Ein raffinierter Überfall war es nicht; sie waren schlicht umgerannt worden. Während sich das Geheul und das Geschrei in unvorstellbarem Ausmaß steigerten, wandte sich Kevin, sicher auf Daves breiten Schultern hockend, dem Paar aus dem Schwarzen Keiler zu.

»Jetzt geht's euch an den Kragen!« schrie er.

Doch Tegid war da anderer Ansicht. Mit einem Freudenschrei stürzte er sich mit offenen Armen auf Dave, nahm ihn in seine gigantischen Arme und sorgte dafür, längst keiner so komplexen Handlung mehr fähig, wie es das Stehenbleiben nun einmal war, daß sie alle vier in einem wirren, durchnäßten Haufen auf dem Boden landeten.

Auf dem Bauch liegend, begann er ihnen beiden eine Reihe heftiger Rippenstöße zu versetzen, die, daran zweifelte Kevin nicht, eigentlich Zuneigung und Freude ausdrücken sollten, jedoch mächtig genug waren, daß sich der ganze Raum um ihn zu drehen anfing. Er lachte atemlos und versuchte Tegids Überschwang abzuwehren, da hörte er, wie Diarmuid ihm etwas ins Ohr flüsterte.

»Gut gemacht, Freund Kevin.« Der Prinz war ihm nicht im geringsten gram. »Es hätte mir gar nicht behagt, zu verlieren. Aber hier drunten am Boden haben wir ein Problem.«

»Welches?« Der Ton, in dem er das sagte, hatte Kevin aufhorchen lassen.

»Während der letzten Stunde habe ich, auf Tegids Rücken sitzend, ein Auge auf jemanden gehabt, der in der Nähe der Tür stand. Ein Fremder, fürchte ich. Es hat mich nicht sonderlich beunruhigt, weil ich eigentlich damit gerechnet hatte, er würde den Feind in Kenntnis setzen, wir seien schlecht auf den Krieg vorbereitet.«

»Was für eine Art Fremder?«

»Ich hatte gehofft, das später noch herausfinden zu können. Aber wenn ihr hier seid, ändert das die Lage. Ich will nicht, daß er Meldung macht, Kim und Paul seien wieder da.«

»Kim ist nicht da. Paul schon.«

»Wo?« fragte der Prinz barsch.

»In der Nähe der Tür.«

Inzwischen waren sie von unzähligen Menschen umringt: von Carde und Erron, von Coll, von einer ganzen Reihe Frauen. Als sie sich endlich bis zur Tür durchgekämpft hatten, war es zu spät, um noch etwas unternehmen zu können.

Paul verfolgte den Kampf mit einigem Befremden. Wie es schien, konnte im Grunde gar nichts in Diarmuid das Gefühl nüchternen Verantwortungsbewußtseins hervorrufen. Und doch war der Prinz mehr als nur ein Taugenichts; das hatte er in der kurzen Zeit, die sie im Frühjahr hier verbracht hatten, zu oft bewiesen, als daß darüber noch hätte ein Zweifel bestehen können.

Im Frühjahr. Besser gesagt, im vergangenen Frühjahr, wenn nun schon bald Sommersonnenwende war, und hierüber wie über die Bedeutung dieses grausamen, künstlich über sie verhängten Winters geriet Paul ins Grübeln. Und insbesondere über etwas, das ihm auf dem eisigen Weg vom Palast zur Schenke aufgefallen war.

Daher war er selbst inmitten des Tumults gänzlich von seinen Schlußfolgerungen und Vermutungen in Anspruch genommen. Nur mit einem Auge sah er Kevin auf Daves Schultern steigen, worauf die zwei losstürmten und das Paar von der Nordfeste einfach von hinten umrannten. Das Gebrüll, das sich daraufhin erhob, ließ ihn aufhorchen, und er grinste, während er das Bild in sich aufnahm. Der lustige, lustige Kevin Laine, auf seine Weise ebenso verantwortungsscheu wie Diarmuid und ebenso voller Leben.

Sein Grinsen wurde zu einem Lachen, als er Tegid vorwärtspoltern sah, um Dave in seine mächtigen Arme zu schließen, und dann verzog er das Gesicht, als sie alle vier krachend zu Boden fielen.

So in Anspruch genommen, so gänzlich in Anspruch genommen, nahm er die Gestalt nicht wahr, die sich, trotz der brütenden Hitze im Schankraum des Keilers in Umhang und Kapuze gehüllt, soeben vorsichtig an ihn heranmachte.

Doch einem anderen entging sie nicht. Einem, der Kevin und Dave gesehen hatte und nun annahm, daß auch Paul da sei. Und gerade als die verhüllte Gestalt auf gleicher Höhe mit ihm war, schob sich jemand zwischen sie.

»Halt ein, Schwester! Auf den hier habe ich ältere Rechte«, sagte die braunhaarige Tiene. »Du kannst die anderen haben für dein Bett, wo immer es auch stehen mag, er aber gehört mir, ihn nehme ich heute nacht zu mir nach oben.«

Paul drehte sich um und erblickte das schmächtige, hübsche Mädchen, dessen Tränen ihn vor einem Jahr mitten aus dem Liebesakt in die Nacht hinausgetrieben hatten, und aus jener sternenklaren Nacht, nachdem er auch noch ein Lied gehört hatte, das nicht für seine Ohren bestimmt gewesen war, an den Sommerbaum.

Und eben weil er am Sommerbaum gehangen und es überlebt hatte, eben weil ihn der Gott zurückgesandt hatte, war die verhüllte Gestalt, bei der es sich in der Tat um eine Frau handelte, wenn auch um keines Sterblichen Schwester, hierher gekommen, um ihn auf der Stelle zu ermorden.

Bis das törichte, naseweise Mädchen dazwischengetreten war. Aus dem Umhang kam eine Hand hervor und stieß Tiene mit einem ihrer langen Finger an. Nicht mehr, doch das Mädchen stöhnte, als ein eisiger, betäubender Schmerz durch seinen Arm schoß, wo es berührt worden war. Es spürte, daß es hinfallen mußte, und im Fallen streckte es den anderen Arm aus, zu dem die Kälte noch nicht vorgedrungen war, und riß der anderen Frau die Kapuze vom Gesicht.

Es war ein menschliches Gesicht, aber mehr auch nicht. Die Haut so weiß, daß sie beinahe bläulich wirkte; man sah es ihr an, daß sie sich bei Berührung kalt anfühlen mußte. Sie war völlig kahl, und ihre Augen waren von der Farbe, mit der sich der Mond im Eis spiegelt, im Gletschereis, und sie waren so kalt, daß sie in den Herzen derer, die dort hineinblickten, Winter werden ließen.

Doch nicht bei Paul. Er begegnete ihrem Blick und sah sie für einen Augenblick vor etwas zurückschrecken, das sie in den Tiefen seiner Augen las. In ihrer Umgebung schien, so unglaublich das auch sein mochte, niemand etwas bemerkt zu haben, nicht einmal Tienes Sturz. Immerhin fielen in jener Nacht überall im Schankhaus die Gäste um.

Doch nur ein Mann hörte einen Raben sprechen. *Gedanke,*

Gedächtnis. Das waren ihre Namen, wußte er, und sie waren dort gewesen, alle beide, im Baum, als das Ende nahte und die Göttin kam und dann der Gott.

Und im gleichen Augenblick, als die Erscheinung, die vor ihm stand, sich wieder erholt hatte und vortrat, um ihm den Todesstoß zu versetzen, wie sie es schon mit Tiene gemacht hatte, da hörte Paul die Raben, und er sprach mit feierlicher Stimme die Worte, die sie ihm vorsagten, nämlich diese:

»Weiß ist der Dunst, der mich durchdrungen,
Weißer noch als dein Heimatland.
Es ist dein Name, von mir gesungen,
Es ist dein Name, der dich bannt.«

Er verstummte. Um die beiden herum, die zu den Mächten der ersten und damit auch aller anderen Welten gehörten, toste weiter das Höllenspektakel. Niemand schenkte ihnen auch nur die geringste Beachtung. Paul hatte seine Stimme gesenkt, doch er sah, daß jedes Wort zu ihr durchgedrungen war. Dann sprach er ebenso leise, doch jeder Silbe Nachdruck verleihend, denn in seinen Worten lag ein Zauber so alt und so unergründlich wie alle Magie: »Ich bin der Herr des Sommerbaums, mein Name birgt kein Geheimnis und keinen Bann.« Sie hatte Zeit, sie hätte vortreten und ihn berühren können, und ihre Berührung hätte sein Herz erfrieren lassen, doch seine Worte hielten sie zurück. Bewegungslos, die eisigen Augen unverwandt auf die seinen gerichtet, hörte sie ihn sagen: »Du hast das Ödland weit hinter dir gelassen und damit deine Kräfte. Verfluche ihn, der dich hierher geschickt hat, Eiskönigin, *denn ich nenne dich jetzt beim Namen, und ich heiße dich Fordaetha von Rük!*«

Es ertönte ein Schrei, der kein Schrei war, aus einer Kehle, die menschlich war und doch nicht menschlich. Er stieg auf wie ein verwundetes Tier, flog ungeheuerlich schallend durch den Raum und ließ jedes andere Geräusch im Innern des Schwarzen Keilers gänzlich verstummen.

Und als die letzte klagende Schwingung in der schreckerfüllten Stille verklungen war, blieb nur ein leerer Umhang auf dem Boden vor Paul Schafer zurück. Sein Gesicht war vor Anspannung und

Erschöpfung ganz blaß, und seine Augen legten Zeugnis davon ab, daß sie entsetzlich viel Böses gesehen hatten.

Kevin und Diarmuid kamen, dicht gefolgt von Dave und den anderen, zu ihm herübergeeilt, während die Schankstube wieder zu ängstlich fragendem Leben erwachte. Niemand sagte etwas; sie blickten Paul an.

Der war inzwischen neben einem am Boden liegenden Mädchen in die Hocke gegangen. Zusammengeschrumpft wirkte es, und in den Fängen eines eisigen Todes, der eigentlich ihm zugedacht gewesen war, blaugefroren von Kopf bis Fuß.

Nach einer Weile erhob er sich. Die Männer des Prinzen hatten ihnen Platz geschaffen. Nun hoben auf ein Nicken Diarmuids hin zwei von ihnen das tote Mädchen auf und trugen es hinaus in die Nacht, die kalt war, wenn auch nicht so kalt wie die Tote.

Paul sagte: »Die Früchte des Winters, mein Edler Prinz. Hast du von der Königin von Rük erzählen gehört?«

Diarmuids Gesicht zeigte keinen anderen Ausdruck als tiefe Konzentration. »Von Fordaetha, ja. Die Legenden besagen, sie sei die älteste Naturgewalt in Fionavar.«

»Eine der ältesten.« Sie drehten sich um und erblickten das grimmige Gesicht des Zwerges Brock. »Eine der ältesten Naturgewalten«, fuhr der Zwerg fort. »Pwyll, wie ist es Fordaetha gelungen, aus dem Ödland herabzusteigen?«

»Mit dem Eis, als es herabgekommen ist«, erwiderte Paul und wiederholte noch einmal in bitterem Ton: »Die Früchte des Winters.«

»Du hast sie getötet, Paul?« Die Frage kam von Kevin, und seine Stimme war erfüllt von einem schwer ergründbaren Gefühl.

Macht, dachte Paul soeben und erinnerte sich an den alten König, dessen Platz am Sommerbaum er eingenommen hatte. Er stellte nur richtig: »Nicht getötet. Ich habe sie mit einer Beschwörungsformel angerufen, und das hat sie verjagt. Nun wird es lange dauern, bis sie wieder in irgendeine Gestalt schlüpft, und noch länger, bis sie noch einmal das Ödland verläßt, aber tot ist sie nicht, und sie dient Maugrim. Wären wir weiter im Norden gewesen, wäre ich mit ihr nicht fertig geworden. Ich hätte keinerlei Aussicht auf Erfolg gehabt.« Er war sehr erschöpft.

»Wie kommt es«, hörte er Dave Martyniuk fragen, und aus

seiner Stimme war deutlich das Bedürfnis herauszuhören, dies alles zu begreifen, »wie kommt es, daß sie ihm dienen?«

Und auch hierauf schien er die Antwort zu kennen. Er hatte sie in ihren Augen gesehen. »Er hat ihr Eis versprochen. Eis bis hierher nach Süden – eine geräumige Winterwelt, in welcher sie herrschen kann.«

»Unter seiner Oberherrschaft«, ergänzte Brock leise. »Herrschen, doch unter seiner Oberherrschaft.«

»O ja«, stimmte Paul zu. Er dachte an Kaen und Blöd, jene Brüder, die die Zwerge verlassen hatten, um ebenfalls Maugrim zu dienen. Er sah Brock an, daß der den gleichen Gedanken hegte. »Alles wird unter seiner Oberherrschaft stehen, und für immer. Wir können es uns nicht leisten, diesen Krieg zu verlieren.«

Nur Kevin, der ihn am besten kannte, hörte die Verzweiflung in Pauls Stimme. Er sah zu, sie alle sahen zu, als Schafer sich abwandte und zur Tür ging. Dort blieb er stehen, gerade lange genug, um seinen Mantel auszuziehen und ihn zu Boden fallen zu lassen. Darunter trug er nur ein Hemd mit offenem Kragen.

»Noch eines«, sagte Paul. »Ich brauche keine Jacke. Der Winter berührt mich nicht. Was immer das wert sein mag.«

»Warum?« Es war Kevin, der sich danach erkundigte, stellvertretend für alle anderen.

Schafer trat hinaus in den Schnee, ehe er sich noch einmal umwandte, um durch die geöffnete Tür zu antworten: »Weil ich am Baum mit ihm in Berührung gekommen bin, ebenso wie mit allen anderen Gestalten, die der Tod annimmt.«

Die Tür fiel hinter ihm zu, schloß den Wind aus und den hereinwirbelnden Schnee. Und sie standen im hell erleuchteten, lauten Schankraum, umgeben von Wärme und guter Kameradschaft, und es gab kaum etwas, das ihnen auf einer der Welten kostbarer gewesen wäre.

Ungefähr zu dem Zeitpunkt, da Paul die Schenke verließ, machten auch Loren Silbermantel und seine Quelle sich auf den Heimweg zum Quartier der Magier in der Stadt. Keiner von beiden war der Kälte gegenüber unempfindlich, und obwohl es zu schneien aufgehört hatte, wehte weiter der eisige Wind, und mancherorts türmte sich der Schnee bis in Brusthöhe des Zwerges. Über ihren Köpfen schienen die sommerlichen Sterne hell auf eine Winterwelt herab, doch sie blickten beide nicht nach oben und sprachen kein einziges Wort.

Doch sie hatten die gleiche Geschichte mitangehört, daher teilten sie ihre Gefühle: die Wut auf das, was jener Frau angetan worden war, die sie soeben im Palast verlassen hatten; das Mitgefühl für eine Verletzung, die sie nicht heilen konnten; und die Liebe, in dem einen wie dem anderen, zu einer Schönheit, die bewiesen hatte, daß sie selbst noch am finstersten aller Orte Trotz bieten konnte. Bei Matt Sören kam darüber hinaus noch etwas anderes hinzu, denn es war ein Zwerg gewesen, Blöd, der über sie hergefallen war, nachdem Maugrim mit ihr fertig war.

Von Darien wußten sie nichts.

Nach einer Weile erreichten sie ihr Quartier. Teyrnon und Barak hielten sich woanders auf, und Brock war ausgegangen, vermutlich mit Diarmuid, daher hatten sie das große Haus für sich. Mit voller Absicht verbrachten sie alle Nächte in der Stadt, um dem Volk von Paras Derval die Gewißheit zu geben, daß die Mächtigen des Reiches sich nicht hinter den Palastmauern verkrochen. Zervan hatte die Feuer noch einmal angerichtet, ehe er zu Bett gegangen war, daher war es herrlich warm, und der Magier trat vor das größere der beiden Kaminfeuer im Vorraum, während der Zwerg zwei Kelche mit einer bernsteinfarbenen Flüssigkeit füllte und einen davon zu dem Magier hinüberbrachte.

»›Usheen, damit dem Herzen warm wird‹«, zitierte Matt, als er Loren sein Getränk überreichte.

»Meines ist kalt heute nacht«, entgegnete der hochgewachsene Magier. Er nahm einen Schluck und verzog das Gesicht. »Eine bittere Wärme.«

»Es wird dir guttun.« Der Zwerg ließ sich auf einen niederen Stuhl fallen und begann sich die Stiefel auszuziehen.

»Sollen wir mit Teyrnon Verbindung aufnehmen?«

»Um ihm was zu übermitteln?« Matt hob den Kopf.

»Das eine, was wir erfahren haben.«

Sie blickten einander schweigend an.

»Der Schwan hat Metran mitgeteilt, der Kessel befinde sich in ihrer Hand und er solle sich an den Ort der spiralförmigen Bewegung begeben«, hatte Jennifer gesagt, leichenblaß und eisern beherrscht, als sie in ihrem Bericht auf die Lichtung des Holzfällers zurückgekehrt war, wo Avaia sie geholt hatte. Und dies war das eine, was sie erfahren hatten.

»Was wird er dort bei den Toten anfangen?« fragte Matt Sören nun. Ein Haß, so tief wie eine Grotte, verbarg sich hinter dieser Frage.

Das Gesicht des Magiers blieb ausdruckslos. »Ich weiß es nicht«, gestand er ein. »Wie es scheint, weiß ich gar nichts. Abgesehen davon, daß wir uns erst an seine Verfolgung machen können, wenn wir dem Winter ein Ende gemacht haben, und daß wir nicht in der Lage sind, dem Winter ein Ende zu machen.«

»Das sind wir wohl«, widersprach der Zwerg. »Wir werden die Macht des Winters brechen, weil wir müssen. Und du wirst das vollbringen, das steht für mich außer Zweifel.«

Da lächelte der Magier, und die harten Linien seines Gesichts wurden weicher. »Hast du es denn nicht satt«, fragte er, »nachdem du mich vierzig Jahre lang in dieser Weise unterstützt hast?«

»Nein«, entgegnete der Zwerg schlicht.

Und gleich darauf lächelte Matt Sören ebenfalls, das typische Verziehen seines Mundes.

Loren trank das Usheen aus und verzog dabei wieder das Gesicht. »Also gut«, entschied er. »Ich werde mit Teyrnon Gedankenverbindung aufnehmen, ehe wir schlafen gehen. Er soll wissen, daß Metran den Kessel von Khath Meigol in Händen hat und damit . . . nach Cader Sedat gegangen ist.«

Er formulierte es, so nüchtern wie möglich, doch beim bloßen Aussprechen dieses Namens überlief die beiden ein Schauer, und sie konnten es beide nicht verhindern. Amairgen Weißast, der erste Magier, hatte vor tausend Jahren dort den Tod gefunden.

Matt nahm seine Kräfte zusammen, und Loren verband sich mit ihm. Sie fanden Teyrnon durch Barak, einen Tagesritt entfernt bei den Soldaten der Nordfeste. Sie berichteten, was vorgefallen war, und verständigten sich über die Befürchtungen, die sie alle vier empfanden und die nicht außerhalb des Rats der Magier bekannt werden durften.

Dann brachen sie die Verbindung ab. »Alles gutgegangen?« fragte Silbermantel nach einem Augenblick seine Quelle.

»Leicht war es«, erwiderte Matt. »Es wird mir ganz gut beim

Einschlafen helfen.«

Doch da vernahmen sie ein Klopfen an der Tür. Brock konnte es nicht sein; er hatte einen Schlüssel. Nur einen kurzen Blick wechselten sie, voller böser Vorahnungen, denn sie waren nun einmal, was sie waren, und das seit langem. Dann gingen sie gemeinsam die Vordertür öffnen.

Draußen in der Nacht, hinter sich die hellen Sterne und den aufgehenden Mond, stand ein bärtiger Mann, breitschultrig, doch nicht groß, in dessen Augen die Zeit sich weit in die Vergangenheit spann, und in seinen Armen lag eine bewußtlose Frau.

Es war sehr still. Loren hatte das Gefühl, als würden sogar die Sterne stillstehen und der spät aufgegangene Mond. Dann sagte der Mann mit klangvoller, wenn auch leiser Stimme: »Sie ist nur erschöpft, meine ich. Sie hat mir dieses Haus genannt, ehe sie das Bewußtsein verlor. Seid Ihr Loren Silbermantel? Matt Sören?«

Sie waren stolze Männer, der Magier und seine Quelle, und wurden zu den Großen Fionavars gezählt. Doch es geschah mit demütiger, dankbarer Ehrfurcht, als sie auf ihrer eigenen Schwelle auf die Knie fielen, alle beide, vor Arthur Pendragon und der Frau, die ihn angerufen hatte, und ihr Kniefall galt der Frau ebenso wie dem Manne.

Noch ein Klopfen an einer anderen Tür. In ihrem Zimmer im Palast war Jennifer allein, und sie schlief nicht. Sie riß sich aus ihrer Betrachtung des Feuers; und das lange Gewand, das sie ihr überlassen hatten, berührte im Gehen die tiefflorigen Teppiche auf dem Boden. Sie hatte gebadet und ihr Haar gewaschen, es danach vor dem Spiegel ausgekämmt und dabei ihr eigenes fremdes, so fremdes Gesicht angestarrt. Die grünen Augen, die nun einmal erblickt hatten, was sie erblickt hatten. Lange hatte sie vor dem Feuer gestanden, wie lange, das wußte sie nicht, als das Klopfen ertönte.

Und mit ihm eine Stimme: »Hab keine Angst vor mir«, vernahm sie durch die Tür. »Du hast keinen ehrlicheren Freund.«

Eine Stimme wie Glockenklang, ein Laut, der einem Singen nahekam. Sie öffnete die Tür und sah Na-Brendel von den Lios Alfar. Trotz ihrer Entrückung war sie tief bewegt, seine leuchtende, zierliche Anmut zu erblicken.

»Tritt ein«, forderte sie ihn auf. »Um Tränen zu vergießen ist es allerdings zu spät.«

Sie schloß hinter ihm die Tür, und es erschien ihr wie ein Wunder, daß die Flammen des Kaminfeuers und die Kerze an ihrem Bett nun heller loderten und tanzten, da sich seine Gegenwart im Zimmer bemerkbar machte. Kinder des Lichts waren die Lios, schon ihr Name bedeutete *Licht*, und es teilte sich ihnen mit und erhielt Antwort von ihrem Wesen.

Und der Herr der Finsternis haßte sie, mit einem Haß, der so allumfassend war, daß alles andere neben ihm verblaßte. Es zeugte vom Ausmaß des Bösen, dachte sie, die es unter allen Sterblichen nicht nötig hatte, dieses Maß zu ergründen, daß er dieses Geschöpf so uneingeschränkt zu hassen vermochte, das hier vor ihr stand, nun mit trockenen Augen, die sich, noch während sie hinschaute, bernsteinbraun verfärbten.

»Dieser König weiß, was sich geziemt«, erklärte Brendel. »Auch wenn man das nicht gedacht hätte. Er hat die Nachricht in meine Gemächer überbringen lassen, daß du hier bist.«

Es war ihr hinterbracht worden, von Kevin, was Brendel für sie getan hatte; wie er Galadan und seinen Wölfen gefolgt war und welchen Eid er im Großen Thronsaal abgelegt hatte. Sie entgegnete: »Du hast keinen Grund, dir meinetwegen Vorwürfe zu machen. Du hast, wie ich höre, mehr getan, als es irgendein anderer vermocht hätte.«

»Das war nicht genug. Was soll ich dir sagen?«

Sie schüttelte den Kopf. »Du hast mir auch Freude bereitet. Die letzte wahre Freude, derer ich mich entsinnen kann, war es, einzuschlafen und dabei den Gesängen der Lios zu lauschen.«

»Können wir dir nicht mehr geben, nun, da du wieder bei uns weilst?«

»Ich weiß nicht, ob ich es anzunehmen imstande bin, Brendel. Ich bin nicht ... unversehrt.« Irgendwie war es leichter, leichter für sie als für ihn. Es folgte längere Zeit Schweigen, in welchem sie es erduldete, daß seine Augen die ihren festhielten. Er ging ihnen nicht auf den Grund, obwohl sie wußte, daß er das gekonnt hätte, genau wie Loren sie vor einer Prüfung verschont hatte. Keiner würde es tun, und somit konnte sie Darien geheimhalten, und das würde sie auch.

»Kannst du das nicht ungesagt machen?« fragte er, und die Musik in seiner Stimme war geheimnisvoll und schmerzerfüllt.

»Soll ich dich belügen?«

Er wandte sich ab und begab sich zum Fenster. Selbst die Gewänder, die er trug, schienen aus unzähligen Farben gewoben, die sich veränderten, sobald er sich bewegte. Das Sternenlicht von draußen erleuchtete sein Silberhaar und brachte es zum Glitzern, und wie kam sie nur dazu, sich einem zu verweigern, der mit seinem Haar die Sterne einfangen konnte?

Doch wie hätte sie anders gekonnt? *Ich werde dir alles nehmen,* hatte Rakoth gedroht, und er war allzu nahe darangewesen, dies auch zu schaffen.

Brendel drehte sich um; seine Augen waren golden, das schien seine wahre Farbe zu sein. Er sagte: »Ich habe lange hier ausgeharrt, auf Ra-Tenniels Wunsch wie auf meinen eigenen. Seiner war es, daß ich diesen jungen König berate und erfahre, was die Mannen Brennins zu tun beabsichtigen, und der meine war es, dich hier und am Leben zu wissen, damit ich dir eines anbieten, dich um eines bitten kann.«

»Und das wäre?« Sie war sehr groß, mit goldener Haut und noch hellerem Haar als früher, gezeichnet von Sorge und Betrübnis und davon irgendwie geläutert.

»Daß du mit mir kommst, nach Daniloth, um wieder ganz gesund zu werden. Wenn das überhaupt möglich ist, dann dort.«

Sie blickte auf ihn wie von großer Höhe herab oder wie aus unendlicher Tiefe empor – in beiden Fällen zählte die Entfernung. Sie sagte: »Nein«, und sah den Schmerz in seinen Augen aufflammen wie ein unerklärliches Feuer. Sie fuhr fort: »Ich bleibe besser, wie ich bin. Paul hat mich soweit gebracht, er und noch etwas. Lasse es ruhen. Ich bin hier, und keineswegs unglücklich, und ich habe Angst, mich weiter ins Licht hinauszuwagen, da es für mich weitere Finsternis bedeuten könnte.«

Darauf wußte er keine Antwort, und das war auch ihre Absicht gewesen. Er berührte ihre Wange, ehe er sie verließ, und sie erduldete diese Berührung, traurig, daß sie an so etwas keine Freude haben konnte, doch so war es nun einmal, und was hätte sie dagegen tun können oder sagen?

An der Tür angekommen, richtete der Lios Alfar noch einmal

das Wort an sie, und in seiner Stimme war die Musik so gut wie nicht mehr erkennbar. »Dann heißt es Rache nehmen«, gelobte Brendel vom Falkensiegel, »sonst ist mir nichts geblieben, doch sie bleibt mir immerdar. Und, Jennifer, sie soll ausgeführt werden.« Er schloß leise hinter sich die Tür.

Schwüre, dachte sie, als sie sich wieder langsam dem Feuer zuwandte. Kevin, Brendel, sie fragte sich, wer denn noch um ihretwillen Rache schwören würde. Sie fragte sich, ob ihr das je etwas bedeuten konnte.

Und während sie so dastand, inmitten des grauen Landes des gedämpften Lichts und der Schatten, öffneten Loren und Matt gerade ihre Tür und erblickten zwei Gestalten dort im Schnee vor dem Hintergrund der Sterne und des Mondes.

Noch eine Tür, spät im Laufe einer bitterkalten Nacht. Wenige, die noch auf den vereisten Straßen unterwegs waren. Der Keiler hatte längst seine Pforten geschlossen, worauf Kevin und Dave sich gemeinsam mit Diarmuid und seinen Männern zu den Unterkünften der Soldaten von der Südfeste aufgemacht hatten. Zu dieser Stunde kurz vor Morgengrauen, als der Norden noch näher gekommen und der Wind heftiger zu blasen schien, blieben die Wachen dicht bei ihren Posten, über kleinere Feuer gebeugt, die man ihnen gestattet hatte. Von nirgendwoher würde derzeit ein Angriff zu befürchten sein, nichts konnte sie angreifen, und es war allen klar, daß dieser Wind, dieser Schnee, dieser gesamte Winter samt der dahinterstehenden bösen Absicht schon Angriff genug war. Es war kalt genug, um einen Menschen das Leben zu kosten, und das war auch bereits geschehen, und obendrein wurde es immer noch kälter.

Nur ein Mann spürte das nicht. In Hemd und Jeans wanderte Paul Schafer ganz allein durch die Gassen und Straßen der Stadt. Der Wind zauste sein Haar, störte ihn jedoch nicht weiter, und er hielt den Kopf aufrecht, während er dem Norden trotzte.

Er lief beinahe ziellos umher, vor allen Dingen, um die Nacht zu genießen, seine wundersame Unempfindlichkeit zu bestätigen und mit der Entfernung fertig zu werden, die dadurch zwischen ihn und alle übrigen trat. Eine ungeheuer weite Entfernung.

Und wie konnte es anders sein bei einem, der am Sommerbaum

einen Vorgeschmack auf den Tod erhalten hatte? Hatte er denn erwartet, nur einer von vielen zu sein? Ein Freund von gleichem Rang für Carde und Coll, oder gar für Kevin? Er war der Zweimal Geborene, er hatte die Raben gesehen und sprechen gehört, er hatte im Walde der Dana gelauscht und hatte Mörnir in seinem Innern gespürt. Er war der Pfeil des Gottes, der Speer. Er war Herr des Sommerbaums.

Und es schmerzte ihn, daß es ihm unmöglich sein sollte, zu erschließen, was immer das bedeuten mochte. Er war gezwungen gewesen, vor Galadan die Flucht zu ergreifen, begriff jedoch nicht, *wie* ihm gemeinsam mit Jennifer der Übergang gelungen war. Hatte Jaelle darum bitten müssen, sie zurückzuschicken, und er wußte, daß sie ihm das bei dem kaum erst begonnenen Gedankenaustausch zwischen Göttin und Gott immer wieder vorhalten würde. Und heute abend hatte er nicht einmal Fordaethas Annäherung bemerkt; nur Tienes Tod war es gewesen, der ihm die Möglichkeit gegeben hatte, die Raben sprechen zu hören. Und selbst das – er hatte sie nicht gerufen, wußte nicht, woher sie kamen oder wie er sie noch einmal herbeirufen konnte.

Er kam sich vor wie ein Kind. Ein trotziges Kind, das ohne seinen Mantel herumläuft bei winterlicher Witterung. Und es stand doch so viel auf dem Spiel. Praktisch alles.

Ein Kind, dachte er noch einmal, und nach und nach wurde ihm klar, daß er doch nicht so ziellos umhergewandert war. Er befand sich auf der Straße, die zu dem grasbewachsenen Platz führte. Er stand vor einer Tür, derer er sich entsann. Der Laden war zu ebener Erde; die Wohnung darüber. Er hob den Blick. Natürlich war alles dunkel; es war sehr spät, sie würden schlafen, Vae und Finn, und Darien.

Er wandte sich zum Gehen, doch dann erstarrte er, und zum ersten Mal in dieser Nacht war ihm kalt, während das Mondlicht ihn etwas sehen ließ.

Er trat vor und drückte gegen die Ladentür. Sie sprang auf, und die lockeren Scharniere quietschten. Im Innern standen noch die Borde voller Tuch und Wolle, und auf der gegenüberliegenden Seite die mit dem fertigen Zeug. Doch im Durchgang dazwischen lag Schnee und türmte sich an den Ladentischen auf. Er bemerkte, daß die Stufen vereist waren, als er im Dunkeln emporstieg. Alles

Mobiliar war noch an Ort und Stelle, alles so, wie er sich daran erinnerte, doch das Haus war menschenleer.

Er vernahm einen Laut und wirbelte herum, gepackt von echtem Entsetzen. Er sah, was den Laut hervorgerufen hatte: Im Wind, der durch eine zerbrochene Fensterscheibe hereinblies, schaukelte eine Wiege langsam hin und her.

Kapitel 7

Er gestattete sich eine gewisse Befriedigung. Sein Vorhaben war gelungen, sogar, was die Zeiteinteilung anging, ganz hervorragend. Sie waren nachts in Cynan eingetroffen und hatten am Morgen ihre Botschaft ans andere Flußufer gesandt, eine bloße halbe Stunde, ehe die eigens für diesen Zweck angefertigten Kähne das Heer von Cathal nach Seresh übersetzten.

Er hatte sich darauf verlassen, daß die Hauptstraße nach Paras Derval regelmäßig vom Schnee geräumt wurde, und so war es auch. Inmitten der schneidenden Kälte setzten sie sich unter einem leuchtend blauen Himmel durch das weißverschneite Land in Marsch, der Hauptstadt entgegen. Der Bote, der zu dem neuen König unterwegs war, konnte ihnen nur ein paar Stunden voraus sein; Aileron würde keine Zeit finden, irgendwelche Vorbereitungen zu treffen.

Und darum ging es natürlich hauptsächlich. Man hatte sich über den Saeren hinweg verständigt; mit Kähnen, die zwischen Seresh und Cynan verkehrten, und weiter im Osten mit Lichtsignalen über den Fluß – der Hof von Brennin wußte, daß Soldaten aus Cathal im Anmarsch waren, jedoch nicht, wie viele und wann mit deren Eintreffen zu rechnen sei.

Schäbig würden sie dastehen und schlecht gerüstet, wenn erst diese schimmernde Streitmacht, zweitausendfünfhundert Mann stark, aus Südwesten herbeigaloppiert kam. Und nicht nur die Berittenen. Was würden die Nordmänner sagen, wenn sie zweihundert der legendären Streitwagen Cathals auf die Tore Paras Dervals zubrausen sahen? Wenn sie im ersten dieser Wagen, gezogen von vier prächtigen Hengsten aus Faille, nicht einen befehlshabenden Soldaten oder Hauptmann der Wache, sondern Shalhassan persönlich erblickten, den unumschränkten Herrscher über Sang Marlen, über Larai Rigal, über die neun Provinzen des Gartenlandes.

Sollte der junge Aileron dem getrost etwas entgegensetzen, wenn er konnte.

Auch ging es hier nicht um eine belanglose Zurschaustellung. Shalhassan hatte viel zu lange über ein Land geherrscht, das durch Intrigen entstanden war, als daß er sich an bloßem Prunk hätte freuen können. Hinter jedem Schritt, den diese Finte erforderte, stand ein eiserner Wille, hinter dem Tempo, das er seinem Wagenlenker abverlangte, ein übergeordneter Zweck und hinter der Pracht seiner eigenen Erscheinung, vom gekräuselten, mit Duftwässern gesalbten Bart bis zu dem langen Pelzmantel, den er trug, kunstvoll geschlitzt, damit er sein gebogenes, juwelenbestücktes Schwert erreichen konnte, ein ganz bestimmter Grund.

Tausend Jahre war es her, da hatte T'Varen seine Mannen aus dem Süden in den Krieg gegen den Entwirker geführt, und sie waren unter dem Mond- und Eichenbanner von Brennin marschiert und geritten, unter Conary und dann Colan. Doch damals hatte es noch kein richtiges Cathal gegeben, kein Banner von Blume und Schwert, nur die neun untereinander zerstrittenen Provinzen. Erst als er zurückkehrte, bedeckt mit dem Ruhm, in Andarien und Gwynir dabeigewesen zu sein, bei jener letzten, verzweifelten Schlacht vor der Valgrindbrücke und dann bei der feierlichen Bannung unter den Rangat, erst da war T'Varen in der Lage, den Wachtstein vorzuweisen, den man ihm anvertraut hatte, und ein geeintes Reich zu schaffen, einen Winterpalast im Süden zu errichten und dann die berühmten Gärten um den See bei Larai Rigal.

Doch er hatte diese Dinge vollbracht. Der Süden war längst kein Nest einander befehdender Fürstentümer mehr. Er war Cathal, das Gartenland, und kein Brennin untergeordnetes Gebiet, wie Iorweths Erben sich auch immer betiteln mochten. Und vier Kriege in ebenso vielen Jahrhunderten hatten das klargestellt. Wenn Brennin seinen Baum hatte, pflegte man sich im Süden zu brüsten, dann hatte Larai Rigal zehntausend.

Und es hatte obendrein einen wahren Herrscher, einen Mann,

der nun schon seit fünfundzwanzig Jahren auf dem Elfenbeinthron saß, scharfsinnig, unergründlich, gebieterisch, wohlvertraut mit der Kriegsführung, denn er hatte vor dreißig Jahren im letzten Krieg gegen Brennin gekämpft – als dieser Knabenkönig Aileron noch gar nicht geboren war. Ailell hätte er sich möglicherweise gebeugt, doch nicht dem Sohn, der vor kaum einem Jahr aus der Verbannung zurückgekehrt war, um die Eichenkrone zu tragen.

Schlachten gewinnt man, indem man sich auf den Marsch begibt, dachte Shalhassan von Cathal. Ein würdiger Gedanke: Er hob bedeutsam die Hand, und gleich darauf kam Raziel herbeigeeilt, noch unsicher auf dem Rücken eines galoppierenden Pferdes, und der Unumschränkte Herrscher Cathals veranlaßte ihn, seinen Gedanken niederzuschreiben. Vorn peitschten die fünf Angehörigen der Ehren-Eskorte, welche der überraschte Fürst von Seresh in aller Eile aufgestellt hatte, ihre Pferde, damit sie vor den Streitwagen blieben. Shalhassan spielte mit dem Gedanken, an ihnen vorbeizuziehen, entschied sich jedoch dagegen. Es würde ihm eine Genugtuung sein, jedenfalls insoweit, als er sich überhaupt gestattete, Genugtuung zu empfinden, auf den Fersen ihrer Ehren-Eskorte in Paras Derval einzutreffen, so als hätte er sie in die Flucht geschlagen.

Es war, beschloß er, gut so. In Sang Marlen würde Galienth die Beschlüsse seiner Tochter überwachen. Es war an der Zeit, daß sie sich in der Staatskunst zu üben begann, die sie gelernt hatte, seit ihr Bruder gestorben war. Er würde keinen weiteren Erben mehr bekommen. Außerdem war es für Sharra an der Zeit, verehelicht zu werden, doch jedesmal, wenn er das Thema zur Sprache gebracht hatte, war sie ihm ausgewichen. Bis auf das letzte Mal, als sie ihr vorgeblich fügsames Lächeln aufgesetzt hatte (er wußte es zu deuten; einst war es das ihrer Mutter gewesen) und in ihre Schale eisgekühlten M'raes hineingemurmelt hatte, sie werde sich in der Tat verehelichen . . . und habe sich Venassar von Gath zum Gemahl erkoren.

Nur die Erfahrung von Jahrzehnten hatte ihn davon abgehalten, sich von seinem Ruhelager zu erheben und dem gesamten Hof samt den Eidolathen seine Enttäuschung zu zeigen. Schlimmer noch als die Aussicht, jene kaum einer Empfindung fähige, ungelenke Memme neben Sharra auf dem Thron zu sehen, war der

Gedanke an den geierähnlichen Bragon von Gath, seinen Vater, der dann hinter diesem Thron stehen würde.

Er war auf ein anderes Thema übergegangen, nämlich wie sie während seiner Abwesenheit mit den Abgaben zu verfahren habe. Der beispiellose Winter, der selbst den See bei Larai Rigal hatte gefrieren lassen und T'Varens Gärten verödete, habe überall seinen Tribut verlangt, erläuterte er, und sie werde auf dem schmalen Grat der Abwägung zwischen Mitgefühl und Nachgiebigkeit wandeln müssen. Sie hörte ihm zu, nach außen hin ein Bild beflissener Aufmerksamkeit, aber er sah sie mit gesenktem Blick lächeln. Er selbst lächelte nie; dadurch verriet man zuviel. Andererseits war er nie schön gewesen, und Sharra war es in hohem Maße. Doch die Schönheit war ihr Mittel zum Zweck, wenn nicht gar eine Waffe, das war ihm klar, während er wieder einmal um seine königliche Fassung rang.

Selbst jetzt noch mußte er sich um sie bemühen, auf dem rasenden Ritt nach Paras Derval, als er sich des überlegenen Lächelns seines unmöglichen Kindes entsann. Schon wieder ein lohnenswerter Gedanke, sagte er zu sich, und gleich darauf hatte er ihm den nötigen Tiefsinn verliehen. Ein zweites Mal hob er die halb zur Faust geballte Hand, und einen Augenblick später kam Raziel herbeigezockelt, auf befriedigende Weise unglücklich, um alles niederzuschreiben. Worauf Shalhassan die Gedanken von seiner Tochter abwandte, nach dem Stand der Nachmittagssonne schaute und zu dem Schluß kam, daß sie es nicht mehr weit hatten. Er richtete sich auf, glättete den schweren Mantel, kämmte seinen Bart mit den zwei Spitzen aus und machte sich bereit, mit den Berittenen und den Streitwagen von Cathal, prachtvoll und untadelig aufgereiht, in die unordentliche Hauptstadt seiner darauf nicht vorbereiteten Verbündeten einzufallen. Dann würde man sehen, was es zu sehen gab.

Sie waren noch eine Meile von Paras Derval entfernt, als alles plötzlich ganz anders kam.

Erstens war dort die Straße unpassierbar. Als der Vortrupp, den die Eskorte bildete, immer langsamer wurde und sein Wagenlenker nach und nach ebenfalls, spähte Shalhassan voraus, die Augen im grellen Licht des sonnenbeschienenen Schnees zusammengekniffen. Als sie schließlich allesamt zum Stillstand gekommen waren, wobei die Pferde in der Kälte stampften und schnaubten, fluchte er innerlich mit einer Heftigkeit, die seine äußerliche Gleichmut überhaupt nicht vermuten ließ.

Vor ihnen saßen an die zwanzig Soldaten zu Pferd, ordentlich gewandet in Braun und Gold, und präsentierten mit ungeheurer Feierlichkeit vor ihm die Waffen. Hinter ihren Reihen hervor ertönte süß und rein ein Horn, und die Soldaten machten zackig kehrt und bildeten ein Spalier zu beiden Seiten der breiten Straße, um sechs Kindern Platz zu machen, die eins wie das andere in Rot gekleidet waren, leuchtend vor dem Schnee im Hintergrund. Zwei von ihnen näherten sich, vorbei an der Eskorte aus Seresh, und reichten, unbeeindruckt durch die Rastlosigkeit seiner Pferde, Shalhassan von Cathal Blumen aus Brennin als Willkommensgabe.

Mit todernstem Gesicht nahm er sie entgegen. *Wie kamen sie in diesem Winter zu Blumen?* Dann wandte er sich ab, um einen Teppich zu betrachten, den die anderen vier Kinder mit langen Stangen hochhielten, und sein Pfad wurde versperrt von einer Schöpfung erhabenster Kunstfertigkeit, eines Herrschers würdig: Auf dieser ungeschützten Straße, den Elementen preisgegeben, boten sie ihm das Gewirk einer Szene vom Bael Rangat dar. In schimmernd verlaufenden Farben, einem Höhepunkt der Webekunst, sah Shalhassan die Schlacht an der Valgrindbrücke dargestellt. Und nicht bloß irgendeinen Augenblick während dieser Schlacht, sondern den einen, in Cathal seither besungenen und gefeierten Augenblick, da T'Varen als erster Mann dieser strahlenden Schar den Fuß auf die Brücke über den Ungarch gesetzt hatte, um allen voraus hinüber nach Starkadh zu schreiten.

Das war eine doppelte Ehre, die sie ihm hier erwiesen, und dann, als er wider Willen gerührt die Augen senkte, erblickte er eine Gestalt, die unter dem Teppich hindurchschritt und vor ihm auf der Straße stehenblieb, und da wußte er, daß die Ehre dreifach war und daß er sich ungeheuer verschätzt hatte.

Gekleidet in eine Robe aus reinstem Weiß, die ihm in dicht mit Pelzen besetzter Pracht von den Schultern bis auf die weißen Stiefel fiel, stand dort Diarmuid, des Königs Bruder und Erbe. *Der Taugenichts*, dachte Shalhassan und gab sich alle Mühe, sich nicht sogleich vom Eindruck natürlicher Eleganz überwältigen zu lassen.

Diarmuid trug zu allem Überfluß noch weiße Handschuhe und eine weiße Pelzkappe auf seinem goldenen Haar, und die einzige Farbe an diesem prachtvollen Schneeprinzen stammte von einer roten Djenafeder an seiner Kappe – und das Rot hatte den gleichen Ton wie die Gewänder der Kinder.

Es war ein Anblick von so erlesener Pracht, daß keinem lebendigen Menschen deren Sinn und Bedeutung entgehen konnten, und keiner war unter den Anwesenden aus beiden Ländern, der nicht darüber berichten würde.

Der Prinz hob einen Finger, nicht mehr, und schon ertönten im weiten schneebedeckten Land, das sie umgab, die hervorragend dargebotenen, herzzerreißenden Klänge der Renabael – der Schlachtgesänge der Lios Alfar, vor so langer Zeit geschaffen von Ra-Termaine, dem bedeutendsten ihrer Fürsten, dem bedeutendsten ihrer Musikweber.

Und dann vollführte der weiße Prinz wieder eine Handbewegung, und abermals war es nicht mehr als ein Heben des Fingers, und als die Musik verklang, als ihr Echo in der kalten, stillen Luft verhallte, trat der Mann vor, der sie gespielt hatte, noch anmutiger als selbst der Prinz, und zum erstenmal in seinem Leben erblickte Shalhassan von Cathal einen der Lios Alfar, und er bemerkte mit ungläubigem Erstaunen, daß ihm Tränen in die Augen zu steigen drohten.

Der Prinz verneigte sich. Der Lios verneigte sich. Über ihren Köpfen stand T'Varen bis zu den Knien in Blut und erhob im Namen des Lichts Anspruch auf die Valgrindbrücke.

Shalhassan von Cathal aber stieg von seinem Wagen herab auf die Straße und verneigte sich seinerseits.

Die fünf aus Seresh waren vorausgeeilt, zweifelsohne erleichtert, so ihrer Aufgaben entledigt zu werden. Die letzte Meile auf dem Weg nach Paras Derval wurde das Heer von Cathal von einer Ehrengarde der Männer um Prinz Diarmuid begleitet, korrekt und furchteinflößend, und auf der einen Seite schritt der Prinz in eigener Person neben Shalhassans Streitwagen einher, und auf der anderen Na-Brendel, Fürst des Falkensiegels aus Daniloth.

Sie kamen auch nicht schneller als im Schrittempo vorwärts, denn als sie sich der Hauptstadt näherten, säumte eine riesige

Menge jubelnder Menschen die Straße, selbst dort, wo sich der Schnee türmte, und Shalhassan war gezwungen, ihnen zu danken, indem er gemessen und würdevoll nickte und winkte.

Dann, als sie die Außenbezirke der eigentlichen Stadt erreicht hatten, erwarteten sie dort die Soldaten. Und den gesamten gewundenen, ansteigenden Weg zum Platz vor dem Palast entlang standen die Fußsoldaten, Bogenschützen und Berittenen von Paras Derval, in exakt gleichen Abständen aufgereiht, jeder einzelne angetan mit seiner besten Uniform.

Sobald sie aber auf den Platz gelangten, an dessen Rändern dicht gedrängt weitere jubelnde Menschen standen, kam der Zug ein zweites Mal zum Stehen, und Prinz Diarmuid präsentierte ihm mit vollendeter Förmlichkeit den Ersten Magier Brennins und seine Quelle, mit noch einem Zwerg an der Seite, den der Prinz Brock aus Banir Tal benannte; als nächstes dann die Hohepriesterin der Dana – und auch sie war strahlend weiß gewandet und von Rot gekrönt, dem Rot ihres in üppigen Strähnen herabfallenden Haars; und schließlich auch noch den, von welchem er erzählen gehört hatte, einen jungen Mann, dunkelhaarig, schlank und nicht groß, vom Prinzen als Pwyll vorgestellt, den Zweimal Geborenen, den Herrn des Sommerbaums.

Und Shalhassan entging die Reaktion der Menge nicht, während er dem Blick der blaugrauen Augen dieses jungen Mannes aus einer anderen Welt begegnete, welcher der Auserwählte des Gottes war.

Dann gesellten sich diese Fünf, ohne daß ein weiteres Wort gefallen wäre, dem Prinzen und dem Lios Alfar zu, und Shalhassan stieg, da keine Möglichkeit bestand, in einem Streitwagen sitzend darauf zuzubrausen, herab und ging zu Fuß auf die Tore des Palastes zu, um von Aileron, dem Großkönig, empfangen zu werden. Der das vollbracht hatte, all das, mit kaum zwei Stunden Zeit zur Vorbereitung.

Er hatte sich in Sang Marlen von Sharra in Kenntnis setzen lassen, hatte eine Vorstellung davon erhalten, worauf er gefaßt sein müsse. Doch das war nur eine ungefähre Vorstellung gewesen und nicht genügend, denn als Aileron ihm auf halbem Wege entgegenkam, sah Shalhassan, dem bereits gezeigt worden war, was Brennin vermochte, wenn es die Wahl hatte, auch noch Brennins Wahl.

Unter dem zerzausten dunklen Haarschopf waren die Augen des Großkönigs grimmig und abschätzend. Sein ernstes, bärtiges Gesicht, keineswegs so jung, wie er geglaubt hatte, war mindestens ebenso ausdruckslos wie das von Shalhassan und ebenso weit von einem Lächeln entfernt. Gekleidet war er in Braun und Graubraun, und obendrein nachlässig: die Stiefel bespritzt, die Hosen abgewetzt. Er trug ein einfaches Hemd und darüber ein kurzes, warmes, gänzlich schmuckloses Wams. Und an seiner Seite hing nicht etwa eine Zierklinge, sondern ein Kampfschwert mit langem, beidhändigem Griff.

Mit bloßem Haupt trat er vor, und die beiden Könige standen sich gegenüber. Shalhassan konnte das Gebrüll der Menge hören, und er vernahm darin etwas, das ihm in den fünfundzwanzig Jahren, die er auf dem Thron saß, nicht entgegengebracht worden war. Und da ging ihm auf, was zuvor schon dem Volk von Brennin aufgegangen war. Der Mann, der hier vor ihm stand, war ein Kriegskönig, nicht mehr, gewiß aber auch nicht weniger.

Man hatte ihn beeinflußt, dessen war er sicher, doch zugleich wußte er, welche Macht hinter einer derartigen Beeinflussung steckte. Die blendende Schönheit des jüngeren Bruders erhielt hier ihr Gegengewicht, wenn nicht noch mehr, durch die gewollte Schmucklosigkeit des älteren, welcher König war. Und Shalhassan von Cathal erkannte, während er so zwischen dem hellhaarigen Bruder und dem dunklen dastand, daß er es am Ende doch nicht sein würde, der in diesem Krieg den Oberbefehl führte.

Aileron hatte bisher kein Wort gesprochen.

Es war nicht üblich, daß Könige sich voreinander beugten, doch Shalhassan war kein kleinlicher Mann. Sie hatten einen gemeinsamen Feind, und noch dazu einen schrecklichen. Was ihm gezeigt worden war, diente nicht bloß dazu, ihn in seine Schranken zu verweisen, sondern auch dazu, ihn zu beruhigen, und er begriff auch das und fühlte sich beruhigt.

Shalhassan verwarf auf einen Zug sämtliche Listen, die er sich für diesen Tag vorgenommen hatte, und sagte: »Großkönig von Brennin, das Heer und die Streitwagen Cathals sind eingetroffen und stehen Euch zur Verfügung. Das gleiche gilt für jeglichen Rat, den Ihr von mir erheischen mögt. Wir sind geehrt von dem

Empfang, den Ihr uns habt zuteil werden lassen, und gerührt von der Art, wie Ihr an die Taten unserer Vorfahren erinnert habt, aus Brennin wie aus Cathal.«

Ihm wurde nicht einmal das gelinde Vergnügen gewährt, in den dunklen Augen seines Gegenübers Erleichterung oder Überraschung zu lesen. Er sah nichts als nüchternste Billigung, als hätte nie ein Zweifel darüber bestanden, was er vorzubringen gedachte.

Und Aileron erwiderte: »Ich danke Euch. Achtzehn von Euren Streitwagen haben schlecht ausgewuchtete Räder, und wir werden mindestens noch weitere tausend Soldaten benötigen.«

Er hatte die Heerscharen in Seresh und hier in Paras Derval gesehen, wußte von den Besatzungen in Rhoden und in der Nordfeste. Doch ohne Zögern entgegnete Shalhassan: »Noch ehe der Mond sich erneuert, sollen es zweitausend mehr sein.« Nur noch etwas mehr als zwei Wochen bis dahin; das war zu schaffen, aber Sharra würde sich beeilen müssen. Und der Wagenmeister sollte die Peitsche zu spüren bekommen.

Aileron lächelte. »Das ist gut.« Dann schritt er vor, der jüngere König zum älteren, wie es sich geziemte, und umarmte Shalhassan mit den zupackenden Armen eines Soldaten, während die beiden Heere und das gemeine Volk donnernden Beifall zollten.

Aileron trat zurück, und nun leuchteten seine Augen. Er bat mit erhobenen Armen um Ruhe und ließ, als sie hergestellt war, seine klare, trockene Stimme in die frostige Luft erklingen. »Volk von Paras Derval! Wie ihr sehen könnt, ist Shalhassan von Cathal persönlich mit zweitausendfünfhundert Mann zu uns gekommen und hat uns weitere zweitausend zugesagt. Sollen wir sie in unserer Mitte willkommen heißen? Sollen wir sie unterbringen und verpflegen?«

Die lautstarke Zustimmung, die nun erfolgte, konnte vom wahren Problem nicht ablenken, und Shalhassan entschied, auf eigenartige Weise gerührt, daß es an der Zeit war, ebenfalls eine große Geste zu zeigen, auf daß die aus dem Norden nicht die wahre Größe Cathals verkannten. Er hob die Hand, wobei sein Daumenring im hellen Sonnenschein aufblitzte, und als auch er sich Ruhe verschafft hatte, erklärte er: »Wir erwidern Euren Dank, Großkönig. Unterkunft werden wir in der Tat brauchen, so weit entfernt von unseren Gärten, doch das Volk von Cathal wird die Soldaten

Cathals verpflegen und obendrein so viele vom Brenninvolk, wie es unsere winterlichen Kornspeicher erlauben.«

Nun sollte der König aus dem Norden einmal versuchen, Worte zu finden, die ebensoviel Jubel hervorriefen wie die seinen, lautete Shalhassans Gedankengang hinter dem ausdruckslosen Gesicht. Er wandte sich Aileron zu. »Meine Tochter wird sich sowohl um die Beschaffung, als auch um die Aushebung der neuen Soldaten kümmern.«

Aileron nickte; das Gebrüll der Menge war noch nicht verstummt, übertönt wurde es von einer leicht spöttischen Stimme.

»Wie wär's mit einer Wette?« schlug Diarmuid vor.

Shalhassan bemerkte ein unbeherrschtes Aufflackern von Wut in den zusammengekniffenen Augen des jungen Königs, ehe er sich dem Prinzen zuwandte.

»Von welcher Art?« fragte er abweisend.

Diarmuid lächelte. »Ich hege keinerlei Zweifel, daß sowohl die Verpflegung, als auch die Soldaten schon bald bei uns eingetroffen sein werden, darüber hinaus jedoch steht für mich außer Zweifel, daß es der gewaltige Galienth sein wird oder vielleicht Bragon von Gath, der sich darum kümmert. Eure Tochter wird es auf keinen Fall sein.«

»Und wie«, wollte Shalhassan wissen und verbarg, daß er bei der Erwähnung Bragons innerlich zusammengezuckt war, »wie gelangt Ihr zu Eurer Ansicht?«

»Dadurch, daß Sharra sich bei Eurem Heer befindet«, erwiderte der Prinz mit unbekümmerter Überzeugung.

Es würde ihm ein Vergnügen sein, noch dazu eines, das er sich gestattete, diesem anmaßenden Prinzen einen Dämpfer zu versetzen. Und dazu war er nun in der Lage; und sei es nur darum, weil seine eigene Vorahnung in bezug auf etwas Derartiges ihn veranlaßt hatte, das Heer auf dem Weg von Seresh nach Paras Derval zweimal nach einer ungeratenen, verkleideten Prinzessin abzusuchen. Er kannte seine Tochter gut genug, um auf so etwas zu achten. Sie befand sich nicht beim Heer.

»Worum wollt Ihr wetten?« fragte der Unumschränkte Herrscher von Sang Marlen ganz leise, um seine Jagdbeute nicht zu erschrecken.

»Meinen Mantel gegen den Euren«, erwiderte der andere auf

der Stelle. Seine blauen Augen blitzten vor Schadenfreude. Der weiße war der bessere Mantel, und sie wußten das beide. Shalhassan sprach es auch offen aus.

»Möglich«, entgegnete Diarmuid, »aber ich rechne nicht damit, daß ich verliere.«

Ein ungeheures Vergnügen, ihm einen Dämpfer zu versetzen. »Die Wette gilt«, sagte Shalhassan, während der Adel in ihrer Umgebung zu raunen begann. »Bashrai«, rief er, und sein neuer Hauptmann der Wache trat hurtig hervor. Der Verlust des alten schmerzte ihn immer noch, während er sich erinnerte, wie Devorsh gestorben war. Nun, Sharra, die daheim in Sang Marlen regierte, würde nun irgendwann dafür geradestehen müssen. »Befiehl den Männern, in Gruppen zu je fünfzig anzutreten«, ordnete er an.

»Und ihre Helme abzunehmen«, ergänzte Diarmuid.

»Ja, das auch«, bestätigte Shalhassan. Bashrai machte schwungvoll kehrt, um seine Befehle auszuführen.

»Das ist eine ausgesprochene Kinderei«, tadelte Aileron barsch und richtete die kühlen Augen auf seinen Bruder.

»Gerade die können wir hier brauchen«, mischte sich eine musikalisch tönende Stimme ein, und Brendel von den Lios Alfar lächelte gewinnend. Seine Augen sind golden, bemerkte Shalhassan fasziniert und konnte gerade noch seine Mundwinkel bändigen, die sich schon zu einem Lachen zu verziehen begonnen hatten.

Die Nachricht von der Wette hatte sich inzwischen in der Menge herumgesprochen, und Laute freudiger Erwartung erfüllten den Platz. Sie konnten hastig geschriebene Wettscheine von Hand zu Hand gehen sehen. Nur die rothaarige Priesterin und der grimmige Großkönig schienen der allgemein gehobenen Stimmung gegenüber verschlossen.

Es kostete gar nicht viel Zeit. Bashrai war auf erfreuliche Weise tüchtig, und kurze Zeit später war bereits das gesamte Heer von Cathal mit bloßem Haupt an den Palasttoren vorbeiparadiert, wo die beiden Könige standen. Diarmuids Männer überprüften sie, und zwar gründlich, doch Shalhassan hatte sie zuvor schon ebenso gründlich überprüft.

Sharra befand sich nicht unter den einfachen Soldaten.

Shalhassan wandte sich gemächlich dem weißgekleideten Prinzen zu. Diarmuid hatte es tatsächlich geschafft, sein Lächen beizubehalten. »Vielleicht steckt sie ja bei den Pferden?« scherzte er. Shalhassan hob lediglich die Augenbrauen, eine Geste, welche die Angehörigen seines Hofes sehr gut kannten, und Diarmuid schlüpfte mit einer anmutigen Handbewegung und einem Lachen mitten in der Kälte aus seinem Prachtmantel. Darunter trug er ein Rot, das zu seiner Feder und den Kindern paßte.

»Die Kappe auch?« erbot er sich und hielt beide Kleidungsstücke von sich gestreckt, um sie sich abnehmen zu lassen. Shalhassan winkte Bashrai herbei, doch als der Hauptmann anstelle seines Königs lächelnd vortrat, hörte Shalhassan, wie eine allzu vertraute Stimme ausrief:

»Nimm sie nicht, Bashrai! Die Menschen von Cathal fordern nur solche Wetten ein, die sie ehrlich gewonnen haben!«

Zu spät wurde ihm alles klar. Da gab es noch die fünfköpfige Eskorte, die bei Morgengrauen hastig in Seresh aufgestellt worden war. Nun kam einer der Gardisten von dort herüber, wo sie sich am Rande des Platzes gesammelt hatten. Kam herüber und nahm dabei eine eng anliegende Kopfbedeckung ab, ließ das schimmernde schwarze Haar, für das sie berühmt war, offen bis zur Leibesmitte herabfallen.

»Tut mir leid, Vater«, entschuldigte sich Sharra, die Dunkle Rose von Cathal.

Angesichts dieser unerwarteten Wendung brachen in der Menge Jubel und Gelächter aus. Selbst einige der cathalianischen Soldaten ließen sich zu albernen Hochrufen verleiten. Ihr König aber bedachte sein einzig verbliebenes Kind mit einem frostigen Blick. Wie, dachte er, konnte sie nur so leichtfertig sein und ihm in einem fremden Land solche Schande machen?

Doch als sie aufs neue die Stimme erhob, da sprach sie nicht etwa ihn an. »Ich dachte, diesmal tue ich's lieber selbst«, richtete sie das Wort ohne jegliche Wärme an Diarmuid. Die Miene des Prinzen war schwer zu deuten. Sharra jedoch wandte sich, ohne innezuhalten, an seinen Bruder und fuhr fort: »Edler König, ich bedaure, Euch von einem gewissen Ausmaß an Disziplinlosigkeit unter Euren Soldaten berichten zu müssen, sowohl in Seresh als auch hier. Es hätte verhindert werden müssen, daß ich mich dieser

Eskorte anschließe, wie turbulent es auch an jenem Morgen zugegangen sein mag. Und in jedem Falle hätte ich entdeckt werden müssen, als wir in Paras Derval eingeritten sind. Es steht mir nicht zu, Euch Ratschläge zu erteilen, doch es ist meine Pflicht, von den tatsächlichen Gegebenheiten Meldung zu machen.« Ihre Stimme war aufrichtig und klar; sie drang in jeden Winkel des Platzes vor.

Und im steinernen Herzen Shalhassans loderte wärmend ein Freudenfeuer auf. Was für eine prachtvolle Frau! Eine zukünftige Königin, die ihres Reiches würdig war! Sie hatte einen Moment, der ihn in äußerste Verlegenheit hätte stürzen müssen, in einen verwandelt, der für Brennin weit schlimmere Peinlichkeit brachte und ein Triumph für sie war und damit auch für Cathal.

Er machte sich daran, den erlangten Vorteil zu untermauern. »O weh!« rief Shalhassan. »Meine Tochter, scheint es, ist uns allen überlegen. Sollte am heutigen Tag eine Wette gewonnen worden sein, dann von ihr.« Und mit des eilfertigen Bashrais Hilfe legte er den eigenen Mantel ab, achtete nicht auf den beißend kalten Wind, sondern schritt zu seiner Tochter hinüber, um ihn ihr zu Füßen zu legen.

In präzisem Gleichschritt neben ihm, weder davor noch dahinter, befand sich Diarmuid von Brennin. Gemeinsam knieten sie nieder, und als sie sich wieder erhoben, lagen die zwei prächtigen Mäntel, der dunkle und der weiße, vor ihr im Schnee, während auf dem dicht gedrängten Platz immer wieder ihr Name gerufen wurde.

Shalhassan ließ seine Augen einen so gütigen Ausdruck annehmen, wie er nur konnte, um ihr zu erkennen zu geben, daß er zumindest im Augenblick sehr erfreut war. Doch sie schaute ihn nicht an.

»Ich dachte, ich hätte Euch den Verlust eines Mantels erspart«, sagte sie zu Diarmuid.

»Das habt Ihr auch. Wie könnte ich ihn besser nutzen als so?« In seinen Augen lag etwas sehr Seltsames.

»Ist Artigkeit etwa ein ausreichender Ersatz für Unfähigkeit?« erkundigte Sharra sich liebenswürdig. »Ihr seid für den Süden verantwortlich, ist es nicht so?«

»Wie die Miene meines Bruders Euch eigentlich schon verraten haben müßte«, lautete seine ernsthafte Zustimmung.

»Hat er nicht allen Grund, mißvergnügt zu sein?« fragte Sharra, ihren Vorteil nutzend.

»Möglich«, erwiderte der Prinz, irgendwie abwesend. Stille breitete sich aus. *Etwas sehr Seltsames.* Und dann, als er aufs neue zu sprechen anhob, blitzte es in seinen blauen, schelmischen Augen auf, und vor Vater und Tochter tat sich ein Abgrund auf, als sie seine Erheiterung gewahrten, die er nicht länger im Zaum halten konnte.

»Averren«, rief Diarmuid. Und sämtliche Augen wandten sich dorthin, wo sich nun eine weitere Gestalt aus der Gruppe der vier verbliebenen Reiter aus Seresh löste. Auch dieser Mann nahm seine Kopfbedeckung ab, und darunter kam kurzes kupferfarbenes Haar zum Vorschein. »Erstatte Bericht«, gebot Diarmuid mit sorgsam unbeteiligter Stimme.

»Ja, Herr. Als wir die Nachricht erhielten, daß das Heer von Cathal gen Westen zieht, habe ich Euch, wie befohlen, von der Südfeste aus davon unterrichtet. Wie gleichermaßen befohlen, habe ich mich ebenfalls in westlicher Richtung nach Seresh aufgemacht und bin gestern abend nach Cynan übergesetzt. Ich habe gewartet, bis das Heer dort eingetroffen war, und, in cathalianischer Tracht, nach der Prinzessin Ausschau gehalten. Ich habe gesehen, wie sie einen Fährmann bestochen hat, sie in jener Nacht überzusetzen, und ich habe das gleiche getan.«

»Und mein Geld verschwendet«, warf der Prinz ein. Auf dem Platz herrschte völlige Stille. »Sprich weiter.«

Averren räusperte sich. »Ich hatte ja auch vor, den Tagespreis zu ermitteln, Herr. Äh ... in Seresh habe ich ohne große Mühe ihre Spur wieder aufgenommen. Heute morgen hätte ich sie beinahe aus den Augen verloren, bin jedoch äh ... Eurem Verdacht nachgegangen, mein Herr und Prinz, und habe sie in Sereshtracht gekleidet bei den Gardisten wartend vorgefunden. Ich habe mit Herzog Niavin gesprochen und später mit den anderen drei Gardisten, und wir sind einfach mit ihr den ganzen Tag über vor dem Heer geritten, Herr. Wie befohlen.«

Nach der Stille wurde es nun sehr laut. Laut wurde ein Name gebrüllt, gerufen, geschrien, lauter und immer lauter, bis der Lärm einen solchen Höhepunkt erreicht hatte, daß er auf dem besten

Wege war, bis in die Gewölbe des Himmels droben und der Erde unter ihnen vorzudringen, so daß sowohl Mörnir als auch Dana hören konnten, wie sehr Brennin seinen herrlichen, lachenden Prinzen liebte.

Shalhassan, der mit wütendem Eifer seine Berechnungen anstellte, rettete ein einziges, mageres Bröckchen Genugtuung aus der Asche dieses Nachmittags: Sie hatten die ganze Zeit Bescheid gewußt, doch obschon das schlimm war, so war es doch zumindest auch begreiflich und besser so, als wenn sie dies alles innerhalb von zwei Stunden und ohne jede Vorwarnung zustande gebracht hätten. Dieser Gedanke war, oder vielmehr wäre, einfach zu schrecklich.

Dann riskierte er einen Blick in Ailerons Gesicht, und während er noch damit beschäftigt war, einen weiteren Pluspunkt hinzuzufügen, den Diarmuid an diesem Tag für sich verbucht hatte, bemerkte er, wie sich seine einzige Genugtuung auch noch in Asche verwandelte. Am Ausdruck im Gesicht des Großkönigs war es deutlich abzulesen – *Aileron hatte von der ganzen Sache nichts gewußt.*

Diarmuid blickte Sharra an, und seine Miene war huldvoll: »Wie ich Euch bereits sagte, war der Mantel ein Geschenk, kein verlorener Wettgegenstand.«

Mit hochrotem Gesicht fragte sie: »Warum seid Ihr so verfahren? Warum habt Ihr so getan, als wüßtet Ihr nicht Bescheid?«

Und mit einem plötzlichen Auflachen entgegnete Diarmuid: »Ausgesprochene Kinderei«, wobei er eine annehmbare Imitation seines Bruders zustande brachte. Dann wandte er sich, immer noch lachend, dem finsteren, geradezu mörderischen Blick aus den Augen des Großkönigs zu. Vielleicht hatte er damit nicht in diesem Ausmaß gerechnet. Jedenfalls erstarb sein Lachen. Nun ist es endlich vorbei damit, dachte Shalhassan boshaft, auch wenn er ihm nicht persönlich ein Ende gemacht hatte. Der Jubel hatte sich noch nicht wieder gelegt.

Aileron sagte: »Du hast die ganze Zeit Bescheid gewußt.« Das war keine Frage, sondern eine Feststellung.

»Ja«, gab Diarmuid schlicht zu. »Wir gehen unterschiedlich vor. Du hattest deine Aufstellungen und Karten.«

»Aber du hast mich nicht unterrichtet.«

Diarmuids Augen waren weit aufgerissen, und in ihnen lagen Fragen und, für den, der wußte, wonach er zu suchen hatte, eine lange gehegte Sehnsucht. Unter all den Menschen auf jenem Platz war Kevin Laine der einzige, der auf seinem Beobachtungsposten in der Menge diesen Blick gesehen hatte, und diesmal stand er zu weit weg, um eingreifen zu können. Doch die Stimme des Prinzen war gleichmütig, wenn auch sehr leise, als er vorbrachte: »Wie sonst hättest du dir Gewißheit verschaffen sollen? Wie sonst hättest du deine Planung am Ernstfall überprüfen können? Ich hatte damit gerechnet, daß du Erfolg hast, Bruder. Wir hatten Erfolg, in beiderlei Hinsicht.«

Langes Schweigen. Zu lange verweilte Ailerons Blick unter schweren Lidern hervor auf dem Gesicht seines Bruders. Der Jubel hatte sich mit der Zeit totgelaufen. Ein Pulsschlag. Noch einer. Das Aufkommen eines kalten, kalten Luftzuges.

»Prachtvoll gewebt, Diar«, lobte Aileron. Und überraschte sie allesamt mit der Wärme seines Lächelns.

Man schickte sich an, nach drinnen zu gehen. *In beiderlei Hinsicht,* dachte Shalhassan verdutzt. Sie hatten die ganze Zeit über Bescheid gewußt, und sie hatten sich innerhalb von zwei Stunden vorbereitet. Was waren das für Männer, diese beiden Söhne Ailells?

»Seid dankbar«, erklang neben ihm eine Stimme. »Sie stehen auf unserer Seite.« Er drehte sich um und wurde von einem Lios Alfar mit einem goldenen Augenzwinkern bedacht und von dem Zwerg namens Brock, der neben ihm stand, mit einem Grinsen. Noch ehe er wußte, was er da tat, lächelte Shalhassan.

Er hatte sie sofort abfangen wollen, doch sie war ihm weit voraus in dem feierlichen Zug, und sobald sie durch die mächtigen Portale des Palastes getreten war, wandte sie sich nach links, und er verlor sie in der überfüllten Eingangshalle aus den Augen. Dann kam, als er gerade dabei war, sich aus der Menge freizukämpfen und ihr zu folgen, Kevin auf ihn zu, und er mußte stehenbleiben.

»Er war brillant, nicht wahr?« grinste Kevin.

»Diarmuid? Ja, sehr.« Paul erhob sich auf die Zehenspitzen, versuchte über die Köpfe der wogenden Menschenmenge hinwegzusehen. Man war mit den Vorbereitungen zu einem Bankett beschäftigt; Bedienstete und Höflinge rannten einander beinahe um, während sie kreuz und quer durch die Vorhalle eilten. Er sah, wie sich Gorlaes, der dicke Kanzler, der Gruppe aus Cathal annahm, zu welcher nun überraschenderweise auch noch eine Prinzessin gehörte.

»Du hörst ja gar nicht zu«, beklagte sich Kevin.

»Oh. Was?« Paul atmete tief ein. »Tut mir leid. Versuch's doch noch mal mit mir.« Er brachte ein Lächeln zustande.

Kevin warf ihm einen prüfenden Blick zu. »Alles in Ordnung mit dir? Nach dem, was letzte Nacht passiert ist?«

»Mir geht's gut. Ich bin viel gelaufen. Was sagtest du gerade?«

Wieder zögerte Kevin, wenn er auch dabei ein anderes, zugänglicheres Gesicht aufsetzte. »Nichts weiter, nur daß Diarmuid innerhalb der nächsten Stunde aufbricht, um diesen Schamanen von den Dalrei herzuholen. Dave reitet mit, und ich auch. Wolltest du auch dabeisein?«

Und wie sollte er erklären, wie gern er dabeigewesen wäre? Wie gern er dabeigewesen wäre und die herzliche Geselligkeit und die ausgelassene Stimmung genossen hätte, die sowohl der Prinz als auch Kevin selbst mitten im Krieg um sich zu verbreiten wußten. Wie hätte er das erklären sollen, selbst wenn er die Zeit dazu gehabt hätte?

»Geht nicht, Kevin. Ich habe hier zuviel zu erledigen.«

»Aha. Na gut. Kann ich dir dabei helfen?«

»Jetzt noch nicht. Vielleicht später.«

»Fein«, sagte Kevin und täuschte Gleichgültigkeit vor. »In drei bis vier Tagen sind wir wieder da.«

Durch einen Mauerbogen blickend entdeckte er rotes Haar. »Gut«, rief er seinem besten Freund zu. »Paß auf dich auf.« Es hätte mehr zu sagen gegeben, dachte er, aber er konnte schließlich nicht alles auf einmal sein, war sich nicht einmal ganz sicher, was er eigentlich darstellen sollte.

Er legte kurz die Hand auf Kevins Schulter und entfernte sich, indem er sich durch die wirbelnde Menge schob, um Jaelle abzufangen. Er schaute nicht zurück; Kevins Gesichtsausdruck, das wußte er, hätte ihn gezwungen, anzuhalten und sein Verhalten zu erklären, und er war nicht gewillt, jemandem zu offenbaren, wie sehr die nackte Angst ihn gepackt hatte.

Auf halbem Wege machte er zu seinem Entsetzen die Entdekkung, daß Jennifer mit der Priesterin beisammenstand. Mit möglichst undurchdringlichem Gesicht trat er auf die beiden zu.

»Ich brauche euch alle zwei«, begann er ohne Umschweife.

Jaelle musterte ihn mit kühlem Blick. »Das wird ja wohl noch warten können«, meinte sie.

In ihrer Stimme lag ein besonderer Ausdruck. »Nein, kann es nicht«, widersprach Paul. Und packte sehr bestimmt ihren rechten Arm, sowie ein wenig behutsamer den von Jennifer und eilte mit beiden, die ganze Zeit der Menge zuliebe einfältig lächelnd, durch die Eingangshalle, einen davon abzweigenden Gang entlang und dann, beinahe ohne seine Schritte zu verlangsamen, in den erstbesten Raum hinein, an dem sie vorbeikamen.

Er war Gott sei Dank unbesetzt. Auf den zwei Tischen und auf dem Fenstersims lagen eine Reihe von Musikinstrumenten bereit. In der Mitte des Raums stand ein Spinett und neben ihm etwas, das wie eine auf die Seite gelegte Harfe aussah, auf einem Drehkranz befestigt, mit freistehenden Beinen.

In der Tür steckte ein Schlüssel. Er drehte ihn im Schloß herum.

Beide Frauen sahen ihn an. Zu jeder anderen Zeit hätte er nun wohl innegehalten, um die vor ihm in diesem Raum aufgereihte Schönheit auf sich einwirken zu lassen, doch im Augenblick war keins der beiden grünen Augenpaare mit besonderer Wärme auf ihn gerichtet, und das dunklere blitzte gar vor Wut. Er hatte sie verletzt, das war ihm klar, doch Jaelle gedachte nicht, ihn das sehen zu lassen. Statt dessen sagte sie: »Du tätest besser daran, dich zu entschuldigen.«

Was ein bißchen viel verlangt war.

»Wo ist er?« schleuderte Paul ihr seine Frage wie eine Waffe entgegen.

Und mußte erkennen, daß er sogleich in Verlegenheit geriet und entwaffnet dastand, als nach einem Augenblick der Verblüffung beide Frauen lächelten und einen nachsichtigen Blick wechselten.

»Du hattest Angst«, stellte Jaelle ohne Umschweife fest.

Er stritt es nicht ab. »Wo?« wiederholte er.

Es war Jennifer, die ihm antwortete. »Es geht ihm gut, Paul. Jaelle war gerade dabei, mir von ihm zu berichten. Wann hast du es gemerkt?«

»Gestern nacht. Ich bin zu dem Haus gegangen.« *Die Wiege, die im eisigen Wind hin und her schaukelt... in dem verlassenen Haus.*

»Es wäre mir lieber gewesen«, bemängelte Jennifer nachsichtig, »wenn du mich oder Jaelle zu Rate gezogen hättest, ehe du so was tust.«

Er spürte den Wutausbruch nahen; zwang sich erbarmungslos zur Ruhe und schaffte es gerade noch. Keine der beiden Frauen, die ihm ins Gesicht blickten, sah besonders selbstgefällig aus, als er seine nächsten Worte sehr sorgfältig formulierte:

»Hier scheint ein Mißverständnis vorzuliegen. Ich weiß nicht, ob eine von euch in der Lage ist, diesen entscheidenden Punkt zu begreifen, aber die Rede ist hier nicht von irgendeinem niedlichen Säugling, dem der Speichel übers Kinn läuft, wir haben es mit dem Sohn Rakoth Maugrims zu tun, *und ich muß wissen, wo er ist*!« Er bemerkte, wie seine Stimme sich überschlug vom verzweifelten Bemühen um eine gemäßigte Lautstärke.

Jaelle war blaß geworden, doch wieder war es Jennifer, die ihm beherzt Antwort gab. »Es liegt keineswegs ein Mißverständnis vor, Paul. Es steht nicht zu befürchten, daß ich vergesse, wer sein Vater ist.«

Das war wie ein kalter Wasserschwall im Gesicht; er fühlte, wie seine Verärgerung fortgespült wurde, so daß nur ein Bodensatz aus Besorgnis und tiefem Schmerz zurückblieb.

»Ich weiß das natürlich«, lenkte er nach einem Moment des nachdenklichen Schweigens ein. »Es tut mir leid. Ich habe mich letzte Nacht sehr geängstigt. Das leere Haus war schon der zweite Anlaß.«

»Was war denn der erste?« fragte Jaelle, diesmal nicht allzu streng.

»Fordaetha von Rük.«

Er empfand etwas, das entfernt an Genugtuung erinnerte, als er sah, wie ihre Hände zu zittern begannen. »Hier?« flüsterte sie. »So weit im Süden?« Sie steckte die Hände in die Taschen ihres Gewandes.

»Es ist vorbei«, erklärte er ruhig. »Ich habe sie zurückgejagt. Doch vorher ist es ihr noch gelungen, zwei Morde zu begehen. Ich habe heute morgen mit Loren gesprochen. Der Diener der

Magier ist tot. Und obendrein ein Mädchen aus der Schenke.« Er wandte sich an Jennifer. »Ein uralter Wintergeist war in Paras Derval eingedrungen. Sie hat versucht, mich ebenfalls zu töten, und ... es ist ihr nicht gelungen. Aber es treibt sich viel Böses um. Ich muß wissen, wo Darien ist, Jennifer.« Sie schüttelte den Kopf. Er blieb beharrlich. »Höre doch auf mich, bitte! Es ist derzeit nicht möglich, daß er dir allein gehört, Jen. Unmöglich. Es steht zuviel auf dem Spiel, und wir wissen nicht, was er eigentlich ist!«

»Er ist ein Unsicherheitsfaktor«, entgegnete sie gelassen, während sie hoch aufgerichtet und golden zwischen den Musikinstrumenten stand. »Er darf nicht mit hineingezogen werden, Paul.«

Hier lag für ihn soviel im dunkeln, und wo waren jetzt seine Raben? Es fiel ihm schwer, er kam sich grausam vor, doch es mußte gesagt werden:

»Darum geht es doch gar nicht. Es geht darum, ob er ausgeschaltet werden muß oder nicht.«

In der Stille, die nun eintrat, konnten sie draußen auf dem Gang Schritte hören und das ununterbrochene Summen der gar nicht so weit entfernten Menge. Eins der Fenster stand offen. Wie um nicht mehr mit ansehen zu müssen, was seine Worte bei Jennifer angerichtet hatten, begab sich Paul dorthin. Selbst hier im Hauptgeschoß des Palastes waren sie recht weit über dem Erdboden. Unter ihm, im Süden und Osten, verließ soeben eine Gruppe von annähernd dreißig Männern Paras Derval. Diarmuids Schar. Zusammen mit Kevin, der vielleicht in der Tat Verständnis hätte aufbringen können, wenn Paul klar gewesen wäre, was er ihm eigentlich erklären wollte.

Hinter ihm räusperte sich Jaelle und meldete sich mit ungewohnter Scheu zu Wort. »Von dieser letzten aller Möglichkeiten ist bisher nichts zu erkennen«, sagte sie. »Sowohl Vae, als auch ihr Sohn bestätigen das, und wir haben aufgepaßt, Pwyll. Ich bin nicht so töricht, wie du von mir glaubst.«

Er drehte sich um. »Ich halte Euch keineswegs für töricht«, sagte er. Er hielt ihrem Blick stand, möglicherweise länger, als es erforderlich gewesen wäre, ehe er sich widerstrebend der anderen Frau zuwandte.

Jennifer war schon seit langem blaß, beinahe ein Jahr war es her, seit sie zum letzten Mal eine gesunde Gesichtsfarbe gehabt hatte, doch noch nie hatte sie so leichenblaß ausgesehen wie jetzt. Momentan verwirrt mußte er an Fordaetha denken. Doch hier hatte er es mit einer Sterblichen zu tun, und noch dazu mit einer, der unvorstellbarer Schaden zugefügt worden war. Vor dem Weiß ihrer Haut traten die hohen Wangenknochen beinahe unnatürlich stark hervor. Er fragte sich, ob sie wohl demnächst das Bewußtsein verlieren würde. Sie schloß die Augen; machte sie wieder auf. Und sagte: »Er hat dem Zwerg gesagt, ich müsse sterben. Hat ihm anvertraut, dafür gebe es einen bestimmten Grund.«

Ihre Stimme klang schmerzlich heiser. »Ich weiß«, bestätigte Paul, so sanft er konnte. »Das hast du mir doch erklärt.«

»Welchen Grund könnte es geben, mich zu töten, wenn ... wenn nicht um eines Kindes willen?« Wie konnte man einer Seele Trost spenden, der so etwas angetan worden war? »Welchen Grund, Paul? Kann es denn einen anderen geben?«

»Ich weiß es nicht«, flüsterte er. »Vermutlich hast du recht, Jen. Bitte, hör doch auf.«

Sie versuchte es; wischte sich mit beiden Händen die Tränen fort. Jaelle trat mit einem Seidentuch zu ihr und reichte es ihr, zutiefst verlegen. Jennifer hob wieder die Augen. »Aber, aber wenn ich recht habe ... wenn er tatsächlich Angst vor einem Kind hatte, dann ... müßte Darien doch eigentlich *gut* sein?«

So viel Sehnsucht lag in dieser Frage, so viel von ihrem Herzen. Kevin würde jetzt lügen, dachte Paul. Jeder würde lügen.

Paul Schafer aber sagte ganz leise: »Entweder gut oder ein Rivale, Jen. Wir können nicht feststellen, was von beidem, und deshalb muß ich wissen, wo er ist.«

Irgendwo draußen auf den Straßen galoppierten Diarmuid und seine Männer dahin. In diesem Krieg würden sie Schwerter und Äxte schwingen, Pfeile abschießen, mit Speeren werfen. Sie würden tapfer sein oder feige, selber töten oder getötet werden, in gegenseitiger Verbundenheit und in Verbundenheit mit allen anderen Menschen.

Ihm fiel es zu, anders zu handeln. Er würde allein durch die Finsternis wandeln, auf der Suche nach seiner eigenen letzten Schlacht. Er, der zurückgesandt worden war, hatte die nackte Wahrheit auszusprechen und die bittere, verletzte Frau zum Weinen zu bringen, so als breche ihr in eben diesem Augenblick auch noch der letzte Rest dessen, was von ihrem Herzen übrig war.

Zwei Frauen. Nun standen auch auf Jaelles Wangen helle Tränen, und sie achtete ihrer nicht. Sie sagte: »Sie sind zum See gegangen. Ysannes See. Die Hütte stand leer, daher haben wir sie dorthin geschickt.«

»Warum?«

»Er ist ein Andain, Pwyll. Ich habe Jennifer davon erzählt, kurz bevor du kamst: Sie reifen nicht heran, wie wir es tun. Er ist noch nicht einmal sechs Monate alt, doch er sieht aus wie ein fünfjähriges Kind. Und er wächst jetzt noch schneller.«

Jennifers krampfhaftes Schluchzen ließ nach. Er ging zu der Bank hinüber, auf der sie Platz genommen hatte, und setzte sich neben sie. Es kostete ihn echte Überwindung, doch er nahm ihre Hand und hob sie an seine Lippen.

Er beteuerte: »Ich kenne niemanden, der so herzensgut wäre wie du. Jede Kränkung, die ich dir zufüge, trifft mich selbst noch viel härter, und du mußt mir glauben, daß es so ist. Ich habe mir nicht ausgesucht, so zu werden, wie ich heute bin. Ich bin mir ja nicht einmal sicher, was das überhaupt ist.«

Er konnte spüren, daß sie ihm zuhörte. Er fuhr fort: »Du weinst aus Angst, du könntest Unrecht getan oder etwas Böses entfesselt haben. Ich meine ja nur, daß wir es nicht mit Sicherheit wissen können, aber es bleibt nach wie vor ebenso möglich, daß Darien einmal unser letzter, unser tiefster Hoffnungsschimmer wird. Und wir dürfen nicht vergessen –« Er blickte auf und sah, daß Jaelle näher getreten war, »– alle drei dürfen wir nicht vergessen, daß Kim seinen Namen geträumt hat, und deshalb hat er seinen festen Platz, er ist Bestandteil des Gewirks.«

Sie hatte zu weinen aufgehört. Ihre Hand blieb in der seinen liegen, und er ließ sie nicht los. Kurz darauf hob sie die Augen. »Sage mir«, bat sie Jaelle, »wie ihr über ihn wacht.«

Die Priesterin erweckte den Eindruck, als wäre ihr unbehaglich zumute. »Leila«, gab sie Bescheid.

»Die Junge?« fragte Paul fassungslos. »Die, welche uns belauscht hat?«

Jaelle nickte. Sie ging hinüber zu der waagrecht aufgestellten Harfe und schlug zwei Saiten an, ehe sie antwortete. »Sie ist auf den Bruder eingestimmt«, flüsterte sie. »Wie, das ist mir unverständlich, aber sie kann Finn sehen, und er ist beinahe ständig mit Darien zusammen. Außerdem bringen wir ihnen zweimal in der Woche zu essen.«

Wieder war seine Kehle ausgetrocknet vor Angst. »Und was, wenn sie angegriffen werden? Könnten sie ihn nicht ganz einfach verschleppen?«

»Warum sollten sie angegriffen werden?« erwiderte Jaelle und berührte leicht das Instrument. »Eine Mutter mit zwei Kindern? Wer weiß denn schon, daß sie sich dort aufhalten?«

Er atmete ein. Ihm kam das alles vor wie nackte, bloße Torheit. »Wölfe?« hielt er für möglich, denn für ihn war das Thema noch nicht beendet. »Galadans Wölfe?«

Jaelle schüttelte den Kopf. »Die wagen sich nicht dorthin«, entgegnete sie. »Noch kein einziges Mal haben sie sich hingewagt. An diesem See gibt es eine Macht, die sie fernhält.«

»Was für eine Macht?« fragte er.

»Ich weiß es nicht. Ganz ehrlich. Niemand in Gwen Ystrat weiß es.«

»Kim schon, möchte ich wetten«, warf Jennifer ein.

Sie schwiegen lange Zeit und lauschten der Priesterin an der Harfe, deren Klänge einander wie zufällig folgten, der Spielweise eines Kindes ähnlich.

Nach einer Weile klopfte es an die Tür.

»Ja«, rief Paul.

Er öffnete die Tür, und Brendel kam herein. »Ich habe die Musik gehört«, sagte er. »Ich habe Euch gesucht.« Sein Blick ruhte auf Jennifer. »Da ist jemand. Ich denke, Ihr solltet kommen.«

Seine Augen, sahen sie, waren dunkel.

Sie standen alle auf. Jennifer wischte sich über das Gesicht; sie strich sich das Haar zurück und richtete ihre Schultern gerade. Für Paul sah sie sehr wie eine Königin aus. Er und Jaelle folgten ihr Seite an Seite aus dem Raum heraus. Der Lios Alfar kam hinterher und schloß die Tür.

Kim war gereizt und ängstlich. Sie hatten vorgehabt, ihn am Morgen zu Aileron zu bringen, doch dann hatte Brock Zervans erfrorenen Leichnam im Schnee entdeckt. Und noch ehe sie darauf reagieren oder gar angemessen um ihn trauern konnten, hatte sie die Nachricht vom bevorstehenden Eintreffen Shalhassans erreicht, und der Palast war, genau wie die Stadt, in fieberhafte Aktivitäten ausgebrochen.

Fieberhaft, aber wohlgeordnet. Loren und Matt und Brock eilten alle drei mit grimmigen Gesichtern von dannen, und so kam es, daß Kim und Arthur, allein gelassen im Quartier der Magier, nach oben stiegen und die Vorbereitungen von einem Fenster im Obergeschoß aus beobachteten. Sowohl ihrem ungeübten Auge als auch dem seinen, ungeheuer fachmännischen, entging nicht, daß hinter dem Durcheinander dort unten eine übergeordnete Absicht stand. Sie sah Menschen, die sie kannte, vorbeihasten oder -reiten: Gorlaes, Coll, noch einmal Brock, Kevin, der mit einem Banner in der Hand um eine Ecke gerannt kam, ja sogar die unverwechselbare Gestalt Brendels, des Lios Alfar. Sie machte den Mann an ihrer Seite auf diese Menschen aufmerksam, wobei sie ihren Tonfall so gleichmäßig und ausdruckslos hielt, wie sie konnte.

Doch das fiel ihr schwer. Schwer, weil sie so gut wie keine Ahnung hatte, was zu erwarten war, nachdem man die Cathalianer begrüßt hatte und es Zeit wurde, Arthur Pendragon zu Aileron, dem Großkönig von Brennin, zu bringen. Drei Jahreszeiten lang, den Herbst, den Winter und den winterlichen Frühling über, hatte sie auf den Traum gewartet, der ihr ermöglichen würde, diesen Mann herbeizurufen, der nun beherrscht und aufmerksam neben ihr stand. Sie hatte gewußt, auf die unergründliche Weise, wie sie bestimmte Dinge nun einmal wußte, daß dies eine notwendige Anrufung war, sonst hätte sie nicht den Mut aufgebracht oder die Gefühlskälte, den Weg zu gehen, den sie in der vergangenen Nacht beschritten hatte, durch eine Dunkelheit, die nur erhellt wurde von der Flamme, die sie bei sich trug.

Ysanne hatte ebenfalls davon geträumt, erinnerte sie sich. Das war ihr ein Trost, sie erinnerte sich an noch etwas, und das war kein Trost: *Es ist mein Krieg,* hatte Aileron gesagt. Ganz zu Anfang, bei ihrem ersten Gespräch, noch ehe er König war, noch ehe sie seine Seherin wurde. Er war ans Herdfeuer gehinkt als Tyrth, der verkrüppelte Diener, und hatte es wieder verlassen als Prinz, der zu töten bereit war, um sich eine Krone zu sichern. Und was, fragte sie sich besorgt, was würde dieser junge, stolze, unduldsame König tun oder sagen, wenn er dem Krieger gegenübergestellt wurde, den sie hergebracht hatte? Einem Krieger, der dereinst selber König gewesen war, der in so vielen Schlachten gegen so viele verschiedene Gestalten der Finsternis gekämpft hatte, der von seiner Insel zurückgekehrt war, von seinen Sternen, mit seinem Schwert und mit seinem Schicksal, um in diesem Krieg zu kämpfen, den Aileron für sich beansprucht hatte?

Leicht würde es nicht werden. Über die Anrufung hatte sie nicht hinausgeblickt, auch jetzt wollte ihr das nicht gelingen. Rakoth ohne seine Ketten in Fionavar, das verlangte nach einer Reaktion; aus diesem Grunde, wenn schon aus keinem anderen, wußte sie, war ihr das Feuer gegeben worden, um es an der Hand zu tragen. Es war der Kriegsstein, den sie trug, und der Krieger, den sie hierher gebracht hatte. Wofür und zu welchem Endzweck, das war ihr nicht klar. Sie wußte bloß, daß sie hier eine Macht erschlossen hatte, die von jenseits der Mauern der Nacht stammte, und daß in ihrem Kern tiefe Trauer verborgen lag.

»Bei der ersten Gruppe befindet sich eine Frau«, stellte er mit seiner volltönenden Stimme fest. Sie sah hin. Die Cathalianer waren eingetroffen. Diarmuids Männer trugen, für sie zum ersten Mal, formelle Kleidung und hatten sich an die Stelle der Eskorte aus Seresh gesetzt. Dann sah sie noch einmal hin, die erste Gruppe, das war jene Eskorte aus Seresh, und einer der Gardisten kam ihr unglaublich bekannt vor.

»Sharra!« hauchte sie. »Schon wieder! Oh, mein Gott.« Und sie riß sich vom Anblick der verkleideten Prinzessin los, mit der sie sich vor einem Jahr angefreundet hatte, und musterte erstaunt den Mann neben ihr, der unter so zahlreichen Reitern inmitten eines derart turbulenten Gedränges einen ausgemacht hatte, der sich verstellte.

Er erwiderte ihren Blick, und die weit auseinanderliegenden dunklen Augen blickten gütig. »Es ist meine Aufgabe«, sagte Arthur Pendragon, »solche Dinge zu sehen.«

Nachmittag war es. Der Atem von Männern und Pferden stieg in Form von Dunstwölkchen in der Kälte auf. Die Sonne, welche hoch am wolkenlosen blauen Himmel stand, glitzerte auf dem Schnee. Hellichter Nachmittag, und ans Fenster gelehnt dachte Kimberly, als sie in seine Augen blickte, wieder einmal an Sterne.

Sie erkannte den hochgewachsenen Wächter, der die Tür aufmachte: Er hatte sie das letzte Mal, als sie dorthin gegangen war, zu Ysannes See begleitet.

Seinen Augen war anzusehen, daß er sich ebenfalls an sie erinnerte. Dann änderte sich seine Miene, während er den Mann begutachtete, der gelassen neben ihr stand.

»Sei gegrüßt, Shain«, sprach sie ihn an, ehe er sich zu Wort melden konnte. »Ist Loren hier?«

»Ja, und der Lios Alfar, Herrin.«

»Gut. Wärst du bereit, mich einzulassen?«

Er hüpfte mit solcher Bereitwilligkeit beiseite, daß sie sich gewiß amüsiert hätte, wäre sie nur dazu in der Stimmung gewesen. Man hatte Angst vor ihr, wie sie einst Angst vor Ysanne gehabt hatten. Das war im Augenblick gar nicht komisch, nicht einmal eine Ironie, dies war weder der Ort noch die Zeit für solche feinen Gefühlsabstufungen.

Mit einem tiefen Atemzug entfernte Kim ihre Kapuze, schüttelte ihr weißes Haar aus, und dann gingen sie hinein. Als erstes entdeckte sie Loren und nahm von ihm ein kurzes Nicken der Ermutigung entgegen – eines, das seine eigene Anspannung nicht zu verbergen vermochte. Sie sah Brendel, den silberhaarigen Lios Alfar, und Matt mit Brock, dem anderen Zwerg, und Gorlaes, den Kanzler.

Dann wandte sie sich Aileron zu.

Er hatte sich nicht verändert, wenn man davon absah, daß sich innerhalb eines Jahres noch stärker ausgeprägt hatte, was bereits in ihm angelegt gewesen war. Er stand vor einem großen Tisch, auf dem eine riesige Karte von Fionavar ausgebreitet lag. Die Hände hatte er hinter dem Rücken verschränkt, die Beine weit gespreizt, und die tiefliegenden, wohlvertrauten Augen richteten sich mit durchdringendem Blick auf sie. Doch sie kannte ihn: Irgendwie kannte unter allen Menschen ausgerechnet sie ihn, sie war seine Seherin, seine einzige, und sie las Erleichterung an seinem Gesicht ab.

»Sei gegrüßt«, rief sie ihm zu. »Wie ich höre, hast du meine letzte Warnung erhalten.«

»Wir haben sie erhalten. Willkommen daheim«, sagte Aileron. Und dann, im Anschluß an eine Pause: »Auf Zehenspitzen sind sie während der letzten halben Stunde um mich herumgeschlichen, Loren und Matt. Wärest du bereit, mir zu verraten, warum, und wen du da mitgebracht hast?«

Brendel wußte es bereits; sie konnte die Verwunderung als silbernen Schimmer in seinen Augen ausmachen. Sie erhob ihre Stimme, damit sie sich klar und entschieden anhörte, wie es sich für eine Seherin geziemt, und erklärte:

»Ich habe den Baelrath eingesetzt, wie es Ysanne vor langer Zeit erträumt hat. Aileron, Großkönig, neben mir siehst du Arthur Pendragon stehen, den Krieger, von dem die alten Sagen künden und der gekommen ist, sich unserer Sache zu verschreiben.«

Ihre erhabenen Worte erklangen und verhallten dann in Schweigen, Wellen gleich, die sich am versteinerten Gesicht des Königs brachen. Jeder der Anwesenden in diesem Raum hätte es besser angefangen, dachte sie, und war sich schmerzlich bewußt, daß der Mann neben ihr sich nicht verbeugt hatte. Was auch nicht von ihm erwartet werden konnte, nicht gegenüber einem Mann der Gegenwart, doch Aileron war jung und noch nicht lange König, und –

»Mein Großvater«, unterbrach Aileron dan Ailell dan Art ihre Gedanken, »wurde nach Euch benannt, und sollte ich eines Tages einen Sohn bekommen, wird auch er nach Euch benannt werden.« Und während die Männer im Raum sowie die eine Frau den Mund nicht mehr zubekamen vor Staunen, breitete sich ein herzliches Lächeln auf dem Gesicht des Großkönigs aus. »Keine Erscheinung, nicht einmal die von Colan oder Conary, könnte prachtvoller sein, mein edler Arthur. Oh, prachtvoll gewoben Kimberly!« rief er aus, und nachdem er sie im Vorübergehen fest bei den Schultern gepackt hatte, umarmte er stürmisch wie einen Bruder den Mann, den sie hergebracht hatte.

Der erwiderte diese Geste, und als Aileron sich aus der Umarmung löste, zeigten Arthurs Augen zum allerersten Mal ein belustigtes Glitzern. »Man hat mir zu verstehen gegeben«, sagte er, »meine Anwesenheit könnte Euch nicht besonders willkommen sein.«

»Mir dienen leider«, entgegnete Aileron mit spitzer Betonung, »Berater mit sehr eingeschränkten Fähigkeiten. Es ist eine traurige Wahrheit, daß –«

»Halt!« rief Kim. »Das ist nicht gerecht, Aileron. Das ist ... einfach nicht gerecht.« Sie verstummte, weil ihr nichts anderes einfallen wollte und weil er sie anlachte.

»Ich weiß«, räumte Aileron ein. »Ich weiß, daß das ungerecht ist.« Er rang um Fassung und fuhr in verändertem Tonfall fort: »Ich will gar nicht erst wissen, was du durchgemacht haben mußt, um uns diesen Mann zu bringen, obwohl ich als Kind bei Loren in die Lehre gegangen bin und es mir möglicherweise vorstellen könnte. Ihr seid alle beide hier äußerst willkommen. Wie könnte es anders sein.«

»Wahr gesprochen«, stimmte Loren Silbermantel zu. »Edler Arthur, Ihr habt noch nie zuvor in Fionavar gekämpft?«

»Nein«, antwortete ihm die tief klingende Stimme. »Auch nicht gegen Rakoth selbst, obwohl ich viele Male die Schatten seines Schattens zu Gesicht bekommen habe.«

»Und sie besiegt«, ergänzte Aileron.

»Davon erfahre ich nie etwas«, erwiderte Arthur sehr still.

»Was meinst du damit?« erkundigte sich Kim im Flüsterton.

»Ich sterbe, noch ehe es vorbei ist.« Er sagte das ganz beiläufig. »Ich halte es für das beste, ihr erfahrt das hier und jetzt. Ich werde das Ende nicht miterleben – das ist ein Teil dessen, was mir auferlegt worden ist.«

Stille breitete sich aus, dann sprach Aileron wieder. »Nach allem, was mich gelehrt wurde, fallen, wenn Fionavar fällt, auch alle anderen Welten, und zwar bald darauf – den Schatten des Schattens zu, wie Ihr es ausgedrückt habt.« Kim begriff: Er wandte sich ab von der Gefühlsseligkeit, hin zu etwas leichter Greifbaren.

Arthur nickte feierlich. »So heißt es auch in Avalon«, bestätigte er, »und bei den Sternen des Sommers.«

»Und bei den Lios Alfar heißt es auch so«, fügte Loren hinzu. Sie wandten sich nach Brendel um und bemerkten zum ersten Mal, daß er verschwunden war. Etwas in Kimberly regte sich, eine böse Vorahnung, schwach und kaum wahrnehmbar und viel zu spät, von dem einen, das sie nicht hatte wissen können.

Na-Brendel vom Falkensiegel hatte das gleiche Gefühl verspäteter Erkenntnis, allerdings stärker, denn die Lios Alfar verfügten über

Traditionen und Erinnerungen, die tiefer und weiter in die Vergangenheit reichten als die der Seherinnen. Dereinst Ysanne und jetzt Kimberly vermochten sich durchaus in die Zukunft zu bewegen oder von einigen der Fäden träumen, die sie durchzogen, doch die Lios lebten lange genug, um die Vergangenheit zu kennen, und oft waren sie weise genug, sie auch zu verstehen. Und Brendel, Ranghöchster derer vom Falken, war unter ihnen nicht der Geringste, was Alter oder Erkenntnisvermögen anging.

Einmal, vor einem Jahr in einem Waldstück östlich von Paras Derval, hatte ihn ein Gefühl überkommen, wie von einem kaum wahrnehmbaren Akkord, das sich auch jetzt wieder seiner bemächtigte, nur stärker. Voller Besorgnis und Verwunderung folgte er den Klängen einer Harfe bis an eine Tür und forderte, nachdem er sich dort Zutritt verschafft hatte, alle drei auf, mit ihm zu kommen, einen im Namen des Gottes, eine im Namen der Göttin und eine im Namen der Kinder und der bittersten Liebe.

Wie sich herausstellte, irrte er sich nicht, auch Kimberly nicht. Und als sie zu viert das Gemach des Königs betraten, sah Brendel dem plötzlich verkniffenen Blick des Magiers an, daß Loren nun auch alles verstanden hatte. Der Magier und seine Quelle und Brock aus Banir Tal standen bei Kim am Fenster. Aileron und Arthur beugten sich zusammen mit Gorlaes über die ausgebreitete Karte.

Der König und der Kanzler drehten sich um, als sie eintraten. Arthur nicht. Doch Brendel sah, wie er rasch den Kopf hob, so als wittere oder höre er da etwas, das ihnen allen entging. Der Lios Alfar sah außerdem, daß seine Hände, die auf der Tischfläche ruhten, auf einmal ganz weiß geworden waren.

»Uns ist über alle Maßen wertvolle Unterstützung zuteil geworden«, sagte er zu den dreien, die er mitgebracht hatte. »Dies ist Arthur Pendragon, den Kimberly für uns angerufen hat. Edler Arthur, ich erlaube mir, Euch –«

Weiter kam er nicht. Er hatte lange gelebt und im Laufe seiner Tage viel gesehen und noch mehr erfahren durch die Erinnerungen der Ältesten von Daniloth. Doch nichts davon ließ sich mit dem vergleichen, was er in des Kriegers Augen erblickte, als Arthur sich umdrehte. Vor diesem Blick fühlte er seine Stimme versagen;

es gab keine Worte, mit denen man darauf hätte erwidern können, kein Mitleid, das tief genug gewesen wäre, dort heranzureichen, auch nur annähernd heranzureichen.

Kim sah sie ebenfalls, die Augen des Mannes, den sie von einer verschwundenen Insel, von den Sternen herbeigerufen hatte. In den Krieg, hatte sie geglaubt, weil er gebraucht wurde. Doch als sie ihre Seele aufbegehren spürte, als sie in diesem Augenblick das Ausmaß des Fluchs begriff, der ihm auferlegt worden war, drehte Kims Herz sich um und um, als wollte es einen steilen Abhang hinunterstürzen. Den Abhang in eine Schlucht des Grams hinunter, der innigsten Liebe, innig erwidert, aufs innigste betrogen, der traurigsten Geschichte unter all den vielen langen Erzählungen, die uns überliefert sind. Sie wandte sich dem zweiten daran beteiligten Menschen zu. O Jen, dachte sie. O Jennifer.

»O Guinevere«, stieß Arthur hervor. *»O Vielgeliebte.«*

Gänzlich arglos war sie durch die langen Flure und die Steintreppe hinauf gegangen. Das Gestein der Mauern mit seinen gedämpften Farben paßte so gut zu dem friedlichen Grau, das sie in ihrem Innern aufgebaut hatte. Alles würde gut werden, und wenn nicht, dann hatte es nicht sollen sein. Es bestand noch Hoffnung, daß Darien zu dem werden würde, was sie so tief ersehnt hatte, damals in den Tagen, da sie tiefer Empfindungen fähig gewesen war. Die Möglichkeit bestand noch, es gab Leute, die sich dessen bewußt waren. Sie hatte getan, was sie konnte, und das war so viel, wie ihr überhaupt möglich war.

Sie betrat den Raum und lächelte, weil sie Kim sah und weil sie sah, daß sie denjenigen mitgebracht zu haben schien, auf den sie immer gewartet hatte. Dann sprach Brendel seinen Namen aus, und Arthur drehte sich ganz langsam um, und sie sah seine Augen und hörte, wie er sie bei einem anderen Namen rief, und Feuer brach aus, Licht, Erinnerung, so viel Liebe und Verlangen, eine Explosion in ihrer Brust.

Dann eine andere Erinnerung, eine Explosion ganz anderer Art. Rangats Feuer, das emporstieg, bis es ihr die Sicht auf den Himmel nahm, und die Hand, die abgetrennte Hand, das Blut so schwarz, wie es seine Festung war, grünliches Licht, und rot waren seine Augen gewesen, die von Rakoth in Starkadh.

Und hier ebenfalls. Rot waren sie. Und, oh, grausam traten sie dazwischen. Sie mußte nur dort vorbei. Zu dem Tisch, an welchem Arthur stand. Von dem sie geliebt wurde, selbst jetzt noch, von dem sie beschützt werden würde. Doch der Entwirker hatte anders entschieden.

Sie konnte ihrer nicht teilhaftig werden, niemals, der so vollkommenen Liebe, schon beim ersten Mal nicht, und nicht während der vielen anderen Male. Doch nie aus diesem Grund. Nie zuvor war es Fionavar gewesen. Schatten des Schattens und dagegen das Schwert des Lichts, die einzige, schönste, bitter enttäuschte Liebe, doch noch niemals Rakoth selbst. Sie kam nicht daran vorbei, nicht durch dieses Feuer hindurch, nicht vorbei an dem Brennen des Blutes auf ihrem Leib, nicht darüber hinweg, oh, sie konnte sich nicht über die Finsternis erheben und über das, was sie ihr angetan hatte.

Nicht einmal bis an das rettende Ufer, das Arthur für sie bedeutete.

Sie brauchte das Grau. Kein Feuer, kein Blut, keine Farben der Sehnsucht, des Zugangs zur Liebe. Sie sagte mit sehr klarer Stimme:

»Ich kann nicht daran vorbei. Es ist besser so. Ich bin verstümmelt worden, doch zumindest werde ich keinen Treuebruch begehen. Er ist nicht hier. Es gibt keinen dritten. Die Götter mögen deine Klinge führen in der Schlacht und dir die letzte Ruhe gewähren.«

In seinen Augen waren unzählbare fallende Sterne, unzählbar viele gefallene. Sie fragte sich, ob am Himmel wohl noch welche übrig sein mochten.

»Und dir«, erflehte er nach langem Schweigen. »Mögen sie auch dir Ruhe gewähren.«

So unzählbar viele gefallene Sterne, so unzählbar viele, die noch fielen.

Sie wandte sich ab und verließ den Raum.

Kapitel 8

Sie hatte sich natürlich alles selber zuzuschreiben, und ihr Vater hatte das auch ganz deutlich zum Ausdruck gebracht. Wenn es der Thronerbin von Cathal beliebte, sich an einen Kriegsschauplatz zu begeben, würde sie sich so benehmen müssen, wie es ihrer königlichen Herkunft entsprach. Obendrein bestand die Notwendigkeit, nach dem gestrigen Desaster so gut es ging das Gesicht zu wahren.

So kam es, daß Sharra nichts anderes übrig blieb, als den ganzen Morgen bis in den Nachmittag hinein im Vorzimmer des Königs an einem Tisch zu sitzen, während das mühselige Geschäft in Angriff genommen wurde, das Heer aufzuteilen und zu verpflegen. Ihr Vater war da, ebenso Aileron, der Großkönig, wie immer kühl und tüchtig. Bashrai und Shain, die Hauptleute der Wache, standen bereit, um Befehle entgegenzunehmen und sie durch laufende Boten zu übermitteln, die außerhalb des Vorzimmers postiert waren.

Der andere Mann, zugleich derjenige, welcher sie mit größter Aufmerksamkeit beobachtete, war sozusagen eine Gestalt aus dem düsteren Reich kindlicher Erzählungen. Sie erinnerte sich, daß Marlen, ihr Bruder, im Alter von etwa zehn Jahren immer gespielt hatte, er sei der Krieger, und so getan hatte, als zöge er die Königslanze aus dem Gestein. Und nun war Marlen seit fünf Jahren tot, und neben ihr stand Arthur Pendragon, erteilte mit tiefer, klarer Stimme Ratschläge und schenkte ihr hin und wieder einen Blick und ein freundliches Lächeln. Doch seine Augen lächelten nicht; noch nie hatte sie solche Augen gesehen, nicht einmal bei Brendel, dem Lios Alfar.

Den ganzen Nachmittag ging es so weiter. Sie saßen über die Karte gebeugt und über die unzähligen Aufstellungen, die Aileron vorbereitet hatte. Das war notwendig, wie ihr durchaus klar war, doch zugleich erschien es ihr irgendwie sinnlos. Zu einem Krieg im eigentlichen Sinne würde es nicht kommen, solange der Winter andauerte. Rakoth erzeugte diesen Winter mitten im Sommer, aber sie wußten nicht wie, und deshalb konnten sie nichts unternehmen, um dem ein Ende zu machen. Der Entwirker mußte sich nicht auf das Wagnis einer Schlacht einlassen und würde es auch nicht tun. Er würde dafür sorgen, daß sie erfroren oder verhungerten, sobald die gelagerten Nahrungsmittelvorräte ausgingen. Begonnen hatte es schon: Die Älteren und die Kinder, immer die ersten Opfer, starben bereits in Cathal und in Brennin und auf der Ebene.

Wozu waren angesichts der grausamen Wirklichkeit derart abstrakte Pläne wie der, Streitwagen als Barrikaden einzusetzen, sollte Paras Derval angegriffen werden, überhaupt nutze?

Doch sie sprach das nicht laut aus. Sie verhielt sich still und hörte zu, und als der Nachmittag zur Hälfte vorbei war, hatte sie so lange geschwiegen, daß die anderen sie vergaßen und sie ihnen entwischte und sich auf die Suche nach Kim machte.

Es war Gorlaes, der allwissende Kanzler, der ihr den Weg wies. Sie machte sich auf, ein Übergewand aus ihren Gemächern zu holen, und stellte fest, daß der weiße Mantel bereits auf ihre Größe geändert worden war. Ohne eine Miene zu verziehen, warf sie ihn sich über und kletterte über sämtliche Treppen nach oben, wo sie hoch über dem Erdboden auf ein Türmchen hinaustrat, auf welchem Kim in Pelzmantel und Handschuhen stand, doch ohne Kopfbedeckung, so daß ihr das erstaunlich weiße Haar immer wieder in die Augen peitschte. Im Norden lag eine langgestreckte Wolkenbank über dem Horizont, und von dort her wehte auch der Wind.

»Sturm kommt«, prophezeite Sharra und lehnte sich neben der anderen Frau an die Brüstung.

»Unter anderem.« Kim brachte ein Lächeln zustande, doch ihre Augen waren rot vom Weinen.

»Sprich dich aus«, bot ihr Sharra an. Und hörte zu, während sich der Wortschwall über sie ergoß wie eine lange aufgestaute Flut. Der Traum. Der tote König und der untote Sohn. Die ermordeten Kinder und Jennifer, die in Starkadh innerlich zerstört worden war. Das eine, Unvorhergesehene: Guinevere. Gram im Herzen, im Herz aller Dinge.

Kalt war ihnen vom brausenden Wind, als die Geschichte zu Ende war. Ausgekühlt und still waren sie, im Angesicht des bitteren Nordens. Keine von beiden weinte; es war der Wind, der ihnen gefrierende Tränen auf die Wangen legte. Die Sonne im Westen glitt immer tiefer. Vor ihnen türmten sich die Wolken am Horizont.

»Ist er hier?« fragte Sharra. »Der andere? Der dritte?«

»Ich weiß es nicht.«

»Wo ist Jennifer?«

»Im Tempel, bei Jaelle.«

Erneutes Schweigen, bis auf den Wind. Es war reiner Zufall, daß ihrer beider Gedanken nun im Nordosten weilten, wo ein hellhaariger Prinz an der Spitze von dreißig Männern dahinritt.

Kurze Zeit später verlor sich die Sonne hinter den Baumkronen des Mörnirwaldes, und die Kälte wurde unerträglich. Sie begaben sich nach drinnen.

Doch nach drei Stunden standen sie wieder auf diesem Turm, mit dem König und, wie es schien, seinem halben Hofstaat. Es war völlig dunkel, und grimmiger Frost klirrte, doch das fiel diesmal niemandem auf.

Weit im Norden, weit, weit entfernt, stieg ein perlfarbenes, strahlendes Licht in den Himmel empor.

»Was ist das?« fragte einer.

»Daniloth«, antwortete Loren Silbermantel. Brendel stand neben ihm, und seine Augen waren von der Farbe dieses Lichts.

»Sie fordern es heraus«, hauchte der Lios. »Keinmal in tausend Jahren ist Daniloth enthüllt worden. Doch heute abend liegen keine Schatten über dem Land des Lichts. Später, wenn sie den Schimmer zum Verblassen bringen, werden sie die Sterne beobachten. Über dem Atronel wird Sternenlicht zu sehen sein.«

Beinahe war es Gesang, so schön war seine Stimme, so übervoll mit Sehnsucht. Jeder einzelne der dort Anwesenden richtete den Blick auf jenes Strahlen und begriff, von Verwunderung erfüllt, daß es jede Nacht so gewesen war, ehe Maugrim gekommen war und der Bael Rangat, ehe Lathen die Nebel gewirkt hatte, um aus Daniloth das Schattenland zu machen.

»Warum?« fragte Sharra. »Warum tun sie das?«

Und wieder war es Loren, der darauf Antwort gab. »Um unseretwillen«, erklärte der hochgewachsene Magier. »Sie versuchen, ihn aus Starkadh hervorzulocken, versuchen zu erreichen, daß er seine Kräfte davon abwendet, den Winter zu erzeugen. Die Lios Alfar opfern sich, damit für uns die Kälte ein Ende hat.«

»Ein Ende doch gewiß auch für sie selber?« widersprach Gorlaes.

Ohne die Augen von dem Licht im Norden abzuwenden, antwortete Na-Brendel ihm. »Es gibt keinen Schnee in Daniloth. Dort blühen jetzt die Sylvain, wie sie es in jedem Sommer tun, und auf dem Atronel wächst grünes Gras.«

Sie schauten hin, stellten sich das Gesagte vor und waren dem schneidenden Wind zum Trotz ermutigt von diesem hehren Glanz, der Tapferkeit bedeutete und Heldenmut, ein Schauspiel des Lichts am Himmel, direkt vor den Pforten der Finsternis.

Während sie zusah, wurde Kim von einem Laut abgelenkt, einem sehr schwachen Laut, der sich in ihrem Kopf beinahe anhörte wie ein Knistern. Er war einem Rauschen ähnlicher als Musik, und er kam, soweit sie feststellen konnte, aus dem Osten. Sie hob die Hand; der Baelrath befand sich im Ruhezustand, was ihr wie ein Segen vorkam. Mit der Zeit hatte sie gelernt, sein Feuer zu fürchten. Sie verdrängte den raunenden Laut aus ihrem Bewußtsein – das war nicht weiter schwer – und wandte sich voll dem Licht aus Daniloth zu, versuchte daraus neue Kraft zu schöpfen und ein wenig Linderung für ihre Schuldgefühle und ihren Kummer. Es war weniger als achtundvierzig Stunden her, seit sie in Stonehenge gestanden hatte, und sie war durch und durch erschöpft, obwohl doch noch soviel zu tun war.

Und zwar, wie es schien, jetzt gleich.

Als sie in den Großen Thronsaal zurückkehrten, erwartete sie dort eine graugekleidete Frau. Ein Grau wie in den grauen Gewändern der Priesterinnen, und es war Jaelle, die sich an den Königen vorbeischob und das Wort an sie richtete:

»Aline, was ist?«

Die Frau im grauen Gewand sank vor Jaelle in einem tiefen Hofknicks zu Boden, dann ließ sie Aileron eine eher oberflächliche Version dieser Ehrenbezeugung zukommen. Wieder an die Hohepriesterin gewandt sagte sie, sehr bedachtsam, als hätte sie sich die Worte vorher genau eingeprägt:

»Ich soll Euch die ehrerbietigen Grüße der Mormae übermitteln und die Bitte Audiarts um Verzeihung. Sie hat ihre Botschaft durch mich gesandt, weil man der Ansicht war, die Männer hier würden ihre Dringlichkeit leichter anerkennen, wenn wir uns nicht der Verbindung bedienen.«

Jaelle verhielt sich sehr still. Ihre Miene war frostig und abweisend. »Was für eine Dringlichkeit?« fragte sie, und ihre Stimme war gefährlich samtweich.

Aline errötete. Nicht um alles in der Welt möchte ich jetzt in ihrer Haut stecken, dachte Kim plötzlich.

»Noch einmal, Audiarts Bitte um Entschuldigung, Hohe Frau«, raunte Aline. »Es geschieht in ihrer Funktion als Hüterin von Gwen Ystrat, nicht in der als zweite der Mormae, daß sie mich hergeschickt hat. Mir wurde befohlen, dies Euch gegenüber ausdrücklich zu betonen.«

Kaum merklich entspannte sich Jaelle. »Nun gut –« begann sie, beendete jedoch nicht ihren Satz.

»Wenn dich meine Hüterin geschickt hat, dann solltest du eigentlich mit mir sprechen«, mischte sich Aileron ein, und seine Stimme war mindestens genauso kalt, wie die Jaelles es gewesen war. Die Hohepriesterin stand reglos und gleichmütig dabei. Von ihr war keine Hilfe zu erwarten, dachte Kim. Einen Augenblick lang bedauerte sie Aline, die in einem komplizierten Schachspiel die Rolle eines Bauern zu übernehmen hatte. Doch nur kurz; in mancher Hinsicht hatten es die Bauern leicht.

Aline entschloß sich rasch; sie sank vor dem König in einem angemessenen Knicks zu Boden. Als sie sich wieder aufgerichtet hatte, sagte sie: »Wir brauchen Euch, Großkönig. Audiart bittet Euch zu bedenken, wie selten wir Eure Hilfe in Anspruch nehmen, und aus diesem Grund unser Begehren gnädig zu erwägen.«

»Zur Sache!« knurrte der Großkönig. Shalhassan, der direkt hinter ihm stand, nahm lebhaften Anteil am Geschehen. Derzeit ging es um nichts anderes als darum, wer die Oberhand behielt.

Abermals warf Aline Jaelle einen Seitenblick zu, und wieder erhielt sie keine Unterstützung. Sie leckte sich die Lippen. Dann fuhr sie fort: »Wölfe. Größer, als eine von uns je gesehen hat. Es sind Tausende, Großkönig, in dem Wald nördlich des Leinansees, und sie fallen des Nachts über die Bauerngehöfte her. Die Gehöfte Eures Volkes, mein Herr und König.«

»Morvran?« fragte Jaelle barsch. »Was geht das uns an?«

Aline schüttelte den Kopf. »Sie sind in der Nähe der Stadt gesehen worden, aber noch nicht auf dem Tempelgelände, Hohe Frau. Wäre das der Fall gewesen, soll ich Euch sagen, dann –«

»Dann wären die Mormae mit mir in Verbindung getreten, um

es mir mitzuteilen. Audiart«, murrte Jaelle, »ist der Inbegriff der Schlauheit.« Sie warf den Kopf in den Nacken, und ihr langes rotes Haar rieselte wie ein Wasserlauf über ihren Rücken.

Ailerons Augen leuchteten im Fackelschein. »Sie will, daß ich komme und sie ihr zuliebe aus dem Weg räume? Was hat die Hohepriesterin dazu zu sagen?«

Jaelle würdigte ihn keines Blickes. »Hier geht es«, bemerkte sie, »um Eure Hüterin, nicht um meine zweite, Aileron, meine Stellvertreterin.«

Nun herrschte Schweigen, und dann erklang ein höfliches Räuspern, und Paul Schafer trat vor Audiarts Botin.

»Einen Augenblick«, bat er. »Aileron, du hast davon gesprochen, die Wölfe aus dem Weg zu räumen. Aber es könnte mehr bedeuten.« Er hielt inne, dann fuhr er fort: »Aline, hält Galadan sich im Leinanwald auf?«

In den Augen der Priesterin stand Furcht zu lesen. »Daran hatten wir noch gar nicht gedacht. Ich weiß es nicht.«

Demnach war die Zeit gekommen. Dies war, wenn überhaupt, das Stichwort für ihr Eingreifen. Kim versuchte ihr Gesicht unter Kontrolle zu bekommen, und noch während sie dabei war, schweifte Ailerons Blick auf der Suche nach ihr herüber.

Ob sie sich wohl je daran gewöhnen würde? Hatte Ysanne sich je eingelebt in dieses ständige Hin und Her auf dem Webstuhl der Zeit? Erst am vergangenen Abend war sie, ruhelos und Jennifers wegen tieftraurig, in Halbschlaf gesunken und in einen verschwommenen, unwirklichen Traum von einer Jagd in einem Wald, irgendeinem Wald, irgendwo, und von einem rasch dahineilenden Donnergrollen dicht über dem Erdboden.

Sie stellte sich dem Blick des Königs. »Da ist etwas«, erklärte sie und zwang ihre Stimme, entschieden zu klingen. »Oder vielmehr jemand. Ich habe eine Jagd gesehen.«

Aileron lächelte. Er wandte sich an Shalhassan und an Arthur neben ihm. »Sollen wir drei in Gwen Ystrat die Wölfe der Finsternis jagen gehen?«

Der gestrenge König von Cathal nickte, und auch Arthur zeigte sich einverstanden: »Es wird uns guttun, gerade jetzt einen Feind zu haben, dem wir den Garaus machen können.«

Er hatte mehr sagen wollen, wußte Kim, als Aileron herausgehört hatte, doch ihr blieb jetzt kein Raum für ihre Sorgen, da ihr bei Ailerons Worten ein weiteres Erlebnis aus ihrem Traum verständlich wurde.

»Es wird mehr werden als eine Jagd«, warnte sie leise. Es war für eine Seherin nicht erforderlich, laut zu sprechen. »Ich werde mitkommen, und Loren, und Jaelle, wenn sie dazu bereit ist.«

»Warum?« Es war Paul, der diese herausfordernde Frage stellte, gebeugt unter seiner eigenen Last, die sie in seinen Augen ausmachen konnte.

»Ich habe von dem Blinden geträumt«, erläuterte sie. »Gereint von den Dalrei wird sich morgen nach Morvran aufmachen.«

Darauf erhob sich ein Raunen im Saal. Es war, nahm sie an, beunruhigend für die Menschen, wenn ihnen so etwas zu Ohren kam. Dagegen konnte und wollte sie im Augenblick nicht viel tun. Sie war sehr erschöpft, und die Lage würde in Zukunft nicht etwa leichter werden.

»Dann werden wir morgen aufbrechen«, entschied Aileron.

Loren sah zu ihr hinüber.

Sie schüttelte den Kopf, strich sich dann das Haar aus dem Gesicht. »Nein«, widersprach sie, zu müde, um noch diplomatisch vorzugehen. »Wartet auf Diarmuid.«

Es würde überhaupt nicht leichter werden, noch lange nicht, vielleicht sogar niemals.

Alles wurde ihm aus der Hand genommen. Er hatte das schon lange kommen gesehen, in mancher Hinsicht hatte er es sogar willentlich herbeigeführt, doch es fiel Loren dennoch schwer, mit ansehen zu müssen, wie seine Bürde auf andere überging. Um so schwerer, als er die Opfer erkannte, die sie für ihre neuerworbene Verantwortung bringen mußten. Das wurde an Kim überdeutlich, genauso deutlich, wie ihre Kräfte zu spüren waren: eine Seherin, die den Baelrath ihr eigen nannte, und die Tatsache, daß ihr eine andere ihre Seele zum Geschenk gemacht hatte, ließ sie taumeln unter dem Gewicht dieses Geschenks.

Dies war der Tag der Marschvorbereitungen. Fünfhundert Mann, die Hälfte aus Cathal, die andere aus Brennin, sollten nach Gwen Ystrat reiten, sobald Diarmuid zurückgekehrt war. Sie warteten auf ihn, weil es Kim gefordert hatte. Früher wären es wohl die Magier gewesen, die derart maßgebenden Rat erteilten, doch die Dinge gingen an ihm vorbei. Er hatte alles in Gang gesetzt, als er die fünf herübergebracht hatte, und er war, Matts vorwurfsvollen Seitenblicken zum Trotz, weise genug, die Ereignisse ohne Einmischung voranschreiten zu lassen, soweit das überhaupt möglich war. Und er war mitfühlend genug, um sie allesamt zu bedauern. Kim und Paul, der die Last eines Namens zu tragen hatte, des Zweimal Geborenen, mit allem, was sich daraus ergab, dem es jedoch noch nicht gelungen war, seine Kräfte zu erschließen. Sie waren vorhanden, das hätte jeder Narr sehen können, vielleicht umfassender, als es sich einer unter ihnen vorstellen konnte, aber bisher eben nur im Verborgenen. Und das reichte zwar, um ihn auf schmerzliche Weise von allen anderen abzukapseln, jedoch nicht, um ihm tröstlich oder richtungweisend zu sein.

Und dann war da noch Jennifer, und um ihretwegen hätte er weinen können. Für sie gab es keinen Trost, davon konnte sie nicht einmal träumen, keine Möglichkeit zum Handeln, nur den Schmerz, in zahlreichen Ausprägungen. Er hatte es von Anfang an vorausgesehen, so lange schien ihm das her zu sein, noch vor ihrem Übergang, als er ihrer Schönheit eine bestimmte Botschaft entnommen hatte, und ihren Augen eine finstere Zukunft. Doch er hatte sie trotzdem mitgenommen, hatte sich gesagt, er habe keine andere Wahl, was sich auch nicht als reiner Trugschluß erwiesen hatte – soviel zumindest war beim Ausbruch des Rangat deutlich geworden.

Was ihm andererseits auch nicht die Betrübnis nahm. Er begriff jetzt, warum sie so schön war, sie alle begriffen es und kannten ihren ältesten Namen. *Oh, Guinevere,* hatte Arthur gerufen, und gab es auf einer der Welten ein grauenvolleres Schicksal als das der beiden? Und des dritten.

Er verbrachte den Tag allein in rastlosen Gedanken. Matt und Brock weilten in den Waffenkammern und ließen den beiden Hauptleuten der Wache ihre Sachkenntnis im Umgang mit Waffen zugute kommen. Teyrnon, dessen gesunder Menschenverstand ihm jetzt wohl geholfen hätte, hielt sich in der Nordfeste auf. Am Abend wollten sie Gedankenverbindung mit ihm aufnehmen; er und natürlich auch Barak würden in Gwen Ystrat ihren Platz haben.

Wenn man von einem Magier, einem Mann, der sich der Himmelslehre bediente, überhaupt sagen konnte, er habe so dicht bei Dun Maura seinen Platz. Der hochgewachsene Magier schüttelte den Kopf und warf noch einen Holzscheit ins Feuer. Kalt war ihm, und nicht nur des Winters wegen. Wie war es nur gekommen, daß in Brennin nur noch zwei Magier übrig waren? Es durften nie mehr sein als sieben; so hatte Amairgen es bestimmt, als er den Rat gegründet hatte. Aber zwei, nur zwei, und das in solchen Zeiten? Die Dinge entglitten ihnen, in mehr als einer Hinsicht, wie es schien.

Nur zwei Magier in Brennin, die gegen Maugrim zu Felde ziehen konnten, doch es gab in Fionavar drei Magier, und der dritte hatte sich mit der Finsternis verbündet. Er befand sich auf Cader Sedat, jenem verzauberten Ort, der vor langer Zeit entweiht worden war. Er hielt sich dort auf, und er hatte sich des Kessels von Khat Meigol bemächtigt und konnte damit die soeben erst Verstorbenen ins Leben zurückrufen.

Was immer ihnen noch aus den Händen genommen werden mochte, dies war seine Angelegenheit. Die seine und die von Matt. *Wir werden unsere Schlacht bekommen, wenn das Ende naht,* hatte er zu dem Zwerg gesagt.

Sollte der Winter je weichen. Metran.

Die Nacht kam und mit ihr ein Sturm, schlimmer als alle vorausgegangenen. Der Wind brach heulend und pfeifend aus der Ebene über das Großkönigtum herein, und er schob eine Schneewand vor sich her. Sie begrub Gehöfte und Bauernhöfe. Sie deckte die Wälder zu, sie verfinsterte den Mond, und in der unmenschlichen Dunkelheit schienen grauenerregende Gestalten unterwegs zu sein, und das Heulen des Windes war ihr Gelächter.

Darien lag horchend in seinem Bett. Zunächst hatte er geglaubt, einen Alptraum zu erleben, aber dann wußte er, daß er hellwach war. Und Angst hatte. Er zog sich die Decke über den Kopf, um so vielleicht die Stimmen zu dämpfen, die er im Wind hörte.

Sie riefen nach ihm. Riefen, er solle kommen und draußen in der Wildnis, im Finsteren, im tanzenden Sturm mit ihnen spielen. Ihnen in diesem zerstörerischen Wind und Schnee Gesellschaft leisten. Aber er war bloß ein kleiner Junge und fürchtete sich, und er würde den Tod finden, wenn er nach draußen lief. Obwohl der Sturm nicht so heftig war, wo sie sich befanden.

Finn hatte ihm das erklärt. Obwohl Dariens wahre Mutter nicht hier bei ihnen sein konnte, so beschützte sie ihn doch die ganze Zeit, und sie machte den Winter um sein Bett herum erträglicher, weil sie ihn liebhatte. Alle hatten sie ihn lieb, Vae, die seine Mutter war, und sogar Shahar, der sein Vater war und nur einmal vor ihrem Umzug an den See aus dem Krieg heimgekehrt war. Er hatte Darien hochgehoben und ihn zum Lachen gebracht. Dann hatte er bemerkt, Dari werde bald größer sein als Finn, und er hatte ebenfalls gelacht, wenn auch kein belustigtes Lachen.

Finn war sein Bruder, und er hatte Dari von allen am liebsten, und er war der wunderbarste Mensch auf der Welt, und obendrein wußte er alles.

Es war Finn, der ihm erklärt hatte, was der Vater gemeint hatte, als Dari danach weinend zu ihm gelaufen kam, weil darin etwas Unrechtes lag, daß er eines Tages größer als Finn werden sollte. Bald, hatte der Vater gesagt.

Finn hatte ihm Mantel und Stiefel angezogen und ihn nach draußen getragen, um mit ihm spazierenzugehen. Dari mochte das am allerliebsten. Finn warf dann Dari in den Schnee, aber nur dort, wo er frisch gefallen und weich war, und sprang selber hinterher, so daß sie beide rundum weiß wurden, wenn sie sich darin wälzten und alberten, und Dari mußte so schrecklich lachen, daß er einen Schluckauf bekam.

Dieses Mal jedoch war Finn ernst geblieben. Manchmal war er einfach ernst und sorgte dafür, daß Dari ihm zuhörte. Er sagte, Dari sei anders als die anderen kleinen Jungen. Er sei etwas Besonderes, weil seine wahre Mutter etwas ganz Besonderes sei, und deshalb würde er größer und stärker und schlauer als alle anderen Jungen werden. Sogar als Finn, sagte Finn. Und das hieße, sagte Finn, daß Dari auch ein besseres Kind sein müsse, er müsse freundlicher sein und zartfühlender und obendrein tapferer, damit er auch verdiene, was seine wahre Mutter ihm mitgegeben habe.

Er müsse versuchen, allem mit Liebe zu begegnen, sagte Finn, mit Ausnahme der Finsternis.

Die Finsternis war es, die den Sturm draußen hervorrief, wußte Dari. Und die meiste Zeit über haßte er sie, wie Finn gesagt hatte. Er versuchte es auch die ganze Zeit, versuchte es Finn gleichzutun, aber manchmal hörte er die Stimmen dort draußen, und obwohl sie ihm die meiste Zeit angst machten, machten sie ihm eben manchmal keine. Manchmal dachte er, es könnte nett sein, ihnen zu folgen.

Nur daß das heißen würde, Finn zu verlassen, und das würde er niemals tun. Er krabbelte aus dem Bett und stülpte seine Hausschuhe über. Er zog den Vorhang beiseite und tappte, vorbei an seiner schlafenden Mutter, zur gegenüberliegenden Wand hinüber, wo Finns Bett stand.

Finn war wach. »Wo bist du nur so lang geblieben?« flüsterte er. »Komm rein, kleiner Bruder, wir wollen einander warm halten.« Mit einem begeisterten Seufzer streifte Dari seine Schuhe ab und krabbelte neben Finn, der seinerseits ein Stück beiseite rückte und Dari die warme Stelle überließ, wo er gelegen hatte.

»Da sind Stimmen«, sagte er zu Finn.

Sein Bruder antwortete nichts. Legte bloß den Arm um Dari und hielt ihn ganz fest. Hier waren die Stimmen nicht so laut, wenn er neben Finn lag, und während er hinüberdämmerte, hörte Dari, wie Finn ihm ins Ohr flüsterte:

»Ich hab' dich lieb, Kleiner.«

Dari hatte ihn auch lieb. Als er eingeschlafen war, träumte er wieder, und in seinem Traum versuchte er das den geisterhaften Gestalten klarzumachen, die aus dem Wind nach ihm riefen.

Kapitel 9

Am Nachmittag nach dem Sturm – an einem Tag so klar und hell, daß er beinahe wie eine Verhöhnung wirkte – kam Diarmuid, Prinz von Brennin, zurück nach Paras Derval. Zusammen mit einigen anderen geleitete man ihn ins Vorzimmer des Großkönigs, wo sich schon eine Reihe von Personen versammelt hatte, die nur auf ihn gewartet hatten, und in diesem Raum stellte ihm Aileron, sein Bruder, Arthur Pendragon vor.

Und nichts passierte.

Paul Schafer, der neben Kim stand, hatte ihr Erbleichen gesehen, als Diarmuid den Raum betrat. Nun, als der Prinz sich feierlich vor Arthur verbeugte und der Krieger diese Huldigung mit unbewegter Miene entgegennahm, hörte er sie zitternd Atem holen und tief bewegt flüstern: »Oh, dem Himmel sei Dank.«

Sie und Loren, der auf der gegenüberliegenden Seite des Raums stand, wechselten einen Blick, und Paul gewahrte im Gesicht des Magiers ebensolche Erleichterung. Er brauchte einen kurzen Moment dazu, aber er reimte es sich zusammen.

»Du hast geglaubt, er sei der dritte?« fragte er. »Der dritte Winkel des Dreiecks.«

Sie nickte, immer noch blaß. »Ich hatte es befürchtet. Weiß jetzt nicht mehr, wieso. Weiß nicht, warum ich mir dessen so sicher war.«

»Ist das der Grund, warum du wolltest, daß wir warten?«

Sie blickte ihn an, graue Augen unter weißem Haar. »Das war der Grund. Ich wußte, wir mußten warten, ehe wir auf die Jagd gehen. Jetzt weiß ich nicht mehr, wieso.«

»Weil«, erhob sich eine Stimme, »du eine wahre und treue Freundin bist und nicht wolltest, daß ich den Spaß versäume.«

»Oh, Kev!« Sie wirbelte herum und umarmte ihn in einer Weise, die einer Seherin ganz und gar unwürdig war, ohne darauf zu achten, wer sie dabei beobachten mochte. »Ich hab' dich vermißt!«

»Gut«, sagte Kevin strahlend.

»Ich auch«, fügte Paul hinzu.

»Gleichermaßen gut«, murmelte Kevin, nun weniger keck.

Kim trat einen Schritt zurück. »Du fühlst dich doch nicht etwa zurückgesetzt, Kamerad?«

Er bedachte sie mit einem halbherzigen Lächeln. »Ein bißchen überflüssig komme ich mir vor. Und nun hat auch noch Dave mit dem Drang zu kämpfen, mich mit seiner Axt in Stücke zu hauen.«

»Das ist doch nichts Neues«, bemerkte Paul trocken. Irgendwie schaffte es Kevin, selbst wenn er niedergeschlagen war, allgemein die Stimmung zu heben.

»Worum geht's denn diesmal?« erkundigte sich Kim.

»Ich hab' mit dem falschen Mädchen geschlafen.«

Paul lachte. »Nicht das erste Mal.«

»Es ist gar nicht komisch«, entgegnete Kevin. »Ich hatte keine Ahnung, daß er sie gern hat, und außerdem ist sie zu mir gekommen. Die Dalreifrauen sind so. Sie steigen mit jedem ins Bett, der ihnen gefällt, bis sie sich zum Heiraten entschließen.«

»Hast du es Dave erklärt?« fragte Kim. Sie meinte es scherzhaft, aber Kevin sah wirklich unglücklich aus. Da steckt mehr dahinter, folgerte sie.

»Es ist schwer, ihm etwas klarzumachen. Zumindest für mich. Ich hab' Levon darum gebeten. Schließlich geht es um seine Schwester.« Kevin wies mit dem Kopf zur Seite.

Und natürlich, das war es.

Kim wandte sich um und erblickte den gutaussehenden, blonden Reiter, der direkt hinter ihnen stand. Sie hatten guten Grund gehabt, auf diese Gruppe zu warten, und er hatte nichts zu tun mit Diarmuid oder Kevin. Es ging um diesen Mann.

»Ich habe es ihm erklärt«, bestätigte Levon. »Und ich werde es wieder tun, so oft wie nötig.« Er lächelte, dann wurde sein Gesichtsausdruck wieder sachlich, und er wandte sich an Kim: »Seherin, ich habe Euch vor langer Zeit um eine Unterredung gebeten.«

Sie erinnerte sich. Am letzten Morgen, ehe der Baelrath aufgeflammt und ihr von Jennifers Schreien der Kopf geplatzt war und sie alle mit sich fortgenommen hatte.

Sie warf einen Blick auf ihre Hand. Der Ring pulsierte; nur ein ganz klein wenig, aber er war wieder zum Leben erwacht.

»Nun gut«, sagte sie beinahe schroff. »Du auch, Paul. Kev, holst du Loren und Matt dazu?«

»Und Davor«, vervollständigte Levon. »Diarmuid auch. Er weiß Bescheid.«

»In meinem Zimmer. Kommt.« Sie ging hinaus und überließ es den anderen, ihr zu folgen. Ihr und dem Baelrath.

Aus dem Schlaf wird erwachen der Flamme Brand.
Das Horn wird rufen die königlichen Mannen.
Auch wenn sie dir antworten aus dem tiefen Land,
Darfst du sie dennoch niemals bannen,
Die verlassen zu Pferde Oweins schützende Hand
Und sich zum Führer ein Kind ersannen.

Levons Stimme verklang. In der Stille wurde Kim das gleiche knisternde Rauschen recht unangenehm bewußt, das sie zwei Abende zuvor gehört hatte; wieder kam es von Osten her. Gwen Ystrat, schloß sie.

Mit der Zeit wurde sie immer empfänglicher für die zahlreichen Gedankenbotschaften, die zwischen den Priesterinnen dort draußen hin und her gingen. Sie empfand das als lästig, und sie verdrängte sie aus ihrem Kopf. Sie hatte auch so genug Sorgen, angefangen bei dieser Ansammlung von Männern in ihrem Schlafzimmer. Der Traum jeder gehemmten Frau, dachte sie, schaffte es jedoch nicht, sich darüber zu amüsieren.

Die Männer warteten auf sie. Sie schwieg und ließ sie warten. Nach einer Weile war es Levon, der zu sprechen fortfuhr – schließlich ging es um seine Idee. Er sagte: »Diesen Vers habe ich als Kind von Gereint gelernt. Er ist mir wieder eingefallen, als Davor das Horn entdeckt hat. Dann haben wir auch noch den Baum und den Felsen ausfindig gemacht. Und darum wissen wir, wo Owein und die Schläfer sind.« Es gelang ihm nicht, die Erregung aus seiner Stimme herauszuhalten. »Wir besitzen das Horn, das sie herbeiruft und ... und ich vermute, daß der entfachte Baelrath die Flamme ist, die sie weckt.«

»Möglich wäre es«, stimmte Diarmuid zu. Er hatte sich seiner Stiefel entledigt und lag auf ihrem Bett. »Auch der Kriegsstein ist ein ungezügeltes Ding. Loren?«

Der Magier hatte unter Berufung auf sein Alter Anspruch auf den Lehnsessel erhoben, der am Fenster stand. Er zündete sich umständlich seine Pfeife an und paffte ausgiebig vor sich hin, ehe er antwortete.

»Es ist möglich«, bestätigte er schließlich. »Ich will ganz ehrlich sein und gestehen, daß ich nicht weiß, was sich daraus ergeben könnte.«

Dieses ruhige Eingeständnis ernüchterte sie allesamt. »Kim?« fragte Diarmuid und riß, breitbeinig auf ihrem Bett liegend, die Initiative an sich.

Sie hatte nach wir vor größte Lust, es ihnen schwer zu machen, war jedoch zu stolz, um ihre Launen auszuleben. »Ich habe das nicht gesehen«, sagte sie leise. »Überhaupt gar nichts von dieser Sache.«

»Bist du ganz sicher?« fragte Paul Schafer, der mit Matt Sören in der Nähe der Tür stand. »Du hast doch auf Levon gewartet, oder etwa nicht?«

Er war einer von der ganz schlauen Sorte. Andererseits war er ihr Freund, und er hatte ihre anfängliche böse Vorahnung, was Diarmuid anging, nicht weitererzählt. Kim nickte und zeigte ein angedeutetes Lächeln. »Ich habe gespürt, daß er kommt. Und ich habe dem Vorangegangenen entnommen, was er fragen wollte. Ich glaube nicht, daß sich daraus viel schließen läßt.«

»Viel nicht«, stimmte Diarmuid zu. »Dennoch müssen wir eine Entscheidung treffen.«

»Wir?« Das war Kevin Laine. »Kims Ring, Daves Horn. Sie haben zu entscheiden, meint ihr nicht auch?«

Levon warf ein: »Die Gegenstände gehören ihnen doch gar nicht wirklich. Nur –«

»Hat einer von euch vor, sie ihnen wegzunehmen und sie selber zu benutzen?« fragte Kevin kurz und bündig. »Hat einer vor, Gewalt auf sie auszuüben?« fuhr er fort, um seinen Standpunkt ganz deutlich zu machen. Schweigen breitete sich aus. Noch ein Freund, dachte Kim.

Jemand hüstelte verlegen. »Also«, erklärte Dave. »Ich habe nicht vor, dagegen anzugehen, was hier beschlossen wird, aber ich wüßte schon ganz gern etwas mehr über das, womit wir es hier zu tun haben. Wenn ich das Horn habe, das diese . . . äh, Schläfer herbeiruft, wäre es mir, äh, lieber, ich wüßte, wer das ist.«

Er blickte befangen zu Loren hinüber. Sie wandten sich alle dem Magier zu. Die Sonne stand hinter ihm und erschwerte es, sein Gesicht zu sehen. Als er sprach, geschah dies mit irgendwie körperloser Stimme.

»Es wäre insgesamt besser«, sagte er, umgeben vom Licht der untergehenden Sonne und vom Pfeifenqualm, »wenn ich auf Daves Frage eine angemessene Antwort geben könnte. Ich kann es nicht. Owein und die Wilde Jagd wurden vor unendlich langer Zeit zur Ruhe gebettet. Hunderte und Aberhunderte von Jahren, ehe Iorweth über das Meer kam oder die Dalrei von Osten her die Berge überquerten oder gar Menschen aus den fernen Ländern im Südosten ins grüne Cathal vorstießen.

Selbst die Lios Alfar waren im Lande noch kaum bekannt, als

aus der Wilden Jagd die Schläfer wurden, und Brendel hat mir berichtet, und davor Laien Speerkind, daß es unter den Lios nur vage Legenden darüber gibt, was die Wilde Jagd gewesen ist, ehe sie in Schlaf fiel.«

»War denn damals überhaupt jemand hier?« murmelte Kevin.

»Gewiß«, erwiderte Loren. »Schließlich hat sie jemand unter diesen Felsen gelegt. Sage mir, Levon, war es ein sehr mächtiger Felsen?«

Levon nickte wortlos.

Loren wartete.

»Die Paraiko!« behauptete Diarmuid, der in jungen Jahren bei dem Magier gelernt hatte. Seine Stimme war gedämpft; es lag Verwunderung darin.

»Die Paraiko«, wiederholte Loren. »Die Riesen waren hier, und die Wilde Jagd ritt über den Nachthimmel. Das muß eine ganz andere Welt gewesen sein, so künden es zumindest die Legenden der Lios. Schattenhafte Könige auf schattenhaften Pferden, die zwischen den Sternen einherreiten konnten und zwischen den Welten des Webers.«

»Und das Kind?« Diesmal kam die Frage von Kim. Sie quälte sich schon einige Zeit damit. *Und sich zum Führer ein Kind ersannen.*

»Ich wünschte, ich wüßte es«, gab Loren zu. »Niemand weiß es, fürchte ich.«

»Was wissen wir denn noch?« fragte Diarmuid sanft.

»Es heißt«, ertönte eine tiefe Stimme von der Tür her, »daß sie den Mond bewegt haben.«

»Was?« rief Levon aus.

»So sagt man«, wiederholte Matt, »unter Banir Lök und Banir Tal. Es ist unsere einzige Legende über die Wilde Jagd. Sie wollten beim Reiten mehr Licht, und deshalb haben sie den Mond bewegt.«

Und auf diese Worte hin herrschte wieder Schweigen.

»Er erscheint hier tatsächlich näher«, äußerte Kevin verwundert. »Uns ist aufgefallen, daß er größer ist.«

»Er ist größer«, stimmte Loren ihm sachlich zu. »Die Geschichten könnten wahr sein. Die meisten Geschichten der Zwerge sind es.«

»Wie«, fragte Paul, »ist es bloß gelungen, sie unter den Felsen zu legen?«

»Und das«, murmelte Loren, »ist die unergründlichste aller Fragen. Die Lios sagen, Conall Cernach habe es getan, der Fürst der Paraiko, und es erscheint mir gar nicht so unmöglich bei einem, der den Kessel von Khath Meigol geschaffen und damit zur Hälfte den Tod überwunden hat.«

»Wenn, dann muß es einen gewaltigen Kampf gegeben haben«, vermutete Levon leise.

»Den müßte es gegeben haben«, teilte Loren seine Meinung, »aber die Lios Alfar sagen in ihren Legenden noch etwas.« Er hielt inne. Nun war sein Gesicht im grellen Sonnenschein nicht mehr zu erkennen. »Sie sagen, es sei zu keiner Auseinandersetzung gekommen. Owein und die Wilde Jagd hätten darum gebeten, gebannt zu werden, aber sie wissen nicht, warum.«

Kim wurde auf ein Geräusch aufmerksam oder glaubte es zumindest zu hören, wie von schnellem Flügelschlag. Sie blickte zur Tür.

Und hörte Paul Schafer mit einer Stimme sprechen, die er sich aus dem Innersten gerissen zu haben schien. »Ich weiß es.« Seine Augen waren plötzlich so tief wie ein herbstliches Meer, doch als er weitersprach, war seine Stimme kräftiger und deutlich, und er erklärte: »Sie haben das Kind verloren. Den neunten aus ihrer Schar. Acht Könige und ein Kind waren es. Dann begingen sie einen Fehler und verloren das Kind, und in ihrer Trauer und als Buße baten sie die Paraiko, sie unter den Felsen zu bannen, und überließen ihnen die Wahl der Art des Bannes wie auch der Methode ihrer Befreiung.«

Er verstummte jäh und strich sich mit der Hand über die Augen. Dann lehnte er sich, wie um sich zu stützen, gegen die Wand.

»Woher weißt du das?« fragt Levon verblüfft.

Paul musterte den Dalrei mit seinen unergründlichen, beinahe unmenschlichen Augen. »Ich weiß eine ganze Menge darüber, was es heißt, zur Hälfte tot zu sein«, antwortete er.

Niemand wagte es, das Schweigen zu durchbrechen. Sie warteten auf Paul. Schließlich fuhr er fort, mit einer Stimme, die wieder mehr Ähnlichkeit mit der seinen hatte: »Es tut mir leid. Es ... kommt einfach so über mich, und es wirft mich um. Levon, ich ...«

Der Dalrei schüttelte den Kopf. »Macht nichts. Ehrlich nicht. Es ist ein Wunder und kein Geschenk, soviel weiß ich, das du nicht verdient hättest. Ich bin über alle Maßen dankbar, daß du hier bist, aber ich beneide dich nicht.«

Womit er, dachte Kim, gar nicht so unrecht hat. Sie fragte: »Gibt es noch mehr, Paul? Sollen wir sie erwecken?«

Er blickte sie an, mit jeder Sekunde, die verging, wieder mehr der Alte. Es war, als habe ein Erdbeben den Raum erschüttert und sei nun vorbei. Oder ein übermächtiges Donnergrollen.

»Mehr gibt es nicht«, beschied er ihr, »falls du damit meinst, ob ich noch mehr weiß. Dafür habe ich aber, wenn ich mich nicht irre, etwas gesehen, kurz bevor wir den anderen Raum verlassen haben.«

Ganz schön schlau, dachte sie. Aber er hatte zu sprechen aufgehört und überließ es ihr. »Dir entgeht nicht gerade viel, stimmt's?« flüsterte sie. Er gab keine Antwort. Sie holte Luft und gab zu: »Es stimmt. Der Baelrath hat einen Moment lang geglüht, als Levon auf mich zukam. Im gleichen Moment, als ich begriffen habe, weswegen er gekommen war. Das kann ich euch ruhig verraten, wenn ich, wie Paul es ausdrückt, mich nicht irre.«

»Das ist doch schon etwas«, stellte Levon ernsthaft fest. »Wie ich bereits sagte: Warum sonst hätte man uns das Horn überlassen, uns die Höhle gezeigt? Warum, wenn nicht, um sie zu erwecken? Und jetzt fordert uns auch noch der Stein dazu auf!«

»Ein ungezügeltes Ding zum anderen«, murmelte Loren. »Es wäre möglich, daß sie einander rufen, Levon, aber nicht zu einem Zweck, der uns etwas anginge. Hier geht es um ganz und gar ungezügelte Magie. Und außerdem heißt es in dem Vers: Darfst du sie dennoch niemals bannen. Owein und die Wilde Jagd sind so machtvoll, daß sie den Mond verschieben können, und so mutwillig, daß sie es zu ihrem Vergnügen auch tun. Wir dürfen einfach nicht davon ausgehen, daß sie willfährig unseren Zwecken dienen und dann ebenso willfährig wieder verschwinden.«

Wieder Schweigen. Irgend etwas schwer Faßbares quälte Kim, etwas, von dem sie wußte, daß sie daran hätte denken sollen, aber das wurde mit der Zeit bei ihr geradezu chronisch, und der Gedanke ließ sich nicht zwingen, Gestalt anzunehmen.

Zur allgemeinen Überraschung war es Dave Martyniuk, der

dem Schweigen ein Ende machte. Verlegen wie immer in so einer Situation brachte der hünenhafte Mann vor: »Das mag dumm von mir sein, ich weiß es nicht ... aber mir ist aufgegangen – falls Owein soweit ist, daß er erlöst werden möchte, und uns die Mittel dazu in die Hand gegeben sind ... also, haben wir denn das Recht, ihm die Erlösung zu verweigern, egal, ob wir nun wissen, was sie dann vorhaben? Ich meine, macht uns das nicht zu Gefängnisaufsehern oder so was Ähnlichem?«

Loren stand auf, als habe ihn jemand hochgezerrt. Sobald er aus dem schräg einfallenden Licht getreten war, konnten sie erkennen, daß seine Augen auf Dave gerichtet waren. »Das«, sagte der Magier, »ist nicht im entferntesten dumm gesprochen. Es ist sogar die tiefste aller hier ausgesprochenen Wahrheiten.« Dave lief hochrot an, während der Magier fortfuhr: »Es entspricht der wahren Natur aller Dinge, trifft in den Kern des Gewirks: Die ungezügelte Magie ist dazu gedacht, frei zu sein, ob sie nun unseren Zwecken dient oder nicht.«

»Also tun wir es?« begehrte Kevin zu erfahren.

Am Ende, genau wie am Anfang, fiel alles auf sie zurück, weil sie den Ring trug. Immer noch quälte sie etwas, aber die anderen warteten, und was Dave geäußert hatte, entsprach der Wahrheit. Soviel war ihr klar.

»Also gut«, sagte sie, und bei diesen Worten glühte der Baelrath in ungestümem Verlangen auf wie ein Fanal.

»Wann?« fragte Paul. Das leicht verfärbte Licht hatte sie allesamt zum Aufstehen veranlaßt.

»Sofort natürlich«, entschied Diarmuid. »Heute nacht. Am besten machen wir uns gleich auf den Weg, das wird ein anstrengender Ritt.«

Sie hatten Matt und Loren zurückgelassen, und Torc, den anderen Dalrei, mitgenommen, sowie Diarmuids Stellvertreter Coll.

Der Magier hatte sich bereit erklärt, dazubleiben und die beiden Könige über die Ereignisse in Kenntnis zu setzen. Torc, wurde Kevin zu verstehen gegeben, war dabeigewesen, als sie das Horn und die Höhle entdeckten; er hatte ein Anrecht auf Teilnahme an diesem Unternehmen. Kevin hatte auch gar nicht vorgehabt, das in Frage zu stellen, da er der Ansicht war, er selber habe bei der ganzen Sache im Grunde genommen nirgendwo seinen Platz. Coll stand Diarmuid zur Seite, weil er das immer tat.

Am Anfang ihres Weges ritt Kevin neben Paul, während Diarmuid ihnen in nordöstlicher Richtung durch ein liebliches Tal vorausritt. Es war recht seltsam, doch die Kälte schien hier erträglicher zu sein, der Wind weniger eisig. Und als sie um den Ausläufer einer Hügelkette bogen, erblickte er einen See, klein, wie ein Juwel in eine Fassung aus weiß verschneiten Hängen eingebettet – und das Wasser dieses Sees war nicht gefroren.

»Ein Windbruch, oder was meinst du?« sagte er zu Paul.

»Mehr als das. Dies ist Ysannes See. Wo der Wassergeist haust. Der, den Kim gesehen hat.«

»Meinst du, es liegt daran?«

»Kann sein.« Aber dann achtete Paul nicht mehr so recht auf ihn. Er hatte sein Pferd gezügelt und blickte hinab auf die kleine Hütte am See. Sie machten einen Umweg um sie, kamen auf einem hohen Grat an ihr vorbei, aber Kevin konnte die zwei Knaben erkennen, die aus ihr hervorkamen, um einen Blick auf die vorüberziehende Reiterschar zu werfen. Einem Impuls folgend winkte Kevin, und der Ältere winkte zurück. Es sah aus, als bückte er sich und spräche mit seinem Bruder, und einen Augenblick darauf hob auch der kleine Kerl die Hand zum Gruß.

Kevin grinste und wandte sich an Paul, um etwas zu ihm zu sagen. Doch was er dort in Schafers erstarrten Gesichtszügen erblickte, löschte das fröhliche Lächeln auf dem seinen aus. Als sie gleich darauf weiterritten, in raschem Tempo, weil sie die anderen einholen wollten, war Paul ausgesprochen schweigsam, und sein Gesicht blieb starr und verbissen. Er verzichtete auf eine Erklärung, und diesmal stellte Kevin keine Fragen. Er war sich nicht sicher, ob er besonders gut damit fertig werden würde, noch einmal zurückgewiesen zu werden.

Er holte zu Coll auf und ritt den Rest ihres Weges neben ihm. Es wurde kälter, als sie das Nordende des Tals erreichten, und dunkel, als sie die Hauptstraße von Rhoden zur Nordfeste überquert hatten. Zu diesem Zeitpunkt hatte er eine Fackel in der Hand, eine Aufgabe, die ihm neuerdings immer wieder zuzufallen schien. Die größte Helligkeit jedoch rührte nicht etwa vom tiefstehenden Mond her, der zu ihrer Rechten durch die Wolken schien, sondern von dem anwachsenden Strahlen des Lichts, das von dem Ring an Kims Finger ausging. *Ein ungezügeltes Ding zum anderen*, entsann sich Kevin.

Und so kamen sie, geleitet von dem rotglühenden Baelrath, schließlich zum Pendaranwald. Dort gab es Mächte, die auf sie aufmerksam geworden waren, angelockt durch ihre Gegenwart und durch die Kraft des Rings. Darüber hinaus hatten sich noch andere Mächte versammelt: die Göttin, deren Geschenk umfassender geworden war, als es ihre Absicht gewesen war, und ihr Bruder, der Gott der Tiere und des Waldes. Über ihren Köpfen aber wartete Mörnir, und Dana wußte ebenfalls, warum der Kriegsstein loderte. Weit droben im Norden, auf seinem Sitz inmitten des Eises, verhielt einen Augenblick lang der Entwirker und wunderte sich, obwohl ihm nicht recht klar war, weswegen und warum.

Und weit, weit über alledem, außerhalb der Zeit, verlangsamte sich das Schiffchen im Webstuhl der Welten, und dann ruhte es ganz, während auch der Weber einen Blick auf sie richtete, um zu sehen, was da in das Gewirk zurückkehren würde.

Da trat Kimberly vor, an den Rand des Pendaranwaldes, geleitet von der Flamme an ihrer Hand. Die anderen blieben wartend hinter ihr zurück, schweigend und ängstlich. Und sie kam, ohne daß ihr jemand den Weg gewiesen hätte, als wäre sie ihn schon einmal gegangen, an jenen Ort, wo der Blitz vor so langer Zeit einen gigantischen Baum gespalten hatte, daß nicht einmal die Lios Alfar die Nacht dieses Sturms erlebt hatten. Und sie stand in der Gabelung dieses Baumes, ungezügelte Magie an der Hand, und unter dem mächtigen Felsen, den sie von dort erkennen konnte, schlummerte eine noch ungezügeltere Magie, und an diesem Ort und zu diesem Zeitpunkt kannte ihr Herz keine Angst, nicht einmal Erstaunen. Sie war auf sie eingestimmt, auf die ungezügelte, uralte Macht, und die war ungeheuer groß. Sie wartete darauf, daß der Mond hinter seiner Wolkenbank hervortrat. Über ihr leuchteten die Sterne, sommerliche Sterne über dem Schnee. Der Baelrath jedoch leuchtete heller als alle Sterne, heller noch als der Mond, den die Wilde Jagd vor so langer Zeit verschoben hatte. Sie sammelte sich mit einem tiefen Atemzug, fühlte sich erfüllt vom Wesen aller Dinge. Sie hob die Hand, damit das rote Feuer durch den geborstenen Baum hindurch leuchte. Sie rief:

»Owein, erwache! Diese Nacht ist dafür geschaffen, zu reiten. Willst du denn nicht erwachen, um zwischen den Sternen zu jagen?«

Sie mußten allesamt die Augen verschließen vor dem roten Lodern, das durch ihre Worte entfesselt wurde. Und dann hörten sie einen Laut wie von einem Bergrutsch, und dann war alles still.

»Es ist gut«, sagte Kim. »Komm, Dave. Nun ist die Reihe an dir.« Und sie machten die Augen auf und erblickten eine gähnende Höhlung, wo vorher der Felsen gewesen war, und Mondlicht, das auf das Gras vor der Höhle fiel. Der Baelrath war wieder gedämpft; er schimmerte sanft, rot vor dem Hintergrund des Schnees, aber nicht flammend rot.

Es geschah im Licht des Mondes, silbrig und vertraut, daß sie Dave mit langen, getragenen Schritten voll unbewußter Anmut neben Kim treten sahen, um dann, nachdem sie zurückgewichen war, ganz allein in der Gabelung des Baumes zu stehen.

»Das Feuer weckt sie«, hörten die anderen sie sagen. »Und das Horn ruft sie, Dave, du mußt sie befreien.«

Ohne ein Wort legte der hünenhafte Mann den Kopf in den Nacken. Weit spreizte er die Beine, um sicher im Schnee zu stehen. Dann hob er Oweins Horn, daß es im Mondlicht glitzerte, und setzte es an die Lippen und erzeugte mit der ganzen Kraft seiner Lungen den Lichten Ton.

Keiner der versammelten Männer, auch nicht die Frau, hat jemals im Leben diesen Klang vergessen können. Es war Nacht, und daher hatte der Ton, den sie vernahmen, mit Mond- und Sternenlicht zu tun, das bei einem tiefen Wald auf frisch gefallenen Schnee herabscheint. Und er setzte sich fort und fort, während Dave die Klänge hervorstieß, daß sie die Erde und den Himmel füllten und zu seiner eigenen Herausforderung an die Finsternis wurden. Weiter blies er und immer weiter, bis es den Anschein hatte, als müßten seine Lungen bersten, seine gespreizten Beine einknicken, sein Herz brechen unter der Last der Schönheit, die ihm zuteil geworden war, und angesichts ihrer ungeheuren Zerbrechlichkeit.

Als der Ton verhallte, war die Welt nicht mehr dieselbe, sämtlichen Welten erging es so, und die Hände des Webers gerieten in Bewegung, um einen lange Zeit stillgelegten Fadenlauf erneut dem Webmuster des Gewirks hinzuzufügen.

Auf der freien Fläche vor der Höhle aber sah man sieben schattenhafte Gestalten, und jede von ihnen trug eine Krone und ritt auf einem schattenhaften Pferd, und die Umrisse jeder dieser Gestalten war verschwommen, wie hinter einer Rauchwolke.

Und dann waren es plötzlich acht, als die sieben Könige beiseite traten und aus der Höhle der Schläfer Owein hervorkam, endlich, nach so langem Schlummer. Und wo die Färbung der Könige und ihrer schattenhaften Pferde dunkelgrau war, ging die von Owein über von hellem Grau zu Silber, und die Farbe seines schattenhaften Pferdes war schwarz, und er war größer als sie alle, und seine Krone glitzerte heller. Und in sie eingelassen waren Steine, rot wie das Rot des Baelrath, und obendrein war ein roter Stein in das Heft seines gezogenen Schwertes eingesetzt.

Er rückte vor, an den sieben Königen vorbei, und sein Pferd berührte im Gehen nicht den Boden, nicht anders als die grauen Pferde der Könige. Und Owein hob grüßend vor Dave sein Schwert und noch einmal vor Kim, die das Feuer trug. Dann warf er das mächtige Haupt in den Nacken, um über die zwei hinwegzublicken, und musterte die hinter ihnen versammelte Schar. Einen Augenblick verhielt er so, und sie sahen, wie seine Miene sich verfinsterte und das gewaltige schwarze Pferd sich auf die Hinterhand aufbäumte, und dann erschallte Oweins Stimme, welche die des Sturmwinds war.

»Wo ist das Kind!«

Und die grauen Pferde der Könige erhoben sich gleichfalls auf die Hinterhand, und die Könige ließen ihre Stimmen vernehmen, und sie riefen: *»Das Kind! Das Kind!«* – ein Chor wie heulende Winde, und die versammelten Menschen fürchteten sich.

Es war Kimberly, die zu ihnen sprach, während sie sich insgeheim eine Närrin schimpfte: denn dies, dies, dies war es, woran sie den ganzen Nachmittag über und während des Ritts zu diesem von Mächten erfüllten Ort zu denken versucht hatte.

»Owein«, erklärte sie, »wir sind hierher gekommen, dich zu befreien. Wir wußten nicht, was wir darüber hinaus für dich hätten tun müssen.«

Er peitschte sein Pferd, und mit einem Aufschrei sprang es über ihr in die Luft, die Zähne entblößt, und trat mit den Hufen nach ihrem Kopf. Sie stürzte zu Boden. Er aber ragte über ihr auf, zornig und ungestüm, und sie hörte zum zweiten Mal seinen Ruf: *»Wo ist das Kind!«*

Und dann veränderte sich noch einmal die Welt. Veränderte sich auf eine Weise, die keiner unter ihnen, nicht einer, weder die Sterblichen, noch die Mächte des Waldes, noch die zusehenden Götter vorausgesehen hatten.

Aus der Baumgruppe nicht weit von ihnen entfernt kam ruhig eine Gestalt gegangen.

»Versetze sie doch nicht in Angst. Ich bin ja da«, sagte Finn.

Und so begab er sich auf den Längsten Weg.

Gleich beim Erwachen am Morgen nach dem Sturm war er von Unruhe geplagt gewesen. Immer wieder begann auf unerklärliche Weise sein Herz wie rasend zu pochen, und immer wieder wurden ihm die Handflächen feucht. Er fragte sich, ob er wohl krank sei.

Getrieben von seiner Rastlosigkeit zog er Dari Stiefel und Mantel an sowie die Mütze, die ihm ihre Mutter in einer Farbe angefertigt hatte, das dem Blau von Daris Augen sehr nahe kam. Dann nahm er seinen kleinen Bruder auf einen Spaziergang durch den Wald am Seeufer mit.

Der Schnee war von sanftem, reinem Weiß, drückte die Äste der kahlen Bäume nieder und häufte sich auf den Pfaden. Dari machte das großen Spaß. Finn hob ihn hoch empor, und der Kleine ließ den pudrigen Schnee von den Zweigen herabregnen, die er erreichen konnte. Er lachte lauthals, und Finn nahm ihn abermals hoch, damit er es noch einmal tun konnte. Gewöhnlich besserte Daris Lachen seine eigene Stimmung, heute jedoch nicht. Er war zu beunruhigt. Vielleicht war es die Erinnerung an die vergangene Nacht: Dari schien die Stimmen wieder vergessen zu haben, die ihn riefen, aber Finn gelang das nicht. Neuerdings geschah das immer häufiger. Beim ersten Mal hatte er ihrer Mutter davon erzählt. Sie hatte gezittert und war blaß geworden und hatte dann die ganze Nacht hindurch geweint. Er hatte nichts von den anderen Malen erzählt, da Dari in sein Bett gekrochen war und geflüstert hatte: »Da sind Stimmen.«

Mit langen Schritten trug er Dari tiefer hinein in das Waldstück, tiefer, als sie sich gewöhnlich vorwagten – in die Nähe jener Stelle, wo die Bäume dichter standen und dann in den düsteren Mörnirwald übergingen. Es wurde kälter, und er war sich bewußt, daß sie das Tal verließen. Er fragte sich, ob Daris Stimmen wohl in einiger Entfernung vom See lauter und verlockender klingen würden.

Sie machten kehrt. Er begann, mit seinem Bruder zu spielen, warf Dari in Schneewehen und stieg selbst hinterher. Dari war längst nicht mehr so leicht, oder gar so einfach zu werfen wie früher. Doch seine Freudenschreie waren nach wie vor die eines Kindes und ansteckend, und Finn begann nun doch noch, seinen Spaß zu haben.

Sie hatten sich purzelnd und rollend ein ganzes Stück vom Pfad entfernt, da trafen sie auf eine der wundersamen Stellen. Inmitten des aufgetürmten Schnees, der tief den Waldboden bedeckte, erspähte Finn einen Farbklecks, und er nahm Dari bei der Hand und stapfte durch den Schnee darauf zu.

Mitten in einem Fleckchen unglaublich grünen Grases wuchsen einige Blumen. Als er aufblickte, sah Finn darüber eine offene Lücke, wo die Sonne durch die Baumkronen scheinen konnte. Und nachdem er sich wieder den Blumen zugewandt hatte, stellte er fest, daß sie ihm alle bekannt waren – Narziß und Corandiel – bis auf eine. Sie hatten solche grünen Stellen schon öfter entdeckt, er und Dari, und hatten Blumen gepflückt, um sie für Vae nach Hause mitzunehmen, doch nie alle. Nun machte Dari sich daran, ein paar abzuzupfen, denn er wußte, wie sich seine Mutter über Geschenke freute.

»Nicht die«, gebot Finn. »Laß sie stehen.« Er wußte zwar nicht genau, warum, aber eine innere Stimme sagte ihm, daß sie stehenbleiben müsse, und wie immer gehorchte Dari aufs Wort. Sie begnügten sich mit einer Handvoll Corandiel, mit einem gelben Narziß als Farbtupfer und gingen nach Hause. Vae versorgte die Blumen mit Wasser und stellte sie auf den Tisch, und dann steckte sie Dari ins Bett, damit er seinen Mittagsschlaf hielt.

Und hinter ihnen im Wald, an jener wundersamen Stelle wachsend, blieb die eine blaugrüne Blume zurück, in der Mitte rot wie Blut.

Er war immer noch unruhig, und schrecklich gereizt. Am Nachmittag ging er noch einmal spazieren, diesmal zum See hinab. Die grauen Wasser schwappten eisig gegen den flachen Stein, auf dem er immer stand. Sie waren kalt, die Wasser des Sees, aber nicht gefroren. Alle anderen Seen, wußte er, waren längst zugefroren. Dies war ein geschützter Ort. Es gefiel ihm, zu glauben, die Geschichte, die er Dari erzählt hatte, entspreche der Wahrheit: daß Daris Mutter sie beschütze. Sie war, erinnerte er sich, wie eine Königin gewesen, selbst in ihrem Schmerz. Und nachdem Dari geboren war und die Frauen kamen, um sie fortzutragen, hatte sie sich neben Finn noch einmal absetzen lassen. Nie würde er das vergessen. Sie hatte mit ihren langen Fingern Finns Haar gestreichelt und dann, indem sie seinen Kopf an sich zog, geflüstert, so daß kein anderer es hören konnte: »Paß du an meiner Stelle auf ihn auf. Solange du kannst.«

Solange du kannst. Und bei diesem Gedanken trat, so als hätte sie, wie ärgerlich, nur auf ihr Stichwort gewartet, Leila in sein Bewußtsein.

Was willst du? sendete er und ließ sie seine Gereiztheit spüren. Zu Anfang, nach dem letzten Ta'kiena, als sie entdeckt hatten, daß sie das konnte, war es ein geheimes Vergnügen gewesen, sich ohne Worte mit ihr zu verständigen. Doch neuerdings hatte Leila eine Wandlung durchgemacht. Finn war klar, daß das mit ihrem Übergang vom Mädchen zur Frau zu tun hatte; doch dieses Wissen trug nicht dazu bei, daß ihm die Bilder behagten, die sie ihm aus dem Tempel schickte. Sie hinderten ihn des nachts am Schlafen, und beinahe hatte es den Anschein, als gefiele es Leila, ihn wachzuhalten. Sie war jünger als er, über ein Jahr jünger, aber nie, nie hatte er sich Leila an Jahren voraus gefühlt.

Es blieb ihm nichts anderes übrig, als sie wissen zu lassen, daß ihn dies oder jenes ärgerte, und einfach nicht zu antworten, wenn sie ihm Gedanken von größerer Intimität sandte, als er bewältigen konnte. Wann immer er so reagierte, pflegte sie nach einer Weile zu verschwinden. Dann tat es ihm jedesmal leid.

Heute jedoch war er schlecht gelaunt, daher war die Frage, die er ihr übermittelte, als er sich ihrer Gegenwart bewußt wurde, scharf und abweisend.

Spürst du es auch? fragte Leila, und sein Herz setzte vorübergehend aus, weil er zum allerersten Mal bei Leila Angst wahrnahm.

Die Angst anderer Menschen machte ihn stark, damit er sie beruhigen konnte. Er übermittelte: *Mir ist ein wenig unbehaglich zumute. Woher kommt das?*

Und dann fing sein Leben an, zu Ende zu gehen. Denn Leila sendete: *Oh Finn. Oh Finn, Finn, Finn,* und mit diesen Worten ein Bild.

Vom Ta'kiena-Spiel auf der Wiese, damals, als sie ihn erwählt hatte.

Das war es nun also. Einen Augenblick lang verzagte er und konnte dieses Gefühl nicht vor ihr verbergen, doch der Augenblick ging vorüber. Während er auf den See hinausblickte, holte er einmal tief Luft und stellte fest, daß seine Unruhe verflogen war. Er war zutiefst ruhig. Er hatte lange Zeit gehabt, sich hiermit abzufinden, und er wartete seit langer Zeit darauf.

Es ist gut, teilte er Leila mit, ein wenig überrascht, als er merkte, daß sie weinte. *Wir wußten doch, daß es so kommen würde.*

Ich bin noch nicht soweit, hörte er Leila in seinem Kopf.

Das fand er ein wenig komisch: von ihr verlangte doch keiner etwas. Aber sie fuhr fort: *Ich bin noch nicht soweit, dir Lebewohl zu sagen, Finn. Ich werde ganz allein sein, wenn du gehst.*

Du hast doch die anderen im Heiligtum.

Sie sandte ihm keine Antwort. Er nahm an, daß ihm etwas entgangen sei, daß er etwas nicht richtig verstanden habe. Doch daran war im Augenblick nichts zu ändern. Und obendrein gab es da noch jemanden, der ihn weit heftiger vermissen würde.

Leila, übermittelte er. *Paß auf Darien auf.*

Wie denn? wisperte sie in seinem Kopf.

Das weiß ich nicht. Aber er wird es mit der Angst zu tun bekommen, wenn ich fortgehe, und... er hört Stimmen im Sturm, Leila.

Sie schwieg, jedoch auf andere Weise als zuvor. Die Sonne verschwand hinter einer Wolke, und er bekam den Wind zu spüren. Es war an der Zeit, etwas zu unternehmen. Er war sich nicht bewußt, woher er das wußte, nicht einmal, wohin er sich wenden sollte, doch dies war der Tag, und die Stunde nahte.

Lebwohl, sandte er.

Der Weber möge dir Erleuchtung gewähren, hörte er sie noch sagen, mitten in seinem Kopf.

Und dann war sie nicht mehr da. Während er zur Hütte zurückging, hatte er bereits eine genügend klare Vorstellung von dem Weg, der ihm zugedacht war, um zu wissen, wie wenig Aussicht bestand, daß ihr letzter Wunsch in Erfüllung gehen würde.

Es war lange her, daß er den Entschluß gefaßt hatte, seine Mutter nicht zu unterrichten, wenn die Zeit nahte. Das würde sie zerschmettern, wie ein Hammer einen Riegel zerschmettert, und es bestand keine Notwendigkeit, ihr oder sich selber das anzutun. Er ging hinein und gab ihr einen flüchtigen Kuß auf die Wange, dort am Feuer, wo sie saß und webte.

Sie lächelte zu ihm auf. »Schon wieder ein Wams für dich. Mein heranwachsender Sohn. Und diesmal braun, damit es zu deinem Haar paßt.«

»Danke«, sagte er. In seinem Hals steckte ein Kloß. Sie war so klein und würde ganz allein sein, da sein Vater fort war im Krieg. Doch was hätte er dagegen tun sollen, wer war er, daß er verweigern sollte, was ihm bestimmt war? Dies waren finstere Zeiten, vielleicht die finstersten von allen. Er war berufen. Seine Beine würden sich in Bewegung setzen, auch wenn sein Herz und all sein Mut zurückblieben. Es war besser, das wußte er, wenn er mit Herz und Seele dabei war, damit sein Opfer an Tiefe und Wahrhaftigkeit gewann. Nach und nach wurde ihm eine Anzahl völlig unerwarteter Dinge klar. Er befand sich schon auf dem Weg.

»Wo ist Dari?« erkundigte er sich. Eine alberne Frage. »Darf ich ihn wecken?«

Vare lächelte nachsichtig. »Du willst spielen? Na gut, er hat genug geschlafen, nehme ich an.«

»Ich schlaf' doch gar nicht«, ließ sich Dari vernehmen, noch nicht ganz wach, hinter seinem Vorhang. »Ich hab' gehört, wie du hereingekommen bist.«

Das, wußte Finn, würde das schwerste werden. Er durfte nicht weinen. Er mußte Dari ein Bild der Stärke hinterlassen, rein und ungetrübt. Das war der letzte Schutz, den er ihm gewähren konnte.

Er zog die Vorhänge zurück, sah die verschlafenen Augen seines kleinen Bruders. »Komm«, forderte er ihn auf. »Wir wollen dich rasch anziehen und dann ein Muster in den Schnee weben gehen.«

»Eine Blume?« fragte Dari. »Vielleicht sogar die Blumen, welche wir gesehen haben?«

»Wie die, welche wir gesehen haben.«

Sie waren noch nicht lange draußen. Ein Teil seines Wesens weinte innerlich und sagte, das sei nicht genug, er brauche mehr Zeit. Dari brauche mehr. Doch die Berittenen waren da, acht an der Zahl, und jener Teil seines Wesens, der sich bereits auf den Weg gemacht hatte, wußte, daß dies der Anfang war, ja sogar, daß die Zahl stimmte.

Als er sie genauer betrachtete, wobei Dari fest seine Hand umklammerte, hob einer der Reiter den Arm und winkte ihm zu. Langsam tat Finn es ihm nach und gab seine Billigung zu erkennen. Dari blickte mit unsicherem Gesicht zu ihm auf. Finn ging neben ihm in die Knie.

»Winke, Kleiner. Das sind Mannen des Großkönigs, und sie grüßen uns.«

Immer noch verschüchtert hob Dari die kleine, in einem Fäustling steckende Hand zu einem zaghaften Winken. Finn mußte einen Moment lang die Augen abwenden.

Dann sprach er mit ruhiger Stimme zu dem Bruder, der seine ganze Freude war: »Ich will losgehen und sie kurz einholen, Kleiner. Ich muß sie etwas fragen. Warte du und versuche, ob du schonmal allein mit der Blume anfangen kannst.«

Dann richtete er sich auf und begann sich zu entfernen, damit der Bruder sein Gesicht nicht sehe, denn nun kamen ihm die Tränen. Er konnte ihm am Ende nicht einmal »Ich hab' dich lieb«, zurufen, weil Dari alt genug war, zu spüren, daß etwas nicht stimmte. Doch er hatte es so oft gesagt, es aus ganzem Herzen so gemeint. Oh, bestimmt war das oft genug gewesen, in der kurzen Zeit, die ihm gegeben war. Bestimmt war es doch oft genug?

Als Vae eine Weile später draußen nachschaute, bemerkte sie, daß ihr älterer Sohn nicht da war. Dari aber hatte ein wahres Wunder vollbracht. Er hatte eine vollkommene Blume in den Schnee gezeichnet, ganz allein.

Sie verfügte über eine ganz eigene Tapferkeit, und sie wußte, was eingetreten war. Sie versuchte, sich erst auszuweinen, ehe sie auf den Hof hinausging, um ihrem Kleinen zu sagen, wie schön seine neueste Blume geraten sei und daß es nun Zeit sei, hereinzukommen und zu essen.

Was sie am Ende doch zerbrechen ließ, war der Anblick von Dari, der still durch den Schnee stapfte und in der zunehmenden Dunkelheit ordentlich die Umrisse seiner Blume zeichnete, während ihm zugleich unablässig die Tränen über das Gesicht liefen.

Durch die Dämmerung folgte er ihnen, und dann im Licht des Mondes und ihrer Fackeln. Sie beeilten sich nicht; er war nicht weit hinter ihnen. Irgendwie war ihm klar, daß er hätte Schritt halten können, selbst wenn sie ein schärferes Tempo vorgelegt hätten. Er befand sich auf dem Weg. Dies war der Tag, die Nacht und, beinahe schon, die Stunde.

Und dann kamen alle drei Elemente zusammen. Er empfand keine Furcht, und während er sich weiter und immer weiter von der Hütte entfernte, war auch sein Kummer nach und nach verblaßt. Er verließ die Kreise der Menschen, ging über an einen anderen Ort. Es bereitete ihm Mühe, daß er den Weber bitten mußte, die Fäden der Frau Vae und des Kindes Darien auf dem Webstuhl festzuhalten. Es bereitete ihm Mühe, doch er tat es, und dann, nachdem er dies Letzte vollbracht hatte, fühlte er sich losgelöst, als das Feuer loderte, um das Horn ertönen zu lassen, und er sah und erkannte die Könige.

Er hörte Owein nach ihm rufen: »Wo ist das Kind!« Er sah die Frau mit der Flamme vor Cargails Hufen zu Boden stürzen. Er entsann sich Oweins Stimme und wußte, daß dieser Tonfall Angst und Besorgnis zum Ausdruck brachte. Sie hatten so lange schlummernd in ihrer Höhle gelegen, und wer würde sie nun zurück in den sternenhellen Himmel führen?

Wer schon?

»Versetze sie doch nicht in Angst. Ich bin ja da«, beschwichtigte er. Und er kam zwischen den Bäumen hervor, trat an Owein vorbei, in den Kreis der sieben Könige hoch zu Roß. Er hörte sie in Freudenrufe ausbrechen und dann Conall Cernachs Gesang anstimmen, der so lange danach zum Ta'kiena-Spiel geworden war. Er spürte, wie sein Körper, seine Augen eine Veränderung durchliefen. Er wußte, daß er wie Rauch aussah. Der Höhle zugewandt sprach er mit einer Stimme, von der er wußte, daß sie wie der Wind klingen würde. »Iselen«, sagte er und sah sein weißes, weißes Pferd hervorkommen. Er aber bestieg Iselen und führte, ohne sich noch einmal umzusehen, Owein und die Wilde Jagd zurück in den Himmel.

Alles fügt sich, dachte Paul, dessen Inneres sich noch wand vor maßlosem Erstaunen und vor Herzeleid. Die übrigen schienen das gleiche zu empfinden, selbst der grimmige dunkelhäutige Dalrei Torc. Doch Kim war es, die am meisten litt, und daher ging er hinüber, kniete im Schnee nieder und zog sie an seine Brust.

»Er war doch noch ein kleiner Junge«, schluchzte sie. »Warum rufe ich soviel Leid hervor.«

»Nicht du«, tröstete er sie leise und fuhr zärtlich über ihr weißes Haar. »Er ist vor langer Zeit dazu berufen worden. Wir konnten das nicht wissen.«

»Ich hätte es ahnen müssen. Es mußte ein Kind dabeisein. Das war im Vers enthalten.«

Er hörte nicht auf, ihr Haar zu streicheln. »O Kim, wir haben soviel Gelegenheit, uns mit Recht Vorwürfe zu machen. Laß Nachsicht walten, wo es zu Unrecht sein würde. Ich glaube nicht, daß uns bestimmt war, das zu wissen.«

Welcher weit vorausdenkende Wille, dachte Paul, war über all die Jahre hinweg auch so vorausschauend gewesen, dieser Nacht Gestalt zu geben? Leise sprach er und verlieh seinem Gedanken Ausdruck:

»Wenn das wandernde Feuer
Trifft auf das Herz aus Stein,
Wirst du dann folgen?
Wirst du die Heimat verlassen?
Wirst du dein Leben lassen?
Wirst du nehmen den Längsten Weg?

Über die Jahre hinweg war das Ta'kiena in seiner Bedeutung verfälscht worden. Es ging nicht um vier verschiedene Kinder, die auf vier verschiedene Schicksalswege geschickt wurden. Das wandernde Feuer war der Ring, den Kim trug. Der Stein waren die Felsen, die er aufgebrochen hatte. Und die Fragen führten allesamt zu dem Weg, den Finn nun angetreten hatte.

Kim hob den Kopf und betrachtete Paul mit ihren grauen Augen, die so sehr den seinen glichen. »Und du?« fragte sie. »Ist mit dir alles in Ordnung?«

Vor jedem anderen hätte er sich vielleicht verstellt, doch sie war ihm in gewisser Hinsicht verwandt, war ebenso abgesondert von den übrigen wie er, wenn schon nicht aus dem gleichen Grund.

»Nein«, gestand Paul. »Ich bin zu verängstigt, um auch nur zu weinen.«

Sie sah es ihm an. Er bemerkte, wie sich ihr Gesichtsausdruck änderte. »Oh«, sagte sie. »Darien.«

Selbst Diarmuid schwieg auf dem langen Ritt zurück. Der Himmel hatte sich aufgeklart, und der nahezu volle Mond war nun sehr hell und stand hoch. Sie brauchten die Fackeln nicht. Kevin ritt neben Kim, und Paul auf ihrer anderen Seite.

Während er zunächst ihr und dann Paul einen Seitenblick zuwarf, spürte Kevin, wie sein eigener Kummer sich verflüchtigte. Es stimmte wohl, daß er hier weniger zu bieten hatte, nachweisbar weniger als seine vom Schicksal gezeichneten und heimgesuchten Freunde, aber andererseits hatte er auch nicht die Bürde zu tragen, die sie so offenkundig belastete. Kims Ring war kein leichtes, verklärendes Geschenk. Es mußte unendlich schwer sein, damit fertig zu werden, in Gang gesetzt zu haben, was mit diesem Jungen geschehen war. Wie kam es bloß, daß sich vor ihren Augen ein Menschenkind in ein Nebelwesen verwandeln konnte, so körperlos, daß es in den Nachthimmel aufsteigen und zwischen den Sternen verschwinden konnte? Die Verse, begriff er, irgendwie hatte es damit zu tun, daß beide Verse zueinander paßten. Zur Abwechslung war er sich einmal gar nicht so sicher, ob er mehr darüber wissen wollte.

Paul aber, Paul hatte keine andere Wahl. Er wußte mehr darüber, und er konnte diese Tatsache nicht verbergen, auch nicht, wie sehr es ihn anstrengte, sich mit seinem Wissen herumzuschlagen. Nein, entschied Kevin, zur Abwechslung würde er sie einmal nicht um die Rolle beneiden, die sie zu spielen hatten, oder seine eigene Bedeutungslosigkeit für die Ereignisse der heutigen Nacht bedauern.

Sie hatten den Wind im Rücken, was ihnen den Ritt erleichterte, und dann, als sie aufs neue ins Tal um den See herum hinabstiegen, spürte er, wie die Luft milder und weniger frostig wurde.

Wieder machten sie einen Bogen um die Bauernhütte, nahmen denselben Weg zurück. Als er hinabschaute, sah er durch das Fenster, daß dort immer noch Licht brannte, obwohl es schon sehr spät war, und dann hörte er Paul seinen Namen rufen.

Die zwei blieben mitten auf dem Pfad stehen. Vor ihnen ritten die anderen weiter und verschwanden gleich darauf hinter einer Biegung am Hang.

Sie blickten sich einen Moment lang an, dann sagte Paul: »Ich hätte es dir schon längst erzählen sollen. Jennifers Kind ist dort drunten. Der Kleine, den wir vorhin beobachtet haben. Es war ... sozusagen ... sein älterer Bruder, den wir gerade mit der Wilden Jagd haben davonziehen sehen.«

Kevin beherrschte seine Stimme. »Was wissen wir über das Kind?«

»Sehr wenig. Es wächst sehr schnell. Das ist offensichtlich. Alle Andain tun das, meint Jaelle. Bisher gibt es keine Hinweise auf ... bestimmte Entwicklungstendenzen.« Paul atmete einmal tief durch. »Finn, der Ältere, hat auf ihn aufgepaßt, ebenso die Priesterinnen, über ein Mädchen, das mit Finn Gedankenverbindung hatte. Jetzt ist nur noch die Mutter da, und es wird dort drunten eine schlimme Nacht werden.«

Kevin nickte. »Du hast vor, hinunterzugehen?«

»Ich halte es für angebracht. Aber ich brauche dich, um die anderen zu belügen. Sag ihnen, ich habe mich in den Mörnirwald begeben, zurück zu dem Baum, aus Gründen, die nur mich etwas angehen. Du kannst allerdings Jaelle und Jennifer den wahren Sachverhalt schildern – vielmehr solltest du es sogar tun, weil sie von dem Mädchen erfahren haben werden, daß Finn nicht mehr da ist.«

»Dann kommst du also nicht mit nach Osten? Auf die Jagd?«

Paul schüttelte den Kopf. »Ich bleibe besser hier. Ich weiß zwar nicht, was ich tun kann, aber ich bleibe besser hier.«

Kevin schwieg. Dann meinte er: »Ich würde dir gern raten, vorsichtig zu sein, aber das hat hier nicht viel zu bedeuten, fürchte ich.«

»Nicht besonders viel«, stimmte Paul ihm zu. »Trotzdem will ich mir Mühe geben.«

Wieder blickten sie einander an. »Ich kümmere mich um das, worum du mich gebeten hast«, versprach Kevin. Er zögerte. »Danke, daß du mich ins Vertrauen gezogen hast.«

Paul lächelte kläglich. Er entgegnete: »Wen denn sonst?« Gleich darauf beugten die beiden Männer sich seitwärts aus ihren Sätteln und umarmten sich.

»Adios amigo«, sagte Kevin, machte kehrt, setzte sein Pferd in Trab und verschwand bald danach hinter einer Wegbiegung.

Paul schaute ihm hinterdrein. Lange verhielt er reglos, die Augen starr auf die Biegung des Pfades gerichtet, hinter der Kevin verschwunden war. An dieser Stelle machte der Weg nicht nur eine Kurve, er gabelte sich auch, und zwar weit. Paul fragte sich, wann er seinen Freund wohl wiedersehen würde. Gwen Ystrat lag in weiter Ferne, und unter anderem konnte es sein, daß Galadan sich dort aufhielt. Galadan, der seinem Schwur zufolge ihm gehören sollte, wenn sie einander zum dritten Mal begegneten. Falls sie einander begegneten.

Doch jetzt hatte er eine andere Aufgabe zu erfüllen, weniger bedrohlich, doch dessen ungeachtet genauso im Bereich der Finsternis. Er wandte die Gedanken ab von Kevin, dem Unbekümmerten, und vom Fürst der Andain, demjenigen zu, der auch ein Andain war und sich eines Tages als gewaltiger erweisen mochte als ihr Fürst, im Guten wie im Bösen.

Er bahnte sich mühsam und vorsichtig seinen Weg den Abhang hinunter und umrundete im Licht des Mondes und im Schein der Lampe am Fenster den Hof. Es gab einen Pfad, der zum Tor führte.

Und da stellte sich ihm etwas in den Weg.

Beinahe jeder andere wäre nun vielleicht vor Angst wie gelähmt gewesen, doch Paul empfand etwas anderes, auch wenn das nicht weniger heftig geschah. *Wieviel Leid für das Herz,* dachte er, *soll in dieser Nacht eigentlich noch zusammenkommen?* Und während ihm dies durch den Kopf ging, stieg er vom Pferd und sah sich auf dem Pfad dem grauen Hund gegenüber.

Ein Jahr war vergangen und noch mehr, doch der Mond schien hell, und er konnte die Narben erkennen. Narben, ihm zugefügt unter dem Sommerbaum, während Paul gefesselt und hilflos war und Galadan gekommen war, ihm das Leben zu nehmen. Und zurückgewiesen worden war von dem Hund, der nun vor Paul stand, auf dem Pfad, der zu Darien führte.

Paul war die Kehle wie zugeschnürt. Er trat einen Schritt vor. »Hell leuchtet die Stunde«, rief er ihm zu und sank auf die Knie in den Schnee.

Einen Augenblick lang war er seiner Sache nicht sicher, doch dann kam der gewaltige Hund herbei und ließ es zu, daß er die Arme um seinen Hals legte. Er gab ein tiefes Knurren von sich, und Paul hörte darin, daß er ihn als Gleichen unter Gleichen anerkannte.

Er beugte sich zurück, um genau hinzuschauen. Die Augen waren noch dieselben wie beim ersten Mal, als er sie auf der Palastmauer gesehen hatte; doch jetzt konnte er es mit ihnen aufnehmen, er besaß genügend Tiefe, um ihre Trauer in sich aufzunehmen, und dann wurde ihm plötzlich noch etwas anderes klar.

»Du hast ihn bewacht«, sagte er. »Ich hätte es wissen müssen.«

Wieder drang ein Knurren tief aus der Brust des Hundes hervor, aber Paul las seine Bedeutung an den glänzenden Augen des Tiers ab. Er nickte. »Du mußt gehen. Es war mehr als nur der Zufall, der mich hierhergelockt hat. Ich werde heute nacht hierbleiben und mich mit dem Morgen auseinandersetzen, wenn es soweit ist.«

Noch einen Augenblick verweilte der Hund ihm gegenüber, dann lief er mit einem weiteren tiefen Knurren an ihm vorbei und gab den Weg zur Hütte frei. Dabei sah Paul die Narben noch einmal und deutlicher, und das Herz tat ihm weh.

Er drehte sich um und wurde gewahr, daß der Hund es ihm gleichgetan hatte, als wollte er Lebewohl sagen. Er entsann sich ihres letzten Abschieds und des Heulens, das im Herzen des Götterwaldes erklungen war.

Er sprach: »Was kann ich dir nur sagen? Ich habe geschworen, den Wolf zu töten, wenn wir einander das nächste Mal begegnen.«

Der Hund hob den Kopf. Paul flüsterte: »Das mag vielleicht ein vorschnelles Versprechen gewesen sein, aber wenn ich tot bin, wer kann es mir dann noch zum Vorwurf machen? Du hast ihn abgewehrt. Ihn zu töten, ist mir vorbehalten, wenn ich es schaffe.«

Und da kam der Hund zu ihm zurück, dort, wo er immer noch auf dem Pfad kauerte. Der graue Hund, der in sämtlichen Welten der Gefährte genannt wurde, leckte ihm zärtlich das Gesicht, ehe er wieder davontrabte.

Paul aber weinte, er, dessen trockene Augen ihn dazu bestimmt hatten, sich an den Sommerbaum zu begeben. »Lebe wohl«, rief er sanft. »Und gehe leichten Herzens. Ein wenig Freude steht jedem zu. Auch dir. Der Morgen wird das Licht bringen.«

Er beobachtete, wie der Hund den Hang hinauflief, den er selbst gerade erst herabgestiegen war, und hinter der Biegung verschwand, hinter welcher auch Kevin verschwunden war.

Nach einer Weile richtete er sich auf, nahm die Zügel seines Pferdes, klinkte das Tor auf und begab sich hinüber zur Scheune. Er stellte sein Pferd in einen leeren Pferch.

Nachdem er zunächst die Scheune und dann das Tor verschlossen hatte, ging er über den Hof zur Hintertür der Hütte. Er trat auf die Veranda. Ehe er sich bemerkbar machte, hob er den Blick: über ihm die Sterne und der Mond, wenige rasch dahinziehende Wolkenfetzen, die mit dem Wind gen Süden trieben. Sonst war nichts zu sehen. Dort oben waren sie, wie er wußte, neun Berittene am Himmel. Acht von ihnen waren Könige, aber der auf dem weißen Pferd war ein Kind.

Er klopfte und rief leise, um sie nicht zu ängstigen: »Ich komme als Freund.«

Diesmal öffnete sie rasch ihre Tür und überraschte ihn damit. Ihre Augen lagen tief in ihren Höhlen. Sie hatte ein Gewand eng um sich gerafft. Sie sagte: »Ich habe mir gedacht, es könnte jemand kommen. Ich habe ein Licht angelassen.«

»Danke«, erwiderte Paul.

»Kommt herein. Er schläft, endlich. Bitte seid leise.«

Paul trat ein. Sie wollte ihm den Mantel abnehmen und entdeckte, daß er keinen trug. Ihre Augen weiteten sich.

»Ich verfüge über einige Kräfte«, erklärte er. »Wenn ihr es mir erlaubt, würde ich gerne eine Nacht lang hierbleiben.«

Sie fragte: »Demnach ist er endgültig fort?« Das war eine Stimme, die alle Tränen längst hinter sich gelassen hatte. Irgendwie war das viel schlimmer.

Paul nickte. »Was soll ich Euch nur sagen? Wollt Ihr alles

wissen?«

Sie hatte Mut; sie wollte es sehr wohl erfahren. Er erzählte es ihr, ganz leise, um das Kind nicht zu wecken. Nachdem er geendet hatte, waren ihre einzigen Worte: »Was für ein kaltes Schicksal für einen, der so ein warmes Herz besitzt.«

Paul gab sich alle Mühe. »Er wird nun reiten durch sämtliche Welten des Gewirks. Möglicherweise stirbt er nie.«

Sie war immer noch eine junge Frau, nicht aber ihre Augen in jener Nacht. »Ein kaltes Schicksal«, wiederholte sie und schaukelte in ihrem Stuhl am Feuer hin und her.

In der nun folgenden Stille hörte er, wie sich das Kind hinter dem vorgezogenen Vorhang in seinem Bett umdrehte. Er schaute hinüber.

»Er ist lange aufgewesen«, flüsterte Vae. »Hat gewartet. Heute nachmittag hat er etwas Besonderes vollbracht – er hat eine Blume in den Schnee gezeichnet. Das haben sie immer gemeinsam gemacht, wie Kinder nun einmal sind, aber die eine hat Dari allein geschaffen, nachdem Finn gegangen war. Und ... er hat sie farbig gemacht.«

»Was meint Ihr damit?«

»Nichts weiter. Ich weiß nicht wie, aber er hat den Schnee getönt, um seiner Blume Farbe zu geben. Ihr werdet es morgen schon sehen.«

»Vermutlich habe ich sie soeben zerstört, als ich den Hof überquert habe.«

»Vermutlich«, meinte auch sie. »Es ist nicht mehr viel übrig von dieser Nacht, aber ich glaube, ich werde zu schlafen versuchen. Ihr seht ebenfalls müde aus.«

Er zuckte die Achseln.

»Für Euch gibt es nur Finns Bett«, fügte sie hinzu. »Es tut mir leid.«

Er erhob sich. »Das paßt mir ausgezeichnet.«

Einige Zeit später, im Dunkeln, hörte er zwei Dinge. Das eine waren die Laute einer Mutter, die um ihr Kind weint, und das zweite war draußen der Wind, der in den Stunden vor dem Morgengrauen an Stärke zunahm.

Das Rufen war wieder da. Es weckte Dari, wie immer. Zunächst kam es ihm wie ein Traum vor, aber er rieb sich die Augen und merkte, daß er wach war, wenn auch sehr müde. Er horchte, und es schien ihm, als sei diesmal etwas Neues hinzugekommen. Sie riefen nach ihm, er solle zu ihnen hinauskommen, wie sie es immer taten, aber die Stimmen im Wind riefen ihn bei einem anderen Namen.

Doch ihm war kalt, und wenn ihm in seinem Bett kalt war, würde er draußen im Wind sterben. Kleine Jungen durften nicht hinaus in diesen Wind gehen. Ihm war entsetzlich kalt. Indem er sich schlaftrunken die Augen rieb, schlüpfte er in seine Schuhe und tastete sich durchs Zimmer, um zu Finn ins Bett zu krabbeln.

Aber es war nicht Finn, der dort lag. Eine düstere Gestalt richtete sich in Finns Bett auf und sagte zu ihm: »Ja, Dari, was kann ich für dich tun?«

Dari fürchtete sich, aber er wollte seine Mutter nicht wecken, deshalb weinte er nicht. Er tappte zu seinem eigenen Bett zurück, das jetzt noch kälter war, und lag hellwach da, sehnte sich nach Finn, verstand nicht, wie Finn, der ihn angeblich liebhatte, es fertigbrachte, ihn so allein zu lassen. Nach einer Weile spürte er, daß seine Augen ihre Farbe wechselten, er konnte das jedesmal innerlich spüren. Sie hatten sich verändert, als er die Blume geschaffen hatte, und jetzt taten sie es wieder, und er lag da und hörte die Windstimmen deutlicher, als er sie je zuvor vernommen hatte.

TEIL III

Dun Maura

Kapitel 10

Am Morgen verließ eine glanzvolle Schar Paras Derval durch das Osttor, angeführt von zwei Königen. Und mit ihnen zogen die Abkömmlinge von Königen, Diarmuid dan Ailell, Levon dan Ivor und Sharra dal Shalhassan. Dabei war auch Matt Sören, der ehedem König gewesen war, ebenso Arthur Pendragon, der Krieger, dazu verdammt, für alle Zeiten König zu sein und niemals Ruhe zu finden, und obendrein wurden sie begleitet von zahlreichen Persönlichkeiten von Rang und Namen, sowie von fünfhundert Männern aus Brennin und Cathal.

Grau war der Morgen unter grauen Wolken, die von Norden heranzogen, doch heiter war die Stimmung Ailerons, des Großkönigs, der nun endlich von dem Einerlei des Planes in der Enge seiner Mauern erlöst war. Und seine Freude darüber, endlich zur Tat schreiten zu dürfen, spannte sich wie ein goldener Faden durch die zusammengewürfelte Heerschar.

Er wollte ein rasches Tempo vorlegen, denn sie hatten in der kommenden Nacht in Morvren einiges vor, doch die Truppe hatte die Randgebiete der Stadt kaum hinter sich gelassen, da hob er die Hand und veranlaßte sie, noch einmal haltzumachen.

Am schneebedeckten Hang nördlich der geräumten Straße bellte ein Hund, laut und tragend in der kalten Luft.

Und dann, als der Großkönig, von einer Eingebung dazu bewogen, das Signal zum Anhalten gab, hörten sie den Hund noch dreimal bellen, und jedermann in der Schar, der etwas von Hunden verstand, nahm die überschäumende Freude in diesem Laut wahr.

Als sie innehielten, erblickten sie die riesige graue Gestalt eines Jagdhundes, der durch den Schnee auf sie zugerannt, ja zugestürzt kam, wobei er ununterbrochen bellte und sich in seiner Hast ein ums andere Mal überschlug.

Aileron war es, der Arthurs Gesicht aufleuchten sah. Der Krieger sprang vom Pferd und rief mit der ganzen Kraft seiner machtvollen Stimme: »Cavall!«

Dann stellte er sich mit gespreizten Beinen hin und breitete die Arme aus. Und wurde von dem wilden Sprung des Hundes dennoch umgeworfen. Hin und her rollten die zwei, wobei der Hund in seinem Freudenrausch unablässig kläffte und der Krieger aus der Tiefe seiner Brust ein Hundeknurren nachahmte.

Aus der versammelten Schar brach erst ein Lächeln, dann ein Lachen hervor, gleich einer Blume, die auf rauhem Fels erblüht.

Ungeachtet seiner Kleidung oder seiner Würde spielte Arthur mitten auf der Straße mit dem Hund, den er Cavall genannt hatte, und es dauerte seine Zeit, ehe sie damit aufhörten, sich hochrappelten und sich wieder der Schar zuwandten. Arthur atmete heftig, doch in seinen Augen lag ein Leuchten, das Kim Ford nachträglich ein wenig von der Schuld lossprach, die sie sich mit dem aufgeladen hatte, was sie auf Glastonbury Tor getan hatte.

»Ist dies«, fragte Aileron nicht ohne Ironie, »Euer Hund?«

Mit einem Lächeln würdigte Arthur Ailerons Tonfall. Doch seine Antwort versetzte sie an einen anderen Ort. »Er ist es«, antwortete er, »sofern er überhaupt jemandem gehört. Einst vor langer Zeit war er mein Hund, aber inzwischen ficht Cavall seine eigenen Kämpfe aus.« Er blickte auf das Tier herab. »Und es hat den Anschein, als wäre er in diesen Kämpfen verletzt worden.«

Jetzt, da der Hund still dastand, konnten sie das Netz von Narben und das ungleichmäßig nachgewachsene Fell erkennen, das seinen Körper überzog. Es war kein erfreulicher Anblick.

»Ich kann Euch sagen, woher die Narben stammen.« Loren Silbermantel lenkte sein Pferd neben die der Könige. »Er hat im Mörnirwald gegen den Wolfsfürsten Galadan gekämpft, um das Leben dessen zu retten, der daraufhin zum Zweimal Geborenen wurde.«

Arthur hob den Kopf. »War das der prophezeite Kampf? Den Macha und Nemain vorhergesehen haben?«

»Er war es«, bestätigte Kim, die nun näher gekommen war.

Arthurs Blick wandte sich ihr zu. »Der Wolfsfürst ist derjenige, welcher nach Vernichtung strebt?«

»Ja«, antwortete sie. »Lisens wegen.«

»Mich kümmert nicht der Grund«, entgegnete Arthur, und in seiner Stimme lag Kälte. »Sind es seine Wölfe, die wir jagen wollen?«

»Sie sind es«, erwiderte sie.

Er wandte sich Aileron zu. »Edler König, ich hatte zuvor schon Grund, mich an der Jagd zu beteiligen: um einen Kummer zu vergessen. Nun ist ein zweiter Grund hinzugekommen. Ist in Eurer Jagdmeute Platz für einen weiteren Hund?«

»Sogar ein Ehrenplatz«, fügte Aileron hinzu. »Wollt Ihr uns von jetzt an den Weg weisen?«

»Cavall wird es tun«, sagte Arthur und schwang sich wieder aufs Pferd. Ohne sich noch einmal umzublicken, setzte der Hund sich in Bewegung.

Ruana sang die Tanora für Kiroa, doch nicht in geziemender Weise. Auch die für Kael war nicht geziemend gewesen, aber er fügte dem Gesang die Koda an, in der hierfür um Vergebung gebeten wurde. Er war sehr schwach, und er wußte, daß er nicht die Kraft hatte, sich zu erheben und die unblutigen Riten durchzuführen. Iraima sang mit ihm, wofür er ihr seinen lichtsilbernen Dank aussprach, aber Ikatere war während der Nacht verstummt und lag jetzt schwer atmend in seiner Nische. Ruana wußte, daß er dem Ende nahe war, und er trauerte um ihn, denn Ikatere war ihm in reingoldener Freundschaft verbunden.

Vor dem Höhleneingang verbrannten sie gerade Kiroa, und der Rauch wehte herein und mit ihm der Gestank verkohlten Fleisches. Ruana hustete und unterbrach damit den Rhythmus der Tanora. Iraima jedoch hielt ihn aufrecht, sonst hätte er noch einmal von vorne beginnen müssen: Zwar gab es eine Koda für den Nichtvollzug der Riten, jedoch keine für das Unterbrechen der Tanora.

Als er geendet hatte, ruhte er sich ein wenig aus, dann begann er wieder mit seinen kümmerlichen Gesängen: dem Warnlied und dem Rettungslied, in stetiger Abfolge. Seine Stimme war bei weitem nicht mehr das, was sie in jenen Tagen gewesen war, als die Bewohner anderer Höhlen ihn noch gebeten hatten, zu ihnen zu kommen und die Tanora für ihre Toten anzuführen. Und dennoch setzte er seinen Gesang fort: Zu verstummen hätte die endgültige Kapitulation bedeutet. Nur indem er sang, konnte er seine Gedanken vor dem Abschweifen bewahren. Er hatte ja nicht einmal Gewißheit darüber, wie viele von ihnen in der eigenen Höhle noch am Leben waren, und obendrein hatte er keine Ahnung, was in den anderen Höhlen vorging. Seit vielen Jahren hatte niemand mehr auf ihre genaue Zahl geachtet, und sie waren während der Dunkelheit überfallen worden.

Beim dritten Zyklus des Warnliedes fiel Iraimas liebliche Stimme wieder mit ein, und dann empfand er in seinem Herzen rotgoldene Trauer und Zuneigung, als er vernahm, wie Ikatere mit seiner tiefen Stimme für kurze Zeit mitsang. Sie sprachen nicht miteinander, denn Worte kosteten Kraft, aber Ruana modulierte seine Stimme so, daß sie die von Ikatere umrankte, und er wußte, der andere würde ihn verstehen.

Und dann, als draußen, wo ihre Bezwinger am Hang ihr Lager aufgeschlagen hatten, soeben die Dämmerung hereinbrach, berührte Ruana im sechsten Sangeszyklus mit dem Rettungslied einen fremden Gedankenstrom, und er wurde ergriffen von goldsilberner, mondsonniger Hoffnung. Im Augenblick war er wieder allein. Er nahm die wenige Kraft zusammen, die ihm verblieben war, konzentrierte seinen Gesang auf einen bestimmten Punkt, auch wenn ihn das unendliche Mühe kostete, und sandte ihn wie einen Strahl in Richtung des Bewußtseins, das er entdeckt hatte.

Da wurde dieses Bewußtsein von dem Strahl erfaßt, und es schickte mühelos ein Lachen zu ihm zurück, und Iraima versank in überschwarze Tiefen, denn er wußte jetzt, wen er da entdeckt hatte. »*Narr!*« hörte er rufen, und er fühlte sich wie von scharfen Klingen zerschnitten. »Hast du etwa geglaubt, ich würde dich nicht abschirmen? Wohin, glaubst du, sind deine schwächlichen Töne vorgedrungen?«

Er war froh, allein gesungen zu haben, so daß die anderen dies nicht zu ertragen brauchten. Er horchte in sich hinein und verspürte wieder den Wunsch, Haß oder Wut empfinden zu können, auch wenn er für einen solchen Wunsch würde büßen müssen. Er sprach auf dem Strahl, den sein Gesang geschaffen hatte: »Du bist Rakoth Maugrim. Ich benenne dich mit deinem Namen.«

Und hörte ohrenbetäubendes Gelächter mitten in seinem Kopf. »Ich habe mich vor langer, langer Zeit schon selber benannt. Was für eine Kraft könntest du daraus schöpfen, mich beim Namen zu nennen, du Narr aus einer Rasse von Narren? Ihr seid es nicht einmal wert, versklavt zu werden.«

»Unmöglich«, sandte Ruana aus der überschwarzen Tiefe. »Sathain.«

In seinem Kopf loderten Flammen auf. Rotschwarz. Er fragte sich, ob er den anderen wohl dazu bringen könne, ihn zu töten. Dann –

Wieder ertönte Gelächter. »Du wirst keinen Blutfluch aussenden können. Ihr seid verloren. Jeder einzelne von euch. Und für den letzten wird niemand die Tanora singen. Hättet ihr meine Forderungen erfüllt, könntet ihr wieder zu den Mächtigen in Fionavar gehören. Nun jedoch werde ich euren Faden aus dem Gewirk reißen und ihn um meinen Hals tragen.«

»Nicht Sklaven«, sagte Ruana, doch mit schwacher Stimme. Aus dem Überschwarz.

Er hörte Gelächter, dann riß der Gesangsstrahl ab.

Lange Zeit lag Ruana im Dunkeln, würgte an dem von Kiroas Verbrennung stammenden Rauch und wurde gepeinigt vom Gestank des Fleisches und den Geräuschen der Unreinen bei ihrem Festmahl.

Dann begann Ruana wieder mit den Gesängen, denn er hatte nichts anderes zu bieten und weigerte sich, sein Ende stumm zu erwarten, und Iraima und der innig geliebte Ikatere stimmten mit ein. Dann kehrte sein Herz aus dem Überschwarz zu goldenen Gefühlen zurück, als er Tamures Stimme vernahm. Zu viert stimmten sie den Ferngesang an. Nicht in der Hoffnung, daß er so weit tragen würde, wie es eigentlich nötig war, denn der Entwirker schirmte sie ab, und sie waren sehr schwach. Nicht um irgendwen zu erreichen, sondern um nicht stumm zu sterben, nicht als Unterworfene, niemals als Sklaven, auch wenn ihr Faden aus dem Webstuhl gerissen zu werden und für immer in der Finsternis zu verschwinden drohte.

Ihr war ein anderes Schicksal bestimmt als Arthur, das wußte Jennifer, auch wenn ihrer beider Bestimmung eng miteinander verknüpft war. Sie entsann sich jetzt. Beim ersten Anblick seines Gesichts hatte sie sich an alles erinnert, und auch die Sterne in seinen Augen waren ihr nicht neu – sie hatte sie schon einmal dort gesehen.

Auf ihr lastete kein Fluch so finster wie der, welcher auf ihm ruhte, denn kein so erhabenes Geschick, kein Faden des Gewirks war je mit ihrem Namen verbunden worden. Statt dessen war sie die Mittlerin seines Schicksals, das Werkzeug seiner langen Leidensgeschichte. Sie war gestorben, in Amesbury war sie gestorben – und sie fragte sich, warum ihr bei Stonehenge die Erinnerung daran nicht gekommen war. Sie hatte ihren Frieden gefunden, ihren ersehnten Tod, und sie wußte nicht, wie oft ihr Körper und ihre Seele zurückgekehrt sein mochten, ihn zu zerfleischen, um der Kinder und der Liebe willen.

Sie wußte es nicht, denn sie erinnerte sich nur jenes allerersten Lebens, da sie Guinevere gewesen war, die Tochter des Leodegrance, und zu ihrer Hochzeit nach Camelot geritten war, das nun – dahingegangen – für einen bloßen Traum gehalten wurde.

Ein Traum war es auch gewesen, doch mehr als das. Oh, sie war aus den Hallen ihres Vaters nach Camelot gekommen und hatte dort getan, was sie getan hatte, hatte geliebt, wie sie geliebt hatte, hatte einen Traum zerstört und war gestorben.

Sie war nur zweimal in ihrem Leben in Liebe entbrannt, zu den beiden glanzvollsten Männern ihrer Welt. Und der zweite war nicht minder strahlend gewesen als der erste. O nein, das war er nicht, was immer man danach auch über ihn erzählt haben mochte. Und die beiden Männer hatten einander ebenfalls geliebt, wodurch das Dreieck gleichseitig wurde, jene beinahe vollkommene Form annahm, die Leid zu erzeugen vermag.

Die traurigste Geschichte unter all den Sagen aus alter Zeit.

Aber, sagte sie sich, diesmal würde sie sich nicht noch einmal entfalten, nicht in Fionavar. »Er ist nicht hier«, hatte sie erklärt und war sich dessen sicher, denn wenn es überhaupt etwas gab, worüber sie Gewißheit hatte, dann über dies. Es gab keinen dritten, der mit leichtem, beneidenswertem Schritt einherkam, und mit Händen, die sie geliebt hatte. *Ich bin verstümmelt worden, doch zumindest werde ich keinen Treuebruch begehen,* hatte sie gelobt, während es Sternenlicht geregnet hatte.

Und das würde sie auch nicht. Hier war die Lage verändert, zutiefst verändert, denn Rakoth Maugrim hatte seinen Schatten zwischen sie geworfen, und über des Webers Hand am Webstuhl, und alles war unrein. Nicht weniger Schmerz, sondern mehr bedeutete das für sie, die das lichtlose Starkadh erblickt hatte, doch wenn sie nicht zur Liebe hinzufinden vermochte, konnte sie ihn auch nicht ins Verderben reißen, wie sie es zuvor getan hatte.

Sie würde hier bleiben. Umgeben von den graugewandeten Priesterinnen, Ton in Ton mit jenem Grau, dem ihre Seele entstiegen war, würde sie sich bei den Frauen im Heiligtum aufhalten, während er in den Krieg gegen die Finsternis zog, um der Liebe zu ihr und ihres Verlustes willen, und um der Kinder willen.

Was ihre Gedanken zu Darien zurücklenkte, während sie die stillen, gewundenen Gänge des Tempels durchschritt. Auch mit dieser Erinnerung schien sie sich abgefunden zu haben. Das war Pauls Werk. Paul, den sie nie verstanden hatte, dem sie jedoch nun vertraute. Sie hatte getan, was sie getan hatte, und man würde sehen, wohin der Pfad führte.

Gestern abend hatte Jaelle ihr von Finn erzählt, als sie zusammensaßen. Sie hatte ein wenig um den Jungen getrauert, der nun draußen weilte zwischen den weit verstreuten, kalten Sternen. Dann war Kevin noch sehr spät erschienen, hatte angeklopft, hatte Blut geopfert, wie es allen Männern auferlegt war, und war in ihr Zimmer getreten, um ihr mitzuteilen, daß Paul jetzt bei Darien und daher alles in Ordnung sei, soweit es überhaupt in Ordnung sein konnte.

Danach hatte Jaelle sie alleingelassen. Jennifer hatte sich von Kevin verabschiedet, der am nächsten Morgen gen Osten reiten würde. Zwar hatte sie der gequälten Intensität seines Blicks nichts entgegenzusetzen, doch ihre neugefundene Sanftheit konnte sich der Trauer mitteilen, die sie schon immer in ihm wahrgenommen hatte.

Am Morgen war Jaelle ebenfalls fortgeritten und hatte sie in dem stillen Tempel zurückgelassen, durch den sie nun mit einer Gelassenheit wandelte, die sie nie für möglich gehalten hätte. Da drang auf einmal aus einer verborgenen Nische in der Nähe des Kuppelsaals verzweifeltes Schluchzen an ihr Ohr.

Die Nische besaß keine Tür, und so schaute sie im Vorbeigehen hinein und blieb stehen, als sie sah, daß es sich um Leila handelte. Schon wollte sie weitergehen, denn der Schmerz des Mädchens lag offen zutage, und sie wußte, daß es stolz war, aber da blickte

Leila von der Bank, auf der sie saß, zu ihr auf.

»Es tut mir leid«, sagte Jennifer. »Kann ich irgend etwas tun, oder soll ich lieber gehen?«

Das Mädchen, an das sie sich noch vom Ta'kiena her erinnerte, sah sie mit tränenerfüllten Augen an. »Niemand kann etwas tun«, erwiderte sie. »Ich habe den einzigen Mann verloren, den ich je lieben werde!«

All ihrer Sympathie und milden Sanftheit zum Trotz mußte sich Jennifer doch zusammennehmen, jetzt nicht zu lächeln. Leilas Stimme war derart erfüllt von der allumfassenden Verzweiflung der Jugend, daß Jennifer sich in die Qualen ihres eigenen Heranwachsens zurückversetzt fühlte.

Andererseits hatte sie nie jemanden auf die Art verloren, wie dieses Mädchen gerade Finn verloren hatte, noch war sie je mit jemandem auf eine Weise verbunden gewesen, wie es bei Leila und Finn der Fall gewesen war. Das Lächeln verging ihr. »Es tut mir leid«, wiederholte sie. »Du hast Grund zum Weinen. Würde es dir helfen, zu hören, daß der Schmerz mit der Zeit erträglicher wird?«

Als habe es kaum zugehört, murmelte das Mädchen: »Bei Vollmond zur Wintersonnenwende, in einem halben Jahr, werden sie mich fragen, ob ich mich dieser Tracht zu weihen wünsche. Ich werde zustimmen. Ich werde niemals einen anderen Mann lieben.«

Leila war noch ein Kind, aber in ihrer Stimme vernahm Jennifer unerschütterliche Entschlossenheit.

Sie war davon ergriffen. »Du bist noch sehr jung«, gab sie ihr zu bedenken. »Du solltest durch Trauer nicht so leicht der Liebe entsagen.«

Das Mädchen blickte zu ihr auf. »Und welches Recht hast du, so zu sprechen?« fragte Leila. Selbst in dieser Welt gedämpfter Töne besaßen ihre Worte die Schärfe eines Dolchs, der sein Ziel trifft.

»Das ist ungerecht«, bemerkte Jennifer nach einem Augenblick entsetzten Schweigens.

Auf Leilas Wangen glitzerten die Tränen. »Schon möglich«, gab sie zu. »Aber wie oft hast du selbst geliebt? Hast du nicht dein ganzes Leben auf ihn gewartet? Und nun, da Arthur hier ist, fürchtest du dich.«

Sie war einmal Guinevere gewesen und konnte mit so etwas umgehen. Verärgerung war ihr ein allzu fahriges Gefühl, darum entgegnete sie sanft: »Erscheint es dir so?«

Diesen Tonfall hatte Leila nicht erwartet. »Ja«, antwortete sie, doch es klang nicht trotzig.

»Du bist ein weises Kind«, sagte Jennifer, »und vielleicht sogar mehr als nur ein Kind. Du bist nicht ganz im Unrecht, aber es steht dir nicht an, über mich zu urteilen, Leila. Es gibt gewaltige Schmerzen und geringere, und ich versuche gerade herauszufinden, welches der geringere ist.«

»Der geringere Schmerz«, wiederholte Leila. »Wo liegt die Freude?«

»Nicht hier«, belehrte sie Jennifer.

»Aber warum nicht?« Und diese Frage kam von einem verletzten Kind.

Ihre Antwort überraschte sie selbst. »Weil ich ihn einmal vor langer Zeit vernichtet habe. Und weil ich selbst im letzten Frühjahr hier vernichtet wurde. Er ist zu Freudlosigkeit und zum Krieg verdammt, und ich kann nicht zu ihm finden, Leila. Selbst wenn ich es könnte, würde ich ihn am Ende zerstören. Das tue ich immer.«

»Muß es sich denn wiederholen?«

»Ein ums andere Mal«, erklärte sie. Die Sage aus alter Zeit. »Bis ihm Erlösung gewährt wird.«

»Dann gewähre sie ihm«, riet Leila schlicht. »Wie sollte er Erlösung finden, wenn nicht durch Schmerz? Wodurch könnte er sie sonst erlangen? Gewähre sie ihm.«

Und damit schien all das alte Leid wieder über sie gekommen zu sein. Sie konnte es nicht aufhalten. Sie empfand grellen Schmerz in allen Schattierungen von Schuld und Trauer, gefärbt von der Erinnerung an Liebe, Liebe und Verlangen, und –

»Es steht mir nicht zu, sie zu gewähren!« rief sie. »Ich habe sie beide geliebt!«

Das Echo wiederholte ihre Worte. Sie standen in der Nähe des Kuppelsaals, und jeder Laut hallte darin wider. Leilas Augen öffneten sich weit. »Es tut mir leid«, sagte sie. »Es tut mir leid!« Und sie trat vor und barg ihren Kopf an Jennifers Brust, nachdem sie in tiefere Bereiche vorgedrungen war, als sie ahnen konnte.

Unwillkürlich streichelte Jennifer das helle Haar und sah, daß ihre Hände dabei zitterten. Doch es war das Mädchen, das weinte, und sie war es, die ihr Trost spendete. Einst, in jener anderen Zeit, hatte sie sich im Klostergarten zu Amesbury befunden, als gegen Sonnenuntergang ein Bote eingetroffen war. Danach, beim Erscheinen der ersten Sterne am Himmel, hatte sie die anderen Frauen getröstet, die sie im Garten aufsuchten und weinten, als sie von Arthurs Tod erfuhren.

Es war sehr kalt. Der See war gefroren. Als sie nördlich davon in den Schatten des Waldes ritten, fragte sich Loren, ob er den König wohl an den alten Brauch erinnern müsse. Doch zum wiederholten Male versetzte Aileron ihn in Erstaunen. Als sie die Brücke über den Latham erreichten, sah der Magier ihn das Signal zum Anhalten geben. Ohne einen Blick zurück zügelte der König sein Pferd, bis Jaelle auf einem hellgrauen Reittier an ihm vorbei war. Arthur rief seinen Hund bei Fuß. Dann ritt die Hohepriesterin voraus, um sie über die Brücke nach Gwen Ystrat zu führen.

Auch der Fluß war gefroren. Der Wald schirmte sie ein wenig gegen den Wind ab, aber unter den hoch aufgetürmten grauen Wolken des Spätnachmittags lag das Land abweisend und düster da. Die Freudlosigkeit im Herzen Loren Silbermantels entsprach der des Landes, als er zum ersten Mal in seinem Leben das Gebiet der Mutter betrat.

Die Straße bog nach Süden ab, weg von dem Wald, wo sich die Wölfe aufhielten. Die Jäger beobachteten das Gehölz, stellte er fest. Sie blickten über die Schulter zurück auf die winterlichen Bäume. Seine eigenen Gedanken weilten jedoch woanders. Gegen seinen Willen drehte er sich um und schaute gen Osten. In der Ferne lagen die Berge der Carnevonkette, eisig und unbegehbar außer im Norden durch Kath Meigol, wo die Geister der Paraiko hausten. Sie waren wunderschön, diese Berge, aber er riß sich von ihnen los und richtete den Blick auf einen nähergelegenen Ort, kaum zwei Reitstunden entfernt, gleich hinter der nächsten Hügelkette.

Es war gegen das Dunkelgrau des Himmels nur schwer auszumachen, aber er meinte, eine Rauchfahne von Dun Maura aufsteigen zu sehen.

»Loren«, wandte sich Matt plötzlich an den Magier, »ich glaube, wir haben etwas vergessen. Wegen des Schnees.« Er blickte zu seiner Quelle hin. Der Zwerg wirkte auf einem Pferd nie besonders glücklich, aber sein Gesichtsausdruck war weit finsterer, als es das gerechtfertigt hätte, und der gleiche Ausdruck lag auch in den Augen Brocks, der hinter Matt ritt.

»Was ist es?«

»Maidaladan«, sagte der Zwerg. »Die Sommersonnenwende fällt auf die morgige Nacht.«

Dem Magier entfuhr ein Fluch. Und im nächsten Augenblick schickte er ein stummes Gebet zum Weber am Webstuhl, ein Gebet, das erflehte, Gereint von den Dalrei, der sich hier mit ihnen treffen wollte, möge wissen, was er tat.

Matts Auge sah an ihm vorbei, und auch Loren wandte sich wieder gen Osten. Rauch oder Schatten auf den Wolken. Er konnte es nicht genau erkennen.

Und dann, in eben diesem Augenblick, spürte er den ersten Anflug von Verlangen.

Seine Ausbildung hatte ihn gelehrt, zu widerstehen, aber bereits nach wenigen Sekunden wußte er, daß nicht einmal die Jünger von Amairgens Himmelslehre sich in Gwen Ystrat Danas Macht entziehen konnten, nicht am Abend vor Maidaladan.

Die Schar folgte der Hohepriesterin inmitten des hochgewirbelten Schnees durch Morvran. Die Straßen waren voller Menschen. Sie verbeugten sich, ohne jedoch zu jubeln. Dies war kein Tag für Jubel. Jenseits der Stadt gelangten sie zum Tempelbezirk, und dort sah Loren die Mormae warten, alle neun in Rot gekleidet. Seitlich hinter ihnen standen Ivor von den Dalrei und Gereint, der alte blinde Schamane; und noch weiter abseits hielten sich Teyrnon und Barak, denen die Erleichterung im Gesicht geschrieben stand. Als er die zwei erblickte, fühlte er, wie seine eigene Unruhe nachließ.

Vor den anderen stand eine Frau von über einem Meter achtzig Größe, breitschultrig und grauhaarig, mit geradem Rücken und hoch erhobenem Kopf. Sie war ganz in Weiß gekleidet, bemerkte Loren, demselben Weiß wie Jaelle, und da wußte er, daß dies Audiart sein mußte.

»Heiter ist die Stunde Eurer Rückkehr, Erste der Mutter«, sagte sie mit kühler Förmlichkeit. Für eine Frau hatte sie eine sehr tiefe Stimme. Jaelle befand sich vor ihnen, so daß Loren ihre Augen nicht sehen konnte. Selbst im Licht dieses düsteren Nachmittags glänzte ihr rotes Haar, und er bemerkte, daß sie den Silberreif um die Stirn trug. Im Gegensatz zu Audiart.

Er hatte genügend Zeit, dies wahrzunehmen, denn Jaelle gab der anderen Frau keine Antwort. Ein Vogel flog plötzlich von der Tempelmauer hinter den Mormae auf, sein lauter Flügelschlag durchbrach die Stille.

Dann zog Jaelle einen ihrer gestiefelten Füße zierlich aus dem Steigbügel und streckte ihn Audiart entgegen.

Selbst auf diese Entfernung erkannte Loren, daß die andere erblaßte, dann ließen die Mormae ein leises Raunen vernehmen. Einen Augenblick lang verharrte Audiart regungslos, den Blick auf Jaelles Gesicht gerichtet, dann trat sie mit zwei langen Schritten vor und half ihr beim Absteigen, indem sie neben dem Pferd der Hohepriesterin die Hände verschränkte.

»Fahrt fort«, murmelte Jaelle, wandte ihr den Rücken zu und schritt durch die Tore des Tempels auf die rotgewandeten Mormae zu. Eine nach der anderen sah Loren sie niederknien, um ihren Segen zu empfangen. Er schätzte, daß nicht eine darunter war, die nicht mindestens doppelt so alt wie Jaelle gewesen wäre. Macht über Macht, dachte er, und wußte, daß noch mehr bevorstand.

Wieder sprach Audiart. Zu Aileron gewandt, dessen bärtiges Gesicht auf für ihn typische Weise ausdruckslos war, sagte sie: »Ihr seid gekommen, und das ist gut. Lange Jahre sind vergangen, seit der König von Brennin zuletzt zur Mittsommernacht Gwen Ystrat besucht hat.«

Sie hatte die Stimme erhoben, und Loren hörte das plötzliche Flüstern unter den Reitern. Und er bemerkte, daß auch Aileron nicht daran gedacht hatte, um was für ein Datum es sich handelte. Es war an der Zeit, etwas zu unternehmen.

Der Magier ritt an die Seite des Großkönigs vor. Mit lauter Stimme verkündete er: »Ich zweifle nicht daran, daß die Riten der Göttin genauso vonstatten gehen werden, wie es immer gehalten wurde. Wir kümmern uns nicht darum. Ihr habt vom Großkönig Hilfe erbeten, und er ist gekommen, Euch diese Hilfe zu gewähren. Morgen wird im Leinanwald eine Wolfsjagd stattfinden.« Er verstummte und hielt ihrem starren Blick stand, wobei er spürte, wie die alte Wut in ihm aufbrandete. »Wir sind auch noch aus einem zweiten Grund gekommen. Mit Billigung und Unterstützung Eurer Hohepriesterin. Ich möchte klargestellt wissen, daß die Maidaladan-Riten die beiden Angelegenheiten, die zu erledigen wir gekommen sind, nicht behindern dürfen.«

»Soll ein Magier in Gwen Ystrat Befehle erteilen dürfen?« fragte sie in einem Ton, der ihn einschüchtern sollte.

»Der Großkönig tut es.« Nachdem er Zeit gehabt hatte, sich zu fangen, klang Ailerons Stimme unverblümt herrisch. »Und als Hüterin meiner Provinz Gwen Ystrat erlege ich Euch jetzt auf, sicherzustellen, daß alles so geschieht, wie es mein Erster Magier von Euch gefordert hat.«

Dafür, das wußte Loren, würde sie Rache fordern.

Ehe Audiart jedoch antworten konnte, hörten sie hohes, schrilles Gelächter erschallen. Loren blickte hinüber und sah, daß Gereint im Schnee hin und her wankte und dabei vor Belustigung gakkerte.

»Oh, junger Mann«, rief der Schamane, »bist du immer noch so voller Leidenschaft? Komm! Es ist lange her, seit ich zuletzt dein Gesicht ertastet habe.«

Es dauerte einen Moment, bis Loren erkannte, daß Gereint ihn meinte. Mit einem Gefühl der Beschämung, das ihn vierzig Jahre zurückversetzte, stieg er vom Pferd.

In dem Augenblick, als er den Boden berührte, verspürte er ein weiteres, tiefergehendes Aufwallen körperlichen Verlangens. Er konnte es nicht vollständig verbergen und sah, wie Audiarts Mund sich vor Genugtuung verzog. Er meisterte die Versuchung, ihr etwas sehr Grobes entgegenzuschleudern. Statt dessen ging er zu den Dalrei hinüber. Er umarmte Ivor wie einen alten Freund.

»Leuchtend die Stunde, die wir einander wiedersehen, Aven«, begrüßte er ihn. »Revor wäre stolz auf dich.«

Der untersetzte Ivor lächelte. »Nicht so stolz wie Amairgen auf dich, Erster Magier.«

Loren schüttelte den Kopf. »Noch nicht«, sagte er ernst. »Nicht, ehe der vorangegangene Erste Magier tot ist und ich seine Knochen verflucht habe.«

»So voller Leidenschaft!« wiederholte Gereint, wie er es beinahe schon erwartet hatte.

»Laß ab davon, alter Mann«, erwiderte Loren, aber so leise, daß nur Ivor es noch hören konnte. »Es sei denn, du könntest behaupten, daß du nicht in meinen Fluch einstimmen willst.«

Diesmal lachte Gereint nicht. Er wandte seine blicklosen Augenhöhlen Loren zu und betastete mit knorrigen Fingern das Gesicht des Magiers. Dazu mußte er nahe an ihn herantreten, so daß er seine nächsten Worte im Flüsterton sprach.

»Wenn der Haß in meinem Herzen töten könnte, wäre Metran so tot, daß selbst der Kessel ihn nicht wieder zum Leben erwecken könnte. Auch ihn habe ich seine Kunst gelehrt, vergiß das nicht.«

»Ich weiß«, murmelte der Magier, während er die Hände des anderen über sein Gesicht gleiten fühlte. »Warum sind wir hier, Gereint? Am Tag vor Maidaladan?«

Der Schamane ließ die Arme sinken. Loren hörte, wie hinter ihm Befehle gerufen wurden, als die Jäger auf jene Unterkünfte verteilt wurden, die ihnen im Ort zugewiesen waren. Teyrnon mit seinem runden Gesicht und seiner wachen Intelligenz war hinzugetreten.

»Ich fühlte mich träge«, meinte Gereint neckisch. »Es war kalt, und Paras Derval war so weit weg.« Keiner der beiden Magier lachte oder gab eine Antwort, genauso wenig wie Ivor. Nach einiger Zeit sagte der Schamane mit tieferer Stimme: »Du hast zwei Dinge genannt, junger Mann. Die Wölfe und unser eigenes Vorhaben. Aber du solltest genausogut wie ich wissen, ohne nachfragen zu müssen, daß die Göttin die Zahl Drei bevorzugt.«

Weder Loren noch Teyrnon sagten ein Wort. Keiner der beiden blickte nach Osten.

Der Ring regte sich nicht, und das kam ihr sehr gelegen. Sie war von den Ereignissen der vergangenen Nacht wie vom Verlust des Kindes noch immer vollkommen ausgelaugt. Sie war nicht sicher, ob sie das Feuer so bald wieder hätte ertragen können, und doch hatte sie sein Aufflammen von dem Augenblick an erwartet, als sie die Brücke überquerten. Hier waren überall Kräfte am Werk, das spürte sie trotz des grünen Schildes des Vellin an ihrem Handgelenk, der sie vor Magie schützte.

Dann, als die beeindruckende Audiart von der Mittsommernacht sprach, begriff der Teil von Kim, der Ysanne war und ihr Wissen teilte, woher diese Kräfte stammten.

Aber dagegen war nichts zu unternehmen. Nicht von ihr, nicht an diesem Ort. Dun Maura hatte nichts mit den Kräften einer Seherin zu tun, ebensowenig wie mit dem Baelrath. Als die Schar sich aufzuteilen begann – sie sah Kevin mit Brock und zwei von Diarmuids Männern nach Morvran zurückreiten –, folgte Kim Jaelle und den Magiern zum Tempel.

Direkt hinter dem Torbogen stand eine Priesterin mit einem gebogenen, glitzernden Dolch, und eine braungekleidete Altardienerin, die ein wenig zitterte, hielt ihr eine Schale.

Kim bemerkte, wie Loren zögerte, während Gereint den Arm ausstreckte, damit die Klinge ihren Schnitt anbringen konnte. Sie wußte, wie schwer dies dem Magier fallen würde. Für jeden Anhänger der Himmelslehre mußte dieses Blutopfer mit finsterer Bedeutung belastet sein.

Doch Ysanne hatte ihr in der Hütte am See eines Tages etwas erzählt, und Kim legte jetzt eine Hand auf die Schulter des Magiers. »Raederth hat hier einst eine Nacht verbracht, wie du wahrscheinlich weißt«, sagte sie.

Es erfüllte sie immer noch mit Trauer, das auszusprechen. Raederth, der Magier, war derjenige gewesen, der die junge Ysanne unter den Mormae dieses Ortes entdeckt hatte. Er hatte in ihr die Seherin erkannt und sie von hier fortgebracht, und sie hatten sich geliebt, bis er starb – ermordet von einem verräterischen König.

Lorens Gesichtszüge entspannten sich. »Das ist wahr«, sah er ein. »Und darum sollte ich es wohl auch können. Meinst du, ich könnte herumspazieren und mir eine Tempeldienerin suchen, die heute nacht das Bett mit mir teilt?«

Sie schaute ihn sich genauer an und bemerkte die Anspannung, die ihr zuvor entgangen war. »Maidaladan«, flüsterte sie. »Nimmt es dich sehr mit?«

»Ziemlich«, gab er kurzangebunden zu, ehe er Gereint folgte, um wie jeder andere auch sein Magierblut Dana zu opfern.

Tief in Gedanken versunken schritt Kim an der Priesterin mit der Klinge vorbei und gelangte an einen der Zugänge zum versenkten Kuppelsaal. Hinter dem Altar stak eine doppelschneidige Axt in einem Holzblock. Kim blieb im Eingang stehen und betrachtete sie, bis eine der graugekleideten Frauen kam, um sie zu ihrer Kammer zu führen.

Alte Freunde, dachte Ivor. Wenn es im Gewirk des Krieges einen hellen Faden gab, dann diesen: daß sich manchmal wie bei einem Webmuster Wege wieder kreuzten, die seit Jahren nicht aufeinander getroffen waren und es niemals mehr getan hätten, es sei denn in finsteren Zeiten. Selbst da war es gut, wieder einmal mit Loren Silbermantel zusammenzusitzen, die bedächtige Stimme Teyrnons zu hören, Baraks Gelächter, Matt Sörens sorgfältig abgewogene Meinungen. Und ebensogut war es, Männer und Frauen zu treffen, von denen er schon viel hatte erzählen hören, denen er jedoch noch nie begegnet war: Shalhassan von Cathal und seine Tochter, die genauso schön war, wie es die Gerüchte über sie behaupteten; Jaelle, die Hohepriesterin, ebenso schön wie Sharra und ebenso stolz; Aileron, der neue Großkönig, der noch ein Kind gewesen war, als Loren ihn mitgenommen hatte, eine Woche beim dritten Stamm der Dalrei zu verbringen. Ivor hatte ihn als stillen Knaben in Erinnerung, dem alles gelang, woran er sich versuchte. Nun war aus ihm ein wortkarger König geworden, von dem die Rede ging, daß ihm immer noch alles gelang.

Da gab es noch ein neues Element, und auch das war Ergebnis des Krieges: Er, Ivor von den Dalrei, bewegte sich jetzt unter diesen hochgestellten Persönlichkeiten als Gleicher unter Gleichen. Er war nicht mehr bloß einer von neun Häuptlingen der Stämme der Ebene, sondern ein Fürst, erster Aven seit Revor selbst. Er konnte es noch kaum fassen. Leith hatte es sich angewöhnt, ihn zu Hause Aven zu nennen, und das nur halb im Scherz, wie er wohl wußte. Er merkte, wie stolz sie auf ihn war, auch wenn die ganze Ebene ins Meer geschwemmt werden müßte, ehe seine Frau so etwas zugeben würde.

Die Erinnerung an Leith ließ seine Gedanken an einen anderen Ort schweifen. Als sie von Norden her in Gwen Ystrat eingeritten waren, hatte er das hämmernde Verlangen in seinen Lenden gespürt und zu verstehen begonnen, was Maidaladan bedeutete, und wieder einmal war er Gereint dankbar gewesen, weil der ihm bedeutet hatte, seine Frau mitzubringen. Morgen nacht würde es in Morvran wild zugehen, und er war nicht gerade glücklich darüber, daß auch Liane mit ihnen nach Süden geritten war. Doch in diesen Dingen ließen sich die unverheirateten Frauen der Dalrei von keinem Mann befehlen. Und seine Tochter Liane, dachte Ivor bedauernd, ließ sich auch in anderer Hinsicht kaum etwas sagen. Leith behauptete, das sei seine Schuld. Wahrscheinlich hatte sie recht. Seine Frau würde ihn in der Unterkunft erwarten, die ihnen hier im Tempel zugewiesen worden war. Aber das kam später. Jetzt galt es erst einmal, hier unter der Kuppel beim Duft von Weihrauch Geheimnisvolles zu vollbringen.

An diesem Ort hatten sich versammelt die letzten beiden Magier Brennins mit ihren Quellen; der älteste Schamane der Ebene, der obendrein bei weitem der mächtigste war; die weißhaarige Seherin des Großkönigtums; und die Hohepriesterin der Dana in Fionavar – das waren die sieben, die nun die Schatten von Zeit und Raum durchschreiten wollten, um zu versuchen, jene Tür zu öffnen, hinter der die Ursache der winterlichen Winde und des Eises zur Mittsommernacht verborgen lag.

Sieben sollten sich auf die Reise machen und vier sollten Zeuge sein: die Könige von Brennin und Cathal, der Aven der Dalrei, und der letzte der Anwesenden war Arthur Pendragon, der Krieger, dem als einzigem unter allen anwesenden Männern kein Blutopfer abverlangt worden war.

»Halt ein!« hatte Jaelle der Priesterin am Tor geboten, und Ivor schauderte ein wenig bei der Erinnerung an ihre Stimme. »Dieser nicht. Er ist in Avalon an Danas Seite gewandelt.« Und die graugewandete Frau hatte ihr Messer sinken lassen, damit Arthur passieren konnte.

Um schließlich mit Ivor und den anderen in diesem versenkten Saal unter der Kuppel zusammenzukommen. Das war Gereints Werk, dachte der Aven, schwankend zwischen Stolz und Besorgnis. Wegen des Schamanen befanden sie sich an diesem Ort, und der Schamane war es auch, der als erster das Wort ergriff. Doch nicht in der Weise, die Ivor erwartet hatte.

»Seherin von Brennin«, eröffnete Gereint die geheimnisvolle Sitzung, »wir sind hier versammelt, um Eurem Geheiß zu folgen.«

Also fiel es wieder ihr zu. Selbst an diesem Ort fiel es ihr zu, wie es in letzter Zeit mit so vielem geschehen war. Es war noch gar nicht lange her, da hätte sie gezweifelt und sich gefragt, warum das so sein mußte. Hätte sich zumindest im stillen gefragt, wer sie denn war, daß die hier versammelten Mächtigen sich ihr unterordneten. Was für eine Bedeutung hatte sie, hätte ihre innere Stimme gerufen, daß es so sein mußte?

Damit war es vorbei. Kim nahm Gereints Unterordnung als etwas hin, das ihr, die als einzige unter den Anwesenden wahre seherische Fähigkeiten besaß, von Rechts wegen zustand, und nur ganz am Rande ihres Bewußtseins beklagte sie den Verlust ihrer Unschuld. Sie hätte von sich aus die Führung übernommen, hätte Gereint sie ihr nicht angetragen. Sie befanden sich in Gwen Ystrat, das der Göttin und damit Jaelle untertan war, aber die Reise, die sie nun zu unternehmen hatten, fiel in ihre Zuständigkeit, nicht in die der anderen, und sollten sie auf Gefahren stoßen, so war es an ihr, sich ihnen um der anderen willen zu stellen.

Sie war sich Ysannes und ihres eigenen weißen Haares zutiefst bewußt, als sie das Wort ergriff: »Loren und Jaelle hatte ich schon einmal bei mir – als ich Jennifer aus Starkadh gerissen habe.« Ihr schien, als flackerten die Kerzen auf dem Altar bei der Nennung dieses Namens. »Wir werden das gleiche noch einmal unternehmen, nur daß außerdem Teyrnon und Gereint beteiligt sein werden. Ich werde mich an einem Bild des Winters festhalten und versuchen, dahinter in den Geist des Entwirkers einzudringen, wobei mich der Vellinstein hoffentlich schützen wird. Wenn ich das tue, brauche ich eure Unterstützung.«

»Was ist mit dem Baelrath?«

Die Frage kam von Jaelle, die jetzt aufmerksam und konzentriert wirkte, ohne jede Bitterkeit. Die war hier nicht angebracht. Kim bedeutete ihr: »Dies ist ganz und gar ein seherisches Unterfangen. Ich glaube nicht, daß der Stein aufflammen wird.«

Jaelle nickte. Teyrnon wollte wissen: »Wenn Ihr hinter das Bild vordringt, was geschieht dann?«

»Könnt Ihr mir folgen?« fragte sie die beiden Magier.

Loren nickte. »Ich glaube, ja. Um ein künstliches Gebilde zu schaffen, meinst du?«

»Ja. Wie das Schloß, das du uns gezeigt hast, ehe wir das erste Mal den Übergang wagten.« Sie wandte sich an die Könige. Es waren drei anwesend, und ein vierter, der es gewesen war und immer sein würde, aber sie richtete ihre Worte an Aileron. »Edler Großkönig, es wird für Euch schwierig werden, etwas zu sehen, aber wir werden unter dem Einfluß der Macht möglicherweise alle mit Blindheit geschlagen sein. Falls die Magier ein Gebilde entstehen lassen, müßt Ihr Euch merken, was es ist.«

»Das werde ich«, versprach er mit seiner ruhigen, ausdruckslosen Stimme. Sie warf dem Schamanen einen Blick zu.

»Ist noch etwas, Gereint?«

»Es gibt immer noch etwas«, antwortete er. »Nur weiß ich nicht, was es in diesem Fall ist. Aber möglicherweise brauchen wir den Ring doch noch.«

»Möglich«, gab sie knapp zu. »Ich kann ihm nicht meinen Willen aufzwingen.« Selbst die Erinnerung an sein Aufflammen rief bei ihr eine Art Schmerz hervor.

»Natürlich nicht«, erwiderte der blinde Schamane. »Führe uns. Ich werde dicht hinter dir sein.«

Sie bereitete sich vor. Betrachtete die anderen, die sie umringten. Matt und Barak standen mit gespreizten Beinen da, Jaelle hatte die Augen geschlossen, und sie sah, wie Teyrnon es ihr gleichtat. Ihr Blick traf den von Loren Silbermantel.

»Wenn dies scheitert, sind wir verloren«, befürchtete er. »Führe uns hindurch, Kimberly.«

»Dann kommt!« rief sie, schloß die Augen und begann zu fallen, immer tiefer durch die Schichten des Bewußtseins. Sie spürte, wie sich ihr nacheinander anschlossen: Jaelle, die das Avarlith anzapfte; die beiden Magier, Loren, heftig und leidenschaftlich, Teyrnon, besonnen und heiter; dann Gereint, der sein Totemtier einbrachte, den nächtens fliegenden Keia der Ebene, und dies war ein Geschenk an sie, an sie alle – das Geschenk seines geheimen Namens.

Ich danke dir, lautete ihre Gedankenbotschaft, dann bezog sie die anderen ein, als sie wie mit einem weiten, flachen Sprung in den Wachtraum eintauchte.

Es war sehr dunkel und kalt. Kim kämpfte gegen die Angst an. Es war möglich, daß sie sich hier unten verirrte, das konnte geschehen. Aber sie waren verloren, wenn sie versagte, das hatte Loren richtig erkannt. Darauf entbrannte in ihrem Herzen flammender Zorn, ein Haß auf die Finsternis, der so hell loderte, daß sie für sie alle ein Bild erschuf an jenem tiefen, ruhigen Ort, an den sie gelangt waren, im Grunde des stillen Gewässers.

Sie hatte das nicht geplant, hatte sich dafür entschieden, den Traum selbst sein angemessenstes Bild erschaffen zu lassen. Und das tat er auch. Sie spürte, wie die anderen es aufnahmen, mit sämtlichen Abstufungen des Leides, der Wut und der schmerzlichen Liebe für das in den Schmutz Gezogene, auf das Ebenbild des trotzig erleuchteten Daniloth reagierten, das unverhüllt und schutzlos inmitten der fremdartigen Eis- und Schneelandschaft dalag.

Dorthin drang sie vor. Nicht zum Licht, obwohl sie sich von ganzem Herzen danach sehnte, sondern geradewegs in den öden Winter, der es umgab. Mit aller Macht stieß sie vor, bezog ihre Kraft aus der der anderen und wurde zu einem Pfeil, abgeschossen von einem Bogen aus Licht, der auf das Wintergebilde zuflog.

Und es durchbrach.

Schwarze Finsternis. Das Bild verschwunden. Sie wirbelte herum. Kein kontrollierter Flug mehr. Sie drang ein, sehr schnell, und es war nichts zur Hand, an dem sie sich hätte festhalten können, kein –

Ich bin da. Und Loren war da.

Ich auch. Jaelle.

Immer. Der tapfere Teyrnon.

Doch es war nach wie vor finster, und sie drang so weit ein. Keine Empfindung von Raum, von Umgrenzung, nichts, wonach sie hätte greifen können, ungeachtet der Anwesenheit der anderen. Sie reichten nicht aus. Nicht dort, wohin sie geraten war, dermaßen tief im Einflußbereich des Entwirkers. Die Finsternis war so undurchdringlich. Sie hatte sie schon einmal erlebt, als sie um Jennifers willen hineingetaucht und wieder emporgekommen war, doch diesmal hieß es, immer weiter einzudringen, und sie hatte noch einen so weiten Weg vor sich.

Dann war der fünfte Helfer da und teilte sich mit.

Der Ring. Sie hörte Gereint, als wäre er die Stimme des Keia, jenes Nachtgeschöpfs, Wächter des Pfades zur Totenwelt.

Ich kann nicht! gab sie zurück, aber im selben Moment, als sie den Gedanken formulierte, spürte Kim bereits das furchtbare Feuer, und ihr Bewußtsein wurde von rotem Licht durchdrungen.

Und von Schmerzen. Sie merkte nicht, daß sie im Tempel laut aufschrie. Ebensowenig nahm sie wahr, wie heftig das Licht unter der Kuppel aufflammte.

Sie stand in Flammen. Zu nahe war sie. Zu weit ins Netz der Finsternis vorgedrungen, zu nahe am Zentrum der Macht. Die Flamme umgab sie, und Feuer bedeutet mehr als nur Licht. Es brennt, und sie war mitten darin. Sie konnte –

Linderung. Ein kühlender Hauch, wie vom Nachtwind im herbstlichen Gras der Ebene. Gereint. Und nun eine weitere Empfindung: Mondlicht über Calor Diman, dem Kristallsee. Das war Loren, mit Hilfe von Matt.

Und dann ein Ansporn: *Komm!* rief Jaelle. *Wir sind nahe daran.*

Und Teyrnons Stärke, aus sich selbst heraus kühlend: *Wir müssen noch weiter, glaube ich, doch ich bin da.*

Also drang sie weiter vor. Vorwärts und hinab, beinahe aussichtslos weit erschien ihr der Weg, den sie noch zurückzulegen hatte. Es brannte, aber die anderen beschützten sie, sie konnte es ertragen, sie würde es ertragen, das Feuer war ungezügelt, doch es war nicht die Finsternis, die das Ende bedeutete.

Nun war sie kein Pfeil mehr, sondern verwandelte sich in einen Stein und stürzte in die Tiefe. Getrieben von einem Bedürfnis, einem leidenschaftlichen Verlangen nach Licht stieß sie in die Finsternis vor. Ein roter Stein, der hinabfiel in den verborgenen Kern, in die von ekligem Gewürm verseuchten Höhlungen von Maugrims bösen Machenschaften. Diesem Nicht-Ort fiel sie entgegen, denn sie hatte alle Verbindungen mit der Außenwelt abgeschnitten, außer der einen, über die sie, auch wenn sie starb und damit verloren war, ein einziges klares Bild zurückschicken konnte, damit die Magier ihm in jenem unendlich fernen Kuppelsaal Gestalt verleihen konnten.

Zu fern. Sie war zu tief hinabgesunken und sie fiel zu schnell, ihr Sein war nur noch ein verschwommener Fleck, ein Schatten, sie konnten sie nicht halten. Einen nach dem anderen ließ sie ihre Helfer hinter sich zurück. Mit einem verzweifelten Aufschrei spürte Loren, der als letzter übrig war, wie sie ihm entglitt.

Geblieben waren das Feuer und Rakoth, doch niemand, der beide von ihr ferngehalten hätte. Sie war allein und verloren.

So hätte es jedenfalls sein müssen. Doch während sie noch

brennend hinabstürzte, begegnete sie einem neuen Bewußtsein, so tief drunten in der Finsternis, daß sie es kaum fassen konnte.

Wieder ließ das Brennen nach. Sie konnte weiterbestehen, sie konnte sich trotz der Schmerzen bewegen, und dann hörte sie, wie die Erinnerung an einen reinen, freundlichen Ort, den Gesang einer tiefen Stimme.

Dazwischen lag Finsternis, die das andere Bewußtsein wie ein schwarzgeflügeltes Wesen verdeckte. Sie war beinahe am Ende. Beinahe, aber nicht ganz. Erst war sie ein roter Pfeil gewesen, dann ein Stein. Nun verwandelte sie sich in ein Schwert, naturgemäß in ein rotes. Sie wandte sich um. In dieser Welt ohne Orientierung wandte sie sich irgendwie um, durchschnitt mit einem letzten Aufwallen ihres Mutes den Vorhang, sah den anderen hilflos daliegen und nahm ein Bild auf, das sich zurücksenden ließ. Sie mußte es allein vollbringen, denn die Magier waren nicht mehr da. Mit allerletzter Kraft bediente sie sich des Feuers wie einst der Liebe, schleuderte die Vision zurück, unendlich weit, dem Heiligtum in Gwen Ystrat zu. Dann wurde es dunkel um sie.

Sie war ein zerbrochenes Gefäß, ein Rohr, durch das der Wind hätte pfeifen können, wenn es einen Wind gegeben hätte. Sie war eine zweifache Seele ohne Gestalt. Der Ring war gänzlich erloschen. Sie hatte getan, was sie konnte.

Doch jemand war bei ihr, nach wie vor singend.

Wer? fragte sie, während um sie herum alles zu schwinden begann.

Ruana, antwortete er. *Rette uns,* sendete er. *Rette uns.*

Sie begriff. Und in dem Moment wußte sie, daß sie nicht aufgeben durfte. Noch gab es für sie keine Freigabe. An diesem Ort existierten keine Himmelsrichtungen, doch von der Stelle aus, wo ihr Körper sich befand, würde sein Gesang aus nordöstlicher Richtung kommen.

Aus Kath Meigol, wo einst die Paraiko gelebt hatten.

Wir leben, versicherte er. *Noch leben wir. Rette uns.*

Im Ring war kein Feuer mehr. Nur der getragene Gesang leitete sie in der Finsternis, als sie den langen Aufstieg dorthin begann, wo noch ein Rest Licht geblieben war.

Als der Baelrath aufflammte, schloß Ivor die Augen, sowohl vor dem Aufschrei der Seherin als auch vor dem gleißenden Licht. Doch sie waren aufgefordert worden, Zeugnis abzulegen, und darum zwang er sich einen Moment darauf wieder zum Hinsehen.

Im schmerzlich grellen Licht des Kriegssteins war es schwer, etwas zu erkennen. Er konnte sie jedoch ausmachen, die junge Seherin und die anderen um sie herum, und er bemerkte die verbissene Anspannung auf den Gesichtern von Matt und Barak. Er nahm die ungeheure Anstrengung, das beinahe unerträgliche Bemühen wahr. Jaelle zitterte. Gereints Gesicht glich einer Totenmaske aus Eridu. Ivor bedauerte sie von ganzem Herzen, die sich in diesem lautlosen Kampf so weit vorwagten.

Er hatte den Gedanken noch nicht zu Ende geführt, da hallte das Gewölbe auch schon von Stimmen wider, als Jaelle, Gereint und der hochgewachsene Barak beinahe gleichzeitig vor Verzweiflung und Qual laut aufschrien. Matt Sören schwieg noch einen Augenblick länger, während der Schweiß ihm über das zerfurchte Gesicht rann, dann schrie auch er auf, ein tiefer, herzzerreißender Laut, und fiel zu Boden. Als er mit Arthur und Shalhassan hinzueilte, um ihnen beizustehen, hörte Ivor Loren Silbermantel mit tonloser Stimme flüstern: »Zu weit. Es ist vorbei.«

Ivor nahm den weinenden Barak in die Arme und führte ihn zu einer Bank, die in den Bogen der Wand eingelassen war. Dann kehrte er zurück und tat das gleiche für Gereint. Der Schamane zitterte wie das letzte Blatt eines Baums im Herbstwind. Ivor fürchtete um ihn.

Aileron, der Großkönig, hatte sich nicht gerührt. Hatte den Blick nicht von Kim abgewandt. Immer noch leuchtete das Licht und immer noch hielt sie sich aufrecht. Ivor schaute ihr ins Gesicht, dann wandte er rasch den Blick ab: Ihr Mund war weit geöffnet zu einem stillen, endlosen Schrei. Sie sah aus, als würde sie bei lebendigem Leib verbrannt.

Er kehrte zu Gereint zurück, dessen Atmung ein hilfloses Keuchen war und dessen runzliges Gesicht selbst im roten Licht grau wirkte. Und im selben Augenblick, als Ivor neben seinem Schamanen niederkniete, loderte dieses Licht von neuem auf, so heftig, daß das vorhergegangene Glühen dagegen schwach erschien. Um sie herum pulsierte Macht wie eine ungezähmte Geistererscheinung. Es kam Ivor vor, als bebe der ganze Tempel, und er hörte Aileron rufen:

»Da ist ein Bild! Seht!«

Ivor versuchte es. Er drehte sich noch rechtzeitig um, den Sturz der Seherin zu bemerken und dazu ein verschwommenes Etwas neben ihr in der Luft, doch das Licht war zu rot, zu grell. Er wurde davon geblendet, versengt. Er konnte nichts erkennen.

Und dann wurde es dunkel.

Zumindest schien es so. Es gab immer noch die Fackeln an den Wänden, die Kerzen, die auf dem Altar brannten, doch nach der wahnwitzigen Helligkeit des Baelrath, die immer noch vor seinem inneren Auge flammte, meinte Ivor, von Dunkelheit umgeben zu sein. Ein Gefühl des Versagens überkam ihn. Etwas war geschehen; irgendwie hatte Kim es selbst ohne die Magier geschafft, ein Bild zu übermitteln, und nun lag sie am Boden, während der Großkönig über sie gebeugt dastand, und Ivor hatte keine Ahnung, was sie ihnen mit dem augenscheinlich letzten Aufbäumen ihrer Seele hatte übermitteln wollen. Er konnte nicht einmal sehen, ob sie noch atmete. Es gab überhaupt nur sehr wenig, was er sehen konnte.

Ein Schatten regte sich. Das war Matt Sören, der sich erhob.

Jemand ergriff das Wort. »Es war zu grell«, erklärte Shalhassan. »Ich konnte nichts erkennen.« Seine Stimme war schmerzerfüllt.

»Ich auch nicht«, murmelte Ivor. Viel zu spät kehrte sein Sehvermögen zurück.

»Ich habe es gesehen«, erklärte Aileron. »Aber ich verstehe es nicht.«

»Es war ein Kessel.« In Arthur Pendragons Stimme schwang ruhige Gewißheit mit. »Auch ich habe ihn erkannt.«

»Ja, ein Kessel«, bestätigte Loren. »In Cader Sedat. Das wissen wir bereits.«

»Aber da besteht kein Zusammenhang«, ereiferte Jaelle sich kraftlos. Sie sah aus, als stünde sie kurz vor dem Zusammenbruch. »Er erweckt die kurz zuvor Verstorbenen. Was hat der Kessel von Khath Meigol mit dem Winter zu tun?«

Das war tatsächlich die Frage, dachte Ivor, und dann vernahm er Gereints Stimme. »Junger Mann«, krächzte der Schamane beinahe unhörbar, »dies ist die Stunde der Magier. Für diesen

Augenblick hast du gelebt. Erster Magier von Brennin, was bewirkt er mit dem Kessel?«

Die Stunde der Magier, dachte Ivor. Im Tempel der Dana zu Gwen Ystrat. Das Muster des Gewirks überstieg wahrlich jegliches Fassungsvermögen.

Ohne die fragenden Blicke der anderen zu beachten, wandte Loren sich langsam seiner Quelle zu. Magier und Zwerg blickten sich an, als gäbe es niemand sonst in diesem Saal, auf dieser Welt. Selbst Teyrnon und Barak, bemerkte Ivor, beobachteten die beiden abwartend. Ivor stellte bei sich fest, daß er den Atem anhielt und daß seine Handflächen feucht waren.

»Erinnerst du dich«, ließ sich Loren unvermittelt vernehmen, und in seiner Stimme hörte Ivor jene Macht anklingen, die auch Gereint zu eigen war, wenn er im Namen des Gottes sprach, »erinnerst du dich an das Buch des Nilsom?«

»Verflucht sei sein Name«, erwiderte Matt Sören. »Ich habe es nie gelesen, Loren.«

»Ich auch nicht«, versicherte Teyrnon leise. »Verflucht sei sein Name.«

»Aber ich«, erklärte Loren. »Und ebenso Metran.« Er hielt inne. *»Ich weiß, was er tut und wie er es tut.«*

Mit einem Keuchen ließ Ivor die Luft aus seinen Lungen entweichen und holte tief Atem. Er hörte, wie die anderen Anwesenden es ihm gleichtaten. In Matt Sörens einem Auge sah er den gleichen Stolz aufblitzen, mit dem Leith ihn manchmal betrachtete. Ruhig sagte der Zwerg: »Das hatte ich von dir auch nicht anders erwartet. Wir bekommen also unsere Schlacht?«

»Ich habe dir vor langer Zeit eine versprochen«, antwortete der Magier. Ivor schien es, als sei er vor ihren Augen gewachsen.

»Gepriesen der Weber!« rief plötzlich Aileron, der Großkönig, und seine Stimme klang tief bewegt.

Rasch sahen sie sich alle nach ihm um. Aileron war in die Hocke gegangen und hielt Kims Kopf in seinen Armen, und Ivor konnte erkennen, daß sie normal atmete und wieder Farbe im Gesicht hatte.

Sie warteten in versunkenem Schweigen und Ivor sah, den Tränen nahe, wie jung ihr Gesicht unter dem weißen Haar war. Er ließ sich allzu leicht zu Tränen hinreißen, das wußte er. Leith hatte ihn deshalb oft genug verspottet. Aber in diesem Moment waren sie doch wohl am Platze? Er bemerkte die Tränen im Gesicht des Großkönigs und ein verräterisches Glitzern in den Augen des gestrengen Shalhassan von Cathal. In solcher Gesellschaft, dachte er, müßte es da nicht auch einem Dalrei gestattet sein, zu weinen?

Nach einer Weile öffnete sie die Augen. In deren Grau spiegelten sich Schmerz und tiefe Erschöpfung, aber ihre Stimme war klar und deutlich, als sie sprach.

»Ich habe etwas gefunden«, teilte sie ihnen mit. »Ich habe versucht, es euch zu übermitteln. Habe ich es geschafft? Ist es gelungen?«

»Du hast es geschafft, und es ist gelungen«, erwiderte Aileron brummig.

Sie lächelte mit der Arglosigkeit eines Kindes. »Gut«, sagte sie. »Dann werde ich jetzt schlafen. Ich könnte tagelang schlafen.« Und damit schloß sie die Augen.

Kapitel 11

»Nun weißt du«, witzelte Carde mit einem Augenzwinkern, »warum die Männer aus Gwen Ystrat immer so müde aussehen!«

Kevin lächelte und leerte sein Glas. Die Schenke war überraschenderweise nicht überfüllt, wenn man davon ausging, welche Kräfte in dieser Nacht die Oberhand hatten. Augenscheinlich waren sowohl von Aileron als auch von Shalhassan dementsprechende Befehle ergangen. Diarmuids Schar jedoch schien wie immer das Vergnügen zu haben, gegen solche disziplinarischen Vorschriften gefeit zu sein.

»Das«, entgegnete Erron zu Carde, »ist bestenfalls die halbe Wahrheit.« Er hob die Hand, um eine weitere Flasche Gwen-Ystrat-Wein zu bestellen, dann wandte er sich an Kevin. »Er versucht dich ein wenig zu foppen. Etwas von diesem Gefühl ist das ganze Jahr hindurch spürbar, habe ich mir sagen lassen, aber eben nur etwas. Heute nacht ist das was anderes, oder vielmehr morgen nacht, und heute bekommen wir zu spüren, was überläuft. Was wir gegenwärtig empfinden, kommt ausschließlich beim Maidaladan auf.«

Der Schankwirt brachte ihnen den Wein. Oben hörten sie eine Tür aufgehen, und einen Augenblick darauf beugte Coll sich über das Geländer. »Wer ist der nächste?« erkundigte er sich mit einem Grinsen.

»Geh nur«, bot ihm Carde an. »Ich werde dir den Wein kaltstellen.«

Kevin schüttelte den Kopf. »Ich werde aussetzen«, beschied er ihm, während Coll die Treppe heruntergepoltert kam.

Carde hob die eine Augenbraue. »Eine zweite Aufforderung wird aber nicht ergehen«, machte er ihn aufmerksam. »So großzügig bin ich heute abend nicht, da so wenige Frauen verfügbar sind.«

Kevin lachte. »Amüsier dich«, wünschte er und hob das Glas, das Erron ihm eingeschenkt hatte.

Coll ließ sich auf Cardes Platz gleiten. Er goß sich ein Glas Wein ein, leerte es mit einem Zug und fixierte dann Kevin mit einem überraschend klaren Blick. »Bist du wegen morgen beunruhigt?« fragte er leise, damit er außer an ihrem Tisch nicht zu hören war.

»Ein wenig«, gab Kevin zu. Es war das Einfachste, was ihm einfiel, und gleich darauf wurde ihm klar, daß es ihm obendrein eine Ausrede ermöglichte. »Ehrlich gesagt«, murmelte er, »mehr als nur ein wenig. Ich glaube, ich bin heute abend nicht in Feierstimmung.« Er stand auf. »Ja, ich denke, ich werde sogar für heute Schluß machen.«

Errons Stimme war voller Verständnis. »Das ist gar kein übler Gedanke, Kevin. Morgen ist sowieso erst die Nacht der Nächte. Was wir im Augenblick empfinden, wird dann zehnmal stärker sein, und wenn du dann noch eine Wolfsjagd hinter dir hast, wirst du bereit sein, eine Priesterin oder auch drei in dein Bett zu zerren.«

»Die lassen sich darauf ein?« fragte Kevin, einen Moment lang gefesselt.

»Die einzige Nacht im Jahr«, sagte Erron. »Gehört mit zu den Riten des Liadon.« Er lächelte verschmitzt. »Das einzig Erfreuliche daran.«

Kevin erwiderte das Lächeln. »Dann warte ich halt bis dahin. Wir sehen uns morgen früh.« Er klopfte Coll auf die Schulter, zog sich Mantel und Handschuhe an und trat durch die Tür hinaus in die bittere Kälte der Nacht.

Es ist schlimm, dachte er, wenn man Freunde anlügen muß. Doch die wirkliche Lage war allzu schwierig, zu befremdlich, und obendrein war sie seine Privatsache. Sollten sie ruhig denken, er sei wegen der Jagd beunruhigt, das war allemal besser als die Wahrheit.

Die Wahrheit bestand darin, daß er von dem Verlangen, das alle übrigen Männer aus ihrer Schar empfanden, gänzlich unberührt geblieben war. Ganz und gar. Lediglich den überall um ihn herum ablaufenden Gesprächen hatte er entnommen, daß etwas Ungewöhnliches vorging. Was das auch immer für eine künstliche Erotik sein mochte, die an diesem Ort mit der Sommersonnenwende verbunden war – in einem Ausmaß, daß selbst die Priesterinnen der Göttin aus dem Tempel hervorkamen, um zu lieben –, was da auch immer vor sich ging, es machte sich nicht die Mühe, ihn mit einzubeziehen.

Der Wind war grauenhaft. Sogar noch schlimmer als damals, als er sich im Januar auf der Prärie aufgehalten hatte. Er drang wie eine Klinge durch seinen Mantel hindurch. Er würde nicht lange draußenbleiben können. Nichts und niemand konnte das. Wie, dachte Kevin, bekämpft man einen Feind, der so etwas fertigbringt? Er hatte um Jennifers willen Rache geschworen, daran erinnerte er sich wohl, und sein Mund verzog sich in bitterer Ironie. Was für eine Aufschneiderei war das doch gewesen. Zum einen gab es ja nicht einmal einen Krieg, in dem er hätte kämpfen können – Rakoth Maugrim zerschmetterte sie mit einem Hammer aus Wind und Eis. Zum anderen, und diese Wahrheit quälte ihn, seit sie aus Stonehenge hierhergekommen waren, zum anderen würde er selbst dann kaum zu etwas nutze sein, wenn sie es irgendwie schafften, den Winter zu beenden, und es zum Krieg kam. Die Erinnerung an sein nutzloses Umsichschlagen während der Schlacht auf der Ebene vor drei Nächten war eine noch frische Wunde.

Er hatte das Gefühl des Neides überwunden – hatte sich ohnehin nicht lange damit aufgehalten – das entsprach eben nicht seiner Natur. Allerdings war er es gewohnt, wenigstens *etwas* zu tun. Er hatte aufgehört, Paul oder Kim ihre geheimnisvollen, belastenden Kräfte zu mißgönnen – Kims Qualen letzte Nacht nahe dem Pendaranwald und Pauls Einsamkeit hatten diesen Neid fortgewischt und eine Art Mitleid zurückgelassen.

Es verlangte ihn nicht nach den Rollen, die sie zu spielen hatten, auch nicht nach Daves axtschwingender Stärke, und keiner, der noch bei Verstand war, würde an dem Schicksal Anteil haben wollen, das Jennifer auferlegt worden war. Er wollte nichts weiter, als seine *Bestimmung* zu kennen, als eine Möglichkeit zu erhalten, wie unbedeutend auch immer, wie er den tiefempfundenen Schwur, den er abgelegt hatte, in die Tat umsetzen konnte.

Eigentlich waren es zwei Schwüre. Er hatte sich zweimal dazu hinreißen lassen. Einmal im Großen Thronsaal, als Brendel die Nachricht überbracht hatte, daß die Lios Alfar ums Leben gekommen waren und man Jennifer entführt hatte. Und dann noch ein zweites Mal, als sie von Kim nach Hause zurückgebracht worden war, und er hinabgeblickt hatte auf das, was man der Frau angetan hatte, der einmal seine Liebe galt, als er sich gezwungen hatte, nicht den Blick abzuwenden, damit er dieses schmerzliche Bild immer vor Augen habe, falls der Mut ihn je zu verlassen drohte.

Das Bild war ihm noch gegenwärtig, auch der Mut hatte ihn nicht verlassen – dessen hatte er sich vergewissert. Er empfand keine Angst vor der morgigen Jagd, was immer die anderen auch glauben mochten. Er war sich bloß in erbitterter Ehrlichkeit der Tatsache bewußt, daß ihm dabei keine andere Aufgabe zufiel, als mitzureiten.

Und dies war für Kevin Laine die Situation, mit der er, auf welcher Welt auch immer, am schwersten fertig wurde. Hier in Fionavar kam er sich vor allen Dingen gänzlich unfähig vor. Und wieder verzog sich dort in der Kälte erbittert sein Mund, denn diese Beschreibung war nun einmal ganz besonders treffend. Jeder Mann in Gwen Ystrat spürte die Anziehungskraft der Göttin. Jeder Mann, nur er nicht, für den während der Jahre des Erwachsenseins das Funktionieren des körperlichen Verlangens eine mit tiefen Gefühlen verbundene und lang anhaltende konstante Größe gewesen war, was nur den Frauen bekannt war, die eine Nacht mit ihm verbracht hatten.

Falls es stimmte, daß Liebe und Verlangen der Göttin zu eigen waren, dann sah es ganz danach aus, als wollte selbst sie ihn im

Stich lassen. Und was blieb ihm dann übrig?

Er schüttelte den Kopf – darin steckte zuviel Selbstmitleid. Übrig war nach wie vor Kevin Laine, der als gescheit und wohl bewandert galt, ein Star der juristischen Fakultät und ein Mann, der es zu etwas bringen würde, wie jedermann behauptete, wenn er bei Gericht zugelassen wurde. Er hatte Respekt erlebt und Freundschaft, und er war geliebt worden, mehr als nur einmal. Er besaß, hatte ihm vor Jahren eine Frau gesagt, ein Gesicht, das wie geschaffen war, glücklich zu sein. Eine eigenartige Bemerkung, und er hatte sie nicht vergessen.

Es gibt, redete er sich ein, in so einem Lebenslauf keinen Platz für weinerliches Selbstmitleid.

Andererseits, und dieses Andererseits zählte nun einmal, war die ganze Pracht seiner Errungenschaften unverrückbar in seiner eigenen Welt angesiedelt. Wie konnte er sich zukünftig mit scheinbaren Prozeßtriumphen zufriedengeben? Wie sein Augenmerk auf juristische Findigkeit beschränken, nach allem, was er hier erlebt hatte? Was konnte daheim überhaupt noch von Bedeutung sein, nachdem er mit angesehen hatte, wie der Rangat eine brennende Hand in den Himmel schleuderte, und nachdem er das Gelächter des Entwirkers im Nordwind gehört hatte?

Sehr wenig, beinahe gar nichts. Eigentlich nur eins, das allerdings war ihm sicher, und mit den Herzensqualen, die immer dann auftraten, wenn er es eine Weile nicht getan hatte, dachte Kevin an seinen Vater.

»*Fur gezunger heig, um cum gezunger heig*«, hatte Sol Laine auf Jiddisch gesagt, als Kevin ihm mitgeteilt hatte, er müsse innerhalb der nächsten zehn Stunden nach London fliegen. *Geh heil und komme heil wieder.* Nicht mehr, und darin kam grenzenloses Vertrauen zum Ausdruck. Hätte Kevin sich ihm anvertrauen wollen, dann hätte er die Reise näher begründet. Verzichtete Kevin auf eine Erklärung, dann hatte er dafür einen Grund und ein Recht darauf.

»O Abba«, flüsterte er in die grausam kalte Nacht hinaus. Und dort im Lande der Mutter wurde sein Ausdruck für das Wort Vater zu einer Art Talisman, der ihn aus dem schneidenden Wind heraus zu jenem Haus führte, das Diarmuid in Morvran zugewiesen worden war.

Wer von königlichem Geblüt war, genoß gewisse Vorrechte. Nur Coll und Kevin und Brock hatten sich diese Unterkunft zu teilen. Coll befand sich in der Schenke, und der Zwerg schlief, und Diarmuid hielt sich Gottweißwo auf.

Mit der leisen Belustigung, die sich bemerkbar machte, als er sich Diarmuid in der folgenden Nacht vorstellte, und der tiefergreifenden Tröstung, die er immer dann empfand, wenn er an seinen Vater dachte, begab Kevin sich zu Bett. Er hatte einen Traum, doch er erwies sich als flüchtig, und gegen Morgen hatte er ihn bereits vergessen.

Sie brachen bei Sonnenaufgang auf. Der Himmel über ihnen war leuchtend blau, und die ersten Sonnenstrahlen glitzerten auf dem Schnee. Außerdem war es milder, zumindest nach Daves Ansicht, als machte sich die Tatsache der Sommersonnenwende irgendwie bemerkbar. Unter den Jägern herrschte eine geradezu elektrisierende Betriebsamkeit, die beinahe schon zu sehen war. Die erotischen Anwandlungen, die begonnen hatten, sobald sie nach Gwen Ystrat gekommen waren, hatten sich jetzt noch verstärkt. Dave hatte etwas derartiges in seinem ganzen Leben noch nicht empfunden, und es hieß, daß heute abend die Priesterinnen zu ihnen herauskommen würden. Es machte ihn schwach, auch nur daran zu denken.

Daher zwang er sich, sich wieder auf das zu konzentrieren, was es an diesem Morgen zu tun gab. Er hatte mit dem kleinen Aufgebot der Dalrei zusammen jagen wollen, aber Pferde würden ihnen im Wald nur wenig nützen, und Aileron hatte die Reiter gebeten, sich den Bogenschützen anzuschließen, die rings um den Wald Stellung beziehen und sämtliche Wölfe niedermachen sollten, die versuchen würden zu entkommen. Dave sah Diarmuids massigen Stellvertreter Coll einen enorm großen Bogen von der Schulter nehmen und mit Torc und Levon über die Brücke nach Nordwesten davonreiten.

Damit blieb ihm nur eines übrig, nahm er an, und er ging irgendwie widerstrebend mitsamt seiner Axt dorthin, wo Kevin Laine stand und mit zwei weiteren Angehörigen aus der Schar des Prinzen scherzte. Es hielt sich das Gerücht, sie hätten gestern nacht ein wenig verfrüht mit den Feierlichkeiten zur Sommersonnenwende begonnen und somit die Befehle der zwei Könige mißachtet. Dave konnte nicht von sich behaupten, daß ihn das beeindruckte. Es war eine Sache, auf Zechtour zu gehen, wenn man sich in der Stadt aufhielt, aber eine ganz andere, am Vorabend einer Schlacht über die Stränge zu schlagen.

Andererseits schien keiner von ihnen an diesem Morgen darunter zu leiden, und er kannte nun einmal niemand sonst, dem er sich hätte anschließen können, daher stellte er sich linkisch neben dem Prinzen auf und wartete ab, daß ihm jemand Beachtung schenken würde. Diarmuid überflog soeben rasch die schriftlichen Anweisungen seines Bruders. Als er damit fertig war, schaute er auf und nahm Daves Gegenwart mit einem Blick seiner verwirrend blauen Augen zur Kenntnis.

»Noch Platz für einen weiteren Mann?« fragte Dave.

Er war gefaßt auf eine Stichelei, doch der Prinz erwiderte nur: »Natürlich. Schließlich habe ich dich kämpfen gesehen, erinnerst du dich?« Er hob ein klein wenig seine Stimme, und die annähernd fünfzig Mann um ihn herum verstummten. »Kommt her, Kinder, und ich erzähle euch eine Geschichte. Mein Bruder hat sich wieder einmal selbst übertroffen bei der Vorbereitung dieses Unternehmens. Folgendermaßen werden wir vorgehen ...«

Trotz dieses leichtfertigen Tonfalls waren seine Worte entschieden. Hinter dem Prinzen konnte Dave alsbald die Männer aus Cathal mit Shalhassan an der Spitze in nordöstlicher Richtung davonreiten sehen. Ganz in der Nähe war Aileron selbst gerade damit beschäftigt, zu einer weiteren Ansammlung von Männern zu sprechen, und ein Stück dahinter tat Arthur das gleiche. Das Ganze würde wohl auf eine Umklammerungsaktion hinauslaufen, schlußfolgerte Dave, wobei die beiden Kampfgruppen aus Südwesten und aus Nordosten sich vereinigen würden. Die etwa zweihundert Bogenschützen sollten einen geschlossenen Ring um den Wald herum bilden, und die Hunde sollten losgelassen werden, damit sie versuchen konnten, die Wölfe in der Mitte des Waldes zusammenzutreiben.

»Vorausgesetzt, die heimtückischen Wölfe sind nicht so verwegen, die Pläne des Großkönigs zu mißachten, müßten wir eigentlich in der Waldesmitte am Latham auf Shalhassans Streitmacht treffen, mit den Wölfen zwischen uns. Falls wir sie nicht zwischen uns haben«, kam Diarmuid zum Schluß, »dann haben wir die Schuld bei allem und jedem zu suchen, nur nicht bei unserem Schlachtplan. Alles klar?«

»Wo sind die Magier?« wollte Kevin Laine wissen. Immer hat er Fragen, dachte Dave. Einer von der Sorte. Unfähig, auch nur einmal gleich zur Tat zu schreiten.

Doch Diarmuid nahm seine Frage ernst. »Wir hatten die Absicht, sie mitzunehmen. Aber gestern abend ist im Tempel etwas vorgefallen. Beide Quellen sind völlig erschöpft. Heute morgen sind wir ausschließlich auf Schwerter und Pfeile angewiesen.«

Und auf Äxte, dachte Dave grimmig. Mehr war auch nicht erforderlich. Das war einfach eine sauberere Angelegenheit, wenn die Magie herausgehalten wurde. Weitere Fragen wurden nicht gestellt, und es war auch keine Zeit mehr dafür; Aileron hatte sich bereits mit seiner Schar in Marsch gesetzt. Diarmuid führte sie flink und leichtfüßig hinüber auf die linke Flanke, und Dave sah, wie Arthurs Trupp sich an die rechte Flanke setzte.

Sie befanden sich am Südrand des Waldes, nahe der Brücke. Am westlichen und nördlichen Waldrand konnte Dave dort, wo die Bäume weniger dicht standen, die Bogenschützen schußbereit auf ihren Pferden sitzen sehen.

Dann gab Aileron Arthur ein Zeichen, und Dave sah den Krieger mit seinem grauen Hund sprechen. Aufheulend stürzte sich dieser in den Leinanwald, und die Jagdmeute sprang hinter ihm her. Aus weiter Ferne hörte Dave Antwortgebell von der Nordseite her, als dort die andere Hälfte der Meute losgelassen wurde.

Einen Augenblick warteten sie noch, dann trat der Großkönig vor, und sie drangen in den Wald ein. Unversehens wurde es nun dunkler, denn die Bäume standen auch ohne Blätter so dicht, daß sie die Sonne fernhielten. Gleich zu Anfang mußten sie den zugefrorenen Latham überqueren, um am Westufer flußaufwärts einzuschwenken, ehe sie in weitem Bogen zurückzumarschieren begannen, um in der Mitte des Waldes auf die anderen zu treffen. Sie stießen nun in nordwestlicher Richtung vor, weshalb Diarmuids Flanke, also ihre eigene, am weitesten vorne lag, und auf einmal stieg Dave der Wolfsgeruch in die Nase, der sie allesamt scharf und unverwechselbar umgab.

Hinter ihnen im Osten bellten die Hunde, aber noch nicht

sonderlich eifrig. Die Axt griffbereit, ihre Halteschlinge am Handgelenk, schritt Dave zwischen Kevin Laine zu seiner Linken und dem Zwerg namens Brock, der ebenfalls mit einer Axt bewaffnet war, zu seiner Rechten hinter Diarmuid her.

Dann gab Cavall ein zweites Mal Laut, so geräuschvoll, daß selbst jemand, der noch nie an einer Jagd teilgenommen hatte, die Bedeutung dieses Lauts erkennen mußte.

»Kehrtmachen!« rief Aileron hinter ihnen. »Verteilt euch und macht kehrt. Wir wenden uns nach Nordosten dem Fluß zu!«

Inzwischen hatte Dave längst völlig die Orientierung verloren, aber er richtete sich danach, wo Diarmuid hinging, und machte sich mit pochendem Herzen daran, die Wölfe aufzuspüren.

Doch sie wurden zuerst entdeckt.

Lange vor dem Erreichen des Flusses oder gar dem Zusammentreffen mit den Mannen Cathals wurden sie von den schwarzen und grauen und gescheckten Gestalten angegriffen. Weil es ihnen ganz und gar nicht gefiel, gejagt zu werden, stürzten sich die riesigen Wölfe auf sie, und während er noch mit der Axt zum tödlichen Schlag ausholte, hörte Dave auch aus dem Osten Kampfeslärm. Die Männer aus Cathal mußten sich gleichfalls wehren.

Ihm blieb keine Zeit mehr zum Nachdenken. Indem er sich duckte und nach rechts auswich, entging er mit knapper Not den scharfen Zähnen eines schwarzen Untiers, das ihn ansprang. Er spürte, wie seine Pranken ihm den Mantel zerfetzten. Keine Zeit, sich umzusehen; da kam schon das nächste. Er erlegte es mit einem mächtigen Rückhandschlag, dann mußte er sich erneut ducken, und zwar beinahe bis zum Knien, als ein weiterer Wolf ihm ins Gesicht zu springen versuchte. Dies war der letzte klare Augenblick, an den er sich später noch erinnern konnte.

Während sie sich zwischen den Bäumen hindurchdrängten, sei es als Verfolgte oder als Verfolger, wurde die Schlacht zu einem chaotischen Hin und Her. In seiner Brust fühlte Dave wieder einmal jene alles auslöschende Wut aufsteigen, die ihn jedesmal zu packen schien, wenn er kämpfte, und er watete durch den vom Blut verfärbten Schnee, wobei seine Axt sich wie von selber hob und senkte. Die ganze Zeit sah er vor sich den Prinzen auf elegante Weise tödlich sein Schwert handhaben, und er hörte Diarmuid laut singen, während er sich dem Töten hingab.

Sie schlugen eine Bresche, er und der Prinz, und gleich hinter ihnen folgte Brock. In der Ferne konnte er nun schon die Cathalianer am anderen Ufer des zugefrorenen Flusses ausmachen. Doch rechts von ihnen gab es noch mehr Wölfe, welche die Mitte der Phalanx Brennins und obendrein die linke Flanke in Kampfhandlungen verwickelten. Dave wandte sich dorthin, um ihnen zu Hilfe zu eilen.

»*Warte!*« Diarmuid legte ihm die Hand auf den Arm. »Sieh dir nur ihn an.« Kevin Laine holte zu ihnen auf, und Dave entdeckte, daß er aus einer Armwunde blutete. Dann drehte Dave sich um und verfolgte den Ausgang der Schlacht auf ihrer Seite des Latham.

Nicht weit entfernt brachte Arthur Pendragon, den grauen Cavall zur Seite, gezielt und scheinbar mühelos Tod und Verderben unter die Wölfe, und Dave kam plötzlich und unerwartet zu Bewußtsein, wie oft der Krieger diese Klinge schon geschwungen haben mußte, die er da bei sich trug. Und in wie vielen Kriegen.

Doch Diarmuid beobachtete nicht etwa Arthur, und als Dave und neben ihm Kevin dem Blick des Prinzen folgten, sahen sie das gleiche, was Kimberly ein Jahr zuvor auf einem einsamen dämmrigen Pfad westlich von Paras Derval zu sehen bekommen hatte.

Aileron dan Ailell im Umgang mit dem Schwert.

Dave hatte Levon kämpfen gesehen und Torc; er hatte Diarmuids unbekümmerte Treffsicherheit beobachtet und eben erst Arthurs makellose Fechtkunst, bei welcher es nie zu einer überflüssigen Bewegung kam; er hatte sogar eine Vorstellung davon, wie er sich schlug, angespornt von einer Flutwelle des Zorns. Doch Aileron kämpfte so, wie ein Adler fliegt oder wie ein Eltor über die sommerliche Ebene eilt.

Am anderen Ufer war alles überstanden. Shalhassan führte blutend, aber siegreich, seine Mannen hinab an die gefrorenen Wasser des Latham, und dort angekommen, sahen sie ebenfalls zu.

Sieben Wölfe waren übrig, und ohne ein Wort darüber zu verlieren, überließen sie sie dem Großkönig. Sechs davon waren schwarz, stellte Dave fest, und einer war grau, und sie griffen von drei Seiten her im Sturm an. Er sah den grauen sterben und zwei von den schwarzen, ohne jedoch zu erfahren, welcher Schwerthieb es gewesen war, der die anderen vier getötet hatte.

Hiernach war es im Wald nahezu völlig still. Dave hörte zu beiden Seiten des Flusses vereinzeltes Husten, einmal bellte aufgeregt ein Hund, und ganz in der Nähe fluchte leise ein Mann über die Schmerzen, die ihm eine im Kampf zugezogene Wunde verursachte. Dave konnte die Augen nicht von dem Großkönig losreißen. Indem er inmitten des zertrampelten Schnees niederkniete, wischte Aileron sorgsam seine Klinge sauber, ehe er sich wieder erhob, um sie in die Scheide zu stecken. Er warf seinem Bruder einen flüchtigen Blick zu, dann wandte er sich mit beinahe schüchterner Miene an Arthur Pendragon.

Und der sagte mit bewundernder Stimme: »Nur einmal habe ich einen Mann zu Gesicht bekommen, der das zustande brachte, was Ihr soeben geleistet habt.«

Ailerons Stimme war zwar gedämpft, aber ruhig. »Ich bin nicht dieser Mann«, entgegnete er. »Ich habe nichts damit zu tun.«

»Nein«, stimmte Arthur zu. »Ihr habt nichts damit zu tun.«

Einen Augenblick darauf wandte Aileron sich dem Fluß zu. »Prachtvoll gewebt, Männer von Cathal. Nur einen geringfügigen Schlag haben wir der Finsternis heute morgen versetzt, doch es ist besser, daß wir ihn ausgeführt haben, als wenn es umgekehrt gewesen wäre. Es gibt Menschen, die auf Grund der Arbeit, die wir in diesem Wald verrichtet haben, heute nacht ruhiger schlafen werden.«

Shalhassan von Cathal war blutbeschmiert von der Schulter bis zu seinen Stiefeln, und auf den zweigeteilten Flechten seines Bartes waren Blutflecken zu erkennen, doch er sah nach wie vor königlich aus, als er in feierlicher Zustimmung nickte. »Sollen wir das Maron ertönen lassen, zum Zeichen, daß die Jagd beendet ist?« fragte Aileron förmlich.

»Tut das«, bat Shalhassan. »In allen drei Tonarten, denn auf dieser Seite des Flusses hat es sechs von uns das Leben gekostet.«

»Ebenso viele hier«, berichtete Arthur. »Wenn es Euch beliebt, Großkönig, dann vermag Cavall sowohl unserem Triumph, als auch unserer Trauer Ausdruck verleihen.«

Aileron nickte. Arthur sprach mit dem Hund.

Der graue Cavall aber begab sich auf einen freien Platz am Flußufer, wo der Schnee weder niedergetreten, noch mit Wolfs- oder Hunde- oder Menschenblut besudelt war. Dort, auf einer rein weißen Stelle inmitten der kahlen Bäume, hob er den Kopf.

Doch das Geheul, das er anstimmte, war kein Laut des Triumphes und schon gar nicht einer, der einen Verlust betrauert.

Dave sollte nie erfahren, was ihn veranlaßte, sich umzudrehen: das warnende Gebell des Hundes oder ein Zittern des Erdbodens. Blitzschnell wirbelte er herum.

Ein Augenblick blieb ihm, weniger als das, ein Zeitfunken im Zwischenraum zwischen den Sekunden, und währenddessen kam ihm eine Erinnerung. Ein anderer Wald. Pendaran. Flidais, das gnomenähnliche Wesen mit seinem gespenstischen Singsang. Und davon einer: *Hüte dich vor dem Eber, hüte dich vor dem Schwan, die salzige See spült nicht ihren Leichnam an.*

Hüte dich vor dem Eber.

Er hatte noch nie ein Geschöpf gesehen wie das, welches nun zwischen den Bäumen hervorgepoltert kam. Es mußte mindestens achthundert Pfund wiegen und besaß grausam geschwungene Hauer und wutentbrannte Augen, und obendrein war es ein Albino, so weiß wie der Schnee in ihrer Umgebung.

Und Kevin Lane, der nur ein Schwert hatte und eine verletzte Schulter, würde es nicht schaffen, ihm auszuweichen, und es bestand nicht die leiseste Hoffnung, daß es ihm gelingen könnte, dem Ansturm dieses Untiers standzuhalten.

Er stellte sich ihm entgegen. Tapfer, aber zu spät und zu wenig bewaffnet. Noch während die Erinnerung an den grotesken Flidais in ihm hochschoß und er Diarmuids Warnruf hörte, trat Dave rasch zwei Schritte vor, ließ seine Axt fallen und machte einen tollkühnen Hechtsprung, unbewaffnet, wie er nun einmal war.

Er traf sogar irgendwie geschickt auf. Aus dem Sprung heraus rammte er den Eber an der ihm zugewandten Schulter, und er legte sein gesamtes Gewicht und all seine Kraft in diesen Stoß.

Er prallte ab wie ein Tischtennisball von einer Mauer. Er spürte, wie er weggeschleudert wurde, hatte Zeit, es zu bemerken, ehe er krachend und sich überschlagend zwischen den Bäumen landete.

»Kevin!« brüllte er und versuchte aufzustehen, was ganz und gar nicht ratsam war. Die Welt geriet ins Wanken. Er legte die Hand auf seine Stirn, und als er sie wieder herunternahm, war sie mit Blut bedeckt. Er hatte Blut in den Augen; er konnte nicht sehen. Doch er hörte Schreie und einen knurrenden Hund, und irgend etwas war mit seinem Kopf passiert. Jemand lag auf dem Boden, und überall rannten Menschen umher, dann war jemand bei ihm, dann noch jemand. Sein Kopf. Er versuchte noch einmal, sich hochzurappeln. Sie stießen ihn wieder zu Boden. Sie sagten etwas zu ihm. Er verstand sie nicht.

»Kevin?« versuchte er zu fragen. Es gelang ihm nicht, den Namen auszusprechen. Er bekam Blut in den Mund. Er wandte sich ab, um zu husten, und verlor sogleich vor Schmerzen das Bewußtsein.

Das war kein Heldentum gewesen, auch keine närrische Tollkühnheit – für derart komplexe Dinge war gar keine Zeit gewesen. Er hatte hinter den anderen gestanden und ein Grunzen und Trampeln gehört, daher hatte er sich umgedreht, noch ehe der Hund gebellt und die Erde unter dem Ansturm des weißen Ebers gebebt hatte.

In jenem Bruchteil von Sekunden, der ihm blieb, hatte Kevin geglaubt, das Untier habe es auf Diarmuid abgesehen, und deshalb hatte er aufgeschrien, um seine Aufmerksamkeit auf sich zu lenken. Doch das erwies sich als unnötig, denn er selbst war von Anfang an das Angriffsziel des Ebers gewesen.

Seltsam, wieviel Zeit immer dann blieb, wenn eigentlich gar keine Zeit zu verlieren war. *Endlich verlangt einmal jemand nach mir,* lautete der erste, noch fröhliche Gedanke, der ihm durch den Kopf schoß. Aber er war flink, schon immer war er flink gewesen, auch wenn er nicht mit einem Schwert umzugehen wußte. Es gab keinen Ort, an den er sich hätte flüchten können, und keinerlei Möglichkeit, dieses Ungeheuer zu töten. Als der Eber mit wahnwitzigem Gegrunz auf ihn zugedonnert kam und bereits seine Hauer anzuheben begann, um ihm den Bauch aufzuschlitzen, da paßte Kevin genau den richtigen Zeitpunkt ab, ehe er einen Sprung vorwärts machte, die Hände auf das mächtige, weiße, stinkende Rückenfell des Ebers legte und wie ein minoischer Stiertänzer über ihn hinwegsetzte, um schließlich im weichen Schnee zu landen.

Zumindest war es so vorgesehen.

Der radikale Gegensatz zwischen Theorie und Praxis offenbarte sich jedoch genau dort, wo die Gestalt Dave Martyniuks im Flug gegen die Schulter des Ebers prallte.

Er brachte das Tier ungefähr fünf Zentimeter vom Kurs ab.

Gerade weit genug, daß Kevins rechte Hand abrutschen konnte, als er gerade nach einem Halt suchte, um darüberzuspringen. Aber er fand keinen. Bäuchlings landete er auf dem Rücken des Ebers, wobei ihm jedes atembare Molekül Luft aus den Lungen gepreßt wurde, doch da setzte ein letzter primitiver Mechanismus seines Bewußtseins ein und schrie: *Abrollen,* und sein Körper gehorchte.

Gerade weit genug, daß der rechte Hauer des Tiers bei seinem tückischen, ausholenden Stoß nur die äußeren Gewebsschichten der Leistengegend aufriß, anstatt sich aufwärts hineinzubohren, um seinem Leben ein Ende zu machen. Schließlich führte er doch noch seinen Salto aus und kam im Gegensatz zu Dave im Schnee auf.

Aber er litt starke Schmerzen, an einer wahrhaft schlimmen Körperstelle, und Tropfen seines Blutes leuchteten im Schnee wie verstreute rote Blumen.

Es war Brock, der den Eber von ihm ablenkte, und Diarmuid, der ihm den ersten Schwerthieb verpaßte. Nach und nach gesellten sich eine ganze Reihe von Schwertern hinzu; er konnte den gesamten Vorgang verfolgen, aber es war unmöglich festzustellen, wer dem Tier den Todesstoß versetzte.

Sie behandelten ihn mit allergrößter Vorsicht, als es darum ging, ihn fortzuschaffen, und es wäre geradezu unhöflich gewesen, zu schreien, daher hielt er die Äste umklammert, aus denen sie ihm eine behelfsmäßige Trage gezimmert hatten, bis er glaubte, seine Hände hätten das Holz auseinandergebrochen, und er schrie nicht.

Probierte sich gar an einem Scherz, als Diarmuids Gesicht unnatürlich blaß über ihm auftauchte. »Sollte es eine Wahl geben zwischen mir und dem Kind«, murmelte er kraftlos, »dann rettet das Kleine.« Diar lachte nicht. Kevin war sich im unklaren, ob er die Pointe überhaupt verstanden habe, und fragte sich, wo Paul sein mochte, dem sie sicher nicht entgangen wäre. Er schrie nicht.

Er verlor nicht das Bewußtsein, bis einer der Träger beim Verlassen des Waldes über einen Zweig stolperte.

Martyniuk lag im nächsten Bett und beobachtete Kevin, als er zu sich kam. Hatte einen riesigen, blutgetränkten Verband um den Kopf. Sah nicht aus, als sei ihm sonderlich wohl.

»Du bist heilgeblieben«, tröstete ihn Dave. »Alles noch dran.«

Er hätte gern etwas Komisches darauf erwidert, doch dafür war seine Erleichterung zu groß. Er schloß die Augen und holte tief Luft. Die Schmerzen waren überraschend gering. Als er die Augen wieder aufmachte, sah er, daß noch eine ganze Reihe anderer im Raum versammelt waren: Diar und Coll und Levon. Dazu Torc, und Erron. Freunde. Er und Dave lagen im Empfangsraum im Quartier des Prinzen auf Lagern, die man dicht ans Feuer gerückt hatte.

»Ich bin tatsächlich heilgeblieben«, bestätigte er. Er wandte sich an Dave. »Und du?«

»Alles in Ordnung. Obwohl ich nicht weiß, wieso.«

»Die Magier waren hier«, berichtete Diarmuid. »Alle beide. Jeder hat einen von euch geheilt. Das hat eine Weile gedauert.«

Kevin kam ein bestimmter Gedanke. »Moment mal. Ich dachte –«

»– daß die Quellen erschöpft wären«, beendete Diarmuid den Satz. Seine Augen blickten ernsthaft. »Das waren sie auch, aber wir hatten kaum eine andere Wahl. Jetzt ruhen sie sich im Tempel aus, Matt und Barak. Sie werden sich wieder erholen, versichert Loren.« Der Prinz lächelte nach und nach wieder. »Nur am Maidaladan werden sie nicht teilnehmen können. Ihr werdet sie dafür entschädigen müssen. Auf welche Weise auch immer.«

Alle lachten. Kevin schaute zu Dave hinüber. »Sag mal«, äußerte der hünenhafte Mann bedächtig, »hab' ich dir nun das Leben gerettet oder beinahe dafür gesorgt, daß du umkommst?«

»Wir wollen uns auf die erste Version einigen«, schlug Kevin vor. »Aber es ist gut, daß du mich nicht recht leiden kannst, denn wenn es so wäre, dann hättest du diesem Schwein einen echten Stoß versetzt, anstatt nur so zu tun. Und in dem Fall –«

»Heh!« rief Dave aus. »Heh! Das ist nicht ... das ist nicht ge ...« Er verstummte, weil alle anderen lachten. Aber er hatte vor, sich diesen Spruch zu merken, für später. Kevin gelang es immer wieder, ihn hochzunehmen.

»Da wir gerade von Schweinen sprechen«, mischte sich Levon ein, um Dave aus der Klemme zu helfen, »wir braten diesen Eber am Spieß, um ihn heute abend zu verspeisen. Ihr müßtet das eigentlich schon riechen.«

Nach einem Augenblick und einigen prüfenden Atemzügen konnte Kevin es tatsächlich riechen. »Das«, verkündete er aus vollem Herzen, »war ein ganz gehöriges Schwein.«

Diarmuid grinste schon wieder. »Wenn ihr es einrichten könntet, zum Abendessen zu kommen«, sagte er, »wir haben jedenfalls Vorkehrungen getroffen, daß euch die besten Stücke aufgehoben werden –«

»Nein!« stöhnte Kevin, der schon wußte, was jetzt kommen mußte.

»Ja, wirklich, ich habe mir gedacht, du könntest Gefallen daran finden, dem Eber zu nehmen, was er beinahe dir genommen hat.«

Diarmuid stieß damit auf große Begeisterung und wurde mit lautem Gelächter belohnt, was, wie Kevin klar wurde, vor allem von innerlicher Erregung gespeist wurde. Es war Maidaladan, der Abend der Sommersonnenwende, und das machte sich bei allen übrigen Männern im Raum bemerkbar. Er stand auf in dem Bewußtsein, daß allein das schon ein kleines Wunder bedeutete. Er trug zwar einen Verband, konnte sich jedoch frei bewegen, und so erging es anscheinend auch Dave. An dem hünenhaften Mann konnte Kevin die gleiche, kaum zügelbare sexuelle Gereiztheit ablesen, die auch bei allen anderen aufgekommen war. Bei allen außer ihm, aber diesmal plagte ihn dabei tief in seinem Innern ein Gedanke, und er schien wichtig zu sein. Es handelte sich nicht um eine Erinnerung, um etwas, worüber er Bescheid wußte, es ging um etwas anderes ...

Doch es wurde viel gelacht, und überall herrschte rauhe, unbändige Fröhlichkeit. Er ließ sich davon mitreißen, genoß die Kameradschaft der anderen. Als sie das Versammlungshaus Morvrans betraten – an diesem Abend vorgesehen als Speisesaal – kam bei den Soldaten von Brennin und Cathal spontaner Beifall auf, und Kevin erkannte, daß der Jubel ihm und Dave galt.

Sie saßen bei Diarmuids Mannen und bei den zwei jungen Dalrei. Ehe das Festmahl in aller Form eröffnet wurde, erhob sich Diarmuid, getreu seinen Worten, von seinem Platz an der Tafel und kam, eine Servierplatte feierlich vor sich her tragend, zu Kevin herüber.

Umgeben von wachsender Heiterkeit und vom Rhythmus der Fäuste von fünfhundert hungrigen Männern, die auf die langen

Holztische klopften, gemahnte Kevin sich, daß man so etwas für eine Delikatesse hielt. Ein volles Weinglas in der Hand stand er auf, verneigte sich vor Diarmuid und verspeiste dann die Hoden des Ebers, der ihn beinahe getötet hätte.

Kein übler Geschmack, wenn man es so bedachte.

»Noch was da?« fragte er laut und hatte die Lacher für diesen Abend auf seiner Seite. Sogar Dave Martyniuk, wozu schon einiges gehörte.

Aileron hielt eine kurze Ansprache, und dann Shalhassan, wobei beide sich klugerweise kurz faßten, in Anbetracht der allgemeinen Stimmung im Saal. Außerdem, dachte Kevin, mußten die Könige es auch spüren. Die Schankmädchen – Töchter der Dorfbewohner, nahm Kevin an – kicherten bereits und entzogen sich den Annäherungsversuchen. Doch sie schienen nicht böse darüber zu sein, und er fragte sich, wie sich das Maidaladan auf die Frauen auswirken mochte. Auf Jaelle und Sharra, oder gar auf dieses Schlachtschiff, Audiart, droben am Kopfende der Tafel. Später jedenfalls würde es wild zugehen, wenn die Priesterinnen kamen.

An allen vier Wänden waren hoch droben Fenster eingelassen. Inmitten des Trubels sah Kevin zu, wie es draußen allmählich dunkel wurde. Doch es herrschte zuviel Lärm, zuviel fieberhafte Erregung, als daß jemand seinen ungewöhnlichen Gleichmut bemerkt hätte.

Er war der einzige im Saal, der den Mond erblickte, als er anfing, durch die westlichen Fenster hereinzuscheinen. Es handelte sich um Vollmond, um die Mittsommernacht, und jetzt quälte ihn der Gedanke am Rande seines Bewußtseins stärker und mühte sich, Gestalt anzunehmen. Unauffällig erhob er sich und ging hinaus, und er war nicht der erste, der sich davonstahl. Selbst bei dieser Kälte hielten draußen vor dem Saal die Paare sich eng umschlungen, ohne auf ihn zu achten.

Er schob sich an ihnen vorbei, und seine Verletzung tat nun ein wenig weh, als er mitten auf der vereisten Straße stand und in östlicher Richtung zum Mond aufblickte. Endlich kam in seinem Innern etwas in Fluß und nahm Gestalt an. Doch nicht körperliches Verlangen, sondern das, was jenseits dieses Verlangens lag, was immer das auch sein mochte.

»Dies ist keine Nacht, um allein zu sein«, ließ sich dicht hinter ihm eine Stimme vernehmen. Er drehte sich um und gewahrte Liane. In ihren Augen lag eine ungewisse Scheu.

»Sei gegrüßt«, sagte er. »Ich habe dich beim Festmahl nicht gesehen.«

»Ich war nicht da. Ich habe bei Gereint gesessen.«

»Wie geht es ihm?« Er setzte sich in Bewegung, und sie ging auf der breiten Straße neben ihm her. Zu beiden Seiten kamen andere Paare an ihnen vorbei, lachend und eilig bestrebt, ins Warme zu kommen. Es war sehr hell, da das Mondlicht auf den Schnee fiel.

»Recht gut. Aber er ist nicht froh, nicht so wie die anderen.«

Er warf ihr einen raschen Blick zu und nahm dann, weil ihm das richtig erschien, ihre Hand. Sie trug ebenfalls keine Handschuhe, und ihre Finger waren kalt.

»Warum ist er nicht froh?« Aus einem nahegelegenen Fenster drang unvermittelt Gelächter, und eine Kerze erlosch.

»Er glaubt, daß wir es jetzt nicht schaffen.«

»Was sollten wir denn schaffen?«

»Dem Winter ein Ende zu bereiten. Wie es scheint, ruft Metran ihn hervor – vom Ort der spiralförmigen Bewegung aus, Cader Sedat, draußen auf dem Meer.«

Ein Stück Weges gingen sie schweigend dahin, und Kevin spürte, wie sich in seiner Seele ein noch tieferes Schweigen ausbreitete, und plötzlich bekam er es mit der Angst. »Sie können nicht dorthin«, befürchtete er leise.

Nun war die Reihe an ihr, ihm einen Blick zuzuwerfen, und ihre dunklen Augen waren betrübt. »Nicht im Winter. Sie können nicht in See stechen. Sie können dem Winter kein Ende machen, solange der Winter anhält.«

Da kam es Kevin vor, als habe er eine Vision seiner eigenen Vergangenheit, von seiner Jagd nach einem flüchtigen Traum, der ihn im Wachen wie im Schlaf durch all seine Nächte begleitet hatte. In seiner Seele herrschte völlige Stille. Er sagte: »Damals, als wir zusammen waren, hast du behauptet, daß ich Dun Maura in mir trage.«

Sie blieb mitten auf der Straße stehen und wandte sich ihm zu.

»Ich erinnere mich«, entgegnete sie.

»Also«, fuhr er fort, »da geht was ganz Seltsames vor. Ich spüre überhaupt nichts von dem, womit alle übrigen heute abend geschlagen sind. Dafür spüre ich etwas anderes.«

Ihre Augen weiteten sich im Mondlicht. »Der Eber«, flüsterte sie. »Der Eber hat dich gezeichnet.«

Das auch. Bedächtig nickte er. Nach und nach klärte sich alles auf. Der Eber. Der Mond. Die Mittsommernacht. Der Winter, der kein Ende nehmen wollte. Nun reimte sich in der Tat alles zusammen, und Kevin begriff endlich und bewahrte zugleich seine innere Ruhe.

»Du läßt mich jetzt besser allein«, bat er so rücksichtsvoll wie möglich.

Es dauerte einen Augenblick, ehe ihm klar wurde, daß sie weinte. Das hatte er nicht erwartet.

»Liadon?« fragte sie. Und sprach damit den Namen aus.

»Ja«, gestand er. »Es sieht ganz danach aus. Du läßt mich jetzt besser allein.«

Sie war sehr jung, und er dachte, sie würde sich möglicherweise weigern. Doch er hatte sie unterschätzt. Mit dem Handrücken wischte sie sich die Tränen fort, dann stellte sie sich auf die Zehenspitzen, küßte ihn auf den Mund und ging in die Richtung davon, aus der sie gekommen waren, den Lichtern entgegen.

Er blickte ihr nach. Dann wandte er sich dorthin, wo die Stallungen waren. Er fand sein Pferd. Während er es sattelte, hörte er vom Tempel her die Glocken läuten, und seine Bewegungen verlangsamten sich einen Augenblick lang. Nun würden die Priesterinnen der Dana sich unters Volk mischen.

Er zog den Sattelgurt fest und stieg aufs Pferd. Leise lenkte er es im Schrittempo die Zufahrt entlang und brachte es in den Schatten zum Stehen, wo der Weg auf die Straße zwischen Morvran und dem Tempel mündete. Als er den Blick nach rechts richtete, konnte er sie kommen sehen, und gleich darauf sah er die Priesterinnen vorüberziehen. Einige rannten und andere schritten langsam dahin. Sie trugen allesamt lange graue Umhänge zum Schutz vor der Kälte, und alle ließen sie das Haar offen über den Rücken fallen, und alle Frauen schienen im Mondlicht ein wenig von innen heraus zu leuchten. Sie gingen vorbei, und als er sich nach links wandte, sah er, daß die Männer ihnen aus der Stadt entgegenkamen, und das Mondlicht war außerordentlich hell und erleuchtete Schnee und Eis und all die Männer und Frauen, die auf der Straße zusammentrafen.

Sehr bald jedoch war die Straße wieder menschenleer, und dann verstummten auch die Glocken. Ganz in der Nähe waren Rufe und Gelächter zu hören, doch Kevin war nun endgültig zur Ruhe gekommen, und er lenkte sein Pferd gen Osten und ritt davon.

Sie wachte am späten Nachmittag auf. Sie befand sich in der Kammer, die sie ihr zugewiesen hatten, und Jaelle saß schweigend neben dem Bett.

Kim richtete sich ein wenig auf und reckte die Arme. »Habe ich den ganzen Tag geschlafen?« erkundigte sie sich.

Jaelle lächelte, was gänzlich unerwartet kam. »Darauf hattet Ihr Anspruch.«

»Wie lange habt ihr mich schon beobachtet?«

»Nicht lange. Wir haben nach euch allen hin und wieder gesehen.«

»Nach uns allen? Nach wem sonst?«

»Gereint. Die zwei Quellen.«

Kim setzte sich auf. »Ihr habt es gut überstanden?«

Jaelle nickte. »Keiner von uns ist so weit vorgedrungen wie Ihr. Auch den Quellen ging es gut, bis sie ein zweites Mal in Anspruch genommen wurden.«

Kim blickte sie fragend an, und die rothaarige Priesterin erzählte ihr von der Jagd und dann von dem Eber. »Keiner von beiden hat sich bleibenden Schaden zugezogen«, schloß sie, »obwohl Kevin nahe dran war.«

Kim schüttelte den Kopf. »Ich bin froh, daß ich das nicht mit ansehen mußte.« Sie atmete tief ein, dann fragte sie: »Aileron hat gesagt, ich hätte euch etwas übermittelt. Was war es, Jaelle?«

»Der Kessel«, erwiderte die andere, und als Kim abwartete, fügte sie hinzu: »Der Magier ist der Überzeugung, daß Metran damit von Cader Sedat aus, draußen auf See, den Winter hervorruft.«

Es herrschte Stille, während Kim das Gehörte in sich aufnahm. Als sie es endlich verarbeitet hatte, empfand sie nichts als Verzweiflung. »Dann habe ich nichts erreicht! Wir können nichts dagegen unternehmen. Wir können im Winter nicht dorthin!«

»Hübsch ausgedacht, nicht wahr?« bemerkte Jaelle trocken, auch wenn ihr Tonfall ihre Angst nicht verbergen konnte.

»Was machen wir nun?«

Jaelle bewegte sich unruhig. »Heute nacht nicht viel. Spürt Ihr es nicht?«

Und auf die Frage hin merkte Kim, daß sie es sehr wohl fühlte. »Ich dachte, das seien bloß irgendwelche Nachwirkungen«, murmelte sie.

Die Priesterin schüttelte den Kopf. »Maidaladan. Es hat uns später erreicht als die Männer, und eher als Unruhe denn als körperliches Verlangen, denke ich, aber die Sonne geht bald unter, und wir haben Mittsommernacht.«

Kim blickte sie an. »Werdet Ihr mit hinausgehen?«

Jaelle stand abrupt auf und tat einige Schritte zur gegenüberliegenden Wand. Kim glaubte, sie beleidigt zu haben, doch gleich darauf wandte die hochgewachsene Priesterin sich ihr wieder zu. »Es tut mir leid«, sagte sie und überraschte damit Kim zum zweiten Mal. »Eine alte Geschichte. Ich werde zum Bankett gehen, aber hinterher wiederkommen. Die mit den grauen Gewändern müssen heute nacht auf die Straße hinaus und sich jedem Mann hingeben, der nach ihnen verlangt. Die rotgewandeten Mormae gehen nicht hinaus, obwohl das ein Brauch ist, kein Gesetz.« Sie zögerte. »Die Hohepriesterin trägt weiß und darf am Maidaladan nicht teilhaben oder sich zu irgendeinem anderen Zeitpunkt mit einem Mann einlassen.«

»Gibt es dafür einen bestimmten Grund?« fragte Kim.

»Ihr solltet ihn eigentlich kennen«, meinte Jaelle.

Und als sie in sich ging, dorthin, wo sich ihre zweite Seele befand, kannte Kim tatsächlich den Grund. »Ich verstehe«, murmelte sie sanft. »Ist das schwierig?«

Einen Augenblick lang antwortete Jaelle nicht, dann erklärte sie: »Ich bin vom Braun der Tempeldienerin direkt zu Rot und dann zu Weiß übergegangen.«

»Niemals die graue Tracht.« Kim erinnerte sich an etwas. »Ysanne übrigens auch nicht.« Und dann, als die andere sich versteifte, fragte sie: »Haßt Ihr sie denn so sehr?«

Sie erwartete darauf keine Antwort, aber dieser Nachmittag war ohnehin seltsam, und Jaelle gestand ihr: »Früher einmal, ja. Jetzt fällt es mir nicht mehr so leicht. Vermutlich richtet sich aller Haß, der mir innewohnt, gen Norden.«

Lange Zeit herrschte Schweigen. Jaelle brach es in verlegenem Tonfall. »Ich wollte damit sagen . . . zu Anfang . . . Ihr habt gestern nacht Großartiges vollbracht, was immer sich daraus ergeben mag.«

Nach kurzem Zögern eröffnete ihr Kim: »Ich hatte dabei fremde Hilfe. Das werde ich nur Euch und Loren anvertrauen, denke ich, weil ich nicht sicher bin, was daraus wird, und weil ich achtsam vorgehen möchte.«

»Was für fremde Hilfe?« wollte Jaelle erfahren.

»Die Paraiko«, erwiderte Kim. »Die Riesen sind in Khath Meigol nach wie vor am Leben und werden dort festgehalten.«

Jaelle setzte sich recht plötzlich hin. »Dana, unser aller Mutter!« rief sie aus. »Was sollen wir denn bloß tun?«

Kim schüttelte den Kopf. »Ich weiß es nicht genau. Wir sprechen noch darüber. Aber nicht heute abend, meine ich. Ich glaube nicht, daß heute abend etwas Bedeutsames geschehen wird.«

Jaelles Mund geriet ins Zucken. »Sagt das denen in den grauen Gewändern, die ein ganzes Jahr darauf gewartet haben.«

Kim lächelte. »Ich stelle bloß Vermutungen an. Ihr wißt, was ich meine. Außerdem müssen wir über Darien sprechen.«

Jaelle gab ihr recht: »Pwyll ist im Augenblick bei ihm.«

»Ich weiß. Ich nehme an, er mußte hingehen, aber ich wünschte, er wäre hier.«

Jaelle erhob sich wieder. »Ich werde nun gehen müssen. Sicher fangen sie bald an. Ich freue mich, zu sehen, daß es Euch besser geht.«

»Danke«, sagte Kim. »Für alles. Vielleicht schaue ich bei Gereint und den Quellen vorbei. Nur um ihnen guten Tag zu wünschen. Wo sind sie?«

Wieder wurde Jaelle verlegen. »Wir haben sie in die Gemächer gebettet, die ich benutze. Wir dachten, dort würde es ruhig sein – nicht alle Priesterinnen gehen hinaus, solange sich Männer im Tempel aufhalten.«

Gegen ihren Willen mußte Kim kichern. »Jaelle«, stellte sie erheitert fest, »Ihr habt Euch die drei einzigen harmlosen Männer in Gwen Ystrat ausgesucht, um sie heute nacht in Euren Gemächern schlafen zu lassen.«

Gleich darauf hörte sie die Hohepriesterin, soweit sie sich erinnern konnte, zum allerersten Mal lachen.

Sobald Kim allein war, schlief sie, all ihren guten Vorsätzen zum Trotz, wieder ein. Keine Träume, kein Wirken geheimnisvoller Kräfte, nur der tiefe Schlaf einer Frau, die ihrer Seele zuviel zugemutet hat und weiß, daß noch mehr auf sie zukommen wird.

Die Glocken weckten sie. Sie hörte das Rascheln langer Gewänder draußen in der Eingangshalle, die eiligen Schritte einer großen Zahl von Frauen. Es wurde geflüstert und atemlos gelacht. Dann, nach einer Weile, war es wieder still.

Sie lag im Bett, inzwischen hellwach, und dachte über vieles nach. Schließlich richteten ihre Gedanken sich auf einen Vorfall des vergangenen Tages, und nachdem sie alles gründlich erwogen und noch eine Weile still dagelegen hatte, stand sie auf, wusch sich das Gesicht und zog ihr eigenes, bodenlanges Gewand an, ohne etwas darunter.

Sie ging den gewundenen Gang entlang und horchte an einer Tür, durch die noch ein schwacher Lichtschein nach draußen drang. Nachdem sie sich vergewissert hatte, klopfte sie, und als er ihr aufmachte, trat sie ein.

»Dies ist keine Nacht, um allein zu sein«, begann sie und blickte zu ihm auf.

»Bist du dir deiner Sache sicher?« fragte er ganz ruhig.

»Ja«, erwiderte sie. Sie verzog den Mund. »Es sei denn, du ziehst es vor, dich auf die Suche nach der einen oder anderen Tempeldienerin zu machen?«

Er gab keine Antwort. Trat nur vor. Sie hob den Kopf, um seinen Kuß zu empfangen, der innig war und zugleich fordernd, wie sie es vorausgesehen hatte. Dann spürte sie, wie er die Haken ihres Gewandes löste, und als es zu Boden fiel, wurde sie mühelos von seinen starken Armen aufgehoben, und Loren trug sie zu seinem Bett in der Mittsommernacht.

Nach und nach bekam sie ein Gefühl dafür, wozu er imstande war, dachte Sharra, welche Formen sein Bedürfnis nach Zeitvertreib annehmen konnte. Vor einem Jahr war sie selbst Zielscheibe seiner Zerstreuung gewesen, doch er hatte sich dabei einen Messerstich geholt und beinahe gar den Tod. Von ihrem Platz an der Ehrentafel beobachtete sie ihn mit einem angedeuteten Lächeln auf den Lippen, als er aufstand und das dampfende Gekröse des Ebers zu demjenigen brachte, dessen Eingeweide aufgeschlitzt worden waren. Indem er die Gesten eines Bediensteten annahm, reichte Diarmuid Kevin die Schüssel.

Auch an ihn erinnerte sie sich: Er hatte einen gleichen Sprung gewagt wie sie vor einem Jahr, von der Musikantengalerie in Paras Derval herab, wenn auch aus einem völlig anderen Grund. Er sah gleichfalls gut aus, so hellhaarig wie Diarmuid, obwohl seine Augen braun waren. Außerdem hatten sie einen traurigen Ausdruck, dachte Sharra, und sie war nicht die erste Frau, die das bemerkte.

Ob er nun traurig war oder nicht, Kevin machte eine Bemerkung, daß die Männer in seiner Umgebung sich vor Lachen krümmten, und Diarmuid lachte ebenfalls, als er zu seinem Platz zwischen Sharras Vater und der Hohepriesterin an Ailerons anderer Seite zurückkehrte. Im Hinsetzen warf er ihr einen kurzen Blick zu, und sie sah weg, ohne eine Miene zu verziehen. Sie hatten nicht miteinander gesprochen seit jenem Nachmittag, als er ihrer aller so mühelos Herr geworden war. Heute abend jedoch war Maidaladan, und sie kannte ihn gut genug, um einen Antrag von ihm zu erwarten.

Im weiteren Verlauf des Banketts – Eberfleisch von der morgendlichen Jagd und Eltorfleisch, das die Dalrei von der Ebene mitgebracht hatten – wurde die Stimmung des Abends immer turbulenter. Sie war neugierig, gewiß nicht ängstlich, und obendrein besessen von einer besorgniserregenden Unruhe. Wenn die Glocken läuteten, hatte man ihr zu verstehen gegeben, würden die Priesterinnen aus dem Tempel kommen. Sie, das hatte ihr Vater entschieden so bestimmt, würde einige Zeit, ehe es soweit war, dorthin zurückkehren. Schon waren Arthur zu ihrer Linken und Ivor, der Aven der Dalrei, der sich den ganzen Abend auf das vergnüglichste mit ihr unterhalten hatte, zum Heiligtum aufgebrochen. Zumindest nahm sie an, daß sie dorthin gegangen waren.

Aus diesem Grund gab es im Saal, wo es mit der Zeit immer unbändiger zuging, zu beiden Seiten von ihr leere Plätze. Sie konnte erkennen, daß Shalhassan begonnen hatte, unruhig zu werden. Dies war nicht die rechte Stimmung für den Unumschränkten Herrscher von Cathal. Flüchtig kam ihr der Gedanke, ob ihr Vater wohl ebenfalls dieses Aufwallen körperlichen Verlangens spürte, das bei sämtlichen anderen Männern im Saal nach und nach zutage trat. Es mußte wohl so sein, nahm sie an, und unterdrückte ein Lächeln – es war nicht leicht, sich Shalhassan als Opfer seiner Leidenschaften vorzustellen.

Und in diesem Augenblick wurde sie trotz allem davon überrascht, daß Diarmuid an ihre Seite trat. Er setzte sich nicht. Bestimmt würden zahlreiche Blicke auf sie gerichtet sein. Er stützte sich auf die Lehne des Stuhls, auf dem Arthur gesessen hatte, und sagte im Tonfall allerhöchster Freundlichkeit etwas, das sie völlig aus der Fassung brachte. Gleich darauf entfernte er sich mit einem höflichen Nicken, wobei der Schmuck an seinem Hals das Kerzenlicht einfing, und ging durch den langgestreckten Saal, alle paar Schritte aufgehalten durch einen Scherz oder eine Stichelei, in die Nacht hinaus.

Sie war ihres Vaters Tochter, und nicht einmal Shalhassan, der ihr einen prüfenden Blick zuwarf, konnte auch nur eine Spur davon entdecken, wie aufgewühlt sie innerlich war.

Sie hatte angenommen, daß er sie heute nacht aufsuchen würde, hatte den Antrag erwartet, den er ihr machen würde. Daß er ihr, wie er es gerade getan hatte, nur zuraunen würde: »Später«, und nicht mehr, das entsprach recht genau dem, was sie sich vorgestellt hatte. Es paßte zu seiner Haltung, zu seiner unverschämten Sorglosigkeit.

Was nicht dazu paßte, was sie so sehr aus der Fassung gebracht hatte, war die Tatsache, daß er eine Frage daraus gemacht hatte, eine Bitte, und sie dabei Antwort heischend angeblickt hatte. Sie wußte nicht, was ihre Augen ihm geantwortet hatten oder gar, was noch schlimmer war, was sie gewollt hatte, daß sie ihm antworteten.

Wenige Augenblicke später erhob sich ihr Vater, und ein Stück weiter unten im Saal folgte Bashrai seinem Beispiel. Eine Ehrengarde, immer noch bemerkenswert diszipliniert, geleitete den König und die Prinzessin von Cathal zurück zum Tempel. Am Eingang entließ Shalhassan sie mit huldvoller Geste, wenn schon nicht mit einem Lächeln, für diese Nacht.

Sie verfügte hier nicht über eigene Dienerschaft – Jaelle hatte eine der Priesterinnen beauftragt, sich um sie zu kümmern. Als sie das Zimmer betrat, sah Sharra, daß die Frau im Licht des Mondes, das schräg durch die Vorhänge drang, soeben ihr Bett aufdeckte. Die Priesterin trug bereits Mantel und Kapuze gegen die winterliche Kälte draußen, und Sharra konnte sich vorstellen, warum.

»Werden sie bald die Glocken läuten?« fragte sie.

»Sehr bald, Herrin«, flüsterte die Frau, und Sharra bemerkte einen angestrengten Unterton in ihrer tiefen Stimme. Auch das beunruhigte sie.

Sie ließ sich auf den einzigen vorhandenen Stuhl nieder und spielte mit dem Solitär, den sie um den Hals trug. Mit raschen, beinahe ungeduldigen Bewegungen bereitete die Priesterin das Bett fertig vor.

»Ist noch etwas, Herrin? Wenn nicht, dann ... Es tut mir leid, aber, aber es ist nur heute nacht ...« Ihre Stimme bebte.

»Nein«, beschied ihr Sharra freundlich. »Ich werde zurechtkommen. Nur ... das Fenster könntest du mir noch aufmachen, ehe du gehst.«

»Das Fenster?« Die Priesterin zeigte offen ihre Bestürzung. »Oh, Herrin, nein! Doch bestimmt nicht für Euch. Ihr müßt wissen, es wird heute nacht recht wild zugehen, und die Männer aus dem Dorf, heißt es, sind manchmal schon ...«

Sie fixierte die Frau so abweisend, wie es ihr möglich war. Doch es war nicht leicht, eine geweihte Priesterin der Dana in Gwen Ystrat zum Schweigen zu bringen. »Ich denke nicht, daß sich irgendwelche Männer aus dem Dorf hierher wagen werden«, erklärte sie, »und ich bin es gewohnt, bei offenem Fenster zu schlafen, selbst im Winter.«

Ganz bewußt drehte sie der anderen den Rücken zu und begann ihren Schmuck abzunehmen. Ihre Hände blieben ruhig, doch sie konnte spüren, wie ihr Herz wie rasend klopfte angesichts der Folgen ihres Tuns.

Falls er lachen sollte, wenn er hereinkam, oder sie verhöhnen, dann würde sie schreien, beschloß sie. Und es ihm überlassen, mit den Konsequenzen fertig zu werden. Sie hörte den Riegel am Fenster aufspringen, und ein kalter Luftzug blies in den Raum.

Dann hörte sie die Glocken, und die Priesterin hinter ihr holte zitternd Luft.

»Danke«, sagte Sharra und legte ihre Halskette auf den Tisch. »Ich gehe davon aus, daß dies dein Zeichen ist.«

»Eigentlich war es das Fenster«, vernahm sie Diarmuids Stimme.

Sie hatte ihren Dolch gezogen, noch ehe sie sich ganz nach ihm umgedreht hatte.

Er hatte die Kapuze abgestreift, stand da und betrachtete sie gelassen. »Erinnere dich, daß ich dir irgendwann davon erzähle, wie ich so etwas schon einmal gemacht habe. Es ist eine gute Geschichte. Ist dir aufgefallen«, fügte er im Plauderton hinzu, »wie groß manche dieser Priesterinnen sind? Ein Glück war das, sonst –«

»Bist du darauf aus, dir meinen Haß zuzuziehen?« sie schleuderte ihm die Worte entgegen, als seien sie ihr Dolch.

Er verstummte. »Niemals«, entgegnete er, wenn auch immer noch leichthin. »Es gibt für einen einzelnen Mann von draußen her keinen Zugang zu diesem Zimmer, und ich hatte mir in den Kopf gesetzt, niemanden hiervon in Kenntnis zu setzen. Ich hatte keine andere Möglichkeit, allein hierher zu kommen.«

»Was hat dich verleitet, anzunehmen, du könntest herkommen. Welche Vermessenheit –«

»Sharra. Hör auf mit diesem Ton. Ich habe gar nichts angenommen. Hättest du nicht das Fenster öffnen lassen, wäre ich mit dem Läuten der Glocken wieder gegangen.«

»Ich ...« Sie unterbrach sich. Es gab nichts zu erklären.

»Wärest du bereit, etwas für mich zu tun?« Er trat vor; instinktiv hob sie ihre Klinge, und hierauf lächelte er zum allerersten Mal. »Ja«, sagte er, »du kannst zustechen. Aus naheliegenden Gründen habe ich kein Blut geopfert, als ich hereinkam. Es ist mir nicht recht, mich zum Maidaladan hier aufzuhalten, ohne die Riten einzuhalten. Wenn Dana schon solchen Einfluß auf mich ausüben kann, wie sie es heute abend tut, dann hat sie ein Sühneopfer verdient. Neben dir steht eine Schüssel.«

Und indem er die Ärmel seines Gewandes und des blauen Hemdes aufrollte, das er darunter trug, streckte er ihr das Handgelenk entgegen.

»Ich bin keine Priesterin«, wandte sie ein.

»Heute abend, denke ich, sind alle Frauen Priesterinnen. Tu es mir zuliebe, Sharra.«

So kam es, daß ihr Dolch zum zweiten Mal in ihn eindrang, als sie nun sein Handgelenk ergriff und an der Unterseite einen langen Schnitt anbrachte. Das helle Blut quoll hervor, und sie fing es in der Schüssel auf. Er hatte ein Stück Spitze aus Seresh in der Tasche, und er reichte es ihr wortlos. Sie legte die Schüssel und das Messer beiseite und verband ihm die Schnittwunde.

»Zweimal nun«, flüsterte er und wiederholte damit ihren Gedanken. »Wird es ein drittes Mal geben?«

»Du forderst es heraus.«

Da entfernte er sich von ihr, zum Fenster hin. Sie befanden sich auf der Ostseite, und der Mond schien herein. Obendrein, wurde ihr klar, ging es draußen tief hinab, da der Boden steil von den glatten Tempelmauern abfiel. Er hielt mit den Händen locker das Fenstersims umfaßt und stand da und blickte hinaus. Als er das Wort ergriff, geschah dies immer noch gelassen, wenn auch nicht leichthin. »Man muß mich nehmen, wie ich bin, Sharra. Ich werde mich niemals einer berechenbaren Haltung befleißigen.« Er sah sie an. »Sonst wäre ich jetzt Großkönig von Brennin, und Aileron wäre tot. Du warst selbst dabei.«

Sie war dabeigewesen. Er hatte den Ausgang der Dinge entschieden, keiner der Anwesenden im Großen Thronsaal an jenem Tag würde das wohl je vergessen. Sie blieb stumm, die Hände im Schoß.

Er fuhr fort: »Als du von der Galerie gesprungen bist, glaubte ich einen Raubvogel auf seine Beute herabstoßen zu sehen. Später, als du mein Kommen geahnt und mich mit Wasser überschüttet hast, als ich die Mauern emporgeklettert kam, glaubte ich, eine Frau zu erblicken, die ein Gefühl dafür hat, wie man ein Spiel angeht. Beides wurde mir vor sechs Tagen in Paras Derval wieder vor Augen geführt. Sharra, ich bin nicht hierhergekommen, dich ins Bett zu zerren.«

Ein ungläubiges Lachen entrang sich ihr.

Er hatte sich umgedreht und war ihr nun voll zugewandt. Auf seinem Gesicht lag das Mondlicht. »Es stimmt. Ich habe schon gestern gemerkt, daß mir die Leidenschaft des Maidaladan nicht gefällt. Ich ziehe meine eigene vor. Und die deine. Ich bin nicht hier, um dich ins Bett zu locken, sondern um zu sagen, was ich gesagt habe.«

Sie hatte die Hände ineinander verkrampft. Doch sie machte sich über ihn lustig, und ihre Stimme war kühl. »Ach ja«, spottete sie, »und ich schließe daraus, daß du im vergangenen Frühjahr nach Larai Rigal gekommen bist, nur um die Gärten zu sehen?«

Er hatte sich nicht von der Stelle bewegt, doch seine Stimme war irgendwie ganz nahe bei ihr, und sie klang rauher. »Nur eine Blume darin«, entgegnete Diarmuid. »Ich habe mehr gefunden, als ich zu finden erwartet habe.«

Sie hätte eigentlich etwas darauf erwidern müssen, hätte ihm eine seiner Sticheleien zurückgeben müssen, die jedermann klein und häßlich machten und so zynisch waren, doch ihr Mund war völlig ausgetrocknet, und sie konnte kein Wort hervorbringen.

Und nun kam er näher, nur einen halben Schritt, doch damit trat er aus dem Licht. Während sie sich anstrengte, in den Schatten etwas zu erkennen, hörte Sharra ihn vorsichtig, und nun – endlich – seine eigene Anspannung offen zeigend, sagen: »Prinzessin, dies sind böse Zeiten, denn der Krieg legt uns seine eigenen Zwänge auf, und dieser Krieg könnte das Ende all dessen bedeuten, was uns bekannt ist. Dessen ungeachtet möchte ich, falls du es gestattest, so feierlich um deine Hand anhalten, wie es je einer Prinzessin von Cathal widerfahren ist, und ich möchte morgen deinem Vater gegenüber dieselben Worte gebrauchen, wie heute abend vor dir.«

Er schwieg. Plötzlich schien der ganze Raum von Mondlicht erfüllt, und sie zitterte an sämtlichen Gliedern. »Sharra«, bediente er sich der bei solchem Anlaß vorgeschriebenen Formulierung, *»in deinen Augen geht die Sonne auf.«*

So viele Männer hatten mit diesen, den formellen Worten der Liebe, um sie angehalten. So viele Männer, doch keiner hatte sie je dazu gebracht, zu weinen. Sie wollte sich erheben, aber sie konnte sich nicht auf ihre Beine verlassen. Er war immer noch ein Stück weit von ihr entfernt. Feierlich, hatte er gesagt. Er würde morgen mit ihrem Vater sprechen. Und sie hatte gehört, daß seine Stimme rauh klang.

Das tat sie auch weiterhin. Er fuhr fort: »Sollte ich dich erschreckt haben, tut mir das leid. Dies ist eine Sache, in der ich nicht geübt bin. Ich werde dich jetzt verlassen. Ich werde nicht mit Shalhassan sprechen, solange du mir nicht die Erlaubnis dazu erteilt hast.«

Er machte sich auf zur Tür. Und ihr wurde klar – er konnte ihr Gesicht nicht sehen, dort wo sie in den Schatten saß, und weil sie nichts erwidert hatte . . .

Da stand sie doch noch auf und schlug vor, indem sie mit ihren Worten gegen eine Flut ankämpfte, die in ihrem Herzen aufstieg, schüchtern, doch nicht ohne einen fröhlichen Unterton: »Könnten wir nicht so tun, als sei nicht Maidaladan? Nur um festzustellen, wie weit wir mit unserer eigenen, unzulänglichen Leidenschaft kommen?«

Ein Laut entfuhr ihm, als er sich umdrehte. Sie trat zur Seite, ins Licht, damit er ihr Gesicht sehen konnte, und fügte hinzu: »Wen sonst sollte ich je lieben?«

Dann war er neben ihr und überragte sie, und seine Lippen berührten ihre Tränen, ihre Augen, ihren Mund, und der volle Mond der Mittsommernacht badete sie wie in einem Schauer weißen Lichts, ungeachtet der Finsternis, die um sie herum herrschte, und der Finsternis, die noch kommen sollte.

Es war kalt draußen im offenene Gelände, wenn auch heute nacht nicht ganz so schlimm, und der Schnee und die Hügel waren hell erleuchtet. Über ihm strahlten die leuchtenden Sterne frostig herab, doch die schwächer scheinenden wurden vom Mondlicht ausgelöscht, vor allem direkt über seinem Kopf, denn der Vollmond stand hoch am Himmel.

Er ritt in gleichmäßigem Tempo gen Osten, und nach einiger Zeit begann das Pferd mit dem Aufstieg. Es gab keinen echten Pfad, nicht inmitten des Schnees, aber das Land war auch so recht eben, und die Schneeverwehungen waren nicht tief.

Die Hügel verliefen von Norden nach Süden, und es dauerte nicht lange, bis er auf einen hochgelegenen Grat gelangte und auf die andere Seite hinabblicken konnte. In der Ferne glitzerten die Berge im Silberlicht, entrückt und bezaubernd. So weit würde er nicht reiten müssen.

Er hatte das Pferd zum Stehen gebracht. Zu seiner Rechten bewegte sich ein Schatten inmitten von Schnee und Eis, und Kevin drehte sich rasch danach um, denn ihm war bewußt, daß er in dieser weiten Nacht unbewaffnet und allein war.

Es handelte sich nicht um einen Wolf.

Der graue Hund kam langsam, geradezu feierlich herbei, blieb vor dem Pferd stehen und richtete die Augen unverwandt auf Kevin. Er war trotz der schrecklichen Narben ein schönes Tier, und Kevins Herz öffnete sich ihm. So verweilten sie einen Moment lang, ein lebendes Bild dort auf der Hügelkuppe inmitten des Schnees und des tiefen, rauschenden Seufzens des Windes.

Kevin fragte: »Willst du mich dorthin geleiten?«

Einen Augenblick lang beobachtete Cavall ihn, dann drehte er sich um. Noch einmal wandte der graue Hund jedoch, als wollte er eine Frage an ihn richten oder als brauchte er eine weitere Aufforderung, den Kopf und blickte den einsamen Reiter auf seinem einsamen Pferd an.

Kevin begriff. »Ich habe Angst«, gestand er. »Ich bin nicht bereit, dich zu belügen. Aber ich habe ein überwältigendes Gefühl in mir, um so mehr, seit du hier bist. Ich beabsichtige, Dun Maura aufzusuchen. Willst du mir den Weg weisen?«

Ein Windstoß wirbelte den Schnee auf der Hügelkuppe auf. Als er sich legte, begann Cavall den Abhang hinunter gen Osten zu trotten. Noch einen Moment lang blickte Kevin zurück. Hinter ihm waren die Lichter Morvrans und des Tempels zu erkennen, und wenn er genau hinhörte, konnte er ganz schwach Rufe und Gelächter vernehmen. Er zog an den Zügeln, und das Pferd folgte dem Hund, und auf der anderen Seite des Hügels waren die Lichter und die Geräusche nicht mehr wahrnehmbar.

Er hatte es nicht weit, würde es nicht weit haben, das wußte er. Etwa eine Stunde lang führte Cavall ihn auf gewundenen Pfaden aus dem Hügelland heraus, in östlicher und leicht nördlicher Richtung. Pferd und Reiter und Hund waren die einzigen Lebewesen in dieser winterlichen Landschaft aus immergrünen Gewächsen, auf denen sich der Schnee häufte, und aus den gerundeten Formen kleinerer Erhebungen und Senken. Kevins Atem gefror in der Nachtluft, und die einzigen hörbaren Laute waren die Schritte seines Pferdes und das Seufzen des Windes, der nun sanfter blies, da sie aus der Höhe herabgestiegen waren.

Dann blieb der Hund stehen und sah erneut zu ihm auf. Er mußte einige Augenblicke danach suchen, ehe er die Höhle entdeckte. Sie standen direkt davor. Vor dem Eingang gab es Büsche und überhängende Ranken, und die Öffnung war kleiner, als er erwartet hatte – eigentlich nichts weiter als ein Spalt, mit einem schrägen Pfad, der hinein in den offenbar letzten der niedrigen Hügel führte. Wäre das Mondlicht nicht so hell gewesen, hätte er ihn gar nicht erkennen können.

Seine Hände zitterten ein wenig. Er atmete einige Male langsam und tief durch und spürte, daß sich das rasche Pochen seines Herzens legte. Dann schwang er sich vom Rücken seines Pferdes, stellte sich neben Cavall in den Schnee und betrachtete die Höhle. Er hatte große Angst.

Nach einem weiteren Atemzug wandte er sich wieder dem Pferd zu. Er strich ihm über die Nüstern, lehnte den Kopf daran und spürte seine Wärme. Dann nahm er die Zügel auf und wendete das Pferd, so daß es den Hügeln und der dahinterliegenden Stadt zugewandt war. »Geh jetzt«, bedeutete er ihm, und versetzte ihm einen Klaps aufs Hinterteil.

Ein wenig überrascht, wie leicht doch alles war, sah er den Hengst davongaloppieren, auf seiner eigenen deutlich erkennbaren Spur. Im klaren Licht konnte er ihn noch lange Zeit mit den Blicken verfolgen, ehe der Weg, den sie genommen hatten, um einen Ausläufer des Hügels gen Süden abbog. Noch einige Sekunden lang stand er da und spähte gen Westen dorthin, wo das Tier verschwunden war.

»Nun gut«, sagte er und wandte sich ab, »auf geht's.« Der Hund saß im Schnee und beobachtete ihn mit seinen feuchten Augen. Soviel Traurigkeit in ihnen. Er war versucht, ihn in die Arme zu nehmen, doch der Hund gehörte ihm nicht, sie hatten nichts gemeinsam, und er wollte sich nichts anmaßen. Er begnügte sich mit einer Handbewegung, mit einer recht dümmlichen Geste, und schritt ohne ein weiteres Wort Dun Maura entgegen.

Diesmal blickte er nicht zurück. Er würde dort bloß Cavall zu sehen bekommen, und der Hund würde ihn beobachten, während er still im mondhellen Schnee saß. Kevin teilte das Dickicht und trat durch die Büsche in die Höhle.

Sogleich wurde es dunkel um ihn. Er hatte kein Licht mitgebracht, daher mußte er abwarten, bis seine Augen sich angepaßt hatten. Während dieser kurzen Minute wurde ihm bewußt, wie warm es plötzlich geworden war. Er legte den Mantel ab und ließ ihn neben dem Eingang fallen, wenn auch ein wenig seitlich. Nach kurzem Zögern tat er das gleiche mit dem schöngewobenen Wams, das Diarmuid ihm gegeben hatte. Bei einem schnellen, flatternden Laut draußen zuckte er zusammen, doch es handelte sich nur um einen Vogel. Er schrie einmal, dann zweimal, ein gedehnter, dünner, zittriger Laut. Dann, einen Augenblick darauf, ein drittes Mal, einen Halbton tiefer und nicht mehr so gedehnt. Die Hand an die rechte Seitenwand gelegt, setzte Kevin sich in Bewegung.

Der Pfad war eben und neigte sich nur allmählich abwärts. Wenn er die Hände ausstreckte, konnte er zu beiden Seiten die Wände ertasten. Er hatte das Gefühl, daß die Decke der Höhle hoch sein mußte, aber es war sehr dunkel, und er konnte nichts sehen.

Sein Herz schien jetzt langsamer zu schlagen, und seine Handflächen waren trocken, obwohl die grob behauenen Wände zu beiden Seiten sich feucht anfühlten. Die Dunkelheit störte ihn am meisten, doch er wußte mit letzter Sicherheit, daß er nicht so weit gekommen war, nur um zu straucheln und sich auf einem düsteren Pfad den Hals zu brechen.

Lange Zeit schritt er dahin, obwohl er nicht wußte, wie lange. Zweimal waren die Wände einander so nahe gekommen, daß er gezwungen war, sich seitlich zwischen ihnen hindurchzuzwängen. Einmal kam ein Etwas, das durch die Dunkelheit flog, sehr dicht an ihm vorbei, und er duckte sich verspätet, erfüllt von primitiver Furcht. Doch es ging vorbei, alles ging vorbei. Schließlich machte die Höhle einen scharfen Knick nach rechts, und weiter unten und fern erblickte Kevin einen Lichtschein.

Es war warm. Er öffnete einen weiteren Knopf seines Hemdes, und dann zog er es, einem Impuls folgend, ganz aus. Er sah nach oben. Selbst im neu hinzugekommenen Licht war die Decke der Höhle so hoch, daß sie sich in den Schatten verlor. Der Pfad wurde nun breiter, und dann folgten Stufen. Er zählte sie, ohne guten Grund. Die siebenundzwanzigste war die letzte, und sie führte ihn vom Pfad weg an den Rand eines riesigen, runden Gewölbes, das in orangefarbenem Licht erglühte, dessen Quelle er nicht ausmachen konnte.

Er blieb instinktiv auf der Schwelle stehen, und als er das tat, sträubten sich die Haare in seinem Nacken und er spürte den ersten Pulsschlag – noch kein Aufwallen, auch wenn er wußte, daß es dazu kommen konnte – einer Macht, die diesen heiligsten aller Orte beherrschte, und die Gestalt, die diese Macht in ihm annahm, war endlich Verlangen.

»Hell dein Haar, und hell dein Blut«, hörte er sagen. Er wandte sich hastig nach rechts.

Er hatte sie nicht gesehen, und hätte sie nicht wahrgenommen, wenn sie nicht gesprochen hätte. Kaum einen Meter von ihm entfernt war ein grober Steinsitz in die Felswand gehauen. Auf ihm, vom Alter beinahe gänzlich gebeugt, saß eine runzlige, klapprige alte Vettel. Das lange, strähnige Haar hing in ungepflegten, gelblich grauen Ringeln über ihren Rücken und zu beiden Seiten ihres schmalen Gesichts herab. Mit knotigen Händen, so verkrüppelt wie ihr Rückgrat, arbeitete sie unablässig an ihrem formlosen Strickzeug. Als sie seine Verblüffung bemerkte, lachte sie, öffnete weit den zahnlosen Mund zu einem hohen, keuchenden Laut. Ihre Augen, riet er, waren einst blau gewesen, doch jetzt waren sie milchig und wässerig und halb geschlossen vom grauen Star.

Vor langer Zeit mußte ihr Gewand weiß gewesen sein, doch jetzt war es so befleckt und verschmutzt, daß seine Farbe nicht mehr zu erkennen war, und es war vielfach zerrissen. Durch einen der Risse sah er ihre schlaff herabhängenden, verkümmerten Brüste.

Langsam und mit äußerster Hochachtung verneigte Kevin sich vor ihr, der Hüterin der Schwelle dieses Ortes. Sie lachte immer noch, als er sich aufrichtete, und Speichel rann ihr über das Kinn.

»Es ist Maidaladan heute nacht«, sprach er sie an.

Nach und nach beruhigte sie sich wieder und blickte von dem niederen Steinsitz zu ihm auf, und ihr Rücken war so krumm, daß sie sich seitwärts den Hals verrenken mußte, um das zu bewerkstelligen. »So ist es«, bestätigte sie. »Die Nacht des geliebten Sohnes. Es ist siebenhundert Jahre her, seit das letzte Mal ein Mann zur Mittsommernacht vorbeigekommen ist.« Sie deutete mit einer ihrer Stricknadeln, und Kevin sah neben ihr zu Boden und erblickte zerfallene Knochen und einen Schädel.

»Ich habe ihn nicht vorbeigelassen«, raunte die Alte und lachte.

Er schluckte und kämpfte gegen seine Angst an. »Wie lange«, stammelte er, »wie lange bist du schon hier?«

»Narr!« schrie sie, so laut, daß er auffuhr. *NarrNarrNarrNarr* hallte es durch das Gewölbe, und hoch droben hörte er die Fledermäuse. *»Glaubst du etwa, ich sei lebendig?«*

Lebendiglebendiglebendiglebendig, schallte es, und dann vernahm er nur noch seine eigenen Atemzüge. Er sah zu, wie die Vettel ihr Strickzeug neben den Knochen zu ihren Füßen ablegte. Als sie wieder zu ihm hochblickte, hatte sie nur noch eine Nadel in der Hand, lang und spitz und dunkel, und sie war auf sein Herz gerichtet. Sie sang, deutlich, aber so leise, daß es kein Echo gab:

Hell dein Haar und hell dein Blut,
Rot und gelb sie für die Mutter scheinen.
Sage mir deinen Namen, Liebster,
Den wahren Namen und sonst keinen.

In jenem Moment, bevor er ihr antwortete, blieb Kevin Laine Zeit, sich an vieles zu erinnern, an manches mit Kummer und an manches voller Liebe. Er richtete sich hoch vor ihr auf, er war erfüllt von Kraft, vom Aufwallen des Verlangens, auch er konnte das Echo veranlassen, durch Dun Maura zu hallen:

»Liadon!« rief er, und inmitten des Widerhalls, inmitten der knospenden Kraft in seinem Innern spürte er einen Hauch, eine Berührung wie vom Wind auf seinem Gesicht.

Langsam ließ die Alte ihre Nadel sinken.

»Du sprichst die Wahrheit«, raunte sie. »Tritt ein.«

Er rührte sich nicht. Sein Herz klopfte jetzt sehr schnell, wenn auch nicht aus Furcht, aus einem anderen Grund. »Ich trage ein Verlangen in mir«, bekannte er.

»Das ist immer so«, erwiderte die Alte.

Kevin fuhr fort: »Hell mein Haar und hell mein Blut. Ich habe schon einmal in Paras Derval geopfert, doch das war weit von hier, und nicht heute nacht.«

Er wartete und entdeckte zum ersten Mal etwas in ihren Augen. Sie schienen klar zu werden, ihr längst verlorenes Blau wiederzugewinnen, und vielleicht war es nur eine Täuschung des orangefarbenen Lichts, das den Steinsitz erleuchtete, aber es kam ihm so vor, als sehe er, wie sie sich im Sitzen aufrichtete.

Mit ihrer einen Nadel zeigte sie nach drinnen, in das Gewölbe. Nicht weit entfernt, beinahe noch auf der Schwelle, erkannte Kevin die Opfergerätschaften. Hier gab es keinen blankpolierten Dolch, keine vortrefflich geformte Schale, um die herabtropfende Gabe aufzufangen. Dies war der älteste Ort, der Herd. Aus dem Boden der Höhle erhob sich ein Felsbrocken bis etwa in Höhe seiner Brust, und an der Spitze war er nicht eben und gerundet, sondern lang und gezackt. Neben dem Felsbrocken stand eine Steinschale, kaum größer als ein Trinkbecher. Einst hatte sie zwei Griffe gehabt, doch einer davon war abgebrochen. Sie wies keinerlei Verzierung auf, keine Glasur, sie war grob, gerade eben in der Lage, ihre Funktion zu erfüllen, und Kevin brachte nicht einmal eine Mutmaßung zustande, wie alt sie sein mochte.

»Tritt ein«, wiederholte die Vettel.

Er ging zu dem Felsbrocken und hob vorsichtig die Schale auf. Sie fühlte sich sehr schwer an. Wieder hielt er inne, und wieder erinnerte er sich an vieles, das aus weiter Ferne zu ihm drang, Lichter einer fernen Küste, Lichter einer Stadt, wie man sie des nachts von einem winterlichen Hügel aus sah.

Er war sich seiner Sache völlig sicher. Mit gleichmäßiger, bedächtiger Bewegung beugte er sich über den Felsen und legte seine Wange auf die gezackte Spitze. Und während er den Schmerz spürte und das hervorquellende Blut auffing, hörte er hinter sich ein Heulen, einen ungezügelten Laut, in dem sich Freude und Trauer vereinten zu einem Schrei, der anschwoll und wieder verstummte, während er zu seiner Macht gelangte.

Er drehte sich um. Die Greisin hatte sich erhoben. Ihre Augen waren strahlend blau, ihr Gewand war weiß, ihr Haar war weiß wie Schnee, ihre Finger lang und schlank. Ihre Zähne waren weiß, ihre Lippen waren rot, ein rötlicher Hauch lag auf ihren Wangen, und er erkannte daran ihre Sehnsucht.

Er gestand ihr: »Ich trage in mir ein Verlangen.«

Sie lachte. Ein sanftes Lachen, bewundernd, zärtlich, das Lachen einer Mutter über der Wiege ihres Sohnes.

»Geliebter«, sagte sie. »Oh, sei mir willkommen ein zweites Mal, Liadon. Geliebter Sohn, Maidaladan. Sie wird dich lieben, sie wird dich lieben, das wird sie.« Und die Priesterin der Schwelle, immer noch uralt, aber keine alte Vettel mehr, legte ihm die Finger auf die immer noch blutende Wunde, und er spürte, wie sich unter ihrer Berührung die Haut schloß und die Blutung aufhörte.

Dann erhob sie sich auf die Zehenspitzen und küßte ihn mitten auf den Mund. Verlangen brach über ihn herein wie eine Welle im Sturmwind. Sie erklärte: »Zwölfhundert Jahre sind vergangen, seit ich mir meinen Anteil an einem Opfer genommen habe, das aus freien Stücken dargebracht wurde.« Sie hatte Tränen in den Augen.

»Geh jetzt«, fuhr sie fort. »Bald ist Mitternacht, Liadon. Du weißt, wohin du dich wenden mußt; du erinnerst dich. Gieße die Schale aus und das Verlangen in dir, Geliebter. Sie wird dort sein. Um deinetwillen wird sie so rasch herbeieilen wie damals, als der erste aller Eber den ersten all ihrer Liebhaber gezeichnet hat.« Noch während sie sprach, entkleidete sie ihn mit ihren langen Fingern.

Verlangen, Kraft, Wellenkamm. Er war die Macht, die hinter der Welle stand und hinter dem Schaum, wo sie sich brach. Wortlos drehte er sich um, denn er wußte den Weg, und als er das weite Gewölbe durchquerte, in der Hand sein eigenes Blut in einer steinernen Schale, gelangte er ans andere Ende. An den eigentlichen Rand des Abgrunds.

Nackt wie im Mutterschoß stand er über den Abgrund gebeugt. Und als er diesmal innehielt, ließ er seine Gedanken nicht zurückschweifen zu den verlorenen Dingen der Vergangenheit, sondern wandte sich statt dessen voll und ganz dem einen Verlangen zu, das er in sich trug, dem einen Geschenk, um das er sie als Entschädigung ersuchte, und er goß die randvolle Schale seines Blutes in den dunklen Abgrund, um Dana in der Mittsommernacht aus den Tiefen heraufzubeschwören.

Im Gewölbe hinter ihm hörte das Glühen gänzlich auf. Inmitten der absoluten Schwärze wartete er, und in ihm war soviel Macht, soviel Verlangen. Das Verlangen all seiner Tage wurde hier auf einen Punkt konzentriert, auf diesen Punkt, richtete sich auf diesen Spalt. Dun Maura. Maidaladan. Sein Name. Das Verlangen, das er in sich trug. Der Eber. Das Blut. Der Hund draußen im Schnee. Der Vollmond. Sämtliche Nächte, alles Versinken in sämtlichen Liebesnächten. Und jetzt.

Und jetzt war sie gekommen, und das war mehr als alles, was er je erlebt hatte, mehr als alles. Sie war gekommen, und sie war da für ihn, dort in der Dunkelheit, über dem Abgrund schwebend mitten in der Luft, so nackt wie er.

»Liadon«, flüsterte sie, und das heisere Verlangen in ihrer Stimme setzte ihn in Brand, und dann hob sie, als wolle sie den Augenblick krönen und ihm Gestalt verleihen, denn sie liebte ihn und würde ihn immer lieben, dann hob sie noch einmal zu flüstern an und sagte:

»Kevin«, und dann: *»Oh, komm doch!«*

Und er sprang.

Sie war da, und ihre Arme legten sich in der alles verhüllenden Dunkelheit um ihn, ihre Beine schlangen sich um die seinen, ihr Mund. Kevin streckte die Hand aus und berührte ihre Brüste. Er streichelte ihre Hüften, ihre Schenkel, fühlte, wie sie sich unter seiner Berührung öffnete wie eine Knospe, empfand sich selbst, wild und zügellos, drang in sie ein. Sie stürzten hinab, es gab kein Licht, es gab keine Wände, ihr Mund gab leise Geräusche von sich, während sie ihn küßte, er stieß zu und hörte sie aufstöhnen, er vernahm seinen eigenen rauhen Atem, fühlte, wie der Sturm sich zusammenbraute, die Macht, wußte, dies war das Ziel seines Daseins, hörte Dana seinen Namen aussprechen, alle seine Namen in allen Welten, fühlte sich explodieren, tief hinein in sie mit dem Feuer seines Samens. Mit der ihr eigenen verklärten Ekstase entflammte sie aufs neue, und im Lichte ihres Verlangens sah er die Erde von unten her auf sich zukommen, um ihn aufzunehmen, ihm zu begegnen. Doch sie hielt ihn umschlungen, sie leuchtete von innen heraus um dessentwillen, was er mit ihr gemacht hatte, er war heimgekehrt, ans Ende aller Wanderungen. Nun raste der Erdboden ihm entgegen, die Wände sausten vorbei, kein Bedauern, viel Liebe, Macht, eine gewisse Hoffnung, ermattetes Verlangen, und nur der eine Kummer, der ihm im letzten Bruchteil einer Sekunde Trauer bereiten konnte, als die Erde nun endgültig herankam, ihm entgegen.

Abba, dachte er, ganz und gar unpassend. Und schlug auf.

Im Tempel erwachte Jaelle. Sie hatte ein Geräusch gehört. Sie saß kerzengerade in ihrem Bett und wartete. Einen Augenblick später kam es wieder, und diesmal war sie wach, und es konnte sich nicht um einen Irrtum handeln. Nicht hierbei, und nicht heute nacht. Sie war Hohepriesterin, sie trug Weiß und war unberührt, denn es mußte eine geben, die so auf die Mutter eingestimmt war, daß der Schrei, wenn er laut wurde, nicht ungehört verhallte. Wieder erreichte er sie, der Laut, den sie nie zu vernehmen angenommen hatte, ein Schrei, der länger nicht mehr erklungen war, als irgend ein Lebender wußte. Oh, das Ritual war ausgeführt worden, jeden Morgen nach dem Maidaladan, seit der erste Tempel in Gwen Ystrat errichtet worden war. Doch das Klagen der Priesterinnen bei Sonnenaufgang war eine Sache, es war ein Symbol, ein Akt des Gedenkens.

Die Stimme in ihrem Kopf aber war unendlich anders, und ihr Klagen hatte nichts mit einem symbolischen Verlust zu tun, sondern es ging dabei um den Geliebten Sohn. Jaelle stand auf, war sich dabei ihres Zitterns bewußt und glaubte immer noch nicht recht, was sie da hörte, doch der Laut war schrill und unwiderstehlich, übervoll mit zeitlosem Jammer, und sie war Hohepriesterin und begriff, was geschehen war.

Im Vorraum ihrer Gemächer befanden sich drei schlafende Männer. Keiner von ihnen rührte sich, als sie vorbeikam. Sie ging nicht hinaus auf den Gang. Statt dessen trat sie an eine andere, kleinere Tür und schritt barfuß in der Kälte rasch durch einen dunklen, engen Flur und öffnete an seinem Ende eine weitere Tür.

Sie kam unter der Kuppel hervor, hinter dem Altar und der Axt. Sie verharrte. Die Stimme war laut in ihrem Innern, eindringlich und frohlockend selbst in ihrer Trauer, und sie wurde von ihr mitgerissen.

Sie war Hohepriesterin. Dies war Maidaladan, und obwohl es unmöglich erschien, war es geschehen. Sie legte beide Hände auf die Axt, hob sie aus ihrer Verankerung und ließ sie mit einem mächtigen Krachen auf den Altar niedersausen. Ungeheuerlich war der Widerhall. Erst als es vorbei war, hob sie ihre Stimme und sprach jene Worte, die sie im Innern ihrer Seele hörte.

»*Rahod hedai Liadon!*« rief Jaelle. »Liadon ist ein zweites Mal gestorben!« Sie schluchzte, sie trauerte um ihn mit ihrem ganzen Herzen. Und sie wußte, daß jede Priesterin in Fionavar sie gehört hatte. Sie war Hohepriesterin.

Sie erwachten nun, all jene, die sich im Tempel aufhielten. Sie schreckten auf aus ihrem Schlaf. Sie erblickten sie dort, mit zerrissener Robe, mit Blut auf dem Gesicht, die Axt, die aus ihrer Verankerung gehoben war.

»Rahod hedai Liadon!« rief Jaelle wieder, als sie die Worte in sich aufsteigen und nach Ausdruck verlangen fühlte. Die Mormae waren nun alle versammelt, sie sah, daß sie anfingen, ihre Gewänder zu zerreißen, sich im Ungestüm ihrer Trauer die Gesichter zu zerkratzen, und sie hörte, daß sie ebenfalls die Stimmen klagend erhoben, wie sie es getan hatte.

Neben ihr stand eine schluchzende Tempeldienerin. Sie trug Jaelles Umhang und ihre Stiefel. In aller Eile zog sie sich an. Sie setzte sich in Bewegung, um sie wegzuführen, alle zusammen gen Osten, dorthin, wo es geschehen war. Es waren auch Männer im Raum, die beiden Magier, die Könige; Furcht stand in ihren Augen. Sie traten beiseite, um sie vorbeizulassen. Dort aber war eine Frau, die nicht beiseite trat.

»Jaelle«, fragte Kim. »Wer ist es?«

Sie ließ sich kaum aufhalten. »Ich weiß es nicht. Komm mit!« Sie wandte sich nach draußen. Überall in Morvran wurden Lichter angezündet, und die lange Straße entlang, die von der Stadt zum Tempel führte, sah sie die Priesterinnen auf sich zueilen. Ihr Pferd war herbeigeholt worden. Sie stieg auf und machte sich, ohne auf jemanden zu warten, auf nach Dun Maura.

Sie folgten ihr alle. In zahlreichen Fällen saßen sie zu zweit auf den Pferden, da die Soldaten die Priesterinnen mitbrachten, welche weinend aus ihren Betten gesprungen waren. Es war Sommersonnenwende, und das Morgengrauen würde früh hereinbrechen. Es herrschte bereits graues Licht, als sie zur Höhle kamen und den Hund erblickten.

Arthur stieg vom Pferd und ging zu Cavall hinüber. Einen Augenblick lang blickte er dem Hund in die Augen, dann stand er da und schaute zur Höhle hinüber. An ihrem Eingang stand Jaelle zwischen den roten Blumen, die mitten im Schnee erblüht waren, und Tränen rannen ihr über das Gesicht.

Die Sonne ging auf.

»Wer?« wollte Loren Silbermantel wissen. »Wer war es?«

Inzwischen waren ungeheuer viele Menschen dort eingetroffen, und sie blickten einander im ersten Morgenlicht an.

Kim Ford schloß die Augen.

Rings um sie her begannen die Priesterinnen der Dana, zunächst abgehackt, mit ihrem Klagegesang für den toten Liadon.

»Seht doch!« ließ sich Shalhassan von Cathal vernehmen. »Der Schnee schmilzt.«

Jedermann schaute hin, nur Kim nicht. Jedermann sah es.

Oh, mein geliebter Mann, dachte Kimberly. Ein Raunen erklang, das sich allmählich zu einem Brüllen steigerte. Ehrfurcht und Ungläubigkeit. Die Anfänge ungeheurer Freude. Die Priesterinnen heulten in ihrer Trauer und Ekstase. Die Sonne schien auf den schmelzenden Schnee.

»Wo ist Kevin?« fragte Diarmuid barsch.

Wo, o wo? Oh, mein Geliebter.

TEIL IV

Cader Sedat

Kapitel 12

Als ältester von drei Brüdern hatte Paul ein recht gutes Gespür dafür, wie man mit Kindern umging. Doch ein gutes Gespür reichte hier nicht aus, nicht bei diesem Kind. Dari war an jenem Morgen ihm überlassen, denn Vae hatte mit ihrem eigenen Kummer genug zu tun; den Verlust eines Kindes zu betrauern und einen beinahe unmöglichen Brief zur Nordfeste zu schreiben.

Er hatte versprochen, dafür zu sorgen, daß er dort auch ankommen würde, und hatte dann Dari zum Spielen mit nach draußen genommen. Oder vielmehr, um nur mit ihm durch den Schnee zu marschieren, denn der Junge – Paul schätzte, daß er jetzt wie ein Sieben- oder Achtjähriger aussah – war nicht in der Stimmung zu spielen, und obendrein hatte er kein rechtes Vertrauen zu Paul.

Indem er auf die Erinnerung an seine Brüder vor fünfzehn Jahren zurückgriff, redete Paul Schafer einfach drauflos. Er drängte Dari nicht, etwas zu sagen oder etwas zu tun, erbot sich nicht, mit ihm zu raufen oder ihn zu tragen; er sprach nur zu ihm, und nicht wie jemand, der zu einem Kind spricht.

Er erzählte Dari von seiner eigenen Welt, von Loren Silbermantel, dem Magier, der zwischen den Welten hin und her reisen konnte. Er sprach über den Krieg, darüber, warum Shahar, Daris Vater, fort sein mußte, und darüber, wie viele Mütter und Kinder ihre Männer hatten in den Krieg ziehen lassen müssen, alles wegen der Finsternis.

»Aber Finn war doch gar kein Mann«, warf Dari ein.

Sie befanden sich auf einem Pfad, der sich durch den Wald schlängelte. Weiter links konnte Paul hin und wieder einen Blick auf den See erhaschen. Auf den einzigen See in Fionavar, nahm er an, der nicht zugefroren war. Er blickte auf das Kind hinab, erwog seine nächsten Worte.

»Manche Jungen«, sagte er, »werden früher als andere zu Männern. Finn hat zu denen gehört.«

Dari, angetan mit einem blauen Mantel, Schal, Handschuhen und Stiefeln, sah ernsthaft zu ihm auf. Seine Augen waren strahlend blau. Dann schien er eine Entscheidung zu fällen. Er behauptete: »Ich kann eine Blume in den Schnee zeichnen.«

»Ich weiß«, bestätigte Paul lächelnd. »Mit einem Stock. Deine Mutter hat mir erzählt, daß du gestern eine gemacht hast.«

»Ich brauche dazu keinen Stock«, erklärte Darien, wandte sich ab und machte eine Handbewegung hin zu dem unzertrampelten Schnee vor ihnen auf dem Pfad. Die Geste seiner Hand in der Luft wiederholte sich auf dem Schnee, und Paul erblickte die Umrisse einer Blume.

Und noch etwas sah er.

»Das ist ... ja sehr gut«, lobte er ihn, so ruhig er konnte, während in seinem Kopf die Alarmsirenen losheulten. Darien drehte sich nicht um. Mit einer weiteren Bewegung, keinem Nachzeichnen von Umrissen diesmal, sondern einem Spreizen seiner Finger, machte er die Blume, die er geschaffen hatte, farbig.

Sie war blaugrün, dort, wo die Blütenblätter waren, und rot in der Mitte. So rot wie Dariens Augen, während er sie schuf.

»Das ist sehr gut«, wiederholte Paul. Er räusperte sich. »Sollen wir zum Mittagessen heimgehen?«

Sie waren eine weite Strecke gelaufen, und auf dem Rückweg wurde Dari müde und bat darum, getragen zu werden. Paul hob ihn sich auf die Schultern und trabte und hüpfte ein Stück des Weges mit ihm dahin. Dari lachte zum ersten Mal. Er hatte ein reizendes Lachen, das eines Kindes. Nachdem Vae ihm zu essen gegeben hatte, verschlief er den größten Teil des Nachmittags. Auch am Abend verhielt er sich still. Zur Zeit des Abendessens deckte Vae, ohne zu fragen, für drei Personen. Sie sprach kaum etwas; ihre Augen waren gerötet, doch Paul sah sie nicht weinen. Danach, als die Sonne unterging, entzündete sie die Kerzen und kümmerte sich um das Feuer. Paul legte das Kind zum Schlafen ins Bett und brachte es mit Schattenfiguren an der Wand noch einmal zum Lachen, ehe er die Vorhänge um das Bett herum zuzog.

Dann teilte er Vae mit, was er zu tun beschlossen hatte, und nach einer Weile fing sie an, leise von Finn zu erzählen. Er hörte zu und sagte nichts. Nach einiger Zeit begriff er etwas – es dauerte viel zu lange, in solchen Angelegenheiten reagierte er nach wie vor zu langsam –, und er rückte näher heran und nahm sie in die Arme. Da hörte sie zu erzählen auf und ließ den Kopf sinken, um nur einfach zu weinen.

Er verbrachte eine zweite Nacht in Finns Bett. Dari kam diesmal nicht zu ihm. Paul lag wach und horchte auf den Nordwind, der das Tal entlangpfiff.

Am Morgen, nach dem Frühstück, nahm er Dari mit hinunter an den See. Sie standen am Ufer, und er brachte dem Kind bei, wie man flache Steine über die Wasseroberfläche hüpfen lassen kann. Das tat er nur, um Zeit zu gewinnen, denn er war immer noch ängstlich und unsicher, was seine Entscheidung vom vergangenen Abend betraf. Als er endlich eingeschlafen war, hatte er von Dariens Blume geträumt, und das Rot in ihrer Mitte war im Traum zu einem Auge geworden, und Paul hatte sich gefürchtet und war unfähig gewesen, es anzusehen.

Jetzt am Wasser waren die Augen des Kindes blau, und es wirkte auf stille Weise begierig, zu lernen, wie man einen Stein hüpfen läßt. Beinahe wäre es möglich gewesen, zu der Überzeugung zu gelangen, daß es nichts als ein kleiner Junge war und es auch bleiben würde. Beinahe. Paul beugte sich tief herab. »So«, sagte er und ließ einen Stein fünfmal über den See hüpfen. Als er sich wieder aufgerichtet hatte, beobachtete er das Kind dabei, wie es losrannte, um weitere Steine zu suchen, die sich zum Werfen eigneten. Dann hob er den Blick und sah eine silberhaarige Gestalt um die Biegung des Weges nach Paras Derval geritten kommen.

»Sei gegrüßt«, rief ihm Brendel zu, als er herangekommen war. Und fügte im Absteigen hinzu: »Sei gegrüßt, Kleiner. Direkt neben dir ist ein Stein, und noch dazu ein guter, denke ich.«

Er stand Paul gegenüber, und seine Augen blickten wissend.

»Kevin hat dich unterrichtet?« fragte Paul.

Brendel nickte. »Er nimmt an, du würdest böse sein, aber nicht ernstlich.«

Pauls Mundwinkel zuckten. »Er kennt mich allzu gut.«

Brendel lächelte, aber seine beredten Augen waren violett. »Er hat noch etwas gesagt. Seiner Meinung nach habe es den Anschein, als gehe es um die Entscheidung zwischen Licht und Finsternis, und möglicherweise sei es angebracht, daß die Lios Alfar dabei sind.«

Einen Augenblick lang schwieg Paul. Dann bemerkte er: »Er ist der Klügste von uns allen, weißt du. Daran hatte ich überhaupt nicht gedacht.«

Weit im Osten, in Gwen Ystrat, betraten die Männer von Brennin und Cathal soeben den Leinanwald, und ein weißer Eber erhob sich aus einem langen, langen Schlaf.

Hinter Brendel versuchte Dari gerade, ohne viel Erfolg, einen Stein zum Hüpfen zu bringen. Mit einem Seitenblick auf ihn erkundigte sich der Lios leise: »Was hattest du vor?«

»Ihn zum Sommerbaum zu bringen«, entgegnete Paul.

Brendel wurde daraufhin sehr still. »Du willst ihm vor der Wahl Kräfte zugänglich machen?« fragte er.

Dari ließ einen Stein dreimal hüpfen und lachte. »Sehr gut«, anerkannte Paul unwillkürlich, und dann, an Brendel gewandt: »Er kann, solange er noch ein Kind ist, nicht wählen, und ich fürchte, er verfügt bereits über gewisse Kräfte.« Und er erzählte Brendel von der Blume. Der Lios war wie eine stille Silberflamme inmitten des Schnees. Sein Gesicht war ernst, es war alterslos und schön. Als Paul geendet hatte, fragte er: »Können wir es uns leisten, so auf gut Glück mit dem Webstuhl der Welten zu spielen?«

Und Paul antwortete: »Aus welchem Grund auch immer, Rakoth wollte verhindern, daß er lebt.«

»Aus welchem Grund auch immer«, wiederholte Brendel. Am See herrschte milde Witterung. Die Wasser kräuselten sich, schlugen jedoch keine Wellen. Dari ließ einen Stein fünfmal hüpfen und drehte sich lachend um, weil er wissen wollte, ob Paul ihm zugeschaut habe. Sie hatten es beide beobachtet.

»Der Weber verleihe uns Licht«, flehte Brendel.

»Gut gemacht, Kleiner«, lobte Paul. »Sollen wir Brendel unseren Pfad durch den Wald zeigen?«

»Finns Pfad«, verbesserte Dari und machte sich auf, sie dorthin zu führen. Drinnen in der Hütte sah Vae sie aufbrechen. Sie sagte kein Wort, weinte auch nicht mehr. Paul, stellte sie bei sich fest, war dunkel, und das Haar des Lios Alfar glitzerte silbrig im Licht, Dari aber war golden, als er zwischen die Bäume trat.

Paul hatte vorgehabt, allein zurückzukommen und eine bestimmte Frage zu stellen, aber es hatte den Anschein, als sei es nun anders gekommen.

Als sie die Stelle erreichten, wo die Bäume des Wäldchens am See in die dunkleren des Waldes überzugehen begannen, verlangsamte Dari, unsicher geworden, seine Schritte. Mit einer anmutigen Bewegung eilte Brendel herbei und hob ihn sich mühelos auf die Schultern. Paul aber trat schweigend an den beiden vorbei, wie er schon einmal des nachts an drei Männern vorbeigetreten war, ganz nahe bei dieser Stelle. Er trug den Kopf hoch erhoben und spürte bereits das Pulsieren seiner Macht, als er zum zweiten Mal den Götterwald betrat.

Es war hellichter Tag und Winter, doch im Mörnirwald zwischen den steinalten Bäumen war es dunkel, und Paul stellte fest, daß er innerlich bebte wie eine Stimmgabel, und ihm kamen zahlreiche Erinnerungen. Er hörte Brendel hinter sich mit dem Kind sprechen, doch sie schienen weit entfernt zu sein. Nahe waren ihm nur die Bilder: Ailell, der alte Großkönig, wie er bei Kerzenschein Schach spielte; Kevin, wie er »Rachels Lied« sang; der gleiche Wald bei Nacht; Musik; dann Galadan, und dann der Hund; der rote Vollmond in der Neumondnacht, der Dunst, der Gott und der Regen.

Er gelangte an die Stelle, wo die Bäume eine Doppelreihe bildeten, und auch hieran erinnerte er sich. Auf dem Pfad lag kein Schnee, und er wußte, daß es hier nie welchen geben würde, nicht so nahe am Baum. Diesmal erklang keine Musik, und trotz aller Schatten war es nicht Nacht, doch die Macht war gegenwärtig, sie war immer gegenwärtig, und er war ein Teil von ihr. Hinter ihm hatten Brendel und der Junge sich zu unterhalten aufgehört, und ebenfalls schweigend führte Paul sie um eine Biegung im doppelten Spalier der Bäume auf die Lichtung des Sommerbaums. Und der war noch genauso wie damals in jener Nacht, als sie ihn daran gefesselt hatten.

Lichtsprenkel lagen auf ihm. Die Sonne stand hoch, und sie schien auf die Lichtung herab. Er entsann sich, wie sie ihn ein Jahr zuvor versengt hatte, gnadenlos, an einem klaren, wolkenlosen Himmel.

Er wandte sich von seinen Erinnerungen ab.

Er rief: »Cernan, ich habe mit dir zu sprechen«, und hörte Brendel überrascht einatmen. Er drehte sich nicht um. Lange Augenblicke verstrichen. Dann trat hinter dem Wall der Bäume, die die Lichtung umgaben, ein Gott hervor.

Sehr groß war er, langgliedrig und tiefgebräunt, und er war gänzlich unbekleidet. Seine Augen waren braun wie die eines Rehs, und er bewegte sich leichtfüßig wie ein Reh, und das Geweih auf seinem Kopf, siebenendig, glich ebenfalls dem eines Rehs. Es war etwas Ungezügeltes an ihm und unendlich viel Würde, und als er sprach, lag in seiner Stimme etwas, was alles heraufbeschwor, was in sämtlichen dunklen Wäldern ungezähmt war.

»Es ist nicht recht, mich so zu rufen«, rügte er, und es schien, als wäre es auf der Lichtung dunkler geworden.

»Von mir sehr wohl«, widersprach Paul gelassen. »An diesem Ort.«

Und noch während dieser Worte war ein gedämpftes Donnergrollen zu hören. Brendel war dicht hinter ihm. Er war sich der Anwesenheit des Kindes bewußt, hellwach und gar nicht ängstlich, als es nun am Rande der Lichtung einherging.

»Du hättest sterben müssen«, sagte Cernan. Streng, beinahe grausam blickte er drein. »Ich habe mich verneigt, um die Art und Weise deines Dahinscheidens zu ehren.«

»Und wenn schon«, entgegnete Paul. Wieder donnerte es. Die Luft wirkte fühlbar aufgeladen mit Macht. Sie knisterte. Die Sonne schien jedoch in weiter Ferne, wie durch einen Dunstschleier hindurch. »Und wenn schon«, wiederholte Paul. »Ich bin jedenfalls am Leben und hierher an diesen Ort zurückgekehrt.«

Wieder Donner, und dann ein bedeutsames Schweigen.

»Was begehrst du also?« fragte Cernan.

Paul antwortete, wieder mit seiner eigenen Stimme: »Du weißt, wer das Kind ist?«

»Ich weiß, daß es ein Andain ist«, erklärte Cernan vom Walde. »Es gehört meinem Sohn.«

»Dein Sohn«, drohte Paul barsch, »gehört mir. Wenn wir einander das nächste, das dritte Mal begegnen.«

Wieder Schweigen. Der gehörnte Gott trat einen Schritt vor. »Er ist sehr stark«, warnte er. »Stärker als wir, deshalb dürfen wir uns nicht einmischen.« Er verstummte. Und dann fügte er hinzu, mit einem ganz anderen Unterton in der Stimme: »Er war nicht immer so, wie er jetzt ist.«

Soviel Schmerz, dachte Paul. Selbst hier. Dann ließ sich, bitter und unversöhnlich, die Stimme Brendels vernehmen: »Er hat Ra-Termaine in Andarien hingemordet. Willst du verlangen, daß wir Mitleid mit ihm empfinden?«

»Er ist mein Sohn«, war alles, was Cernan darauf erwiderte.

Paul bewegte sich unruhig. So viel Dunkelheit um ihn herum und keine Rabenstimmen, die ihm den Weg wiesen. Er sagte, immer noch zweifelnd, immer noch ängstlich: »Wir brauchen dich, Fürst des Waldes. Deinen Rat und deine Macht. Das Kind hat seine Kraft entfaltet, und sie ist rot. Wir alle haben unsere Entscheidung für oder gegen das Licht zu treffen, doch für ihn ist diese Wahl die allerschwerste, fürchte ich, und er ist noch ein Kind.«

Nachdem er eine Pause hatte einfließen lassen, sprach er die entscheidenden Worte: »Er ist Rakoths Kind, Cernan.«

Dem folgte ein Schweigen. »Warum«, flüsterte der Gott bestürzt. »Warum wurde ihm gestattet zu leben?«

Paul wurde auf ein Raunen zwischen den Bäumen aufmerksam. Er erinnerte sich daran. Er erwiderte: »Damit er die Wahl treffen kann. Wenn auch nicht, solange er ein Kind ist, und seine Macht ist zu früh zutage getreten.« Er hörte den Atem Brendels neben sich.

»Nur als Kind«, erklärte Cernan, »kann man ihn noch beeinflussen.«

Paul schüttelte den Kopf. »Es gibt keine Möglichkeit, ihn zu beherrschen, es kann so eine Möglichkeit niemals geben. Fürst des Waldes, er ist eines der Schlachtfelder, und er muß alt genug sein, um das zu wissen!« Als er die Worte aussprach, fühlte er, daß sie wahr klangen. Kein Donner war zu hören, aber in seinem Innern spürte er ein seltsames, erwartungsvolles Pulsieren. Er stellte die Frage: »Cernan, kannst du ihn zur Mannesreife bringen?«

Cernan vom Walde hob seinen mächtigen Kopf, und zum ersten Mal fühlte Paul sich entmutigt. Der Gott öffnete den Mund, um zu sprechen –

Sie bekamen nie zu hören, was er zu sagen vorgehabt hatte.

Auf der gegenüberliegenden Seite der Lichtung flammte ein Lichtblitz auf, beinahe blendend hell in der schweren Düsternis jenes Ortes.

»Heiliger Weber am Webstuhl!« rief Brendel.

»Nicht ganz so«, sagte Darien.

Er kam hinter dem Sommerbaum hervor, und er war kein Kind mehr. Nackt wie Cernan stand er vor ihnen, so hellhäutig, wie er es seit seiner Geburt gewesen war, und nicht so hochgewachsen wie der Gott. Er war etwa so groß, bemerkte Paul, erfüllt von bösen, betäubenden Vorahnungen, wie Finn gewesen war, und er machte obendrein den Eindruck, als wäre er ebenso alt.

»Dari ...«, begann er, aber der Name paßte nicht mehr zu dem Jungen, er war nicht anwendbar auf seine goldene Gegenwart hier auf der Lichtung. Er machte einen zweiten Anlauf. »Darien, deswegen habe ich dich hierher gebracht, aber wie hast du es ganz allein zustande gebracht?«

Ihm scholl ein Lachen entgegen, das seine Befürchtungen in Entsetzen verwandelte. »Du hast etwas vergessen«, hielt ihm Darien vor. »Ihr alle habt es vergessen. So eine einfache Sache wie der Winter hat euch dazu gebracht, es zu vergessen – wir befinden uns in einem Eichenhain, und die Mittsommernacht ist nahe! Wenn mir soviel Macht zur Verfügung steht, die ich anwenden kann, warum sollte ich da einen gehörnten Gott brauchen, um meine Macht zu entfalten?«

»Nicht deine Macht«, erwiderte Paul, so ruhig er konnte, und er beobachtete dabei Dariens Augen, die nach wie vor blau waren. »Deine Mannesreife. Du bist jetzt alt genug, um zu wissen warum. Du hast eine Wahl zu treffen.«

»Soll ich gehen«, rief Darien, *»und meinen Vater fragen, was ich tun soll?«* Und mit einer Handbewegung ließ er die Bäume am Rand der Lichtung zu einem Ring aus Feuer aufflammen, so rot wie das rote Blitzen seiner Augen.

Paul taumelte zurück, als er den Ansturm der Hitze spürte, wie er die Kälte zuvor nicht empfunden hatte.

Er hörte Cernan aufschreien, doch ehe der Gott handeln konnte, trat Brendel vor.

»Nein«, gebot er. »Bringe das Feuer zum Erlöschen und höre

mir noch einmal zu, bevor du gehst.« In seiner Stimme war Musik, Glocken an einem erhabenen, lichten Ort. »Nur einmal«, bat Brendel wieder, und Darien hob die Hand.

Das Feuer erlosch. Die Bäume waren unversehrt. Illusion, erkannte Paul. Es hatte sich um eine Illusion gehandelt. Er spürte nach wie vor die schwächer werdende Hitze auf seiner Haut, und selbst hier, am Ausgangspunkt seiner Macht, fühlte er sich hilflos.

Zart, beinahe schon durchsichtig, wandte Brendel sich dem Kinde Rakoths zu. »Du hast gehört, wie wir deinen Vater beim Namen nannten«, sagte er, »aber du kennst den Namen deiner Mutter nicht, und du hast ihr Haar und ihre Hände. Mehr als das: Die Augen deines Vaters sind rot, die deiner Mutter grün. Deine Augen sind blau, Darien. Du bist an kein bestimmtes Schicksal gebunden. Keiner, der je geboren wurde, hatte wie du die reine Wahl zwischen Licht und Finsternis.«

»So ist es«, tönte Cernans tiefe Stimme zwischen den Bäumen hervor.

Paul konnte Brendels Augen nicht sehen, doch die von Darien waren wieder blau, und er war so wunderschön. Kein Kind mehr, aber immer noch jung, mit einem bartlosen, offenen Gesicht, und erfüllt von so großer Macht.

»Wenn meine Wahl so lauter ist«, warf Darien ein, »sollte ich dann nicht meinen Vater ebenso anhören wie dich? Und sei es nur um der Gerechtigkeit willen.« Wieder lachte er, diesmal über etwas, das er Brendel vom Gesicht ablas.

»Darien«, richtete Paul ruhig das Wort an ihn, »du bist geliebt worden. Was hat Finn dir über die Wahl gesagt?«

Das war ein riskantes Spiel, noch eines, denn er wußte nicht, ob Finn überhaupt etwas dazu erwähnt hatte.

Ein riskantes Spiel, und er schien es verloren zu haben. »Er hat mich verlassen«, erklärte Darien, und Schmerz verzerrte sein Gesicht. *»Er hat mich verlassen!«* rief der Junge noch einmal. Er hob die Hand – eine Hand wie die von Jennifer – und verschwand.

Stille breitete sich aus, dann hörte man, wie etwas sich eilig von der Lichtung entfernte.

»Warum«, wiederholte Cernan vom Walde – der Gott, der Maugrim vor langer Zeit verspottet und ihn Sathain genannt hatte – seine Frage, »warum wurde ihm gestattet zu leben?«

Paul sah zuerst ihn an, dann den plötzlich zerbrechlich wirkenden Lios Alfar. Er ballte die Fäuste. »Um zu wählen!« schrie er mit wachsender Verzweiflung. Er suchte in sich nach der Quelle der Macht, nach Trost, den er nicht fand.

Zusammen verließen Paul und Brendel den Wald. Der Weg dorthin war lang gewesen; der Weg zurück erschien noch länger. Die Sonne stand schon hinter ihnen im Westen, als sie zur Hütte zurückkehrten. Drei waren am Morgen ausgezogen, doch Vae sah nur zwei, die wiederkehrten.

Sie ließ sie ein, und der Lios Alfar verbeugte sich vor ihr und küßte ihr dann die Stirn, worauf sie nicht gefaßt war. Sie hatte noch nie einen gesehen. Früher hätte sie die Begegnung in Verzükkung versetzt. Früher. Sie ließen sich zögernd in den beiden Stühlen vor dem Feuer nieder, und sie brühte Kräutertee auf, während sie ihr berichteten, was vorgefallen war.

»Es war also umsonst«, stellte sie fest, nachdem die beiden geendet hatten. »Es war weniger als umsonst, alles, was wir getan haben, wenn er sich tatsächlich seinem Vater angeschlossen hat. Ich hatte gehofft, Liebe könnte mehr ausrichten.«

Keiner von beiden antwortete ihr, und das war Antwort genug. Paul warf einen Holzscheit ins Feuer. Die Ereignisse des Tages hatten etwas in ihm zerschlagen. »Es gibt keinen Grund mehr hierzubleiben«, sagte er schließlich. »Sollen wir dich am Morgen in die Stadt mitnehmen?«

Langsam nickte sie. Und dann, als die drohende Einsamkeit sie endgültig übermannte, sagte sie mit zitternder Stimme: »Das Haus wird verlassen sein. Kann Shahar nicht heimkehren und in Paras Derval dienen?«

»Natürlich kann er das«, entgegnete Paul ruhig. »O Vae, es tut mir so leid. Ich werde feststellen, ob er nicht heimkehren darf.«

Dann weinte sie eine Weile. Sie hatte nicht die Absicht gehabt, zu weinen. Aber Finn war so unglaublich weit weggegangen und jetzt auch noch Dari, und Shahar war schon so lange fort.

Sie blieben die Nacht über da. Beim Licht der Kerzen und des Feuers halfen sie ihr, die wenigen Habseligkeiten zusammenzusuchen, die sie in die Hütte mitgebracht hatte. Als es spät geworden war, ließen sie das Feuer ausgehen, und der Lios schlief in Daris

Bett und Paul noch einmal in dem von Finn. Sie wollten im ersten Morgenlicht aufbrechen.

Doch sie erwachten, ehe es soweit war. Es war Brendel, der sich als erster regte, und die anderen beiden, die nicht sonderlich tief schliefen, hörten ihn aufstehen. Es war noch mitten in der Nacht, etwa zwei Stunden vor Morgengrauen.

»Was ist?« fragte Paul.

»Ich bin mir dessen nicht sicher«, erwiderte der Lios. »Irgend etwas.«

Sie kleideten sich alle drei an und gingen hinaus zum See. Der Vollmond stand tief, schien jedoch sehr hell. Der Wind kam jetzt von Süden und blies ihnen vom Wasser her entgegen. Die Sterne über ihnen und im Westen waren des Mondes wegen gedämpft. Paul sah, daß sie im Osten heller leuchteten.

Dann, immer noch gen Osten gewandt, senkte er den Blick. Sprachlos vor Staunen berührte er Brendel und Vae, und wies dann auf das, was er entdeckt hatte.

Auf sämtlichen Hügeln, deutlich sichtbar im Licht des Mondes, hatte der Schnee zu schmelzen begonnen.

*

Er hatte sich nicht weit entfernt, war auch nicht lange unsichtbar geblieben – das gehörte nicht zu den Dingen, die er lange aufrechterhalten konnte. Er hörte den Gott in der Gestalt eines Rehs sich entfernen, und dann die beiden anderen langsam und schweigend dahinschreiten. Er kam in Versuchung, ihnen nachzulaufen, aber er verweilte dort, wo er sich zwischen den Bäumen verborgen hatte. Später, als alle verschwunden waren, stand er auf und ging ebenfalls.

Da lag etwas wie eine geballte Faust oder wie ein Stein in seiner Brust vergraben. Es tat weh. Er war diesen Körper nicht gewöhnt, in den er so schnell hineingewachsen war. Außerdem war es ungewohnt für ihn, zu wissen, wer sein Vater war. Er wußte, das erste Unbehagen würde sich legen, nahm an, daß auch das zweite vorübergehen würde. Er war sich nicht sicher, was er davon zu halten hatte, und von allem anderen. Er war nackt, aber ihm war nicht kalt. Er war auf jedermann zutiefst wütend. Er begann eine Vorstellung davon zu bekommen, wie stark er war.

Es gab da eine Stelle – Finn hatte sie entdeckt – nördlich der Hütte und hoch droben auf dem höchsten Hügel. Im Sommer wäre der Aufstieg leicht gewesen, hatte Finn behauptet. Darien hatte nie einen Sommer erlebt. Als Finn ihn dorthin mitnahm, hatten die Schneeverwehungen Dari bis an die Brust gereicht, und Finn mußte ihn einen Großteil des Weges tragen.

Er war nicht mehr Dari. Dieser Name war noch etwas, das er verloren hatte, noch ein Teil von ihm, der für immer dahin war. Er stand vor einer kleinen Höhle am Abhang. Sie schützte ihn vor dem Wind, obwohl er gar keinen Schutz nötig hatte. Von hier aus konnte er die Türme des Palastes in Paras Derval sehen, wenn schon nicht die Stadt selbst.

Außerdem vermochte man, als es nach und nach dunkel wurde, auf die Lichter in der Hütte am See hinabzuschauen. Seine Augen waren sehr gut. Er konnte die Gestalten sehen, die sich hinter den Vorhängen bewegten. Er beobachtete sie. Nach einer Weile wurde ihm doch noch kalt. Alles war sehr schnell abgelaufen. Er konnte sich immer noch nicht recht in diesen Körper hineinfinden oder gar mit dem älteren Bewußtsein fertig werden, über das er nun verfügte. Zur Hälfte war er immer noch Dari mit dem blauen Wintermantel und den Fäustlingen. Er wäre immer noch gern dort hinunter getragen und ins Bett gebracht worden.

Es fiel ihm schwer, nicht zu weinen, als er die Lichter erblickte, und noch schwerer, als die Lichter ausgingen. Als das geschah, war er allein mit dem Mondlicht und dem Schnee und den Stimmen, die wieder mit dem Wind zu ihm drangen. Aber er weinte nicht und wandte sich statt dessen zurück, seinem Zorn zu. *Warum wurde ihm gestattet zu leben?* hatte der Fürst des Waldes gefragt. Niemand wollte ihn haben, nicht einmal Finn, der ihn verlassen hatte.

Es war kalt, und er hatte Hunger. Bei diesem Gedanken ließ er das Rot in sich aufblitzen und verwandelte sich in eine Eule. Er flog eine Stunde lang umher und erbeutete drei nächtliche Nagetiere in der Nähe des Waldes. Er kehrte zur Höhle zurück. Als Vogel war ihm wärmer, und er schlief in dieser Gestalt ein.

Als der Wind die Richtung änderte, erwachte er, denn mit dem Aufkommen des Südwindes hatten die Stimmen aufgehört. Sie waren deutlich und verlockend gewesen, doch nun waren diese

Stimmen verstummt.

Während er schlief, hatte er sich wieder in Darien verwandelt, und als er aus der Höhle trat, blickte er sich nach allen Seiten um und sah den schmelzenden Schnee. Später, im Licht des Morgens, beobachtete er, wie seine Mutter fortging, wie sie mit dem Lios und dem Menschen davonritt.

Er versuchte sich wieder in einen Vogel zu verwandeln, schaffte es jedoch nicht. Er war nicht kräftig genug, um es so bald erneut zu versuchen.

Darien stieg den Abhang hinunter zur Hütte. Er ging hinein. Sie hatte Finns Kleider zurückgelassen, und die seinen. Er betrachtete die kleinen Sachen, die er getragen hatte, dann zog er einige von Finns Kleidungsstücken über und entfernte sich wieder.

Kapitel 13

»Und so kam es, daß er mitten während des Banketts hinausgelaufen ist. Liane hat ihn auf der Straße gesehen, und sie sagte –« Dave mühte sich, die Fassung zu bewahren. »– sie sagte, daß er seiner Sache sehr sicher war, und daß er ausgesehen hat . . . ausgesehen hat . . .«

Paul drehte allen den Rücken zu und ging zum Fenster. Sie befanden sich im Tempel. In Jennifers Gemächern. Er war gekommen, ihr von Darien zu berichten. Sie hatte zugehört, verschlossen und würdevoll, beinahe gänzlich unberührt. Er war darüber beinahe wütend geworden. Doch dann hatten sie draußen Geräusche vernommen und Leute vor ihrer Tür, und Dave Martyniuk und Jaelle waren hereingekommen und hatten ihnen erzählt, was geschehen war, um dem Winter ein Ende zu bereiten.

Es dämmerte. Draußen war der Schnee beinahe völlig verschwunden. Keine Flut, kein gefährliches Anschwellen der Flüsse oder Seen. Wenn die Göttin dies zuwege bringen konnte, war sie auch in der Lage, dafür zu sorgen, daß niemand Schaden nahm. Und sie war aufgrund des Opfers dazu fähig gewesen. Liadon, der geliebte Sohn, der . . . der, natürlich, Kevin gewesen war.

Seine Kehle war wie zugeschnürt, und seine Augen brannten.

Er wollte sich nicht umdrehen und die anderen ansehen. Zu sich selbst und zu der Dämmerung draußen sprach er:

»Sie sollen nicht altern, wie es uns bestimmt ist:
Das Alter soll sie nicht ermüden, die Jahre sollen
Ihnen nichts anhaben.
Wenn die Sonne versinkt und am Morgen
Werden wir ihrer gedenken.«

Es passierte soviel, und viel zu schnell, und er war sich nicht sicher, ob er damit fertigwerden konnte. Er war sich ganz und gar nicht sicher. Sein Herz konnte dieses Tempo nicht mithalten. *Ein Morgen wird kommen, da du weinst um mich sehr,* hatte Kevin vor einem Jahr gesungen. Damals hatte er um Rachels willen gesungen, um die Paul zu weinen versäumt hatte. Für Rachel hatte er es getan, nicht für sich selbst. Und wenn schon.

Hinter ihm war es sehr still geworden, und er fragte sich, ob sie wohl gegangen sein mochten. Aber dann hörte er Jaelles Stimme. Die kalte, kalte Priesterin. Aber im Augenblick war sie nicht kalt, wie es schien. Sie sagte: »Er hätte das nicht vollbringen können, nicht für wert befunden werden können, wäre er nicht sein ganzes Leben lang der Göttin immer nähergekommen. Ich weiß nicht, ob euch das ein Trost ist, doch ich biete es euch an als die Wahrheit.«

Er wischte sich übers Gesicht und drehte sich wieder um. Gerade noch rechtzeitig, um zu sehen, wie Jennifer, die gefaßt gewesen war, als sie von Darien hörte, und geschwiegen hatte, als Dave erzählte, wie sie sich nun bei Jaelles Worten erhob, totenblaß im Gesicht vor unendlicher Trauer. Einen Augenblick lang stand sie still, mit offenem Mund, mit Augen, aus denen der nackte Schmerz sprach, und Paul wurde klar, daß sie sich, wenn sie sich jetzt hierfür öffnete, allem anderen ebenfalls auftun würde. Bitter bereute er seine momentane Wut. Er trat einen Schritt auf sie zu, aber noch während er das tat, gab sie einen erstickten Laut von sich und floh aus dem Zimmer.

Dave stand auf, um ihr zu folgen, und linkische Besorgnis stand auf seinen kantigen Gesichtszügen. Draußen im Gang stellte sich ihm jemand in den Weg.

»Laß sie gehen«, sagte Leila. »Das war nötig.«

»Ach, halt den Mund!« schimpfte Paul. Das dringende Bedürfnis, dieses allgegenwärtige, ständig gelassene Kind zu ohrfeigen, stieg unaufhaltsam in ihm hoch. Doch er machte keine Anstalten, es zu tun, und Dave auch nicht.

»Leila«, gebot Jaelle müde, »mach die Tür zu und gehe weg.«

Das Mädchen gehorchte.

Paul sank auf einen Stuhl, auf einmal gar nicht mehr bedacht, Jaelle nicht sehen zu lassen, daß er nicht so stark war. Kam es denn darauf überhaupt noch an? *Sie sollen nicht altern, wie es uns bestimmt...*

»Wo ist Loren?« fragte er unvermittelt.

»In der Stadt«, gab ihm Dave Bescheid. »Teyrnon auch. Morgen findet im Palast eine Zusammenkunft statt. Es scheint... es scheint, als hätten Kim und die anderen nun doch herausgefunden, was den Winter verursacht.«

»Was ist es denn?« fragte Paul erschöpft.

»Metran«, erwiderte Jaelle. »Von Cader Sedat aus. Loren will ihn aufsuchen an dem Ort, wo Amairgen gestorben ist.«

Er seufzte. So vieles passierte. Sein Herz würde das Tempo nicht mithalten können. *Wenn die Sonne versinkt und am Morgen...*

»Ist Kim im Palast? Geht es ihr gut?« Es kam ihm plötzlich merkwürdig vor, daß sie nicht hierhergekommen war, zu Jennifer.

Er las es an ihren Gesichtern ab, ehe einer von beiden das Wort ergriff.

»Nein!« schrie er. »Nicht auch noch sie!«

»Nein, nein, nein«, beeilte Dave sich, ihn zu beruhigen. »Nein, es geht ihr gut. Sie ist bloß ... nicht hier.« Er wandte sich hilflos an Jaelle.

Ruhig erläuterte die Hohepriesterin, was Kimberly getan, und die Gründe, die sie für ihr Tun angegeben hatte. Er konnte nicht anders, er mußte die Beherrschung in Jaelles Stimme bewundern, ihre kühle Klarheit. Als sie geendet hatte, sagte er nichts. Es fiel ihm nichts zu sagen ein. Sein Verstand schien nicht richtig zu funktionieren. Dave räusperte sich.

»Wir sollten jetzt gehen«, schlug der hünenhafte Mann vor. Paul bemerkte nun zum ersten Mal den Verband an seinem Handgelenk. Dave war noch nie zuvor im Tempel gewesen. Dies war kein Ort, an dem zu verweilen er geneigt sein würde.

»Geht schon voraus, ihr zwei«, murmelte Paul. Er war sich

nicht sicher, ob er hätte aufstehen können, wenn er es gewollt hätte. »Ich komme gleich nach.«

Dave wandte sich zum Gehen. Doch er verharrte an der Tür. »Ich wünschte . . .«, begann er. Er schluckte. »Ich wünschte eine Menge.« Er ging hinaus. Jaelle blieb.

Er wollte nicht mit ihr allein sein. Die Zeiten waren zu schlimm, um auch noch damit fertig zu werden. Nun würde er doch gehen müssen.

Sie wandte sich ihm zu: »Einmal hast du mich gefragt, ob ich es für möglich halte, daß wir eine Last gemeinsam tragen, und ich antwortete nein.« Er blickte auf. »Inzwischen bin ich klüger«, fuhr sie fort, ohne zu lächeln, »und die Last ist schwerer geworden. Vor einem Jahr habe ich etwas von dir gelernt, und noch etwas gestern nacht von Kevin. Ist es zu spät, zuzugeben, daß ich unrecht hatte?«

Darauf war er nicht vorbereitet, auf alles, was sich hier abspielte, war er offenbar nicht vorbereitet gewesen. Er bestand zu gleichen Teilen aus Trauer und Erbitterung. *Wie es uns bestimmt ist...*

»Ich freue mich, daß wir dir nützlich sein konnten«, sagte er. »Wie wäre es, wenn du es an einem besseren Tag noch einmal mit mir versuchst?« Er sah, wie sie den Kopf zurückwarf. Er stemmte sich hoch und verließ den Raum, damit sie ihn nicht weinen sah.

Im Innern der Kuppel stimmten die Priesterinnen, als er dort vorbeikam, heulend einen Klagegesang an. Er hörte es kaum. Die Stimme in seinem Kopf gehörte Kevin Laine, der vor einem Jahr ein ganz eigenes Klagelied gesungen hatte:

Die Wellen schlagen ans weite Ufer,
Am grauen Morgen der Regen fällt,
Dies ist das Land des Jammers.

Er trat hinaus ins schwächer werdende Licht. Seine Augen waren getrübt, daher konnte er nicht sehen, daß überall am Tempelberg das grüne Gras zurückgekehrt war und daß Blumen wuchsen.

Sie durchlebte unzählige Träume, und Kevin war in ihnen allen gegenwärtig. Gutaussehend und geistreich, mühelos klug, aber nicht fröhlich. Kim sah sein Gesicht, wie es gewesen sein mußte, als er dem Hund nach Dun Maura gefolgt war.

Es wollte ihr das Herz brechen, daß sie sich nicht der letzten Worte entsinnen konnte, die er an sie gerichtet hatte. Während des eiligen Ritts nach Gwen Ystrat war er zu ihr gekommen, um ihr zu erzählen, was Paul getan hatte, und ihr seinen eigenen Entschluß mitzuteilen, Brendel über Darien zu unterrichten. Sie hatte zugehört und ihn in seiner Absicht bestätigt, hatte kurz gelächelt über die trockene Beschreibung von Pauls vermutlicher Reaktion darauf.

Doch sie war abgelenkt gewesen, hatte sich bereits in Gedanken eingestellt auf die finstere Reise, die ihr in Morvran bevorstand. Er mußte das gespürt haben, wurde ihr später klar, denn einen Augenblick später hatte er die Hand leicht auf ihren Arm gelegt, in nachsichtigem Tonfall etwas zu ihr gesagt, und dann war er hinter ihr zurückgeblieben, um sich wieder Diarmuids Männern anzuschließen.

Bestimmt war es nichts Bedeutsames gewesen – eine Freundlichkeit, eine liebevolle Stichelei –, aber jetzt war er nicht mehr da, und sie hatte die letzten Worte nicht gehört, die er an sie gerichtet hatte.

Sie erwachte halb aus ihren schweren Träumen. Sie befand sich im Haus des Königs in Morvran. Sie hätte es nicht fertiggebracht, eine weitere Nacht im Heiligtum zu verbringen. Nachdem Jaelle fort war, nachdem die Truppen nach Paras Derval zurückgekehrt waren, gehörte der Tempel wieder Audiart, und der Triumph in den Augen dieser Frau war mehr, als Kim ertragen konnte.

Natürlich hatten sie etwas gewonnen. Überall schmolz der Schnee – am Morgen würde er verschwunden sein, und sie würde sich ebenfalls auf den Weg machen, wenn auch nicht nach Paras Derval. Es hatte einen Sieg gegeben, eine Offenbarung der Fähigkeit Danas, die Machenschaften der Finsternis zu durchkreuzen. Doch diese Entfaltung ihrer Macht war bezahlt worden, erkauft mit Blut und noch mehr. Überall wuchsen rote Blumen. Sie gehörten Kevin, und er war dahingegangen.

Ihr Fenster stand offen, und die nächtliche Brise war frisch und mild, sie kündigte den Frühling an. Einen Frühling, wie es ihn noch nie gegeben hatte, der beinahe über Nacht hervorsproß. Aber nicht als Geschenk. Er war erkauft und bezahlt worden, jede Blume, jeder Grashalm.

Aus dem Zimmer nebenan hörte sie Gereints Atem. Er war langsam und gleichmäßig, nicht röchelnd wie zuvor. Am Morgen würde es ihm wieder gutgehen, und das hieß, daß Ivor sich ebenfalls auf den Heimweg machen konnte. Der Aven konnte es sich eigentlich nicht leisten, weiterhin zu verweilen, denn mit dem Ende des Winters war die Ebene wieder gen Norden hin ungeschützt und offen.

War denn alles, was die Göttin tat, zweischneidig? Sie kannte die Antwort darauf. Wußte auch, daß in diesem besonderen Fall ihre Frage ungerecht war, denn sie hatten diesen Frühling so dringend gebraucht. Aber ihr war nicht danach, gerecht zu sein. Noch nicht. Sie drehte sich um im Bett und schlief ein, um wieder zu träumen. Nicht von Kevin diesmal, obwohl seine Blumen da waren.

Sie war die Seherin von Brennin, die Träumerin des Traums. Zum zweiten Mal in zwei Nächten hatte sie die Vision der Seherin, die sie weit fortschickte von jedermann, den sie kannte. Sie war ihr bereits in der vergangenen Nacht gekommen, in Lorens Bett, nach einem Liebesakt, an den sie sich beide immer mit Dankbarkeit zurückerinnern würden. Sie hatte sich gerade mitten in dem Traum befunden, als Jaelles Stimme, die den Tod Liadons beklagte, sie geweckt hatte.

Nun kam sie wieder, wand sich, wie es solcherlei bildliche Vorstellungen immer taten, die Zeitschlaufen des Gewirks entlang. Sie gewahrte Rauch von brennenden Feuern und dahinter undeutliche Gestalten. Sie erblickte Höhlen, aber nicht solche wie Dun Maura: Sie waren tief und weit und lagen hoch droben in den Bergen. Dann verschwamm das Bild, die Zeit schlüpfte durch das Gitterwerk ihrer Vision. Sie sah sich selber – das war zu einem späteren Zeitpunkt –, und ihr Gesicht und ihre Arme waren von frischen Fleischwunden gezeichnet. Doch nicht mit Blut, aus irgendeinem Grunde nicht mit Blut. Ein Feuer. Gesang rings umher. Und dann flammte der Baelrath auf, und wie in dem Traum von Stonehenge wurde sie beinahe zerschmettert von dem Schmerz, den er ihr, wie sie wußte, zufügen würde. Doch diesmal war es noch schlimmer. Widernatürlich und unverzeihlich. So ungeheuer war dieses Aufflammen, so enorm war seine Auswirkung, daß selbst nach allem, was geschehen war, ihr Bewußtsein dort im Traum abermals die peinigende Frage hinausschrie, von der sie geglaubt hatte, sie gehöre längst der Vergangenheit an: *Wer war sie, daß sie so etwas tun sollte?*

Worauf es keine Antwort gab. Nur Sonnenlicht, das zum Fenster hereinströmte, und unzählige Vögel, die im Licht des wiedergeborenen Frühlings sangen.

Sie stand auf, wenn auch nicht sogleich. Das Weh in ihrem Herzen stand in scharfem Gegensatz zu dieser blühenden Morgendämmerung, und sie mußte warten, bis es ein wenig nachließ. Ihr Begleiter wartete ebenfalls, nachdem er beide Pferde gesattelt und reisefertig gemacht hatte. Zunächst hatte sie vorgehabt, sich allein auf den Weg zu machen, doch die Magier und Jaelle – dies eine Mal einen Sinnes – hatten sich mit Aileron zusammengetan und ihr das verboten. Sie hatten ihr eine Schar Männer mitgeben wollen, aber das hatte wiederum sie abgelehnt. Was sie tun mußte, hatte mehr mit dem Begleichen einer Schuld zu tun als mit dem Krieg, und sie erklärte ihnen das auch. Das andere hatte sie ihnen verschwiegen.

Mit einem einzelnen Begleiter hatte sie sich einverstanden erklärt, zum Teil deswegen, weil sie den Weg nicht genau kannte. Damit mußten sie sich zufriedengeben. »Ich habe es dir von Anfang an gesagt«, hatte sie sich an Aileron gewandt. »Ich befolge nun einmal Befehle nicht sonderlich gut.« Niemand hatte gelacht oder gar gelächelt. Das war keine Überraschung. Sie hatte auch nicht gelächelt. Kevin war tot, und aller Wege trennten sich. Der Weber allein wußte, ob sie je wieder zusammentreffen würden.

Und jetzt gab es einen weiteren Abschied. Ivors Leibwache geleitete den blinden Schamanen Gereint hinaus, dorthin, wo der Aven mit seiner Frau und seiner Tochter wartete. Liane, sah Kim, hatte immer noch gerötete Augen. Kim winkte dem Mädchen und brachte ein Lächeln zustande. So viele kleine Kümmernisse gab es in dem einen großen Leid.

Gereint in seiner unberechenbaren Art blieb direkt vor ihr stehen. Sie ließ die gesichtslose Berührung seines Bewußtseins zu. Er war schwach, sah sie, aber noch nicht am Ende seiner Kräfte.

»Noch nicht«, versprach er laut. »Es wird mir wieder prächtig gehen, sobald ich auf dem Gras unter den Sternen ein gehöriges Stück Eltorlende verspeist habe.«

Impulsiv trat Kim vor und küßte ihn auf die Wange. »Ich wünschte, ich könnte mich dir anschließen«, sagte sie.

Seine knochige Hand ergriff ihre Schulter. »Das wünschte ich auch, Träumerin. Ich bin froh, an deiner Seite gestanden zu haben, vor meinem Tod.«

»Vielleicht können wir das noch einmal tun«, gab sie ihrer Hoffnung Ausdruck.

Darauf erhielt sie keine Antwort. Er umfaßte bloß noch fester ihre Schulter, trat dichter an sie heran und flüsterte, so daß nur sie es hören konnte. »Ich habe vergangene Nacht Lisens Reif gesehen, aber nicht, wer ihn getragen hat.« Der letzte Halbsatz klang schon beinahe nach einer Entschuldigung.

Sie atmete hörbar ein und erwiderte: »Das zu sehen war Ysannes Aufgabe, und ist damit jetzt die meine. Geh unbeschwert, Gereint, zurück auf deine Ebene. Du wirst dort genügend Aufgaben vorfinden, die deiner harren. Du kannst nicht uns allen alles sein.«

»Du aber auch nicht«, sagte er. »Meine Gedanken werden bei dir weilen.«

Und um dessentwillen, was er war, erklärte sie: »Nein. Du wirst nicht teilhaben wollen an dem, was ich tun zu müssen glaube. Schicke deine Gedanken nach Westen. Der Krieg ist jetzt Lorens Sache und die von Matt, denke ich. An jenem Ort, wo Amairgen gestorben ist.«

Sie gestattete, daß er in ihre Gedanken eindrang, daß er die Schatten des Traums sah und noch etwas. »O Kind«, murmelte er, nahm ihre beiden Hände zwischen die seinen, hob sie an seine Lippen und küßte sie eine nach der anderen. Dann ging er davon und wirkte dabei, als belastete ihn mehr als nur seine Jahre.

Kim drehte sich um, dorthin, wo ihr Begleiter geduldig auf sie wartete. Das Gras war grün, die Vögel sangen überall. Die Sonne stand inzwischen hoch über dem Carnevongebirge. Sie blickte hinauf, schirmte die Augen gegen das Licht ab.

»Sind wir soweit?« fragte sie.

»Wir sind soweit«, meldete Brock aus Banir Tal.

Sie bestieg ihr Pferd und setzte sich neben ihn, um an seiner Seite den langen Ritt nach Khath Meigol anzutreten.

»Sein ganzes Leben lang ist er der Göttin immer nähergekommen«, hatte Jaelle gesagt, und von allen Anwesenden hatte allein Jennifer ihre Worte richtig verstanden. Nicht einmal die Hohepriesterin konnte genauer als sie wissen, welch tiefe Wahrheit darin lag, und als sie die Worte hörte, kam sich Jennifer plötzlich vor, als sei in ihrem Innern jeder Nerv bloßgelegt worden.

All die Nächte sah sie nun mit schonungsloser Klarheit. All die Nächte, in denen sie neben ihm gelegen hatte, nachdem sie den Bogen des Liebesaktes geschlagen hatten, in denen sie Kevin beobachtet hatte, wie er sich mühte, aus weiter Ferne zu ihr zurückzukehren. Dieses eine Unbeherrschte an ihm hatte sie nie verstanden, hatte sie immer gefürchtet. Er pflegte zu versinken, in eine Leidenschaft hinabzutrudeln, die ihre Seele nicht nachvollziehen konnte. So viele Nächte hatte sie wachgelegen und die schlichte Schönheit seines Gesichts betrachtet, während er schlief.

Nun endlich verstand sie ihn.

Und so kam es, daß ihr eine letzte schlaflose Nacht zuteil wurde, hervorgerufen von Kevin Laine. Sie war noch wach, als draußen vor dem Tempel das Vogelgezwitscher anhob, und sie hatte die Vorhänge beiseite gezogen, um den Morgen kommen zu sehen. Die Luft war frisch vom Duft des Frühlings, und an sämtlichen Bäumen zeigten sich die Knospen der Blätter. Farben, eine Vielzahl von Farben in der Welt, nach dem Anblick der schwärzlichen Äste und dem weißen Schnee des Winters. Es gab endlich wieder Grün, so leuchtend und lebendig, daß es sogar stärker war als das grünliche Nichtlicht Starkadhs. Während ihre Augen hinausblickten in den ersten Frühlingsmorgen, begann Jennifers Herz, das zugleich Guineveres Herz war, das gleiche zu tun. Und dies war nicht das geringste unter Kevins Vermächtnissen.

Es klopfte an der Tür. Sie öffnete sie und sah Matt Sören mit einem Spazierstock in der einen und Blumen in der anderen Hand dastehen.

»Es ist Frühling«, sagte er, »und dies sind die ersten Blumen. Loren trifft sich im Palast mit zahlreichen Leuten. Ich habe mir gedacht, du könntest mit mir kommen zu Aideens Grab.«

Während sie die unteren Ausläufer der Stadt umrundeten und auf einen Weg stießen, der nach Westen führte, erinnerte sie sich der Geschichte, die sie vor so langer Zeit von ihm vernommen hatte. Eigentlich war es gar nicht so lange her, aber ihr kam es so vor. Die Geschichte von Nilsom, dem Magier, der sich dem Bösen zugewandt, und von Aideen, seiner Quelle, die ihn geliebt hatte: Sie war die einzige Frau seit Lisen, die einem Magier als Quelle gedient hatte. Aideen war es gewesen, die Brennin und auch den

Sommerbaum gerettet hatte vor Nilsom und dem wahnsinnigen König Raederth. Sie hatte sich geweigert, ihrem Magier Quelle zu sein, als das Ende nahte. Hatte ihm ihre Kräfte verweigert und sich dann selbst getötet.

Matt hatte ihr die Geschichte im Großen Thronsaal von Paras Derval erzählt. Ehe sie ausgeritten war und die Lios Alfar getroffen hatte. Ehe Galadan seinerseits sie gefunden und dem Schwan ausgeliefert hatte.

Nun gingen sie in westlicher Richtung, durch das Wunder dieses Frühlings, und überall, wohin Jennifer den Blick wandte, erwachte das Land zum Leben. Sie hörte Grillen zirpen, Bienen summen, sah einen Vogel mit scharlachroten Flügeln aus einem Apfelbaum auffliegen und dann ein braunes Kaninchen aus einem Gebüsch hervorhüpfen. Sie sah, daß Matt dies alles mit seinem einen Auge ebenfalls in sich aufnahm, wie um einen lange währenden Durst zu stillen. Schweigend gingen sie dahin inmitten der Laute der Hoffnung, bis Matt am Rande des Waldes schließlich stehenblieb.

Jedes Jahr, hatte er ihr erzählt, pflegte der Rat der Magier Nilsom zu verfluchen, wenn er zur Wintersonnenwende zusammentrat. Und jedes Jahr belegten sie auch Aideen erneut mit ihrem Fluch – die das höchste Gesetz ihres Ordens gebrochen hatte, als sie ihren Magier im Stich ließ, auch wenn es darum gegangen war, Brennin vor der Zerstörung zu bewahren und den Baum, der in diesem Walde stand.

Und jedes Frühjahr, hatte Matt gesagt, pflegten er und Loren die ersten Blumen zu diesem Grab zu bringen.

Es war leicht zu übersehen. Man mußte den Ort kennen. Ein Erdhügel ohne Grabstein, dem die Bäume am Rande des Mörnirwaldes Schatten spendeten. Trauer und Seelenfrieden zugleich überkamen Jennifer, als sie Matt niederknien und seine Blumen auf den Erdhügel legen sah.

Trauer und Seelenfrieden, und dann, als sie gewahr wurde, daß der Zwerg weinte, traten endlich ihre eigenen Tränen aus dem Herzen hervor, das der Frühling aufgeschlossen hatte. Um Aideen weinte sie und um den heiteren Kevin, der für immer gegangen war, um Darien weinte sie und um die Wahl, die er zu treffen gezwungen war, um Laesha und Drance, welche niedergemetzelt worden waren, als sie entführt worden war, sowie um alle Lebewesen, die mit dem Schrecken der Finsternis konfrontiert waren, konfrontiert mit dem Krieg und dem Haß Maugrims, hineingeboren in die Zeit seiner Wiederkehr.

Und endlich, endlich, weinte sie dort an Aideens Grab inmitten von Kevins Frühling um sich selbst und um Arthur.

Es dauerte lange. Matt erhob sich nicht und blickte erst auf, als sie schließlich zu weinen aufhörte.

»An diesem Ort findet das Herz Linderung«, sagte er.

»Linderung?« fragte sie. Ein kleines, müdes Lachen. »Bei so vielen Tränen, von uns beiden vergossen?«

»Manchmal sind sie der einzige Weg zur Linderung«, erwiderte er. »Fühlst du es denn nicht?«

Und einen Augenblick darauf lächelte sie, wie sie es seit langem nicht mehr getan hatte. Er richtete sich neben dem Grab auf. Er blickte sie an und sagte: »Du wirst jetzt den Tempel verlassen?«

Sie gab keine Antwort. Langsam verblaßte das Lächeln. Sie fragte: »Hast du mich deshalb hierhergebracht?«

Seine dunklen Augen blieben unverwandt auf ihr Gesicht geheftet, doch seine Stimme klang irgendwie scheu. »Ich weiß nicht viel«, erklärte Matt Sören, »aber dies wenige weiß ich mit Sicherheit. Ich weiß, daß ich in den Tiefen von Arthurs Augen Sterne habe leuchten sehen. Ich weiß, daß ein Fluch auf ihm lastet und daß ihm verweigert ist zu sterben. Ich weiß, weil du es mir gesagt hast, was dir angetan wurde. Und ich weiß, weil ich es jetzt erkannt habe, daß du dir verweigerst, zu leben. Jennifer, von diesen beiden Schicksalen erscheint mir deines als das schlimmere.«

Ernsthaft betrachtete sie ihn, und ihr goldenes Haar wehte im Wind. Sie hob die Hand, um es sich aus dem Gesicht zu streichen. »Weißt du denn auch«, fragte sie so leise, daß er sich anstrengen mußte, sie zu verstehen, »wieviel Kummer es bedeutet hat, Guinevere zu sein?«

»Ich denke, das tue ich. Kummer wird es immer geben. Es ist die Freude, die selten vorkommt«, waren die weisen Worte des einstigen Königs der Zwerge.

Hierauf antwortete sie nicht. Es war eine Königin des Kummers, die neben ihm am Rande des Götterwaldes stand, und trotz der ernsthaften Überzeugung seiner Stimme erlebte Matt einen Augenblick des Zweifels. Wie zu sich selbst, zur neuerlichen Bestätigung, murmelte er: »Bei einem lebenden Toten kann es natürlich keinerlei Hoffnung geben.«

Sie hörte es. Ihr Blick wandte sich ihm wieder zu. »O Matt«, sagte sie. »O Gott, Matt, worauf sollte ich denn hoffen? Er ist dazu verflucht. Ich bin das Werkzeug des Willens des Webers. Worauf sollte ich da hoffen?«

Ihre Stimme ging ihm ans Herz wie eine Klinge. Doch der Zwerg richtete sich dennoch zu seiner vollen Höhe auf und sagte das, was er ihr an diesem Ort hatte sagen wollen, und diesmal quälten ihn keine Zweifel:

»Glaube das nicht!« rief Matt Sören. »Wir sind keine Sklaven des Webstuhls. Und du bist nicht nur Guinevere – du bist außerdem jetzt Jennifer. Du bringst deine eigene Geschichte in diese Stunde ein. Alles, was du erlebt hast. Du bringst Kevin hier ein, den du in dir trägst, und du bringst Rakoth ein, den du überlebt hast. Du bist hier und unversehrt, und jedes deiner Erlebnisse hat dich stärker gemacht. Es muß diesmal nicht so kommen, wie es früher gekommen ist!«

Sie hörte ihn. Sie nickte bedächtig. Sie drehte sich um und ging mit ihm zurück nach Paras Derval, umgeben von den verschwenderischen Gaben dieses Morgens. Er hatte gar nicht so unrecht, denn die Zwerge waren weise in diesen Angelegenheiten.

Und dennoch.

Und dennoch wandten sich ihre Gedanken, während sie dahinschritten, in die Vergangenheit, einem anderen Morgen in einem anderen Frühling zu. Beinahe so strahlend wie dieser, wenn auch nicht so sehnsüchtig erwartet.

Rings umher hatten die Kirschbäume geblüht, als sie an Arthurs Seite gestanden und Lancelot das erste Mal in Camelot hatte einreiten gesehen.

Verborgen zwischen den Bäumen an den Hängen nördlich von ihnen beobachtete eine Gestalt ihre Rückkehr, wie sie schon ihre Wanderung zum Grab beobachtet hatte. Er fühlte sich einsam und wäre gern zu ihnen hinabgestiegen, aber er wußte nicht, wer sie waren, und seit Cernans Worten mißtraute er jedermann zutiefst. Er blieb, wo er war.

Allerdings fand Darien, daß die Frau wunderschön sei.

»Er ist immer noch dort«, legte Loren dar, »und er ist immer noch im Besitz des Kessels. Es dürfte ihn Zeit kosten, ihn zu einem anderen Zweck einzusetzen, aber wenn wir ihm diese Zeit lassen, wird er es tun. Aileron, wenn du nichts dagegen hast, werde ich morgen früh nach Taerlindel aufbrechen.«

Ein angespanntes Raunen durchlief den Ratssaal. Paul sah, daß die Stirn des Großkönigs von Sorgen zerfurcht war. Langsam schüttelte Aileron den Kopf. »Loren«, meinte er, »alles, was du sagst, ist wahr, und die Götter wissen, wie sehr ich darauf dringe, Metran tot zu sehen. Aber wie, wie könnte ich dich nach Cader Sedat schicken, wo wir doch noch nicht einmal wissen, wo dieser Ort ist und wie man dorthin gelangt?«

»Laß mich einfach lossegeln«, forderte der Magier unerschütterlich. »Ich werde ihn finden.«

»Loren, wir wissen nicht einmal, ob Amairgen ihn gefunden hat. Wir wissen lediglich, daß er gestorben ist!«

»Er hatte keine Quelle dabei«, entgegnete Loren. »Lisen blieb zurück. Er hatte sein Wissen zur Verfügung, nicht aber seine Kräfte. Ich bin weit weniger weise, aber Matt wird bei mir sein.«

»Silbermantel, auf Amairgens Schiff sind noch andere Magier mitgefahren. Drei, mit ihren Quellen. Keiner ist zurückgekehrt.« Dieser Einwand kam von Jaelle, erkannte Paul. Sie war prachtvoll anzusehen an diesem Morgen, auf ihre kalte Art noch furchteinflößender als je zuvor. Wenn an diesem Tag jemand bestimmend wirkte, dann sie, denn Dana hatte gehandelt, und der Winter war vorüber. Sie würde nicht zulassen, daß die anderen das vergaßen. Dennoch taten ihm seine letzten Worte gestern abend leid. Sie hatte sich zu einer menschlichen Geste herabgelassen, deren Wiederholung nicht sehr wahrscheinlich war.

»Sie hat recht«, schloß sich Aileron ihr an. »Loren, wie könnte ich dich ziehen lassen? Was wird aus uns, wenn du zu Tode kommst? Lisen hat von ihrem Turm aus ein Totenschiff erblickt – welchen Seemann könnte ich bitten, auf einem anderen loszusegeln?«

»Diesen.« Sie alle wandten sich erstaunt der Tür zu. Coll trat zwei Schritte vor von seinem Posten neben Shain und erklärte mit klarer Stimme: »Der Großkönig wird wissen, daß ich aus Taerlindel stamme. Ehe Prinz Diarmuid mich von dort weggeholt hat, um in seiner Schar zu dienen, habe ich mein ganzes Leben auf See verbracht. Falls Loren einen Seemann braucht, bin ich sein Mann, und der Vater meiner Mutter besitzt ein Schiff, das ich mit ihm gemeinsam gebaut habe. Es wird uns und noch fünfzig Mann dorthin bringen.«

Schweigen herrschte. Und in dieses Schweigen fiel wie ein Stein in einen Tümpel die Stimme Arthur Pendragons.

»Hat dein Schiff einen Namen?« fragte er.

Coll errötete plötzlich, als würde er sich zum ersten Mal bewußt, wo er sich befinde. »Keinen, der irgendeine Bedeutung hätte«, stammelte er. »Es handelt sich um einen Namen in einer Sprache, die ich nicht kenne, aber der Vater meiner Mutter hat behauptet, es sei ein Schiffsname, der in seiner Familie in ferner Vergangenheit gebräuchlich war. Wir haben es *Prydwen* getauft, Herr.«

Arthurs Gesicht nahm einen nachdenklichen Ausdruck an. Bedächtig nickte der Krieger, dann wandte er sich von Coll zu Aileron. »Mein Edler Großkönig«, begann er, »ich habe bisher geschwiegen, um mich nicht zwischen Euch und Euren Ersten Magier zu drängen. Doch ich kann Euch versichern, falls es Eure einzige Sorge ist, Cader Sedat zu finden . . . einst haben wir Caer Sidi dazu gesagt, und Caer Rigor, doch es handelt sich um den gleichen Ort, und ich bin dort gewesen und weiß, wo er sich befindet. Dies«, fügte er ruhig hinzu, »mag der Grund dafür sein, warum ich zu Euch geführt wurde.«

»Dann berichte uns doch, was das für ein Ort ist«, bat Shalhassan von Cathal. »Was ist Cader Sedat?«

»Ein Ort des Todes«, erklärte Arthur. »Aber das wußtet Ihr natürlich längst.«

Es war sehr still im Saal.

»Er wird bewacht sein«, befürchtete Aileron. »Außerdem wird euch der Tod auf See erwarten.«

Gedanke, Gedächtnis. Paul stand auf. »So ist es«, bestätigte er, und alle drehten sich nach ihm um. »Aber ich denke, ich kann damit fertig werden.«

Danach dauerte es nicht mehr lange. Es geschah mit einem Gefühl grimmiger Entschlossenheit, daß die Gruppe hinter Aileron und Shalhassan den Saal verließ, als die Beratung beendet war.

Paul wartete an der Tür. Brendel ging mit einem besorgten Gesichtsausdruck an ihm vorbei, blieb jedoch nicht stehen. Auch Dave warf ihm nur einen kurzen Blick zu, als er mit Levon und Torc hinausging.

»Wir werden uns später unterhalten«, sagte Paul. Dave würde mit den Dalrei gen Norden ziehen, das wußte er bereits. Falls es zum Krieg kam, während die *Prydwen* unterwegs war, dann würde er mit Sicherheit auf der Ebene beginnen.

Niavin aus Seresh und Mabon aus Rhoden kamen vorbei, ins Gespräch vertieft, und dann verließ Jaelle den Saal, den Kopf hoch erhoben, und sie ließ nicht zu, daß sich ihre Blicke begegneten – sie war wieder gänzlich zu Eis erstarrt, nun da der Frühling zurückgekehrt war.

Aber sie war es nicht, auf die er wartete. Nach einiger Zeit hatte der Saal sich geleert, bis auf einen Mann.

Er und Arthur blickten einander an. »Ich habe eine Frage«, wandte sich Paul an ihn. Der Krieger hob den Kopf. »Als Ihr das letzte Mal dort wart, wie viele von euch sind mit dem Leben davongekommen?«

»Sieben«, beschied ihm Arthur leise. »Nur sieben. Es ist ein Ort des Todes.«

Paul nickte. Es war ihm, als erinnere er sich daran. Einer der Raben hatte gesprochen. Arthur trat zu ihm.

»Das bleibt unser Geheimnis?« bat er mit seiner tiefen Stimme.

»Unser Geheimnis«, versprach Paul. Gemeinsam verließen sie den Ratssaal und schritten die Gänge entlang. In sämtliche Richtungen rannten nun Pagen und Soldaten an ihnen vorbei – der Palast war vom Kriegsfieber entflammt. Doch sie waren gelassen, die zwei, und sie gingen im Gleichschritt durch den Trubel.

Vor Arthurs Zimmertür blieben sie stehen. Paul sagte sehr leise, so daß sie niemand belauschen konnte: »Ihr äußertet vorhin, dies könne der Grund sein, aus dem Ihr hierher berufen wurdet. Vor einiger Zeit aber sagtet Ihr, Ihr würdet nie den Ausgang einer Sache miterleben.« Dabei beließ er es.

Lange schwieg Arthur, dann nickte er einmal. »Es handelt sich um einen Ort des Todes«, wiederholte er zum dritten Mal, und nach kurzem Zögern fügte er hinzu: »Es würde mir nicht allzusehr mißfallen, so, wie sich die Dinge entwickelt haben.«

Paul setzte an, um etwas zu entgegnen, besann sich dann jedoch eines Besseren. Statt dessen drehte er sich um und ging den Flur hinab dorthin, wo sich sein eigenes Zimmer befand. Seines und, bis vor zwei Tagen, das von Kevin. Hinter sich hörte er Arthur seine Tür öffnen.

Jennifer sah, wie die Tür aufging, hatte noch Zeit, tief einzuatmen, zu fühlen, wie ihr Pulsschlag explodierte, und dann war er im Zimmer und brachte mit sich alle Sterne des Sommers.

»O mein Geliebter«, rief sie, und dann brach ihre Stimme doch noch. »Du hast mir so vieles zu vergeben. Ich fürchte –«

Mehr zu sagen blieb ihr keine Zeit. Ein tiefer Laut entrang sich seiner Brust, und mit drei Schritten hatte er den Raum durchquert, war auf die Knie gefallen und vergrub seinen Kopf in den Falten des Gewandes, das sie trug, und immer wieder sprach er ihren Namen.

Sie weinte. Ihre Hände drückten ihn an sich, fuhren ihm durchs Haar, durch das Grau inmitten des Braun. Sie versuchte zu sprechen, konnte es nicht. Konnte kaum atmen. Sie hob sein Gesicht an, damit sie ihn ansehen konnte, und sah die Tränen bitterlichen Verlangens aus seinen Augen strömen. »O mein Geliebter«, wiederholte sie atemlos, und sie neigte den Kopf, um sie allesamt wegzuküssen, und ihr Mund fand den seinen, blind, als seien sie beide erblindet und hilflos ohne einander. Sie zitterte wie im Fieber. Sie konnte sich kaum aufrecht halten. Er richtete sich auf und zog sie an sich, und nach so langer Zeit ruhte ihr Kopf endlich wieder an seiner Brust, und sie war sich seiner Arme bewußt, die sie umschlangen, und sie hörte den kräftigen Schlag seines Herzens, das ihre Heimat gewesen war.

»O Guinevere«, hörte sie ihn nach einer Weile sagen. »Mein Verlangen ist groß.«

»Meines auch«, erwiderte sie und fühlte, daß sich endlich die finsteren Spinnweben auflösten, so daß sie sich seinem Begehren öffnen konnte. »Oh, bitte«, hauchte sie, »oh, bitte, mein Geliebter.« Und er führte sie zu seinem Bett, auf welches ein Sonnenstrahl fiel, und sie erhoben sich einen Nachmittag lang über ihr Schicksal.

Danach teilte er ihr mit, wohin er zu gehen hatte, und sie fühlte, wie aller Kummer der Welten zurückkehrte, um auf ihr zu lasten. Doch sie war klaren Sinnes, sie hatte sich von Rakoth losgerissen, und sie war stärker, um sämtliche Erlebnisse stärker, die sie überlebt hatte, wie Matt es behauptet hatte. Sie erhob sich und stand mitten im sonnenhellen Raum, bekleidet nur mit ihrem Haar, und sie beschwor ihn: »Du mußt zu mir zurückkommen. Was ich dir zuvor gesagt habe, entspricht der Wahrheit: Es ist niemand hier, der unser Dritter ist. Die Veränderung ist eingetreten, Arthur. Und wir zwei sind hier, nur wir.«

Im schräg einfallenden Sonnenlicht beobachtete sie, wie die Sterne durch seine Augen schwebten. Die sommerlichen Sterne jenes Ortes, von dem er gekommen war. Langsam schüttelte er den Kopf, und es schmerzte sie, sein Alter und seine Erschöpfung zu sehen.

»Es darf nicht sein«, wandte er ein. »Ich habe die Kinder getötet, Guinevere.«

Es fiel ihr nichts ein, was sie hätte sagen können. In der Stille konnte sie es beinahe hören, das geduldige, unerbittliche Hin und Her des Webstuhls.

Die traurigste Geschichte unter all den langen Geschichten, die man sich erzählt.

Kapitel 14

Am Morgen kamen Arthur und Guinevere gemeinsam aus Paras Derval auf den weiten Platz vor den Palasttoren. Zwei Aufgebote hatten sich dort versammelt, eines, das nach Norden reiten sollte, ein anderes, das nach Westen zog, ans Meer, und unter den Versammelten gab es kein Herz, das sich nicht daran erfreut hätte, die beiden vereint zu sehen.

Dave Martyniuk, der hinter Levon auf das Zeichen zum Losreiten wartete, blickte an den fünfhundert Mann vorbei, die Aileron ihnen zugeteilt hatte, um sie zur Ebene mitzunehmen, und er spähte zu Jennifer hinüber, während in seinem Kopf eine bestimmte Erinnerung wach wurde.

An den ersten Abend: als Loren den Fünfen offenbart hatte,

wer er wirklich war, und als er, Dave, ungläubig und feindselig in Richtung Tür gerannt war. Und aufgehalten worden war von Jennifer, die seinen Namen aussprach. Und außerdem noch, als er sich umgedreht hatte, durch etwas, das er in ihrem Gesicht las. Damals hätte er es nicht benennen können, und auch jetzt hatte er keine Worte dafür, doch er sah es an diesem Morgen wieder bei ihr, und es war kein vergänglicher oder flüchtiger Ausdruck.

Sie entfernte sich von Arthurs Seite und kam, gekleidet in ein Gewand so grün wie ihre Augen, so grün wie das Gras, zu ihm herüber. Sie mußte eine Art Unentschlossenheit an seinem Gesicht abgelesen haben, denn als sie näher kam, hörte er sie lachen und sagen: »Wenn du jetzt anfängst, dich zu verbeugen oder so, Dave, dann werde ich dich verhauen. Ich schwöre dir, das werde ich.«

Es war gut, sie lachen zu hören. Er hielt sich zurück mit der Verneigung, die er in der Tat gerade hatte ausführen wollen, und überraschte statt dessen sie und sich selber, indem er sich hinunterbeugte und sie auf die Wange küßte.

»Danke«, sagte sie und nahm seine Hand in die ihre.

Er lächelte auf sie hinab und fühlte sich dies eine Mal weder linkisch noch unbeholfen.

Paul Schafer kam herbei, um sich ihnen zuzugesellen, und Jennifer faßte mit der anderen Hand eine der seinen. Die drei standen, so miteinander verbunden, einen Augenblick da.

»Also«, meinte Dave.

Paul betrachtete ihn ernst. »Du begibst dich mal wieder mitten hinein, weißt du das?«

»Ich weiß«, antwortete Dave. »Aber wenn mir in dieser Angelegenheit ein Platz zusteht, dann, glaube ich, bei den Dalrei. Es ... wird nicht wesentlich bequemer werden, wo du hingehst.« Sie schwiegen inmitten des geschäftigen Lärms, der auf dem Platz herrschte. Dann wandte Dave sich an Jennifer. »Ich habe mir etwas überlegt«, sagte er. »Damals, als Kim dich ... dort rausgeholt hat, da hat Kev, da hat Kevin etwas gemacht. Du wirst dich nicht erinnern, du warst damals ohne Bewußtsein, aber er hat Rache geschworen für das, was dir angetan worden war.«

»Ich erinnere mich«, bemerkte Paul.

»Also«, fuhr Dave fort, »er muß sich gefragt haben, wie er diese Rache je üben sollte, aber ... aber ich denke, er hat einen Weg gefunden, es zu tun.«

Die Sonne leuchtete von einem Himmel herab, der von vereinzelt aufgetürmten Wolken durchzogen wurde. Rings um sie her bewegten sich Männer in Hemdsärmeln.

»Er hat noch mehr vollbracht«, ergänzte Jennifer, und ihre Augen leuchteten. »Er hat mich herausgeholt. Er hat beendet, was Kim begonnen hatte.«

»Verdammt«, witzelte Paul zärtlich. »Und ich dachte, es sei mein Charme gewesen.« Worte der Erinnerung, die nicht seine eigenen waren.

Tränen, Lachen, und sie nahmen Abschied voneinander.

Sharra beobachtete, wie der gutaussehende Sohn des Aven fünfhundert Mann gen Norden von dannen führte. Während sie bei ihrem Vater in der Nähe der Streitwagen stand, sah sie Jennifer und Paul zurückkommen, um sich der Schar anzuschließen, die bald gen Westen reiten würde. Shalhassan hatte vor, sie bis Seresh zu begleiten. Nachdem der Schnee geschmolzen war, wurden seine zusätzlichen Truppen nun dringend gebraucht, und er hatte den Wunsch, seine Befehle in Cynan persönlich zu erteilen.

Aileron saß bereits auf seinem Rappen, und sie sah Loren, den Magier, ebenfalls aufsteigen. Ihr Herz schlug sehr schnell.

Er war in der letzten Nacht wieder bei ihr gewesen, auf dem Weg über ihr Fenster, das Ausblick auf den Garten gewährte. Er hatte ihr eine Blume mitgebracht. Sie hatte dieses Mal kein Wasser auf ihn geschüttet. Er hatte seine Dankbarkeit darüber zum Ausdruck gebracht und später, mit veränderter Stimme, noch eine Menge mehr.

Dann hatte er ihr eröffnet: »Ich gehe an einen beschwerlichen Ort, Liebste. Um etwas Beschwerliches zu vollbringen. Es wäre möglicherweise klüger, wenn ich mit deinem Vater spreche, falls wir . . . nachdem wir zurück sind. Ich möchte dich nicht an mich binden, solange ich –«

Sie hatte seinen Mund mit ihrer Hand zugehalten und dann, indem sie sich im Bett umdrehte, als wollte sie ihn küssen, die Hand fortgenommen und ihm statt dessen in die Lippe gebissen.

»Feigling!« hatte sie ihm vorgeworfen. »Ich wußte ja, du hast Angst. Du hast mir eine Brautwerbung in aller Form versprochen, und ich bestehe darauf, daß du sie auch ausführst.«

»Dann soll es in aller Form geschehen«, hatte er zugestimmt. »Du willst auch einen richtigen Brautwerber haben?«

»Natürlich!« hatte sie darauf erwidert. Und dann hinzugefügt, weil sie zu weinen begonnen hatte und ihr Spiel nicht länger aufrecht erhalten konnte: »Ich bin doch schon seit Larai Rigal an dich gebunden, Diar.«

Er hatte sie geküßt, sanft zuerst und dann voller Leidenschaft, und dann begann sein Mund auf ihr zu wandern, und mit der Zeit verlor sie jedes Gefühl von Zeit und Raum.

»In aller Form«, hatte er danach noch einmal wiederholt. In einem ganz bestimmten Tonfall.

Und jetzt, im Morgenlicht, mitten auf dem geschäftigen Platz, schob sich plötzlich eine Gestalt durch die versammelte Menge und schritt zielbewußt auf ihren Vater zu. Sharra merkte, wie sie errötete. Sie schloß einen Augenblick lang die Augen und wünschte sich sehr, ihn fester, viel, viel fester gebissen zu haben. Und an einer anderen Stelle. Dann mußte sie, trotz ihrer Gemütslage, ein Lachen unterdrücken.

In aller Form, hatte er versprochen. Bis hin zu dem Brautwerber, der dem alten Brauch zufolge Fürsprache für ihn einlegen sollte. Außerdem hatte er sie in Gwen Ystrat davor gewarnt, daß er niemals berechenbar handeln werde, daß er immer sein Spiel würde treiben müssen.

Und so kam es, daß Tegid aus Rhoden sein Brautwerber wurde.

Der dicke Mann – er war wahrhaft von enormer Leibesfülle – war jedoch einigermaßen nüchtern, welch ein Segen. Er hatte sogar seinen ungewöhnlichen Bart gestutzt und sich züchtig in rostbraunen Tönen für seine erhabene Aufgabe eingekleidet. Sein rundes, rotes Gesicht war todernst, als Tegid vor ihrem Vater stehenblieb. Sein Weg dorthin war mit Rufen und Gelächter bedacht und begleitet worden. Nun wartete Tegid geduldig, daß ein klein wenig Ruhe eintrat. Gedankenverloren kratzte er sich das Hinterteil, dann besann er sich darauf, wo er war, und verschränkte rasch die Arme vor der Brust.

Shalhassan betrachtete ihn mit milder, ausdrucksloser Neugier. Und verzog im nächsten Moment schmerzlich das Gesicht, als

Tegid seinen Namen hinausbrüllte.

»Unumschränkter Herrscher von Cathal«, wiederholte Tegid ein wenig leiser, denn seine mächtigen Lungen hatten mit jenem ersten Gebrüll in ihrer unmittelbaren Umgebung für Ruhe gesorgt, »leiht Ihr mir Euer Ohr?«

»Ich leihe es dir«, sagte ihr Vater mit ernsthaftem Entgegenkommen.

»Dann will ich Euch meinem Befehl gemäß mitteilen, daß ich hierhergesandt wurde von einem unermeßlich edlen Fürsten, dessen Tugenden ich aufzählen könnte, bis der Mond auf- und wieder untergeht und wieder aufgeht. Ich bin hierhergesandt, um Euch an diesem Ort und vor allen Menschen, die sich hier versammelt haben, zu verkünden, daß die Sonne aufgeht in den Augen Eurer Tochter.«

Verblüffte Rufe erhoben sich.

»Und wer«, fragte Shalhassan, immer noch höflich, »ist dieser unermeßlich edle Fürst?«

»Das war nur so eine Redensart«, wiegelte Diarmuid ab und trat zu ihrer Linken aus der Menge. »Und die Sache mit dem Mond war seine eigene Idee. Aber er ist mein Brautwerber, und der Kern seiner Botschaft entspricht der Wahrheit und kommt mir von Herzen. Ich möchte Eure Tochter zur Frau nehmen, Shalhassan.«

Nun war dem Lärm auf dem Platz überhaupt nicht mehr Einhalt zu gebieten. Es war schwer, noch irgend etwas zu verstehen. Sharra sah, daß ihr Vater sich langsam nach ihr umdrehte, eine Frage in den Augen und noch etwas, das sie erst nach einem Augenblick als Zärtlichkeit erkannte.

Sie nickte einmal. Und formte mit den Lippen ein »Ja«, das er nicht übersehen konnte.

Der Lärm erreichte seinen Höhepunkt und legte sich dann allmählich wieder, während Shalhassan neben seinem Streitwagen stand, ernst und reglos. Er blickte Diarmuid ins Gesicht, dessen Ausdruck nun ebenfalls ernst war. Er sah noch einmal zu ihr hinüber.

Er lächelte. Er *lächelte.*

»Endlich!« rief Shalhassan von Cathal. »Gepriesen seien der Weber und sämtliche Götter! Endlich hat sie sich einmal wie eine

Erwachsene verhalten! Natürlich darfst du sie zur Frau nehmen!« Und indem er vortrat, umarmte er Diarmuid wie einen Sohn.

So geschah es, daß dieses Aufgebot sich unter Lachen und liebevollen Gedanken auf den Weg machte, nach Taerlindel zu reiten, wo ein Schiff wartete, um fünfzig von ihnen an einen Ort zu bringen, wo der Tod herrschte.

Diarmuids Männer natürlich. Darüber hatte es gar keine Diskussion gegeben. Man war ohne weiteres davon ausgegangen. Wenn Coll am Ruder des Schiffes stand, dann würde Diarmuid es befehligen, und die Männer der Südfeste würden nach Cader Sedat reisen.

Paul, der allein im hinteren Teil des Zuges dahinritt, sah, daß sie lachend und leichten Herzens, ja sogar singend auf das Versprechen reagierten, daß es bald etwas zu tun geben würde. Er blickte Coll und den rothaarigen Averren an, die Hauptleute; Carde und den ergrauenden Rothe und den hageren, lebhaften Erron; die anderen fünfunddreißig Mann, die der Prinz ausgesucht hatte. Er fragte sich, ob sie wohl wußten, was ihnen bevorstand; er fragte sich auch, ob er selbst es so genau wußte.

An der Spitze des Zuges warf Diarmuid einen Blick über die Schulter, um seine Schar zu begutachten, und Paul begegnete einen Augenblick lang seinem blauen Blick. Doch er rückte nicht auf, und Diarmuid verließ nicht seine Position an der Spitze. Kevins Abwesenheit hinterließ eine Lücke in seiner Brust. Er kam sich recht einsam vor. Der Gedanke an Kim, die weit von ihm entfernt gen Osten ritt, machte alles nur noch schlimmer.

Shalhassan verließ sie am Nachmittag in Seresh. Er würde sogleich nach Cynan übergesetzt werden. Der milde, wohltuende Sonnenschein erinnerte sie ständig an die Notwendigkeit, sich zu beeilen.

Sie wandten sich auf der Hauptstraße nach Rhoden nordwärts. Eine Reihe von Leuten hatte sich eingefunden, sie zu verabschieden: Aileron natürlich, und Na-Brendel aus Daniloth. Teyrnon und Barak waren mit Loren und Matt ins Gespräch vertieft. Nur die beiden Letztgenannten würden mit ihnen in See stechen, der jüngere Magier würde beim König bleiben. Sie verteilten sich in alle Richtungen, dachte Paul.

Es blieb ihnen aber auch kaum eine andere Wahl.

Ein Stück weiter vorn sah er Tegid in einem der cathalianischen Streitwagen dahinhüpfen, und einen Moment lang lächelte er bei dem Anblick. Shalhassan hatte sich doch noch als menschlich erwiesen, und obendrein verfügte er über Humor. Vor dem dicken Mann ritt Jaelle dahin, ebenfalls allein, und er spielte kurz mit dem Gedanken, sich an ihre Seite zu setzen. Doch er tat es nicht – er hatte auch ohne den Versuch, sich bei der Priesterin zu entschuldigen, genug zu überlegen. Er konnte sich außerdem denken, wie sie darauf reagieren würde. Eine ziemliche Überraschung übrigens, daß sie mitkam: Der Wirkungskreis der Dana endete am Meer.

Was ihn zu dem Gedanken hinführte, wessen Wirkungskreis dort begann, und zur Erinnerung an seine Aussage vor dem Rat am vergangenen Morgen. »Ich denke, ich kann damit fertig werden«, hatte er im gelassenen Tonfall des Zweimal Geborenen gesagt. Gelassen, ja, aber sehr, sehr voreilig. Und die anderen würden jetzt auf ihn zählen.

Während er hierüber nachdachte und dabei sorgsam darauf achtete, daß seine Gesichtszüge seine Gedanken nicht verrieten, bemerkte Paul, daß sie sich wieder nach Westen wandten, daß sie die Hauptstraße verließen und auf einer kleineren Straße weiterzogen. Bisher hatten sie das fruchtbare Ackerland, das Seresh versorgte, zu ihrer Rechten gehabt, doch nachdem sie abgebogen waren, versank dieses Land nach und nach hinter sich ausbreitenden Hügelketten. Er erblickte Schafe und Ziegen und andere weidende Tiere, die er nicht kannte, und dann, noch ehe er es sehen konnte, hörte er das Meer.

Sie erreichten Taerlindel gegen Ende des Tages, und die Sonne hatte sie dorthin geführt. Sie stand draußen über dem Meer. Die Luft war salzig und frisch, es herrschte Flut, und die weißgekrönten Wellen rollten den sandigen Strand hinauf, der sich südwärts bis nach Seresh und zur Saerenmündung erstreckte.

Vor ihnen lag im Licht der Abendsonne der Hafen von Taerlindel, nordwärts gerichtet, durch einen Felsvorsprung vor Wind und Wellen geschützt. Kleine Fischerboote, die dort vor Anker lagen, wiegten sich in der Dünung, außerdem einige größere Boote und ein einzelnes Schiff, rot und golden bemalt, bei dem es sich um die *Prydwen* handeln mußte.

Einst, hatte Loren ihm erzählt, hatte hier eine ganze Flotte vor Anker gelegen. Doch der letzte Krieg hatte die Seestreitmacht beider Länder dezimiert, und nach dem Waffenstillstand waren keine Schiffe mehr gebaut worden, welche die verlorenen ersetzt hätten. Und nachdem Andarien seit tausend Jahren nur ödes Land war, bestand auch kaum Notwendigkeit, hatte der Magier erläutert, zur Lindenbucht zu segeln.

Eine Reihe von Häusern stand am Rande des Hafens und einige weitere abseits des Meeres am sanft ansteigenden Hang. Taerlindel wirkte im Licht des Spätnachmittags sehr schön. Doch er schenkte ihm nur einen kurzen Blick, ehe er sein Pferd zum Stehen brachte, um die letzten der Schar an sich vorbeizulassen. Auf der Straße über Taerlindel richtete sich sein Blick hinaus über das graugrüne Meer, so weit sein Auge reichte.

In der vergangenen Nacht hatten sie wieder das Licht vom Atronel leuchten lassen, um die Rückkehr des Frühlings zu feiern und zu ehren. Nun, gegen Abend dieses zweiten Tages, schritt Leyse vom Schwanensiegel, Lauriel zu Ehren ganz in Weiß gekleidet, neben der erhabenen Gestalt Ra-Tenniels einher, und sie waren allein am Celynsee und pflückten Sylvain, rot und silberfarben.

Inmitten der künstlich gewobenen Schatten Daniloths, Schatten, welche die Zeit in Kanäle lenkten, die niemandem außer den Lios bekannt waren, hatte zu keiner Zeit Winter geherrscht. Lathen Nebelwirkers machtvolles Zauberwort hatte sie vor der Kälte geschützt. Doch allzu lange hatten die Lios über die verschwimmenden, undeutlichen Grenzen des Schattenlandes hinausgeblickt und hatten den Schnee gesehen, der über die Ebene wirbelte und über die kahle Ödnis Andariens. Ein einsames, verletzliches Eiland gedämpfter Farben waren sie gewesen, in einer Welt weißer Bösartigkeit.

Nun nicht mehr. Wie immer kühn ergriff Ra-Tenniel die lange schlanke Hand Leyses – und diesmal ließ sie ihn gewähren – und führte sie durch den Schleier der Schatten Lathens hinaus ins Freie, wo der Fluß sich in den Celynsee ergoß.

Bei Sonnenuntergang war dies ein Ort der Verzauberung und der heiteren Gelassenheit. Am Flußufer wuchsen Trauerweiden und Aumbäume voller junger Blätter. Auf dem ebenfalls frischen Gras breitete er seinen Umhang aus, der so grün war wie ein Vellinstein, und sie ließ sich mit ihm darauf nieder, die Arme voller Sylvainblüten. Ihre Augen waren von sanftem Gold wie die untergehende Sonne, und ihr Haar glänzte im Lichte ihrer Strahlen bronzefarben.

Er blickte von ihr zur Sonne, zu dem Aumbaum über ihnen und zum sanften Fließen des Flusses unter ihnen. Wie es der Art der Lios entsprach, war ihm Trauer zu keiner Zeit fremd, und er erhob seine Stimme zu einem Klagegesang inmitten des abendlichen Summens der Bienen und des munteren Geplätschers von Wasser über Steine und besang die Verwüstung Andariens vor tausend Jahren.

Ernsthaft hörte sie ihm zu, beladen mit Blumen, und ebenso ernsthaft legte sie die Sylvain ab und ihr Gewand, und legte sich selber an seiner Seite nieder, als sein Lied verklungen war. Es dämmerte, als sie sich erhoben, um wieder zum Atronel aufzubrechen. Im Westen, oberhalb der Stelle, wo die Sonne untergegangen war, glitzerte ein einzelner Stern, der vor langer Zeit nach Lauriel benannt worden war, den Avaia beim Bael Rangat niedergemetzelt hatte. Lange betrachteten sie ihn, dann wandten sie sich ab, um ins Schattenland zurückzukehren, wo die Sterne nur undeutlich zu erkennen waren.

Noch einen Blick warf Ra-Tenniel über die Schulter zurück nach Andarien. Und dann blieb er stehen und sah noch einmal hin mit dem scharfen Blick der Lios Alfar.

Schon immer, von Anfang an, hatte die Ungeduld seines Hasses Rakoths Machenschaften gekennzeichnet. Der Winter, der nun der Vergangenheit angehörte, war für ihn ein Auftakt gewesen, schrecklich in seiner Ankündigung absichtlich hinausgezögerter, langsamer Zerstörung.

Doch nun war der Winter vorbei, und als er sein Gesicht gen Norden wandte, mit Augen, deren Farbe rasch zu Violett überwechselte, sah Ra-Tenniel, Fürst der Lios Alfar, die finstere Horde durch das verwüstete Andarien ziehen. Nicht in ihre Richtung – als auch Leyse sich umwandte, um seinem Blick zu folgen, bog das Heer Rakoths gen Osten ab. In östlicher Richtung umrundete es den Celynsee, um nach Gwynir hinabzusteigen.

Und zur Ebene zu gelangen.

Hätte er bis zum Einbruch der Dunkelheit gewartet, hätte Rakoth sie ungesehen auf einen Ritt schicken können, der die ganze Nacht dauerte. Er hatte nicht abgewartet, und Ra-Tenniel sprach ein kurzes Dankgebet. Rasch drehte er sich um, und ebenso rasch kehrten er und Leyse zum Atronel zurück. Sie sandten in dieser Nacht kein Licht hinaus, nicht, solange ein Heer der Finsternis im Lande sein Unwesen trieb. Statt dessen versammelten sie sie um sich, die Ranghöchsten der Siegel, dort auf dem Gipfel des Atronel. Wie der König vermutet hatte, war es die grimmige Galen, die sogleich verkündete, sie werde nach Celidon reiten. Und wie er sich ebenfalls sicher zu sein glaubte, war Lydan, so vorsichtig er auch sein mochte, nicht bereit, seine Zwillingsschwester allein reiten zu lassen. Sie wandten sich zum Gehen, als Ra-Tenniel sie entließ. Doch er hob die Hand, um sie noch einmal aufzuhalten.

»Ihr werdet euch beeilen müssen«, mahnte er. »Nehmt die Raithen. Es ist an der Zeit, daß die goldenen und silbernen Pferde Daniloths wieder in Fionavar gesehen werden.« Galens Augen verfärbten sich blau, und einen Augenblick darauf auch die ihres Bruders. Dann brachen sie auf.

Mit Hilfe jener, die zurückblieben, veranlaßte Ra-Tenniel das Rufglas zu einer dringenden Warnung, damit das andere Glas in den Gemächern des Königs in Paras Derval ebenfalls zum Leben erwache.

Es war nicht ihre Schuld, daß der Großkönig sich in Taerlindel aufhielt in jener Nacht, und daß er nicht zurückkehren würde, um die Nachricht vom Aufflammen des Rufglases entgegenzunehmen, nicht vor dem Abend des folgenden Tages.

Er konnte nicht schlafen. Spät in der Nacht stand Paul auf und spazierte vom Haus der Mutter Colls hinab zum Hafen. Der abnehmende Mond stand hoch am Himmel, und er hinterließ eine Silberspur auf dem Meer. Es herrschte Ebbe, und der Sand erstreckte sich weithin bis zu dem Felsvorsprung. Der Wind hatte gedreht, kam jetzt von Westen. Es war kühl, das wußte er, doch er schien nach wie vor der Kälte gegenüber unempfindlich zu sein, ob das nun natürlich war oder nicht. Dies war einer der wenigen

Hinweise auf das, was er war. Dies und die Raben und die stille, abwartende Gegenwart in seinem Pulsschlag.

Die *Prydwen* lag ruhig vor Anker. Man hatte sie im letzten Abendlicht beladen, und Colls Großvater hatte erklärt, sie sei jederzeit bereit, in See zu stechen. Im Licht des Mondes glänzte die goldene Farbe auf ihrem Rumpf wie Silber, und die gerafften weißen Segel schimmerten.

Es war sehr still. Er ging über die hölzerne Hafenanlage zurück, und abgesehen vom leisen Schlagen der Wellen gegen die Boote waren seine Schritte die einzigen Laute. In Taerlindel brannte nirgendwo Licht. Hoch droben strahlten hell die Sterne, selbst im Mondschein.

Jenseits des Hafens angelangt, ging er die steinerne Mole entlang, bis auch sie endete. Er kam am letzten Haus der kleinen Stadt vorbei. Dort gab es einen Pfad, der ein Stück den Hang hinauf nach Osten führte und somit dem Einschnitt der Bucht folgte. Es war hell genug, ihn zu erkennen, und er folgte ihm. Nach etwa hundert Metern war er am höchsten Punkt angelangt, von wo aus der Pfad hinab und gen Norden führte, und nach einer Weile erreichte er wieder sandiges Gelände und einen langgestreckten Strand, der zum Meer hin offen lag.

Hier waren das Strömen und Seufzen der Wellen lauter. Beinahe vernahm er darin etwas, doch dieses Beinahe genügte nicht. Er zog seine Stiefel und Strümpfe aus, ließ sie dort zurück und schritt aufs Meer zu. Der Sand war noch naß, wo die Flut zurückgespült worden war. Die Wellen glitzerten phosphoreszierend silbrig. Er fühlte, wie der Ozean seine Füße umspülte. Es mußte kalt sein, das wußte er, doch er spürte es nicht. Er trat noch ein wenig weiter hinaus und blieb dann im knöcheltiefen Wasser stehen, nur um zugegen zu sein, jedoch ohne etwas zu erwarten. Er stand ganz still da und versuchte, ohne zu wissen wie, auch jetzt noch, mit sich ins reine zu kommen, was er war. Er horchte. Hörte nichts als das leise Plätschern des Meeres.

Und dann spürte er, wie in seinem Innern das Blut aufwallte. Er befeuchtete seine Lippen. Er wartete; es wiederholte sich. Beim dritten Mal glaubte er, den Rhythmus erfaßt zu haben, der nicht mit dem des Meeres übereinstimmte, weil er nicht vom Meer her kam. Er blickte hinauf zu den Sternen, aber nicht nach hinten auf das Land. *Mörnir,* betete er.

»Liranan!« rief er, als das vierte Aufwallen ihn überkam, und er hörte das Krachen des Donners in seiner eigenen Stimme.

Beim fünften Aufwallen rief er wieder den Namen, und ein letztes Mal, als das sechste Aufwallen in ihm hochbrauste. Beim siebenten Emporschießen seines Blutes aber schwieg Paul, und er wartete erneut.

Weit draußen auf dem Meer sah er eine weiße Woge aufschäumen, höher als alle anderen, die heranrollten, der Tide entgegen. Als sie auf die langgezogene, zurückweichende Brandung traf, als sie sich hoch und glitzernd daran brach, hörte er, ehe sie in sich zusammenfiel, eine Stimme rufen: »Fang mich doch, wenn du kannst!«, und in Gedanken tauchte er hinter dem Gott des Meeres her ins Wasser.

Dort war es weder dunkel noch kalt. Die Lichter schienen überall zu sein, in bleichen Farbtönen – es war, als bewegte er sich inmitten gefallener Sternbilder.

Etwas blitzte vor ihm auf. Ein silberner Fisch. Er folgte ihm, und der Fisch schlug einen Rückwärtshaken, um ihn abzuhängen. Er vollführte ebenfalls eine scharfe Kehrtwendung zwischen den Wassersternen. Tief unten gab es Korallen, grüne und blaue, rosafarbene, gelbliche und golden gefärbte. Der silberne Fisch schlüpfte unter einem Korallenbogen durch, und als Paul ebenfalls hindurchkam, war er verschwunden.

Er wartete. Spürte ein weiteres Aufwallen.

»Liranan!« rief er und fühlte, wie der Donner die Tiefen erbeben ließ. Als das Echo verhallte, sah er den Fisch wieder, größer jetzt und in den Regenbogenfarben der Korallen, die seine Flanken tüpfelten. Der Fisch floh, und er folgte ihm.

Hinab tauchte er, und Paul mit ihm, weit hinab. Dort in den Tiefen, wo die Sterne des Meeres nur noch matt schimmerten und alle Farben verblaßt waren, glitten sie vorbei an riesigen lauernden Schreckensgestalten.

Empor schoß er, als wollte er sich dem Licht entgegenschleudern. An den Sternen vorbei durchbrach er die Wasseroberfläche in einem vom Mond erleuchteten Sprung, und vom Strand aus, wo Paul bis zu den Knöcheln in der Brandung stand, sah er ihn aufblitzen und herniederfallen.

Und dann rannte er los. Keine gewundenen Wege jetzt. Auf geradem Kurs hinaus aufs Meer floh der Gott des Meeres vor der Donnerstimme. Und wurde verfolgt. So weit entfernten sie sich, daß selbst die Erinnerung an festes Land verblaßte, daß Paul einmal glaubte, ein Singen in den Wellen zu vernehmen. Da fürchtete er sich, denn er erriet, was er da hörte. Er rief nicht wieder. Er sah vor sich den silbernen Fisch. Er gedachte all der Toten und der Lebenden in ihrer Not, und er holte Liranan weit draußen auf See ein und berührte ihn mit dem Finger seiner Gedanken.

»Hab' ich dich!« sagte er vernehmlich und atemlos am Strand, wo er sich seither nicht mehr bewegt hatte. »Komm«, keuchte er, »und gestatte, daß ich mit dir spreche, Bruder mein.«

Und dann nahm der Gott seine wahre Gestalt an und erhob sich aus dem silberdurchzogenen Meer, und er schritt, schimmernd vom Wasser, das von ihm herabtropfte, dem Strand entgegen. Als er näher kam, sah Paul, daß das herabperlende Wasser Liranan als Gewand diente, seine Majestät zu bekleiden, und die Farben der Sterne des Meeres und der Korallen durchzogen es unablässig.

»Du hast mich Bruder genannt«, sagte der Gott mit einer Stimme, welche zischte wie Wellen, die über Felsen und zwischen ihnen hindurchrauschen. Sein Bart war lang und weiß. Seine Augen waren von der Farbe des Mondes. Und fügte hinzu: »Wie kannst du dir so etwas herausnehmen? Gib dich zu erkennen!«

»Du kennst meinen Namen«, erwiderte Paul. Das innere Aufwallen hatte aufgehört. Er sprach mit seiner eigenen Stimme. »Du kennst meinen Namen, sonst wärst du meinem Ruf nicht gefolgt.«

»Keineswegs. Ich habe meines Vaters Stimme gehört. Nun höre ich sie nicht mehr. Wer bist du, daß du mit dem Donner Mörnirs zu sprechen vermagst?«

Und Paul trat vor in die zurückweichende Tide, und er blickte dem Meergott direkt ins Gesicht, und er erklärte: »Ich bin Pwyll, der Zweimal Geborene, Herr des Sommerbaums«, und Liranan veranlaßte die Wellen des Meeres, um sie beide herum hochzubranden.

»Davon habe ich erzählen hören«, entgegnete der Gott des Meeres. »Nun verstehe ich.« Er war sehr groß. Es war nicht leicht auszumachen, ob die gleitenden Wasser seines Gewandes zu seinen

Füßen ins Meer herabfielen, oder ob sie sich aus ihm erhoben oder beides zugleich. Er war schön und schrecklich und hatte einen gestrengen Blick. »Was ist also dein Begehr?« fragte er.

Und Paul antwortete: »Wir segeln morgen früh nach Cader Sedat.«

Da entrang sich dem Gott ein Laut wie von einer Welle, die sich an hohen Felsen bricht. Dann schwieg er und blickte im hellen Mondlicht auf Paul hinab. Lange danach gab er zu bedenken: »Dieser Ort wird gut bewacht, Bruder.« In seiner Stimme lag eine Spur von Trauer. Paul hatte sie drunten im Meer schon einmal vernommen.

Er wollte wissen: »Kann diese Bewachung sich dir gegenüber behaupten?«

»Ich weiß es nicht«, gab Liranan zu. »Aber mir ist versagt, auf das Gewirk Einfluß zu nehmen.«

»Nicht, wenn man dich zu Hilfe ruft.«

Wieder herrschte Stille, bis auf das endlose Raunen der ablaufenden Flut und der Wellen.

»Im Augenblick bist du in Brennin«, stellte der Gott fest, »und nahe dem Wald, aus dem deine Macht stammt. Später wirst du weit draußen auf dem Meer sein, sterblicher Bruder. Wie willst du mich da noch zwingen?«

Paul entgegnete: »Wir haben keine andere Wahl, als dorthin zu segeln. Der Kessel von Khath Meigol befindet sich in Cader Sedat.«

»Du kannst einen Gott nicht in seinem eigenen Element bannen, Zweimal Geborener.« Die Stimme klang stolz, aber nicht kalt. Beinahe traurig.

Paul machte eine Handbewegung, die Kevin Laine jederzeit verstanden hätte. »Ich werde es versuchen müssen«, entschied er.

Noch einen Augenblick lang betrachtete Liranan ihn, dann sagte er sehr leise etwas. Es vermischte sich mit dem Seufzen der Wellen, und Paul konnte die Worte des Gottes nicht verstehen. Noch ehe er nachzufragen in der Lage war, hatte Liranan auch schon den Arm gehoben, und in seinem Wassergewand vermengten sich die Farben. Er spreizte hoch über Pauls Kopf die Finger, und dann war er verschwunden.

Paul spürte, wie ihm die Gischt über Gesicht und Haare sprühte, dann ließ er den Blick sinken und merkte, daß er barfuß auf dem

Strand stand, nicht mehr knöcheltief im Meer. Zeit war verstrichen. Der Mond war inzwischen tief in den Westen weitergewandert. Entlang seiner silbernen Spur sah er einen silbernen Fisch einmal die Wasseroberfläche durchbrechen und dann wieder hinabtauchen, um zwischen den Sternen des Meeres und den Farben der Korallen dahinzuschwimmen.

Als er sich zum Gehen wandte, stolperte er, und erst da wurde ihm klar, wie müde er war. Der Sand schien gar nicht mehr aufhören zu wollen. Zweimal wäre er beinahe hingefallen. Nach dem zweiten Mal hielt er inne und stand eine Zeitlang tief atmend da, ohne sich zu rühren. Er fühlte sich benommen, als habe er zu sauerstoffreiche Luft eingeatmet. Undeutlich entsann er sich des Liedes, das er weit draußen auf dem Meer gehört hatte.

Er schüttelte den Kopf und kehrte dorthin zurück, wo er seine Stiefel hinterlassen hatte. Er kniete nieder, um sie wieder anzuziehen, und dann blieb er im Sand sitzen, die Arme auf die Knie gelegt, den Kopf zwischen ihnen gesenkt. Das Lied verstummte nach und nach, er konnte spüren, wie sein Atem mit der Zeit wieder in den Normalzustand überging, doch das galt nicht für seine Kräfte.

Er sah einen Schatten neben dem seinen auf den Strand fallen.

Ohne aufzublicken sagte er mit schneidender Stimme: »Du mußt wohl Vergnügen dabei empfinden, mich so vorzufinden. Du scheinst großen Wert darauf zu legen, solche Gelegenheiten auszukosten.«

»Du fröstelst ja«, stellte Jaelle fest, und er fühlte, wie ihr Umhang sich auf seine Schultern legte. Er trug ihren Duft.

»Mir ist nicht kalt«, widersprach er. Doch als er seine Hände betrachtete, bemerkte er, daß sie zitterten.

Sie trat beiseite, und er blickte zu ihr auf. Ein Reif lag um ihre Stirn und hielt ihr Haar im Wind zurück. Der Mond berührte ihre Wangenknochen, doch ihre grünen Augen waren umschattet. Sie sagte: »Ich habe euch beide in einem Licht gesehen, das nicht vom Mond herrührte. Pwyll, was du auch immer sein magst, du bist sterblich, und das war kein Licht, in dessen Strahlen wir überleben können.«

Er erwiderte nichts. Nach einem Moment fuhr sie fort. »Vor langer Zeit hast du mir gegenüber behauptet, als ich dich vom

Baum geholt habe, daß die menschliche von all unseren Funktionen die vorrangige sei.«

Er richtete sich auf und blickte noch einmal hoch. »Du entgegnetest darauf, ich hätte unrecht.«

»Das hattest du auch, damals.«

In der Stille schienen die Wellen weit weg zu sein. Er erklärte: »Ich hatte vor, mich auf dem Weg hierher bei dir zu entschuldigen. Du scheinst mich immer dann zu erwischen, wenn ich schlimme Zeiten durchmache.«

»O Pwyll. Wie könnten die Zeiten angenehm sein?« Plötzlich machte sie einen viel älteren Eindruck. Er bemühte sich, in ihrer Stimme Spott zu entdecken, doch er hörte keinen heraus.

»Ich weiß nicht«, gab er zu. Und dann: »Jaelle, sollten wir nicht zurückkehren, wäre es besser, wenn du Aileron und Teyrnon von Darien erzählst. Jennifer wird das nicht recht sein, aber ich glaube nicht, daß du eine andere Wahl hast. Sie müssen auf ihn vorbereitet sein.«

Sie bewegte sich ein wenig, und jetzt konnte er ihre Augen erkennen. Sie hatte ihm ihren Umhang überlassen und war nur in ein langes Nachtgewand gekleidet. Der Wind blies vom Meer her. Er stand auf und legte den Umhang wieder um ihre Schultern und schloß die Schnallen um ihren Hals. Dann trat er zurück.

Sie war beinahe so groß wie er, doch sie hielt den Kopf gesenkt. Den Blick hinab auf den Sand gerichtet, fragte sie: »Pwyll, ist es wirklich möglich, das zu schaffen? Kannst du dorthin gelangen?«

»Ich bin mir dessen nicht sicher«, räumte er wahrheitsgemäß ein. »Nicht einmal, ob wir etwas ausrichten können, wenn wir dorthin gelangt sind. Doch ich weiß, Loren hat recht. Wir müssen es versuchen.«

Sie blickte auf. Sie stand dem Monde zugewandt da, und er konnte sie deutlich sehen. »Dana hat keine Gewalt über das Meer«, betonte sie. »Du weißt, ich würde mitkommen, wenn, wenn ich könnte –«

»Das weiß ich«, bestätigte Paul. »Aber du wirst auch hier mehr als genug zu tun haben. Bedaure jene, die wie Jennifer und Sharra nur warten und lieben und hoffen können, daß diese Gefühlsregungen etwas zählen, was über den reinen Schmerz hinausgeht.«

Sie öffnete den Mund, wie um zu sprechen, besann sich jedoch eines Besseren und schwieg. Ungebeten fielen ihm die Worte einer alten Ballade ein, und er bot sie beinahe unhörbar dem Nachtwind und dem Meere dar:

> Oh, was ist eine Frau, daß du ihr entsagst,
> Dem Feuer des Herdes, der heimatlichen Scholle,
> Und zu dem alten, grauen Witwenmacher
> Hinabzusteigen wagst?

»Der Weber behüte uns davor«, sagte Jaelle und wandte sich ab.

Er folgte ihr auf dem schmalen Pfad nach Taerlindel. Während sie dahingingen, versank zu ihrer Rechten der Mond im Meer, und sie kehrten in eine Stadt zurück, die nur vom Licht der Sterne erleuchtet wurde.

Als die Sonne aufging, machte die Schar sich bereit, mit der *Prydwen* in See zu stechen. Aileron, der Großkönig, kam an Bord, um sich von seinem Ersten Magier, von Paul Schafer und von Arthur Pendragon zu verabschieden, sowie von den Mannen der Südfeste, welche die Besatzung dieses Schiffes sein würden und von Coll aus Taerlindel, der an seinem Ruder stehen würde.

Zuallerletzt trat er seinem Bruder gegenüber. Mit ernsten Augen sahen sie einander an: die von Aileron so braun, daß sie fast schwarz wirkten, die von Diarmuid blauer als der Himmel über ihnen.

Ohne ihrer Tränen zu achten, beobachtete Sharra vom Kai aus, wie Diarmuid etwas sagte und dann nickte.

Dann sah sie ihn vortreten und seinen Bruder auf die Wange küssen. Einen Augenblick darauf machte Aileron kehrt und kam den Landungssteg herab. Sie entdeckte keinerlei Ausdruck auf seinem Gesicht, und sie haßte ihn ein wenig.

Die Segel der *Prydwen* wurden gesetzt und blähten sich. Das Fallreep wurde eingezogen. Der Wind wehte von Südosten: Sie konnten mit ihm segeln.

Na-Brendel aus Daniloth stand neben dem Großkönig und seiner Leibgarde. Auch drei Frauen waren anwesend und sahen zu, wie das Schiff ablegte und davonzugleiten begann. Die eine war eine Prinzessin, die andere eine Hohepriesterin; neben ihnen jedoch stand eine, die wie eine Königin wirkte, und Brendel konnte den Blick nicht von ihr wenden.

Ihre Augen waren klar und leuchtend, als sie dem Schiff und dem Manne hinterherblickte, der an seinem Heck stand und seinerseits zu ihr zurückschaute. Kraft und Stolz signalisierte sie ihm, das wußte Brendel, und er sah sie so dastehen, bis die *Prydwen* nur noch ein weißer Punkt war an der Stelle, wo das Meer und der Himmel zusammenstießen.

Erst dann wandte sie sich dem Großkönig zu, erst dann kehrte die Besorgnis in ihr Gesicht zurück. Und noch etwas, das über die Besorgnis hinausging.

»Könnt Ihr einen Beschützer für mich entbehren?« fragte Jennifer. »Ich möchte zum Turm gehen.«

Mitgefühl lag in Ailerons Augen, als hätte auch er gehört, was Brendel vernommen hatte: daß der Kreis der Zeit sich wieder einmal schloß, daß auf dem Webstuhl ein Muster Gestalt annahm.

»Oh, meine Liebe«, sagte Jaelle mit seltsamer Stimme.

»Der Anor Lisen steht seit tausend Jahren leer«, warnte der König sanft. »Pendaran ist kein Ort, den wir ungefährdet betreten können.«

»Man wird mir dort kein Leid zufügen«, beharrte Jennifer in ruhiger Gewißheit. »Und es ist angebracht, daß jemand von dort aus nach ihnen Ausschau hält.«

Er hatte vorgehabt, heim nach Daniloth zu gehen. Es war zu lange her, seit er das letzte Mal den Fuß auf den Gipfel des Atronel gesetzt hatte.

»Ich werde Euch dorthin bringen und bei Euch bleiben«, erbot sich Brendel und nahm es auf sich, ein anderes Schicksal zu erleiden.

Kapitel 15

Am allerwichtigsten, dachte Ivor, waren Tabor und Gereint.

Der Aven ritt soeben in weitem Bogen um die versammelten Lager. Er war am vergangenen Abend aus Gwen Ystrat zurückgekehrt. Sie waren nur langsam vorangekommen, aber Gereint war nicht in der Lage gewesen, ein schärferes Tempo durchzuhalten.

Heute war für ihn die erste Gelegenheit, die Lager zu inspizieren, und er war zumindest über dies eine vorsichtig erfreut. Bis auf einen ausstehenden Bericht von Levon – der am gleichen Abend zurückerwartet wurde – bezüglich der Entscheidung des Rats in Paras Derval gingen Ivors eigene Pläne dahin, die Frauen und Kinder unter Bewachung in dem geschützten Bogen zurückzulassen, den das Land östlich des Latham schlug. Die Eltor hatten bereits begonnen, gen Norden zu ziehen, doch es würden genügend dableiben, um ihnen ausreichende Jagdbeute zu sichern.

Die übrigen Dalrei wollte er schon bald gen Norden führen, um am Adein Stellung zu beziehen. Wenn der Großkönig und Shalhassan von Cathal sich ihnen anschließen würden, durften die vereinten Streitkräfte es wagen, weiter nordwärts vorzudringen. Den Dalrei allein war das nicht möglich. Aber sie konnten auch nicht hier warten, denn es müßte sehr bald damit gerechnet werden, daß Maugrim herabgestiegen kam, und Ivor hatte nicht die Absicht, Celidon preiszugeben, solange er lebte. Wenn kein massierter Angriff erfolgte, glaubte er, konnten sie den Adein ohne fremde Hilfe halten.

Er erreichte das nördlichste Lager und winkte grüßend Tulger vom achten Stamm zu, seinem Freund. Doch er verlangsamte seinen Ritt nicht, um sich mit ihm zu unterhalten; er hatte noch über zu vieles nachzudenken.

Tabor und Gereint.

Er hatte sich gestern bei ihrer Rückkehr seinen jüngsten Sohn sehr genau angeschaut. Tabor hatte gelächelt und ihn umarmt und all das gesagt, was von ihm erwartet wurde. Doch selbst wenn man den Winter in Betracht zog, war er unnatürlich blaß, seine Haut war so weiß, daß sie fast durchsichtig wirkte. Der Aven versuchte sich einzureden, es sei nur seine übliche Übersensibilität seinen Kindern gegenüber, die ihn hier zu falschen Schlüssen verleite, doch dann des Nachts im Bett hatte Leith ihm eröffnet, sie mache sich Sorgen, und Ivors Herz hatte einmal kurz ausgesetzt.

Seine Frau hätte sich eher die Zunge abgebissen, als ihn auf diese Weise zu beunruhigen, wenn es nicht einen guten Grund dafür gab.

Daher war er am Morgen sehr früh allein mit seinem jüngsten Sohn am Fluß spazieren gegangen, in der Frische des Frühlings, über das grüne Gras der Ebene, die ihnen gehörte. Das Eis des Latham war binnen einer Nacht geschmolzen. Der Fluß strömte funkelnd und kalt von den Bergen herab; er war leuchtend blau im Sonnenlicht. Ivor hatte gespürt, wie sich trotz all seiner Sorgen seine Stimmung hob, einfach weil er die Wiederkehr des Lebens sah und an ihr teilhatte.

»Vater«, hatte Tabor zu sprechen begonnen, noch ehe Ivor ihn auch nur etwas gefragt hatte. »Ich kann es nicht ändern.«

Die Freude, die ihn für einen Moment erfüllt hatte, war versiegt. Er hatte sich dem Knaben zugewandt. Fünfzehn war Tabor jetzt. Nicht älter, und er war zartgliedrig und nun auch noch so blaß – er sah weitaus jünger aus. Ivor sagte nichts. Er wartete.

Tabor hatte das Wort ergriffen: »Sie trägt mich mit sich fort. Wenn wir fliegen, und besonders beim letzten Mal, als wir getötet haben. Alles ist anders, droben am Himmel, Vater. Ich weiß nicht, wie oft ich noch den Weg zurück finde.«

»Dann mußt du versuchen, nicht auf ihr zu reiten«, hatte ihm Ivor gequält geraten. Er erinnerte sich jener Nacht am Rande des Pendaranwaldes, als er Tabor und das geflügelte Wesen seines Traums zwischen den Sternen und der Ebene hatte kreisen gesehen.

»Ich weiß«, hatte Tabor drunten am Fluß entgegnet. »Aber wir befinden uns im Krieg, Vater, wie könnte ich darauf verzichten, zu reiten?«

Schroff hatte Ivor darauf reagiert: »Wir befinden uns im Krieg, und ich bin Aven der Dalrei. Du bist einer der Reiter, die ich befehlige. Du mußt es mir überlassen, zu entscheiden, wie wir die uns zur Verfügung stehenden Kräfte am besten nutzen.«

»Ja, Vater«, hatte Tabor kleinlaut beigegeben.

Zweischneidig, dachte Ivor nun, als er den Bogen zurück nach Süden schlug, am Westufer des Latham entlang dorthin, wo Sachens vierter Stamm Quartier bezogen hatte. Jedes Geschenk, das die Göttin machte, war zweischneidig. Er versuchte ohne großen Erfolg, darüber nicht verbittert zu sein. Dieses geflügelte, herrliche Geschöpf mit seinem schimmernden Silberhorn war als Waffe im

Krieg wirksamer als alles andere, worüber sie verfügten, und der Preis ihres Einsatzes, das sah er jetzt ein, würde darin bestehen, daß er sein jüngstes Kind verlor.

Sachen mit dem kantigen Gesicht und den sanften Augen kam herbeigeritten, um ihn abzufangen, und Ivor war gezwungen, stehenzubleiben und zu warten. Sachen war für einen Stammeshäuptling recht jung, doch er war besonnen und wachsam, und Ivor vertraute ihm mehr als den meisten anderen.

»Aven«, wollte Sachen nun ohne lange Vorrede erfahren, »wann brechen wir auf? Soll ich eine Jagd anordnen oder nicht?«

»Heute noch nicht«, beschied ihm der Aven. »Cechtar hat gestern gute Beute gemacht. Komm zu uns, falls ihr ein paar Eltor braucht.«

»Das werde ich tun. Und wie steht es mit –«

»Ein Auberei dürfte dich bald erreichen. Heute abend findet in unserem Lager eine Beratung statt. Ich habe sie auf einen späten Zeitpunkt gelegt; ich hoffe, Levon wird dann mit Neuigkeiten aus Paras Derval zurück sein.«

»Gut. Aven, ich habe meinen Schamanen bedrängt, seit der Schnee zu schmelzen begonnen hat –«

»Dränge ihn nicht«, unterbrach ihn Ivor, ohne nachzudenken.

»– aber er hatte bisher keinen Ausweg anzubieten. Wie steht es mit Gereint?«

»Er auch nicht«, sagte Ivor und ritt weiter.

Er war nicht mehr jung gewesen, als man ihn geblendet hatte. Seit Jahren war er drunten in Celidon der nächste gewesen, der an die Reihe kommen sollte, ehe die Auberei mit der Nachricht eintrafen, Colynas, der Schamane Banors und des dritten Stammes, sei gestorben.

Jetzt war er alt – die Schamanen erreichten häufig ein hohes Alter –, und die Blendung lag weit zurück, doch er erinnerte sich daran mit äußerster Klarheit. Was auch nicht weiter überraschend war: Die Fackeln und die Sterne und die tanzenden Männer von Banors Stamm waren das letzte, was Gereint je gesehen hatte.

Sein Leben war reich gewesen, dachte er, erfüllter, als er es sich hätte erträumen können. Wäre es zu Ende gewesen, ehe der Rangat Feuer gespuckt hatte, dann hätte er von sich behauptet, er sei im Leben wie im Tod ein glücklicher Mann gewesen.

Von dem Zeitpunkt an, da er in Celidon, wo der erste Stamm sich ständig aufhielt, vom Ältesten berufen worden war, hatte Gereints Schicksal sich von dem aller anderen jungen Männer unterschieden, die damals gerade aufgefordert wurden, ihre Fastenzeit auf sich zu nehmen.

Zum einen hatte er Celidon verlassen. Nur die Auserwählten des ersten Stammes taten das. Er hatte gelernt, ein Jäger zu sein, denn der Schamane mußte über die Jagd und über die Eltor Bescheid wissen. Er war von Stamm zu Stamm gezogen, hatte bei jedem eine Jahreszeit verbracht, ohne zu wissen, bis sein Auberei eintraf, welchem Stamm er sich anschließen, welchem Häuptling er dienen durfte. Auch hatte er mit Frauen sein Lager geteilt, in sämtlichen neun Stämmen, damit sich sein bedeutsamer Same auf der Ebene verbreite. Er hatte keine Vorstellung davon, wie viele Kinder er während dieser Jahre des Wartens gezeugt hatte, doch er erinnerte sich sehr gut an bestimmte Nächte. So war es jahrelang gewesen, Monate, die er unterwegs war, Monate, die er in Celidon verbracht hatte mit den Gesetzespergamenten und den anderen Wissensfragmenten, die nicht Gesetz waren, von denen die Schamanen aber wissen mußten.

Er hatte geglaubt, er hätte genügend Zeit gehabt. Mehr jedenfalls als die meisten, und er hatte damit begonnen, als er einen Keia als Totemtier erblickt hatte, was ihn auszeichnete, selbst unter den auserwählten Männern.

Er hatte geglaubt, bereit zu sein, als die Blendung vollzogen wurde. Bereit für die Veränderung, wenn auch nicht für den Schmerz. Für den Schmerz konnte man nicht bereit sein: Man entfaltete mittels dieser Qualen seine Kräfte, und darauf konnte sich niemand vorbereiten.

Doch er hatte anerkannt, was sich daraus ergab, und er hatte das Zweite Gesicht willkommen geheißen wie eine lang begehrte Geliebte. Mehr als zwanzig Jahre lang hatte er Banor gute Dienste geleistet, obwohl zwischen ihnen immer eine gewisse Distanz festzustellen war.

Niemals zwischen ihm und Ivor. Keinerlei Distanz, aber Freundschaft, die sich zunächst auf Respekt, dann auf etwas gründete, das darüber hinausging. Den Häuptling des dritten Stammes im

Stich zu lassen, der nun Aven sämtlicher Dalrei geworden war, hätte Gereint zerbrochen.

So geschah es in eben diesem Augenblick.

Doch er hatte, nun da es zum Krieg zwischen den Mächten kam, keine andere Wahl. Das Mädchen hatte ihn geheißen, ihr nicht dorthin zu folgen, wo sie hinging. Richte den Blick nach Westen, hatte sie gesagt und ihm ihr Bewußtsein eröffnet, um ihm zu zeigen, was ihr bevorstand und was sie bezüglich der Aufgabe Lorens gesehen hatte. Das erstere hatte ihm Schmerz verursacht, wie er ihn nicht gekannt hatte, seit seiner Blendung. Das zweite aber offenbarte ihm, worin seine eigene Bürde bestand, sowie seine gänzlich unerwartete Unzulänglichkeit.

Lange Jahre hatte er Zeit gehabt, ehe er sein Augenlicht verlor, zu wahrhaftigerer Sehkraft zu finden. Lange Jahre, um die Ebene hinauf und wieder hinab zu wandern, um die Dinge der sichtbaren Welt zu betrachten und ihr Wesen und das der Menschen zu erfassen. Er hatte geglaubt, seine Sache gut gemacht zu haben, und bisher hatte ihn nichts dazu veranlaßt, hierüber anderen Sinnes zu werden. Nichts, bis jetzt. Jetzt aber wußte er, in welcher Hinsicht er versagt hatte.

Er hatte nie das Meer gesehen.

Wie konnte ein Dalrei, wie klug er auch sein mochte, sich auch nur erträumen, daß dieses eine die tiefgreifendste Herausforderung seines Lebens untergraben könnte? Cernan vom Walde war es, den die Dalrei kannten, und die Grüne Ceinwen. Der Gott, der seinen Platz in Pendaran verließ, um mit den Eltor über die Ebene zu eilen, und die jagende Göttin, die seine Schwester war. Was wußten die Reiter über Liranan, der im Meer geboren war?

Da gab es ein Schiff, das gen Westen segelte, das hatte das Mädchen ihm gezeigt. Und als er das Bild in ihren Gedanken erblickte, hatte Gereint noch etwas wahrgenommen, etwas, das selbst über das hinausging, was die Seherin von Brennin wußte. Er hatte noch nie das Meer gesehen, doch er mußte dieses Schiff finden, wo immer es auch sein mochte draußen inmitten der Wellen.

Und so verschloß er sich. Er ließ den Aven bar jeglicher Beratung zurück, die er ihm vielleicht hätte bieten können. Eine schlimme Zeit, die allerschlimmste, doch er hatte wahrhaft keine andere

Wahl. Er teilte Ivor mit, was er vorhatte, aber nicht wo oder warum. Er ließ zu, daß die Lebenskraft, die seinen gealterten Körper nach wie vor lebendig erhielt, zu einem einzelnen Funken in seinem Innern zusammenschrumpfte. Und dann ließ er sich mit gekreuzten Beinen auf der Matte im Schamanenhaus des Lagers am Ufer des Latham nieder und sandte diesen Funken weit, weit fort von seiner Heimstatt.

Als später Tumult und wilde Aufregung über die Lager hereinbrachen, bemerkte er nichts davon. Sie trugen seinen Körper mitten durch den Trubel – er hatte Ivor gesagt, man dürfe ihn ruhig bewegen –, doch er merkte es nicht. Zu dem Zeitpunkt befand er sich über Pendaran.

Er hatte den Wald gesehen. Er konnte mit Hilfe der Erinnerung an ihn und der Konturen, die sie in seinem Bewußtsein annahm, seinen Standort bestimmen und seinen Brennpunkt. Er spürte die dunkle, nachtragende Feindseligkeit des Waldes, und dann noch etwas anderes. Er kam gerade am Anor Lisen vorbei, den er nie gesehen hatte. Im Turm brannte Licht, aber das nahm er natürlich nicht wahr. Dagegen fühlte er, daß sich dort jemand aufhielt, und ihm blieb ein Augenblick Zeit, sich darüber zu wundern.

Doch nur ein Augenblick, denn danach war er über das Ende des festen Landes hinaus über den Wellen, und er empfand hilflose, schwindelerregende Panik. Er konnte seinen Eindrücken keine Gestalt verleihen, hatte keine Erinnerung daran, wußte kaum einen Namen, mit dem er sie hätte richtig bezeichnen können, und noch dazu schien es, so unmöglich das auch war, Sterne sowohl über als auch unter ihm zu geben. Alt und gebrechlich, blind in der Nacht, befahl er seiner Seele, das Land zu verlassen, das er sein Leben lang gekannt hatte, und sich hinauszubegeben in die unberechenbare Weite des Ungesehenen, des Unvorstellbaren, des dunklen, aufgewühlten Meeres.

»Du kannst doch«, kritisierte Mabon von Rhoden, nachdem er zu ihnen aufgeholt hatte, »nicht fünfhundert Mann den ganzen Tag ohne Rast vorwärtstreiben.«

Sein Tonfall war gütig. Aileron hatte keinen Zweifel daran gelassen, daß Levon diese Truppen befehligte, und Mabon hatte dagegen keinerlei Einwände erhoben. Doch Dave sah, daß Levon daraufhin kläglich grinste. »Ich weiß«, sagte er zu dem Herzog. »Ich hatte ja auch vor, anzuhalten. Es ist nur so, wir kommen immer näher, und ...«

Der Herzog von Rhoden lächelte. »Ich verstehe. Es geht mir genauso, wann immer ich heimreite.« Mabon, hatte Dave entschieden, war in Ordnung. Der Herzog hatte seine besten Jahre hinter sich und war schwergewichtiger, als er hätte sein müssen, aber es war ihm leichtgefallen, mit den anderen Schritt zu halten, und in der vergangenen Nacht hatte er sich mit seiner Decke auf dem Gras zum Schlafen hingelegt wie ein alter Soldat.

Levon schüttelte den Kopf, entrüstet über sich selber. Als sie eine Erhebung auf der gewellten Steppe erreichten, hob er die Hand, um Halt zu gebieten. Dave vernahm tiefempfundene Laute der Erleichterung, welche die Streitmacht hinter ihm durchlief.

Auch er war dankbar für diese Rast. Er war nicht wie Levon und Torc oder gar diese Reiterscharen aus dem nördlichen Teil Brennins dazu geboren, im Sattel zu sitzen, und er war in den vergangenen paar Tagen unglaublich viel geritten.

Er schwang sich vom Pferd und streckte die Beine aus. Machte ein paar Kniebeugen, berührte seine Zehen, wirbelte die Arme herum. Er bemerkte Torcs Blick und grinste. Es machte ihm nichts aus, wenn der dunkle Dalrei ihn neckte; Torc war ein Bruder. Er machte noch ein paar Liegestützen, direkt neben dem Tuch, auf dem Torc die Speisen ausbreitete. Er hörte, wie der Dalrei vor unterdrücktem Lachen grunzte. Dave rollte sich herum, spielte mit dem Gedanken, ein paar Kniebeugen zu machen, und entschloß sich statt dessen zu essen. Er nahm sich einen Streifen Eltorfleisch und ein Stück Brot aus Brennin. Er bestrich beides mit der senfähnlichen Soße, die die Dalrei so liebten, und lehnte sich, glücklich kauend, zurück.

Es war Frühling. Die Vögel zogen ihre Bahn über ihnen, und die Brise, die aus Südosten herüberwehte, war mild und kühl. Das Gras kitzelte in seiner Nase, und er setzte sich auf, um sich ein Stück Käse zu nehmen. Torc hatte sich ebenfalls auf den Rücken gelegt und die Augen geschlossen. Er konnte innerhalb von zwanzig Sekunden einschlafen. Er war eingeschlafen, stellte Dave fest.

Es war kaum zu glauben, daß dies alles vor fünf Tagen noch mit Schnee bedeckt gewesen war und daß ein eisiger Wind über das Land geweht hatte. Als er daran dachte, wanderten seine Gedanken zu Kevin, und er fühlte, wie die angenehme Entspannung ihm entglitt, wie der Wind, der durch seine Finger wehte. Statt dem offenen Grasland sah er dunklere Orte vor seinem inneren Auge; vor allem jenen dunklen Ort, an den Kevin gewandert war: die Höhle von Gwen Ystrat mit dem schmelzenden Schnee. Er erinnerte sich an die roten Blumen, an den grauen Hund, und als er an die weinenden Priesterinnen dachte, glaubte er beinahe sterben zu müssen.

Wieder setzte er sich auf. Torc regte sich, wachte jedoch nicht auf. Hoch droben schien hell und wärmend die Sonne. Dies war ein guter Tag, um am Leben zu sein, und Dave zwang sich, sich nicht mehr mit seinen Erinnerungen zu beschäftigen. Er wußte, aus bitterer Erfahrung mit seiner eigenen Familie, wie sehr er ins Wanken geriet, wenn er Gefühlen wie jenen, die jetzt in ihm aufstiegen, zu weit nachgab.

Er konnte sich das nicht leisten. Vielleicht, aber nur vielleicht, und nur dann, wenn er eines Tages Muße hatte, sich ausgiebig mit den Dingen zu beschäftigen, würde er sich einen Tag lang oder zwei hinsetzen und ergründen, warum er um Kevin Laine geweint hatte wie um niemand anderen seit seiner Kindheit.

Allerdings nicht jetzt. Das war für ihn gefährliches Terrain, wußte Dave. Bekümmert verbannte er Kevin dorthin, wo er auch seinem Vater einen Platz zugewiesen hatte – nicht ganz vergessen, aber auch nicht ständig erinnert, und dann begab er sich dorthin, wo Levon mit dem Herzog von Rhoden saß.

»Findest du keine Ruhe?« fragte Levon und blickte lächelnd auf.

Dave ging neben ihm in die Hocke. »Torc hat sie jedenfalls gefunden«, meinte er und wies mit einem Rucken seines Kopfes nach hinten.

Mabon kicherte. »Ich bin froh, daß wenigstens einer von euch normal reagiert. Ich dachte schon, ihr hättet die Absicht, ohne Unterbrechung bis zum Latham durchzureiten.«

Levon schüttelte den Kopf. »Ich hätte selber eine Ruhepause gebraucht. Torc dagegen hätte das geschafft. Er ist nicht müde, nur schlauer als wir.«

»Weißt du«, sagte Mabon, »ich glaube, du hast recht.« Und er drehte sich auf den Rücken, breitete ein Tuch über seine Augen und fing innerhalb einer Minute an zu schnarchen.

Levon grinste und machte eine Kopfbewegung. Er und Dave standen auf und entfernten sich ein Stück von den anderen.

»Wie weit ist es denn noch?« fragte Dave. Er drehte sich einmal im Kreis herum: In sämtliche Himmelsrichtungen konnte er nichts sehen als die Ebene.

»Wir werden heute abend am Ziel sein«, erwiderte Levon. »Vielleicht bekommen wir die Vorposten noch vor dem Dunkelwerden zu Gesicht. Wir haben gestern ein wenig Zeit verloren, weil Mabon noch in der Nordfeste zu tun hatte. Ich nehme an, das war der Grund, warum ich so antrieb.«

Der Herzog war gezwungen gewesen, sie allesamt aufzuhalten, um eine Reihe von Anweisungen Ailerons an die Besatzung der Nordfeste weiterzugeben. Außerdem hatte er eigene Befehle gehabt, welche die Straße entlang nach Rhoden gebracht werden mußten. Dave war beeindruckt gewesen von Mabons gleichbleibender Tüchtigkeit – das war eine Eigenschaft, hatte man ihm erzählt, auf welche die Männer Rhodens stolz waren. Die aus Seresh, entnahm er daraus, neigten dagegen eher zu Sprunghaftigkeit.

Er sagte: »Ich habe uns dort auch aufgehalten. Tut mir leid.«

»Ich wollte schon fragen. Worum ging es denn?«

»Ein Gefallen, den ich Paul erwiesen habe. Aileron hatte es angeordnet. Erinnerst du dich an den Jungen, der dazukam, als wir Owein angerufen haben?«

Levon nickte. »Das werde ich nicht so leicht wieder vergessen.«

»Paul wollte, daß dessen Vater wieder zurück nach Paras Derval versetzt wird. Ich hatte versprochen, ihn ausfindig zu machen. Das hat eine Weile gedauert.« Dave erinnerte sich, wie er unbehaglich dabeigestanden hatte, als Shahar geweint hatte über das, was seinem Sohn zugestoßen war. Er hatte versucht, sich etwas einfallen zu lassen, was ihn hätte trösten können, und hatte natürlich wieder einmal versagt. Es gab einfach, gestand er sich ein, Dinge, mit denen er nie richtig würde umgehen können.

»Hat er dich eigentlich an Tabor erinnert?« fragte Levon unvermittelt. »Dieser Junge?«

»Ein wenig«, sagte Dave.

Levon schüttelte den Kopf. »Bei mir war es mehr als nur ein

wenig. Ich denke, ich möchte mich wieder auf den Weg machen.«

Sie wandten sich zurück. Torc, sah Dave, war bereits auf den Beinen. Levon machte eine Handbewegung, und der dunkelhaarige Dalrei steckte die Finger in den Mund und stieß einen durchdringenden Pfiff aus. Das Aufgebot machte sich zum Weiterritt bereit. Dave erreichte sein Pferd, stieg auf und trabte nach vorn, wo Levon und Mabon warteten.

Die Männer Brennins waren sehr rasch im Sattel und aufgereiht. Aileron hatte ihnen Männer geschickt, die wußten, was sie taten. Torc kam heran und nickte. Levon schenkte ihm ein Lächeln und hob die Hand, um ihnen das Zeichen zum Abmarsch zu geben.

»Mörnir!« rief der Herzog von Rhoden aus.

Dave erblickte einen Schatten. Er roch Verwesung.

Er hörte einen Pfeil schwirren. Doch inzwischen flog er auch schon in hohem Bogen durch die Luft, geschickt aus dem Sattel gerissen von Mabons Sprung. Der Herzog stürzte neben ihm ins Gras. *Das,* dachte Dave widersinnigerweise, *hat Kevin mit Coll genauso gemacht.*

Dann entdeckte er, was der schwarze Schwan seinem Pferd angetan hatte. Inmitten des fauligen Gestanks und des krankhaft süßlichen Geruchs von Blut bemühte er sich, sein Mittagsmahl bei sich zu behalten.

Avaia hatte sich bereits wieder weit in den Himmel aufgeschwungen und beschrieb einen Bogen nach Norden. Daves braunem Hengst war von der alles zerschmetternden Wucht, mit der der Schwan niedergesaust war, das Rückgrat gebrochen worden. Seine Klauen hatten sein Fleisch in einzelne Streifen zerfetzt. Der Kopf des Pferdes war beinahe völlig abgerissen. Blut schoß wie eine Fontäne aus seiner Kehle. Auch Levon war vom Schlag der riesigen Flügel aus dem Sattel gehoben worden. Inmitten der Schreie der entsetzten Pferde und der Rufe der Männer eilte er herbei. Torc spähte dem Schwan hinterher, wobei er den Bogen mit leichenblassen Fingern hielt. Dave bemerkte, daß sie zitterten: Er hatte Torc noch nie so gesehen.

Er stellte fest, daß seine Beine bereit waren, ihren Dienst zu verrichten, und er stand auf. Mabon von Rhoden erhob sich langsam und mit gerötetem Gesicht; ihm war die Luft aus den Lungen gepreßt worden.

Einen Moment lang sagte niemand ein Wort. Avaia war längst außer Sicht. Flidais, dachte Dave, während er sich bemühte, seinen Pulsschlag unter Kontrolle zu bringen. *Hüte dich vor dem Eber, hüte dich vor dem Schwan ...*

»Du hast mir das Leben gerettet«, sagte er.

»Ich weiß«, erwiderte Mabon gelassen. Keinerlei Heuchelei. »Ich habe gerade hochgeblickt, um nach der Sonne zu sehen, und ich habe ihn entdeckt, wie er sich herabstürzte.«

»Hast du ihn getroffen?« fragte Levon Torc.

Torc schüttelte den Kopf. »Den Flügel, vielleicht. Aber nur vielleicht.«

Es war ein so plötzlicher, entsetzlich brutaler Angriff gewesen. Der Himmel war jetzt wieder leer, der Wind blies so sanft wie zuvor über das wogende Gras. Doch neben ihnen lag ein totes Pferd, dem die Eingeweide hervorquollen, und obendrein war ein Geruch von Verwesung geblieben, der nicht von dem Pferd ausging.

»Warum?« fragte Dave. »Warum ich?«

Levons braune Augen blickten zunächst bestürzt, dann auf ernste Weise wissend. »Ich kann mir nur eines denken«, vermutete er. »Der Schwan hat dadurch, daß er auf diese Weise herabgestoßen ist, sehr viel riskiert. Es muß so gewesen sein, daß er etwas gespürt und entschieden hat, daß es hier eine Menge zu holen gibt.« Er zeigte auf Dave.

Der legte die Hand auf seine Seite und berührte die geschwungene Form von Oweins Horn.

In seiner eigenen Welt war es öfter vorgekommen, daß das gegnerische Team in einem Basketballspiel Dave Martyniuk als den gefährlichsten Spieler seiner Mannschaft ausmachte. Dann wurde ihm besondere Aufmerksamkeit zuteil: doppelte Deckung, verbale Sticheleien und häufig Einschüchterungen, die weit über das Erlaubte hinausgingen. Als er älter wurde und ein besserer Spieler, war das mit wachsender Regelmäßigkeit geschehen.

Und es funktionierte nie.

»Laßt uns dieses Pferd vergraben«, schlug Dave nun mit einer Stimme vor, die so grimmig klang, daß es selbst die beiden Dalrei überraschte. »Gebt mir einen Sattel für eines der anderen, und dann wollen wir weiterreiten, Levon!« Er trat vor und zog seine

Axt aus dem zerfetzten Sattel. Sie war über und über mit Blut beschmiert. Mit großer Sorgfalt wischte er sie ab, bis die Schneide blitzte, als er sie ans Licht hob.

Sie vergruben das Pferd, sie gaben ihm einen Sattel und ein anderes Pferd.

Sie ritten weiter.

Ivor hielt sich bei Sonnenuntergang im Schamanenhaus auf, als sie ihm die Nachricht überbrachten.

Er war am Ende des Tages gekommen, um nach seinem Freund zu sehen, und war geblieben, hilflos und bestürzt über das, was er an Gereints Gesicht ablas. Der Körper des Schamanen auf seiner Matte war ruhig und unbeweglich, doch sein Mund war verzerrt vom geräuschlosen Entsetzen, und selbst die dunklen Höhlen seiner Augen zeugten von einer Reise, die ihn in Schrecken versetzte. Ängstlich besorgt um den betagten Schmanen blieb Ivor bei ihm, als könnte er dadurch, daß er an ihr teilnahm, Gereints Reise auf wie auch immer unvollkommene Weise erleichtern. Der Alte hatte sich verirrt, das wußte Ivor, und er sehnte sich von ganzem Herzen danach, ihn heimzurufen.

Statt dessen beobachtete er ihn.

Dann kam Cechtar. »Levon ist da«, meldete er von der Tür aus. »Er hat den Herzog von Rhoden und fünfhundert Mann mitgebracht. Und da ist noch etwas, Aven.«

Ivor drehte sich um.

Im Gesicht des stämmigen Reiters arbeitete es auf merkwürdige Weise. »Zwei andere sind von Norden gekommen. Aven ... es sind Lios Alfar, und o, komm und überzeuge dich selbst, worauf sie reiten!«

Er hatte noch nie die Lios zu Gesicht bekommen. Unter allen lebenden Dalrei war das nur Levon und Torc vergönnt gewesen. Und Levon war ebenfalls wieder da, mit fünfhundert von des Großkönigs Mannen. Sein Herz beschleunigte seinen Schlag, und Ivor erhob sich. Er warf einen letzten Blick auf Gereint, dann ging er hinaus.

Levon führte seine Männer von Südwesten heran, er konnte sie gegen die untergehende Sonne erkennen. Doch auf dem weiten Platz vor ihm warteten ruhig zwei der Lios Alfar, und sie saßen auf Raithen, und Ivor hätte nie geglaubt, zu Lebzeiten das eine oder das andere erblicken zu dürfen.

Die Lios waren beide silberhaarig, schlank, und sie besaßen die langen Finger und die weit auseinanderliegenden, veränderlichen Augen, von denen man sich erzählte. Doch nichts, was er je gehört hatte, vermochte ihn auf die kaum vorstellbare, demütig machende Schönheit vorzubereiten, die ihnen eigen war, und auf ihre selbst im Ruhezustand erkennbare Anmut.

Trotz alledem waren es die Raithen, die Ivor sprachlos machten und seinen Blick an sich fesselten. Die Dalrei waren ein Reitervolk, und sie lebten, um zu Pferde zu sitzen. Die Raithen aus Daniloth verhielten sich zu gewöhnlichen Pferden wie die Götter zu den Menschen, und jetzt standen gleich zwei davon vor ihm.

Sie waren am ganzen Körper golden wie die untergehende Sonne, bis auf den Kopf und den Schwanz und die vier Beine, welche silbern waren wie der noch nicht aufgegangene Mond. Ihre Augen waren blau und strahlten geradezu vor Intelligenz, und Ivor liebte sie auf der Stelle aus ganzer Seele. Und wußte, daß es jedem der anwesenden Dalrei ebenso erging.

Eine Woge reinster Freude durchlief ihn für einen Augenblick. Und wurde gleich gebrochen, als die Lios das Wort ergriffen, um von einem Heer der Finsternis zu berichten, das in diesem Moment die nördliche Ebene durchquerte.

»Wir haben es denen in Celidon mitgeteilt«, berichtete die Frau. »Lydan und ich werden nun gen Brennin reiten. Wir haben in der vergangenen Nacht den Großkönig mit Hilfe des Rufglases gewarnt. Inzwischen müßte er auf der Ebene angelangt sein, unterwegs nach Daniloth. Wir werden ihn abfangen. Wohin, wünscht ihr, soll er reiten?«

Inmitten des plötzlich aufgekommenen Geplappers fand Ivor seine Stimme wieder. »Zum Adein«, entschied er. »Wir werden versuchen, vor den Knechten der Finsternis am Fluß anzukommen und sie dort festzuhalten, bis der Großkönig eintrifft. Können wir das schaffen?«

»Wenn ihr jetzt aufbrecht und euch sehr beeilt, wäre es wohl möglich«, antwortete der mit Namen Lydan. »Galen und ich werden nun zu Aileron reiten.«

»Wartet!« rief Ivor. »Ihr müßt euch ausruhen. Gewiß brauchen die Raithen eine Rast. Wenn ihr den ganzen Weg aus Daniloth gekommen seid ...«

Die Lios mußten Bruder und Schwester sein, so ähnlich sahen sie einander. Sie schüttelten die Köpfe. »Sie haben tausend Jahre gerastet«, unterbrach ihn Galen. »Alle beide waren sie beim Bael Rangat dabei. Seither hatten sie keine Bewegungsfreiheit mehr.«

Ivor blieb der Mund offen. Er schloß ihn wieder.

»Wie viele habt ihr davon?« hörte er Cechtar hauchen.

»Diese zwei und noch drei. Sie vermehren sich nicht mehr seit dem Krieg gegen Maugrim. Zu viele sind damals gestorben. Etwas hat sich in ihnen verändert. Wenn diese fünf nicht mehr unter uns weilen, werden die Raithen nie mehr den Wind überholen.« Lydans Stimme war ein trauriger Akkord. Erfüllt von bitterem Jammer blickte Ivor zu den Raithen hinüber.

Er sagte: »Dann macht euch auf. Laßt sie laufen. Hell soll euch leuchten der Mond, und wisset, daß wir nicht vergessen.«

Zugleich erhoben die Lios grüßend die offene Hand. Dann lenkten sie die Raithen herum, sprachen zu ihnen, und die Dalrei erblickten zwei Kometen, golden und silbern, die gleich darauf atemberaubend über die dämmernde Ebene dahinflogen.

In Paras Derval war Aileron, der Großkönig, soeben erst zurückgekehrt und hatte so verspätet die Nachricht vom Aufleuchten des Rufglases erhalten. Eben erst hatte er den Befehl erteilt, daß ein Heer sich sogleich auf den Weg machen solle. Doch sie hatten einen weiten Weg vor sich. Einen viel zu weiten.

Levon trat vor seinen Vater. Mabon von Rhoden stand hinter ihm.

Ivor schlug dem Herzog vor: »Ihr seid zwei Tage lang geritten. Ich kann von Euren Männern nicht verlangen mitzukommen. Wollt ihr unsere Frauen und Kinder beschützen?«

»Ihr könnt verlangen«, antwortete Mabon ruhig, »was immer Ihr verlangen müßt. Könnt Ihr denn ohne die fünfhundert Mann auskommen?«

Ivor zögerte.

»Nein«, rief eine Frauenstimme dazwischen. »Nein, das können wir nicht. Nimm sie alle mit, Aven. Wir dürfen Celidon nicht verlieren!«

Ivor blickte seine Frau an und sah die Entschlossenheit in ihrem Gesicht. »Wir dürfen auch nicht unsere Frauen verlieren«, gab er zu bedenken. »Unsere Kinder.«

»Fünfhundert werden uns nicht retten können.« Das war Liane, seine Tochter, die neben Leith stand. »Wenn sie euch besiegen, dann bedeuten fünfhundert Mann rein gar nichts. Nimm sie alle mit, Vater.«

Sie irrte sich nicht, das wußte er. Aber wie konnte er sie so gänzlich ungeschützt zurücklassen? Dann kam ihm ein Gedanke. Er schreckte einen Augenblick lang davor zurück, doch dann wurde der Vater in ihm besiegt, und der Aven sagte: »Tabor.«

»Ja, Vater«, meldete sich sein jüngstes Kind.

»Wenn ich alle anderen mitnehme, werdet ihr dann die Lager bewachen? Ihr beide?«

Er hörte Leith scharf einatmen. Er grämte sich um ihretwillen, um ihrer aller willen.

»Ja, Vater«, versprach Tabor, so blaß wie Mondschein. Ivor trat zu ihm und blickte seinem Sohn in die Augen. Schon jetzt war er weit von ihm entfernt.

»Möge der Weber euch gnädig sein«, murmelte er. »Euch allen.« Noch ein letztes Mal packte er den Jungen bei den Schultern wie einen Mann, dann wandte er sich wieder an den Herzog von Rhoden. »Wir reiten in einer Stunde«, setzte er ihn von seinem Entschluß in Kenntnis. »Wir werden vor dem Andein nicht anhalten, es sei denn, wir treffen auf ein Heer. Folgt Cechtar – Eure Männer werden ausgeruhte Pferde brauchen.« Er erteilte Levon seine Befehle und den versammelten Auberei, die bereits zu Pferde saßen, um die Nachricht zu den übrigen Stämmen zu tragen. Rings umher brach im Lager fieberhafte Geschäftigkeit aus.

Er fand einen Moment Zeit, um Leith anzusehen, und schöpfte unendlich viel Trost aus der Ruhe ihres Blicks. Sie sprachen nicht miteinander. Es war alles gesagt zwischen diesen beiden, zum einen oder anderen Zeitpunkt.

Tatsächlich dauerte es weniger als eine Stunde, bis er seine Finger in ihr Haar schlang und sich im Sattel niederbeugte, um sie zum Abschied zu küssen. Ihre Augen waren trocken, ihr Gesicht ruhig und zuversichtlich, genau wie das seine. Es mochte durchaus sein, daß er aus Freude oder häuslicher Sorge oder aus

Liebe zu leicht in Tränen ausbrach, doch es war der Aven der Dalrei, der erste, seit Revor die Ebene überlassen worden war, der nun in der Dunkelheit sein Pferd bestieg. Er trug den Tod im Herzen und erbitterten Haß und finstere, eiskalte Entschlossenheit.

Sie würden Fackeln benötigen, bis der Mond aufging. Er schickte die Auberei mit Feuer voraus, um ihnen den Weg zu weisen. Sein älterer Sohn ritt an seiner Seite und der Herzog von Rhoden und die sieben Häuptlinge, alle bis auf den Alten in Celidon, wohin sie unterwegs waren. Hinter ihnen saßen fünfhundert Mann aus Brennin wartend zu Pferd und dazu jeder einzelne Reiter der Ebene bis auf den einen. Er verbat sich, an diesen einen zu denken. Er sah Davor und Torc, und er kannte das Glitzern in den Augen des dunkelhaarigen Mannes.

Er erhob sich im Sattel. »Im Namen des Lichts«, rief er, »nach Celidon!«

»Nach Celidon!« brüllten sie im Chor.

Ivor wandte sich nach Norden. Weiter vorn blickten die Auberei aufmerksam zu ihm hin. Er nickte einmal.

Sie ritten los.

Tabor beugte sich schweigend dem Willen der Schamanen, die sich ihrerseits dem seiner Mutter beugten. Am Morgen befolgten sie die Anweisungen des Aven und zogen über den Fluß in das letzte Lager am äußersten Rand der Ebene, wo das Land zu den Bergen hin anzusteigen begann. Der Fluß würde ihnen ein Mindestmaß an Schutz bieten und die Berge eine Möglichkeit, sich zu verstekken, falls es erforderlich werden sollte.

Es ging alles sehr rasch vonstatten, unter wenig Tränen, selbst von seiten der ganz Kleinen. Tabor bat zwei ältere Jungen, ihm mit Gereint behilflich zu sein, doch sie fürchteten sich vor dem Gesicht des Schamanen, und er konnte ihnen das nicht ernsthaft übelnehmen. Er fertigte ohne fremde Hilfe die Hängematte, dann holte er seine Schwester, um Gereint mit ihr gemeinsam zu tragen. Sie überquerten den Fluß zu Fuß an einer seichten Stelle. Gereint ließ nicht erkennen, daß er einen von ihnen wahrnahm. Liane erwies sich als tüchtig, und er sagte es ihr. Sie bedankte sich. Nachdem sie gegangen war, blieb er bei dem Schamanen in dem neuen Haus, wo sie ihn abgesetzt hatten. Er dachte daran, wie er Liane gelobt und wie sie sich bei ihm bedankt hatte, und daran, wie viel doch anders geworden war.

Später entfernte er sich, um nach seiner Mutter zu sehen. Doch es gab keine Probleme zu lösen. Am frühen Nachmittag waren sie alle in dem vorgesehenen Lager angelangt, dicht gedrängt, aber nachdem die Männer fort waren, gab es ausreichend Platz in einem Lager, das für vier Stämme gebaut war. Es war geradezu schmerzlich still. Die Kinder lachten nicht, bemerkte Tabor. Und da war noch etwas, das er jedoch nicht bemerkte, niemand bemerkte es.

Vom Hang des Berges östlich des Lagers hatte sie ein scharfes Augenpaar den ganzen Tag über beobachtet. Und nun, da die Frauen und Kinder der Dalrei sich zögernd in ihrem neuen Lager niederließen, wobei ihre Gedanken in weiter Ferne weilten, im Norden in Celidon, begann dieser Beobachter zu lachen. Lange hielt sein Gelächter an, ungehört außer von den wilden Geschöpfen der Berge, die es nicht verstanden oder sich nicht darum kümmerten. Und bald darauf, obwohl genügend Zeit war, erhob sich der Beobachter und machte sich auf den Rückweg nach Osten, um die Nachricht zu überbringen, immer noch lachend.

Kim war an der Reihe, die Führung zu übernehmen. Sie hatten nach jeder Rast abgewechselt, seit sie die Pferde zurückgelassen und mit dem Aufstieg begonnen hatten. Dies war der zweite Tag, den sie in den Bergen verbrachten. Hier am Paß war es noch nicht so schlimm. Brock hatte gesagt, der dritte Nachmittag würde am schwersten werden, und dann würden sie ganz in der Nähe von Khath Meigol sein.

Er hatte nichts darüber verlauten lassen, was dann passieren würde.

Gegen ihren erklärten Willen war sie zutiefst dankbar für seine Begleitung und ebenso tief erfüllt von Bewunderung für die stoische Art, in welcher er sie an einen Ort führte, der gespenstischer war als irgendein anderer in Fionavar. Doch er hatte ihr geglaubt, hatte ihr vertraut, als sie versicherte, die Geister der Paraiko würden den Gebirgspaß nicht mit ihrem Blutfluch unsicher machen.

Die Paraiko selber befanden sich dort. In ihren Höhlen. Lebendig. Und, auf eine Weise, die sie immer noch nicht ganz begriff, gefangen.

Sie blickte sich um und sah Brock mit kraftvollem Schritt unmittelbar hinter ihr herwandern, wobei er einen Großteil ihrer Ausrüstung schleppte: noch eine Auseinandersetzung, die sie verloren hatte. Die Zwerge waren noch eigensinniger als die Familie Ford, wie es schien.

»Pause«, rief sie zu ihm hinab. »Sieht aus, als sei dort oben, wo der Pfad eine Biegung macht, eine flache Felsbank.« Brock grunzte zustimmend.

Sie kletterte hinauf; mußte ein paarmal mit den Händen nachhelfen, aber es war wirklich nicht schwer. Sie hatte recht gehabt, hier befand sich ein flaches Plateau, sogar größer, als sie sich vorgestellt hatte. Die geeignetste Stelle, um haltzumachen und sich auszuruhen.

Unglücklicherweise war sie besetzt.

Sie wurde gepackt und geknebelt, noch ehe sie einen Warnschrei ausstoßen konnte. Völlig ahnungslos folgte Brock ihr hinauf, und binnen Sekunden waren sie alle beide entwaffnet, sie verlor ihren Dolch, er seine Axt, und beide wurden sie gefesselt.

Sie wurden gezwungen, sich mitten auf dem Plateau niederzusetzen, während sich die große, ebene Fläche nach und nach mit jenen füllte, die sie gefangengenommen hatten.

Nach einer Weile sprang eine weitere Gestalt von jenem Pfad herauf, auf dem sie die ganze Zeit gewandert waren. Es handelte sich um einen riesenhaften Mann mit einem verfilzten schwarzen Bart. Er war kahlköpfig und hatte ein grünes Muster auf Stirn und Wangen tätowiert. Auch unter dem Bart zeigte sich diese Tätowierung. Er brauchte einen Moment, bis er ihre Gegenwart bemerkt hatte, dann lachte er.

Niemand sonst hatte einen Laut von sich gegeben. Sie waren von annähernd zweihundert Gestalten umgeben. Der kahle, tätowierte Mann schritt befehlsgewohnt zur Mitte des Plateaus und blieb vor Kim und Brock stehen. Einen Augenblick lang blickte er auf sie hinab. Dann holte er mit dem gestiefelten Fuß aus und versetzte dem Zwerg einen bösartigen Tritt gegen den Kopf. Brock sackte zusammen, und Blut floß aus seiner Kopfhaut.

Kim holte Luft, um zu schreien, und er trat ihr in den Magen.

Von Schmerzen überwältigt, nach Atem ringend, hörte sie ihn wieder lachen.

»Wißt ihr«, fragte der kahlköpfige Mann seine Gefährten mit kehliger Stimme, »wie viele unbewachte Frauen des Reitervolkes dort drunten auf uns warten?«

Kim schloß die Augen. Sie fragte sich, wie viele Rippen sie sich wohl gebrochen haben mochte. Ob Brock wohl tot sei.

Rettet uns, hörte sie in ihrem Kopf. Den langsamen Gesang. *Oh, rettet uns.*

Es hatte einmal eine Zeit gegeben, da Dave davon ausgegangen wäre, nichts von alledem ginge ihn etwas an. Das war nun schon seit langem anders geworden, und zwar nicht aufgrund eines abstrakten Bewußtseins der ineinander verwobenen Schicksalsfäden sämtlicher Welten. Ivor und Liane waren der Anlaß gewesen, die Erinnerung an sie, als er vor einem Jahr gen Sünden geritten war. Nach den Schrecken des Berges war es die Gegenwart von Levon und Torc an seiner Seite gewesen, und dann noch die Schlacht am Llewenmere, als Männer gefallen waren, die er gekannt hatte – niedergemetzelt von abscheulichen, grünen Kreaturen, die zu hassen er nicht verhindern konnte. Die Brüder waren der Anlaß gewesen, die er im Pendaranwald gefunden hatte, und schließlich auch noch Jennifer und das, was man ihr angetan hatte.

Nun war es auch sein Krieg.

Er war immer sportlich gewesen, und er war darauf ebenso stolz wie auf die Tatsache, daß er die Strapazen des Jurastudiums überstanden hatte. Er achtete darauf, daß er nicht außer Form geriet, und während der Monate nach ihrer Heimkehr, als sie warten mußten, bis sie wieder nach Fionavar zurück konnten – daß Loren sie holen kam oder daß Kim ihren langersehnten Traum bekam –, hatte er seinen Körper härter herangenommen als je zuvor. Er hatte eine ungefähre Vorstellung gehabt, was die Zukunft bringen mochte. Dave war jedenfalls in besserer körperlicher Verfassung als zu irgendeinem anderen Zeitpunkt seines Lebens.

Und noch nie hatte ihm jeder Muskel, jeder Knochen so wehgetan, war er so entsetzlich erschöpft gewesen. Noch nie in seinem Leben.

Sie waren die ganze Nacht bei Fackellicht durchgeritten, bis der

Mond aufging, und dann weiter in seinem Schein. Außerdem war er die zwei vorangegangenen Tage von Paras Derval an im Sattel gewesen, und im Eiltempo. Doch dieses Tempo, für das Mabon Levon gelinden Tadel hatte zukommen lassen, war nichts im Vergleich zu dem überstürzten nächtlichen Ritt der Dalrei, nach Norden hinter ihrem Aven her.

Während der Nacht machte er sich Gedanken um die Pferde, und nun, da die Sonne zu ihrer Rechten aufging, sorgte er sich noch mehr – und er fragte sich, wie lange sie diese mörderische Geschwindigkeit durchhalten konnten. Doch sie schafften es, sie behielten sie bei, galoppierten ohne Rast über das Grasland. Sie waren zwar keine Raithen, doch jedes einzelne dieser Pferde war von den Dalrei auf dieser weiten Ebene eigens gezüchtet, ausgebildet und geliebt worden, und dies war ihre bedeutendste Stunde seit tausend Jahren. Dave streichelte die wehende Mähne des Hengstes, auf dem er jetzt ritt, und spürte eine mächtige Vene, die an seinem Hals pulsierte. Es handelte sich um einen Rappen – wie der von Aileron. Der hoffentlich in diesem Moment, so lautete Daves stilles Stoßgebet, nicht weit hinter ihnen auf seinem eigenen Rappen herbeieilte, alarmiert von den Lios Alfar.

Es war Levon, der seinen Vater zum Haltmachen veranlaßte, ehe die Sonne ihren höchsten Punkt erklommen hatte. Der ihnen allen befahl, sich zu entspannen und etwas zu essen, die Pferde zu bewegen und sie vom Wasser des Rienna in der Nähe des Cynmere trinken zu lassen, den sie inzwischen erreicht hatten. Männer, die sich vor Erschöpfung nicht auf den Beinen halten konnten, waren nicht in der Lage, eine Schlacht zu bestreiten. Andererseits mußten sie das Wettrennen nach Celidon gewinnen und das zum Adein, wenn sie konnten. Dave kaute etwas Fleisch und Brot, machte seine Kniebeugen und Gelenkigkeitsübungen und saß schon wieder im Sattel, noch ehe die Rast beendet war. Und so machten es, sah er, auch alle anderen Männer dieses Heeres.

Sie ritten weiter.

Dies war das geeignete Material für Legenden und Lieder, falls nach ihnen noch weitere Generationen folgen sollten, welche die alten Geschichten erzählen und von ihnen singen konnten. Singen vom Ritt Ivors, der an der Spitze der Dalrei nach Celidon geeilt war, eine ungestüme Nacht lang und einen Tag, um das Heer der Finsternis abzufangen und ihm auf der Ebene eine Schlacht zu liefern im Namen des Lichts.

Dave ließ dem Rappen seinen Willen, wie er es die ganze Reise über getan hatte. Er spürte die wogende Kraft seiner Schritte, selbst jetzt nicht erlahmend, da noch Daves Gewicht dazugekommen war, und aus dem Herzen des Pferdes, das ihn trug, schöpfte er seine nun noch grimmigere Entschlossenheit.

Er befand sich dicht hinter dem Aven und den Häuptlingen, als sie den einzelnen Auberei herbeieilen sahen. Die Sonne hatte sich nach Westen gewandt, begann soeben ihren Abstieg. Vor ihnen machte der Auberei halt, vollführte mit seinem Pferd eine geschickte Kehrtwendung und begann neben ihnen herzugaloppieren, im Gleichtakt mit dem Grauschimmel Ivors.

»Wo sind sie?« rief der Aven ihm zu.

»Sie gelangen gerade zum Fluß!«

Dave holte Luft. Rakoths Herr hatte Celidon noch nicht erreicht.

»Werden wir vor ihnen dort ankommen?« hörte er Ivor rufen.

»Ich weiß es nicht!« erwiderte der Auberei verzweifelt.

Dave sah, wie Ivor sich darauf im Sattel erhob. *»Im Namen des Lichts!«* brüllte der Aven und spornte sein Pferd zu noch größerer Eile an. Irgendwie taten sie das alle. Dave beobachtete, wie Ivors Grauschimmel an den Auberei vorbeibrauste, die ihnen vorausgeritten waren, und er jagte den Rappen hinterdrein, wobei er spürte, wie das Pferd mit einer Beherztheit reagierte, die ihn demütig machte. Ein verschwimmendes Bild boten sie, als sie über die Ebene donnerten, beinahe vergleichbar mit den mächtigen Zügen der Eltor.

Er sah Celidon zu ihrer Rechten vorbeihuschen. Gewann einen Eindruck aufrecht stehender Felsbrocken, Stonehenge nicht unähnlich, wenn auch nicht zerfallen, noch nicht zerfallen. Hinter diesen Steinen erspähte er das große Lager im Zentrum der Ebene, dieses Herzstück der Heimat der Dalrei seit zwölfhundert Jahren. Dann waren sie daran vorbei und flogen, flogen durch den schwindenden Nachmittag dem Fluß entgegen, und als er Torc neben sich sein Schwert lockern sah, zog auch Dave seine Axt aus ihrer Halterung an seinem Sattel. Er suchte Torcs Augen; ihre Blicke ruhten eine Sekunde lang aufeinander. Er schaute nach vorn, zu Levon, und sah, daß er sich mit gezogenem Schwert im Reiten nach ihnen umblickte.

Sie gelangten an eine Erhebung in der sonst flachen Ebene. Er sah den Adein in der Sonne funkeln. Er gewahrte die Svart Alfar, jene gräßlichen grünen Kreaturen, die er bereits kannte, und größere, schwärzlich braun gefärbte Geschöpfe dazu. Sie schickten sich soeben an, durch den Fluß zu waten. Doch sie fingen gerade erst an. Ivor war zur rechten Zeit gekommen. Davon würde man bis in alle Ewigkeit singen, falls jemand übrigbleiben sollte, davon zu singen.

Denn viele, viele Feinde kamen ihnen da entgegen. Die Ebene nördlich des Adein hatte sich unter der Unermeßlichkeit von Rakoths Heer verdunkelt. Ihre heiseren Schreie hallten durch die Lüfte: Bestürzung, als sie der Dalrei ansichtig wurden, und dann schriller, höhnischer Triumph darüber, wie gering ihre Zahl war.

Die Axt kampfbereit brauste Dave hinter Ivor hinab, und sein Herz schlug unruhig, als er sah, wie sich die Reihen der Svart Alfar teilten, um Platz zu machen für Urgachs, die auf Slaugs saßen, und es gab Hunderte von ihnen, Hunderte und Aberhunderte zwischen den Tausenden und Abertausenden Svart Alfar.

Er dachte ans Sterben. Dann kurz an seine Eltern und seinen Bruder, der vielleicht nie etwas erfahren würde. Er dachte an Kevin und Jennifer, an die zwei Brüder, die jetzt bei ihm waren, an das Gemetzel am Llewenmere vor einem Jahr. Er erblickte einen der Urgach, den größten, sah, daß er wie zum Hohn ganz in Weiß gekleidet war, und er haßte ihn mit ganzem Herzen und mit ganzer Seele.

»Revor!« schrie er im Chor mit den Dalrei und: »Ivor!«, ebenfalls mit ihnen gemeinsam. Dann erreichte er den Adein, und seine Müdigkeit war vergangen, und in ihm stieg der Blutdurst auf wie eine Flut, und es war Krieg.

Sie überquerten den Fluß nicht, er war das einzige natürliche Hindernis des ebenen Graslandes, das ihnen überhaupt die Möglichkeit bot, Stellung zu beziehen. Die Svart Alfar waren kleinwüchsig, selbst die schwärzlichbraunen, und sie waren zu Fuß; sie waren gezwungen, durch den Adein zu waten und am anderen Ufer hinauf den Dalrei vor die Schwerter zu laufen. Dave sah Torc seine Klinge wegstecken und seinen Bogen ziehen, und gleich darauf flogen die Pfeile der Reiter über den Fluß, um am gegenüberliegenden Ufer Tod und Verderben zu stiften. Nur flüchtig nahm er dies auf, denn er stand inmitten des Chaos und des umherspritzenden Blutes, lenkte seinen Rappen am Ufer entlang, ließ wieder und wieder seine Axt niedersausen, setzte sie ein wie eine Sense, wie eine Hacke, einmal sogar wie ein Messer, als er einen Svart damit niederstach, wo kein Platz mehr zum Ausholen war. Er spürte, wie das Brustbein des Svart unter seinem Stoß brach.

Er versuchte, dicht bei Levon und Ivor zu bleiben, doch der Boden war glitschig vom Blut und vom Flußwasser, und dann schob sich ein Haufen Urgach auf ihren entsetzlichen, sechsbeinigen Slaug dazwischen, und plötzlich kämpfte er nur noch ums nackte Überleben.

Sie wurden vom Fluß abgedrängt; sie konnten nicht standhalten und auf gleicher Höhe mit den Urgach kämpfen. Der Adein hatte sich inzwischen im abnehmenden Licht rot verfärbt vom Blut, und im Strom lagen so viele tote und sterbende Svart Alfar, daß die noch Lebenden hinter den Urgach und den Slaug her über die Körper der Toten stiegen.

An Daves Seite kämpfte Torc nun wieder mit dem Schwert. Neben ihnen befand sich ein hochgewachsener Krieger von der Nordfeste, und verzweifelt versuchten sie, sich in der Nähe des Flusses zu halten, denn sie wußten, sie würden überrannt werden, wenn sie zu weit zurückwichen. Ein Urgach donnerte auf Dave zu. Er roch den fauligen Atem des Slaug; instinktiv sprang der Rappe beiseite. Das massive Schwert des Urgach pfiff an Daves Kopf vorbei, und ehe es einen zweiten Schlag ausführen konnte, beugte Dave sich vor und vergrub mit all seiner Kraft die Axt in dem häßlichen, haarigen Schädel. Er riß sie wieder los und traf den Slaug mit einem Rückhandschlag, während zugleich der Urgach wie ein gefällter Baum auf den blutgetränkten Erdboden stürzte.

Er hatte ihn getötet, aber als er Atem holte, sah er ein zweites dieser riesigen Geschöpfe im Bogen auf sich zukommen, und er wußte, er konnte das nicht durchhalten, er konnte diese Stellung nicht behaupten. Auch Torc hatte seinen Gegner vernichtet und wandte sich nun voller Verzweiflung einem weiteren, auf einem

Slaug hockenden Feind zu. Inzwischen überquerten die Svart in großer Zahl den Fluß, und Dave wurde ganz übel zumute, als er feststellte, wie viele noch hinterherkommen würden, und er sah auch, daß sie Messer und kurze Schwerter einsetzten, um die Pferde der Reiter von unten her aufzuschlitzen.

Er stieß einen unzusammenhängenden Schrei aus, und als seine Kampfeslust wieder in ihm aufstieg, gab er dem Rappen die Sporen, um dem nächstbesten Slaug entgegenzutreten. Er war zu schnell heran, als daß der überraschte Urgach mit seinem Schwert hätte ausholen können. Mit der linken Hand versuchte Dave blindwütig, ihm die Augen auszukratzen, und während er aufheulte, tötete er ihn mit einem kurzen Schwung seiner Axt.

»Davor!« hörte er. Eine Warnung, die zu spät kam. Er empfand einen stechenden Schmerz in seiner linken Körperseite, und als er den Blick hinabwandte, sah er, daß ein Svart von unten her nach ihm gestochen hatte. Torc machte ihn nieder. Dave zog sich aufstöhnend das kurze Schwert aus den Rippen. Ein weiterer Urgach kam auf ihn zu, und hinter Torc waren noch zwei. Der Mann von der Nordfeste war gefallen. Sie waren in der Nähe des Flusses beinahe allein – die Dalrei mußten sich immer weiter zurückziehen, selbst der Aven mußte weichen. Dave blickte kurz zu Torc hinüber, entdeckte eine tiefe Schnittwunde auf dem Gesicht des anderen und las bittere Verzweiflung in seinen Augen.

Dann vernahm er plötzlich vom anderen Ufer des Flusses, von Norden her, wo die Finsternis hauste, einen hellen, klaren Gesang. Als der Urgach zögerte, wandte er den Blick dorthin, und dann hielt Dave den Atem an vor Freude und Verwunderung.

Von Norden und von Westen her kamen die Lios Alfar über die Ebene geritten, in den Krieg. Strahlend und herrlich folgten sie ihrem Fürsten, dessen Haar im Licht golden leuchtete, und sie sangen, als sie endlich das Schattenland verließen.

Flink waren ihre Pferde, noch flinker ihre Klingen, und ungestüm war das Feuer in den Herzen der Kinder des Lichts. Mitten hinein in die Reihen der Svarts preschten sie, kühn und glitzernd, und die Fußsoldaten der Finsternis schrien vor Haß und Angst, als sie sie heranstürmen sahen.

Die Urgach waren inzwischen allesamt am südlichen Ufer angelangt. Der weißgekleidete Riese brüllte ein Kommando, und eine

Anzahl von ihnen wandte sich wieder nordwärts, wobei sie unzählige Svart Alfar, lebendige wie tote, einfach niedertrampelten.

Brüllend vor Erleichterung und ohne auf den heftiger werdenden Schmerz in seiner Seite zu achten, beeilte sich Dave, ihnen zu folgen, die Urgach auf dem Rückzug zu töten, aufs neue das Flußufer für sich zu beanspruchen. Dann, am Wasser, hörte er Torc aufschreien: »O Cernan. Nein!« Und als er zum Himmel emporblickte, fühlte er, wie seine Freude zu Asche zerfiel.

Dort oben stieß wie eine Todeswolke, die sich aus eigenem Antrieb bewegte, Avaia herab, und mit ihm, grau und schwarz, den Himmel verdunkelnd, mindestens dreihundert seiner Gattung. Die Schwäne Maugrims kamen aus dem unerbittlichen Himmel herab, und die Lios Alfar wurden von der Finsternis besudelt und begannen zu sterben.

Wieder brüllte der weißgekleidete Urgach, diesmal in grausamem Triumph, und die Slaug machten ein zweites Mal kehrt, sie überließen die Lios den Schwänen und den Svarts, die neuen Mut faßten, und wieder wurden die Dalrei angegriffen, und das von einer überwältigenden Übermacht.

Als er sich in östlicher Richtung den Weg dorthin freihackte, wo Ivor – immer noch zu Pferd, immer noch um sich schlagend – ebenfalls das Flußufer erreicht hatte, sah Dave Barth und Navon in der Nähe des Aven Seite an Seite kämpfen. Dann entdeckte er, daß der riesige Anführer der Urgach auf sie zukam, und ein Warnschrei entrang sich seiner heiseren Kehle. Die kleinen Jungen aus dem Wald, Torcs und die seinen, jene, die sie gemeinsam beschützt hatten. Das Schwert sauste krachend in hohem Bogen herab, der schon der Luft Verletzungen zuzufügen schien. Es durchtrennte Barths Hals wie den Stengel einer Blume, und Dave sah den Kopf des Knaben davonfliegen und Blut spritzen, ehe er am Adein in den zertrampelten Schlamm fiel. Dasselbe Schwert schlug noch einmal zu, kam herab, versenkte sich schwerfällig und grausam in Navons Seite, und er sah den Knaben vom Pferd gleiten, als er plötzlich einen schrecklichen Schrei hörte.

Er stellte fest, daß er es selbst war, der ihn ausgestoßen hatte. Auch seine Seite war klebrig vor Blut. Er sah Torc, ungestümen Haß in den Augen, an sich vorbeistürmen, auf den weißgekleideten Urgach zu. Er versuchte, mit ihm Schritt zu halten. Drei Svarts stellten sich ihm in den Weg. Er tötete zwei davon mit der Axt und hörte, wie der Schädel des dritten unter den Hufen seines Rappens barst.

Er warf einen Blick nach Norden und sah die Lios mit Avaia und den Schwänen kämpfen. Ihre Zahl war zu gering. Von Anfang an war sie zu gering gewesen. Sie waren hervorgekommen, weil sie nicht bereit waren, beiseite zu stehen und die Dalrei sterben zu sehen. Und nun starben sie auch.

»O Cernan«, vernahm er. Cechtars Stimme. »Diese Stunde kennt unseren Namen!«

Dave blickte nach Osten. Die Wölfe waren im Anmarsch. Sowohl nördlich als auch südlich des Flusses. Und sie wurden angeführt von einem riesigen Tier, schwarz mit einem Silberstreifen zwischen den Ohren, und aus den Erzählungen der anderen wußte er, dies war Galadan. Es stimmte. Die Stunde kannte ihren Namen.

Er hörte seinen Namen. Von innen heraus.

Nicht den Ruf des Todes, wie die Dalrei glaubten; nicht den Ruf zur letzten Stunde. Das war Kevin Laines Stimme. *»Dave«*, hörte er wieder, *»du Idiot. Tu es jetzt!«*

Und sogleich ergriff er Oweins Horn und hob es an seine Lippen und blies mit der ganzen Kraft hinein, die ihm geblieben war.

Es war wiederum das Licht, dieser Klang, und die Kreaturen der Finsternis konnten ihn nicht hören. Und doch verlangsamten sie ihren Ansturm. Er hatte den Kopf in den Nacken gelegt, während er ins Horn stieß. Er sah, daß Avaia ihn beobachtete; nahm wahr, wie er sich plötzlich in die Lüfte erhob. Er lauschte dem Klang, den er erzeugte, und er war nicht so, wie er zuvor gewesen war. Nicht Mondlicht auf Schnee oder Wasser, nicht Sonnenaufgang, nicht Kerzen am Kamin. Er war wie die Mittagssonne, die aus einem Schwert hervorbricht, er glich dem roten Licht eines lodernden Feuers, er ähnelte den Fackeln, die sie in der vergangenen Nacht auf ihrem Ritt mit sich geführt hatten, er war das kalte, grelle Glitzern der Sterne.

Und dann kam zwischen den Sternen Owein hervor. Und die Wilde Jagd war bei ihm, stürzte sich aus großer Höhe auf die Schwäne herab, und jeder einzelne der schattenhaften Könige hielt ein gezogenes Schwert empor, wie auch das Kind, das sie anführte.

Hinein in die Front von Avaias Brut flogen sie, Rauch auf

fliegenden Pferden, schattenhafter Tod am dunkler werdenden Himmel, und nichts am Himmel konnte ihnen standhalten, und sie töteten. Dave sah, daß Avaia seine Söhne und Töchter ihrem Schicksal überließ und hastig die Flucht nach Norden antrat. Er hörte das wilde Gelächter der Könige, die er entfesselt hatte, und er sah sie einen nach dem anderen über sich kreisen und grüßend das Schwert heben.

Dann waren sämtliche Schwäne tot, oder sie flogen davon, und zum erstenmal seit so vielen tausend Jahren kam die Wilde Jagd herab auf Fionavar. Galadans Wölfe flohen, und die Svart Alfar und die Urgach auf ihren Slaug, und Dave sah die schattenhaften Könige über ihnen kreisen und sie mit Leichtigkeit niedermachen, und die Tränen liefen ihm über das blutverschmierte Gesicht.

Dann sah er, wie die Wilde Jagd sich aufteilte und vier von ihnen mit dem Kind, das einmal Finn gewesen war, ungestüm und aus der Luft die Verfolgung des Heers der Finsternis aufnahmen. Die anderen Könige, und Owein gehörte dazu, blieben am Adein zurück, und im Abendlicht *begannen sie die Lios und die Dalrei zu ermorden, einen nach dem anderen.*

Dave Martyniuk schrie auf. Er sprang vom Pferd.

Er fing an zu laufen. »Nein!« brüllte er. »Nein, nein, o nein! Bitte!« Er stolperte und fiel in den Schlamm des Flusses. Unter ihm regte sich ein Körper. Er hörte Entsetzensschreie und das ungezügelte Lachen der Wilden Jagd. Er sah Owein grau wie Rauch auf seinem schwarzen, schattenhaften Pferd über Levon dan Ivor aufragen, der sich vor seinen Vater gestellt hatte, und er hörte Owein wieder lachen vor lauter Freude. Er versuchte aufzustehen; spürte, wie in seiner Seite etwas nachgab.

Hörte eine Stimme den Lärm übertönen, derer er sich nur undeutlich entsann, und sie rief: »Himmelskönig, stecke dein Schwert in die Scheide! Ich zwinge dir meinen Willen auf.« Dann brach er blutend und mit gebrochenem Herzen im dreckigen Schlamm zusammen und hörte nichts mehr.

Er erwachte bei Mondschein. Er war sauber und vollständig bekleidet. Er stand auf. Er empfand keine Schmerzen. Er befühlte seine Seite und ertastete durch das Hemd hindurch, das er trug, die Linie einer verheilten Narbe. Er blickte sich um. Er befand sich auf einem Hügel inmitten der Ebene. Im Norden, in etwa achthundert Meter Entfernung, sah er den Fluß im Mondlicht silbrig glitzern. Er erinnerte sich nicht an diesen Hügel, auch nicht, hier vorbeigekommen zu sein. Weiter östlich waren Lichter zu sehen: Celidon. Kein Geräusch in der Nacht, keine Bewegung in der Nähe des Flusses.

Er legte die Hand auf seine Hüfte.

»Ich habe es mir nicht wiedergeholt«, hörte er sie sagen. Er wandte sich nach Westen, wo sie stand, und als er sich umgedreht hatte, kniete er nieder und senkte den Kopf.

»Sieh mich an«, gebot sie, und er tat es.

Sie war grün, wie damals an dem Tümpel im Faelinnhain. Ihr Gesicht war von einem Leuchten durchzogen, doch es war gedämpft, damit er sie ansehen konnte. Auf ihrem Rücken hingen Bogen und Köcher, und sie streckte ihm Oweins Horn entgegen.

Er fürchtete sich und gelobte: »Göttin, wie könnte ich sie je noch einmal rufen wollen?«

Ceinwen lächelte. Sie entgegnete: »Niemals, es sei denn, es ist jemand da, der stärker ist als die Wilde Jagd, um sie in ihre Schranken zu weisen. Ich hätte nicht tun dürfen, was ich getan habe, und ich werde dafür bezahlen. Aber du hattest das Horn von mir erhalten, wenn auch zu einem unbedeutenderen Zweck, und ich bin nicht bereit, dabeizustehen und zuzuschauen, wenn Owein durch keinerlei Schranken gehindert wird.«

Er schluckte. Sie war sehr schön, sehr groß überragte sie ihn, sehr strahlend war sie. »Wie könnte man eine Göttin dazu bringen, für ein Vergehen zu bezahlen?« fragte er.

Sie lachte. Er erinnerte sich. Sie erwiderte: »Die rote Nemain wird schon einen Weg finden, oder Macha, falls sie es nicht tut. Sorge dich darum nicht.«

Die Erinnerung kehrte zurück. Und mit ihr entsetzliche Verzweiflung.

»Sie waren dabei, jedermann zu töten«, stammelte er. »Uns alle.«

»Aber natürlich«, sagte die Grüne Ceinwen, schimmernd auf dem Hügel. »Wie kannst du davon ausgehen, daß die ungezügeltste Magie so zahm deinem Willen folgen wird?«

»So viele Tote«, klagte er. Das Herz tat ihm um ihretwillen weh.

»Ich habe sie aufgesammelt«, erklärte Ceinwen ruhig. Und plötzlich begriff er, woher dieser Hügel stammte.

»Levon?« fragte er ängstlich. »Der Aven?«

»Nicht alle müssen sterben«, tröstete sie ihn. Das hatte sie ihm schon einmal gesagt. »Ich habe die Lebenden am Fluß zum Schlaf niedergelegt. Auch in Celidon schlafen sie, obwohl ihre Lichter brennen. Doch am Morgen werden sie sich erheben und ihre Wunden tragen.«

»Ich nicht«, widersprach er mühsam.

»Ich weiß«, bestätigte sie. »Ich wollte es nicht.«

Er richtete sich auf. Er wußte, daß sie das von ihm erwartete. Im hellen Mondschein standen sie auf dem Hügel. Ihm zuliebe leuchtete sie sanft wie der Mond. Sie trat vor und küßte ihn auf die Lippen. Sie vollführte eine Geste und stand nackt vor ihm, und er war wie geblendet von ihrer Herrlichkeit. Wieder bewegte sie die Hand, und er war ebenfalls nackt, auf der weiten Ebene, mitten in der Nacht. Sie berührte ihn. Bebend, mit wild klopfendem Herzen, hob er eine Hand und ließ sie auf ihrem Haar ruhen. Sie gab einen Seufzer von sich. Berührte ihn noch einmal.

Dann legte er sich mit einer Göttin nieder ins grüne, so grüne Gras.

Kapitel 16

Mitten am Nachmittag des zweiten Tages fing Paul einen bestimmten Blick von Diarmuid auf, und er erhob sich. Gemeinsam begaben sie sich ans Heck des Schiffes, wo Arthur mit seinem Hund stand. Um sie herum verrichteten die Männer der Südfeste auf der *Prydwen* mit mühelosem Geschick die Aufgaben der Besatzung, und Coll am Ruder hielt stetig den Kurs nach Westen. Geradewegs nach Westen, hatte Arthur ihn angewiesen und Coll versichert, er werde es ihn wissen lassen, wann es an der Zeit war, die Richtung zu ändern, und wo. Es war eine Insel, die auf keiner Karte verzeichnet waren, zu der sie segelten.

Und sie wußten auch nicht, was sie dort erwartete. Was auch der Grund dafür war, daß die drei nun zusammen mit Cavall, der leichtfüßig über die dunklen Decksplanken neben ihnen hertrottete, zum Bug gingen, wo zwei Gestalten standen, wie sie es während jeder ihrer wachen Stunden taten, seit die *Prydwen* die Segel gesetzt hatte.

»Loren«, begann Diarmuid ruhig.

Der Magier hörte auf, das Meer anzustarren, und drehte sich langsam um. Auch Matt wandte seinen Blick nach hinten.

»Loren, wir müssen uns besprechen«, fuhr der Prinz fort, immer noch ruhig, wenn auch mit Bestimmtheit.

Der Magier sah sie eine Weile unbewegt an, dann sagte er mit gereizter Stimme: »Ich weiß. Ihr versteht doch, daß ich unser Gesetz breche, wenn ich euch einweihe?«

»Durchaus«, gab Diarmuid zu. »Aber wir müssen wissen, was er tut, Loren. Und wie. Das Gesetz des Rats der Magier darf nicht der Finsternis Vorteile verschaffen.«

Matt wandte sich mit teilnahmslosem Gesicht ab, um wieder aufs Meer hinauszubicken. Loren stand weiterhin den drei anderen gegenüber. Er eröffnete ihnen: »Metran benutzt den Kessel, um die Svart Alfar auf Cader Sedat wiederzubeleben, wenn sie sterben.«

Arthur nickte. »Aber was veranlaßt sie zu sterben?«

»Er tötet sie«, erwiderte Loren Silbermantel.

Sie warteten. Matts Blick blieb unverwandt auf das Wasser gerichtet, doch Paul sah, daß seine Hände die Reling des Schiffes umklammert hielten.

Loren führte weiter aus: »Wisset, daß im Buche Nilsoms –«

»Verflucht sei sein Name«, unterbrach ihn Matt Sören.

»– daß in diesem Buch«, fuhr Loren fort, »geschrieben steht von einem abscheulichen Verfahren, nach dem ein Magier mehr Kräfte als nur die seiner einen Quelle erringen kann.«

Niemand sprach ein Wort. Paul spürte den Wind, als die Sonne hinter eine Wolke glitt.

»Metran benutzt Denbarra als Verbindungskanal«, erklärte Loren und mühte sich, seine Stimme zu beherrschen. »Als Verbindungskanal für die Energie der Svart Alfar.«

»Warum sterben sie?« fragte Paul.

»Weil er sie aussaugt bis zum Tode.«

Diarmuid nickte. »Und die Toten werden mit Hilfe des Kessels wiederbelebt? Wieder und immer wieder. Ist das die Art und Weise, wie er den Winter erzeugt hat?«

»Ja«, antwortete Loren schlicht.

Schweigen breitete sich aus. Die *Prydwen* segelte über das stille Meer.

»Er wird noch andere dabeihaben, die dies tun?« vermutete Arthur.

»So muß es wohl sein«, erwiderte der Magier. »Diejenigen, die er als Kraftquelle einsetzt, werden unfähig sein, sich zu bewegen.«

»Denbarra«, sagte Paul. »Ist er so bösartig? Warum macht er das mit?«

Matt wirbelte herum. »Weil eine Quelle ihren Magier eben nicht verrät!« Sie alle hörten seine Verbitterung.

Loren legte die Hand auf die Schulter des Zwerges. »Ruhig«, gebot er. »Ich denke, im Augenblick kann er gar nicht anders. Wir werden es ja sehen, wenn wir jemals dort ankommen.«

Wenn wir jemals dort ankommen. Diarmuid schlenderte nachdenklich von dannen, um mit Coll am Ruder zu sprechen. Einen Augenblick später begaben sich auch Arthur und Cavall zurück auf ihren Posten am Heck.

»Kann er den Winter noch einmal hervorrufen?« fragte Paul Loren.

»Ich denke schon. Er kann mit soviel Macht beinahe alles vollbringen, was er wünscht.«

Die zwei drehten sich um und lehnten sich links und rechts von Matt an die Reling. Sie spähten hinaus aufs öde Meer.

»Ich habe Blumen zu Aideens Grab getragen«, berichtete der Zwerg nach einer Weile. »Mit Jennifer zusammen.«

Loren blickte ihn an. »Ich glaube nicht, daß Denbarra wie sie die Wahl hat«, wiederholte er einen Augenblick darauf.

»Zu Anfang wohl«, brummte der Zwerg.

»Wäre ich Metran, was hättest du unternommen?«

»Dir das Herz aus dem Leib geschnitten!« erklärte Matt Sören.

Loren sah seine Quelle an, und ein Lächeln begann seinen Mund zu umspielen. »Ganz bestimmt?« fragte er.

Lange Zeit hielt Matt seinem Blick stand. Dann verzog er das Gesicht und schüttelte den Kopf. Wieder wandte er sich dem Meer zu. Paul spürte, wie ihrer aller Spannung nachließ. Das Ergebnis war nicht Erleichterung, sondern Resignation. Er war sich nicht sicher, warum ihn das Eingeständnis des Zwerges stärkte, aber so war es nun einmal. Er erinnerte sich an etwas, das mit der Nacht zu tun hatte, die er am Strand verbracht hatte.

»Loren, wann hören die Lios ihr Lied?«

Der Magier warf ihm einen Seitenblick zu. »Wenn sie bereit sind. Normalerweise ist es Erschöpfung, die sie zum Gehen veranlaßt.«

»Was tun sie dann?«

»Sie bauen in Daniloth ein Schiff und setzen in einer Nacht ohne Mondschein die Segel gen Westen.«

»Wohin? Zu einer Insel?«

Loren schüttelte den Kopf. »Ihr Ziel liegt nicht in Fionavar. Wenn ein Lios Alfar weit genug nach Westen segelt, vollzieht er den Übergang in eine andere Welt. In eine Welt, die der Weber für sie allein geschaffen hat. Zu welchem Zweck, das weiß ich nicht, und sie übrigens auch nicht.«

Paul schwieg.

»Warum fragst du?« wollte Matt unvermittelt wissen.

Paul zögerte. »Ich habe draußen auf See ein Lied gehört, noch vor unserer Abreise.«

Sie blickten ihn beide an, ohne etwas zu sagen.

Er hatte seit Kevins Tod ohnehin schlecht geschlafen, daher hatte Paul sich freiwillig zu einer der Wachen gemeldet, die dem Morgengrauen vorangingen. Er nutzte die Zeit zum Nachdenken und Erinnern. Die einzigen Laute waren das Knarren des Schiffes und das Plätschern der Wellen drunten in der Dunkelheit. Über ihm waren die drei Segel der *Prydwen* prall gefüllt, und sie trieben mühelos mit dem Wind dahin. Vier weitere Wachleute hatten auf Deck Stellung bezogen, und der rothaarige Averren stand am Ruder.

Da niemand sich in seiner Nähe aufhielt, war das eine Zeit, die er ganz für sich hatte, beinahe friedlich. Er ließ sich von seinen Erinnerungen treiben. Kevins Tod würde nie aufhören, ihm weh zu tun, aber er würde auch nie aufhören, Gegenstand seiner Verwunderung, ja sogar der Bewunderung zu sein. So viele Menschen starben im Krieg, so viele waren bereits in diesem gestorben, doch keiner hatte der Finsternis so einen Schlag versetzt mit seinem Übergang in die Ewige Nacht. Und keinem, dachte er, würde es je wieder gelingen. *Rahod hedai Liadon,* hatten die Priesterinnen im Tempel bei Paras Derval geklagt, während draußen innerhalb einer Nacht das grüne Gras wiedergekehrt war. Durch das Netz des Kummers, das sein Herz umfing, konnte Paul schon spüren, daß darin ein Licht zu leuchten begann. Sollte Rakoth Maugrim sich doch fürchten, sollte jedermann in Fionavar – selbst die gefühlskalte Jaelle – doch anerkennen, was Kevin da zustande gebracht, was seine Seele da geleistet hatte.

Und doch, dachte er, um ehrlich zu sein, sie hatte seine Tat anerkannt, sogar zweimal. Er schüttelte den Kopf. Die Hohepriesterin mit ihren smaragdgrünen Augen war mehr, als er sich im Augenblick zumuten wollte. Er dachte an Rachel und erinnerte sich an Musik. An ihre Musik und dann an die von Kevin, damals in der Schenke. Nun würden sie sich diesen Bereich für immer teilen müssen, in seinem Innern. Das war eine Erkenntnis, die ihm nicht leichtfiel.

»Störe ich dich?«

Paul warf einen Blick zurück, und einen Augenblick darauf schüttelte er den Kopf.

»Nächtliche Gedanken«, sagte er.

»Ich konnte nicht schlafen«, murmelte Coll und trat an die Reling. »Dachte, ich könnte hier oben irgendwie nützlich sein, aber es ist eine ruhige Nacht, und Averren macht seine Sache gut.«

Paul lächelte wieder. Horchte auf die leisen Geräusche des Schiffes und des Meeres. »Dies ist eine eigenartige Stunde«, bemerkte er. »Aber mir gefällt sie. Ich war noch nie auf See.«

»Ich bin auf Schiffen aufgewachsen«, entgegnete Coll ruhig. »Für mich ist es, als wäre ich heimgekehrt.«

»Warum hast du dann überhaupt aufgehört?«

»Diar hat mich darum gebeten«, sagte der vierschrötige Mann einfach. Paul wartete, und nach einer Weile legte Coll die Hände locker auf die Reling und fuhr fort: »Meine Mutter hat in der Schenke in Taerlindel gearbeitet. Meinen Vater habe ich nie gekannt. Die Seeleute haben mich alle gemeinsam aufgezogen, so kam es mir manchmal vor. Haben mir alles beigebracht, was sie wußten. Meine ersten Erinnerungen drehen sich darum, daß man mich hochgehoben hat, um ein Schiff zu steuern, als ich noch zu klein war, um selbst an die Ruderpinne heranzureichen.«

Seine Stimme war tief und leise. Paul entsann sich der einen anderen Gelegenheit, da sie des Nachts allein miteinander gesprochen hatten. Über den Sommerbaum. Wie viele Jahre her das zu sein schien.

Coll erzählte weiter: »Ich war siebzehn, als Diarmuid und Aileron zum ersten Mal kamen, um den Sommer in Taerlindel zu verbringen. Ich war älter als beide und hatte mir fest vorgenommen, die königlichen Bälger zu verachten. Aber Aileron ... hat alles so unmöglich schnell begriffen und ebenso unmöglich gut beherrscht, und Diar ...« Er hielt inne. Paul sah, daß ein Lächeln der Erinnerung das Gesicht des anderen überflog.

»Und Diar hat alles auf seine Weise gemacht und genauso gut, und er hat mich bei einer Rauferei draußen vor dem Haus des Vaters meiner Mutter besiegt. Dann hat er, um die Sache wiedergutzumachen, uns beide verkleidet und mich mit in die Schenke genommen, in der meine Mutter arbeitete. Ich durfte dort nicht hinein, weißt du. Selbst meine Mutter hat mich in dieser Nacht nicht erkannt – sie glaubten alle, ich sei mit einer der Hofdamen aus Paras Derval gekommen.«

»Damen?« fragte Paul.

»Diar spielte das Mädchen. Er war noch jung, mußt du bedenken.« Sie lachten leise in der Dunkelheit. »Ich habe mich nur ein klein wenig über ihn gewundert, aber dann hat er zwei Mädchen aus der Stadt dazu gebracht, mit uns oberhalb des Pfades am Strand spazierenzugehen.«

»Ich kenne die Stelle«, warf Paul ein.

Coll blickte ihn von der Seite an. »Sie kamen mit, weil sie glaubten, Diarmuid sei eine Frau und ich ein Fürst aus Paras Derval. Wir haben drei Stunden am Strand verbracht. Ich hatte noch nie in meinem Leben so gelacht wie damals, als er seine Röcke auszog, um zu schwimmen, und ich ihre Gesichter sah.«

Sie schmunzelten beide. Paul begann soeben, etwas zu verstehen, doch etwas anderes begriff er noch nicht.

»Später, als seine Mutter starb, wurde er zum Hüter der Südmark ernannt – ich denke, sie wollten ihn vor allen Dingen aus Paras Derval loswerden. Damals in jenen Tagen war er noch unberechenbarer. Obendrein war er jünger, und er hatte die Königin geliebt. Er kam nach Taerlindel und bat mich, sein Stellvertreter zu werden, und ich ging mit ihm.«

Der abnehmende Mond stand im Westen, als wäre er es, der ihnen den Weg wies. Paul betrachtete ihn und sagte: »Er hat Glück gehabt, dich zu bekommen. Als Gegengewicht, um ihn auf der Erde zu halten. Und jetzt auch noch Sharra. Ich glaube, sie paßt zu ihm.«

Coll nickte. »Ich glaube auch. Er liebt sie. Er liebt mit großer Heftigkeit.«

Paul verarbeitete das, und nach einer Weile begann sich auch das eine aufzuklären, was er nicht ganz verstanden hatte.

Er blickte zu Coll hinüber. Er konnte sein kantiges, ehrliches Gesicht mit der großen, vielfach gebrochenen Nase ausmachen. Er wechselte das Thema: »In der einen anderen Nacht, in welcher wir uns allein unterhalten haben, hast du gesagt, wenn du über irgendwelche Macht verfügen könntest, würdest du Aileron verfluchen. Damals war dir nicht einmal erlaubt, seinen Namen auszusprechen. Erinnerst du dich noch?«

»Natürlich erinnere ich mich«, bekannte Coll ruhig. Um sie herum schienen die leisen Geräusche des Schiffes, die Stille der Nacht nur noch weiter zu vertiefen.

»Liegt es daran, daß er alle Liebe des Vaters für sich beansprucht hatte?«

Coll sah ihn an, immer noch ruhig. »Zum Teil«, sagte er. »Du warst von Anfang an geschickt im Erraten von Zusammenhängen, das weiß ich noch. Aber es gibt noch einen zweiten Grund, und den müßtest du eigentlich auch herausfinden können.«

Paul dachte darüber nach. »Also –«, begann er.

Über das Wasser hinweg drang ein Singen zu ihnen.

»Hört nur!« rief Averren unnötigerweise.

Sie lauschten alle, die sieben Männer, die auf der *Prydwen* wachten. Das Singen kam von vorn und von der Steuerbordseite. Averren drehte die Ruderpinne, damit sie näher herankamen. Flüchtig und leise waren diese Klänge, dünn und schön. Wie ein zartes Netz spannten sie sich aus der Dunkelheit auf sie zu, gewoben aus süßer Trauer und Verlockung. Es vermischten sich darin zahlreiche Stimmen, und Paul hatte diese Weise schon einmal gehört.

»Wir bekommen Schwierigkeiten«, ahnte er.

Coll wandte ihm hastig den Kopf zu. »Was?«

Der Schädel des Ungeheuers durchbrach in der Nähe des Bugs steuerbords die Wasseroberfläche. Höher, immer höher stieg er empor, überragte die Maste der *Prydwen*. Der Mond erleuchtete den gigantischen, flachen Kopf: die lidlosen Augen, die klaffenden Raubtierkiefer, die gefleckte, graugrüne, schleimige Haut. Die *Prydwen* wurde von etwas gerammt. Averren kämpfte mit dem Ruder, und Coll rannte los, um ihm zu helfen. Zwei der Wachleute stießen einen Warnruf aus.

Im ungewissen Mondlicht erhaschte Paul einen Blick auf etwas Weißes, das einem Horn ähnelte, zwischen den gräßlichen Augen des Ungeheuers. Er hörte immer noch den Gesang, deutlich und schmerzlich schön. Eine grausige Vorahnung überkam ihn. Instinktiv wandte er sich ab. Auf der anderen Seite der *Prydwen* hatte sich der Schwanz des Ungeheuers gekrümmt, und er war hoch erhoben, versperrte die Sicht auf den südlichen Himmel, um auf sie herabzuschmettern!

Rabenflügel. Er wußte Bescheid.

»Der Seelenverkäufer!« schrie Paul. »Loren, erzeuge einen Schutzschild!«

Er sah den riesigen Schwanz seine volle Höhe erreichen. Sah ihn mit der Wucht eines schlimmen Todes herniedersausen, um sie allesamt zu zerquetschen. Sah dann, wie er mit brutaler Kraft mitten in der Luft auf etwas auftraf. Die *Prydwen* hüpfte unter der Druckwelle wie ein Spielzeug auf und ab, doch der Schutzschild des Magiers hielt stand. Loren kam auf Deck gerannt und Diarmuid und Arthur, die Matt Sören stützten. Paul entdeckte die kräftezehrende Anspannung im Gesicht des Zwerges, und dann schaltete er bewußt all seine Sinneswahrnehmungen aus. Es war keine Zeit zu verlieren. Er wandte sich nach innen, dem Pulsschlag Mörnirs zu.

Und fand ihn, entsetzlich schwach, dünn wie das Sternenlicht neben dem Mond. Was es in gewisser Weise auch war. Er hatte sich zu weit entfernt. Liranan hatte die Wahrheit gesagt. Wie konnte er mitten auf dem Meer den Meergott zu etwas zwingen?

Er versuchte es. Spürte den dritten Pulsschlag in sich und rief mit dem vierten: »Liranan!«

Er hörte es zwar nicht, doch er spürte es, das mühelose Entziehen des Gottes. Verzweiflung drohte ihn zu ersticken. Mit seinem Bewußtsein tauchte er hinab, wie er es damals am Strand getan hatte. Überall hörte er das Singen, und dann aus großer Tiefe und aus weiter Ferne die Stimme Liranans: »Tut mir leid, Bruder. Es tut mir ehrlich leid.«

Er versuchte es wieder. Legte seine ganze Seele in diese Anrufung. Wie von unter dem Meeresspiegel sah er über sich den Schatten der *Prydwen*, und er erhielt eine Vorstellung von der wahren Größe des Ungeheuers, das Cader Sedat bewachte. Der Seelenverkäufer, dachte er wieder. Überwältigender Zorn stieg in ihm auf, er legte all seine blinde Kraft in seinen Ruf. Er spürte, daß er im Begriff war, unter der entsetzlichen Anstrengung zu zerbrechen. Es reichte nicht aus.

»Ich habe dich doch gewarnt, daß es so kommen würde«, hörte er den Meergott sagen. In weiter Ferne sah er den silbernen Fisch durch das dunkle Wasser davonschwimmen. Diesmal gab es keine Sterne im Meer. Über ihm hüpfte die *Prydwen* erneut heftig auf und nieder, und er wußte, daß es Loren irgendwie gelungen war, auch noch den zweiten Schlag von des Ungeheuers Schwanz abzuwehren. Ein drittes Mal war das unmöglich, dachte er. Den dritten Schlag kann er nicht abfangen.

Und in seinem Kopf sprach eine Stimme: *Dann darf es nicht zum dritten Schlag kommen. Zweimal Geborener, hier spricht Gereint. Wiederhole deine Anrufung, mit meiner Hilfe. Ich bin im Land verwurzelt.*

Sogleich trat Paul mit dem blinden Schamanen in Verbindung, den er noch nie gesehen hatte. Kraft durchströmte ihn; der Götterpuls Mörnirs schlug ungestümer als sein eigener. In Gedanken unter Wasser streckte er die Hand aus, nach unten durch den dunklen Ozean. Er spürte, wie jene Kraft, die sich auf der Ebene in Gereint gründete, aus ihm hervorbrach. Er fühlte deutlich, wie sie ihren Höhepunkt erreichte. Über ihm erhob sich wieder der mächtige Schwanz. »Liranan!« rief Paul zum letzten Mal. Auf dem Deck der *Prydwen* hörten sie es wie das Grollen des Donners.

Und der Meergott kam.

Paul erkannte es am Ansteigen des Meeresspiegels. Er hörte

den Gott aufschreien vor Freude, daß ihm erlaubt war, einzugreifen. Da spürte er, wie die Verbindung zu Gereint abriß, und noch ehe er etwas sagen oder ihm einen Gedanken senden konnte, hatte sich das Bewußtsein des Schamanen von dem seinen gelöst. Wie weit, dachte Paul. Wie weit ist er gekommen. Und wie weit muß er zurück.

Dann war er wieder auf dem Schiff und beobachtete mit eigenen Augen, undeutlich im Licht des Halbmondes, wie der Seelenverkäufer Maugrims mit Liranan kämpfte, dem Gott des Meeres. Und die ganze Zeit über hörte das Singen niemals auf.

Loren hatte den Schutzschild fallen gelassen. Matt lag auf den Decksplanken. Coll am Ruder mühte sich ab, die *Prydwen* durch die Wellentäler und -kämme zu steuern, welche die Titanen vor ihnen auf der Steuerbordseite erzeugten. Paul sah einen Mann über Bord gehen, als sich das Schiff im schäumenden Meer aufbäumte wie ein Pferd.

Der Gott war in seiner wahren Gestalt zum Kampf angetreten, in seinem schimmernden Wassergewand, und er konnte emporfliegen wie eine Welle, er konnte einen Strudel unten im Meer hervorrufen, und er tat beides.

Mittels einer Kraft, die Paul kaum fassen konnte, tat sich mitten im Meer plötzlich ein Abgrund auf. Die *Prydwen* hüpfte und schaukelte mit heftig knarrenden Spanten direkt an seinem Rande entlang. Er sah den Strudel immer schneller herumwirbeln, und während seine Heftigkeit zunahm, erkannte er, daß selbst der riesige Leib des Seelenverkäufers dem Sog des aufgewühlten Meeres nicht standhalten konnte.

Das Ungeheuer wurde hinabgerissen. Die Schlacht würde in der Tiefe fortgesetzt werden, und Paul wußte, daß dies um ihretwillen geschah. Er beobachtete den Gott, der strahlend und schimmernd über ihm auf einer hohen Welle schwebte, während er den wirbelnden Sog erzeugte, um seinen Gegner unter die Meeresoberfläche zu ziehen.

Der schaumbedeckte, schleimige Kopf des Seelenverkäufers versank. Er war beinahe so groß wie das ganze Schiff, stellte Paul fest. Er erblickte aus nächster Nähe die riesigen, lidlosen Augen, die mannshohen Zähne, wütend entblößt.

Er sah Diarmuid dan Ailell vom Deck der *Prydwen* auf die flache

Stirn des Ungeheuers springen. Er hörte Coll aufschreien. Das Singen umgab sie von allen Seiten, übertönte selbst das Rauschen des Meeres. Mit ungläubigem Blick beobachtete er, wie der Prinz ausglitt, nach Halt suchte, dann vortaumelte, bis er genau zwischen den Augen des Seelenverkäufers stand, und dann, mit einem einzigen kraftvollen Ziehen, das weiße Horn aus seinem Schädel riß.

Dieses Ziehen ließ ihn das Gleichgewicht verlieren. Paul sah das Ungeheuer versinken, sah, wie sich die Wasser über ihm schlossen. Diarmuid drehte sich im Fallen und sprang, sich zusammenkrümmend, in Richtung der *Prydwen*.

Und fing mit einer Hand das Tau, das Arthur Pendragon ihm zugeworfen hatte.

Gegen den Sog der sich schließenden Wasser zogen sie ihn an Bord. Paul wandte sich gerade noch rechtzeitig um, um Liranan zu erblicken, der nun die Welle in sich zusammenfallen ließ, auf der er sich gehalten hatte, und hinter dem Untier hertauchte, das er nun bekämpfen durfte, weil man ihn angerufen und einem fremden Willen unterworfen hatte.

Das Singen hörte auf.

Tausend Jahre, dachte Paul mit wehem Herzen. Seit Rakoth Cader Sedat zum ersten Mal beim Bael Rangat für seine Zwecke eingesetzt hatte. Tausend Jahre hatte der Seelenverkäufer in den Tiefen des Ozeans gelauert, ohne daß ihn jemand hätte bekämpfen können. So riesig, daß er unbesiegbar war.

Paul lag auf den Knien und weinte um die eingefangenen Seelen. Um die Stimmen all der herrlichen Lios Alfar, die ihrem Lied folgend in See gestochen waren, um eine Welt zu finden, die der Weber für sie allein geschaffen hatte.

Nicht einer unter ihnen konnte je dort angekommen sein, das wußte er jetzt. Seit tausend Jahren waren die Lios aufgebrochen, einzeln und zu zweit, hinaus aufs mondlose Meer.

Und waren dem Seelenverkäufer Maugrims begegnet. Und waren seine Stimme geworden.

Der Finsternis am meisten verhaßt, denn ihr Name war Licht.

Lange Zeit weinte er, dessen trockene Augen einst soviel Leid verursacht hatten und dann später zu Regen geworden waren. Nach einiger Zeit wurde er darauf aufmerksam, daß um ihn herum eine Art Licht leuchtete, und er sah auf. Er war sehr schwach, doch Coll half ihm auf der einen Seite und Diarmuid, der ein wenig hinkte, auf der anderen.

Sämtliche Männer der *Prydwen* – einschließlich Matt, sah er – waren auf der Steuerbordseite versammelt. Sie machten ihm in respektvollem Schweigen Platz. Als er an die Reling trat, erblickte Paul Liranan, der auf der Wasseroberfläche stand, und das Leuchten stammte vom Mondschein, der sich in den Millionen von Tropfen, die sein Wassergewand bildeten, fing und verstärkte.

Er und der Gott sahen einander an, dann erhob Liranan seine Stimme, und er verkündete: »Er ist tot.«

Das Schiff entlang kam ein Raunen auf und verstummte wieder.

Paul dachte an das Singen und an die herrlichen Lios in ihren kleinen Booten. Tausend Jahre, in denen sie der hohen, süßen Verlockung ihres Liedes folgend die Segel gesetzt hatten. Tausend Jahre, und keiner von ihnen hatte es gewußt.

Er warf ihm mit kühler Stimme vor: »Ceinwen hat uns das Horn geschenkt. Du hättest sie warnen können.«

Der Meergott schüttelte den Kopf. »Das konnte ich nicht«, widersprach er. »Als der Entwirker damals nach Fionavar kam, wurde uns auferlegt, daß wir uns nicht aus eigenem Antrieb einmischen dürften. Die Grüne Ceinwen wird sich schon bald dafür verantworten müssen, aber ich bin nicht bereit, mich gegen den Willen des Webers zu versündigen.« Er schwieg. »Dennoch habe ich deswegen bittere Qualen empfunden. Er ist tot, Bruder. Ich hätte nicht gedacht, daß du mich würdest rufen können. Dir ist es zu verdanken, daß hier wieder die Sterne des Meeres leuchten werden.«

Paul räumte ein: »Ich habe Hilfe erhalten.«

Nachdem ein weiterer Augenblick verstrichen war, verneigte Liranan sich vor ihm, wie es vor langer Zeit Cernan getan hatte. Dann verschwand der Gott in der Dunkelheit des Meeres.

Paul sah Loren an. Er entdeckte die Spuren von Tränen auf dem Gesicht des Magiers. »Du weißt es?« fragte er. Loren nickte gequält.

»Was denn?« fragte Diarmuid.

Sie mußten es erfahren. Paul überwand seine Trauer und sagte: »Das Singen kam von den Lios Alfar. Von jenen, die fortgesegelt sind. Sie sind nie weiter nach Westen vorgedrungen als bis hierher. Nicht einer von ihnen.« *Brendel,* dachte er. *Oh, wie soll ich das Brendel sagen?*

Er hörte die Männer von der Südfeste. Ihre hilflose Wut. Es war Diarmuid, den er beobachtete.

»Was hattest du vor?« erkundigte er sich beim Prinzen.

»Ja, was?« wiederholte Loren.

Diarmuid wandte sich dem Magier zu. »Du hast es nicht gesehen?« Er ließ Pauls Arm los und hinkte hinüber zu den Stufen, die zum Ruderstand hinaufführten. Er kam mit einem Gegenstand zurück, der im Mondlicht weiß glitzerte. Er streckte ihn dem Magier entgegen.

»Oh«, entfuhr es Matt Sören.

Loren sagte nichts. Es stand in seinem Gesicht geschrieben.

»Verehrter Erster Magier von Brennin«, sprach ihn Diarmuid an und gab sich große Mühe, seine Gefühle im Zaum zu halten. »Wollt Ihr als Geschenk annehmen eine Sache von allergrößtem Wert? Dies ist der Zauberstab von Amairgen Weißast, den Lisen vor so langer Zeit geschaffen hat.«

Paul ballte die Hände zur Faust. So viele Ebenen des Kummers. Wie es den Anschein hatte, war noch jemand nicht weiter als bis hierher vorgedrungen. Und nun hatten sie erfahren, was dem ersten und größten aller Magier zugestoßen war.

Loren nahm den Stab und neigte ihn seitwärts, umfaßte ihn mit beiden Händen. Trotz all der Jahre im Wasser war das weiße Holz weder abgenutzt noch befleckt, und Paul wußte, daß große Macht in ihm steckte.

»Gebrauche ihn, Silbermantel!« hörte er Diarmuid sagen. »Übe Rache für ihn, für alle Toten. Sorge dafür, daß sein Zauberstab in Cader Sedat zum Einsatz kommt. Zu diesem Zweck habe ich ihn zurückgeholt.«

Lorens Finger schlossen sich fest um das Holz.

»So soll es sein«, war alles, was er erwiderte, doch seine Stimme hatte einen schicksalsträchtigen Klang.

»Dann soll es wahrhaft so sein«, ließ sich eine tiefere Stimme vernehmen. Sie drehten sich um. »Der Wind hat sich gedreht«, stellte Arthur fest.

»Nach Norden«, verkündete Coll eine Sekunde darauf.

Arthur blickte nur Loren an. »Wir erreichen Cader Sedat, indem wir gegen einen Nordwind direkt nach Norden segeln. Kannst du das zustande bringen, Magier?«

Loren und Matt wandten sich einander zu, wie Paul es sie schon früher hatte tun sehen. Sie wechselten einen Blick, der ihre intensive Vertrautheit miteinander verriet, ohne jede Eile, als hätten sie alle Zeit der Welt. Matt war erschöpft, das war ihm klar, und Loren mußte es ebenfalls sein, aber genauso sicher war er sich, daß es darauf nicht ankommen würde.

Er sah den Magier zu Coll aufblicken. Er bemerkte die Freudlosigkeit seines Lächelns. »Rufe deine Männer auf ihre Posten«, hörte er Loren sagen, »und richte das Schiff nach Norden aus.«

Es war ihnen nicht aufgefallen, daß inzwischen der Morgen graute. Doch als Coll und die Männer der Südfeste sich beeilten, ihren Anweisungen zu folgen, schoß hinter ihnen die Sonne aus dem Meer.

Dann befand sie sich rechts von ihnen, nachdem Coll aus Taerlindel sein Schiff unter Mühen gewendet hatte, direkt gegen den kräftigen Nordwind. Loren hatte sich unter Deck begeben. Als er wieder erschien, war er in jenen Umhang mit den sich verschmelzenden Silbertönen gekleidet, der ihm seinen Namen eingebracht hatte. Hochgewachsen und ernst, schritt er, dessen Stunde nun geschlagen hatte, die seine und endlich auch die von Matt, schritt er also zum Bug der *Prydwen*, und er trug den Zauberstab von Amairgen Weißast. Neben ihm ging ebenso ernst und ebenso stolz Matt Sören einher, der einst unter dem Banir Lök König gewesen war und dieser Bestimmung entsagt hatte für jene, die ihn hierhergeführt.

»*Cenolan!*« rief Loren. Er streckte den Stab geradeaus vor. »*Sed amairgen, sed remagan, den sedath iren!*« Er schleuderte seine Worte hinaus über die Wogen, und sie waren von Macht durchströmt wie eine Welle, die größer war als sie alle. Paul hörte ein Dröhnen, ein Brausen von Winden, die aus sämtlichen Richtungen des Meeres zu kommen schienen. Sie umwehten die *Prydwen*, wie vormals Liranans Strudel an ihnen vorbeigezogen war, und einen Augenblick später sah Paul, daß sie über ein windloses Meer segelten, gänzlich still, wie Glas, während zu allen Seiten die entfesselten Winde tobten.

Und vor ihnen, nicht sonderlich weit entfernt, erleuchtet von der Morgensonne, lag eine Insel, gekrönt von einer Burg, und diese Insel drehte sich langsam im gläsernen Meer. Die Fenster der Burg waren allesamt beschmutzt und verschmiert, und das gleiche galt auch für ihre Mauern.

»Einstmals glänzte sie«, erinnerte sich Arthur betont ruhig.

Vom höchsten Punkt der Burg stieg eine schwarze Rauchwolke gerade wie ein Pfahl in den Himmel auf. Die Insel war felsig und bar jeglicher Vegetation.

»Einstmals war sie grün«, berichtete Arthur. »Cavall!«

Der Hund hatte zu knurren begonnen und mit gefletschten Zähnen vorausgespäht. Er beruhigte sich, als Arthur zu ihm sprach.

Loren rührte sich nicht. Starr streckte er den Stab vor sich aus.

Es gab keine Wachen. Der Seelenverkäufer war Schutz genug gewesen. Als sie herankamen, hörte die Drehbewegung der Insel auf. Paul nahm an, daß sie sich jetzt mit ihr drehten, doch er hatte keine Ahnung, wo sie sich befanden. Jedenfalls nicht in Fionavar, das wenigstens hatte er begriffen.

Coll befahl, die Anker über Bord zu werfen.

Loren ließ den Arm sinken. Er sah Matt an. Der Zwerg nickte einmal kurz, dann suchte er sich eine Stelle, wo er sich niederlassen konnte. Sie trieben einhundert Meter von Cader Sedat entfernt in der windstillen See.

»Also gut«, sagte Loren Silbermantel. »Diarmuid, Arthur, es ist mir gleich, wie ihr es anfangt, aber ich benötige Folgendes . . .«

Es ist ein Ort des Todes, hatte Arthur zu ihm gesagt. Als sie näher kamen, wurde Paul klar, daß dies wörtlich gemeint gewesen war. Die Burg erweckte den Eindruck eines Grabdenkmals. Schon die Türen – es waren vier, hatte Arthur berichtet – waren in den Hang der grauen Erhebung eingelassen, aus der sich Cader Sedat erhob. Die Mauern ragten hoch auf, doch der Zugang führte hinab unter die Oberfläche.

Sie standen vor einer der mächtigen Eisentüren, und zum ersten Mal sah Paul Diarmuid zögern. Loren und Matt waren einen anderen Weg gegangen, zu einer anderen Tür. Nirgendwo waren Wachtposten zu sehen. Die tiefe Stille war beunruhigend. Nichts

Lebendiges hielt sich in der Nähe dieses Ortes auf, stellte Paul fest, und er fürchtete sich.

»Die Tür wird sich von allein öffnen«, kündigte Arthur gelassen an. »Wieder hinauszugelangen dürfte weit schwerer sein.«

Da lächelte Diarmuid. Er schien noch etwas sagen zu wollen, doch statt dessen trat er vor und drückte gegen die Eingangstür nach Cader Sedat. Sie öffnete sich geräuschlos. Er trat einen Schritt beiseite und bedeutete Arthur mit einer Handbewegung, sie zu führen. Der Krieger zog sein Schwert und ging hinein. Vierzig Mann folgten ihm aus dem Sonnenlicht in die Finsternis.

Es war sehr kalt, selbst Paul spürte das. Diese Kühle überstieg selbst Mörnirs Kräfte, und er war gegen sie nicht unempfindlich. Die Toten, dachte Paul, und dann kam ihm noch ein Gedanke: Wo sie sich jetzt befanden, war das Zentrum; alles drehte sich um diese Insel. Wo es auch sein mochte. Auf welcher Welt auch immer.

Die Flure waren staubig. Sie verfingen sich in Spinnweben, während sie vordrangen. Überall gab es quer verlaufende Gänge, und die meisten von ihnen führten abwärts. Es war sehr dunkel, und Paul konnte in diesen Gängen nichts erkennen. Ihr eigener Weg jedoch ging nach oben, allmählich immer steiler ansteigend, und nach einer scheinbaren Ewigkeit bogen sie um eine Ecke und erblickten nicht weit entfernt das Glühen eines grünlichen Lichts.

Dicht vor ihnen, kaum sieben Meter von ihnen weg, zweigte ein weiterer Gang nach links und nach oben ab. Und aus ihm hervor kam ein Svart Alfar gerannt.

Dem Svart blieb Zeit, sie zu entdecken. Zeit, den Mund aufzumachen. Doch keine Zeit, zu schreien. Sechs Pfeile durchbohrten ihn. Er warf die Arme hoch und starb.

Ohne einen Gedanken zu verlieren, hechtete Paul nach vorn. Eine Vermutung, ein kurzer Blick. Die eine Hand verzweifelt ausgestreckt, fing er das Fläschchen auf, das der Svart Alfar getragen hatte, ehe es auf dem Boden zerschellen konnte. Als er aufkam, rollte er sich ab, so leise wie möglich. Sie warteten. Gleich darauf nickte Arthur. Es war kein Alarm ausgelöst worden.

Paul rappelte sich hoch und begab sich wieder zu den anderen. Wortlos reichte Diarmuid ihm sein Schwert.

»Tut mir leid«, murmelte Paul. Er hatte es ihm ohne Vorwarnung zugeworfen, als er gesprungen war.

»Ich werde daran verbluten«, flüsterte Diarmuid und hielt die Hand mit den Abschürfungen hoch, mit der er die Waffe aufgefangen hatte. »Was hatte er denn dabei?«

Paul gab ihm das Fläschchen. Diarmuid entfernte den Stöpsel und roch an dem Hals. Er hob den Kopf, und seine gespielte Überraschung war selbst im trüben, grünlichen Licht nicht zu übersehen.

»Beim fließenden Blut der Lisen«, sagte der Prinz leise. »Wein von der Südfeste!« Und er hob das Fläschchen und nahm einen ausgiebigen Schluck. »Noch jemand?« fragte er höflich.

Es gab, was vorauszusehen war, keinen, der sich dafür interessiert hätte, aber selbst Arthur gestattete sich ein Lächeln. Diarmuids Ausdruck veränderte sich. »Gut gemacht, Pwyll«, lobte er aufgeräumt. »Carde, schaff den Leichnam aus dem Gang heraus. Fürst Arthur, wie wäre es, wollen wir gehen und uns einen abtrünnigen Magier anschauen?«

In den Schatten glaubte Paul, in den Augen des Kriegers für einen Moment Sternenlicht aufblitzen zu sehen. Er sah Cavall an und erinnerte sich an etwas. Schweigend folgte er den beiden Befehlshabern den letzten Gang entlang. Kurz vor seinem Ende ließen sie sich auf die Knie nieder und krochen weiter. Diarmuid machte ihm Platz, und Paul robbte auf dem Bauch nach vorn und erreichte neben dem Prinzen die Türöffnung. Dort lagen sie, die drei, hinter sich die Männer der Südfeste, und blickten auf eine Szene, die angetan war, Entsetzen zu erregen.

Fünf Stufen führten von dem Torbogen aus, wo sie sich befanden, nach unten. Es gab noch eine ganze Reihe weiterer Zugänge zu dem riesigen, tieferliegenden Gewölbe. Seine Decke war so hoch droben, daß sie sich in der Dunkelheit verlor. Doch der Bodenbereich war erleuchtet: rings herum an den Wänden waren Fackeln befestigt, die das gespenstische, grünliche Licht erzeugten, das sie vom Gang aus gesehen hatten. Der Zugang, zu dem sie gelangt waren, lag ungefähr auf halbem Wege an der Längsseite des Großen Saals von Cader Sedat, und an der Stirnseite des Gewölbes, auf einem Podest, stand Metran, einst Erster Magier von Brennin, und neben ihm hing der Kessel von Khath Meigol über einem lodernden Feuer.

Er war riesengroß. Die Riesen hatten ihn hergestellt, erinnerte sich Paul, und er hätte sich das auch denken können, selbst wenn er es nicht gewußt hätte. Er war schwarz, und außen an seinem Rand waren, soweit er das bei dieser Beleuchtung ausmachen konnte, Worte eingraviert, übersät mit Flecken und einer dichten Schmutzschicht. Mindestens fünfzehn Svart Alfar standen auf einer erhöhten Plattform um ihn herum, und sie hielten ein Netz, in welches nacheinander andere von ihrer Gattung gelegt und dann, leblos wie sie waren, in den brodelnden Kessel geworfen wurden.

Es war schwer, in dem grünlichen Licht etwas zu erkennen, aber Paul strengte seine Augen an und beobachtete, wie eine der häßlichen Kreaturen wieder aus dem Wasser gezogen wurde. Vorsichtig schwangen die anderen sie aus dem Bereich der dampfenden Öffnung des Kessels heraus und stellten sie dann auf die Füße.

Und Paul sah jenen Svart, der noch vor einem Augenblick tot gewesen war, taumelnd und mit Hilfe der anderen davongehen und sich hinter einem Mann aufstellen.

Denbarra, Metrans Quelle. Und als er die schlaffe, sabbernde Gestalt erblickte, die einst eine Quelle gewesen war, begriff Paul, was Loren damit gemeint hatte, als er sagte, Denbarra werde in dieser Angelegenheit inzwischen keine Wahl mehr haben.

Hinter ihm warteten über hundert Svart Alfar und verströmten willenlos ihre Lebenskraft, um Metrans Macht zu nähren, während Denbarra ihnen ebenso willenlos als Verbindungskanal diente. Gerade als sie hinschauten, sah Paul zwei der Svarts zusammenbrechen, wo sie standen, und beobachtete, wie sie sogleich von anderen, die nicht Teil des Kraftgespinstes waren, aufgesammelt und zum Kessel getragen wurden, und wieder andere, die man von dort zurückbrachte, um hinter Denbarra zu stehen.

Ekel stieg in ihm hoch. Und während er sich Mühe gab, nicht die Beherrschung zu verlieren, wandte er endlich den Blick direkt dem Magier zu, der den Winter erzeugt hatte, den zu beenden Kevin gestorben war.

Eine schlurfende, senile Gestalt mit struppigem Bart war Metran gewesen, als sie ihn das letzte Mal gesehen hatten. Eine Täuschung war dies alles gewesen, eine nahtlose, unentdeckte Täuschung, um reinen Verrat zu verbergen. Der Mann vor ihnen stand im Vollbesitz seiner Kräfte inmitten der grünlichen Lichter und des schwarzen Rauchs vom Kessel, und Paul stellte fest, daß er nicht mehr alt aussah, und daß er über die Seiten eines Buches gebeugt ganz langsam Worte vor sich hinsang.

Er hatte nicht gewußt, daß er soviel Zorn in sich trug.

Hilflosen Zorn, wie es schien.

»Wir können es nicht schaffen«, hörte er Diarmuid knurren, gerade als er selbst diese Tatsache begriff.

»Folgendes benötige ich«, hatte Loren gesagt, als die *Prydwen* bei der Insel vor Anker gegangen war.

Einerseits war das gar nicht viel gewesen, und andererseits war es doch alles gewesen, was er ihnen abverlangte. Aber schließlich, erinnerte sich Paul, gedacht zu haben, waren sie nicht in der Erwartung hierhergekommen, wieder zurückzukehren.

Metran würde mit zwei Dingen beschäftigt sein, hatte Loren erläutert, mit einer knappen Ausdrucksweise, die ihm sonst fremd war. Er würde dabei sein, den enormen Überschuß seiner künstlich vermehrten Kräfte in den Aufbau eines weiterne Angriffs auf Fionavar einfließen zu lassen. Aber einen Teil dieser Kräfte würde er zurückhalten, um einen Schutzschild um sich und seine Quellen und natürlich um den Kessel herum zu errichten. Sie mußten nicht erwarten, auf zahlreiche Wachtposten zu stoßen, wenn es überhaupt welche gab, denn Metrans Schild – ähnlich dem Lorens, welcher den Seelenverkäufer aufgehalten hatte – würde Schutz genug bieten.

Damit Loren auch nur hoffen konnte, den Kessel zu zerstören, mußten sie Metran dazu bringen, den Schutzschirm fallen zu lassen. Und dazu war ihnen allen nur eine Idee gekommen – sie würden die Svarts bekämpfen müssen. Nicht jene, die als Kraftquellen eingesetzt wurden, sondern die, und davon würde es viele geben, welche zu seiner Unterstützung da waren.

Gelang es ihnen, unter den Svarts genügend Chaos und Panik zu stiften, konnte es sein, daß Metran sich verleiten ließ, seinen zur Verteidigung gedachten Schutzschirm in ein Werkzeug des Angriffs, gerichtet auf die Eindringlinge von der Südfeste, zu verwandeln.

»Und wenn er das tut«, hatte Loren grimmig versichert, »wenn ich den richtigen Zeitpunkt abpasse und er nicht erfährt, daß ich bei euch bin, könnten Matt und ich die Gelegenheit erhalten, uns an den Kessel heranzumachen.«

Niemand verlor ein Wort darüber, was passieren würde, wenn Metrans Macht, vergrößert durch die Svart Alfar wie durch die Cader Sedat innewohnenden Kräfte, die Männer von der Südfeste traf.

Darüber gab es schließlich auch nichts zu sagen. Dies zu tun, waren sie gekommen.

Und sie konnten es nicht tun. Mit der gerissenen Vorsicht jener Jahre, die er damit verbracht hatte, insgeheim seine Ränke zu schmieden, hatte Metran selbst dieser Art verzweifelten Vorgehens vorgebeugt. Es *gab* keine Svart Alfar nur zur Unterstützung, die sie hätten angreifen können. Sie konnten den Schutzschirm sehen, ein Schimmern wie von sommerlicher Hitze, die aus brachliegenden Feldern aufsteigt. Er umschloß die gesamte Stirnseite des Gewölbes, *und sämtliche Svart Alfar befanden sich dahinter.* Nur gelegentlich eilte ein Bote, wie jener Weinträger, den sie getötet hatten, hastig aus dem Saal. Und gegen so wenige konnten sie keine ernsthafte Bedrohung aufbauen. Sie konnten gar nichts unternehmen. Wären sie in das Gewölbe hinabgestürmt, hätten die Svart Alfar sicher ihre Freude daran gehabt, sie von jenseits des Schutzschildes einen nach dem anderen mit ihren Pfeilen abzuschießen. Metran würde nicht einmal von seinem Buch aufblicken müssen.

Verzweifelt suchte Paul das Gewölbe ab, sah Diarmuid es ihm gleichtun. Daß sie soweit gekommen waren und Kevin gestorben war, um es ihnen zu ermöglichen, und Gereint seine Seele nach ihnen ausgesandt hatte – für dies, für dieses hoffnungslose Unterfangen! Es gab keine Zugänge hinter dem Schirm, keine Fenster über der Plattform, auf welcher der Kessel stand und Metran und sämtliche Svart Alfar.

»Die Wand?« murmelte er ohne große Hoffnung. »Durch die hintere Wand?«

»Die ist meterdick«, gab Diarmuid zu bedenken. »Und er wird sie ohnehin in den Schild einbezogen haben.« Paul hatte ihn noch nie so erlebt wie jetzt. Er nahm an, daß er selber auch so wirkte. Ihm war übel. Er bemerkte, daß er zitterte.

Hinter sich hörte er Cavall einmal und ganz leise winseln.

Die plötzliche Erinnerung, die er in dem dunklen Gang gehabt hatte, kehrte zurück. Rasch blickte er an Diarmuid vorbei. Hinter dem Prinzen lag ausgestreckt Arthur und erwiderte seinen Blick. Und sagte flüsternd: »Ich denke, dies ist in der Tat das, wozu sie mich hergeholt hat. Ich erlebe ja ohnehin nie das Ende.« In seinem Gesicht war etwas, das Paul nicht ertragen konnte. Er hörte, wie Diarmuid heftig Luft holte, und er beobachtete, daß Arthur sich von der Schwelle zurückzog, um ungesehen aufstehen zu können. Paul und der Prinz folgten ihm.

Der Krieger kauerte vor seinem Hund. Cavall hatte es gewußt, stellte Paul fest. Sein Zorn war verraucht. Statt dessen litt er, wie er es nicht mehr getan hatte, seit er die Augen des grauen Hundes unter dem Sommerbaum gesehen hatte.

Arthur hatte die Hände im narbenbedeckten Fell am Hals des Hundes vergraben. Sie blickten einander an, Mann und Hund, und Paul merkte, daß er das nicht mit ansehen konnte. Mit abgewandtem Blick hörte er Arthur sagen: »Lebwohl, du Tapferer, du meine Freude. Du willst mit mir kommen, ich weiß, aber das darf nicht sein. Du wirst noch gebraucht, Großherziger. Vielleicht ... kommt noch der Tag, da wir uns nicht mehr trennen müssen.«

Paul schaffte es immer noch nicht, sie anzuschauen. Seine Kehle war wie zugeschnürt. Es fiel ihm schwer, die Schmerzen darin zu vergessen und zu atmen. Er hörte, wie Arthur sich aufrichtete. Er sah, wie er die derbe Hand auf Diarmuids Schulter legte.

»Der Weber möge dir Ruhe gewähren«, wünschte ihm Diarmuid. Nicht mehr. Doch er weinte. Arthur wandte sich Paul zu. In seinen Augen waren die sommerlichen Sterne zu erkennen. Paul weinte nicht. Er hatte am Baum gehangen, er war von Arthur gewarnt worden, daß dies geschehen könne. Er streckte beide Hände aus und fühlte, wie sie ergriffen wurden.

»Was soll ich sagen?« fragte er. »Falls ich die Gelegenheit dazu erhalte?«

Arthur blickte ihn an. In seinem braunen Haar und dem braunen Bart war soviel Grau. »Sage ihr ...« Er verstummte, dann schüttelte er bedächtig den Kopf. »Nein. Sie weiß bereits alles, was jemals gesagt werden könnte.«

Paul nickte und hatte nun doch zu weinen begonnen. Trotz alledem. Welche Vorbereitung war dem schon angemessen? Er fühlte, wie seine Hände losgelassen und wieder der Kälte überlassen wurden. Die Sterne wandten sich ab. Er sah Arthur dort im Gang sein Schwert ziehen und dann allein die fünf Stufen in das Gewölbe hinabgehen.

Die eine Beute, die verlockend genug war, um vielleicht die tödlichen Kräfte von Metrans Macht auf sich zu ziehen.

Er bewegte sich schnell und hatte einen Großteil des Weges zur Plattform zurückgelegt, ehe er von selbst stehenblieb. Nachdem Paul gemeinsam mit Diarmuid zurückgekrochen war, um alles zu beobachten, sah er, daß Metran und die Svarts so beschäftigt waren, daß sie ihn noch nicht einmal bemerkt hatten.

»Sklave der Finsternis, höre mich an!« rief Arthur Pendragon mit einer Stimme, die in so vielen Welten gehört worden war. Sie hallte durch Cader Sedat. Die Svart Alfar schrien aufgeregt. Paul sah, wie der Kopf Metrans hochfuhr, doch zugleich mußte er erkennen, daß der Magier keine Angst hatte.

Unter den weißen Augenbrauen und der knochigen Stirn hervor schenkte er Arthur einen gelassenen, prüfenden Blick. Und noch dazu, dachte Paul erbittert, aus dem Schutz seines Schildes hervor.

»Ich gedenke dich anzuhören«, sagte Metran seelenruhig. »Ehe du stirbst, wirst du mir erklären, wer du bist und wie du hierhergelangt bist.«

»Sprich nicht leichtfertig vom Sterben an diesem Ort«, ermahnte ihn Arthur. »Du hältst dich hier auf unter den Bedeutenden sämtlicher Welten. Und es kann sein, daß sie davon erwachen. Was meinen Namen angeht: Wisse, daß ich Arthur Pendragon bin, Sohn Uthers, des Königs von Britannien. Ich bin der Krieger, auf dem der Fluch lastet, und bin hierhergerufen, um dich zu bekämpfen, *und ich kann nicht sterben!*«

Nur ein Pfeil, dachte Paul ängstlich besorgt. Ein Pfeil konnte ihn auf der Stelle töten. Doch die Svart Alfar schnatterten vor panischem Schrecken, und selbst Metrans Blick schien an Sicherheit verloren zu haben.

»Unsere kundigen Bücher«, wandte er ein, »stellen es anders dar.«

»Zweifellos«, erwiderte Arthur. »Doch ehe du zu ihnen eilst, um dich zu vergewissern, höre noch Folgendes: Ich befehle dir, jetzt und zu dieser Stunde, diesen Ort zu verlassen, sonst werde ich hinabsteigen und die Toten erwecken in ihrem Zorn, auf daß sie dich hinaustreiben ins Meer!«

Metrans Augen flackerten unentschlossen. Langsam trat er hinter dem hohen Podest hervor. Er zögerte, dann erklärte er, und seine Stimme klang schrill und spröde in dem riesigen Gewölbe: »Es wird gesagt, daß du getötet werden kannst. Wieder und immer wieder kannst du getötet werden. Ich werde deinen Kopf vor dem Thron Starkadhs zum Geschenk darbieten!«

Er riß den einen Arm hoch. Ein tiefes Knurren entrang sich Cavall. Arthur wartete erhobenen Hauptes. *Jetzt kommt es,* dachte Paul, und er betete.

Dann ließ Metran die Hand langsam wieder sinken und begann, grausam zu lachen.

Dieses Lachen dauerte lange an, zersetzend war es und verächtlich. *Er ist ein Schauspieler,* erinnerte sich Paul, während er unter der peinigenden Wirkung dieses Hohns das Gesicht verzog. *Er hat sie so lange allesamt getäuscht.*

»Loren, Loren, Loren«, keuchte Metran schließlich, überwältigt von seiner eigenen Belustigung. »Nur weil du ein Narr bist, mußt du mich da auch für einen halten? Komm heraus und erzähle mir, wie du dem Seelenverkäufer entgangen bist, dann will ich dich von deinen Schmerzen erlösen.« Sein Gelächter verstummte. In seinem Gesicht war die blanke Boshaftigkeit zu erkennen.

Vom anderen Ende des Gewölbes her hörte Paul Lorens Stimme. »Metran, du hattest einen Vater, doch ich werde seine Ruhe nicht stören, indem ich deinen vollen Namen ausspreche. Wisse, daß der Rat der Magier deinen Tod angeordnet hat, ebenso wie der Großkönig von Brennin. Du bist im Rat verflucht worden, und nun sollst du sterben. Wisse auch, daß wir dem Seelenverkäufer nicht etwa entgangen sind. Wir haben ihn erschlagen.«

»Hah!« bellte Metran. »Kannst du die Prahlerei immer noch nicht lassen, Silbermantel?«

»Ich habe noch nie geprahlt«, widersprach Loren und trat mit Matt in das grünliche Licht des Großen Saals. »Sieh den Stab Amairgens als Beweis!« Und er hielt den Weißast hoch empor.

Metran wich zurück, und Paul entdeckte echte Bestürzung in

seinen Zügen. Doch nur einen Augenblick lang.

»Prachtvoll gewoben!« spottete Metran sarkastisch. »Eine Großtat, die besungen werden muß! Und zur Belohnung werde ich dir nun gestatten, hier zu stehen und mir zuzusehen, Loren. Seht hilflos zu, du und die anderen, die du zu dieser Reise genötigt haben magst, während ich einen tödlichen Regen über die Berge in das Großkönigtum schicke.«

»Im Namen des Webers«, rief Diarmuid entsetzt, als Metran Loren vorsätzlich den Rücken zukehrte und wieder zu seinem Podest am Kessel ging. Erneut nahmen die Svart Alfar ihren Zyklus der Lebendigen und der Toten auf. Und die ganze Zeit hindurch stand Denbarra da, die starren Augen ins Leere gerichtet, den Mund geöffnet, schlaff und schweigend.

»Sieh nur«, flüsterte Paul.

Matt hatte angefangen, eindringlich auf Loren einzureden. Sie sahen den Magier einen Moment lang unentschlossen dastehen und den Zwerg anblicken, dann sagte Matt noch etwas, und Loren nickte einmal kurz.

Er wandte sich wieder der Plattform zu, hob Amairgens Stab und deutete damit auf den Kessel. Metran blickte auf und lächelte. Loren sprach ein Wort, dann noch eines. Als er das dritte aussprach, schoß ein silberner Lichtstrahl aus dem Stab hervor und blendete sie alle.

Die Steine Cader Sedats erzitterten. Paul machte die Augen wieder auf. Er nahm wahr, daß Metran sich mühsam aufrichtete. Er spürte, daß die Burg nach wie vor bebte. Er sah den riesigen Kessel von Khath Meigol an seinem Platz über dem Feuer hin und her schwanken und schaukeln.

Dann beobachtete er, daß er wieder zur Ruhe kam wie zuvor.

Der Schutzschirm hatte standgehalten. Er drehte sich um und richtete seinen Blick auf Matt, der sich langsam vom Boden erhob. Selbst aus dieser Entfernung konnte er erkennen, daß der Zwerg zitterte, so hatte ihn dieser Kraftausstoß erschöpft. Und mit einem Mal entsann er sich, daß Matt am gleichen Tag als Quelle für einen Schutzschild gegen den Seelenverkäufer gedient hatte und obendrein dazu, sämtliche Winde dieser Welt von ihnen fernzuhalten, während sie zu der Insel gesegelt waren. Er schaffte es nicht einmal annähernd, sich vorzustellen, was der Zwerg erleiden mußte. Was gab es für Worte, was für Gedanken im Angesicht eines solchen Unterfangens? Und wie sollte man mit der Tatsache fertig werden, daß es nicht genug war?

Mitgenommen, wenn auch unverletzt, trat Metran wiederum vor. »Du hast dir nun den Tod eingehandelt, um dessentwillen du gekommen bist«, sagte er, nun ohne eine Spur unnützer Belustigung. »Wenn du erst tot bist, kann ich wieder neu beginnen, den tödlichen Regen zu erzeugen, am Ende macht das nichts aus. Ich werde deine Knochen zu Pulver zermahlen und deinen Schädel neben mein Bett legen, Loren Silbermantel, Diener des Ailell.« Und er schloß das Buch auf dem Tisch und führte mit den Armen eine Bewegung aus, wie um etwas einzusammeln.

Er nahm seine ganze Kraft zusammen, wurde Paul klar. Er würde sie insgesamt gegen Loren und Matt einsetzen. Demnach war dies das Ende. Und wenn es so war –

Paul stürzte sich durch den Zugang, die Stufen hinab und rannte über den Boden des Gewölbes an Matts Seite. Dort ließ er sich auf die Knie fallen.

»Eine Schulter könnte etwas nützen«, sagte er. »Stütze dich auf mich.«

Wortlos folgte Matt seiner Aufforderung, und Paul fühlte, wie Loren ihn kurz von oben berührte, eine abschiednehmende Geste. Dann nahm er wahr, wie der Weißast noch einmal erhoben und geradewegs auf Metran gerichtet wurde, der nun zwischen ihnen und dem Kessel stand. Er sah, daß Metran einen seiner langen Finger hob und damit direkt auf Loren, Matt und ihn zeigte.

Dann ließen beide Magier zugleich ihre Stimmen ertönen, und der Große Saal wurde in seinen Grundfesten erschüttert, als zwei Energiestöße aufeinander zuschossen. Der eine war silbrig, wie der Mond, wie der Umhang, den Loren trug, und der andere war unheilvoll grün wie das Licht an diesem Ort, und sie trafen auf halbem Wege zwischen den Magiern aufeinander, und wo sie sich begegneten, begann mitten in der Luft ein Feuer zu lodern.

Paul hörte, wie Matt Sören sich abmühte, seine Atmung unter Kontrolle zu bringen. Über sich erspähte er die Anspannung von Lorens erstarrtem Arm, der den Stab hielt und darum kämpfte, die Kraft dort hineinzuleiten, welche der Zwerg ihm zuführte. Und droben auf der Plattform sah er Metran, dem so viele Svart

Alfar als Quelle dienten, jene Macht auf sie herablenken, die mitten im Sommer den Winter hervorgerufen hatte. Leicht, mühelos.

Er fühlte, daß Matt zu zittern begann. Immer stärker lehnte der Zwerg sich auf seinen Arm. Er hatte ihnen nichts anzubieten. Nur seine Schulter. Nur sein Mitleid. Nur seine Liebe.

Heftig knisternd griffen die beiden Energiestrahlen ineinander, während die Burg weiterhin unter dem Einfluß ihrer entfesselten Kraft bebte. Sie verharrten endlos, der Silberne und der Grüne, verharrten gegeneinander flammend in der Luft, während um sie herum die Welten in der Schwebe hingen. Das setzte sich so lange fort, daß Paul der Vorstellung erlag, die Zeit stehe still. Er hielt den Zwerg aufrecht – hatte ihn nun mit beiden Armen umklammert – und betete aus ganzem Herzen zu dem, was er wußte vom Licht.

Dann wurde ihm klar, daß dies alles nicht genügte. Nicht der Mut, nicht die Weisheit, nicht das Gebet, nicht die Notwendigkeit. Nicht, solange einer gegen so viele stand. Langsam und mit brutaler Offensichtlichkeit wurde der silberne Kraftstoß zu ihnen zurückgedrängt. Zentimeter um Zentimeter kämpfte Loren erbittert dagegen an, doch Paul sah, daß er gezwungen war nachzugeben. Jetzt hörte er den Magier atmen, flach und stoßweise. Er blickte auf und bemerkte, daß Loren der Schweiß in Strömen über das Gesicht lief. Neben ihm war Matt nach wie vor auf den Beinen, immer noch kämpfend, auch wenn inzwischen sein ganzer Körper sich schüttelte wie in tödlichem Fieber.

Eine Schulter. Mitleid. Liebe. Was sonst konnte er ihnen hier am Ende geben? Und mit wem sonst würde er lieber sterben als mit diesen beiden?

Matt Sören meldete sich zu Wort. Mit einer Anstrengung, so umfassend, daß sie Paul beinahe das Herz zerrissen hätte, zwang der Zwerg die Laute aus seiner Brust hervor. »Loren«, krächzte er, das Gesicht verzerrt unter der ungeheuren Anstrengung. »Loren . . . tu's jetzt!«

Er keuchte. Der grünliche Strahl von Metrans Macht bewegte sich einige Zentimeter weiter auf sie zu. Paul konnte jetzt das Feuer spüren. Loren schwieg. Sein Atem rasselte entsetzlich.

»Loren«, wiederholte Matt. »Hierfür habe ich gelebt. Tu es

jetzt.« Das eine Auge des Zwerges war geschlossen. Er zitterte unaufhörlich. Paul machte einen Augenblick lang selber die Augen zu.

»Matt«, hörte er den Magier rufen. »O Matt.« Hörte ihn den Namen sagen, sonst nichts.

Dann wandte sich der Zwerg an Paul, und er sagte: »Danke, mein Freund. Gehe nun zurück.« Und in tiefstem Kummer gehorchte Paul ihm. Als er sich umblickte und nach oben sah, gewahrte er, daß sich Lorens Gesicht in äußerstem Haß verzerrte. Dann hörte er den Magier aufschreien, ein unzusammenhängender Laut, als er den Kern seiner Macht anzapfte, deren Ursprung in Matt Sören lag, dem Zwerg, die geleitet wurde durch den Weißast Amairgens, und Loren Silbermantels ganzes Herz, seine ganze Seele wurde in diesen Aufschrei hineingelegt, wie auch in den Energiestoß, der ihm folgte.

Es kam zu einem alles auslöschenden Lichtblitz. Diesmal geriet die gesamte Insel ins Wanken, und bei diesem Beben Cader Sedats durchlief ein Zittern sämtliche Welten des Webers.

Metran schrie ebenfalls auf, schrill und kurz, wie abgehackt. Steine lösten sich über ihren Köpfen aus den Wänden. Matt sank zu Boden, Loren neben ihm brach zusammen. Dann hob Paul den Blick zu der Plattform und sah, wie der Kessel von Khath Meigol auseinanderbrach mit einem Laut, als würde ein ganzer Berg entzweibrechen.

Der Schutzschirm war gefallen. Er wußte, daß Metran tot war. Und noch etwas wußte er. Er sah, daß die Svart Alfar, die zum Töten geboren waren, mit Schwertern und Messern auf sie zuzueilen begannen, und mit einem lauten Ruf stand er auf und zog sein eigenes Schwert, um jene zu beschützen, die getan hatten, was sie hatten tun müssen.

Die Svarts drangen nie bis zu ihnen vor. Vierzig Männer aus Brennin stellten sich ihnen in den Weg, angeführt von Diarmuid dan Ailell, und die Soldaten der Südfeste brachten die Ernte des Zorns ein in den Saatreihen der Finsternis. Auch Paul warf sich ins Getümmel und führte sein Schwert mit Liebe, die sein Herz erfüllte wie eine Flutwelle – mit Liebe und dem Bedürfnis, sich aus seinem Kummer zu befreien.

Es gab viele Svarts, und das Töten dauerte lange an, doch sie erschlugen sie samt und sonders. Schließlich fand sich Paul, aus zahlreichen kleineren Wunden blutend, neben Diarmuid und Coll in einem der Durchgänge wieder, die zurück in den Großen Saal führten. Sie wußten nicht, wo sie sonst hätten hingehen sollen, daher begaben sie sich dorthin zurück.

Am Eingang blieben sie stehen und ließen ihre Blicke über das Blutbad schweifen, das dort angerichtet worden war. Sie befanden sich in der Nähe der Plattform, und sie gingen zu ihr hinüber. Metran lag auf dem Rücken, mit gebrochenen Augen, und sein Körper war entstellt von häßlichen Brandwunden. Nicht weit von ihm lag Denbarra. Die Quelle hatte während des Kampfes mit dem starren Blick des hoffnungslos im Wahnsinn Verstrickten vor sich hingeplappert, bis Diarmuid ihm mit dem Schwert das Herz durchbohrt und ihn bei seinem Magier liegen gelassen hatte.

Ein kleines Stück von ihnen entfernt lagen die tausend und abertausend immer noch schwelenden Scherben des Kessels von Khath Meigol. Gebrochen. Wie ein Herz, dachte Paul, und wandte sich ab, um in entgegengesetzter Richtung davonzugehen. Er mußte über die toten Svart Alfar und die Steine der Wände wie der Decke, die sich im Laufe des letzten Aufbäumens gelöst hatten, hinwegsteigen oder ihnen ausweichen. Es war inzwischen sehr still geworden. Das grünliche Licht war verblaßt. Diarmuids Männer waren dabei, rings um das Gewölbe herum Fackeln zu entzünden. In ihrem düsteren Licht erblickte Paul im Näherkommen eine Gestalt, die auf den Knien lag und sich inmitten der Verwüstung langsam hin und her wiegte, einen dunklen Kopf in den Schoß gebettet.

Hierfür habe ich gelebt, hatte Matt Sören gesagt und hatte seinen Magier veranlaßt, in ihn zu dringen und die tödliche, die äußerste Macht hervorzuholen. Und er war gestorben.

Als er schweigend auf ihn hinabschaute, erblickte Paul im Gesicht des toten Zwerges etwas, das er zu seinen Lebzeiten nie wahrgenommen hatte: Dort, mitten im verwüsteten Cader Sedat, lächelte Matt Sören, und es handelte sich nicht etwa um jene Grimasse, die sie zu deuten gelernt hatten, sondern um das echte Lächeln eines Menschen, dem zuteil geworden war, was er am meisten ersehnte.

Tausend und abertausend Scherben, wie ein gebrochenes Herz,

dachte Paul wieder, während er Loren betrachtete.

Er berührte den knienden Mann einmal, genauso, wie der Magier ihn vor kurzem berührt hatte, dann entfernte er sich. Als er noch einen Blick zurückwarf, sah er, daß Loren sich seinen Umhang über das Gesicht geworfen hatte.

Er entdeckte Arthur zusammen mit Diarmuid und ging zu ihnen hinüber. Die Fackeln brannten nun rings an den Wänden des Gewölbes. Arthur sagte: »Wir haben Zeit, alle Zeit, die wir brauchen. Wir wollen ihn eine Weile allein lassen.«

Gemeinsam schritten die drei mit Cavall zusammen durch die dunklen modrigen Flure Cader Sedats. Es war feucht und kalt. Ein frostiger Wind, dessen Ursprung nicht zu entdecken war, schien zwischen den bröckelnden Steinen zu wehen.

»Du hast von den Toten gesprochen?« fragte Paul leise.

»Das tat ich«, bestätigte Arthur. »Die Drehende Burg beherbergt, unter dem Meeresspiegel, die bedeutendsten Toten aus sämtlichen Welten.« Sie folgten einer Biegung. Noch ein Gang, ein dunklerer.

»Du hast davon gesprochen, sie zu erwecken«, erinnerte ihn Paul.

Arthur schüttelte den Kopf. »Ich habe nur versucht, ihm Angst zu machen. Man kann sie nur mit ihrem Namen erwecken, und als ich das letzte Mal hier war, war ich noch sehr jung und wußte nicht –« Hier verstummte er jäh und blieb gänzlich regungslos stehen.

Nein, dachte Paul. *Es ist genug. Gewiß ist es doch jetzt genug.*

Er öffnete den Mund, um zu sprechen, stellte jedoch fest, daß er es nicht konnte. Der Krieger tat einen langsamen Atemzug, wie aus seiner langen Vergangenheit heraus, aus dem Kern seines Wesens. Dann nickte er, nur einmal und unter Mühen, als bewegte er den Kopf gegen das Gewicht zahlreicher Welten.

»Kommt«, war alles, was er sagte. Paul blickte Diarmuid an, und in der Dunkelheit erkannte er im Gesicht des Prinzen das gleiche erstarrte Begreifen. Sie folgten Arthur und dem Hund.

Diesmal stiegen sie hinab. Der Gang, den Arthur nahm, verlief steil nach unten, und sie mußten sich an den Wänden festhalten, um nicht das Gleichgewicht zu verlieren. Die Steine fühlten sich klamm an. Doch jetzt hatten sie Licht, ein schwaches Glühen, das vom Gang selber ausging. Diarmuids weißer Überwurf schimmerte in diesem Licht.

Sie bemerkten ein stetiges, hämmerndes Geräusch hinter den Mauern.

»Das Meer«, stellte Arthur ruhig fest und blieb dann vor einer Tür stehen, die Paul nicht wahrgenommen hatte. Der Krieger wandte sich den beiden anderen zu. »Vielleicht zieht ihr es vor, hier zu warten«, meinte er.

Schweigen breitete sich aus.

Paul schüttelte den Kopf. »Ich habe den Tod gekostet«, entgegnete er.

Diarmuid lächelte, ein kurzes Aufblitzen seines wohlbekannten Lächelns. »Einer von uns«, sagte er, »sollte wohl ein ganz normaler Mensch sein, findet ihr nicht auch?«

Daher ließen sie nur den Hund an der Tür zurück und traten ein, während das Meer unablässig gegen die Wände donnerte.

Sie waren von geringerer Zahl, als Paul angenommen hatte. Die Kammer war nicht sonderlich groß. Ihr Boden war aus Stein und ohne jede Verzierung. In ihrer Mitte stand eine einzelne Säule, und auf ihr brannte eine Kerze mit weißer, unbewegter Flamme. Die Wände glühten fahl. In Wandnischen rund um den Raum herum, welche von der Kerze und dem Schimmer der Mauern nur schwach erleuchtet wurden, lagen ungefähr zwanzig Leichname auf Stein gebettet. Nur so wenige, dachte Paul, unter all den Toten aus allen Welten. Beinahe wäre er hingegangen, um die Gesichter der auserwählten Großen zu betrachten, doch die Scheu überwältigte ihn, das Gefühl, sie in ihrer Ruhe zu stören. Und dann spürte er Diarmuids Hand auf seinem Arm, und er bemerkte, daß Arthur vor einer der Nischen stehengeblieben war und daß seine Hände sein Gesicht bedeckten.

»Es ist genug!« rief Paul aus und trat mit dem Prinzen an Arthurs Seite.

Vor ihnen lag, wie wenn er schliefe, bis auf die Tatsache, daß er nicht atmete, ein Mann von mehr als durchschnittlicher Körpergröße. Sein Haar war schwarz, seine Wangen waren glattrasiert. Seine Augen waren geschlossen, aber es war zu erkennen, daß sie weit auseinanderstanden unter einer hohen Stirn. Sein Mund und das Kinn waren fest, und seine Hände, sah Paul, umklammerten das Heft eines Schwertes und waren wunderschön. Er erweckte den Eindruck, als wäre er ein Fürst unter den Menschen gewesen, und da er an diesem Ort lag, wußte Paul, daß er einer gewesen war.

Obendrein wußte er, wer er war.

»Fürst Arthur«, brachte Diarmuid gequält hervor, »du mußt dies nicht tun. Es steht nicht geschrieben, du bist nicht dazu gezwungen.«

Arthur ließ die Hände sinken. Er wandte den Blick nicht ab vom Gesicht des Mannes, der dort auf den Steinen lag.

»Er wird gebraucht werden«, sagte er. »Es kann nicht anders sein, als daß er gebraucht wird. Ich hätte wissen müssen, daß es für mich zu früh ist, um zu sterben.«

»Du führst willentlich deinen eigenen Kummer herbei«, flüsterte Paul.

Arthur wandte sich ihm zu, und seine Augen blickten mitleidig. »So wurde es vor langer Zeit bestimmt, und nicht von mir.«

Als er in jenem Moment in Arthurs Gesicht sah, erblickte Paul darin reineren Adel als je zuvor in seinem Leben. Mehr noch, als er in Liranan oder in Cernan vom Walde wahrgenommen hatte. Dies war der Inbegriff des Adels, und alles in ihm wehrte sich gegen das elende Schicksal, das sich hinter dieser ungeheuerlichen Entscheidung verbarg.

Diarmuid hatte sich abgewandt.

»*Lancelot!*« sprach Arthur die Gestalt auf ihrem Bett aus Steinen an.

Seine Augen waren braun. Er war noch größer, als Paul angenommen hatte. Seine Stimme war sanft und tief und unerwartet liebevoll. Die zweite Überraschung war der Hund. Paul hatte geglaubt, Cavalls Treue werde ihn veranlassen, sich feindlich zu verhalten, doch statt dessen war er mit dem freudigen Winseln eines Welpen auf den dunkelhaarigen Mann zugekommen. Lancelot war in die Knie gegangen, um ihm das zerfetzte graue Fell zu streicheln. Dann war er schweigend zwischen Paul und Diarmuid emporgestiegen in die Welt der Lebenden.

Nur einmal hatte er gesprochen, ganz zu Anfang. Nachdem er dem Befehl des Kriegers Folge geleistet und sich erhoben hatte. Sich erhoben, so als hätte er in Wahrheit bloß geschlafen und wäre nicht etwa lange, lange tot gewesen.

Arthur hatte ihn begrüßt: »Sei mir willkommen. Wir befinden uns in Fionavar, der ersten aller Welten, im Krieg gegen die Finsternis. Ich bin gerufen worden, und nun bist du es auch.«

Und Lancelot hatte freundlich und zugleich sorgenvoll gefragt: »Warum hast du, mein Fürst, uns dreien dies angetan?«

Da hatte Arthur die Augen geschlossen. Und hatte sie wieder geöffnet, um zu erklären: »Weil mehr auf dem Spiel steht als nur wir drei. Ich werde sehen, ob es möglich ist, daß wir in verschiedenen Aufgeboten kämpfen.«

Und Lancelot hatte nachsichtig geantwortet: »Arthur, du weißt doch, daß ich nicht kämpfen werde, es sei denn unter deinem Befehl und an deiner Seite.«

Worauf Arthur sich zum Gehen gewandt hatte, während Diarmuid und Paul sich Lancelot vorstellten und mit ihm zusammen hinausgingen, um den Hund zu suchen und dem Krieger zu folgen, fort vom Ort der Toten inmitten des hämmernden Meeres.

Loren war aufgestanden. Sein Umhang lag auf dem Boden und bedeckte den Leichnam Matt Sörens. Der Magier hörte mit vor Erschöpfung und Erschütterung ausdruckslosem Gesicht zu, während Diarmuid und Arthur Pläne bezüglich ihrer Abreise schmiedeten. Er bemerkte kaum Lancelots Gegenwart, doch die Männer von der Südfeste reagierten darauf mit ehrfürchtigem Raunen.

Es war, folgerte Paul, draußen immer noch hellichter Tag. Und zwar früher Nachmittag. Es kam ihm so vor, als wären sie eine Ewigkeit auf der Insel gewesen. In gewisser Weise, nahm er an, würde ein Teil von ihm für immer auf dieser Insel zurückbleiben. Zuviel hatte sich hier zugetragen. Sie würden beinahe unverzüglich in See stechen, wie es schien. Niemand gedachte die Nacht an diesem Ort zu verbringen.

Loren wandte sich ab. Paul sah ihn zu einer der Fackeln hinübergehen. Dort blieb er stehen, die herausgerissenen Seiten eines Buches in der Hand, die er eine nach der anderen den Flammen überließ. Paul begab sich zu ihm. Lorens Gesicht war überzogen von den Spuren, die Tränen und Schweiß hinterlassen hatten, als sie durch Ruß und Staub herabgeflossen waren, welche aufgewirbelt worden waren, als der letzte Blitzstrahl in sich zusammenfiel.

Matts letzter Strahl, dachte Paul. Und der von Loren ebenfalls. Seine Quelle war verschieden. Er war kein Magier mehr.

»Das Buch Nilsoms«, erklärte der Mann, der sie vor so langer Zeit gebeten hatte, mit ihm den Übergang zu wagen. Er überreichte Paul eine Reihe von Seiten. Gemeinsam standen sie da und streckten abwechselnd die Hand aus, um jede einzelne Seite anzuzünden.

Es dauerte lange, und sie gingen mit äußerster Sorgfalt vor. Irgendwie beruhigt durch die gemeinsame, einfache Aufgabe, sah Paul zu, wie er das letzte Blatt verbrannte, dann wandten er und Loren sich wieder den anderen zu.

Die gerade allesamt auf eine bestimmte Stelle des Gewölbes starrten.

Über vierzig Mann waren an jenem Ort versammelt, aber Paul konnte keinen von ihnen atmen hören. Auch er beobachtete Lancelot, erblickte die reine, unnachgiebige Willenskraft in seinen Augen, sah zu, wie nach und nach die Farbe aus seinem Gesicht wich, und er begann, die Größe dieses Mannes zu begreifen, der fähig war, aus purer Entschlossenheit die Räder der Zeit und die Arbeit des Webstuhls zum Stillstand zu bringen. Sie waren nahe dran, er konnte alles sehen.

Loren gab einen erstickten Laut von sich. Paul hörte das Geflatter von Schwingen. Selbst hier. *Gedanke, Gedächtnis.*

»Warte!« gebot er. »Er hat das schon einmal vollbracht. Und wir sind hier in Cader Sedat.«

Langsam trat Loren vor und Paul mit ihm, um ein wenig näher heranzukommen als die anderen.

Ein wenig näher an die Stelle, wo Lancelot du Lac, soeben erst erweckt von seinem eigenen Tode, auf dem Steinfußboden kniete, die Hände Matt Sörens zwischen den seinen und an seine Stirn gepreßt.

Und weil sie näher dran waren als die anderen, waren er und Loren die ersten, die beobachten konnten, wie der Zwerg wieder zu atmen begann.

Später war Paul nicht mehr fähig, sich daran zu erinnern, was er gerufen hatte. Er wußte lediglich, daß der Schrei, den die Männer Brennins ausstießen, noch mehr Steine aus den Mauern Cader Sedats gelockert hatte. Sie eilten herbei, einige mit Fackeln in der Hand. Loren war wieder auf die Knie gefallen, mit leuchtendem Gesicht, und zwar an der Seite des Zwerges, die der von Lancelot gegenüberlag. Der dunkelhaarige Mann war blaß, aber gefaßt, und sie konnten erkennen, daß Matts Atmung mit der Zeit immer regelmäßiger wurde.

Und dann blickte der Zwerg zu ihnen auf.

Lange Zeit schaute er Loren an, dann wandte er sich an Lancelot. Er warf einen Blick auf seine Hände, die der andere nach wie vor umklammert hielt, und Paul sah ihn begreifen, was vorgefallen war. Matt blickte auf die über ihn gebeugten, von Fackeln erleuchteten Gesichter. Sein Mund verzog sich so, wie sie es von ihm gewohnt waren.

»Was ist mit meinem anderen Auge passiert?« richtete Matt Sören die Frage an Lancelot, und sie alle lachten und weinten vor lauter Freude.

Es lag daran, daß sie sich hier befanden, erläuterte Lancelot, und daran, daß er selber gerade erst vom Tode auferstanden war, und daran, daß Matt sich keine tödliche Wunde zugezogen hatte, sondern ihm nur die Lebenskraft entzogen worden war. Und, fügte er auf seine freundliche, zurückhaltende Art hinzu, außerdem lag es daran, daß er das schon einmal auf Camelot vollbracht habe.

Matt nickte bedächtig. Er war bereits wieder auf den Beinen. Sie umdrängten ihn, wollten ihm gar keine Ruhe gönnen. Zulassen, daß sich eine Lücke zwischen ihnen auftat. Lorens erschöpftes Gesicht glühte von innen heraus. Es war herzerfrischend, ihn anzusehen.

»Gut«, schlug Diarmuid vor, »nun, da wir unseren Magier und seine Quelle wiederhaben, könnten wir doch lossegeln, nicht wahr?«

Ein Chor der Zustimmung antwortete ihm.

»Das sollten wir tun«, stimmte Loren zu. »Aber du solltest wissen, daß Teyrnon nun der einzige Magier in Brennin ist.«

»Was?« Der Zwerg stellte diese Zwischenfrage.

Loren lächelte traurig. »Versuche, mit mir Verbindung aufzunehmen, mein Freund.«

Allmählich sahen sie jegliche Farbe aus Matts Gesicht weichen.

»Ruhig«, warnte Loren. »Beruhige dich.« Er wandte sich an die übrigen. »Niemand soll darüber traurig sein. Als Matt gestorben ist, wurde unsere Verbindung abgebrochen, und ich habe aufgehört, ein Magier zu sein. Ihn zurückzuholen hat nicht vermocht, zu heilen, was endgültig zerstört war.« Es herrschte Schweigen.

»O Loren«, seufzte Matt mit schwacher Stimme.

Loren drehte sich abrupt zu ihm um, und in seinen Augen war Feuer. »Höre mich!« Wieder wirbelte er herum und blickte ihnen nacheinander ins Gesicht. »Ich war ein Mann, noch ehe ich zum Magier wurde. Ich habe die Finsternis schon als Kind gehaßt, und ich hasse sie jetzt, und obendrein kann ich mit einem Schwert umgehen!«

Er wandte sich wieder Matt zu, und seine Stimme wurde tiefer. »Einst hast du dein Schicksal hinter dir gelassen, um dich mit dem meinen zu verbinden, und es hat dich weit fortgeführt von deiner Heimat, mein Freund. Nun scheint es, als schließe sich der Kreis. Bist du bereit, mich hinzunehmen? Bin ich der passende Begleiter für den rechtmäßigen König der Zwerge, der nun zurückkehren muß, um seine Krone wiederzuerlangen?«

Und sie wurden allesamt ergriffen von Demut und Beschämung beim Anblick dessen, was von Loren ausging in jenem Augenblick, da er vor Matt auf dem Steinboden niederkniete.

Sie hatten aufgesammelt, was es aufzusammeln gab, und begonnen, das Gewölbe zu verlassen. Soviel war geschehen. Jeder einzelne von ihnen war erschöpft bis auf die Knochen und taumelte unter der Last dieser Erschöpfung. Soviel. Zu viel. Paul meinte, tagelang schlafen zu können.

Er und Arthur schienen die letzten zu sein. Die anderen schritten bereits den Gang hinauf. Draußen würde es hell sein. Er empfand das als unfaßbar. Hier gab es nur die Fackeln und die schwelende Aschenglut des Feuers, das unter dem Kessel von Khath Meigol gebrannt hatte.

Er sah, daß Arthur am Eingang stehengeblieben war, um einen letzten Blick zurückzuwerfen. Paul drehte sich ebenfalls um. Und stellte fest, daß sie doch nicht die letzten der Gruppe waren. Inmitten der Trümmer dieses verwüsteten Ortes stand eine dunkelhaarige Gestalt und sah zu ihnen beiden auf.

Eigentlich doch nicht zu ihnen beiden. Er sah Arthur und

Lancelot einander ins Gesicht blicken, und zwischen ihnen ging etwas vor, das so geheimnisvoll war, daß er nie auch nur den Versuch unternommen hätte, einen Namen dafür zu finden. Dann ergriff Arthur das Wort, und seine Stimme war erfüllt von Kummer und von Liebe. »O Lancelot, komm jetzt«, forderte er ihn auf. »Sie wird schon auf dich warten.«

Ende des zweiten Bandes